CB068312

Vol. 46

Capa
Cláudio Martins

Tradução de
Regina Regis Junqueira

EDITORA ITATIAIA
BELO HORIZONTE
Rua São Geraldo, 53 — Floresta — Cep. 30150-070
Tel.: 3212-4600 — Fax: 3224-5151
e-mail: vilaricaeditora@uol.com.br
Home page: www.villarica.com.br

Mika Waltari

O SEGREDO
DO REINO

EDITORA ITATIAIA
Belo Horizonte

Título da primeira edição, em língua inglesa, publicada
por G. P. Putnam´s Sons, New York:
THE SECRET OF THE KINGDOM
Coprigth *by* MIKA WALTARI

2006

Direitos de Propriedade Literária adquiridos pela
EDITORA ITATIAIA
Belo Horizonte

Impresso no Brasil
Printed in Brazil

PRIMEIRA CARTA

Marcos Mezentius para Túlia:

Saudações

Em minha carta anterior, Túlia, escrevi sobre minhas jornadas ao longo do rio do Egito. Passei o inverno em Alexandria depois de esperar em vão por ti, até chegarem os vendavais do outono. Procedi como um tolo em minha paixão, pois nem o mais rico dos mercadores nem o mais inquisitivo dos cidadãos poderia ter visitado a baía mais diligentemente do que eu, à espera dos navios de Óstia e de Brundísio. Perambulei pelo cais todos os dias até o fim da temporada, de forma que no final me tornei um estorvo para os guardas, os funcionários aduaneiros e os oficiais do porto com minhas indagações.

É bem verdade que os meus conhecimentos se ampliaram, em conseqüência, e aprendi muitas e variadas coisas sobre distantes países; mas quando alguém contempla o mar em vão por longo tempo, seus olhos começam a lacrimejar. E quando o último dos navios chegou, fui forçado a admitir para mim mesmo que me tinhas falhado. Faz agora um ano que nos encontramos, Túlia, e que me persuadiste, com o que agora parecem falsas promessas, a deixar Roma.

Sentia-me tomado de amargura quando te escrevi aquela carta, onde te dizia adeus para sempre e jurava embarcar para a Índia e nunca mais voltar. Reis gregos ainda governam ali em estranhas cidades: descendentes dos oficiais de Alexandre. E contudo já me acho disposto a reconhecer que dificilmente poderia estar dizendo a verdade, quando assim te escrevi; sucedeu apenas que eu já não podia suportar a idéia de não voltar a ver-te, Túlia.

Um homem que já passou dos trinta anos não devia ser mais escravo do seu amor. Tornei-me mais calmo, na verdade o reconheço, e as altas chamas da minha paixão se aquietaram. Em Alexandria, essa paixão levou-me a procurar companhias duvidosas e causou o meu completo esgotamento. Isto não lamento, pois ninguém pode alterar o curso das ações que estabeleceu para si,

7

nem os seus atos. E contudo percebo mais intensamente ainda que te amo, visto que nada mais me pôde satisfazer. Por conseguinte, deixa-me lembrar-te, Túlia bem-amada, que um dia tua juventude em flor também há de fanar e tua mimosa face perderá o viço. O brilho de teu olhar se tornará baço, teus cabelos ficarão grisalhos e os dentes cairão de tua boca. É possível que então lamentes ter sacrificado o teu amor em troca de ambição e influência política. Que me amavas, disto estou convicto; de teus juramentos não duvido. Se assim não fosse, nada mais no mundo teria significação para mim. Tu me amaste, mas se ainda me amas, não sei dizer.

Em meus momentos de otimismo, penso que foi realmente apenas para o meu próprio bem — para que eu não perdesse minhas propriedades e talvez a vida — que me induziste com vãs promessas a deixar Roma. Jamais teria partido se não me tivesses jurado que irias ao meu encontro em Alexandria, onde passaríamos juntos o inverno. Muitas outras senhoras de distinção fizeram essa viagem ao Egito antes de ti, para a temporada de inverno, sem a companhia de seus maridos, e continuarão a fazê-lo, se o meu conhecimento das mulheres romanas é exato. Poderias ter retornado à tua casa agora, quando a navegação se reinicia mais uma vez. Teríamos ficado juntos durante muitos meses, Túlia.

Ao invés, desgastei o corpo e o espírito no correr desses meses. Por algum tempo viajei, até que me cansei de riscar o teu nome e o símbolo do meu amor nos antigos monumentos e nas colunas dos templos. Em minha inquietação, consenti até mesmo em ser iniciado nos mistérios de Ísis. Mas devo estar mais velho e mais empedernido do que naquelas inesquecíveis noites em Baias quando tu e eu, juntos, nos dedicamos a Dionísio. Já não sinto aquele mesmo êxtase. Não consigo crer naqueles sacerdotes com suas cabeças raspadas. No final sempre me parecia ter pago demais por uma parcela insignificante de conhecimento.

Não creias que eu tenha procurado apenas a companhia dos sacerdotes de Ísis e das mulheres dos templos. Fiz relações com músicos e cantores também e até mesmo com os toureadores do circo. Assisti igualmente a algumas peças do antigo teatro grego, que bem poderiam ser traduzidas para o latim e adaptadas por alguém que desejasse essa espécie de fama. Menciono tudo isto para mostrar-te que o tempo não se arrastou para mim em Alexandria. Trata-se de uma capital importante, mais sofisticada, mais vivida, mais devoradora do que Roma.

Não obstante, passo a maior parte do tempo no Museu, a biblioteca próxima da baía. Trata-se, na verdade, de uma série de bibliotecas: um grupo de edifícios que compõem um quarteirão inteiro da cidade. Homens idosos ali queixaram-se a mim do lamentável estado das coleções, pois eles vivem no passado. Afirmam que a biblioteca jamais há de recuperar a sua antiga glória, desde que Júlio César foi sitiado aqui e incendiou a frota egípcia ancorada na baía; pois alguns dos edifícios da biblioteca também foram destruídos e com eles centenas de milhares de insubstituíveis pergaminhos com os trabalhos dos antigos.

E no entanto gastei muitas semanas até que aprendesse a usar os seus catálogos e conseguisse encontrar as coisas que desejava ler. Existem dez mil rolos de pergaminho só de anotações da *Ilíada*, não se falando dos comentários sobre Platão e Aristóteles, cada qual instalado em seu próprio prédio. E, para completar, existem inumeráveis pergaminhos que nunca foram mencionados em nenhum catálogo e que provavelmente ninguém jamais leu desde que foram acrescentados às coleções.

Por motivos políticos, bastante compreensíveis, as autoridades não se mostravam particularmente interessadas em localizar as predições dos antigos e nem em me ajudar a encontrá-las por mim mesmo. Para conseguir o meu objetivo vi-me forçado a usar de meios indiretos e ganhar a sua confiança com presentes e jantares. Seus proventos são parcos e eles próprios são bastante pobres, como acontece geralmente com os sábios dentre os eruditos e como sempre são os que amam os livros mais do que a própria vida, mais do que a luz de seus olhos.

Dessa maneira foi-me possível afinal desencavar uma série completa de predições, não só famosas como inteiramente olvidadas, perdidas nos recônditos da biblioteca. Torna-se evidente que em todas as idades, entre todos os povos, a mesma espécie de profecias sobre o futuro sempre tem sido feita. São todas tão obscuras e tão irritantemente ambíguas quanto os pronunciamentos de um oráculo. Para falar a verdade, muitas vezes deixava de lado toda aquela papelada e mergulhava nos contos gregos com suas inconseqüentes mentiras sobre viagens e aventuras. E então via-me tomado de um súbito desejo de abandonar à sua sorte aquelas controvertidas profecias e escrever um livro no estilo dêsses outros, porém de minha própria imaginação. Contudo, a despeito de minha origem, sou demasiado romano para me dedicar a escrever qualquer coisa de minha inteira lavra.

Há também na biblioteca obras sobre a arte do amor que teriam feito o nosso velho Ovídio sentir-se como uma criança. Algumas são gregas e outras, traduções de velhos livros egípcios, e não sei realmente qual delas mereceria o lugar de honra. Não obstante, após ler algumas, em breve me cansei delas. Desde os dias de Augusto, o deus, esses escritos vêm sendo reunidos em salas secretas especiais e a ninguém é permitido copiá-los. Somente os pesquisadores podem lê-los.

Mas, voltando às profecias, há velhas e novas. As antigas foram arranjadas de jeito a incluir até mesmo Alexandre, para não mencionar Augusto, o deus, que trouxe paz ao mundo. Após ler as interpretações dessas profecias, começo a perceber cada vez mais claramente que a maior tentação que se apodera dos sábios é a de interpretar tais escritos à luz de seu próprio tempo e de acordo com o seu gosto.

Não obstante, estou convencido de uma coisa, e tudo o que está acontecendo em nossos dias vem apenas reforçar essa convicção. Até mesmo as estrelas testemunham esse fato. O mundo está entrando numa nova era, cujos sinais diferem de tudo o que veio antes. Isto se torna uma verdade tão clara e tão evidente que os próprios astrólogos, de Alexandria e da Caldéia, de Rodes e de Roma, estão de acordo nesse ponto. Por conseguinte, é natural e compreensível que se ligue o nascimento de um governante universal ao signo do Peixe.

Talvez esse governante fosse César Augusto, que nas províncias era venerado como um deus mesmo quando ainda vivia. Mas como te disse em Roma, meu padrasto Marcos Manilius em sua *Astronômica* mencionou a conjunção de Saturno e Júpiter em Peixe. É verdade que por motivos políticos ele omitiu essa passagem no livro que publicou; mas aqui também os astrólogos têm em mente essa conjunção. No entanto, se o senhor do mundo nasceu nessa época, estaria agora com trinta e sete anos e por certo já teríamos ouvido falar dele.

Hás de conjecturar porque te trago à lembrança abertamente numa carta algo que sussurrei em teu ouvido certa manhã, como o mais profundo dos segredos, quando as rosas floriam em Baias e eu acreditava, Túlia, que ninguém no mundo me compreendia mais do que tu. Mas sou mais experiente agora e aceito as profecias como uma pessoa adulta. Um sujeito meio cego observou para mim sarcasticamente, na biblioteca, que as predições são coisas da juventude. Depois de ler mil livros, o homem começa a perceber a verdade esmagadora; dez mil livros o deixam melancólico.

Escrevo-te abertamente por outra razão ainda, e esta é que ninguém em nosso tempo consegue guardar nada dentro de si. Mesmo as conversas mais íntimas podem ser ouvidas e passadas adiante, e não há carta que não possa ser lida e, se necessário, copiada. Vivemos numa era de desconfiança e cheguei à conclusão de que a melhor maneira de sobreviver é falar e escrever abertamente, exatamente de acordo com o que se pensa.

Por força do testamento que já conheces, tenho meios suficientes para satisfazer todas a minhas necessidades, embora não seja tão rico a ponto de minha morte trazer proveito para alguém. Por causa de minha origem não posso aspirar a nenhum posto no Estado, nem eu o desejaria. Falta-me essa espécie de ambição.

As estrelas apontavam na direção do Leste. Para te livrares de mim, falsa Túlia, fizeste-me deixar Roma porque eu me tornara um empecilho para ti. Não jurei mesmo então sair à procura do futuro senhor do mundo? Pois já é tempo que ele apareça. Eu iria ser um dos seus primeiros companheiros; entraria para o seu serviço e receberia a minha paga, de tal forma que um dia me tornaria digno de ser o teu quarto ou quinto marido. Como hás de ter rido de mim intimamente!

Não te precisas inquietar. Nem mesmo esse meu propósito dá a ninguém razão para me tirar a vida. Nenhum sinal há ainda de que tenha surgido um senhor do universo. Um tal fato seria bem conhecido em Alexandria, o umbigo do mundo, centro de todos os mexericos do universo, de suas filosofias e de suas intrigas. Além do mais, o próprio Tibério está bem ciente dessa conjunção de Júpiter e Saturno há trinta e sete anos atrás. E aquele cujo nome é desnecessário mencionar numa carta sabe de tudo isto. Mas ele acredita plena e firmemente que o senhor do mundo não virá do Leste.

Túlia, minha bem-amada, sei perfeitamente que este estudo das profecias nada mais é que um substituto para algo que me falta — um meio de evitar pensar em ti. Quando desperto pela manhã, és o meu primeiro pensamento; quando adormeço à noite, o meu último. Tenho sonhado contigo e permanecido desperto por tua causa. Nenhum homem se contenta com um rolo de pergaminho em troca da mulher que ama.

Deixei as profecias e mergulhei nos livros sagrados dos judeus. Há um filósofo judeu chamado Filo, que trabalha em Alexandria e interpreta esses escritos como parábolas, assim como os gregos e os romanos interpretam Homero. Dessa forma, julga ele tornar inteligível a religião judaica, com o auxílio da filosofia grega.

Conheces os judeus e a sua fé. Em Roma também eles se conservam separados dos outros e não oferecem sacrifícios aos deuses romanos. Por esta razão muitos os temem. Diversas famílias já adotaram o costume de reservarem o sétimo dia para descanso, à maneira judaica. Mas muitas pessoas desprezam os judeus porque têm apenas um deus, do qual, ao que se sabe, não se conhece uma única imagem.

Seja como for, uma profecia de tempos muito primitivos tem sobrevivido até hoje em seus livros sagrados. Refere-se ao futuro senhor do mundo. Seus profetas a vêm repetindo sempre, de forma que se tornou a mais bem conservada de todas. A esse governante chamam de Messias. Quando ele assumir o poder, os judeus governarão o mundo. Tal arrogância só pode ter-se originado nos sonhos de uma raça inteira, tão desgraçado e vergonhoso tem sido o seu destino, com um período de escravidão no Egito e outro na Babilônia, até que os persas permitiram aos judeus que regressassem ao seu próprio país. Seu templo também tem sido destruído inúmeras vezes, e mais recentemente por Pompeu, embora talvez involuntariamente. Diferem eles também dos outros povos pelo fato de possuírem apenas um templo, que se ergue em sua cidade santa, Jerusalém. As sinagogas que instalaram em todas as cidades do mundo não são templos, mas pontos de reunião, onde cantam juntos suas escrituras sagradas e as explicam uns aos outros.

Em virtude dessa profecia, segundo a qual um rei do universo inteiro nascerá entre eles, de forma que por seu intermédio reinarão sobre todas as nações, muitos são os que odeiam. Em conseqüência, já não conversam abertamente sobre o assunto, guardando para si próprios os seus conhecimentos e mantendo-se afastados dos outros.

E, no entanto, não fazem segredo sobre a profecia. Quando seus professores percebem um interesse amigo em alguém, de boa vontade ajudam o estranho a compreender suas escrituras sagradas. Pelo menos é o que acontece em Alexandria. Alguns homens eruditos, inclusive Filo, interpretam a profecia do Messias como uma parábola. Mas outros me asseguraram que deve ser tomada ao pé da letra. Para ser franco, creio que é preciso que se tenha sido educado em sua religião desde a infância para se ter alguma fé nesses obscuros escritos. Contudo, quando eu comparava uns com os outros todos os confusos profetas do mundo, tinha que reconhecer que essa profecia judaica era a mais explícita.

Os judeus de Alexandria pensam livremente e há na realidade entre eles verdadeiros filósofos, que se mostram dispostos a partir o pão com um estranho. Tornei-me amigo de um deles e bebi vinho sem água em sua companhia. Acontecem coisas assim em Alexandria. Quando o vinho soltou a sua língua, ele falou com grande ênfase do Messias e da soberania dos judeus sobre o mundo inteiro, que virá um dia.

Para provar quão literalmente os judeus e os seus próprios governantes acreditam na profecia do Messias, contou-me que o grande rei Herodes, poucos anos antes de sua morte, ordenou a matança de todas as crianças do sexo masculino, numa determinada cidade. Alguns sábios da Caldéia tinham seguido uma estrela e foram dar nessa cidade, situada na Judéia, tendo declarado em sua inocência que o futuro rei nascera ali. Herodes desejava conservar o trono para a sua própria família. Esta história parece demonstrar que ele se achava tão cheio de dúvidas quanto um certo governante de remotos tempos, que foi viver solitariamente numa ilha na sua velhice.

Hás de compreender, Túlia, que esta história brutal prendeu minha imaginação. Levando-se em conta o ano em que ocorreu a morte de Herodes, foi fácil calcular que o massacre teve lugar justamente na época em que Saturno e Júpiter se encontraram. Isto vem provar que a relativa posição dos astros causava tanta inquietação entre os judeus e os sábios do Oriente quanto em Rodes e Roma.

Perguntei-lhe:

— Acreditas então que o futuro Messias foi assassinado em seu berço?

O jovem filósofo judeu, com a barba úmida de vinho, soltou uma risada e respondeu:

— Quem poderia assassinar o Messias? Herodes estava doente e sua razão obnubilada.

Ainda assim, ele se achava um pouco atemorizado e relanceando o olhar à sua volta ajuntou:

— Não deves imaginar que ele tenha nascido naquela ocasião. Nenhuma época foi mencionada na profecia. Na certa, haveríamos de ter ouvido falar nele, a essa altura. Além do mais, toda geração tem o seu falso Messias, que provoca intranqüilidade entre o povo simples de Jerusalém.

Contudo, a idéia ficou a atormentá-lo, e quando tínhamos bebido mais vinho, observou significativamente:

— No tempo de Herodes, muitos fugiram de Jerusalém e de outros lugares para o Egito. Alguns permaneceram aqui, mas a maioria retornou aos seus lares após a morte de Herodes.

— Queres dizer que o Messias nasceu e foi levado para o Egito, para longe das garras de Herodes? — perguntei.

— Sou um saduceu, respondeu ele. — Assim falou para dar ênfase ao fato de que era um homem do mundo, devidamente livre dos costumes tradicionais judaicos. — Por conseguinte, tenho dúvidas. Não creio na imortalidade da alma, como os fariseus. Quando uma pessoa morre, vai para a terra e não existe mais. Assim está escrito. Já que vivemos apenas uma vez, nada mais lógico do que tentarmos obter algum prazer com isso. Nossos grandes reis não se privaram de nada, embora a superabundância de prazeres tenha entristecido o coração do sábio Salomão, no final. Contudo, mesmo as mentes mais eruditas conservam um recanto de infantil devoção. Ao bebermos vinho sem água, principalmente — e isto também é um pecado — acreditamos em coisas nas quais não creríamos se estivéssemos sóbrios. Eis porque irei contar-te uma história que ouvi quando completei meu décimo segundo ano e me tornei um homem.

Ele começou:

— No nosso dia de descanso ninguém pode trabalhar com suas mãos. No tempo de rei Herodes havia em Belém da Judéia um velho trabalhador que fugiu com sua jovem esposa e um filho recém-nascido. Pararam no Egito, junto aos jardins de bálsamo, e ali se estabeleceram. O homem provinha ao seu sustento e ao de sua família com o trabalho de suas mãos, e ninguém nada tinha a dizer contra eles. Mas num certo sábado sagrado o menininho de três anos foi apanhado pelos outros judeus do povoado a cozer no forno andorinhas feitas de argila. Foram bucar sua mãe, pois ele estava desrespeitando o sábado e a lei. Mas o menino soprou sobre as figuras de argila e elas voaram e se tornaram pássaros. Pouco tempo depois a família desapareceu do lugar.

— Esperas que eu acredite nessa espécie de história infantil? — indaguei-lhe, cheio de espanto, pois eu o considerava um homem desapaixonado.

Ele balançou a cabeça e manteve o olhar fixo à sua frente, com os seus protuberantes olhos judaicos. Era um homem de bela aparência, como é comum entre os judeus de antiga linhagem.

— Não foi esta a minha intenção, absolutamente — respondeu.

— Eu quis dizer simplesmente que uma história como essa indica que no tempo de Herodes uma família particularmente devota ou — apesar de toda a sua despretensão — particularmente notável, fugiu daqui para o Egito. Uma explicação racional sobre a origem de tal lenda poderia ser, por exemplo, que a mãe do pequeno profanador do sábado defendeu o menino com palavras tão candentes, tiradas das escrituras, que os seus acusadores silenciaram. Mas a verdadeira explicação talvez seja tão complexa que se perdeu na poeira dos tempos. Com a ajuda de nossas escrituras podemos provar qualquer coisa. E mais tarde, quando a família desapareceu tão quietamente como quando deixara a Judéia, o povo enfeitou a história de maneira que também as crianças a pudessem entender.

Ele deu por terminada a nossa conversa dizendo:

— Ah, tivesse eu ainda a mente de uma criança e acreditasse nas palavras da escritura como elas crêem! Viver assim seria mais fácil do que vagar entre as fronteiras de dois mundos. Jamais poderei ser um grego, e em meu íntimo já não sou mais um filho de Abraão.

No dia seguinte, a minha cabeça doía e eu me sentia indisposto, embora não pela primeira vez em Alexandria. Passei o dia nas termas. Depois de um banho, massagens, ginástica e uma boa refeição, fui tomado por uma fantástica sensação: o mundo da realidade parecia ter-se afastado de mim e o meu corpo era como uma sombra. Eis uma sensação que conheço bem; tem origem no meu nascimento. Não me deram o nome de Mezentius em vão. É nesse estado que o homem se mostra mais suscetível aos presságios, embora, mesmo então, o mais difícil esteja em distinguir os sinais verdadeiros dos falsos.

Quando deixei a fresca colunata das termas, o calor da rua me atingiu em cheio e o sol da tarde feriu-me os olhos como um relâmpago. Minha indisposição persistia. Caminhei pelas ruas regurgitantes, sem refletir para onde ia. Enquanto vagava assim à luz do sol, em completo alheamento, um guia tomou-me por um forasteiro e puxou-me pelo manto, propondo-me com volubilidade que visitasse as casas de prazer em Canopo, ou o farol de Faros, ou o boi Ápis em seu templo. O guia era insistente, e não consegui livrar-me dele senão quando se viu interrompido por um grito. Então apontou um dedo sujo para o que gritara e riu, dizendo:

— Olha o judeu!

A um canto do mercado de legumes estava um homem envolto em peles Tinha o cabelo e a barba emaranhados, a face chupada

15

devido ao jejum e seus pés estavam feridos. Gritava interminavelmente, repetindo a mesma monótona mensagem em aramaico, e seus olhos rolavam nas órbitas. O guia falou:
— Não creio que compreendas o que ele está dizendo.
Mas desde a minha juventude em Antioquia venho falando e compreendendo o aramaico, como sabes. Naqueles dias eu pensava seriamente na carreira de escriba de algum procônsul no Leste, antes de cursar a escola em Rodes e adquirir melhor compreensão do que queria da vida.
Assim compreendi perfeitamente bem o que aquele sectário judeu do deserto proclamava. Ele bradava sem cessar, numa voz que já se tornara rouca pelo esforço:
— Aquele que tenha ouvidos para ouvir, que ouça! o reino está ao nosso alcance! Que fique livre o caminho.
O guia explicou:
— Ele anuncia a vinda do rei judeu. São tantos desses cabeças ocas que pululam aqui, vindos do deserto, que a polícia já nem se dá ao trabalho de chicoteá-los. Além do mais, é uma boa política deixar os judeus disputarem entre si. Enquanto se engalfinharem uns com os outros, nós, o povo do ginásio, seremos deixados em paz. Não há povo mais sanguinário do que o judeu. Felizmente para nós, suas várias facções se odeiam umas às outras com mais violência do que a nós, que por eles somos chamados de heréticos.
Durante todo esse tempo a voz rouca e dissoante bradava as mesmas palavras, de tal forma que por fim elas ficaram impressas na minha memória. A voz proclamava que um reino se aproximava, e no estado em que me encontrava não pude evitar de tomar aquele brado como um presságio para mim próprio. Era como se, num único momento, as profecias que eu estudara durante todo o inverno tivessem despido o disfarce do seu obscuro palavreado e se juntassem numa única e clara frase: "O reino está próximo".
O guia continuava a tagarelar, ainda agarrado a uma ponta do meu manto.
— A festa pascal dos judeus se aproxima — ele me dizia. — As últimas caravanas e navios estão prontos para partir com peregrinos, a caminho de Jerusalém. Veremos que espécie de trapalhada haverá de novo este ano.
— Seria interessante visitar a cidade santa dos judeus, algum dia — comentei ociosamente.
Isto trouxe tal animação ao meu guia que ele começou a gritar:
— Um sábio desejo, senhor, pois o templo de Herodes é uma das maravilhas do mundo. Aquele que nunca o teve diante dos

olhos em suas viagens não viu nada. Quanto aos tumultos e desordens, nada deves temer, eu gracejava apenas. Na Judéia as estradas são seguras e em Jerusalém prevalece a lei romana e a ordem. Há uma legião completa estacionada no país, para manter a paz. Vem comigo a uns poucos passos daqui, e com minhas boas relações conseguir-te-ei facilmente uma passagem num navio que vá para Jopa ou Cesaréia. Naturalmente serás informado, logo de início, que todas as passagens foram vendidas para a páscoa, mas falarei em teu nome. Seria realmente um escândalo se um romano ilustre como tu não encontrasse acomodação num navio de passageiros.

Ele me arrastou pelo manto com tanto entusiasmo que me deixei levar passivamente, acompanhando-o ao escritório de um sírio, proprietário de navios, que na verdade ficava a apenas poucos passos do mercado de legumes. Em breve descobri que não era o único estrangeiro que desejava ir a Jerusalém para a páscoa. Além de numerosos judeus de todos os cantos do mundo, estavam ali muitos viajantes comuns que desejavam ver algo de novo.

Depois de ter o guia altercado furiosamente em meu favor, como só um grego sabe altercar com um sírio, tomei conhecimento de que tinha adquirido para mim um lugar a bordo de um navio de peregrinos que se destinava à costa da Judéia. Asseguraram-me de que se tratava do último navio que saía de Alexandria naquela páscoa. Sua viagem fora retardada porque era um navio novo em folha e ainda estava à espera de umas poucas peças do seu equipamento, mas na manhã seguinte partiria em sua viagem inaugural. Por conseguinte, não precisava eu temer a sujeira entranhada e os parasitas que normalmente tornam tão desagradáveis as viagens ao longo desta costa.

O guia cobrou-me cinco dracmas pelos seus serviços, mas ele os mereceu, já que eu tivera um presságio e tomara a minha decisão. Ele ficou para trás, bastante satisfeito, para extorquir uma comissão também do despachante. Nessa tarde procurei o meu banqueiro, em busca de uma carta de crédito para Jerusalém, já que sou um viajante bastante experimentado para não trazer comigo desnecessariamente grandes somas de dinheiro quando em visita a um país estranho. Paguei minha conta na estalagem, saldei várias outras dívidas e no correr da noite despedi-me de alguns conhecidos, dos quais não me podia afastar sem uma palavra de adeus. Para evitar zombarias, não disse a ninguém aonde ia, explicando simplesmente que partia para uma jornada e estaria de volta pelo outono, no mais tardar.

Permaneci acordado por longo tempo, sentindo mais intensamente do que nunca como aquele agitado inverno em Alexandria me tinha corroído o espírito e o corpo. Alexandria, com todos os seus encantos, talvez seja uma das maravilhas do mundo; não obstante, pareceu-me que eu a deixava na undécima hora. Tivesse eu permanecido ali por mais tempo e teria sucumbido à febre que domina a cidade, tão sedenta de prazer, tão exaurida pela sabedoria da Grécia. Um homem que já começou a fraquejar, como eu, poderia facilmente ter-se deixado ficar em Alexandria para o resto da vida.

Eis porque julguei que uma viagem por mar e alguns dias de tranqüila caminhada pelas estradas romanas da Judéia me fariam bem, tanto ao corpo quanto ao espírito. Mas, como geralmente acontece, quando me levantei na manhã seguinte, após pouquíssimas horas de sono, não pude evitar de invectivar-me e me considerar um louco por deixar todo o conforto de uma vida civilizada em troca de uma visita ao hostil e desconhecido país dos judeus, em busca de uma miragem nascida em minha própria mente por força de umas poucas frases obscuras e oraculares.

Tornou-se-me ainda mais difícil encontrar a calma quando, ao chegar à baía, descobri que fora enganado mais escandalosamente ainda do que imaginara. Somente consegui localizar o navio depois de uma longa busca e de muitas indagações, pois a princípio não podia acreditar que aquele velho e miserável calhambeque, em lamentável estado, era o navio novo em folha descrito pelo sírio e que estava ainda sendo equipado para a sua viagem inaugural. De que o seu equipamento era incompleto, não havia dúvida, pois jamais conseguiria manter-se à tona sem o reforço de cintas de metal à sua volta e o pixamento de seu casco até o último momento. Seu cheiro me lembrava as casas de prazer em Canopo, pois o proprietário providenciara a queima de incenso ordinário por toda a parte, afim de abafar os outros odores a bordo. Pedaços de panos coloridos pendiam dos seus flancos apodrecidos e um carregameto de flores murchas fora trazido do mercado para celebrar a partida.

Em uma palavra, aquele calhambeque mal-acabado e porcamente calafetado parecia uma velha prostituta de beira de cais, que não ousa enfrentar a luz do dia senão depois de se envolver dos pés à cabeça em espalhafatosos véus, de emplastar suas rugas de pintura e de se assegurar que o odor do seu perfume ordinário se espalha aos quatro ventos. Pareceu-me ver a mesma expressão fria e velhaca nos olhos do comissário de bordo, quando ele jurou e protestou que eu me encontrava no navio certo e me mostrou meu cubículo, em meio à confusão de brados e berros, lágrimas, disputas e gritos de adeus em várias línguas diferentes.

Não pude nem mesmo zangar-me; só me restava rir. No final de contas, nenhum homem é obrigado a sair à cata de perigos; pode confiar no seu bom senso para mantê-lo afastado deles. Por outro lado, se fugir de todo perigo, sua vida se torna insuportável. Tenho ouvido os ensinamentos de tantos filósofos que já firmei minha opinião: nem mesmo o mais cauteloso dos homens pode prolongar por um segundo que seja o prazo de vida recebida.

É verdade que mesmo em nossos dias há ainda um bom número de pessoas ricas que são supersticiosas e infringem a lei romana, sacrificando um jovem escravo à deusa de três cabeças, a fim de prolongarem a sua vida com a oferta de outra. Em qualquer uma das grandes cidades do Leste podemos encontrar um mágico ou um sacerdote renegado, que conhece as palavras mágicas e se dispõe a executar essa espécie de sacrifício em troca de uma quantia substanciosa. Mas no meu ponto de vista tudo isto não passa de uma ilusão e de um erro cruel. A humanidade certamente possui uma capacidade infinita de iludir-se a si própria e depositar fé em seus próprios desejos; não obstante, creio que mesmo que eu venha a alcançar a idade provecta, jamais temerei a morte a ponto de me tornar vítima de tal credulidade.

Na minha ridícula situação, constituiu para mim um conforto saber que o navio iria bordejando a costa e que sou um bom nadador. Achava-me cheio de euforia e não me ressenti com a fraude de que tinha sido vítima. Resolvi tirar o melhor partido de tudo e gozar a viagem, de forma a ter mais tarde uma divertida história para contar — com os devidos exageros — sobre os percalços e desconfortos que enfrentara.

A âncora foi levantada, os remadores se atiraram aos remos, inteiramente fora de compasso, a popa se afastou do cais e o capitão esvaziou no mar um cálice, numa libação à deusa da fortuna. Não poderia ter escolhido uma divindade mais apropriada para oferecer o seu sacrifício, pois devia saber que iríamos necessitar de muita sorte para chegarmos sãos e salvos ao nosso destino. Os passageiros judeus ergueram as mãos e chamaram em sua linguagem sagrada ao seu deus para que os socorresse. Na proa, uma moça engrinaldada dedilhava uma lira, enquanto um jovem junto dela tocava uma flauta e em breve as canções favoritas em Alexandria enchiam os ares. Os peregrinos judeus descobriram para desgosto seu que tínhamos a bordo um grupo de atores ambulantes, mas agora era inútil qualquer reclamação. Além do mais, nós, que na sua opinião éramos impuros, formávamos a maioria dos passageiros, e aqueles peregrinos retardatários não eram ricos. Viram-se, pois, forçados a suportar a nossa sombra e a se resignarem à incessante purificação do vasilhame das refeições.

Em nossos dias, a solidão é o mais raro dos luxos. Por esta razão nunca pude suportar a presença de escravos, a observarem todos os meus passos, todos os meus gestos, e tenho pena dos que, em virtude de sua posição, se vêem forçados a viver cercados de escravos durante as vinte e quatro horas do dia. A bordo tive que dispensar o luxo da solidão e partilhar minhas acomodações com os tipos mais diversos e duvidosos. Felizmente os passageiros judeus tinham seus próprios dormitórios, bem como grelhas sobre caixotes de areia, onde preparavam seus alimentos separadamente. Não fosse isso, ter-se-iam sentido tão terrivelmente contaminados e corrompidos que, ao desembarcarem na costa da Judéia, dificilmente se atreveriam a prosseguir viagem até a sua cidade santa, tão severas são as suas leis e regras quanto à purificação.

Não tivesse vindo em nossa ajuda um brando e favorável vento, e acredito que jamais teríamos alcançado o nosso destino, pois os remadores — tão desengonçados quanto o próprio navio — eram pobres velhos fungões, ofegantes, defeituosos e aleijados. Não eram nem mesmo escravos, mas rebotalhos de uma classe ainda mais baixa, que na falta de melhor emprego se tinham deixado contratar para aquele duro trabalho físico. Sim, aquele bando de remadores poderia ter formado o coro de uma peça satírica. O próprio feitor, marcando o compasso em sua plataforma elevada, ria até as lágrimas quando os via a entrechocarem os remos ou estirados no chão a cochilar durante o seu trabalho. Creio que ele usava o chicote apenas por uma questão de formalidade, pois não era possível arrancar deles mais do que já tinha sido tirado.

Da viagem propriamente dita nada mais tenho a dizer, senão que dificilmente poderia inspirar devoção à minha alma, nem prepará-la para a cidade santa das profecias. A devoção e a reverência dos judeus ao seu templo exigiam que elevassem suas mãos numa prece todas as manhãs, ao meio-dia e à noite e entoassem, incessantemente, melancólicos ou jubilosos salmos para a glória do seu deus. Nas outras horas do dia, canções populares gregas ecoavam no convés anterior, onde os atores ensaiavam. E quando os remadores recebiam ordens de retornar aos remos por algum tempo, o rumor de suas roucas lamentações subia do convés inferior.

A moça grega, que iniciara a viagem com uma grinalda na cabeça e uma lira nas mãos, chamava-se Mirina. Era uma moça delgada, com um curto narizinho e verdes olhos frios e perquiridores. Apesar de toda a sua juventude, sabia não só cantar como tocar, sendo também uma exímia dançarina acrobática. Constituía um verdadeiro prazer observá-la exercitar-se diariamente no convés, embora os devotos judeus ocultassem o rosto e se lamuriassem em altas vozes contra aquela abominação.

Mirina é um nome de amazona. Ela me informou com grande candura que recebera esse nome por ser tão magra e sem formas. Já se exibira antes na Judéia e para além do Jordão, nas cidades gregas da Peréia. Explicou-nos que havia um teatro em Jerusalém, mandado construir por Herodes, mas havia pouca esperança de que pudesse exibir-se ali, uma vez que poucos espetáculos eram apresentados devido à falta de espectadores. Os judeus odeiam o teatro, assim como odeiam a civilização grega — até mesmo os aquedutos — e as poucas pessoas ilustres da cidade constituíam uma minoria insuficiente para encher o teatro. Por esse motivo os artistas se destinavam ao outro lado do Jordão, onde os romanos tinham estabelecido uma cidade-recreio para a décima segunda legião, e onde sempre havia uma entusiástica embora indisciplinada assistência. Esperavam exibir-se também em Tiberíades, sede do governo no Mar da Galiléia, e na viagem de volta iam tentar a sorte na cidade romana de Cesaréia, na costa da Judéia.

Depois que eu conversara assim cordialmente com Mirina, ela se esgueirou no meu cubículo aquela noite, sussurrando que eu poderia fazê-la feliz presenteando-a com umas duas moedas de prata, uma vez que ela e seus companheiros eram muito pobres e tinham dificuldade em adquirir os trajes e os sapatos necessários para o palco. Não fosse isso e não me teria procurado, pois se considerava uma moça decente.

Ao remexer dentro da bolsa na escuridão, a primeira coisa que encontrei foi uma pesada moeda de dez dracmas, e essa moeda entreguei a ela. No auge da satisfação, a moça abraçou-me e beijou-me, declarando que, por causa de minha generosidade, não podia resistir-me e que eu poderia fazer com ela o que desejasse. Quando percebeu que eu nada exigia — pois, para falar a verdade, eu me tinha cansado das mulheres durante o meu inverno em Alexandria — mostrou-se grandemente surpreendida e me indagou inocentemente se eu preferia, em troca, que fosse buscar o irmão, que era ainda jovem e imberbe. Nunca me senti atraído para esse vício grego, embora naturalmente tivesse tido os meus admiradores platônicos durante o tempo em que freqüentei a escola em Rodes. Quando lhe assegurei que me bastava a sua amizade, ela deduziu que por alguma razão eu fizera um voto de castidade temporário e não mais me importunou. Em troca, falou-me sobre a moral dos judeus e assegurou-me que encontrara alguns que não consideravam pecado a fornicação com as mulheres estrangeiras, contanto que se conservassem afastados das mulheres judias. Como prova do que dizia, sussurrou-me ao ouvido algumas histórias, na escuridão do cubículo, mas na realidade não lhe dei crédito. Afinal eu aprendera a respeitar os judeus em meus contatos com seus professores em Alexandria.

Quando as colinas da Judéia já se erguiam como uma miragem por cima do irisado mar, Mirina confiou-me o sonho de sua vida, como uma moça às vezes confia num amigo mais velho. Ela sabia muito bem que o período áureo de uma dançarina é curto; em conseqüência, esperava juntar algum dinheiro e, quando chegasse a hora, estabelecer-se com uma modesta loja de perfumes, nalguma cidade costeira, livre e amena, e instalar junto a ela uma tranqüila casa de prazer. Observava-me com inocentes olhos enquanto explicava que o seu tempo de espera seria encurtado se tivesse a boa fortuna de arranjar um amante rico. Desejei-lhe de todo o coração que isso acontecesse. E fosse o fato devido aos sacrifícios do capitão, ou a um golpe de sorte, ou ainda às persistentes orações dos peregrinos judeus, a verdade é que aportamos a Jopa — comidos de parasitas, famintos, sedentos e sujos, mas fora disto incólumes — três dias antes da festa pascal judaica. Os judeus se achavam com tanta pressa que mal tiveram tempo de se purificar e fazer uma refeição com seus parentes, antes de se porem a caminho de Jerusalém, embora a noite já estivesse chegando. Mas o ar era ameno, inumeráveis estrelas cintilavam sobre o mar e a luz do luar tornava fácil a caminhada. A baía estava abarrotada de embarcações, vendo-se em seu meio grandes navios da Itália, da Espanha e da África. Tal fato me teria levado a concluir, se já não o tivesse feito, que o amor dos judeus ao seu templo constitui um proveitoso negócio para todos os armadores de navios do mundo.

Sabes que não tenho preconceito de classe. Contudo, sentia-me pouco predisposto a continuar a jornada em companhia dos artistas gregos, na manhã seguinte, embora eles me tivessem suplicado ardentemente que o fizesse, na esperança de se valerem da minha proteção, pois não havia um único cidadão romano entre eles. Assim, decidi terminar esta carta em paz e sossego em Jopa

— eu a começara a bordo — para passar o tempo e explicar a ti o impulso que me levou a empreender esta jornada.

Aluguei um quarto particular, onde descanso daquela miserável viagem e te escrevo estas palavras. Tomei um banho e me cobri de pó parasiticida. As roupas que usei a bordo dei-as aos pobres, ao verificar que as pessoas se mostravam ofendidas diante da minha intenção de queimá-las. Estou começando a me sentir eu mesmo outra vez. Meu cabelo foi tratado e untado com óleo, comprei roupas novas. Sendo uma pessoa de hábitos simples, tenho pouca bagagem, embora uma boa quantidade de papiros novos, de material para escrever e algumas lembranças que trouxe de Alexandria, para serem usadas como presentes na ocasião oportuna.

Não só os poderosos como os humildes podem conseguir meios de transporte para Jerusalém no mercado de Jopa. Eu poderia ter alugado uma liteira e uma escolta, ou viajado numa carreta puxada por bois, poderia mesmo ter montado num camelo levado por um guia. Mas, como já disse, a solidão é o meu maior luxo. Assim, pretendo alugar um jumento amanhã bem cedo, carregá-lo com minhas parcas possessões, com um odre de vinho e uma sacola de alimentos, e me pôr a caminho de Jerusalém a pé, como convém a um pacífico peregrino. É de bom grado que acolho esse exercício físico, depois do período de relaxamento em Alexandria, e não preciso recear os salteadores, pois as estradas estão abarrotadas de gente que se destina à festa da páscoa e guardadas por patrulhas da décima segunda legião.

Túlia, minha bem-amada, não foi para te humilhar ou te fazer ciúmes que te falei sobre Mirina e as mulheres de Alexandria. Não que isto te pudesse ferir — ou causar-te a mais leve mágoa ao coração —, pois receio que só te traga satisfação o fato de te haveres tão engenhosamente livrado de mim. Contudo não sei o que se passa em teu íntimo e é bem possível que algo te tenha impedido de embarcar. Por conseguinte, juro que esperarei por ti em Alexandria novamente, no próximo outono, até o fim da temporada de navegação. Deixei ali todas as minhas possessões; nem mesmo um livro trouxe comigo. Poderás obter meu endereço na agência romana de viagens ou com meu banqueiro, se eu não estiver no cais quando chegares; mas sinto em meu coração que estarei à espera de todo navio que chegar da Itália, exatamente como fiz no outono passado.

Nem mesmo sei se te deste ao trabalho de ler esta carta até o fim, embora eu tenha procurado torná-la o mais variada possível. Na verdade, meus pensamentos são mais sérios do que o demonstram minhas palavras. Durante toda a minha vida tenho vacilado entre as doutrinas de Epicuro e a dos estóicos, entre o gozo e o acetismo. Os prazeres exagerados de Alexandria, a vã glutoneria do corpo e do espírito, exauriram minha alma. Tu sabes e eu sei que a volúpia e o amor são duas coisas diferentes. Na luxúria fazemos uma espécie de treino, como para as corridas ou a natação, mas a luxúria por si só engendra a melancolia. É estranho, inacreditável, no entanto, encontrar a pessoa para a qual nascemos. Eu nasci para ti, Túlia, e meu louco coração me diz ainda que também nasceste para mim. Não te esqueças das noites em Baias, no tempo das rosas.

Seja como for, não leves demasiado a sério o que escrevi sobre as profecias. Tua boca zombeteira tem permissão para sorrir e sussurrar: "Marcos é ainda o sonhador incorrigível!" No entanto, se eu não fosse assim, talvez não me amasses, se é que ainda me amas. Não sei.

Jopa é um porto muito antigo, inteiramente sírio. Mas enquanto te escrevo isto, sinto-me em casa aqui. Túlia, minha bemamada, não te esqueças de mim. Levarei esta carta comigo e a enviarei de Jerusalém, pois nenhum navio voltará a Brundísio antes da páscoa dos judeus.

SEGUNDA CARTA

Marcos para Túlia:

Escrevo-te no dia da páscoa dos judeus na sua cidade santa, Jerusalém, na fortaleza Antônia. Algo com que jamais sonhei desabou sobre minha cabeça, e ainda não sei realmente do que se trata. Túlia, encontro-me num estado de total perplexidade, por isto te escrevo numa tentativa de esclarecer para mim próprio e para ti o que vem de suceder.

Já não desprezo presságios, e na verdade em meu coração sinto que jamais o fiz, não importa quão escarninhamente tenha falado e escrito sobre eles. É com uma alarmante certeza que acredito terem sido os meus passos guiados para essa jornada e que eu não poderia tê-la evitado mesmo que desejasse. Mas que poderes me guiaram até aqui, não sei dizer. Começarei do princípio.

Aluguei um jumento no mercado, para companheiro de viagem, resistindo a todas as tentações de fazer uma jornada mais confortável, e me pus a caminho de Jerusalém com os últimos dos peregrinos. Meu jumento era uma criatura dócil e bem treinada, de forma que nem uma vez sequer me vi em dificuldades com ele, durante o percurso.

Tanto quanto pude saber, o animal já palmilhara a estrada de Jopa a Jerusalém tantas vezes que a conhecia muito bem e a todos os seus pontos de descanso, povoados e estalagens ao longo da estrada. Não poderia ter desejado melhor guia e creio que ele começou a se tomar de amizade por mim porque nunca o montava, nem mesmo nos trechos em declive, preferindo caminhar com meus próprios pés e me beneficiar com o exercício.

A viagem de Jopa a Jerusalém mal levaria dois dias de marcha para um legionário, embora as colinas sejam mais cansativas do que as terras planas para o viajeiro a pé. Mas o caminho se torna mais variado por isto mesmo e a Judéia é uma terra bela e fértil. As amendoeiras já não se acham mais em florescência nos vales, mas ao longo da estrada as encostas estão cobertas de flores e sua agridoce fragrância me acompanhou todo o tempo. Eu tinha repousado, sentia-me rejuvenescido e foi um prazer para mim cansar as pernas, como nos campos de esporte da minha juventude.

Não só a educação que recebi como a cautela que, como sabes, meu destino me forçou a usar, ensinaram-me a fugir de exibições. Nem por meu comportamento nem por meus trajes desejo sobressair-me no meio de uma multidão. Esta espécie de vaidade me faz rir. Não tenho precisão de servos nem de arautos que anunciem a minha chegada. No decorrer de minha jornada puxei meu jumento humildemente para um lado quando grandes personalidades passavam apressadas, espicaçando afanosamente seus escravos e seus animais. Obtive mais prazer na maneira inteligente como meu jumento erguia as orelhas quando se voltava para me olhar, do que teria tido se aquelas ricas e ilustres pessoas tivessem parado e me saudado, convidando-me a lhes fazer companhia.

Os judeus usam borlas nas pontas de seus mantos e por esse meio reconhecem-se uns aos outros em qualquer parte do mundo, embora em outros aspectos se vistam como nós. No entanto, esta estrada, que Roma ampliou e tornou uma excelente rota para os exércitos, é tão antiga e está tão habituada a tantas raças que ninguém me prestou atenção, a despeito da ausência de borlas em meu traje. Na estalagem à beira do caminho, para onde me levou o jumento, deram-me água, como a todos os demais, para refrescar o animal e lavar meus pés e mãos. Em meio àquela torrente humana, os criados da estalagem não tinham espaço para distinguir entre um estrangeiro e um judeu. Era como se todas as raças, além dos naturais do país, se tivessem posto a caminho para celebrar com júbilo e alegria a libertação dos judeus da escravidão no Egito.

Poderia facilmente ter alcançado Jerusalém na noite do segundo dia, se me apressasse um pouco. Mas eu era um estrangeiro, inatingido pelo fervor dos judeus. Agradava-me respirar o ar fresco das colinas e o esplendor das flores nas encostas encantava-me a vista. Após a febricitante vida em Alexandria, meu espírito estava leve e eu usufruía todos os momentos, de tal forma que um simples pedaço de pão me sabia melhor do que todos os manjares do Egito. Sim, não desejava nem mesmo misturar meu vinho com água nessa jornada, para que não me amortecesse os sentidos; a água pura era o bastante para mim.

Assim, propositadamente me demorei pelo caminho, e o som da flauta dos pastores numa colina, recolhendo seus rebanhos para a noite, surpreendeu-me quando eu me achava ainda a alguma distância de Jerusalém. Poderia ter descansado um pouco e depois seguido para Jerusalém sob a luz da lua. Mas ouvira falar no maravilhoso espetáculo que se depara ao peregrino quando se aproxima da cidade à luz do dia e a vê surgir à sua frente para além do vale, com seu deslumbrante templo em branco e ouro iluminado pelo Sol. Era assim que eu desejava ver a cidade santa dos judeus pela primeira vez. Por isso, para espanto do meu jumento, afastei-me da estrada e me dirigi a um pastor que ia a caminho de uma caverna na encosta da colina levando o seu rebanho, reunido num compacto bloco. Ele falava o dialeto da terra mas conseguiu entender o meu aramaico, assegurando-me que não havia lôbos naquela populosa região. Não tinha nem mesmo um cão que protegesse o seu rebanho contra as feras, mas informou-me que como medida de segurança dormia à boca da caverna, caso surgissem chacais. Suas provisões consistiam num enegrecido pão de cevada e num queijo de leite de cabra amassado em forma de bola. Assim, ficou encantado quando parti com ele pão de trigo e ofereci-lhe um favo de mel e alguns figos secos.

Vendo que eu não era judeu, não quis compartilhar do meu pedaço de carne, mas não me repudiou por causa disto. Comemos juntos, sentados à boca da caverna, enquanto meu jumento podava avidamente o capim junto às moitas de espinheiros da colina. Então o mundo se tornou repentinamente cor de púrpura como um estendal de anômonas, as trevas desceram e as estrelas se acenderam no céu, ao mesmo tempo que o ar ficava fresco e eu sentia o calor concentrado das ovelhas irradiando-se do interior da caverna. O odor de lã e de sebo era forte, mas não me desagradava; trazia-me uma sensação de segurança, como um sopro da infância e do meu lar. Espantei-me ao perceber lágrimas brotando em meus olhos. Mas não eram por ti, Túlia. Eram lágrimas de fadiga, pensei, pois minha peregrinação cansara meu corpo enfraquecido. Contudo, imagino que chorava realmente por mim mesmo, por tudo o que ficara para trás e se perdera irrevogavelmente, e também pelo que estava por vir. Naquela hora eu me teria curvado e bebido sem medo da fonte do esquecimento.

Dormi no chão, do lado de fora da caverna, tendo por teto o céu estrelado, como o mais pobre dos peregrinos. Tão profundo foi o meu sono que o pastor já levara o seu rebanho para as pastagens quando despertei. Não conseguia lembrar-me de nenhum sonho de mau agouro e no entanto tudo parecia diferente de quando me deitei para descansar. A encosta estava voltada para o oeste e ainda jazia mergulhada em sombras, embora o Sol já iluminasse as outras que a defrontavam. Sentia-me moído, desanimado e inquieto; e o jumento se postara perto de mim, com a cabeça baixa. Não podia compreender o que ocasionara aquela mudança no meu estado de espírito. Não era possível que eu estivesse tão estragado pelo conforto a ponto de dois dias de caminhada e uma noite passada no chão duro me terem esgotado daquela maneira. Atribuí tudo a uma mudança do tempo, pois sempre fui tão sensível a isso quanto aos sonhos e presságios.

Tão inquieto me achava que não quis comer. Sentia-me incapaz de engolir um único bocado. Tomei alguns goles de vinho do odre, mas isso não me reanimou, e comecei a recear ter bebido água poluída e estar doente.

Ao longe, na estrada, vi caminhantes subindo pela colina próxima; mas muito tempo se passou antes que eu pudesse vencer o meu mal-estar, carregar de novo o asno e retomar a estrada. Custou-me grande esforço arrastar-me colina acima, mas quando por fim alcancei-lhe o topo percebi o que acontecera. Um vento ardente me atingiu o rosto, o persistente vento do deserto que, quando aparece, sopra dia após dia, trazendo doenças e dor de cabeça e produzindo vômitos nas mulheres; o vento que ulula através das frestas das casas e sacode as janelas a noite inteira.

Esse vento ressecou-me a face num instante e fez arderem meus olhos. O Sol, já alto, perdera o seu brilho ofuscante e se tornara um disco de brasa ardente. Foi então que vi a cidade santa dos judeus surgir além do vale, rodeada pelos seus muros. Com os olhos em fogo e um gosto de sal na boca, contemplei as torres do palácio de Herodes, o amontoado de grandes casas pelas encostas, o teatro e o circo e, mais grandioso do que tudo, o templo branco e dourado, com seus muros, seus prédios adjacentes e suas colunatas.

Mas sob aquele Sol amortecido o templo não refulgia como me tinham informado. O mármore se mostrava baço e os ornamentos dourados destituídos de brilho. Trata-se indubitavelmente de uma vasta e poderosa estrutura, uma incomparável criação da arquitetura moderna. Mas não senti o que sentem os judeus ao contemplá-lo. Ao invés, observei-o como que levado por um senso do dever, pois era o que me cumpria após a longa jornada feita. Já não era jovem, como quando vi pela primeira vez o templo em Éfeso. Não senti a mesma veneração diante do milagre da beleza nesse momento, com o vento sufocante a atirar poeira salgada em meus olhos.

Meu jumento voltou a cabeça e olhou-me surpreso quando o impeli para a frente mais uma vez. Ele parara por sua própria vontade no topo da colina, no ponto de onde melhor se descortinava o panorama, e na certa esperava que eu me dedicasse por algum tempo a soltar gritos de admiração e alegria, ou me pusesse a entoar cânticos de louvor e a orar. Acusei-me a mim próprio de ser arrogante e um escravo do conforto, por não me sentir extasiado por aquela visão que para inumeráveis pessoas era a mais sagrada de todas, tudo isto porque meu corpo estava cansado e o vento era malévolo. O jumento balançou as orelhas em sinal de aborrecimento e se dispôs a descer a estrada serpeante até o vale. Eu caminhava junto dele segurando o cabresto, tão fracos se mostravam os meus joelhos.

Quanto mais avançávamos para baixo, menos o vento nos importunava, e quando atingimos o fim da descida já mal o notávamos. Cerca do meio-dia alcançamos o ponto onde a estrada de Jopa se junta à de Cesaréia, transformando-se numa rodovia romana. Uma densa torrente humana seguia em direção da cidade. Nas proximidades da porta de entrada, vi que as pessoas paravam em grupos e se punham a contemplar um outeiro próximo, enquanto muitas outras cobriam a cabeça e seguiam apressadamente o seu caminho. O jumento começou a mostrar-se assustado. Levantando os olhos percebi três cruzes erguidas na colina coberta de espinheiros e pude discernir os corpos estrebuchantes dos homens crucificados. Um grande número de pessoas se aglomerara na colina oposta da cidade, para observar.

A estrada também estava repleta e eu não poderia ter aberto caminho até a porta, mesmo que o desejasse. Já tivera oportunidade de ver criminosos serem crucificados antes, naturalmente, e muitas vezes parara para observar seu tormento, a fim de me fortalecer diante do sofrimento. Na arena do circo assistira a mortes ainda mais cruéis, mas havia algo de excitante nisso, então. Uma crucificação nada oferece nesse sentido: nada mais é que um simples método degradante e demorado, de se tirar a vida de um homem. Se alguma satisfação me traz a minha cidadania romana, reside ela na certeza que tenho de que serei executado com um rápido golpe de espada, se algum dia for condenado à morte.

Fosse outro o meu estado de espírito e creio que teria simplesmente desviado os olhos, procurando esquecer aquele mau presságio, e seguido o meu caminho o mais rápido possível. Mas a visão dos três homens crucificados de algum modo intensificou a desagradável sensação que a mudança do tempo produzira em mim, embora a sorte daqueles três não fosse da minha conta. Não sei dizer porque me senti compelido a fazer o que fiz, mas puxei o jumento da estrada, caminhei alguns passos e fui abrindo caminho colina acima, entre a multidão silenciosa.

Alguns soldados sírios da décima segunda legião se achavam estirados junto às cruzes, jogando dados e bebendo vinho azedo. Não me pareceu que as vítimas eram simples escravos ou criminosos, pois a uma pequena distância dos soldados um centurião também se achava de guarda. A princípio lancei apenas um rápido olhar para as figuras convulsas, mas depois notei que no topo da cruz central, acima da cabeça do homem condenado, fora pregada uma inscrição. Nela estava escrito em grego, latim e na própria língua da terra: JESUS DE NAZARÉ, REI DOS JUDEUS. A princípio não percebi bem o sentido do que lera, tal era a minha perturbação. Então vi que uma coroa de espinhos fora enterrada firmemente na cabeça pendente do homem, representando a coroa de um rei. Sua face estava estriada de sangue seco que escorrera dos ferimentos causados pelos espinhos.

Quase que no mesmo instante, não só a inscrição como a face do crucificado se cobriram de névoa diante de meus olhos, o Sol desapareceu e o dia se tornou tão escuro, embora fosse ainda meio-dia, que eu mal podia distinguir as pessoas mais próximas de mim. Os pássaros silenciaram completamente, como durante um eclipse, e o mesmo sucedeu às vozes do povo, até que nada mais se ouviu senão o tilintar dos dados dos soldados nos seus escudos e a respiração ofegante dos condenados.

Eu me pusera a caminho em busca do rei dos judeus, Túlia, como te disse quase num gracejo em minha última carta. Encontrei-o às portas de Jerusalém, ainda vivo mas pregado a uma cruz na colina. Quando compreendi a inscrição e vi a coroa de espinhos em sua cabeça, nem por um momento duvidei que tinha encontrado o homem que procurava: o homem cujo nascimento fora previsto por uma conjunção de estrelas, o rei dos judeus, que, segundo suas escrituras, iria surgir como o senhor do universo. Como cheguei a essa conclusão imediatamente, e de maneira tão clara, é-me impossível explicar, embora se torne evidente que a depressão que eu vinha sentindo desde o amanhecer me preparara para aquele sombrio momento.

Dei graças à escuridão do céu, que me poupou testemunhar de perto e indiscretamente a sua vergonha e o seu tormento. Eu já tinha verificado que ele fora esmurrado violentamente no rosto e chicoteado segundo o costume romano. Achava-se, pois, num estado consideravelmente mais precário do que o dos outros, que eram vigorosos, apesar de homens do povo.

Por algum tempo, já que o Sol escurecera, todas as vozes dos homens e da natureza silenciaram. Depois exclamações de admiração e de temor começaram a brotar aqui e ali. O próprio centurião ergueu os olhos e perscrutou os quatro cantos do céu. Meus olhos foram se acostumando à escuridão e aos poucos fui distinguindo os contornos do terreno e o povo à minha volta. Nesse momento, alguns judeus de elevada categoria começaram a forçar caminho entre a multidão, cujo terror tinham observado. Pelos ornamentos em suas cabeças percebi que se tratava de homens de posição e de doutores, e eles usavam esplêndidas borlas nas pontas de seus mantos. Dirigiram-se em altas vozes e entusiasticamente ao poviléu e se puseram a escarnecer do homem crucificado, incitando-o a provar que era um rei e descer da .cruz. Gritaram-lhe ainda outras palavras acintosas, claramente alusivas às coisas que em outros tempos ele dissera ao povo.

Dessa maneira tentavam fazer a multidão apoiá-los, e aqui e ali se ouviram umas poucas expressões injuriosas. Mas a grande maioria do povo se manteve teimosamente silenciosa, como se desejasse ocultar os seus sentimentos. A julgar pelos seus trajes e seus rostos, eram quase todos da classe pobre, vendo-se entre eles muitos homens do campo que tinham vindo à festa da páscoa. Tive a impressão de que no seu íntimo se achavam inclinados a apoiar o seu rei crucificado, embora não ousassem demonstrá-lo diante dos legionários e dos seus próprios dirigentes. Viam-se muitas mulheres no meio do povo e várias delas tinham as cabeças ocultas e choravam.

Quando o homem crucificado ouviu os brados, ergueu tremulamente a cabeça e procurou firmar-se nos pés transfixados pelos cravos. Tinham-no pregado na cruz com os joelhos dobrados a fim de que não morresse muito depressa de sufocação. Agora ele lutava com a falta de ar e seu corpo ensangüentado se agitou convulsivamente. Seus olhos se abriram e ele correu o olhar à sua volta vagamente, como se à procura de algo. Mas às palavras de escárnio não deu nenhuma resposta; já era muito ter que ocupar-se com o seu sofrimento naquela hora.

Os dois outros condenados tinham ainda uma boa reserva de energia. O da esquerda aproveitou a oportunidade para fazer caretas para a multidão. Para mostrar sua coragem, voltou-se para o rei, talvez tentando obter um pobre consolo para o seu orgulho ao juntar-se às zombarias.

— Não eras o ungido? — gritou. — Então hás de poder ajudar-te a ti próprio, e também a nós.

Mas o da direita o amaldiçoou do alto da sua cruz e, tomando o partido do rei, falou:

— Sofremos por nossos atos, mas este homem nada fez de mal.

— Em seguida voltou-se com humildade e tristeza para o rei e suplicou: — Jesus, lembra-te de mim quando estiveres no teu reino.

Naquele momento, face a face com uma morte atroz, ele ainda conseguia falar de um reino. Meu antigo eu teria explodido numa gargalhada diante de uma fé tão obstinada, mas agora não me achava predisposto ao riso: havia algo demasiadamente comovente e digno de piedade nessas palavras. Mas ainda mais maravilhado fiquei quando o rei dos judeus voltou-se para ele e confortou-o, numa voz meio estrangulada:

— Estarás comigo no jardim do rei.

Não entendi o que ele queria dizer. Nesse instante um homem douto apareceu, a observar com olhar suspeitoso e perscrutador a multidão. Fi-lo parar e lhe perguntei:

— Que quer dizer o teu rei, quando fala no seu jardim? Por que foi crucificado se não fez nenhum mal?

O escriba soltou uma risada zombeteira e respondeu:

— És um estranho em Jerusalém? Depositas mais fé no testemunho de um ladrão do que no Supremo Sinédrio ou no governador romano que o condenou? Somente ele é que se considera um rei e blasfemou contra Deus. Mesmo agora na cruz ele blasfema ao falar no jardim do rei.

Puxou o manto mais para junto do seu corpo, de forma que nem mesmo uma borla roçasse em mim. Ofendido, respondi:

— É minha intenção examinar este assunto.

Ele me lançou um olhar ameaçador e replicou em tom de advertência:

— Melhor farias cuidando de tua própria vida. Serás um dos seus seguidores? Ele impressionou muitos, mas não mais o fará. Não te apiedes dele. É um demagogo, um agitador, pior do que qualquer um dos criminosos que estão ao seu lado.

Foi aí que minha aflição se externou num acesso de cólera. Empurrei-o para um lado, esquecido do meu jumento e de minha posição, dirigi-me ao centurião e, falando em latim como medida de segurança, apontei para o escriba judeu e disse:

— Sou um cidadão romano. Aquele judeu ali está me ameaçando.

O centurião observou-me curiosamente na semi-escuridão, suspirou e, com suas armas a tilintar, deu uns poucos passos na fímbria da multidão, obrigando-a a recuar e a deixar mais espaço em frente às cruzes. Em seguida respondeu ao meu cumprimento em latim, para mostrar sua cultura, mas retornou ao grego imediatamente e disse:

— Paz, irmão. Se és realmente um cidadão romano, não fica bem para a tua posição disputar com um judeu agora, na véspera do sábado.

Em seguida, voltando-se para o povo, sem se dirigir particularmente aos líderes e escribas, bradou:

— Dispersai-vos agora e voltai para casa. Já destes o bastante com a língua nos dentes. Não haverá mais milagres. Ide andando e cuidai de assar o vosso cordeiro. Espero que vos engasgueis com ele.

Diante disso percebi que além dos espectadores hostis havia muitos no meio da multidão que aguardavam um milagre, esperando que o seu rei descesse da cruz por seus próprios meios. Mas viram-se compelidos a manter silêncio, pois temiam as autoridades. Muitos obedeceram ao centurião e se puseram a caminho da cidade. A aglomeração na estrada também se dispersara.

O centurião deu-me uma cotovelada amigável e falou:

— Vem comigo tomar um gole de vinho. Este negócio não nos diz respeito, estou aqui apenas a serviço. Os judeus têm o hábito de dar cabo dos seus profetas e se se acham dispostos a fazer crucificar o seu rei com a ajuda dos romanos, nenhum de nós tem motivos para interferir nisso.

Levou-me a um lugar atrás das cruzes, onde as roupas dos condenados estavam amontoadas no chão. Os soldados as tinham repartido entre si, fazendo trouxas separadas com elas. Apanhando o odre de vinho dos homens, ele o ofereceu a mim. Por delicadeza tomei um trago do azedo vinho dos legionários e ele também bebeu. Em seguida soltou um bufido e disse:

— A melhor coisa a fazer é se embriagar. Felizmente o trabalho termina esta noite. Estamos na véspera do sábado e os judeus não permitem que os cadáveres fiquem expostos até o dia seguinte. — Jerusalém — prosseguiu — é um imenso ninho de serpentes sibilantes. Quanto mais conheço os judeus, mais me convenço de que os únicos judeus bons são os que estão mortos. Assim não é nada mau que se tenha um ou dois espantalhos suspensos à beira da estrada, como uma advertência aos agitadores para que não saiam por aí apunhalando os nossos homens quando os apanham distraídos. Mas esse homem é inocente e é um profeta.

As trevas permaneciam, embora de tempos em tempos fossem cortadas por um clarão rápido e avermelhado. O ar era escaldante e pesava nos pulmões. Olhando para o céu, ele observou:

— O vento do deserto parece ter trazido uma nuvem de areia, mas nunca vi uma assim tão espessa. Seu eu fosse judeu acreditaria que o Sol ocultou a sua face e que os céus se enlutaram com a morte do filho de Deus. É o que esse Jesus declara ser, como sabes, e por isto está sendo torturado até a morte.

Falava comigo sem me demonstrar nenhuma consideração particular e fazia o possível para examinar, naquela luz difusa, as minhas roupas e o meu rosto e descobrir que espécie de pessoa eu era. Então tentou rir, mas o riso lhe morreu na garganta e ele olhou o céu mais uma vez.

— Os animais estão inquietos também. Os cães e as raposas fugiram para as colinas e os camelos se vêm mostrando desassossegados desde a manhã e se recusam a cruzar as portas da cidade. Hoje é um dia funesto para a cidade inteira.

— Um dia funesto para o mundo todo, — observei, tomado por um mau pressentimento.

O centurião ficou assombrado. Erguendo as mãos em sinal de desaprovação protestou:

— Esse assunto diz respeito unicamente aos judeus, não aos romanos. O Procurador não desejava condená-lo e tê-lo-ia deixado partir. Mas seus inimigos bradaram numa só voz: "Crucificai-o, crucificai-o". O Sinédrio ameaçou levar o caso a César e apresentar queixa de que um agitador estava sendo ajudado e acobertado. Assim, o Governador lavou suas mãos em uma bacia de água consagrada, para se limpar do sangue de um inocente. O populacho ululava, jurando que receberia de boa vontade o sangue do profeta sobre suas cabeças.

— Quem é o Procônsul romano na Judéia, atualmente? — indaguei. — Eu devia saber, mas sou um estranho no país. Vim de Alexandria, onde estudei durante o inverno.

— Pôncio Pilatos — respondeu ele com um olhar de superioridade. Na certa me tomava por um sofista errante.

Fiquei perplexo.

— Mas eu o conheço! — exclamei. — Ou pelo menos conheci sua mulher em Roma. Não se chama Cláudia e seu nome de família não é Prócula?

Uma vez, há muito tempo, hospedei-me na casa de Próculo, onde tive que ouvir uma enfadonha leitura de um trabalho destinado a mostrar os grandes serviços que a família prestara a Roma na Ásia. Mas o vinho e os outros entretenimentos eram excelentes, e tive oportunidade de manter uma viva conversação com Cláudia Prócula, embora ela fosse muito mais velha do que eu. Causou-me a impressão de ser uma mulher de sensibilidade e ambos expressamos calorosamente o desejo de nos encontrarmos outra vez. Não se tratava de simples polidez. Entretanto, fosse como fosse, nunca mais nos vimos. Lembrava-me vagamente de que ela adoecera e deixara Roma. Tu, minha Túlia, és provavelmente jovem demais para te lembrares dela. Estava sempre presente na corte imperial, antes que Tibério se retirasse para Cápri.

Fiquei de tal forma aturdido com aquela informação, que por um momento me esqueci do tempo e do lugar em que me encontrava e me perdi em recordações da minha juventude e dos meus primeiros desapontamentos. O centurião trouxe-me de volta à realidade dizendo:

— Se és realmente um amigo do Procônsul, um cidadão romano e um estranho na cidade, eu te aconselharia seriamente a te limitares ao convívio dos romanos durante a páscoa. Os judeus se tornam extremamente excitáveis durante os festivais religiosos. Eis porque o próprio Procônsul veio de Cesaréia e se instalou em Jerusalém, de maneira a sufocar imediatamente qualquer distúrbio. É possível que o povo se acalme, agora que fizeram crucificar um homem santo. Nunca se sabe ao certo. De qualquer forma, os seus seguidores se acham foragidos e é pouco provável que iniciem qualquer provocação agora. E ele não descerá daquela cruz.

Fez uma volta ao redor das cruzes, parando diante delas e examinando atentamente o rei coroado de espinhos e os dois criminosos, depois observou com ar de conhecedor:

— Não tardará a morrer. Foi muito maltratado quando o prenderam a noite passada e o levaram perante o Sinédrio. Em seguida o Procônsul mandou chibateá-lo segundo o sistema romano, para que o povo se apiedasse dele ou então para que a morte lhe viesse mais depressa. Como sabes, umas boas chibatadas antes da crucificação constituem um ato de misericórdia. Mas teremos que partir os ossos dos outros dois, a fim de que fiquem sem ponto de apoio e morram de sufocação antes do cair da noite.

Nesse momento ouvi um aterrador zurro de jumento, como nunca ouvira antes. As trevas se dissiparam, dando lugar a um ofuscante clarão avermelhado, e a multidão estremeceu de pavor. Vi que o meu jumento se soltara e disparara pela estrada, com carga e tudo, afastando-se de Jerusalém. Alguns passantes o agarraram e o mantiveram firmemente seguro, mas o animal esticou o pescoço e zurrou mais uma vez, com tremenda força, como se interpretasse a agonia de toda a criação. Corri para a estrada. O animal se acalmara nesse momento, mas tremia todo e estava banhado de suor. Tentei dar-lhe palmadinhas para aquietá-lo, mas a minha pacífica besta sacudiu raivosamente a cabeça e procurou morder-me; e um dos que o tinham agarrado observou que todos os animais pareciam enfeitiçados naquele dia. Isto acontece às vezes quando sopra o vento do deserto.

Do lugar onde se achava, perto do portão, o chefe dos condutores de jumentos aproximou-se a correr, examinou os arreios e as orelhas do animal e disse, irritado:

— Este é um dos *nossos* jumentos. Que andaste fazendo com ele? Se adoecer e tiver de ser destruído, terás de pagar a indenização.

Eu próprio fiquei chocado com o seu comportamento, pois jamais vira um animal tremer tanto e se portar de maneira tão estranha. Comecei a descarregá-lo, e observei defensivamente:

— Todos aqui em Jerusalém são loucos. Nada fiz ao jumento. Ele teme o cheiro de sangue e de morte, porque crucificastes o vosso rei.

Mas nossa disputa foi interrompida e os alforjes me caíram das mãos, pois nesse momento um curioso som encheu o mundo inteiro, como um imenso suspiro, e a terra estremeceu sob meus pés. Já encontrara esse fenômeno antes, e julguei compreender porque o Sol escurecera, os animais tinham uivado e zurrado e eu próprio me vira sufocado pelo medo. Percebi que entrar na cidade e me abrigar sob qualquer teto não era uma idéia muito sábia, embora o que eu mais almejasse fazer fosse lançar-me sobre uma cama, esconder a cabeça sob o cobertor e procurar esquecer o mundo que me cercava.

Dei ao guia do jumento um denário de prata e lhe disse:

— Não vamos discutir num momento como este, quando a terra se contorce de dor. Cuida dos meus pertences; eu os apanharei nas portas da cidade.

Com golpes e pontapés, tentou fazer andar o jumento, mas o animal nem se mexia, e o homem teve de contentar-se em arrastá-lo pelas patas dianteiras. Pondo a carga sobre os ombros, voltou ao seu abrigo perto das portas da cidade.

Não sei se foi medo do terremoto o que me impediu de entrar na cidade ou um impulso premente de retornar à colina e aos homens crucificados, embora muito me repugnasse assistir ao seu sofrimento. Em meu íntimo orei aos deuses, conhecidos e desconhecidos, e aos deuses velados da minha raça e disse:

— "De meu próprio acordo estudei as profecias, mas foram vossos presságios que me fizeram deixar Alexandria e me guiaram a este lugar, nesta hora. Aqui vim para buscar o rei do futuro, entrar para o seu serviço e ser recompensado. Dai-me pelo menos força bastante para que eu lhe preste minhas homenagens até a sua morte, mesmo que eu não receba nenhuma recompensa no final."

Assim subi vagarosamente a colina e me juntei à multidão. Era menos densa agora e para além dela vi um grupo de mulheres, que choravam ali postadas. Não distinguia os seus rostos, pois se achavam velados. A fim de confortá-las e protegê-las, estava ali apenas um jovem, cuja bela face se mostrava contorcida pelo medo e pela angústia. Indaguei quem eram, e o servo de um escriba contou-me prontamente que aquelas mulheres tinham vindo com Jesus desde a Galiléia, onde ele atiçara o povo e ofendera a lei.

— O homem é um dos seus discípulos, mas ninguém pode molestá-lo pois ele e sua família são conhecidos do sumo sacerdote, e o rapaz não passa de um jovem mal-orientado — explicou-me o servo. Em seguida, apontando com desprezo para a mulher a quem o jovem amparava, acrescentou: — Creio que é a mãe do homem cricificado.

Ao ouvir isto senti-me demasiado contrafeito para deles me aproximar e lhes falar, embora me achasse cheio de curiosidade e me agradasse ouvir algo a respeito de Jesus e seus seguidores. Mas horrorizou-me a idéia de que a mulher estivesse assistindo à ignominiosa morte de seu próprio filho. Mesmo os inimigos do reí pareciam sentir demasiado respeito pelo seu desespero para perburbarem aquele choroso grupo de mulheres.

Por conseguinte, deixei-me ficar ali entre os outros, e o tempo foi passando. O céu escureceu outra vez, mais intensamente do que antes, e o ar quente e seco dificultava a respiração. Moscas importunas e insetos rastejantes se amontoavam à volta dos olhos e das feridas dos condenados, cujos corpos estremeciam presos de câimbras. O rei endireitou-se uma vez mais na cruz e gemeu alto:

— Meu vigor, meu vigor, por que me abandonastes?

Sua voz era tão fraca que se tornava difícil distinguir as palavras. Alguns declararam ter ele dito que o Deus o abandonara, mas outros afirmavam que ele se referia a Elias. Elias foi um profeta judeu que subiu aos céus num carro de fogo. Em conseqüência, os mais perversos dentre os assistentes injuriaram-no mais uma vez e gritaram-lhe que subisse ao céu da mesma forma, se bem os entendi. Mas os que eram apenas curiosos e aqueles que aguardavam um milagre sussurraram uns para os outros e desejaram ardentemente que o profeta Elias descesse do céu e viesse em seu auxílio. Muitos se mostravam tão atemorizados diante dessa idéia que se afastaram um pouco das cruzes e se prepararam para ocultar o rosto.

O rei disse ainda algo mais, e os que se achavam mais próximos clamaram que ele se queixava de sede. Alguém de coração misericordioso veio correndo, empapou uma esponja no vinho azedo dos soldados, espetou-a na ponta de uma vara e levou-a a seus lábios. Nem os soldados nem o centurião tentaram impedir esse ato. Não sei se ele ainda se achava em condições de beber, pois já estava escuro demais para que eu pudesse distinguir-lhe o rosto. Pelo menos seus lábios foram umedecidos, pois sua voz era mais nítida agora, e mesmo em meio à sua tremenda luta contra a morte ela soou livre quando, pouco tempo depois, ele se firmou mais uma vez nos pés e exclamou:

— Está consumado.

Novamente o povo começou a discutir sobre o que ele dissera. Um afirmava uma coisa, outro, uma diversa. Mas em meio às trevas ouvi um rumor estralejante enquanto o seu corpo afrouxava, pendia dos braços estendidos e a cabeça lhe caiu sobre o peito. Foi um som arrepiante na escuridão; eu sabia que ele estava morrendo e não conseguiria levantar a cabeça novamente. Alegrei-me com isso, pois era evidente que já sofrera bastante, não importa quão gravemente tivesse ofendido a lei do seu povo.

Que ele estava morto eu sabia com absoluta certeza, porque a terra suspirou de novo e tremeu sob os meus pés. Um estrondo abafado, vindo das profundezas da terra, mais débil, porém mais ameaçador do que o ribombar de um trovão, repercutiu debaixo de nós e foi morrer ao longe. Então ouvi uma rocha partir-se ao meio e o fragor de um desmoronamento. Atirei-me ao chão como todo o mundo; pois embora aquele terremoto fosse breve e terminasse logo, causou grande temor.

Um imenso silêncio desceu sobre a Terra, logo quebrado pelo rumor de um galope na estrada, causado pelos animais de tração que se tinham soltado das peias. O céu foi-se iluminando lentamente e o dia se tornou relativamente claro outra vez. O povo se pôs de pé e sacudiu suas roupas. As cruzes se erguiam eretas, mas Jesus de Nazaré, o rei dos judeus, pendia ali pelos braços, o rosto lívido e torturado, e já não mais vivia. Os próprios soldados se levantaram e se quedaram a contemplá-lo, com espanto e medo, a sussurrar uns para os outros.

Presumivelmente o centurião exprimia o sentimento de todos quando falou resolutamente:

— Era um bom homem. — Ao volver os olhos para os atemorizados judeus, ele se encheu de cólera contra eles e de desgosto pela sua própria tarefa, e gritou: — Ele era verdadeiramente o filho de Deus.

Mas vieram-me à memória as profecias que estudara durante o inverno, e fiquei maravilhado. Sussurrei comigo mesmo: — "A paz seja contigo, senhor do mundo, rei dos judeus. De nada valeu, pois, o teu reino."

Ao mesmo tempo resolvi averiguar da melhor maneira possível como e porque tudo aquilo acontecera, e que atos o tinham levado a ser pregado numa cruz e executado de uma forma tão ignominiosa, sem que uma única mão se levantasse em sua defesa. Parecia-me que seus planos políticos deviam ter sido muito simples e que jamais fora assistido por um conselheiro bem versado em assuntos de Estado. O fato em si era compreensível, pois era evidente que ninguém em seu perfeito juízo se aliaria a um judeu para a conquista do mundo.

O Sol reapareceu, mas sua luz era ainda mais estranha e pouco familiar, e o rosto das pessoas se mostrava pálido e singular. E uma coisa devo confessar-te, Túlia. A razão disso deve estar dentro de mim mesmo, mas não consigo descrever-te a aparência que tinha o rei dos judeus. Vi-o com meus próprios olhos, e não importa quão terríveis fossem os seus sofrimentos, eu devia lembrar-me de seu rosto. Mas com toda a boa vontade do mundo nada mais posso dizer senão que se mostrava inchado e azul devido às pancadas, e ensangüentado em conseqüência dos ferimentos feitos pela coroa de espinhos. Contudo, devia haver algo de divino em sua face pois, tendo lido a inscrição na cruz, nem por um momento sequer duvidei que se tratava realmente do rei dos judeus.

Agora, depois do que sucedeu, gostaria de dizer que se irradiava dele uma espécie de suave dignidade, mas receio muito essas palavras me tenham vindo à mente mais tarde. Guardei melhor a sua humilde resignação, que demonstrava ter-se ele conformado com a sorte. Contudo, como pode um rei que sabe ter nascido para governar o mundo ser humilde e resignado quando falhou em seus propósitos, e morrer de morte vil? Que obras julgaria ele ter realizado? Ou dar-se-ia o caso de que sabia que respirava o seu último alento?

Não perscrutei sua face como faria um agudo observador, pois minha mente estava conturbada. Era como se um senso de reverência me impedisse de examiná-lo com demasiada atenção, enquanto perdurassem os seus sofrimentos. Não deves esquecer-te, além do mais, de que havia uma grande escuridão — tão negra às vezes que mal se podiam discernir os homens nas cruzes.

Quando o Sol reapareceu ele estava morto, e o respeito me impediu de contemplar abertamente sua face sem vida.

Quando o rei morreu, muita gente foi embora, de forma que ficou bastante espaço livre ao redor das cruzes. Os escribas judeus e os condutores também trataram de retirar-se apressadamente, a fim de se prepararem para o sábado, deixando apenas uns poucos servos para observarem o curso dos acontecimentos. Um dos criminosos começou a gemer lastimosamente na sua intolerável agonia. Duas mulheres piedosas dirigiram-se ao centurião levando um jarro e pediram permissão para lhes dar mais um pouco do vinho que embriaga. Valeram-se da mesma esponja e da mesma vara usadas anteriormente, mergulharam a esponja no jarro e deram de beber a ambos os criminosos.

O Sol indicava que já se passara a hora nona. O centurião começou a mostrar-se irrequieto, pois a sua principal tarefa chegara ao fim e ele ansiava por se ver livre igualmente dos ladrões o mais rápido possível. Dentro em pouco chegaram de Antônia dois homens, um soldado e um carrasco trazendo um bordão. O segundo examinou Jesus com olhar experiente, verificou que estava morto, em seguida começou a dar golpes, friamente, com o seu bordão nas tíbias dos outros dois. O ruído do estalar dos ossos era doloroso de se ouvir e ambas as vítimas gritavam e gemiam, mas o carrasco os consolava dizendo tratar-se de um ato de pura misericórdia. O soldado que o acompanhava chamava-se Longinus. Não o satisfez o veredito do carrasco e, arremetendo a lança contra o peito do rei, enterrou-a com perícia até o âmago do seu coração. Quando retirou a lança, sangue e água correram do ferimento.

Os guardas se puseram a recolher seus pertences e as roupas dos condenados, a gracejar com alívio entre si por estar chegando ao fim aquele tedioso serviço a que os obrigara o dever. Mas à medida que os gritos dos ladrões se tornavam mais débeis e iam morrendo, alguns agitadores que se tinham intrometido no meio da multidão aproveitaram a oportunidade para bradar refrãos anti-romanos. Os soldados se meteram com facilidade no meio do povo e começaram a distribuir pancadas com escudos e com pontas de lanças, fazendo recuar a multidão. No correr da refrega um dos agitadores teve o maxiliar partido. Isto acovardou o resto, que acabou se dispersando, a proferir ameaças de que assassinariam todos os romanos e os seus lacaios do templo tão logo tivessem uma arma à mão. Não se tratava dos seguidores do rei Jesus, explicou-me o centurião, mas de companheiros dos dois outros crucificados.

Estava decidido a me demonstrar cortesia e achegando-se a mim desculpou-se por aquele pequeno tumulto, esperando que tivesse notado quão facilmente ele lhe dera fim. O Procônsul proibiu às tropas matarem judeus, salvo em graves emergências. Não se considera nem mesmo necessário prender os manifestantes comuns, pois uma turba vociferante sempre se congrega e acompanha os legionários até o forte, permanecendo do lado de fora dos portões a bramar e esbravejar. Deve ser evitado qualquer tumulto, principalmente à época dos festivais judaicos. Pelo menos esta é a nova política de Pôncio Pilatos, embora a princípio ele tivesse tentado medidas mais severas e nada conseguisse senão dificuldades e até mesmo reprimendas de César.

Por fim o centurião disse:

— Meu nome é Adenabar. Quando terminar o meu plantão poderei levar-te prazerosamente ao forte e apresentar-te ao Procônsul, ao fazer o meu relatório. Não é aconselhável que andes pela cidade sozinho: esses imbecis já nos viram juntos e sabem que não és judeu. Só teríamos aborrecimentos se te molestassem, ou matassem um cidadão romano. Significaria a abertura de inquéritos e a conseqüente punição dos culpados, e neste amaldiçoado país há milhares de lugares onde se podem esconder.

Ele riu e apressou-se a atenuar as palavras:

— Assim evitaremos dificuldades desnecessárias; mas, à parte isto, agrada-me a tua aparência, e respeito todos os homens doutos. Eu próprio sei ler e escrever, embora o meu latim seja trôpego. O forte se acha bastante cheio, mas suponho que conseguiremos arranjar-te alojamentos condizentes com a tua posição.

O Procônsul vive com simplicidade, explicou ele, e quando está de visita a Jerusalém geralmente se contenta em ficar hospedado com a guarnição em Antônia. O poderoso palácio que Herodes fez construir teria constituído uma residência muito mais aprazível, mas a guarnição é representada por uma força tão pequena que, após algumas desagradáveis experiências, o Procônsul mostra-se pouco inclinado a dividi-la em dois grupos. Antônia é uma fortaleza inexpugnável, elevando-se acima da área do templo, e é sempre nos pátios externos do templo que os distúrbios geralmente têm início.

Adenabar apontou com o polegar para o corpo na cruz, às suas costas, e riu alto, dizendo:

— Nunca vi nada mais engraçado na minha vida do que quando Jesus transformou um pedaço de corda num flagelo e com ele expulsou do pátio do templo os vendedores de pombos e derrubou as mesas dos cambistas. As autoridades não se atreveram a opor-se a ele naquela ocasião, pois tinha trazido consigo numerosos seguidores. Quando entrou em Jerusalém montado num jumento, o povo ficou tão fora de si de júbilo que estendeu seus mantos na estrada à sua passagem, trançou folhas de palma e saudou-o como o filho de Davi. Foi a única maneira que ousaram empregar para lhe demonstrar que o consideravam o seu rei. E na verdade ele descendia de Davi, não só da parte de seu pai como de sua mãe.

Acenou quase que imperceptivelmente na direção de um grupo de mulheres que permanecera na colina, e observou:

— Ali está sua mãe.

Quando a maioria do povo se dispersou, as mulheres se deixaram cair ao chão como que exauridas por uma avassaladora angústia. Mas já não ocultavam seus rostos; tinham os olhos voltados para a cruz, e não precisei adivinhar qual delas era a mãe. Não era velha, e naquele momento sua face pareceu-me a mais bela de quantas vira. Petrificada embora pela dor, como se achava, mostrava-se de certo modo transfigurada e inatingível, como se nunca mais em sua vida fosse pronunciar uma palavra desnecessária. Não lhe era preciso provar a sua linhagem real; sua face demonstrava-o claramente, embora seus trajes fossem tão simples quanto os das outras mulheres do povo.

Eu teria desejado que suas companheiras a levassem dali; gostaria de chegar-me a ela e confortá-la, dizer-lhe que seu filho estava morto e já não sofria mais. Mas seu rosto se mostrava tão exaltado, tão belo e tão reservado em sua dor que me foi impossível aproximar-me dela. No chão a seus pés jazia outra mulher, cuja face febril se contorcia e cujos olhos se achavam fixos na cruz, como se ela ainda não tivesse apreendido inteiramente o que se passara. A terceira mulher parecia a mais idosa, e suas rígidas feições judaicas exprimiam mais ódio e desapontamento do que pesar. Era como se até o último momento tivesse estado esperando um milagre e não se pudesse resignar ao fato de que nada sucedera. O restante das mulheres se achava postado atrás das três.

Meus olhos buscaram de novo a mãe de Jesus e eu a contemplei como que fascinado, sem ouvir o que Adenabar estava dizendo. Não foi senão quando ele me tocou o braço que o encanto se quebrou.

— Agora que minha tarefa terminou, não ficarei mais neste tenebroso lugar — falou-me. — Os próprios judeus se encarregarão dos corpos, se não quiserem que fiquem aí suspensos durante o sábado. Já não temos mais nada com o caso.

Não obstante, deixou uns poucos homens de guarda junto às cruzes. É provável que ele se tivesse retirado apenas em benefício do carrasco, que não ousava retornar à fortaleza seguido apenas de dois companheiros, pois talvez os amigos dos dois ladrões estivessem de tocaia aguardando a sua passagem. A estrada estava mais vazia agora e não havia aglomeração na porta da cidade. Das casas se evolava o odor de carne assada, chegando até a colina, mas eu estava longe de sentir fome.

Lançando um olhar ao Sol, Adenabar observou:

— Ainda levará algum tempo até que a noite desça. O sábado judaico não tem início senão pouco antes que o Sol se ponha no ocidente. Nesta noite comerão o cordeiro pascal, embora exista uma seita entre eles que use comê-lo uma noite antes. O seu templo é um imenso matadouro. Ontem e hoje eles vêm fazendo correr o sangue de milhares e milhares de cordeiros, como é o seu costume. De cada animal sacrificado os seus sacerdotes recebem uma quarta e o seu deus o sebo.

Meus pertences se achavam bem guardados junto à porta e o centurião ordenou rapidamente ao relutante condutor do jumento que pusesse minha bagagem nos ombros e a levasse à fortaleza. O homem não ousou protestar. Assim nos pusemos a caminho de Antônia, as botas ferradas dos legionários a ressoar compassadamente no calçamento. Os homens eram bem treinados, pois nenhum mostrou sentir cansaço durante o percurso. Eu entretanto ofegava quando alcançamos a arcada que dava acesso à fortaleza, pois nalguns pontos o caminho fora muito íngreme. O judeu depositou minhas coisas junto à arcada e recusou-se a atravessá-la. Dei-lhe umas duas moedas como recompensa, embora Adenabar me informasse de que era inteiramente desnecessário, e a despeito de minha liberdade o sujeito parou a uma boa distância do portão, sacudiu o punho e amaldiçoou em altas vozes a todos os romanos. Quando a sentinela ergueu a lança ameaçadoramente ele se pôs a salvo, e os legionários explodiram numa gargalhada enquanto o observavam correr.

Quando atingimos o sólido calçamento do pátio externo, Adenabar fez alto e examinou-me dos pés à cabeça com ar incerto. Eu sabia que minha aparência não impressionava bem e que dificilmente poderia ir à presença do Procônsul no meu estado atual, não importa qual fosse o acordo que o centurião e eu tínhamos feito no lugar onde se dera a execução. Ali no pátio prevaleciam a ordem e a disciplina romanas, e eu podia sentir o cheiro dos acampamentos militares. Esse odor de metal, couro, graxa e fumo, não é desagradável, mas faz uma pessoa olhar para seus pés poeirentos e ajustar as dobras do seu manto. Ali também se encontrava o altar da legião e eu o saudei com respeito; mas em nenhuma parte vi a imagem de César.

Adenabar lamentou que a fortaleza oferecesse tão poucas facilidades no que se referia a ablusões, uma vez que a água devia ser usada parcimoniosamente, mas levou-me ao refeitório dos oficiais e ordenou aos escravos que cuidassem de mim. Enquanto isto ele iria apresentar-se ao Procônsul, informou-me; e prometeu mencionar a minha chegada.

Despi-me e lavei-me, depois untei e penteei o cabelo; em seguida enfiei-me numa túnica limpa e mandei escovar o meu manto. Achei também conveniente usar um anel no dedo, embora não seja meu hábito, pois desagrada-me chamar sobre minha pessoa desnecessária atenção. Fiz todos esses preparativos apressadamente e voltei ao pátio, lá chegando no momento justo em que o Procurador Pôncio Pilatos descia as escadas da torre, acompanhado do seu séquito. Parecia impaciente. Um certo judeu rico desejava falar com ele mas não se achava disposto a ir além do pátio externo, não fosse ele se conspurcar na véspera do sábado.

Devia ser um homem influente e estar em boas relações com os romanos, já que o Governador se dispusera a recebê-lo assim ao crepúsculo. Aproximei-me e juntei-me aos soldados curiosos. A visita parecia ter relação com os eventos do dia, pois com tranqüila dignidade o rico ancião pediu consentimento para remover da cruz o corpo do Nazareno antes que começasse o sábado e enterrá-lo no seu jardim, que ficava a pouca distância do lugar da execução.

Pôncio Pilatos indagou aos presentes se de fato o judeu morrera na cruz, em seguida falou:

— Já tivemos aborrecimentos suficientes com ele. Minha mulher ficou seriamente doente devido a toda essa desnecessária complicação. Pega o corpo e leva-o embora, e que eu fique livre de uma vez por todas desse desgraçado negócio.

O judeu deu a sua dádiva ao escriba de Pilatos e se retirou com a mesma dignidade com que tinha vindo. Pilatos, surpreendido, indagou de sua comitiva:

— Não é José de Arimatéia, membro do Sinédrio, que condenou Jesus? Se Jesus tinha simpatizantes de tão elevada categoria, deviam eles ter usado de sua influência no momento oportuno e poupado a nós uma situação que só nos trouxe desonra.

Nesse momento Adenabar fez sinal para mim. Dei um passo à frente, com uma respeitosa saudação, dirigi-me a ele dando-lhe o título de Procônsul e lhe disse o meu nome. Pilatos recebeu meu

cumprimento descuidadamente e respondeu, para mostrar quão boa era a sua memória:
— Sim, é claro, é claro, lembro-me de ti. Teu pai era o astrônomo Manilius, mas és também aparentado com a renomada família Mecenas. Escolheste um dia azarado para vir a Jerusalém. Felizmente o terremoto não causou danos dignos de menção. Então tu também viste Jesus de Nazaré morrer? Mas basta de falar nele. Daqui a um ano estará completamente esquecido.

Sem esperar minha resposta, prosseguiu:
— Minha mulher ficará encantada em te ver. Ela se acha um pouco indisposta, mas na certa deixará o leito e jantará conosco. Eu próprio não me sinto muito bem. Sofri um ataque do meu antigo reumatismo e como bem podes ver por ti mesmo, minhas obrigações aqui em Jerusalém consistem quase que inteiramente em subir e descer íngremes escadas.

Movia-se com rapidez e brusquidão, não obstante, e havia um tal desassossego nele que mal se deixava permanecer quieto. É de constituição franzina e já começa a ficar calvo, embora tente esconder o fato penteando o cabelo de maneira a cobrir-lhe o topo da cabeça. Seus olhos são frios e perscrutadores. Eu sabia que sua carreira nunca fora particularmente brilhante, mas que, graças a um bom casamento, conseguira assegurar-se o posto de Procurador, e isto, apesar de tudo, é um negócio muito lucrativo. Naturalmente ele não é um procônsul, no exato sentido do termo, mas um procônsul subordinado para a Síria. E no entanto não é um homem desagradável. É capaz de rir e gracejar às suas próprias custas. Creio que tem um senso bastante forte do seu dever como romano para dispensar justiça aos estrangeiros recalcitrantes. Assim o caso desse Jesus de Nazaré o deixou perturbado. Observou amargamente:

— Basta que eu me retire para os meus aposentos para ter a certeza de que em breve os judeus estarão aqui de novo, com novas complicações a respeito do seu festival, obrigando-me a descer correndo para o pátio. É fácil a Roma instar comigo para que respeite sua maneira de ser e seus costumes, mas isto me torna um servo deles ao invés de seu senhor.

Começou a andar impacientemente pelo pátio e com um aceno deu-me permissão para caminhar a seu lado.

— Já viste o templo deles? — perguntou-me. — Nós, os heréticos, temos livre acesso ao pátio externo, mas nenhuma pessoa incircuncisa pode pôr os pés no pátio interno, sob pena de morte. Ninguém diria que vivemos dentro do Império Romano. Não podemos nem mesmo expor a imagem de César. E a sentença de morte não constitui uma fútil ameaça, como já nos foi dado verificar às nossas próprias custas. Vez por outra mete-se na cabeça de algum forasteiro maluco vestir-se como um judeu, por pura curiosidade, apenas para poder ver o interior do templo, embora nada haja de interessante para ver ali. Perdido na densa multidão do festival, às vezes ele tem sorte. Mas se é descoberto, apedrejam-no impiedosamente. Têm o direito de fazer isto, e uma tal morte nada tem de agradável. Espero que não tenhas a intenção de fazer o mesmo.

Em seguida pediu-me cautelosamente notícias de Roma e se mostrou claramente aliviado quando lhe disse que passara o inverno em Alexandria, estudando Filosofia. Percebeu então que eu era politicamente inofensivo e como prova de sua condescendência levou-me ao pátio interno, esquecido do seu reumatismo, acompanhando-me ao alto da grande torre, de onde se descortina toda a área do templo. O templo se mostrava magnificente à luz do crepúsculo, com todos os seus átrios e colunatas. Apontou-me os pátios dos corretores, dos estrangeiros, das mulheres e dos judeus, bem como o edifício central dos recintos sagrados, onde o santo dos santos se acha situado. Nesse lugar apenas o sumo sacerdote tem permissão de entrar, mesmo assim somente uma vez por ano.

Perguntei-lhe se havia algum fundamento na lenda de que no santo dos santos os judeus adoravam uma cabeça de asno selvagem feita de ouro. Encontra-se essa crença profundamente arraigada em todas as raças. O Procônsul declarou que nada havia de verdadeiro nela.

— Não há absolutamente nada lá dentro. O lugar se acha completamente vazio. Quando o velho templo foi incendiado, Pompeu penetrou no recinto vedado pelo véu, junto com alguns oficiais, e nada encontrou. Esta é a verdade.

Nesse momento, chegaram novas pessoas que desejavam vê-lo e descemos para o pátio externo. Ali, assistido por guardas do templo judaico, um representante do sumo sacerdote esperava para pedir, com voz insistentemente lamurienta, que lhes fosse dada permissão para retirarem os corpos dos crucificados antes que o Sol se deitasse. Pôncio Pilatos deu o seu consentimento para que levassem embora o que quer que restasse dos corpos, e eles começaram a discutir perfunctoriamente se o caso dizia respeito aos judeus ou aos romanos, embora um emissário já estivesse de prontidão para executar a desagradável tarefa, e por essa razão trouxera consigo os guardas do templo. Seu propósito era levar os corpos para o lugar de despejo dos judeus e queimá-los no fogo que ali ardia noite e dia e no qual todo o lixo era incinerado.

O Procônsul observou com certa rispidez que o corpo de Jesus de Nazaré não devia ser tocado, se ainda não tivesse sido levado à sepultura, visto que já tinha prometido entregá-lo a outrem. Essa notícia não agradou ao emissário mas não lhe ficava bem argumentar sobre o assunto, uma vez que recebera simplesmente ordem de fazer remover os corpos antes que se iniciasse o sábado. Não obstante, tentou descobrir qual fôra a pessoa que desejara ficar cóm o corpo, e porque, mas o Procônsul se cansara do homem e respondeu rispidamente:

— Eu já disse o que tinha a dizer — e voltou-lhe as costas para indicar que a entrevista terminara. Com o que o judeu e seu guarda tiveram que retirar-se.

— O rei dos judeus — comentei, parece trazer dificuldades mesmo depois de morto.

Pôncio Pilatos, mergulhado em suas reflexões, replicou:

— Tens razão. Sou um homem experimentado e geralmente não me deixo envolver com ninharias, mas esse maldito julgamento se tornou mais penoso para mim do que eu imaginava. Esta manhã bem cedo, esse mesmo Jesus me confessou que era o rei dos judeus, mas acrescentou que o seu reino não pertence a este mundo. O que veio me provar que, politicamente, era um homem inofensivo. Não era meu desejo condená-lo, mas o populacho a isso me compeliu.

Deu um murro na palma da mão e falou irado:

— Sim, tenho sido verdadeiramente uma vítima dos agitadores judeus e de suas intrigas. Prenderam-no no meio da noite e conseguiram ninguém sabe como reunir quorum necessário no Sinédrio para condená-lo. Podiam facilmente tê-lo apedrejado eles mesmos, acusando-o de blasfêmia, embora não lhes caiba o direito de executarem sentenças de morte. Mas fatos semelhantes já aconteceram antes e no final apresentavam desculpas hipócritas de que não podiam conter a legítima indignação do povo. Mas, desta vez, suponho que não ousaram fazer isto, por causa daqueles mesmos seguidores, e quiseram envolver Roma no caso. Sim, mandei-o ao tetrarca da Galiléia, que é também judeu, para que o sentenciasse, mas aquela velha e astuta raposa, Herodes Antipas, nada mais fez que injuriá-lo e mandá-lo de volta para mim, a fim de que a culpa recaísse sobre a minha pessoa.

— Mas que tinha ele em mente — aventurei-me a perguntar — quando dizia que o seu reino não era deste mundo? Não sou supersticioso, mas é um fato incontestável que a terra tremeu quando ele morreu. E também o céu escureceu, misericordiosamente, para que se não percebessem claramente os seus sofrimentos.

47

O Procônsul lançou-me um olhar enfurecido e me repreendeu com excessiva rudeza.

— Confio em que tu, um estrangeiro, não vás começar a me importunar, como acontece à minha mulher desde que amanheceu o dia. Farei com que o centurião Adenabar seja encarcerado também, se prosseguir com seus romances a respeito do filho de Deus. Essa superstição síria é intolerável. Lembras-te de que és romano.

Dei graças à minha boa sorte pelo fato de nada ter dito, durante nossa conversa confidencial na torre, sobre as profecias que me tinham trazido a Jerusalém. Mas sua irritabilidade veio consolidar a minha resolução de examinar o assunto de maneira mais completa possível. Não é comum um procurador romano deixar-se deprimir de tal forma pela crucificação de um agitador judeu. O rei dos judeus deve ter sido um homem pouco comum.

Pôncio Pilatos preparou-se para subir aos seus aposentos, convidando-me a compartilhar de sua mesa quando descesse a noite. Voltei ao refeitório dos oficiais, onde estava no auge a bebericação que se seguira ao término dos trabalhos do dia. A Judéia é um grande país, no que diz respeito ao seu vinho, assim me informaram os oficiais, e pude comprová-lo por mim mesmo após experimentar o que bebiam. Misturado com água torna-se fresco e leve e não excessivamente doce. Conversei com oficiais, técnicos e peritos da legião e verifiquei que fora de fato com relutância e apenas para ceder à pressão dos judeus que Pôncio Pilatos sentenciara o rei dos judeus a morrer na cruz. É verdade que ele fora açoitado e escarnecido pelos soldados no pátio, mas tal fizeram apenas para se divertir e porque era esse o costume. Mais tarde mostraram-se dispostos a deixá-lo partir. Pareciam todos perturbados por um sentimento de culpa, pois cada um deles se mostrava ansioso por se defender e incriminar os judeus. O terremoto lhes causara uma profunda impressão, e quando o vinho lhes subiu à cabeça alguns começaram a repetir as histórias que tinham ouvido dos judeus sobre as maravilhas realizadas pelo rei. Curara muitos doentes e exorcizara os demônios, e poucos dias antes, assim se dizia, fizera reviver um homem morto que fora levado à sepultura havia alguns dias, num local não muito distante de Jerusalém.

Considerei essa história como um clássico exemplo de quão rapidamente as lendas brotam depois de qualquer evento sensacional. Mal podia disfarçar um sorriso quando percebi com que facilidade aqueles homens bastante esclarecidos davam ouvidos a tais absurdos. Acreditavam até mesmo saber o nome do homem ressuscitado. Afirmavam com toda a seriedade que essa ressurreição —

cuja história se espalhou por toda Jerusalém — constituíra a gota que transbordara a taça, e depois disso as autoridades judaicas decidiram tirar a vida ao fazedor de milagres. Como um exemplo final da intolerância dos judeus, um oficial que comandava uma tropa de camelos na fímbria do deserto e fora chamado a Jerusalém para a páscoa, relatou como havia apenas pouco mais de um ano o tetrarca Herodes da Galiléia ordenara a execução de um profeta do deserto. Esse homem persuadira as multidões a se batizarem nas águas do Jordão, tornando-se assim súditos do futuro reino. O oficial vira o homem com seus próprios olhos: usava um manto de pêlo de camelo e não comia carne.

Eu também ouvira falar que uma comunidade judaica composta de centenas de homens havia sido fundada numa inacessível parte do deserto junto ao Mar Morto, para pesquisar as escrituras e aguardar o novo reino. Aqueles homens austeros usam uma contagem de tempo diferente da dos judeus ortodoxos e têm muitos diferentes graus de iniciação.

A noite desceu, acenderam-se as luzes e chegara a hora de me dirigir aos aposentos do Governador. Fui alvo de alguns gracejos bem-humorados por causa disto, mas ao mesmo tempo informaram-me confidencialmente que os oficiais tinham conseguido introduzir secretamente no refeitório alguns músicos e uma dupla de dançarinas sírias. Quando o Procurador se recolhesse, teriam prazer em me receber de volta nos alojamentos para compartilhar da alegre noitada. Julgavam ter direito a um pouco de diversão durante o festival judaico, que causara à legião tantos aborrecimentos.

Fora feita uma tentativa para disfarçar o ar melancólico que pairava sobre os aposentos do Governador na torre, como o emprego de custosos tapetes e painéis, e os colchões de pluma dos leitos tinham a cobri-los belos tecidos. O serviço de jantar era proveniente da Síria e o vinho foi servido em taças de vidro. Havia um outro convidado, o comandante da guarnição — um homem taciturno, que talvez fosse um eminente estrategista, mas que se sentia tão pouco à vontade na presença de Cláudia Prócula e sua dama de companhia que mal conseguiu abrir a boca. Adenabar e o secretário do Procônsul também se achavam presentes. Os lampiões foram alimentados com óleo aromático, e ambas as mulheres rivalizavam com eles em fragrância.

Foi com satisfação que tornei a ver Cláudia Prócula, embora, verdade seja dita, dificilmente a teria reconhecido se a tivesse encontrado na rua. Estava pálida e macilenta e para ocultar os cabelos brancos tingira-os da cor de cobre. Apenas seus olhos continuavam os mesmos, e quando os olhei de perto percebi neles a mesma inquieta sensibilidade que me deixava fascinado uma tarde inteira na minha juventude, na casa de Próculo em Roma. Ela me estendeu suas mãos delgadas e bem cuidadas e olhou-me nos olhos por longo tempo. Então, para minha imensa surpresa, atirou os braços à volta do meu pescoço, cingiu-me fortemente, beijou-me ambas as faces e desmanchou-se em lágrimas, soluçando:

— Marcos, Marcos! Como me alegra que tenhas vindo confortar-me nesta noite terrível!

O comandante da guarnição desviou o rosto, embaraçado pelo comportamento de sua anfitriã e também por minha causa. Pôncio Pilatos ficou grandemente perturbado e repreendeu-a, dizendo:

— Vamos, vamos, Cláudia. Procura controlar-te. Todos sabemos que não te sentes bem.

Cláudia Prócula afrouxou os braços à volta do meu pescoço, sua pintura ligeiramente estragada devido às lágrimas que lhe tinham escorrido pelas faces pintadas, juntamente com a sombra azul que ela usava nas pálpebras. Mas ela bateu com o pé no chão e retrucou:

— Não é minha culpa se me vejo assaltada por sonhos maus. Não te adverti eu para que não tocasses naquele homem santo?

Quando vi quão perturbado Pôncio Pilatos estava, veio-me a idéia de que ele devia estar pagando um preço muito alto pela posição que lhe tinham assegurado as relações de sua senhora. Qualquer outro homem teria ordenado à sua mulher que se retirasse e se compusesse um pouco, mas o Procônsul apenas deu-lhe palmadinhas no ombro, desajeitadamente. A dama de companhia, uma mulher de extraordinária beleza, começou a retocar apressadamente a pintura de sua senhora.

Pegando uma concha que lhe apresentara um escravo, o Procônsul retirou vinho de uma terrina onde era misturado e despejou-o nas taças de vidro, das quais parecia ter justificado orgulho. A primeira taça ele passou-a a mim, desprezando o comandante da guarnição. Isto era um indício de que mandara dar busca na minha bagagem. Eu deixara propositadamente visível uma pequena carta de apresentação que me tinham dado, juntamente com uma leve referência de que eu faria bem em sacudir a poeira de Roma das minhas sandálias. No frontispício da carta estava escrito um nome que não mencionarei aqui mas que descubro ter uma poderosa influência nas terras do Oriente também. Por isto te agradeço mais uma vez, Túlia, por teres pelo menos me assegurado a proteção desse nome quando me despachaste de Roma.

Depois de bebermos à nossa saúde, Pôncio Pilatos forçou um pálido sorriso e disse em voz baixa que afinal começava a compreender pelo menos um dos costumes judaicos, qual fosse o de proibir as mulheres de comerem na companhia dos homens. Mas Cláudia Prócula a essa altura já se tinha acalmado e pediu-me que me reclinasse ao seu lado à mesa para que pudesse acariciar-me os cabelos.

— Não há mal nenhum nisso — falou ela. — Tenho idade para ser tua mãe. E tu, pobre órfão, jamais tiveste uma.

— Nada é impossível para os deuses — respondi — assim suponhamos que tivésseis tido um filho quando tínheis cinco anos.

O cumprimento era grosseiro, naturalmente, mas é disto que as mulheres gostam. Cláudia Prócula observou-me coquetemente sob as suas sobrancelhas, chamou-me de bajulador e advertiu a sua dama de companhia para que não acreditasse numa só palavra minha, pois eu era o mais consumado sedutor de toda Roma e sabia Ovídio de cor desde os quatorze anos. Felizmente não fez nenhuma referência ao testamento que me tornou rico.

O Procônsul não se ofendeu com os gracejos. Pelo contrário, tive a impressão de que ele recebia prazerosamente qualquer coisa que pudesse deixar sua mulher de bom humor. Aconselhou-me a me moderar e a não me esquecer de que a mulher de um procônsul estava acima de qualquer censura. Ele de fato se dava o título de Procônsul. Além do mais, assegurou-me, Cláudia Prócula se tornara mais equilibrada durante sua permanência entre os judeus e abandonara toda a frivolidade da sociedade romana.

Assim palestrando, iniciamos a refeição. Já saboreei ceias melhores, mas não encontrei nenhum defeito naquela, embora o Procônsul seja moderado em seus hábitos. Pelo menos tudo o que foi servido era fresco e feito com ingredientes de boa qualidade, o que sem dúvida constitui a base de toda a arte culinária. Mas a parte mais divertida surgiu no clímax do jantar, quando uma grande caçarola tampada foi trazida e colocada sobre a mesa, após o que o Governador mandou os escravos se retirarem. Com suas próprias mãos ele removeu a tampa, e da panela subiu um delicioso aroma de carne de porco assada e de rosmaninho. Adenabar e o comandante da guarnição soltaram juntos uma exclamação de prazer. Pôncio Pilatos explicou-me a rir:

— Agora podes ver quão completamente nos achamos sob o jugo dos judeus. O Procônsul romano vê-se compelido a mandar vir às ocultas, de além-Jordão para a fortaleza Antônia, a sua carne de porco.

Fui inteirado de que a leste do Mar da Galiléia rebanhos inteiros de suínos são criados para uso das guarnições, mas que é estritamente proibido trazer qualquer carne de porco para Jerusalém, pois isto ofenderia os judeus. Os oficiais da alfândega são obrigados a seguir à risca a proibição, não importa quão amigos se mostrem de Roma. Dessa forma a carne de porco para a mesa do Governador entra secretamente em Antônia pela mala do correio, sob o selo do Estado Romano.

— Isto me faz lembrar — observou Adenabar, procurando tomar parte na conversação — que o único mal verdadeiro causado por aquele rei teve lugar em Gadara, a leste do Jordão. Ele nada tinha de supersticioso: infringiu todas as leis judaicas e até mesmo o sábado, com todo o vigor. Ainda assim, devia compartilhar do preconceito dos judeus contra a carne de porco, pois certo dia, há alguns anos atrás, quando jornadeavam pela região de Gadara, ele e seus discípulos levaram uma grande manada de porcos — cerca de um milhar — até a borda de um rochedo, forçando-os a se atirarem ao mar. Os animais se afogaram todos e o seu proprietário teve um grande prejuízo. Mas os culpados fugiram através da fronteira para a Galiléia. Seria difícil levá-los a julgamento e de qualquer forma não se poderia obter deles uma indenização, pois eram todos homens pobres. Viviam do que os seus seguidores lhes davam e faziam algum pequeno trabalho de tempos em tempos. Assim o dono dos porcos teve que resignar-se àquela perda. Não creio nem mesmo que se pudesse conseguir alguma testemunha do fato, pois sua reputação se espalhara através da fronteira e o povo o temia por causa de seus milagres.

Adenabar contou sua história com animação, sentado muito ereto na borda do divã, e no final soltou uma ruidosa gargalhada. Só então percebeu que não estávamos nem de longe interessados na sua narrativa, pois ele nos trazia de volta àquele Jesus, de que nos tínhamos conseguido esquecer por algum tempo, enquanto tagarelávamos sobre ninharias, como o exigem os costumes sociais, embora fosse quase certo que não o tivéssemos esquecido inteiramente. Adenabar ficou encabulado e seu riso morreu abruptamente. Pôncio Pilatos rosnou:

— Já falamos demais sobre esse homem.

Mas Cláudia Prócula começou a tremer e, perdendo o autodomínio, exclamou:

— Ele era santo. Fazia curas e milagres como jamais ninguém fez até hoje no mundo. Se fosses de fato um homem e um verdadeiro romano, nunca o terias sentenciado. Que importa que depois tenhas lavado as mãos? Isto não te absolve. Tu próprio disseste que não tinhas achado nenhuma culpa nele. Quem governa Jerusalém, tu ou os judeus?

O Procônsul ficou pálido de cólera e teria atirado ao chão sua taça de vinho se não lhe tivesse ocorrido que de nada valeria espatifar uma peça valiosa. Pensou um pouco, olhou à sua volta, e notando que a reunião era pequena e seleta e que nenhum servo se achava presente, respondeu com calma forçada:

— Creio apenas no que meus olhos vêem e podem testemunhar. Ele não realizou nenhum milagre diante de mim ou de Herodes, embora este lhe tivesse pedido expressamente que desse uma prova do seu poder. A história toda não passou de um caso político, embora velado, e eu nada vi que me impedisse de sentenciá-lo. Na verdade, legalmente falando, nem fui eu quem o sentenciou. Tudo o que fiz foi deixar os judeus agirem por sua própria conta. Política é política, e são as conveniências, mais do que a opinião de qualquer tribunal, que regem o assunto. Em questões de pouca monta é conveniente deixar os judeus decidirem por si mesmos; satisfaz seu orgulho patriótico. Nos assuntos importantes, sou eu quem governa.

— Que me dizes do fornecimento de água para Jerusalém? — interpôs Cláudia Prócula com malícia feminina. — Não foi tua a idéia, não era o teu orgulho, uma recordação do teu período de governo? Bem, onde está o projeto? Tinhas todos os planos prontos e já calculada a queda da água.

— Eu não podia desfalcar o tesouro — retorquiu o Procônsul defensivamente. — Se os judeus não sabem o que lhes convém, a culpa é deles, não minha.

— Meu governador! — exclamou Cláudia sarcasticamente. — Durante todos esses anos tiveste que ceder diante dos judeus, vezes seguidas, em todos os assuntos importantes, fossem grandes ou pequenos. Ao menos desta vez poderias ter mostrado que eras um homem, e terias o direito do teu lado. Por que não me quiseste acreditar quando te mandei um aviso para que não condenasses um homem inocente?

Adenabar tentou salvar a situação observando jocosamente:

— O aqueduto não foi adiante devido à obstinação das mulheres de Jerusalém. A obrigação de ir buscar água dá-lhes oportunidade de se reunirem e papaguearem à beira das cisternas. Quanto mais longa e laboriosa a caminhada, mais lhes sobra lazer para conversarem.

— As mulheres de Jerusalém não são tão simplórias como pensas — retrucou Cláudia Prócula. — Não tivesse acontecido tudo de maneira tão rápida e tão confusa, e não houvesse ele sido atraiçoado por um dos seus próprios discípulos, por dinheiro, ele jamais teria sido condenado. Se tivesses tido a coragem de ao menos adiar a decisão para depois da páscoa, as coisas seriam diferentes agora. A classe trabalhadora se achava do seu lado, bem como aqueles que em todo o país se denominam a si próprios os "tranqüilos" e aguardam a vinda do reino. O seu número é maior do que imaginas. Até mesmo um membro do Sinédrio veio aqui e pediu-te o seu corpo, para guardá-lo na sua própria sepultura. Sei muitas coisas que ignoras; sei mesmo algumas de que nem os seus discípulos têm conhecimento. Mas agora é tarde demais. Tu lhe tiraste a vida.

Pôncio Pilatos ergueu as mãos, invocou os deuses de Roma e o gênio de César em sua ajuda, e exclamou:

— Se eu não o tivesse mandado para a cruz, os judeus se queixariam a Roma e diriam que eu não era amigo de César! Cláudia, já não te proibi de te encontrares com essas mulheres que entram em transes? Suas fantasias só fazem piorar o teu estado. Homens, romanos, eu vos faço um apelo. Que teríeis feito em meu lugar? Seríeis capaz de arriscar vossa posição e vossa carreira em nome de um judeu que só trouxe dificuldades para a sua religião?

O comandante da guarnição abriu a boca por fim e disse:

— Judeus são judeus, traiçoeiros como víboras na relva. Ao lidar com eles, a chibata, a lança e a cruz são a única política.

— A terra se agitou quando ele morreu — disse Adenabar.

— Creio que ele era o filho de Deus. Mas nada mais terias podido fazer. Agora, ele está morto e não voltará.

— Gostaria — observei — de saber algo mais sobre o seu reino.

Cláudia Prócula encarou-nos com olhos muito abertos e indagou:

— E se ele voltar? Que farias então?

Falara com tanta gravidade que um calafrio me percorreu o corpo. Meus cabelos se arrepiaram e tive que lembrar a mim mesmo que eu vira com meus próprios olhos o rei dos judeus entregar sua alma na cruz.

Pôncio Pilatos olhou com ar de pena para sua mulher, balançou a cabeça e disse, como que se dirigindo a uma pessoa obtusa:

— Será bem-vinda a sua volta. É o bastante até o dia...

Um criado entrou cautelosamente, trazendo uma mensagem para o secretário. O Procurador deu um suspiro de alívio e observou:

— Em breve teremos algumas novas. Abandonemos este tedioso tópico.
Terminamos a refeição numa atmosfera de constrangimento, a mesa foi limpa e bebemos mais vinho. Para distrair as senhoras, cantarolei as mais recentes canções de Alexandria, tendo Adenabar contribuído, numa voz singularmente bem-educada, com uma cançoneta picante, originária da décima segunda legião. Logo depois o escriba voltou e Pôncio Pilatos, indicando que éramos de sua confiança, ordenou-lhe que dissesse o que tinha a dizer em nossa presença. Evidentemente os espiões que o Procônsul mantinha entre os judeus se tinham esgueirado de volta à fortaleza, com o cair da noite, para fazerem o seu relatório. Assim nos falou o secretário:
— O terremoto tinha causado grande alarme no templo, pois quando houve o abalo o véu exterior se rasgou de alto a baixo. O homem que atraiçoara o Nazareno voltou ao templo hoje e atirou aos sacerdotes os trinta denários que lhe tinham sido dados. Na casa do sumo sacerdote levantou-se grande indignação pelo fato de terem sido dois membros do Sinédrio, José e Nicodemos, os que haviam descido o corpo da cruz e o levado a um sepulcro já preparado nas proximidades do lugar da execução. Nicodemos pagou o sudário e comprou também cem libras de mirra e aloés para o sepultamento. À parte isto, a cidade se conserva calma e a véspera da páscoa vem sendo celebrada da maneira usual. Os seguidores de Jesus sumiram. O Sinédrio espalhou um refrão: *É melhor que morra um homem pelo povo do que todo o povo pereça.* Isto teve um efeito calmante sobre a cidade. De qualquer forma, ninguém mais se refere a Jesus em altas vozes. A aura de superstição que o envolvia parece ter evaporado, uma vez que ele não realizou nenhum milagre e morreu de morte desonrosa.
O secretário lançou-nos um rápido olhar, limpou a garganta, soltou uma pequena risada contrafeita e prosseguiu:
— Mas há ainda uma coisa que eu não me teria dado ao trabalho de mencionar, se não a tivesse ouvido de duas fontes diferentes. Dizem que esse Jesus ameaçou de ressuscitar dos mortos no terceiro dia. De onde se originou essa história não sei dizer, mas até o sumo sacerdote tem conhecimento dela. Estão reunidos em sua casa, conjecturando sobre o que poderão fazer para impedir tal fato.
— Que te disse eu! — exclamou Cláudia Prócula triunfantemente.
O secretário corrigiu-se apressadamente.

— Não quero dizer com isto, naturalmente, que acreditam que ele se levantará. Mas seus adeptos talvez tentem roubar seu corpo de maneira a iludir o povo simples. Eis porque os sacerdotes e o Sinédrio se acham contrariados pelo fato de não ter o corpo sido queimado no depósito de lixo, como os dos outros dois criminosos.

— Eu devia ter sabido — Pilatos observou amargamente — que até o meu repouso noturno seria prejudicado por aquele homem.

Tão perturbado ficou por aquela tola história, que chamou, a mim e a Adenabar, a um canto para se certificar mais uma vez de que o Rei Jesus estava realmente morto. Nós o víramos com nossos próprios olhos; tínhamos visto igualmente o soldado enterrar a lança no coração do corpo inanimado, e ambos juramos:

— Aquele homem morreu suspenso na cruz e jamais será capaz de dar um passo.

Tive uma noite inquieta, não só devido ao vinho, como em conseqüência de tudo por que passara. E assim foi que, embora exausto, dormi mal e tive sonhos horríveis. A algazarra de bêbados que vinha do refeitório dos oficiais perturbou-me também a noite inteira. Pela madrugada, vi-me despertado pelos estridentes toques de trombeta vindos do templo, os quais ecoavam por toda a cidade, e tudo o que eu vira e ouvira no dia anterior me veio imediatamente à cabeça.

Para pôr em ordem meus pensamentos e me recordar de tudo exatamente como eu tinha visto, sentei-me para escrever e continuei escrevendo até que Adenabar me viesse procurar, de olhos inchados e com ar ainda meio apalermado, convidando-me a acompanhá-lo até o pátio externo, a fim de assistir a uma cena divertida. E lá se achava, realmente, uma delegação, enviada pelo Sinédrio e pelos sumos sacerdotes, falar com o Procônsul, embora aquele dia fosse um sábado, e um sábado muito importante, diga-se de passagem. Pôncio Pilatos fê-los esperar algum tempo, em seguida invectivou-os por todos os aborrecimentos que tinham causado.

Mas eles se mostravam realmente desesperados e juraram que o próximo tumulto seria mais grave do que o anterior se os seguidores de Jesus conseguissem levar a efeito o roubo de seu corpo da sepultura e em seguida proclamassem que ele mantivera a sua promessa e ressuscitara dos mortos no terceiro dia. Suplicaram e imploraram ao governador que pusesse legionários de guarda junto ao sepulcro por alguns dias, pois não confiavam inteiramente em seus próprios homens, e que fosse lacrada a tumba, como medida de segurança, com o selo pessoal do procurador, que nenhum judeu ousaria violar.

Pilatos chamou-os de mulheres velhas e de retardados e disse, zombando deles:
— Pareceis mais temerosos de um homem morto que de um vivo.

Mas eles prometeram enviar-lhe ricos presentes, tão logo terminassem o sábado, uma vez que nesse dia não lhes era permitido carregarem nada consigo. Por fim Pôncio Pilatos cedeu e enviou dois homens e o secretário da legião à sepultura. O secretário tinha a seu cargo selar a tumba, não com o selo do procurador, mas com o sinete oficial da décima segunda legião, o qual Pilatos considerava mais do que suficiente. Deu ordens para que à noite a guarda fosse aumentada para quatro ou oito homens, se o oficial que a comandava julgasse necessário, pois sabia muito bem que dois legionários romanos desacompanhados jamais se sentiriam seguros fora dos muros da cidade à noite.

Julguei que uma caminhada me faria bem. Assim acompanhei o secretário até a sepultura. No lugar da execução ainda se achavam fincados os postes manchados de sangue, embora os braços das cruzes tivessem sido removidos quando desceram os corpos. A pouca distância dali via-se um belo jardim e nele um sepulcro havia sido cavado na parede de uma rocha. Uma grande laje fora colocada à sua entrada. Para afastá-la para um lado seria preciso a força de dois homens, e o dia era quente. O secretário não achou necessário abrir a sepultura, pois os guardas judeus lhe asseguraram que ninguém a tinha tocado desde que os traidores do Sinédrio, José, Nicodemus e seus servos, a haviam colocado naquela posição.

Enquanto o secretário selava a entrada, pareceu-me que uma forte fragrância de mirra dela se evolava. Mas talvez fossem apenas as flores do jardim que rescendiam perfume tão intenso. Os dois legionários faziam pesados gracejos a respeito de sua tarefa, mas era evidente que se mostravam satisfeitos de que lhes coubera a guarda diurna e de que seriam rendidos à noite.

Na volta desejei ver o templo dos judeus e me separei do secretário, pois ele me garantiu que eu poderia ir sem perigo até o pátio externo. Cruzei uma ponte sobre o vale, que levava à colina santa, e fui admitido, juntamente com uma grande multidão, ao pátio dos heréticos, passando através de uma soberba arcada. O povo vinha afluindo da cidade a manhã inteira, mas ainda havia espaço de sobra no pátio externo e eu pude admirar suas colunatas. No final, os intermináveis cânticos e as preces em altas vozes, juntamente com o cheiro dos sacrifícios e a excitação e frenesi dos judeus, começaram a me fazer mal. Pensei no corpo do homem crucificado repousando na fria rocha da tumba e toda a minha simpatia ficou com aquele rei, apesar de pouco saber a seu respeito.

Voltei a Antônia e estou agora escrevendo pela noite adentro, a fim de me livrar de pensamentos depressivos. Contudo isso de nada me valeu, Túlia, pois enquanto estive escrevendo não senti a tua presença como antigamente.

Tanto quanto me diz respeito, a história do rei dos judeus não chegou ainda ao fim, pois anseio por saber mais sobre o seu reino, tendo já elaborado planos para me pôr em contato com seus seguidores e ouvir o que ele ensinou quando estava vivo.

TERCEIRA CARTA

Marcos Mezentius Manilianus para Túlia:

Escrevi acima o meu nome e o teu, Túlia; contudo, vendo o meu próprio nome no papiro, não posso deixar de conjecturar se sou eu de fato que escrevo, ou algum estranho dentro de mim. Já não me sinto eu mesmo, e vez por outra, durante estes dias que têm sido os mais longos da minha vida, tenho a suspeita de que algum sortilégio judaico estendeu sobre mim a sua teia. Se na verdade tudo aconteceu segundo eu próprio testemunhei, então, ou terei assistido a coisas jamais sucedidas antes, ou me verei forçado a crer integralmente em muitas lendas das quais os filósofos e os cínicos há muito já esclareceram o simbólico significado.
Não sei se terei coragem de mandar-te esta carta. Minha correspondência anterior jaz aqui, ainda não remetida; e talvez isto seja uma boa coisa, pois se chegares a ler tudo isso, dificilmente poderás fugir à convicção de que o pobre Marcos perdeu os últimos resquícios da razão. E contudo não me considero um sonhador, ainda que — e a despeito de um indestrutível cetismo — eu tenha buscado neste mundo algo além dos prazeres não só da virtude como dos sentidos. Confesso que, por força de minha origem, me entreguei a todos os excessos na minha juventude, e jamais consegui encontrar o equilíbrio, que só os verdadeiros sábios alcançam, entre a renúncia e a auto-indulgência. Era imoderado nas vigílias, nos jejuns e nos exercícios físicos, durante meus dias escolares em Rodes. Imoderado também foi o meu amor por ti, Túlia; nisto me mostrei insaciável.
A despeito de tudo isso, posso assegurar-te que no âmago do meu ser há algo sóbrio e vigilante que me impede de causar a minha própria destruição. Não fosse essa ponderada sentinela e eu dificilmente teria deixado Roma: teria arriscado minha fortuna e talvez a própria vida, antes que renunciar a ti. Agora, enquanto te escrevo, essa sentinela se acha inteiramente atenta, pois busco sem cessar distinguir entre o que eu mesmo vi, o que apenas ouvi e o que eu não possa considerar como fato comprovado.
Vejo-me compelido a relatar minuciosamente todas as minhas experiências, embora talvez jamais te envie esta carta. Incluirei nela muita coisa sem importância, já que ainda me vejo incapaz

de distinguir entre o irrelevante e o essencial. Creio ter testemunhado a vinda ao mundo de um novo deus. Isto naturalmente será considerado uma loucura para quem não tenha participado do evento. Mas, se for este o caso, então o mais íntimo dos fatos pode mais tarde mostrar-se significativo. Que seja isto uma desculpa para tanta prolixidade. E se for verdade o que se passou, o mundo irá mudar — na realidade já mudou — e uma nova era acaba de surgir.

Minha sentinela está vigilante e me advertiu para que não creia no que talvez não passe de vã esperança minha. Mas poderia eu ter esperado ou desejado algo assim tão inconcebível? Não. Ser-me-ia impossível inventar ou sonhar tais coisas. Se pensei em algo, foi um novo reino sobre a terra, mas não se trata disto absolutamente. Trata-se de qualquer coisa completamente diferente, que ainda não consegui compreender.

Advirto a mim mesmo que não procure, no que houve, mais do que realmente existe, pura vaidade. Pois quem sou eu, Marcos, para que me aconteça semelhante coisa? Não tenho ilusões quanto à minha própria importância. Por outro lado, não posso repudiar minhas experiências. Por conseguinte, relato-as.

Quando terminei minha última carta, já era tarde; tinha câimbras nos dedos e a princípio não pude conciliar o sono. Mais tarde dormi bem, mas por pouco tempo, pois antes da alvorada fui despertado por outro terremoto, mais demorado e mais assustador do que o primeiro. O ruído de jarros se estilhaçando e o estrondo dos escudos se despencando dos ganchos na parede, tiraram todo o mundo de seus leitos em Antônia. O piso de pedra tremia de forma tão violenta sob os meus pés que fui de cabeça ao chão. Os guardas soaram o alarme no pátio. Não posso deixar de admirar a disciplina da legião, pois não importa quão entorpecidos pelo sono pudessem estar os homens no meio da noite, nenhum correu para fora sem as suas armas, embora o seu primeiro pensamento devesse ser escapar dos desmoronamentos.

Ainda estava tão escuro que se tornou preciso acender tochas no pátio. Quando terminaram os primeiros momentos de balbúrdia e confusão, descobriu-se que a parede rachara em uns dois lugares, mas que ninguém na fortaleza tinha sido morto. Verificou-se a existência de apenas algumas luxações, esfoladuras e contusões, de pouca monta; e mesmo estas tinham resultado mais da correria na escuridão do que do tremor de terra propriamente dito. O comandante da guarnição enviou imediatamente patrulhas à cidade, a fim de verificarem os danos causados, e alertou a brigada de combate ao fogo, da legião; pois os incêndios resultantes dos terremotos usualmente causam mais destruição do que os próprios tremores.

O Procônsul veio diretamente do leito, uma manta jogada sobre o corpo, e se postou no alto da escada, com os pés nus, sem descer para o pátio nem juntar sua voz às ordens de comando. E como não houve repetição do abalo e já se podiam ouvir os galos começando a cantar na cidade, não achou ele necessário enviar as mulheres para lugar seguro fora dos muros. Não obstante, era compreensível que depois daquele alarme, ninguém se sentisse inclinado a voltar para a cama. O céu foi-se tornando mais claro e, à medida que as estrelas se apagavam, veio mais uma vez o retumbante clangor das trombetas no templo judaico, mostrando que suas cerimônias religiosas continuavam como se nada tivesse acontecido.

Os soldados foram mandados de volta às suas obrigações habituais, mas apenas rações secas lhes foram dadas, achando-se os cozinheiros por enquanto proibidos de acender fogo, como medida de segurança. As patrulhas foram voltando, uma a uma, com a notícia de que o pânico e a confusão reinavam na cidade e que muita gente fugira para o campo além dos muros, mas que salvo umas poucas casas, cujas paredes se tinham desmoronado, nenhum dano de monta fora causado. O terremoto parecia ter-se restringido mais acentuadamente à area em volta da fortaleza e do templo.

Os guardas foram dispensados e com apenas um ligeiro atraso a primeira coorte marchou através da cidade para os seus exercícios no circo. Há muitos anos que nenhuma luta de gladiadores ou animais selvagens tem sido realizada nesse dispendioso estádio; a arena é usada unicamente para o treinamento da legião.

Voltei ao meu quarto pisando sobre fragmentos de louça, lavei-me e me vesti adequadamente. Enquanto ainda me ocupava nisto, veio um mensageiro chamar-me à presença do Procônsul. Pôncio Pilatos mandara colocar uma cadeira junto aos degraus, para a audiência do dia. Suponho que lhe agradava estar ao ar livre embora não desse o menor sinal de que receava um novo terremoto.

À sua frente estavam postados o comandante da guarnição e o secretário da legião, bem como Adenabar e mais dois legionários, os quais gesticulavam vigorosamente à maneira síria, enquanto falavam, ao mesmo tempo que procuravam colocar-se em posição de sentido em sinal de respeito ao seu comandante-em-chefe.

Pôncio Pilatos dirigiu-se a mim irritadamente.

— A rendição da guarda foi retardada esta manhã devido ao terremoto. Estes dois sírios idiotas é que foram enviados para render os homens junto àquela maldita tumba. Havia seis sujeitos montando guarda ali a noite toda e a ordem era para que ficassem dois de vigília cada vez, enquanto os outros dormiam. Agora vieram me dizer que o selo da legião foi violado e que a laje foi afastada da sepultura, e ainda que os homens da guarda noturna desapareceram.

Voltou-se para os legionários e falou, ríspido:

— O corpo ainda estava no sepulcro?

Os dois homens responderam numa só voz:

— Não entramos na sepultura. Não tínhamos ordens para entrar na sepultura.

— Por que um de vós, pelo menos — inquiriu Pilatos — não ficou de guarda enquanto o outro vinha trazer a informação? Agora qualquer pessoa pode ter entrado nela.

Sem tentarem desculpar-se os dois confessaram:

— Nenhum de nós teve coragem de ficar ali sozinho.

O comandante da guarnição achou que devia falar em defesa de seus homens, pois a responsabilidade final era sua. Falou bruscamente:

— Eles recebem ordens estritas de sempre andarem aos pares fora da fortaleza.

Mas pela expressão no rosto daqueles legionários era evidente que não fora pelas suas vidas que tinham temido; o sepulcro é que os apavorara, ao mesmo tempo que o desaparecimento de seus camaradas os enchera de um terror supersticioso.

O Procônsul pareceu perceber isto, pois disse com veemência:

— Não há nada de sobrenatural no que aconteceu. Logicamente, o terremoto deslocou a laje à entrada do sepulcro. Aqueles sírios supersticiosos e covardes deram sebo às canelas e não ousam reaparecer. Deverão ser caçados como desertores. Merecem o mais severo castigo.

Voltando-se para mim ele explicou:

— A honra da legião está em jogo, eis porque não confiarei em ninguém envolvido no caso. Não me deixarei embair por nenhuma conversa fiada. O de que precisamos é uma testemunha imparcial. Tu, Marcos, és um homem de mente equilibrada, com bastante conhecimento da lei. Leva contigo Adenabar e estes dois homens. Poderás dispor de uma corte inteira para te auxiliar, se desejares, para que possas isolar o local e mantê-lo sob vigilância, certificando-te assim de que esses dois não figurarão também. Descobre o que aconteceu e volta para me informar.

O comandante da guarnição gritou imediatamente pelo seu trombeteiro. Isto tornou o Procônsul mais irado ainda e, dando um murro na palma da mão, berrou:

— Tereis todos perdido o juízo? Não ireis precisar de uma coorte — apenas uns poucos homens de confiança. Seria loucura atrair atenção e complicar ainda mais esse caso, que só traz vergonha para todos nós. Agora, se quisésseis ter a bontade de começar...

Adenabar chamou uns dez homens e depois de fazê-los desfilar no pátio ordenou que se pusessem em marcha aos pares. Foi preciso que o Procônsul gritasse "Alto!" e nos fizesse ver que a melhor maneira de reunir uma multidão de judeus curiosos seria atravessar a cidade correndo. Alegrei-me bastante com isto, pois, destreinado como me acho, dificilmente, poderia ter acompanhado os legionários, mesmo sem equipamento, embora não tivéssemos que ir muito longe.

Gente que fugira para fora dos muros da cidade retornava agora. Não obstante, já tinham muito com que preocupar-se e assim não despertamos a sua atenção. Os judeus se esqueceram até de cuspir à passagem dos legionários e de lhes gritar as injúrias habituais.

O jardim ocultava parcialmente o sepulcro. Entretanto, quando nos achávamos ainda bem distante, vimos dois judeus saindo da abertura na rocha. Eram indubitavelmente seguidores do Nazareno, pois acho-me quase certo de que um deles era o belo jovem que eu vira amparando as entristecidas mulheres no local da execução. O outro era um homem enorme, barbudo, com uma cabeça redonda. Quando nos viram aproximar fugiram e desapareceram, embora os tivéssemos chamado.

— Agora a gordura está no fogo — exclamou Adenabar.

Mas não mandou ninguém em sua perseguição, achando mais prudente não desfalcar as nossas forças e sabendo que os judeus podiam facilmente deixar extraviados os legionários em meio ao emaranhado de jardins, moitas, outeiros e gargantas.

Mas nós os tínhamos visto o bastante para nos certificarmos de que não levavam com eles nada da sepultura.

Quando alcançamos o sepulcro, verificamos que a laje tinha quebrado o rebordo exterior da entrada e rolara pela encosta até ser detida pela saliência de uma rocha, quando então se partira ao meio. Não vimos nenhuma marca de ferramentas. Qualquer pessoa que desejasse abrir a sepultura pelo lado de fora, teria rolado a pedra para um lado, junto à abertura, como fora calculado. Um pedaço de corda ainda pendia do selo partido da legião. Era pois evidente que o tremor de terra deslocara a laje do seu lugar. Um pronunciado perfume de mirra e de aloés se evolava das profundezas do sepulcro, misturando-se ao úmido ar matinal.

— Irás na frente e eu te seguirei — disse Adenabar.

Achava-se lívido de medo e tremia dos pés à cabeça. Os legionários fizeram alto a uma respeitosa distância do sepulcro e se agruparam como um rebanho de ovelhas.

Penetramos na câmara externa e dali, através de uma passagem mais estreita, entramos no túmulo propriamente dito. Mal podíamos distinguir o branco sudário sobre o banco de pedra, até que nossos olhos se acostumassem à escuridão. A princípio, ambos pensamos que o corpo ainda se achava ali. Depois, quando pudemos ver mais claramente, descobrimos que tinha abandonado suas faixas envolventes e desaparecera. O linho endurecera devido à mirra e ao aloés e ainda mostrava os contornos do corpo que jazera dentro dele, enquanto que o sudário que cobrira o rosto se encontrava um pouco mais afastado.

A princípio não dei crédito a meus olhos e enfiei a mão no espaço entre a mortalha e o sudário. Nada havia ali. Mas o linho não tinha sido desenrolado; apenas cedera um pouco e ainda conservava a forma do corpo. Teria sido impossível remover o cadáver sem desenrolar o linho. E no entanto ele se fora. Nossos olhos eram testemunhas.

— Vês o mesmo que eu vejo? — sussurrou Adenabar.

Minha língua recusou-se a me obedecer. Acenei simplesmente. Ele sussurrou de novo:

— Eu não disse que ele era o filho de Deus?

Logo ele recobrou a compostura, deixou de tremer e disse, enxugando o suor do rosto:

— Nunca vi feitiçaria igual a esta. Ainda bem que somos nós dois as únicas testemunhas, por enquanto.

Duvido que até mesmo alguma ameaça fosse capaz de induzir aqueles legionários a entrar no túmulo, tão grande era o terror que deles se apossara diante do desaparecimento de seus camaradas; pois não havia nenhum sinal de luta do lado ˙de fora.

Adenabar e eu não mencionamos um ao outro o fato de que ninguém poderia ter-se esgueirado de dentro daquela mortalha enrijecida sem desmanchar-lhe a forma. Se aquelas faixas de linho, que se achavam tão firmemente grudadas umas nas outras pela mirra e o aloés, tivessem sido desenroladas, certamente teria ficado algum sinal. A mais habilidosa das mãos não poderia ter recolocado no lugar aqueles panos, de maneira a preservarem a forma do corpo.

Tão logo alcancei o inteiro significado daquilo, vi-me invadido por uma profunda sensação de paz e já não sentia o mais leve temor. Tornou-se evidente que Adenabar sentira a mesma coisa. Contudo é-me impossível explicar como sucedeu que não tivéssemos mais medo, considerando-se que acabáramos de perceber que um milagre fora realizado e que devíamos, segundo toda lógica humana, estar mais aterrorizados do que nunca. Calmamente deixamos o sepulcro e informamos aos legionários que o corpo não se achava mais ali.

Os homens não demonstraram o mínimo desejo de entrar na tumba e verificar o fato por si mesmos, e nem teríamos permitido que o fizessem. Alguns deles, invocando a honra da legião, olharam à volta e observaram que as lajes de duas outras tumbas, cavadas na mesma rocha, tinham sido deslocadas também. Era evidente que toda a violência do terremoto se concentrara ali, e isto não me surpreendeu. Sugeriram que talvez pudéssemos tirar algum corpo das antigas tumbas e colocá-lo no lugar onde jazera o rei dos judeus. Proibi-os severamente de executarem semelhante estratagema.

Enquanto ainda nos achávamos em dúvida sobre o que faríamos, uma dupla de legionários apareceu por entre os arbustos e caminhou hesitantemente em nossa direção. Adenabar percebeu imediatamente que se tratava de dois dos que tinham fugido e gritou-lhes para que depusessem as armas. Ambos porém protestaram veementemente, jurando que tinham cumprido com o seu dever e vigiado o sepulcro de um lugar seguro, a pouca distância. E na verdade ninguém estabelecera qual a distância que deviam manter do túmulo.

— Nós e dois outros — disseram eles — estávamos dormindo e dois se achavam de guarda, quando por volta da madrugada a terra começou a tremer. Aquela laje ali se soltou e veio rolando em nossa direção, e foi por pura sorte que nenhum de nós foi esmagado. Afastamo-nos para um pouco mais longe — ainda à vista do túmulo —, pois receávamos que ocorressem novos tremores. Quatro homens partiram apressadamente para relatar aos judeus o que sucedera, pois era por sua causa e não pela legião que estávamos guardando o sepulcro.

Desculpavam-se com tamanha veemência que nos faziam pensar que estivessem ocultando alguma coisa. Disseram ainda:

— Vimos aqueles dois judeus se aproximarem para nos dispensar, mas não lhes revelamos a nossa presença, embora nos chamassem, pois estávamos à espera de nossos camaradas e guardávamos o sepulcro; nós os legionários somos muito unidos. Se houver alguma coisa a ser explicada, juntos a explicaremos, depois de decidirmos entre nós o que deve ser dito e o que não deve.

Adenabar e eu fizemo-lhes perguntas e ficamos sabendo que pela madrugada tinham visto duas mulheres judias se aproximarem da sepultura, trazendo algo. Pararam hesitantes do lado de fora mas só uma entrou, para logo voltar. Justamente nesse instante o sol se levantou e ofuscou os olhos dos guardas. Não obstante, ambos podiam jurar que nada fora tirado da sepultura ou levado para ela. As mulheres tinham deixado do lado de fora a sua trouxa; ao partir, apanharam-na e saíram correndo, embora os soldados não as tivessem perseguido. Pouco antes da nossa chegada, vieram dois judeus correndo, um jovem na frente e um mais idoso logo atrás, a ofegar. O jovem não teve coragem de entrar no túmulo sozinho, apenas espiou-o através da abertura. O mais velho, entretanto, entrou, e o outro, criando coragem, acompanhou-o. As mulheres tinham evidentemente dado o alarme, mas os homens permaneceram também por pouco tempo dentro do sepulcro e nada tiraram dele. Os soldados nos asseguraram que os tinham observado atentamente do seu esconderijo, de forma a prendê-los se tentassem remover o corpo. Pois tínhamos sido postos aqui para guardar o corpo e executamos esta tarefa da melhor maneira possível e de acordo com os regulamentos, e nem mesmo o terremoto nos fez abandonar o posto; apenas nos afastamos para um lugar mais seguro, a pouca distância do túmulo.

Eu os observava atentamente e pelas suas expressões e seu olhar inquieto percebi que ocultavam alguma coisa.

— Seja como for, o corpo desapareceu — observei severamente.

Então os dois começaram a agitar as mãos, à maneira síria, e a clamar:

— Mas a culpa não foi nossa. Nem por um momento o sepulcro ficou longe de nossas vistas.

Nada mais se poderia conseguir deles e o interrogatório foi interrompido, pois chegaram naquele momento da cidade os quatro guardas restantes e com eles três dignitários judaicos, que reconhecemos de longe pelos ornamentos em suas cabeças. Ao verem os quatro soldados, seus camaradas em nossa companhia começaram a gritar-lhes quando se achavam ainda a uma boa distância, advertindo-os e dizendo:

— Cuidado com a língua, não falemos demais! O assunto já foi inteiramente resolvido com os judeus. Confessamos tudo e graças à sua bondade e compreensão nosso erro foi perdoado.

Os três judeus eram evidentemente membros do Sinédrio, pois quando se aproximaram saudaram-nos com dignidade, dizendo:

— Tardamos um pouco em vir, mas desejávamos primeiramente reunir às pressas o Sinédrio e debater o assunto entre nós. Os legionários guardam o sepulcro por nossa conta, a pedido nosso e não queremos que sejam punidos por sua estupidez. Como poderiam eles adivinhar que os discípulos desse maldito Nazareno seriam tão astuciosos? Já resolvemos o assunto entre nós e permitiremos que os guardas partam em paz. Ide também em paz, pois nem nós nem os romanos temos mais nada que fazer aqui. O mal já está feito e o melhor é deixar as coisas como estão, para evitar disputas e falatórios desnecessários.

— Não, não — retruquei. — A lei militar romana se acha envolvida no caso e teremos que instaurar um inquérito formal, pois o corpo do vosso rei desapareceu e estas sentinelas são responsáveis.

— Quem és tu — perguntaram eles — e por que discutes conosco? Tens o rosto raspado e ainda és jovem. Devias respeitar nossa posição e nossa idade. Se o assunto tiver que ser discutido com alguém, nós o discutiremos com o Governador e não contigo.

Mas tendo visto o interior do túmulo, eu só podia sentir repugnância por aqueles astutos anciãos que tinham condenado o seu rei e forçado o Procônsul a crucificá-lo. Por conseguinte repliquei teimosamente:

— Vosso rei desapareceu do sepulcro e por esta razão o caso será investigado minuciosamente.

Eles protestaram, vexados:

— Ele não era nosso rei. Só ele próprio se considerava como tal. Nós mesmos já investigamos o assunto. Os guardas se deitaram para dormir, estupidamente. Enquanto dormiam, os seus discípulos vieram sub-repticiamente e roubaram o corpo. Os guardas estão prontos a confirmar o fato e assim atenuar a sua culpa. Nós os perdoamos, em vista disso, e não exigiremos a sua punição.

Suas palavras estavam tão em desacordo com o bom senso e o que meus olhos tinham testemunhado, que eu sabia terem eles engendrado algum estratagema e conseguido colocar os soldados do seu lado. Assim, fiz um apelo a Adenabar, dizendo:

— Segundo a lei militar romana, o soldado que dorme no seu posto ou o abandona sem licença deve ser flagelado e executado pela espada.

Nossos dois legionários estremeceram de medo e se entreolharam, mas os quatro que tinham voltado em companhia dos judeus deram uma cotovelada nos seus dois camaradas, piscaram para eles e lhes fizeram sinais, com muita gesticulação, de que nada tinham a temer. Os judeus corroboraram seus gestos:

— Foi por nossa causa que ficaram aqui de vigia, e não em nome de Roma. Cabe a nós pedir seu castigo ou sua absolvição.

Mas eu me achava grandemente dominado pelo desejo de saber o que realmente sucedera, e foi então que cometi um erro. Para atemorizar os judeus sugeri:

— Entrai na tumba e vede por vós mesmos. Depois interrogai de novo os guardas, se ainda o desejardes — e tiverdes coragem.

Adenabar foi mais sagaz e falou apressadamente:

— Por que homens virtuosos como vós irão se conspurcar desnecessariamente entrando naquele lugar?

Contudo, não só por minhas palavras como pelas suas, os judeus perceberam que havia no sepulcro algo digno de ser visto. Após se consultarem mutuamente em sua linguagem sagrada, incompreensível para mim, um após o outro se inclinou para passar pela abertura, e naturalmente nada pudemos fazer para impedi-los. Permaneceram lá dentro durante um longo tempo, embora o compartimento mal pudesse conter os três, até que por fim me aproximei e espiei para o interior do túmulo. Vi-lhes as costas recurvadas e ouvi sua animada conversação.

Por fim emergiram os três, com os rostos vermelhos e uma expressão dissimulada no olhar, e disseram:

— Agora que nos conspurcamos, poderemos atestar que tudo sucedeu como afirmaram os guardas. E já que nada nos pode tornar mais impuros do que já estamos, que nos dirijamos imediatamente ao Governador e resolvamos o assunto com ele, antes que se espalhem as mentiras e falsidades.

Tomado por um mau pressentimento, entrei rapidamente no túmulo. Tão logo me vi capaz de distinguir alguma coisa lá dentro, descobri que eles tinham despedaçado a mortalha na sua frenética busca do corpo.

Tive um acesso de cólera, pois minha própria estupidez lhes permitira destruir a única coisa que provara ter o rei deixado o seu túmulo de uma forma sobrenatural. Mas ao mesmo tempo senti uma tontura, resultante de esgotamento e falta de sono, e também do embriagador perfume de mirra que enchia o exíguo compartimento. Tinha consciência de uma vaga sensação de irrealidade e da avassaladora presença de uma força superior. Era como se mãos invisíveis me segurassem pelos ombros e me impedissem de correr para fora e acusar os judeus. Recuperei o autodomínio e com ele a minha paz de espírito. Assim foi que voltei lá de dentro com a cabeça baixa e nada disse aos judeus, nem mesmo os olhei.

Em poucas palavras expliquei a Adenabar o que tinham feito. Ele me olhou com ar de súplica, como se a me consultar sobre o nosso próximo passo, em seguida ergueu as mãos com ar resignado. Mais uma vez ordenou aos guardas que depusessem as armas, mas eles começaram a falar exitadamente em sua defesa e indagaram:

— Trata-se de uma ordem? Se depositarmos nossas armas, estaremos admitindo que faltamos ao nosso dever. Em nome do boi-deus, era um sepulcro judaico o que guardávamos, a pedido dos judeus, assim não pode ter havido crime quando dormimos no nosso posto; isto prova apenas que somos homens corajosos e que não temos medo do escuro. Se nos permitires conservar nossas armas e deixares que os judeus expliquem ao Procônsul o que houve, não te arrependerás. Isto nós garantimos, e os judeus também.

Mais uma vez Adenabar lançou-me um olhar de dúvida, como se a sugerir que eu também devia tentar conseguir alguma vantagem da situação, que agora se tornara impossível de ser alterada; mas não ousou abrir a boca. E assim voltamos em boa ordem para a cidade e a fortaleza, com os três judeus na retaguarda. Apegavam-se firmemente à sua decisão de que, uma vez que o corpo fora roubado, não havia mais necessidade de guardar o túmulo. Os seis guardas seguiram juntos num grupo compacto, a sussurrar animadamente uns para os outros durante todo o percurso.

Quando alcançamos a fortaleza, Pôncio Pilatos ainda se achava sentado no alto dos degraus, na sua cadeira de justiça, forrada de vermelho. Mandara colocar uma mesa à sua frente. Tinham-lhe trazido vinho também, e a sua disposição mudara inteiramente.

— Vinde à minha presença, todos vós — ordenou na sua voz mais suave. — Tu, Marcos, que és um homem de instrução e uma testemunha imparcial, vem postar-te ao meu lado e procura lembrar que os judeus são um povo liberal. Em assuntos importantes é fácil lidar com eles. Que sejam trazidos cadeiras para estes ilustres Conselheiros, que não desprezam os romanos. Meu próprio secretário tomará as anotações e vós outros, os bodes expiatórios da legião, que vos aproximeis. Não vos arreceeis de mim, mas dizei-me sem subterfúgios o que vos sucedeu.

Os soldados olharam para Pilatos, depois para os judeus, em seguida novamente para Pilatos, e um amplo sorriso se espalhou

por suas rudes faces sírias. Empurraram para a frente o seu representante, que começou sua história com a seguinte afirmação:
— Em nome do gênio de César e do deus-touro, estas são as palavras da verdade. Com o vosso consentimento, os judeus nos contrataram para vigiar o túmulo no qual jazia o Nazareno crucificado. Todos os seis fomos para lá ontem à noite. Tendo verificado que o selo permanecia inviolado, deixamos partir a guarda diurna e acampamos no terreno junto ao sepulcro. Graças à generosidade dos judeus, tinhamos vinho suficiente com que combater o frio da noite. Era nossa intenção deixarmos dois de vigia, de cada vez, enquanto os outros quatro dormiam, mas nessa noite nenhum de nós queria dormir. Jogamos dado, cantamos e nos divertimos, e só nos faltou a presença de algumas moças para tornar completa a nossa alegria. Mas, senhor, vós mesmo sabeis que os vinhos da Judéia são traiçoeiros. No correr da noite perdemos a conta dos turnos e nos pusemos a discutir, sem saber ao certo quem devia ficar de guarda e quem podia dormir. Na verdade deviamos estar tão tontos que todos os seis adormecemos, embora cada um acreditasse que dois dos outros estivessem no seu posto.

Fez um apelo aos seus companheiros, e estes acenaram afirmativamente, com todo o descaramento, e disseram:

— Foi o que aconteceu. Esta é a verdade.

O homem continuou sua história:

— Não despertamos senão quando veio o terremoto, e então percebemos que os discípulos do homem crucificado tinham invadido o túmulo e estavam acabando de tirar dele o corpo. Eram muito numerosos, sujeitos de aparência cruel e sanguinária. Quando perceberam que tínhamos despertado, empurraram a laje da entrada sobre nós e assim conseguiram fugir.

— Quantos eram eles? — indagou Pilatos com aparente curiosidade.

— Doze — declarou o homem com firmeza. — Brandiram suas armas e gritaram para nos assustar.

Um dos judeus do Sinédrio intrometeu-se na conversação dizendo:

— Não deviam ser mais do que onze, pois o décimo segundo — o homem que desertou — foi assassinado em represália. Pelo menos seu corpo foi encontrado perto dos muros da cidade, esta manhã bem cedo, por alguns pastores. Foi estrangulado com o seu próprio cinto e atirado numa vala, de maneira que seu ventre se rasgou e as entranhas saltaram para fora.

— Levaram o corpo como estava — perguntou Pilatos — ou removeram a mortalha quando se achavam dentro do túmulo?

Desconcertado, o representante dos legionários olhou de relance para os companheiros, depois falou:
— Oh, o corpo devia estar ainda no seu invólucro. Estavam com muita pressa por causa do terremoto.
Os judeus se levantaram de suas cadeiras e exclamaram com veemência:
— Não, não, isto não é exato. Retiraram o linho que envolvia o corpo enquanto ainda se encontravam no interior do túmulo, para fazer crer ao povo que ele ressuscitara dos mortos. Vimos a mortalha amontoada no chão, em completa desordem.
— Talvez sim, talvez não — retrucou o soldado. — Como poderíamos ter visto isto naquela escuridão, perturbados como nos achávamos pelo vinho e pelo terremoto?
— No entanto, a não ser isto, vistes e observastes claramente tudo o mais que aconteceu, a despeito da escuridão — disse Pilatos aprovativamente. — Sois excelentes homens e um orgulho para a décima segunda legião.
Seu tom era tão ameaçador que os soldados se entreolharam, depois fixaram os olhos no chão e estremeceram. Em seguida deram uma cotovelada no seu representante, que olhou com ar de culpa para os judeus e disse:
— Bem, de fato... — Tornou a repetir: — De fato... — mas as palavras lhe ficaram presas à garganta.
— Senhor — comecei, mas Pilatos fez sinal para que me calasse e pronunciou o seu veredicto.
— Acabo de ouvir o relato feito por esses homens leais e tenho fortes razões para acreditar que falaram a verdade sem subterfúgios. Satisfizeram igualmente a nossos amigos judeus e nenhum castigo foi exigido. Por que iria eu interferir em questões da disciplina interna da legião? Falei com equanimidade?
Os dignitários judeus responderam calorosamente e numa só voz:
— Com grande equanimidade, realmente.
Os soldados também bateram com os pés no chão.
— Falastes muito bem. Que os deuses de Roma e os nossos próprios deuses vos cumulem de coisas boas.
— Acabo de resolver este assunto — disse o Procônsul, — e ele está encerrado. Se alguém deseja acrescentar alguma coisa, que fale agora e não mais tarde.
— Permiti-me dizer uma coisa — supliquei, pois aquele arremedo de julgamento pareceu-me mais uma cena de uma comédia dos oscos do que um episódio da vida real.
Pilatos, em fingido espanto, voltou-se para mim e disse:

71

— Oh, tu também te achavas lá e assististe a tudo?

— É claro que não — retruquei, — e não disse que estava. Mas vós mesmo me mandastes mais tarde ao local, como testemunha, para averiguar o que acontecera.

— E assim não assististe a nada — replicou o Procônsul. — Os soldados, pelo contrário, viram tudo. Por conseguinte, é melhor não falares sobre um assunto do qual não tens conhecimento. Quando te enviei até lá, julgava que os soldados tivessem fugido e trazido desonra para a legião. Mas aqui estão eles, dóceis como cordeiros, com uma completa confissão sobre o caso.

Ergueu-se da cadeira com uma irônica reverência, para mostrar aos judeus que já o tinham ocupado bastante. Eles apresentaram seus agradecimentos e se retiraram através da arcada. Os soldados também se preparavam para partir quando o Procônsul fez-lhes um aceno casual e lhes disse:

— Esperai um pouco.

Em seguida, voltou-se para o comandante da guarnição, observando:

— Pela tua melancólica expressão concluo que o tesoureiro do sumo sacerdote não considerou necessário assegurar-se da tua amizade. Não cabe a mim, como já disse, interferir em assuntos de disciplina da legião. Na verdade, mostrei clemência a estes sujeitos, mas isto não te impede de tomar as medidas que achares necessário e de lhes dares uma lição. Na minha opinião devias encerrá-los no cárcere por algum tempo e deixá-los meditar sobre o que realmente sucedeu.

Acrescentou em voz baixa:

— E nada te impede de procurar descobrir quanto lhes deram os judeus em dinheiro, em troca de seu amor à verdade.

O rosto sombrio do comandante se abriu num jovial sorriso. Deu algumas ordens e os soldados foram desarmados antes que percebessem claramente o que estava acontecendo. Foram levados para a cela de detenção e o comandante os acompanhou a fim de se assegurar por si mesmo de que o dinheiro seria contado corretamente.

Depois que se tinham ido, o Procônsul sorriu consigo mesmo e falou:

— Adenabar, tu és sírio. Vai e procura saber o que aqueles velhacos realmente viram.

Pôs-se a subir rigidamente as escadas e convidou-me benevolentemente a acompanhá-lo. Fui com ele até o seu escritório,

onde ele dispensou todos os que lá se achavam e se sentou ofegante, a esfregar os joelhos. Permitiu que eu me sentasse também e disse animadoramente:
— Fala. Vejo que estás ardendo por isto.

Distraidamente apanhou uma sacola de couro, cortou-lhe a corda e o selo e deixou que as moedas de ouro puro, gravadas com a cabeça de Tibério, se escoassem através dos seus dedos.
— Senhor — comecei depois de um momento de reflexão — não sei o que vos levou a agir dessa maneira, mas suponho que haja alguma razão para isso. Não me acho em posição de julgar vossos atos como oficial romano.

Ele fez tilintar as moedas e respondeu:
— Como já te expliquei, tenho excelentes razões — as mais fortes razões do mundo, enquanto o mundo continuar o que é. Sabes bem que os censores ficam de olho vivo nos procuradores. Já não se pode enriquecer nas províncias como nos tempos da república. Mas se os judeus insistem em dar presentes, por pura amizade, eu seria louco se os recusasse. Não sou um homem rico e Cláudia mantém um rígido controle sobre suas propriedades. Tanto quanto me é dado saber, tua situação financeira é suficientemente boa para não invejares os presentes que recebo.

Naturalmente eu não lhe invejava nada, mas tinha a mente tão cheia do que acabara de ver, que exclamei:
— Enquanto o mundo continuar o que é, como dizeis. Creio que o mundo jamais será o mesmo, pois o rei dos judeus, a quem crucificastes, ressuscitou dos mortos. O terremoto deslocou a laje da entrada e ele deixou o sepulcro, esgueirando-se de dentro das faixas que o envolviam e de sob o lenço que lhe cobria o rosto, sejam quais forem as mentiras que os legionários e os judeus tenham inventado.

Pilatos observou-me atentamente, mas ocultou seus pensamentos. Informei-o de tudo o que Adenabar e eu tínhamos descoberto ao examinar o terreno à volta da sepultura e do que havíamos presenciado lá dentro.
— As dobras do linho ainda se achavam grudadas umas às outras e não se tinham soltado! — exclamei. — Para ocultar isto, os judeus rasgaram encolerizados a mortalha, pois talvez vos satisfazesse o fato de que ele mantivera a sua promessa e ressuscitara dos mortos no terceiro dia, levantando-se da sepultura. Adenabar pode testemunhar isto também.

Pôncio Pilatos sorriu com sarcasmo evidente e disse:
— Imaginas que eu me teria rebaixado a ponto de ir eu próprio até lá para averiguar as bruxarias dos judeus?

Falara com ar tão lastimoso que por um momento duvidei de meus próprios olhos e me vieram à mente todas as artes dos ilusionistas do Egito com as quais é iludido o povo simples.

O Procônsul despejou o dinheiro de volta à sacola, fez correr o cordão, fechando-a firmemente, e jogou-a para um lado fazendo tinir as moedas. Em seguida observou gravemente:

— Por outro lado, sei perfeitamente bem que os soldados estão mentindo e que engendraram essa história em troca de propinas dos judeus. Nenhum legionário dorme no seu posto quando tem a seu cargo guardar o selo de sua própria legião. Além do mais, os sírios são tão supersticiosos por natureza e têm tanto medo do escuro que dificilmente teriam tido coragem de dormir. Deve ter sido o terremoto que abriu o túmulo, como dizes. O que aconteceu depois é que eu gostaria de saber.

Descansando os cotovelos nos joelhos e o queixo nas mãos, ele se pôs a olhar fixamente à sua frente.

— Ele também me impressionou, é claro, aquele judeu milagroso, — admitiu. — Mais profundamente do que imaginas — e do que Cláudia pensa. Mas já houve antes homens milagrosos, profetas e Messias na Judéia. Todos eles causaram agitação no meio do povo e provocaram desordens antes que fossem tornados inofensivos. Mas esse homem não era um agitador. Era tão humilde que encontrei dificuldade em olhá-lo de frente quando o interrogava. Convém lembrar que tive oportunidade de inquiri-lo em particular, sem a presença de nenhum judeu. Segundo a acusação que pesava sobre os seus ombros, ele se considerava um rei, colocando-se assim acima de César. Mas era evidente que encarava o seu reinado como algo puramente simbólico, e tanto me foi dado averiguar, não se recusava nem mesmo a pagar as taxas ao estado romano. Seu reino não era deste mundo, ele me disse; e disse também que fora trazido ao mundo para dar o testemunho da verdade. Naturalmente isto me comoveu profundamente, embora eu pareça calejado. Mas os sofistas provaram há muito tempo que não há verdade absoluta no mundo; todas as verdades são relativas e devem ser medidas umas pelas outras. De fato, indaguei-lhe o que era a verdade. Mas a isso ele não quis ou não pôde dar nenhuma resposta.

— Não, não vi nenhum mal no homem — Pilatos continuou pensativamente. — No lastimável estado em que se encontrava após os maus-tratos sofridos nas mãos dos judeus, ele me pareceu, pelo contrário, o mais inocente e, de uma certa e nobre maneira, o mais humilde dos homens que já conheci. Não parecia arrecear-se de mim absolutamente — nem mesmo procurou defender-se.

Havia força nele. Talvez eu não erre ao dizer que me senti inferior a ele, com toda a minha importância. Mas não era humilhante o sentimento. Sentia-me antes reconfortado ao lhe falar e ouvir suas respostas cheias de moderações. Nunca tentou defender-se ou argumentar em seu favor.

Pilatos olhou para mim, sorriu de novo e ajuntou conciliadoramente:

— Acho melhor contar-te isto tudo para que não me julgues mal. Sempre desejei o seu próprio bem, mas a situação política era desesperadoramente contra ele. Não era possível salvá-lo, uma vez que ele não se mostrava disposto a levantar um dedo em sua defesa. Pelo contrário, parecia que estava à espera de que se cumprisse o seu destino e já soubesse de antemão qual seria ele.

Sua expressão se tornou dura. Olhou-me mais uma vez com ar sombrio e disse por fim:

— Um homem excepcional, talvez um homem santo, vamos chamá-lo assim. Mas, Marcos, ele não era nenhum deus. Não alimentes ilusões a esse respeito. Era um homem, um ser vivente como qualquer outro. Tu mesmo o viste morrer como morrem os homens. Nem as próprias fúrias conseguiriam persuadir-me de que um morto pode levantar-se de novo ou se desvanecer no ar, depois de escapulir de dentro de sua mortalha. Tudo neste mundo tem uma explicação natural e no mais das vezes muito simples.

Assim me falou ele, pois o assunto continuava a perturbá-lo e, sendo um oficial romano, desejava restringir-se aos fatos tangíveis. Tinha que agir assim. Compreendi isso e não o contradisse, conservando-me teimosamente silencioso. Mais tarde, lamentei a minha atitude, pois se lhe tivesse pedido, ele na certa me teria revelado de bom grado, durante aquele seu exame de consciência, tudo o que acontecera no decorrer do interrogatório e o que o Nazareno tinha respondido.

Dali a pouco Adenabar entrou. O Procônsul fez-lhe um aceno e disse:

— Fala.

Adenabar esfregou as mãos, embaraçado, e perguntou:

— Senhor, que vos poderei dizer?

— Isto aqui — Pilatos respondeu severamente — não é um interrogatório nas barras de um tribunal, mas uma conversa confidencial entre quatro paredes. Não vou dizer-te para "falar a verdade", pois a verdade é algo de que nem tu nem eu temos muito conhecimento. Dize-me apenas o que aqueles sujeitos realmente julgam ter visto.

— Cada um deles recebeu trinta moedas de prata — falou Adenabar. Por essa quantia os judeus lhes puseram na boca o que tinham a dizer. Na realidade achavam-se cheios de medo e mal ousaram dormir, com receio dos espíritos da tumba. É fora de dúvida que pelo menos dois deles estavam acordados, como era o seu dever, quando veio o terremoto. O abalo atirou-os ao chão; todos despertaram no momento exato em que a laje da entrada se soltou, e eles a ouviram rolar em sua direção no meio das trevas. E então...

Adenabar interrompeu-se, cheio de embaraço, e falou como se desculpando:

— Nada mais faço que repetir o que ouvi. Não foi preciso nem mesmo chicoteá-los, tão desejosos estavam de falar, pois ficaram grandemente indignados quando lhes tomamos o dinheiro. Tendo escapado à laje, tremiam de terror quando viram uma luz cortar o céu, rápida como um relâmpago, embora não ouvissem o trovão. O relâmpago os atirou de novo ao chão, e ali ficaram eles por um longo tempo, como mortos e inteiramente atordoados. Mas não viram nenhum movimento, nenhum rumor, nem o som de passos, quando se aventuraram a se aproximar novamente da tumba. Não viram ladrões, e acreditam que ninguém teria tido tempo de entrar e sair do sepulcro sem que eles percebessem. Após se consultarem uns com os outros, deixaram dois homens de guarda e os outros quatro correram a relatar aos judeus o que sucedera, não tendo tido eles próprios coragem de entrar no túmulo para verificar se o corpo ainda se achava lá.

Pilatos meditou sobre o que ouvira, depois voltou-se para mim e perguntou:

— Marcos, qual história considera mais plausível: a que os judeus afirmam ser a expressão na verdade ou a que acabas de ouvir neste momento?

— Conheço a lógica dos sofistas e a verdade dos cínicos — respondi francamente. — Fui também iniciado em alguns mistérios, embora estes — não obstante toda a beleza do seu simbolismo — nunca me tivessem convencido. A filosofia fez de mim um descrente, mas a verdade terrena tem estado sempre presente em meu coração como uma punhalada. Agora a compreendo integralmente. Com meus próprios olhos eu o vi morrer. Hoje, com esses mesmos olhos, verifiquei que nenhuma força terrena tinha feito abrir-se o túmulo onde ele jazia. A verdade é simples, como dissestes há pouco. Seu reino chegou ao mundo esta manhã. A terra tremeu e abriu o seu sepulcro. Sua luz estonteou os guardas quando ele surgiu lá de dentro. Como tudo é simples! Por que preferiria eu acreditar em histórias filosóficas que não têm nenhuma ligação com os fatos?

— Marcos, não te portes como um tolo — disse o Procônsul.
— Lembra-te de que és um cidadão romano. Agora tu, Adenabar, que história preferes?

— Senhor, neste assunto não tenho opinião — retrucou Adenabar diplomaticamente.

— Marcos — tornou o Procônsul, fazendo-me um apelo: — É tua intenção, realmente, que eu me torne um motivo de chacotas fazendo alertar a legião e todas as guarnições da Judéia, e ordenando-lhes que capturem um homem que escapou do seu sepulcro? Esse seria o meu dever, se eu acreditasse em tuas palavras. Sinais particulares: um ferimento à altura do peito, penetrando o coração, e orifícios nos pés e nas mãos, causados por cravos. Chama-se a si próprio o rei dos judeus.

Continuou, mais amavelmente:

— Mas podemos tornar a escolha mais fácil para ti. Não te perguntei o que julgas que seja a verdade, mas qual das histórias merece mais crédito no mundo em que nos encontramos. Ou, melhor ainda, qual das duas é mais conveniente, do ponto de vista político, não só para os judeus como para os romanos? Sem dúvida compreendes que, seja qual for a minha opinião pessoal, devo agir de acordo com as conveniências políticas.

— Sim, e compreendo porque lhe perguntastes onde está a verdade — retruquei com amargura. — Que seja como dizeis. Evidentemente, isto vos satisfaz. Os judeus decidiram por vós e não vos apresentaram uma história plausível como vos deram um presente para vos ajudar a engoli-la. É claro que a versão deles é a mais conveniente. Não pretendo cair na armadilha e permitir que me acuseis de conspiração política. Não sou tão tolo. Mas talvez consentireis que eu guarde para mim a minha opinião pessoal. Não a espalharei aos quatro ventos.

— Estamos, pois, de acordo, os três — tornou o Procônsul serenamente. — Quanto mais depressa esquecermos este caso, melhor. Adenabar, tu e o comandante podereis ficar, cada um, com uma terça do dinheiro dos judeus — é mais do que justo —, mas dá a cada um dos homens dez moedas de prata, para lhes fechar a boca. Amanhã poderão ser soltos e, no devido tempo, transferidos para a fronteira, de preferência para lugares diferentes. Mas se começarem a espalhar boatos absurdos, tomaremos imediatamente as medidas necessárias.

Tomei isto como uma insinuação de que eu também me devia acautelar e me manter calado enquanto durasse a minha permanência na Judéia. Ao refletir sobre o assunto, porém, percebi que em parte alguma de todo o mundo civilizado poderia eu falar abertamente sobre minhas experiências. Seria considerado como um excêntrico ou, talvez, um mentiroso, que desejasse atrair atenção sobre si. Na pior das hipóteses, Pilatos poderia denunciar-me como um agitador político, que interferira nos negócios dos judeus para prejudicar Roma. Cidadãos têm sido executados por muito menos do que isto em nossos dias. Esses pensamentos deixaram-me deprimido. Entretanto, consolei-me ao refletir que eu buscava a verdade para minha própria satisfação e não para contá-la aos outros. Assim, quando Adenabar se retirou, perguntei humildemente:

— Mas permiteireis que eu investigue o caso do rei dos judeus? Não a sua ressurreição; guardarei silêncio sobre isso. Mas gostaria de saber algo do que ele fez e do que ensinou. Há de haver muito o que aprender de suas lições. Vós mesmo dissestes que ele era um homem excepcional.

Pilatos coçou o queixo, olhou-me bondosamente e respondeu:
— Creio que o melhor seria esquecer tudo a seu respeito; eu não gostaria de que perturbasses o teu cérebro com a religião judaica. És ainda jovem, és livre e tua situação financeira é boa, tens amigos influentes e a vida te sorri. Mas cada um com seu destino. Não me atravessarei em teu caminho, contanto que satisfaças a tua curiosidade discretamente, sem atrair atenção. Jerusalém fervilha de comentários sobre ele, neste momento mesmo, mas não podes imaginar como é curta a memória do povo. Seus discípulos em breve se dispersarão em todas as direções e voltarão aos seus lares. Crê-me, dentro de poucos anos ele estará completamente esquecido.

Compreendi que nossa conversa chegara ao fim e desci para o refeitório dos oficiais, a fim de comer, já que ele não me convidara a participar de sua mesa. Achava-me atormentado por uma tal inquietação que mal ouvia o que me diziam, e depois da refeição não consegui repousar como os outros. Atravessei o portão irresolutamente e saí a caminhar pela cidade. As ruas estavam cheias de gente que voltava do festival. Vi gente de todas as raças e tentei me interessar pelas mercadorias de todos os países, em exposição nas tendas dos mercadores judeus. Mas já vira tudo aquilo em outras grandes cidades e nada encontrei que me agradasse.

Algum tempo mais tarde, descobri que eu não olhava para outra coisa senão os mendigos acocorados junto aos muros das casas; para seus membros aleijados, seus olhos cegos, suas chagas ulcerosas. Isto me surpreendeu, pois o viajante se torna tão habituado aos mendigos que nem se dá mais conta deles, assim como não se dá conta das moscas que o importunam. Achavam-se sentados em fila, de cada lado da rua, defronte ao templo, e cada um parecia ter o seu lugar determinado. Estendiam as mãos e bradavam suas lamúrias, a se empurrar e a se esmurrar mutuamente.

Era como se houvesse alguma coisa errada com meus olhos, pois ao invés de observar as fascinantes mercadorias, os fariseus com seus imensos mantos cheios de borlas, os mercadores orientais, o gracioso andar das mulheres carregando água, eu via apenas os infelizes mendigos aleijados. Assim, enfarado das ruas da cidade, cruzei a porta de saída e me vi mais uma vez diante da colina onde se dera a execução. Passei por ela rapidamente e entrei no jardim onde se achava a sepultura. Percebi que era mais belo do que eu imaginara, com suas árvores frutíferas e seus canteiros de ervas aromáticas. Encontrava-se deserto agora, na hora da sesta. Meus passos me levaram ao sepulcro na rocha; penetrei nele mais uma vez e olhei à volta. Os linhos tinham sido levados e tive consciência apenas da fragrância dos óleos.

Quando vim para fora outra vez, vi-me assaltado por uma sensação de tamanho esgotamento como não me lembro de ter sentido antes. Havia duas noites que não vinha dormindo o suficiente e parecia-me que os três últimos dias tinham sido os mais longos da minha vida. A cambalear de exaustão, procurei a sombra de uma moita de murta, estendi-me na relva, enrolei-me no meu manto e adormeci imeditamente.

Quando despertei, o Sol declinava e chegara já a quarta hora, segundo a contagem romana. O chilreio dos pássaros me envolvia, de mistura com o perfume do resedá e a frescura do ar. Fiquei sentado, sentindo-me maravilhosamente repousado. Meu mal-estar se desvanecera e não achei necessário atormentar-me com insensatos pensamentos. Aspirei o ar fresco, o mundo pareceu-me mais jovem, e subitamente percebi que o seco e opressivo vento do deserto tinha cessado e que tudo estava diferente. O vento devia ter mudado naquela manhã, embora eu não o tivesse notado. Mas agora já não me doía a cabeça, meus olhos não ardiam por falta de sono e eu não tinha fome nem sede. Tudo o que eu sentia era a maravilha de poder respirar, viver, existir como um homem no mundo dos homens.

Vi um jardineiro a andar pelo jardim, levantando os ramos das árvores frutíferas e apalpando a fruta que amadurecia. Achava-se trajado como um homem do povo, envolto num simples manto com pequenas borlas, e cobrira a cabeça para se proteger do Sol. Achei que devia tê-lo aborrecido o fato de me ter deitado em seu jardim para dormir, sem permissão, pois os costumes judaicos são muito complexos e pouco sei sobre eles. Por conseguinte, levantei-me apressadamente, acercando-me dele, e o saudei, dizendo:

— Teu jardim é belíssimo, e espero que não me tenhas levado a mal por ter descansado aqui sem pedir permissão. — Naquele momento eu não teria ofendido ninguém no mundo.

Ele se voltou e sorriu bondosamente, como nunca judeu nenhum ainda sorrira para mim, um romano, de cara raspada. Mas sua réplica surpreendeu-me ainda mais, pois me falou gentilmente, quase com timidez:

— No meu jardim há lugar para ti também, pois eu te conheço.

Julguei que sua vista fosse má e me tivesse tomado por outra pessoa.

— Mas não sou judeu — respondi-lhe, perplexo. — Como poderias me conhecer?

Ele fez um aceno, como a me convidar que o seguisse. Julgando que desejasse mostrar-me alguma coisa ou oferecer-me algo como amostra de amizade, acompanhei-o prazerosamente. Ele seguia na frente e vi que claudicava muito, embora não tivesse nada de velho. Quando o caminho fez uma curva, ele novamente ergueu um ramo pejado de frutos e vi que sua mão estava ferida. Tinha um horrível ferimento no punho, que ainda não se fechara. Ao notar isto parei petrificado e por um momento minhas pernas se recusaram a me obedecer. Ele me olhou de novo, como para alguém que muito conhecesse, e continuou o caminho à volta de uma íngreme encosta.

Quando meus pés me obedeceram novamente, soltei um grito e corri atrás dele, mas ao fazer a curva do caminho ele tinha desaparecido. Percebi que o caminho continuava, mas ele não se achava mais à vista, nem consegui descobrir nenhum lugar onde pudesse ter-se escondido num espaço de tempo tão curto.

Meus joelhos afrouxaram e eu me sentei no meio do caminho, sem saber o que pensar. Escrevi tudo exatamente como aconteceu. Agora que pus tudo no papel, confesso que por um momento acreditei firmemente que eu tinha estado frente a frente com o rei ressurrecto dos judeus, sob a forma de um jardineiro. O horrível ferimento no seu punho ficava justamente no lugar que o carrasco trespassa com os cravos na crucificação, a fim de que os ossos suportem o peso do corpo inerme. Ele dissera que me conhecia. Como me poderia conhecer, a menos que me tivesse visto junto à cruz? Mas o momento de encantamento passou, a terra tornou-se outra vez cinzenta diante de meus olhos, e a razão me voltou. Achava-me sentado num poeirento caminho, e um bondoso judeu sorrira para mim. Por que me deixara perturbar assim por isto? Devia haver por força um grande número de judeus que se mostravam cordiais com os estrangeiros. Eu vira muitos homens mancos na cidade, e um jardineiro muitas vezes fere as mãos no seu trabalho. Talvez tivesse interpretado mal o seu gesto; era possível que não me estivesse chamando para segui-lo, afinal, e apenas tivesse escapulido metendo-se nalgum esconderijo.

Acima de tudo, se ele fosse o rei dos judeus, por que teria aparecido logo para mim, entre todas as pessoas? Quem sou eu, para que me tivesse escolhido? Por outro lado, se tivesse tido alguma razão especial para isso, na certa teria explicado o que desejava de mim; do contrário nada fazia sentido.

Meu segundo pensamento foi de que tinha estado sonhando. Mas quando me pus de pé e voltei pelo caminho, vi o lugar junto à moita de murta onde eu tinha dormido. Não, não fora um sonho. Estendi-me no chão novamente e a minha razão, aguçada pelo treinamento intelectual, rebelou-se contra a falta de objetividade da minha visão. Naturalmente eu teria ficado mais do que satisfeito se visse, vivo e ressurrecto, o rei crucificado, mas não me cabia o direito de tomar como realidade o meu desejo e imaginar que o tinha visto.

Dessa maneira estavam divididos os meus pensamentos, e me vi tomado por uma aterradora sensação de que meu ser se desdobrara em duas diferentes criaturas, uma desejando crer e outra escarnecendo de tal credulidade. O espírito zombador me dizia que eu perdera um pouco a juventude e a energia. Os desgastes daquele inverno em Alexandria, passado ora em bebedeiras, ora em frívolas companhias, ora ainda a estudar obscuras profecias, me perturbaram o cérebro. A jornada a pé, de Jopa até aqui, os horripilantes acontecimentos que eu testemunhara, juntamente com as noites insones e o excesso de cartas que vinha escrevendo, provaram ter sido a gota que transbordara a taça, ou a pluma que faz arriar o camelo, segundo os sofistas. Eu já não podia confiar nos meus sentidos, muito menos ainda na minha capacidade de discernimento.

Pôncio Pilatos é mais velho do que eu e é um homem experimentado e judicioso. Se eu fosse sensato, devia seguir o seu conselho: descansar, ver os monumentos da cidade santa dos judeus e esquecer. Pensei nos demônios que, segundo as lendas judaicas, entram no corpo dos fracos e dele se apossam. Eu dormira junto à sepultura e me expusera a esse perigo. A dificuldade estava em determinar qual parte de minha pessoa era o demônio: a que procurava fazer-me crer que o rei dos judeus se levantara da sepultura e aparecera para mim sob a forma de um jardineiro, ou a outra, que condenava tão ferozmente essa idéia.

Mal tive tempo de assim raciocinar quando o espírito escarninho dentro de mim explodiu: — "Estás tão completamente perdido que acreditas nos demônios dos judeus? Tiveste oportunidade de ver os médicos de Alexandria dissecando corpos humanos e ouviste falar como costumavam abrir os corpos dos condenados, para lhes descobrir a alma. Nada encontravam porém. Imaginas que um homem dentre os homens ressuscitou dos mortos, embora tu mesmo o viste expirar na cruz e observaste um calejado legionário varar-lhe o coração com uma lança. Trata-se de uma coisa impossível, e o que não é possível não pode ser verdade".

Mas a parte crédula do meu espírito se revoltou contra isto: — "Marcos, se desistires e fores embora, jamais em tua vida conhecerás a paz, ficarás sempre atormentado pela idéia de que algo que nunca aconteceu antes se passou diante dos teus olhos. Assim, não sejas esperto demais. A esperteza tem limite e leva ao caminho errado, como já provaram os sofistas. Nada há que te impeça de investigar o assunto de uma forma prática e discreta. Examina primeiro, depois pensa. O fato de que nada disto tenha acontecido antes não prova que não possa acontecer agora. Tu te encontras na presença de algo mais importante do que os avisos e presságios em que pelo menos sempre acreditaste um pouco. Confia mais na tua sensibilidade do que na tua razão. Tu não és um dos sete sábios, e ninguém jamais conseguiu sucesso em coisa alguma valendo-se apenas da razão. Sula confiava na sorte, César não acreditava que os idos de Março lhe trouxessem a destruição. Mesmo os bichos ignorantes são mais sábios do que o homem: os pássaros emudeceram e os jumentos se puseram a correr à aproximação do terremoto. E os ratos, igualmente, abandonam um navio que está fadado a naufragar na sua próxima viagem".

É difícil descrever essa dualidade, pois creio que ninguém consegue apreendê-la sem que a tenha experimentado. A sensação é aterradora, e eu teria perdido o juízo naquele momento mesmo, não viesse em meu auxílio aquela fria lógica que se oculta na parte mais recôndita do meu ser e me tem protegido através das piores tempestades emocionais. Mas eu sabia, por experiência própria, que o melhor era ficar calado e evitar pensamentos fúteis e melancólicos.

Quando consegui pôr em ordem as idéias, a noite já se aproximava e os vales estavam mergulhados nas sombras das colinas, embora, ao longe, no ponto mais alto da cidade, o templo dos judeus fulgurasse ao Sol envolto numa rubra auréola de luz. Voltei então para a cidade e fui à procura da casa do banqueiro judeu, para apresentar minha carta de crédito, pois acreditava que iria precisar de dinheiro para continuar com minhas pesquisas. O prédio ficava próximo do teatro e da casa do sumo sacerdote, num quarteirão que fora recentemente reconstruído.

O próprio banqueiro me recebeu quando declarei a finalidade da minha visita ao seu servo. Causou-me uma grande surpresa a sua atitude, habituado como me achava à contumácia dos judeus com que até então lidara. Incitou-me a tratá-lo pelo seu nome grego, Aristaínos, e disse:

— Já ouvi falar de ti. Recebi uma carta de Alexandria e estava a conjecturar se tinhas caído nas mãos de salteadores, na estrada, já que não vieste logo à minha presença. Os forasteiros geralmente me procuram logo de início para trocar dinheiro e pedir conselhos sobre a melhor maneira de esbanjá-los; pois embora Jerusalém pareça uma cidade melancólica, é alegre e cheia de divertimentos durante o festival. Depois voltam a me procurar em busca de dinheiro emprestado para a viagem de volta, e, verdade seja dita, ganho mais com isto do que descontando ordens bancárias. Se te vires em alguma dificuldade durante a tua estada aqui, não hesites em me procurar. Nada do que possam fazer jovens viajantes predispostos ao prazer me surpreende. Muitas vezes pela manhã, quando soam as trombetas do templo e o meu portão se abre, não é raro encontrar do lado de fora algum cliente meu adormecido, com a cabeça apoiada nas pedras nuas, tendo perdido até o manto e as sandálias.

Tinha a palavra fácil, como um homem do mundo, e apesar de sua posição não era muito mais velho do que eu. Por respeito às conveniências, usava uma pequena barba, e as borlas do seu manto eram tão pequenas que se tornavam quase invisíveis. Mandara frisar o cabelo à moda grega e recendia a óleos perfumados. Era sob todos os aspectos um homem belo e agradável.

Expliquei-lhe que estava alojado na fortaleza Antônia como hóspede do Procônsul, porque os romanos receavam desordens e

me aconselharam a não me alojar na cidade durante as festividades da páscoa. Ele abriu os braços em sinal de surpresa e exclamou:
— Isto é uma mentira, uma grande e deslavada mentira! Nosso Sinédrio possui uma força policial inteiramente capaz de manter a ordem. Na minha opinião, nossos sacerdotes sabem lidar mais competentemente com agitadores e fanáticos do que os romanos. Naturalmente, o povo de Jerusalém não tem grande apreço pelos legionários sírios, mas isto se deve principalmente à sua atitude arrogante. Um forasteiro que traz dinheiro para a cidade, respeita nossos costumes e segue os regulamentos, recebe a melhor acolhida possível. É bem servido e atendido com atenção, os guias disputam entre si a primazia de lhe mostrar a cidade, ao mesmo tempo que muitos doutores se acham prontos a lhe expor as verdades da nossa fé. O forasteiro pode escolher qualquer estalagem, a qualquer preço, desde as mais dispendiosas até as mais modestas, e dentro das paredes de certas casas todos os prazeres imagináveis se acham ao seu alcance, não só os típicos do Egito, como também da Grécia e da Babilônia. Podem ser encontradas aqui até mesmo dançarinas da Índia, se se deseja experimentar algo de muito especial. Mas, naturalmente, o viajante agirá com mais prudência se se alojar no novo quarteirão próximo ao forúm.

Disse-lhe que o vento do Leste me brindava com uma incômoda dor de cabeça e que nada tinha de agradável ser despertado ao alvorecer por um terremoto e o estrépito de escudos que se despencavam.

Ele falou, ainda mais calorosamente, em defesa de sua cidade, dizendo:

— Aqueles dois pequenos abalos foram coisa sem importância. Não causaram nenhum dano. Se estivesses alojado aqui na parte melhor da cidade, creio que dificilmente terias percebido o tremor desta manhã. Nem me dei ao trabalho de deixar o leito. Todavia, o abalo deve ter sido mais violento no distrito de Antônia.

Eu sabia que estava sendo descortês, mas desejava trazer à baila o caso de Jesus de Nazaré e falei, como se isto fosse mais um motivo de queixa:

— Ainda por cima achastes de crucificar o vosso rei, logo à minha chegada, e o espetáculo nada teve de agradável.

O rosto de Aristaínos ensombreceu. Bateu palmas, pedindo que lhe trouxessem vinho de mel e pastéis, em seguida retrucou:

— És um viajante esquisito, para que tenhas notado apenas as coisas desagradáveis de nossa cidade, a única cidade verdadeiramente santa do mundo. Agora tem a bondade de sentar e deixa-me explicar-te umas poucas coisas, já que tudo faz crer que não sabes o que estás dizendo. Nós os judeus estamos fartos das sagradas escrituras e de profecias, e isto é bastante compreensível, pois a nossa doutrina é a mais notável do mundo e é inacreditável a nossa história. Entre todas as nações, a nossa é a única que adora um só Deus, a qual não nos permite que tenhamos outros; e em todos os países do mundo só nós temos apenas um templo, aqui em Jerusalém, onde adoramos o nosso Deus segundo as leis que ele próprio nos revelou através dos grandes líderes do nosso povo.

Sorrindo, ele instou para que eu aceitasse uma taça e provasse dos bolos, mas não me entregou a taça com suas próprias mãos, e notei que os seus bolos e os meus se achavam em pratos separados.

Ele acompanhou o meu olhar e disse, a rir:

— Vês que sou um judeu com preconceitos. Mas é apenas por causa dos meus servos que não bebo na mesma taça em que bebes e não toco no teu prato. Não penses que me considero melhor do que tu. Sou um homem esclarecido e infrinjo a lei de muitas maneiras, embora externamente procure segui-la. Temos aqui os fariseus, que tornam insuportável a sua própria vida e a de todo o mundo, exigindo que a tradição seja seguida ao pé da letra. Este é o nosso problema. Nossa lei mantém unido o povo. Em todas as cidades do mundo a mesma lei congrega todos os judeus e os impede de se misturarem com os outros e serem absorvidos por eles. Não fosse isto, a nossa raça, que conheceu a escravidão, não só no Egito como em Babilônia, já teria sido aniquilada há muito tempo. Eu mesmo sou um homem instruído, grego de coração, e não posso admitir que o espírito se veja coagido pela letra da lei, embora, se fosse o caso, eu me deixasse fazer em pedaços em defesa do nosso Deus e do nosso templo. Nossa história prova que nós os judeus somos o povo eleito de Deus. Todavia, o homem inteligente deve raciocinar que, comparado à infinita glória de nosso Deus, o fato de comermos e bebermos muito ou pouco, ou de lavarmos as mãos ou as vasilhas, é de pouca importância. Mas esses costumes complicados, as tradições, a circuncisão, a observância do sábado e tudo o mais, que são complexos demais para ser explicados a um estrangeiro — tudo isto mantém unido o nosso povo aqui nesta pequena terra entre o Leste e o Oeste, para que não nos misturemos com outras raças e sim estejamos preparados quando vier à terra o Messias e trouxer consigo o milênio.

Olhou-me de relance e acrescentou apressadamente:
— Isto foi o que previram os nossos profetas, mas de nenhuma forma devemos aceitar literalmente — nem mesmo como um sonho político — a profecia segundo a qual um dia os judeus, guiados pelo Messias, reinarão sobre a terra. É apenas o povo comum — os plebeus, como os romanos os chamam — que alimenta sonhos. Falando genericamente, nós os judeus somos um povo entusiasta. Assim, os Messias surgem entre nós, um após outro, tentando a sorte. E não há fazedor de milagres, por mais insignificante que seja, que não consiga reunir à sua volta um punhado de almas simples, desde que tenha confiança em si próprio. Podes estar certo de que saberemos distinguir o verdadeiro Messias dos falsos, quando ele vier. Já tivemos algumas experiências. Nosso próprio rei macabeu mandou crucificar três mil impostores fanáticos. Por que então hás de chorar a morte de apenas um, entre tantos que se fizeram passar por reis e Messias, tentando iludir o povo?

Eu tinha estado a beber vinho de mel e a comer bolos enquanto ele falava. O vinho subiu-me alegremente à cabeça e eu também ri, dizendo:

— Falas tanto, e com tanto calor, sobre um assunto de tão pouca importância!

— Acredita-me — declarou ele — os Messias aparecem e desaparecem, mas nosso Deus permanece eterno e o templo vem congregando todos os judeus, através dos tempos. Temos razões para ser gratos aos romanos, que reconheceram nossa posição especial entre as nações do mundo, em virtude de nossa doutrina, e nos permitiram ter um governo independente. Não só Augusto como Tibério foram gentis conosco e ouviram nossas queixas, de forma que nossa posição se acha consolidada agora. De fato, tornamo-nos muito mais prósperos sob a proteção de Roma do que se constituíssemos um estado independente e tivéssemos que dispender dinheiro na manutenção de exércitos permanentes e em constantes guerras com vizinhos invejosos. Assim é que temos aliados e representantes em todas as cidades importantes do mundo inteiro, até mesmo na Gália, na Britânia e nas costas da Cítia, pois os bárbaros também respeitam nossa aptidão para o comércio. Eu próprio, nas horas de lazer, me ocupo com a exportação de frutas e castanhas para Roma. A única coisa que me aborrece é que não temos navios próprios, já que por alguma razão nós os judeus não confiamos no mar. Mas todo judeu devoto que tem meios para isso sempre há de fazer uma peregrinação ao templo para ali oferecer os seus sacrifícios, e com ele vêm riquezas cada vez maiores, sob a forma de dádivas ao nosso templo. Assim talvez possas compreender porque não permitimos que o povo seja perturbado por reis fictícios.

Mostrava-se profundamente preocupado em me convencer da justiça da política adotada pelo Sinédrio. Inclinando-se para a frente, continuou:

— E, no entanto, vivemos à beira de um abismo. Qualquer procurador ganancioso se acha preparado para nos governar tentando dividir-nos. Sim, e está pronto a prestar uma certa ajuda a homens ambiciosos, de maneira a poder mais tarde acusar-nos de sedição e revolta, e com isto invalidar os poderes da nossa administração e receber a sua parte do dinheiro do templo. Acontece que, para vantagem nossa, e na verdade de Roma também, a presente situação deve ser mantida e fortalecida, permitindo assim ao Sinédrio, que não sofre influência política, receber todo o apoio possível. Talvez possas compreender exatamente o que é o Sinédrio se eu disser que corresponde ao senado romano e elege os seus próprios membros. Estes são os príncipes dos sacerdotes — os mais doutos entre os sábios — e ainda, na qualidade de membros leigos, aqueles que chamamos de anciãos, embora nem todos sejam idosos, achando-se qualificados para o cargo por direito de nascimento ou de fortuna. O povo não tem cultura política, por conseguinte não permitimos que tenha voz ativa nas decisões. Por esta razão, achamos necessário sufocar no nascedouro qualquer tentativa de sua parte para expandir seus direitos políticos e restabelecer a monarquia, não importa quão inocente possa parecer essa tentativa — como, por exemplo, quando é acobertada pela nossa religião ou, digamos assim, pelo amor à humanidade.

Meu silêncio zombeteiro o espicaçou, forçando-o a se defender ainda com mais ardor, como se, não obstante, se sentisse de certa maneira culpado. Ele explicou:

— Como romano, habituado a adorar simples imagens, não podes conceber a vasta influência que aqui exerce a religião. Nossa religião é a nossa força, mas ao mesmo tempo nosso maior perigo, pois um político ardoroso se vê forçado a apegar-se às nossas escrituras e com a sua ajuda provar que seus objetivos são justos e legais, não importa quais sejam as suas intenções secretas. Agora, naturalmente, irá dizer que Jesus de Nazaré, a quem mal tivemos tempo de crucificar antes de que se iniciassem as festividades da páscoa, era um homem inocente e justo, um grande fazedor de milagres e um grande mestre. Mas são justamente esses idealistas sem mácula que, pela influência de suas personalidades, induzem o povo a abraçar os seus programas de reforma, que são os mais perigosos. Tendo pouca experiência política, um homem desses julga boa toda a humanidade e se torna um instrumento nas mãos de homens ambiciosos — homens que nem de leve se preocuparão se a nossa sociedade se desmoronar e o povo perecer sob a ira de Roma, desde que possam, por algum tempo, satisfazer a sua sede de poder. Acredita-me, um homem que se diz o Messias é um criminoso político e merece a morte, não importa o quanto seja sincero e honesto como indivíduo.

Ele hesitou e em seguida ajuntou apressadamente:

— Naturalmente, ele incorre ao mesmo tempo no caso de blasfêmia, o qual, segundo a nossa lei, é punível com a morte. Mas entre pessoas esclarecidas, como nós dois, isto é assunto secundário. Se ele tivesse aparecido mais uma vez no templo durante a páscoa, teria provocado uma rebelião, os fanáticos ter-se-iam apoderado da liderança, levando-o à frente como cabeça, e muito sangue seria derramado. Ali os romanos se veriam obrigados a interferir e perderíamos o direito a um governo independente. É melhor que morra um homem do que todo o povo.

— Já ouvi esse refrão antes — observei.

— Esquece-o — insistiu Aristaínos. — Não nos orgulhamos de tê-lo executado. Na verdade, também a mim me acabrunhou a sua morte, pois era realmente um bom sujeito, esse galileu chamado Jesus. Tivesse ele permanecido na Galiléia e nenhum mal lhe adviria. Lá até mesmo os coletores de impostos gostavam dele e dizem que o comandante de Cafarnaum era um de seus amigos.

Vi que seria inútil insinuar que Jesus se levantara de novo. Ele teria perdido toda a consideração por mim e me julgaria um tolo crédulo. Refleti um pouco, em seguida falei:

— Tu me convenceste e compreendo perfeitamente bem que, do ponto de vista judaico, se tornou politicamente desejável que ele morresse. Mas, no decurso de minhas viagens, gosto de tomar nota de todos os eventos extraordinários, a fim de que mais tarde possa divertir as pessoas com meus conhecimentos e quem sabe aprender eu próprio alguma coisa. Entre outras coisas, acho-me interessado em toda espécie de cura. Em Antioquia, quando eu era jovem, vi certa vez um famoso mago sírio que curava as pessoas de uma maneira maravilhosa. No Egito também há lugares de peregrinação onde se fazem curas. Assim, muito me agradaria encontrar alguns dos doentes que aquele homem curou e aprender algo sobre os seus métodos.

Fingi que me vinha à cabeça uma idéia súbita.

— Mas, naturalmente, o mais interessante de tudo seria encontrar um de seus discípulos — exclamei. — Assim receberia de primeira mão informações sobre ele e sobre quais eram os seus objetivos.

Aristaínos mostrou-se embaraçado e disse:

— Naturalmente eles se acham escondidos agora ou fugiram de volta a Galiléia. Seus discípulos mais chegados somavam apenas doze, tanto quanto me é dado saber. E, a propósito, foi um deles quem revelou o seu esconderijo ao Sinédrio. São todos gente simples, pescadores do Mar da Galiléia e tipos semelhantes à exceção de um tal João, moço de boa família, que fala grego e por certo tem algum estudo. Mas havia também um homem da alfândega entre eles — é essa espécie de corja, tu entendes. Acho que dificilmente terás alguma coisa a ganhar ao procurá-los.

— Mas — ajuntou hesitantemente — se estás realmente curioso — embora francamente eu não consiga entender porque, quando podias estar levando uma bela vida em Jerusalém — há um membro do Sinédrio chamado Nicodemos que poderia dar-te algumas informações. Trata-se de um devoto pesquisador das escrituras — um homem esperançoso e anelante, se assim posso descrevê-lo. Não há nele nenhum mal, embora tenha feito ferver o sangue no Sinédrio ao defender Jesus. É um homem demasiado ingênuo para um cargo tão elevado. Eis porque não foi convocado na noite em que o Sinédrio se reuniu, pois muito havia de acabrunhá-lo o fato de estar entre os que condenaram o Nazareno à morte.

— Já ouvi falar nele, disse eu. — Não foi ele quem desceu o rei da cruz e o colocou no sepulcro? Dizem que deu cem libras de ungüentos para o enfaixamento.

A palavra "rei" exasperou Aristaínos, mas pelo menos não protestou como os outros judeus. Admitiu com relutância:

— Estás bem-informado. Constituiu uma pública demonstração da parte de Nicodemos e de José de Arimatéia, mas tem-se que admitir que precisavam aplacar suas consciências. José não passa de um dos anciãos, mas Nicodemos é um dos professores de Israel e devia saber o que faz. Ainda assim, nunca se deve julgar as intenções de um homem pela sua aparência. É possível que, ao sepultarem o galileu, esses dois estejam tentando reunir um grupo de oposição dentro do Sinédrio, para enfraquecer o poder do sumo sacerdote.

A idéia o encantou, e ele exclamou:

— Não tenho nenhuma objeção contra isto! A insolência de Caifás já está começando a prejudicar o nosso comércio. Ele colocou todos os negócios referentes aos animais para os sacrifícios e à troca de dinheiro do templo nas mãos dos seus incontáveis parentes. Acharás difícil acreditar nisto, mas nem mesmo eu tenho uma mesa de cambista no pátio externo, em meu próprio nome. É bem provável que, com toda a sua inocência, Nicodemos seja um político verdadeiramente bom. Não é decente — e nem mesmo legal — que o pátio externo do templo seja transformado num mercado vulgar. Deve ser permitida uma certa concorrência, no que se refere à troca de dinheiro. Todos os devotos peregrinos se beneficiariam se não se vissem forçados a aceitar o preço estabelecido por Caifás para a troca dos siclos do templo.

Seus negócios eram de pouco interesse para mim. Falei:

— Gostaria de me encontrar com Nicodemos, mas ele dificilmente estaria disposto a receber a *mim*, uma vez que sou romano.

— Mas, meu caro amigo, exclamou Aristaínos: isto é uma recomendação! Um doutor judeu considera-se honrado quando qualquer cidadão romano se mostra desejoso de conhecer a nossa doutrina. Sempre poderás fingir que és um devoto. Isto te abrirá todas as portas e não te comprometerá em nada. Com todo o prazer poderei recomendar-te a ele, se o desejares.

Ficou combinado que ele lhe mandaria um recado a meu respeito. Na noite seguinte, talvez já me fosse possível encontrar com Nicodemos logo depois do anoitecer. Retirei algum dinheiro, mas deixei a maior parte sob a guarda de Aristaínos. Ele insistiu grandemente para que empregasse um dos seus servos, que era um guia experiente e poderia abrir para mim todas as portas secretas e os prazeres de Jerusalém, mas eu lhe informei que fizera certos votos depois do meu dissoluto inverno em Alexandria. Ele engoliu tudo, exprimiu sua admiração pela minha força de vontade, mas lamentou que eu fosse perder tanta coisa.

Separamo-nos como amigos. Ele foi comigo até o portão e me teria fornecido o batedor, para me abrir caminho através da cidade, mas eu não desejava atrair desnecessária atenção. Mas uma vez assegurou-me de que poderia contar com ele em qualquer ocasião em que me visse em dificuldades. Trata-se, sem dúvida nenhuma, do judeu mais amável que encontrei até agora. No entanto, por alguma razão não consigo deixar-me tomar de inteira amizade por ele. Seus pronunciamentos desapaixonados me abateram e reavivaram minhas dúvidas, talvez a isto se deva a minha reserva em relação à sua pessoa.

Quando voltei a Antônia, fui informado de que Cláudia Prócula me mandara procurar diversas vezes. Apressei-me a ir aos seus aposentos na torre. Ela já se tinha recolhido ao leito, todavia vestiu uma leve túnica de seda, jogou uma manta sobre os ombros, e veio para fora, acompanhada de sua dama de companhia, para falar comigo. Havia um fulgor alarmante em seus olhos. As rugas de seu pálido rosto tinham desaparecido e ela se achava como que em êxtase.

Agarrando com as suas mãos as minhas, ela exclamou:
— Marcos, Marcos, ele ressuscitou dos mortos! O rei dos judeus ressuscitou dos mortos!
— Não vos contou o Procônsul que os seus discípulos foram até o túmulo, na noite passada, e roubaram o seu corpo? — Perguntei-lhe asperamente. — Há um registro oficial sobre o assunto, atestado por seis legionários.

Cláudia Prócula bateu os pés e bradou:
— Julgas que Pôncio acredita em outra coisa que não na sua bolsa e no que lhe traz alguma vantagem? Mas eu tenho amigas em Jerusalém. Não ouviste falar que um dos seus seguidores se dirigiu ao túmulo pela madrugada — a mulher de cujo corpo ele expulsou os sete demônios? O túmulo estava vazio, à exceção de um anjo, cuja túnica parecia feita de luz e cuja face era como fogo.
— Neste caso — retruquei rudemente — os demônios se devem ter apossado dela outra vez.

E fiquei a conjecturar, cheio de abatimento, em que complicações eu próprio me metera. Seria tão maluco a ponto de querer competir com mulheres enlouquecidas?

Cláudia Prócula ficou ressentida e amargamente desapontada.
— Tu também, Marcos, — falou-me reprovadoramente, com um soluço. — Julguei que estavas do Seu lado uma vez que ouvi dizer que tinhas ido até a sepultura e a encontraste vazia. Acreditas mais em Pôncio Pilatos e nos seus corruptos soldados do que em teus próprios olhos?

Tive que ceder um pouco, pois quando ela começou a chorar, seu rosto transtornado adquiriu uma expressão estranha e abrasadora, e eu gostaria de poder confortá-la. Mas compreendi o perigo que havia em confiar o que vira a uma mulher em tal grau de exaltação. Na minha opinião todo aquele louco falatório do mulherio sobre ressurreição, visões e anjos nada mais fazia que servir à causa do Sinédrio judaico e tornar tudo ainda mais incrível do que precisava ser.
— Não leveis as coisas tão a sério, Cláudia — supliquei. — Sei que tenho ouvido em demasia os ensinamentos dos cínicos e encontro dificuldade em crer em coisas sobrenaturais. Por outro lado, não é meu desejo negar tudo. Quem é a testemunha e qual é o seu nome?
— Seu nome é Maria, — replicou Cláudia com todo o ardor, tentando convencer-me. — Trata-se de um nome judaico muito comum, mas ela veio de Magdala, junto ao Mar da Galiléia. É uma senhora de recursos e uma conhecida criadora de pombas.

Seus pombais produzem milhares de pombas imaculadas, todos os anos, para os sacrifícios no templo. É verdade que ficou com um mau nome depois que os demônios se apossaram de seu corpo, mas Jesus a curou, ela mudou completamente e seguiu o mestre por tôda a parte, em suas andanças. Travei relações com ela quando visitei uma distinta dama judia, de minha amizade, e ela me impressionou grandemente pelo que me contou sobre o seu mestre.

— Seria preciso que eu ouvisse tudo de sua própria boca, para que pudesse acreditar — disse eu. — Talvez não passe de uma dessas fanáticas visionárias que procuram atrair a atenção a todo o custo. Haveria algum jeito de me encontrar com ela?

— Que há de mal nos sonhos? — protestou Cláudia Prócula.

— Venho sendo perseguida de tal forma por sonhos que avisei a meu marido para que não sentenciasse um homem tão devoto. No meio da noite, recebi a notícia de que ele fora preso, e o povo me implorou que usasse de minha influência junto a meu marido, para que não o condenasse. Mas os sonhos que eu tinha tido antes me haviam causado uma impressão muito maior do que aquela mensagem secreta. Continuo acreditando que meu marido cometeu o ato mais estúpido de sua vida ao entregar aquele homem para que fosse crucificado.

— Julgas que conseguirias encontrar essa Maria? — insisti.

Cláudia Prócula assumiu um ar evasivo.

— Não é decente para uma mulher judia encontrar-se com um desconhecido, muito menos um estrangeiro. Nem mesmo sei onde ela mora. Admito que é uma mulher emotiva, e um homem desconfiado como tu bem poderia ter dela uma má impressão, se a encontrasses. Mas isto não me impede de acreditar em sua história.

A exaltação de Cláudia Prócula começou a diminuir.

— Mas, se por acaso eu encontrar essa Maria de Magdala, — falei — posso mencionar o teu nome e assegurar a ela que pode falar livremente e em confiança sobre o que viu?

Cláudia murmurou que um homem não consegue ganhar a confiança de uma mulher tão bem quanto o faria uma outra mulher, e que, de qualquer maneira, os homens jamais poderão entender realmente as mulheres. Contudo, deu-me o seu consentimento, relutantemente.

— Mas se lhe causares a menor dificuldade ou aborrecimento — falou-me ameaçadoramente — terás que te haver comigo.

Com isto chegou ao fim nossa conversação, embora Cláudia Prócula tivesse evidentemente esperado conseguir o meu apoio para a sua causa e me persuadir da ressurreição do rei dos judeus. De uma certa maneira, acho-me inclinado a acreditar nesse fato, depois de ter visto a mortalha intata no chão do túmulo vazio. Mas pretendo examinar de uma maneira racional o assunto todo.

QUARTA CARTA

Marcos para Túlia:

Continuarei minha narrativa e mencionarei os fatos na ordem em que aconteceram.
Antônia é uma fortaleza sombria e abafada, e eu não tinha nenhum desejo de permanecer ali sob constante vigilância. Além do mais, o Procônsul se preparava para voltar a Cesaréia, onde reside. Presenteei-o com um amuleto — um escaravelho egípcio — e a Cláudia Prócula com um espelho alexandrino, e prometi passar por Cesaréia na minha viagem de volta. Isto a pedido de Pôncio Pilatos, pois não desejava que eu deixasse a Judéia sem que me interrogasse. Cláudia Prócula fez-me jurar também que lhe diria tudo o que conseguisse apurar sobre o homem ressuscitado.
Ao comandante da guarnição dei uma bela soma de dinheiro, a fim de conservar sua amizade e me garantir um refúgio na fortaleza, caso viesse a precisar. Mas já verifiquei que nenhum perigo me ameaça em Jerusalém, enquanto respeitar os costumes dos judeus e me abstiver de provocá-los com os meus próprios.
Pelo centurião Adenabar sinto verdadeira amizade. A conselho seu, não me alojei numa grande estalagem e sim com um sírio seu conhecido, um comerciante instalado nas proximidades do palácio Hasmonsan. Familiarizei-me com os costumes e os deuses dos sírios desde a minha juventude e sei que a gente dessa raça aprecia boa comida, conserva limpas as suas acomodações e é honesta em tudo, exceto na troca de dinheiro.
O mercador vive ele próprio, no andar térreo com sua família e leva sua mesa de cambista para a rua todos os dias, instalando-a em frente à sua casa. Uma escada externa vai dar diretamente na parte superior, o que me possibilita entrar e sair à vontade e receber visitas sem ser observado. Não só Adenabar como o meu senhorio me chamaram a atenção para a vantagem que isto oferecia. A mulher e a filha do mercador servem-me as refeições no quarto e cuidam de que nunca me falte um jarro de água fresca. Os filhos disputam entre si o privilégio de levar os meus recados, de me comprar vinho e frutas e tudo mais de que possa precisar. Essa família, que não se acha em situação financeira muito boa, mostra-se satisfeita de me ter como pensionista, agora que as festividades terminaram e a maioria dos visitantes deixou a cidade.

Depois que eu me instalei no meu novo alojamento, esperei até que surgissem as estrelas, em seguida desci à rua, pela escada externa. A olaria de Nicodemos é bastante conhecida, o que me propiciou encontrá-la com facilidade. O portão estava entreaberto e quando entrei no pátio encontrei um servo, parado ali na escuridão, que me perguntou num sussurro:

— És o homem a quem o meu amo espera?

Guiou-me escada acima até o telhado, e o estrelado céu da Judéia era tão luminoso que não se tornou necessário alumiar o caminho. No telhado se achava um homem idoso, sentado sobre almofadas. Ele me saudou cordialmente, indagando:

— És o homem de quem me falou Aristaínos, que anda em busca de Deus?

Convidou-me a sentar ao seu lado e começou imediatamente a falar, em voz monótona, sobre o Deus de Israel. Principiou com a história da criação do céu e da terra e já chegara ao ponto em que Deus criara o homem à sua imagem, tirando-o do pó da terra, quando o interrompi impacientemente.

— Mestre de Israel, já ouvi falar de tudo isto e li em grego as vossas escrituras sagradas. Eu vos procurei para que me falásseis de Jesus de Nazaré, o rei dos judeus. Deveis ter conhecimento disso, uma vez que me recebestes no vosso telhado ao escurecer.

Nicodemos falou numa voz insegura:

— Seu sangue caiu sobre minha cabeça e a de meu povo. Acho-me cheio de dor e mortalmente temeroso por sua causa. Foi um ato de Deus que fez dele um mestre, pois nenhum homem poderia ter realizado o que ele fez, a menos que tenha sido enviado por Deus.

— Ele era mais do que um mestre — falei. — Também tremo intimamente por sua causa, embora eu seja um estrangeiro. Por certo sabeis que ele se levantou da sepultura, ainda que tivésseis ajudado a envolvê-lo na mortalha e a fechar o sepulcro antes que se iniciasse o sábado.

Nicodemos ergueu o rosto para as estrelas e clamou numa voz lamentosa:

— Não sei em que acreditar.

Apontando para o céu, indaguei:

— Era ele o filho das estrelas, de quem falaram os profetas?

— Não sei. — Nada mais entendo e já não me sinto digno de ser um Mestre de Israel. Fui mal informado no Sinédrio, pois me asseguraram de que nenhum profeta poderia vir da Galiléia. É verdade. Não há menção da Galiléia nas escrituras. Mas sua mãe, a quem acabei de conhecer, me garantiu que ele nasceu em Belém da Judéia, na época do perverso Herodes. As escrituras mostram que um salvador deve vir de Belém Errata. Pesquisei as escrituras sem esmorecimento. Tudo o que foi previsto sobre ele aconteceu, até mesmo isto: que nenhum osso de seu corpo seria partido.

Começou a recitar as profecias numa voz cantante e as traduziu para mim. Depois de um certo tempo, comecei a ficar impaciente outra vez e falei:

— Nada significa para mim que tenham sido cumpridas as palavras dos vossos profetas. A mim apenas interessa saber se ele ressuscitou ou não. Se ele se levantou de sua sepultura, então é mais do que um rei e ninguém igual a ele apareceu no mundo até hoje. Eu vos pergunto sem malícia ou traição, pois ninguém lhe pode fazer mal agora. Respondei-me. Meu coração palpita em meu peito, ansiado por conhecer a verdade.

— Ouvi dizer — Nicodemos confessou hesitantemente — que assim é, mas não sei em que acreditar. Ontem à noite, os seus discípulos estavam reunidos a portas fechadas, receosos de perseguição. Pelo menos quase todos estavam presentes e todos eles se mostravam muito temerosos. Então Jesus crucificado apareceu entre eles e lhes mostrou as chagas em suas mãos, em seus pés e no seu peito. Ele soprou, além disso, sobre todos os que se achavam no aposento. Depois desapareceu como tinha vindo. Assim me disseram, mas é muito difícil de acreditar.

Estremeci no meu lugar.

— Fale-me do seu reino — supliquei. — Que ensinou ele sobre o seu reino?

— Fui vê-lo às escondidas da primeira vez em que veio a Jerusalém para a páscoa — Nicodemos me falou — e limpou o templo. Não posso me esquecer do que me disse então, embora eu não o tenha entendido e continue a não entender. Ele disse que ninguém poderá ver o reino a menos que tenha nascido

Vieram-me imediatamente à memória os ensinamentos dos órficos, dos pitagóricos e dos filósofos que afirmam que os homens renascem continuamente e podem mesmo tomar a forma de animais ou plantas, de acordo com a natureza de seus atos. Sofri um grande desapontamento, pois não se trata de uma doutrina nova. Nicodemos, porém, prosseguiu ingenuamente:

— Mas eu refutei suas palavras e indaguei: "Como pode um homem nascer de novo depois que ficou velho? Não lhe é possível voltar para o ventre de sua mãe e se deixar renascer." Então Jesus deu-me a chave para as suas palavras e repetiu inúmeras vezes:

"Aquele que não nascer outra vez da água e do Espírito não pode entrar no reino". A parte referente à água eu compreendi, pois muitos são os que vão procurar os irmãos do deserto e lá aguardam, entre preces e após um período experimental, que sejam batizados no seu poço. João também veio do deserto e batizou muita gente com água até que Herodes Antipas o mandasse assassinar.

Interrompi-o, dizendo:

— Aqueles que são iniciados nos mistérios de Ísis, no Egito, entram sem medo em águas profundas numa caverna escura, mas fortes braços os suspendem e os levam a lugar seguro, impedindo que se afoguem. Trata-se de um rito simbólico de iniciação e nada tem de novo.

Nicodemos concordou com isto.

— Sim, é verdade, o batismo pela água nada tem de novo. Mas perguntei-lhe o que significava nascer do Espírito. Jesus respondeu então — estas são suas próprias palavras, e eu as guardei para sempre na memória: "Aquele que nasceu da carne é carne, o que nasceu do Espírito é espírito. O vento sopra onde lhe apraz; ouves o seu rumor, mas não podes dizer de onde veio e para onde irá: assim são todos os que nascem do Espírito".

Ele se calou por um longo tempo e eu fiquei a refletir sobre suas palavras. As estrelas da Judéia cintilavam no céu e através da escuridão vinha um cheiro forte de argila úmida e de fornos. Misteriosamente, aquelas palavras se infiltraram no meu coração, embora eu tivesse perfeitamente consciente de que a minha razão não poderia alcançar o seu significado. Por fim indaguei brandamente:

— É tudo o que sabeis do seu reino?

Nicodemos refletiu e respondeu:

— Ouvi de seus discípulos que, antes de começar a ensinar, ele foi para o deserto. Lá jejuou e ficou em vigília durante quarenta dias, tendo sido assediado por todas as falsas visões e revelações com que os poderes terrenos tentam um homem em jejum. O demônio tentador levou-o ao topo de uma alta montanha e mostrou-lhe todos os reinos da Terra e as suas glórias, prometendo-lhe que poderia reinar sobre tudo aquilo, se cedesse ao demônio e renunciasse à tarefa que tinha vindo realizar no mundo. Essa tentação ele venceu. Vieram então os anjos e o serviram naquela solidão. Ele voltou para o mundo dos homens, começou a ensinar e a realizar milagres, reunindo discípulos à sua volta. Isto é o que sei do seu reino. Não é um reino deste mundo; por conseguinte, foi um crime e uma injustiça condená-lo.

Aborreceu-me aquela conversa sobre anjos e revelações já que qualquer pessoa altamente emotiva que se tenha mantido em vigília e em jejum por muito tempo está sujeita a alucinações, que se desvanecem tão logo a pessoa recomece a alimentar-se e volte ao convívio dos homens. Perguntei impacientemente a Nicodemos:
— Bem, que espécie de reino é o seu? Nicodemos pôs-se a se lamentar em altas vozes, ergueu as mãos e exclamou:
— Como poderei saber? Já ouvi o rumor do vento. Quando o encontrei julguei que o reino tinha vindo à terra na pessoa dele. Muitas outras coisas ele me disse. Falou até mesmo que Deus não o enviara para condenar o mundo, mas que o mundo através dele, poderia ser salvo. Mas não foi o que aconteceu. Pregaram-no simplesmente na cruz e ele morreu de morte ignominiosa. Isto é o que não consigo conceber. Agora, que ele se foi, o seu reino também se acabou.

Meu coração dizia o contrário, mas a razão me forçou a observar ironicamente:
— Não é muito o que tendes para me dizer, Mestre de Israel. O rumor do vento... E mesmo vós não acreditais sinceramente que ele tenha ressuscitado.
— Já não sou mais um Mestre de Israel — confessou Nicodemos humildemente. — Sou o mais ínfimo dos filhos de Israel, aniquilado e ferido até o fundo do coração. Mas uma coisa te posso dar. Depois que o semeador espalha as suas sementes, não as cuida mais. A semente brota, o vento e a chuva fazem erguer da terra os rebentos, o grão cresce — embora o semeador descanse — até que esteja maduro para a colheita. Assim foi comigo. E assim talvez seja contigo, se fores sincero. Uma semente foi lançada dentro de mim e está brotando. Também em ti deve ter sido lançada alguma, que um dia será colhida. Nada me resta fazer senão esperar submissamente e confessar quão pouco compreendo e quão frágil é a minha fé.
— Estou longe de me contentar com uma espera — protestei com impaciência. — Não vedes que tudo ainda está fresco na minha memória? Cada dia que passa leva alguma coisa para o esquecimento. Levai-me aos seus discípulos. Ele há de lhes ter revelado o segredo do seu reino, de uma forma mais inteligível. Meu coração se inflama. Estou ansioso por acreditar, desde que tudo me possa ser provado.

Nicodemos soltou um profundo suspiro e falou dissuasivamente:

— Seus discípulos — os onze que sobraram — se acham atemorizados e aturdidos, cheios de desapontamento. Trata-se de homens simples, ainda jovens e ingênuos. Quando ele era vivo, os discípulos discutiam uns com os outros sobre os seus ensinamentos; distribuíam entre si os altos postos do reino e brigavam por causa disto. Não importa o que ele lhes dissesse, acreditavam piamente num reino na terra. Mesmo naquela última noite, antes que fosse preso, ele partilhou com os discípulos o cordeiro pascal, à maneira dos irmãos do deserto e lhes disse que não voltaria a beber vinho enquanto não pudesse fazê-lo em sua companhia no novo reino. Creio que foi essa promessa que o impediu de aceitar o vinho oferecido pelas mulheres antes da crucificação, para que lhe amortecesse as dores. Mas a promessa veio fortalecer a crença, entre os seus discípulos mais ingênuos, de que ele iria chamar uma legião de anjos do céu em seu auxílio e fundar um reino no qual cada um de seus discípulos reinaria sobre uma tribo de Israel. Disto se deduz que seus ensinamentos ainda não tinham amadurecido em seus espíritos. São homens ignorantes e não sabem o que pensar, embora se achassem presentes quando se realizaram todas as suas grandes obras. Temem por suas próprias vidas e se conservam escondidos. Se fosses encontrar com eles, agora, ficarias ainda mais confuso do que eles próprios com o que te contarem.

Não consegui entender isto.

— Por que teria ele escolhido unicamente homens simples para seus discípulos? — indaguei. — Se era capaz de fazer milagres tão grandes como dizem, por certo poderia ter escolhido seus companheiros entre os doutores também.

— Tocaste agora num ponto sensível — confessou Nicodemos. — Acabas de pôr o dedo bem no meio da minha ferida. Não foi aos sábios nem aos doutores que ele chamou, mas os pobres, os simples, os oprimidos. Dizem que ele falou certa vez a uma grande multidão de gente e lhes declarou, com estas palavras mesmas, que os simples é que seriam abençoados, pois deles era o reino. Para os doutos e os ricos ele tornou tudo muito difícil. Eu poderia ter-me tornado um de seus discípulos, mas ver-me-ia então forçado a deixar o Sinédrio — sim, e a minha família também; teria que vender a minha olaria e distribuir o produto da venda entre os pobres. Tais eram as rígidas condições que ele impunha, tornando impossível para homens como nós acompanhá-lo. No entanto, tinha amigos entre os ricos e os influentes, que o ajudavam secretamente. Na verdade, tinha meios de informação e ligações de que nem mesmo seus discípulos tomavam conhecimento, pois considerava desnecessário informá-los sobre isso.

— Não obstante, gostaria de me encontrar com um de seus verdadeiros discípulos — falei obstinadamente.

Mas Nicodemos retrucou, procurando firmemente dissuadir-me:
— Não és um espião romano, disto estou seguro; mas eles jamais te acreditarão, tão atemorizados se acham. Nem tu lhes darias crédito ao verificar quão simples são. Assim, se te dissessem ter visto surgir o filho de Deus ressuscitado num aposento cuja porta estava trancada, mais do que nunca duvidarias deles e imaginarias que haviam inventado toda essa história para encobrir o seu desapontamento e guardar ainda uns restos do alto conceito em que se tinham.

Nicodemos riu tristemente e continuou:
— A princípio, não quiseram crer nem mesmo na mulher que voltou do sepulcro dizendo que o encontrara vazio. Um deles, que por acaso não se achava presente ontem à noite no quarto trancado, recusa-se a crer no que seus próprios amigos lhe disseram. Como então julgas poder acreditar neles?

Tentei persuadi-lo, da melhor maneira possível, a me revelar o lugar onde se achavam escondidos os discípulos do rei, ou a me proporcionar um encontro com eles de qualquer forma, mas era evidente que mesmo então ele ainda não confiava de todo em mim, pois se recusou abertamente a fazer isso. Quando percebi que começava a lamentar ter-me recebido, apressei-me a suplicar:
— Aconselhai-me pelo menos sobre o que devo fazer, pois não posso suportar ter que esperar na ociosidade que algo aconteça.

Ele me advertiu, dizendo:
— O semeador lançou a sua semente. Se acaso um grão caiu em ti, agirias sabiamente esperando com humildade. Mas se assim o desejas, vai para a Galiléia, onde ele tantas vezes andou, e procura os tranqüilos. Pergunta a cada um deles quais dos seus ensinamentos ele traz dentro do seu coração. Ou fala com aqueles a quem ele curou de doenças, e assim talvez te convenças por ti mesmo que ninguém mais a não ser o filho de Deus poderia ter realizado milagres semelhantes aos que ele fez durante a sua vida.

Não me alegrou demasiadamente a proposta.
— Como irei reconhecer os tranqüilos? — indaguei. — A Galiléia fica longe daqui e eu sou um estrangeiro.

Nicodemos hesitou, em seguida forneceu-me a senha, dizendo:
— Pergunta o Caminho à medida que fores andando, mas se alguém balançar a cabeça e te responder: "São muitos os caminhos, e muitos os falsos guias, e eu não quero deixar-te perdido", responderás por tua vez: "Existe apenas um Caminho; mostra-o a

mim, pois sou tranqüilo e humilde no coração". Com isto eles te conhecerão e confiarão em ti. E mesmo se quisesses denunciá-los nunca lhes poderias fazer mal, pois eles seguem os mandamentos, pagam os seus impostos e não ofendem a ninguém.

— Agradeço-vos o conselho — falei — e dele não me esquecerei. Contudo, também aqui em Jerusalém ele fez alguns milagres, secretamente. Não me agradaria deixar logo a cidade, pois alguma coisa poderia acontecer aqui.

Nicodemos já começava a se cansar de mim. Disse ele:

— Aqui poderás encontrar a mulher de má reputação, de cujo corpo ele expulsou os maus espíritos. Existe também uma aldeia chamada Betânia a pouca distância da cidade. Três irmãos vivem ali, duas moças e um rapaz, e na sua casa ele costumava hospedar-se. A um deles permitiu que se sentasse a seus pés e ouvisse seus ensinamentos, embora se tratasse apenas de uma mulher. Ao irmão, ele ressuscitou dos mortos depois de jazer na sua tumba por quatro dias e se dizia que seu corpo já cheirava mal. Vai e procura Lázaro. Creio que esse milagre te bastará. Eles te receberão se lhes levares uma saudação de minha parte.

— Lázaro estava realmente morto? — indaguei incredulamente.

— É claro, é claro — exclamou Nicodemos com irritação. — Sei tanto quanto tu que existem transes que se assemelham à morte. Há aqueles que, em meio às lamentações e à música das flautas, se erguem do esquife, para horror de seus parentes, e se põem a olhar ao seu redor, piscando. Muitas pessoas têm recobrado os sentidos em seus túmulos, ao que dizem, e arrebentado suas unhas, a gritar e a esbravejar até morrerem sufocadas porque não podiam deslocar a laje da entrada. Nossa lei exige que um defunto seja enterrado no dia de sua morte, eis porque ocorrem muitos enganos. Possuo todos os cohecimentos terrenos que me são necessários e posso passar sem os teus conselhos.

Continuou a argumentar confusamente:

— Que proveito poderás tirar de alguma coisa, se partes de uma dúvida preconcebida? Que esperas ganhar com isto? Leio em teus pensamentos que te ocorre a idéia ter sido ele um amigo da família. Nada mais fácil para eles do que inventar algo que convencesse os indecisos e colocar Lázaro desfalecido no túmulo, sabendo que o mestre já se achava a caminho. Mas que esperança tinham de ganhar alguma coisa com isso? Vai e fala com eles — com Lázaro e suas duas irmãs — e decide por ti mesmo se estão ou não falando a verdade.

Naturalmente, Nicodemos tinha razão. Já que não conseguiria obter dele mais nada, apresentei-lhe meus agradecimentos e perguntei-lhe o que lhe devia por suas informações. Ele se recusou redondamente a receber pagamento, dizendo com menosprezo:

— Não sou nenhum artista fugido de um circo, que vive de ensinar as crianças a ler, como se diz ser o costume em Roma. Os mestres de Israel não ensinam por dinheiro. Aquele que deseja tornar-se um professor deve aprender uma profissão, para que possa viver do trabalho de suas mãos. Em conseqüência, sou um oleiro, como foi meu pai. Mas se te apraz, dá o dinheiro aos pobres, e que isto te possa trazer alguma bênção.

Desceu as escadas comigo e levou-me, pelo pátio, até a sua sala de visitas, para que eu pudesse ver, à luz do lampião que ali havia, que — conquanto fosse um oleiro — era um homem de importância. Tinha pelo menos essa vaidade. Pude verificar que a sala era a de um homem rico, repleta de custosos objetos. Mesmo o seu manto era feito do melhor material. Acima de tudo, porém, olhei para o seu rosto, agora que a luz me permitia vê-lo claramente. Tinha os olhos míopes devido à leitura e sua face não obstante toda aquela barba grisalha — era redonda como a de uma criança. As mãos indicavam que havia muito ele não tocava em argila, embora devesse conhecer bem o seu ofício.

Ele por sua vez examinou-me atentamente, de forma a deixar gravada na memória a minha aparência, e disse:

—Não vejo nenhum mal em tua face. Tens os olhos inquietos, mas não são os olhos de um descrente ou de um malfeitor. Contudo devias deixar crescer a barba, para que os outros também pudessem ver que és um homem piedoso.

Eu próprio tinha chegado a essa conclusão e deixara de me barbear, mas em dois dias o meu queixo não tivera tempo de apresentar mais do que uma sombra azulada.

Nicodemos acompanhou-me até o portão e trancou-o ele próprio, após a minha passagem. Já não lhe convinha que eu fosse visto pelos seus servos. Saí às apalpadelas pelo gasto calçamento de pedra até que meus olhos se acostumassem à escuridão. Apenas nas esquinas das ruas principais ainda brilhavam algumas luzes, mas eu guardara cuidadosamente na memória o meu itinerário e cuidei que me seria fácil voltar aos meus novos alojamentos, embora ficassem a alguma distância dessa parte baixa da cidade. Alcancei um muro entre os subúrbios e a cidade alta sem ter encontrado ninguém a não ser uma dupla de guardas-noturnos

judeus. Mas quando cheguei à arcada uma voz de mulher saudou-me nitidamente e indagou:
— Que pertence à tua paz, forasteiro?
Assustei-me com a voz inesperada, mas retruquei polidamente:
— Que pertence à tua própria paz, mulher?
A mulher caiu de joelhos diante de mim na rua e falou humildemente:
— Sou tua serva. Dá-me uma ordem e farei o que desejares.
Adivinhei o seu ofício e lhe respondi desdenhosamente:
— Vai em paz. Nada quero de ti..
Mas ela era persistente, agarrou a barra de meu manto e suplicou:
— Sou pobre e não possuo um quarto para o qual te possa levar, mas há um nicho no muro e ninguém nos verá.
Segundo a moda entre as mulheres judias, ela se achava de tal forma envolta em panos e véus que não pude ter uma idéia de sua aparência e nem mesmo de sua idade. Mas sua miséria me comoveu. Lembrei-me das palavras de Nicodemos e dei a ela tantas moedas de pratas quantas julguei dever a ele por seus ensinamentos e conselhos.
A princípio ela não me quis acreditar quando lhe repeti que nada queria dela. Mas quando percebeu que eu falava a verdade, insistiu em beijar-me os pés e exclamou:
— Jamais alguém me deu um presente sem desejar algo em troca. Que o Deus de Israel te abençoe, embora eu não seja digna de invocar as bênçãos sobre quem quer que seja e nem mesmo o meu dinheiro seja aceito nos cofres do templo. Dize-me, porém, o teu nome para que possa orar por ti.
Não me agradava dar o meu nome a uma mulher da sua profissão, e contudo desgostava-me ter que ofendê-la. Falei, pois:
— Sou chamado Marcos, à maneira romana. Sou um estranho em Jerusalém.
— O nome de tua serva é Maria — disse ela. — Há, porém, mais Marias do que sementes numa romã. Assim, eu te direi que sou Maria de Beret, a aldeia das cisternas, para que me possas distinguir de outras Marias que por certo surgirão no caminho de um homem tão generoso como tu.
— Nada tenho de generoso — retruquei para livrar-me dela. — Apenas paguei uma dívida e não me deves nenhum agradecimento por isto. Vai em paz, e assim em paz também poderei ir. E que não nos lembremos mais um do outro.
Ela tentou distinguir minhas feições na escuridão e falou queixosamente:

— Não devias menosprezar as preces dos pobres. Talvez um dia eu venha a prestar-te um serviço, quando menos esperares.
— Não me deves nada — repeti. — Nenhum serviço desejo de ti. Tudo o que busco é um caminho, e nisto dificilmente poderás me ajudar.
— Buscas um caminho, estrangeiro? respondeu ela, rapidamente. — Mas são muitos os caminhos e os homens neles se perdem. Eu só conseguiria fazer-te extraviar se tentasse indicar-te o caminho.

Sua resposta não poderia ter sido uma simples coincidência. Contudo, desconcertou-me a idéia de que os tranqüilos, naquela terra, pertencessem claramente à mais desprezada e rejeitada das classes. Todavia, procurei lembrar-me do camundongo que roera a corda libertando o leão, e falei:

— Ouvi dizer que existe apenas um caminho. E eu também de boa vontade me tornaria tranqüilo e humilde de coração, se pudesse.

Ela estendeu a mão e tocou-me a face e os ásperos pêlos do meu queixo. Ainda que eu desejasse me mostrar humilde, o seu contato repugnou-me. Devo ter estremecido, pois ela recuou imediatamente e disse com tristeza:

— Não é o são que carece de cura, e sim o doente. Tiveste piedade de mim, não pelos meus males, mas para pagar uma dívida que te oprimia. É pouco provável que estejas tão doente a ponto de teres escolhido com sinceridade esse caminho. Mas fui mandada para te experimentar. Se tivesses ido comigo para o nicho na parede, ter-no-íamos separado um do outro com maus pensamentos. Trago-te esperanças, se indagas sobre o Caminho com toda a sinceridade.

— Sou sincero e não desejo mal a ninguém — assegurei-lhe.
— Tudo o que desejo é conhecer a verdade sobre inúmeras coisas das quais não tens o menor conhecimento.

— Não menosprezes os conhecimentos de uma mulher — ela me advertiu. — No reino, a intuição de uma mulher pode ter mais valor que a razão de um homem, ainda que eu possa ser a mais desprezível das mulheres de Israel. E minha intuição me diz que estes dias são dias de espera. Nestes dias a irmã encontra a irmã sem desprezá-la; o irmão encontra o irmão sem repreendê-lo. Eis porque meu coração está mais leve do que nunca, ainda que eu seja uma mulher perdida.

Havia uma tal expectativa e tamanha felicidade em sua voz que me vi compelido a acreditar que de fato ela possuía algum conhecimento.

— Esta noite fui ouvir um dos professores de Israel, — falei — mas era um homem indeciso e de pouca fé, e seus ensinamentos não me entusiasmaram. Poderias tu, Maria de Beret, dar-me melhores instruções?

Ao dizer isto vi-me assaltado pela suspeita de que talvez aquela Maria não fosse a mulher decaída que pretendia ser. Bem poderia ter sido posta no meu caminho para me experimentar, pois eu teria que passar por aquele portão para chegar aos meus alojamentos.

— Que esperança me podes dar? — indaguei.

— Conheces a Porta da Fonte? — ela me perguntou.

— Não, mas posso encontrá-la com facilidade.

— Ela vai dar no Vale de Cedron e na estrada de Jericó — explicou-me. — Talvez seja este o caminho que buscas. Mas se não for, vai à Porta da Fonte um dia, quando a tua barba crescer, e olha à tua volta. Talvez vejas um homem levando um cântaro com água da fonte. Segue-o. Se lhe falares, é possível que te responda. Se ele não responder, nada há que eu possa fazer.

— Transporte de água não é trabalho para homens — falei com incredulidade. — São as mulheres que carregam água em Jerusalém, como em todas as partes do mundo.

— Por esta razão tu o reconhecerás facilmente — disse Maria de Beret. — Se ele não te responder, não o importunes, mas volta outro dia e tenta de novo. Outro conselho não te posso dar.

— Se teu conselho for bom e me trouxer a ajuda que espero — falei, — mais uma vez serei teu devedor, Maria.

— Pelo contrário — respondeu ela vivamente. — Sou eu que estarei pagando uma dívida, se puder mostrar a alguém o Caminho. Mas se a tua dúvida de oprimir, dá o dinheiro aos pobres e esquece-me. Aconteça o que acontecer, não me deves procurar aqui junto ao nicho na parede, pois jamais voltarei a este lugar.

Separamo-nos e eu não pude ter idéia de sua aparência. Nunca me seria possível reconhecê-la, se a visse à luz do dia. Mas julguei que reconheceria sua voz jovial se a ouvisse de novo.

Voltei para os meus alojamentos, subi a escada do telhado e entrei no meu quarto. Quando refleti sobre tudo o que acontecera, irritou-me a inclinação dos judeus para o mistério. Nicodemos deveria saber mais do que me tinha dito. Tive a impressão de que aquela gente tinha estado a me observar e que esperava qualquer coisa de mim.

É possível que não só os discípulos do rei ressuscitado como também os amigos de Cláudia Prócula suspeitem de que eu tenha conhecimento de fatos que eles ignoram, mas falta-lhes coragem de se darem a conhecer a mim, porque sou um estrangeiro. Sobram-lhes razões para serem prudentes, pois seu mestre foi condenado, execrado e crucificado.

O jardineiro que vi junto ao túmulo também me persegue o espírito. Ele disse que me conhecia, e eu devia conhecê-lo também. Ainda assim, não é minha intenção voltar a procurá-lo no jardim, tão certo me acho de que não mais o encontrarei lá.

QUINTA CARTA

Marcos para Túlia:

Falar-te-ei agora da minha peregrinação a Betânia e do que me aconteceu ali.

Minha barba começava a crescer. Tendo vestido uma simples túnica e uma suja manta de viagem, pareceu-me que me assemelhava mais a um salteador do que a um culto romano. O sírio forneceu-me pão, peixe salgado e vinho azedo para a jornada e eu parti, atravessando a cidade, na direção da Porta da Fonte. Passei pelo poço no Vale de Cedron e segui a estrada acompanhando o leito seco do riacho. No espigão à esquerda erguiam-se os muros da cidade e nas rochosas encostas à minha direita se viam muitos túmulos. Oliveiras cresciam nas vertentes das colinas, com seus troncos nodosos e retorcidos pelos anos. Passei por um grande outeiro, em cujo flanco se via um jardim de ervas aromáticas, verde-escuro e ensombrado.

O ar era cálido e puro e o céu não tinha uma nuvem. Encontrei jumentos carregados de lenha e carvão, bem como camponeses levando cestos. Prossegui na minha jornada de coração leve, sentindo-me ainda jovem e vigoroso. O prazer da caminhada dissipou os sombrios pensamentos que me dominavam a mente ainda cheia de dúvidas, e meu espírito se achava aberto e pronto a tudo aceitar. É possível que eu esteja vivendo numa época em que o mundo se encontre cheio de expectativa e na qual ninguém saiba exatamente o que vai acontecer. Um estranho como eu talvez pudesse chegar mais próximo da chave do enigma do que os que sempre viveram junto dele. A terra não me parecia aquela mesma e velha terra, nem o céu o que sempre tinha sido; eu via todas as coisas de uma maneira muito mais clara agora.

Avistei Betânia quando me achava ainda muito distante. A cumieira das casas baixas tinha sido recentemente caiada para as festividades e alvejava através do arvoredo. Quando me aproximei da aldeia, vi um homem sentado à sombra de uma figueira. Estava tão imóvel, no seu manto cor de terra, que me assustei e fiz alto quando o vi.

— A paz seja contigo! — exclamei. — É esta a aldeia chamada Betânia?
Ele me olhou, e seus olhos eram tão baços, no seu rosto magro, que a princípio julguei que fosse cego. Trazia a cabeça descoberta e tinha os cabelos brancos, mas suas faces, embora cavadas, eram as de um jovem.
— E contigo seja a paz! — ele replicou. — Perdeste o teu caminho, forasteiro?
— São muitos os caminhos e muitos os falsos guias — respondi prontamente, sentindo renascer-me as esperanças. — Talvez possa ensinar-me o caminho certo.
— Foi Nicodemos quem te enviou? — perguntou-me bruscamente. — Se assim for, eu sou Lázaro. Que queres de mim?
Falava de uma maneira indistinta, como se tivesse dificuldade em mover a língua. Deixei a estrada e sentei-me ao seu lado, embora não muito perto dele. Agradava-me poder descansar à sombra da figueira e fiz o possível para não examiná-lo muito atentamente, o que seria indelicado, já que é costume entre os judeus olharem para o chão quando conversam com um estranho. Entre eles é considerado descortesia olhar de frente uma pessoa.
Ele deve ter-se perguntado porque não comecei a falar imediatamente, pois, quando já tínhamos ficado ali durante algum tempo em silêncio, sentados lado a lado, eu a abanar-me com a ponta do manto — pois a caminhada me deixara afogueado — falou:
— Por certo deves saber que os príncipes dos sacerdotes estão decididos a me matar também. Como vês, não procurei um esconderijo e continuo vivendo em minha casa na aldeia. Podem vir quando quiserem e matar este meu corpo, se puderem. Não tenho medo deles, nem de ti. Ninguém pode me matar, pois nunca poderei morrer.
Suas tenebrosas palavras e seu olhar embaciado me alarmaram. Pareceu-me sentir o seu sopro gelado. Portanto, exclamei:
— Perdeste o juízo! Como pode um mortal afirmar que nunca há de morrer?
— Talvez eu já não seja um mortal — respondeu ele. — Tenho este corpo, sem dúvida. Posso comer, beber e falar. Mas o mundo que me cerca já não é mais real para mim. A perda de meu corpo não seria realmente uma perda.
Havia algo tão singular em sua pessoa que acreditei em suas palavras.
— Disseram-me — falei — que o homem que foi crucificado como rei dos judeus te fez levantar da sepultura. É verdade?

— Por que perguntas? replicou ele, zombeteiro. — Aqui estou eu como vês. Morri com morrem todos os mortais. Fui colocado no túmulo, envolto em faixas, e lá permaneci durante quatro dias, até que ele veio e ordenou que a laje na entrada da sepultura fosse removida e me chamou: "Lázaro, vem para fora!" Foi simples assim.

Mas ele falava sem alegria. Na verdade, havia escárnio em sua voz. Como eu nada dissesse, continuou:

— Tudo aconteceu por culpa de minhas irmãs e não lhes posso perdoar o fato de terem mandado chamá-lo insistentemente, fazendo-o voltar à Judéia. Se eu não tivesse adoecido e morrido, talvez ele nunca houvesse voltado aqui e caído nas mãos dos seus inimigos. Ele chorou por mim antes de me fazer sair da sepultura.

— Não te entendo — protestei. — Por que, ao invés de te rejubilares, censuras tuas irmãs, sabendo que ele te fez ressuscitar dos mortos e permitiu que retornasses à vida?

Lázaro respondeu:

— Não creio que ninguém que já tenha conhecido a morte possa sentir alegria novamente. Ele não devia ter chorado por mim.

Disse ainda:

— Jesus não podia deixar de ser o filho de Deus — aquele que devia vir — embora eu não me achasse tão convicto disto quanto minhas irmãs. Não posso compreender porque me haveria ele de amar tanto, sem nenhuma razão.

Ficamos sentados em silêncio, de olhar fixo à nossa frente, e eu não sabia que outras perguntas lhe podia fazer; ele me parecia tão estranho, com a sua frieza e a sua melancolia.

— Ele é mais do que um Messias — disse Lázaro com decisão.

— Isto é o que me assusta. É mais do que tudo o que os profetas previram. Creio que já ouviste falar que se levantou da sepultura no terceiro dia, não?

— Sim — respondi. — Eis porque vim procurar-te — para saber mais sobre ele.

— É mais do que natural e perfeitamente compreensível — disse Lázaro. — Que poderes seriam bastantes para mantê-lo na sepultura? Não precisei ver o túmulo vazio, como minhas irmãs. Acreditei sem ir até lá. Mas, forasteiro, o que eu desejo mais ardentemente no mundo, e de todo o coração, é que ele jamais volte a aparecer para mim nesta vida. Não poderia suportar tornar a vê-lo. Não, não, não nesta vida. Só quando chegar ao seu reino.

— Como é o seu reino? — indaguei vivamente.

Lázaro me olhou com seus frios olhos e respondeu:
— Por que não perguntas como é o reino da morte? Posso dizer-te isto: a morte está presente aqui e em toda a parte, agora e sempre. Isto sei por experiência. Este mundo é o reino da morte. Assim é o teu corpo. Mas, com ele, o seu reino desceu sobre a terra. Por conseguinte, seu reino está aqui e em toda parte agora.

Passados alguns momentos ele baixou a cabeça e acrescentou:
— Mas não creias no que eu digo, pois é possível que eu tenha compreendido mal. Tudo é tão confuso.
— Não te deixes deprimir pelo meu abatimento, falou também. O Caminho está certo, disso posso te assegurar. Se continuares a segui-los, não te poderás extrair.

Ele se pôs de pé e sacudiu o pó de sua manta.
— Naturalmente, gostarias de conhecer minhas duas irmãs — falou. — Eu te levarei a elas. Depois, se me permitires, seguirei o meu caminho. É difícil para mim viver na companhia dos outros.

Na verdade, devia sentir-se mais como um morto do que como vivo entre os seus semelhantes. Era-lhe difícil caminhar também, como se não tivesse inteiro controle sobre os seus membros. Ter-me-ia chamado a atenção imediatamente como um tipo esquisito, se o visse pela primeira vez entre outras pessoas, sem saber quem era.

Não me levou até a aldeia pelo caminho mais direto e sim seguiu na minha frente pela colina acima e de lá me mostrou a sepultura de pedra de onde Jesus o tinha chamado. Seu lar era uma bem cuidada granja. Pelo caminho, mostrou-me um par de jumentos pastando, um vinhedo, árvores frutíferas e galinhas ciscando junto à casa. Era como se me quisesse provar, segundo os padrões do campo, que não era um homem inteiramente destituído de importância. Tudo era tão agradável, sereno e puro, que eu achava difícil acreditar que me encontrava caminhando ao lado de um homem que estava convencido de ter ressuscitado dos mortos.

Mas para mim esse ponto não é conclusivo. O que importa é saber se Jesus de Nazaré é realmente filho de Deus e se se levantou de sua sepultura. Se for este o caso, que lhe impediria de fazer ressuscitar Lázaro também, durante o tempo que passou na terra? Assim refleti, e ao fazê-lo fiquei a conjecturar se eu era realmente o mesmo Marcos que estudara em Rodes, levara vida noturna nas quentes ruas de Roma, amara desesperadamente a mulher de outro homem no jardim das rosas em Baia, e em Alexandria se dividira, alternadamente, entre a procura das profecias e as bebedeiras pela noite a dentro, junto com más companhias.

Que se teria apossado de mim e que sortilégio judaico me apanhara em suas redes para que eu ali me achasse a perambular, empoeirado e suarento, naquela aldeia judaica, entre galinhas cacarejantes, buscando provas de ressurreições, de milagres e de um Deus que se deixou nascer sob a forma humana para depois morrer e se levantar de novo, a fim de que o mundo pudesse mudar? Pois se tudo isto aconteceu, o mundo não pode permanecer como é.

Acompanhando Lázaro, fui ter a um cômodo enorme e escuro, em cuja parte inferior se viam jarros, sacos e uma manjedoura, estando a parte superior provida de algumas peças de mobília. Mas havia outros quartos na casa.

Tendo chamado as irmãs, ele me levou até um banco de pedra no pátio e convidou-me a sentar. As irmãs vieram, cobrindo o rosto como era o costume, de olhos postos no chão. Lázaro disse:

— Esta é minha irmã Marta e esta é Maria. Pergunta-lhes o que quiseres.

Em seguida retirou-se e não mais apareceu. Depois de saudar as mulheres, falei:

— Gostaria de ouvir alguma coisa a respeito do mestre que viveu aqui, segundo soube, e até mesmo ressuscitou dos mortos o vosso irmão.

As mulheres se mostravam intimidadas diante de mim, entreolharam-se de soslaio, segurando a ponta dos mantos junto à boca. Por fim, Marta, a mais velha, criou coragem e disse:

— Ele era o filho de Deus. Se desejares, poderei reunir os aldeões, pois se achavam todos lá quando ele mandou afastar a pedra da entrada e chamou por nosso irmão, em alta voz. Nosso irmão saiu do túmulo ainda envolto na mortalha, com o lenço a cobrir-lhe a face, e todo o mundo emudeceu de espanto e tremeu de horror. Mas ele era nosso irmão. Livramo-lo da mortalha e vimos que estava vivo. Mais tarde ele comeu e bebeu à vista de todo o mundo, e o povo o observava, boquiaberto.

— Existe um homem na aldeia — disse Maria — que era cego e recuperou a vista, por seu intermédio. Gostaria de vê-lo, para que acredites?

— Já ouvi dizer que ele curava os cegos e fazia andar os aleijados — repliquei. — Sobre estes fatos já existem tantas testemunhas que não necessito de outras. Gostaria antes de saber alguma coisa sobre o seu reino. Que vos ensinou ele a respeito?

Maria assim me falou:

— Ele sabia de antemão que ia morrer, e de que maneira, embora não compreendêssemos isso na ocasião. Depois que ressuscitou nosso irmão, ele se retirou para o deserto, em busca de solidão, pois era grande a multidão que o rodeava. Mas seis dias antes da festa da páscoa ele voltou para nós. Enquanto comia, ungi-lhe os pés e enxuguei-os com meus cabelos, procurando honrá-lo da melhor maneira ao meu alcance. Ele disse então que eu o ungira para o seu sepultamento, tão certo se achava de sua morte. Mas porque tinha tudo que acontecer dessa maneira e porque havia ele de morrer de uma morte tão horrível, são coisas que nem eu nem minha irmã podemos compreender.

— Como poderíamos compreender — interveio Marta — sendo simples mulheres? Dizem que tudo aconteceu para que se cumprisse o que estava escrito. Meu raciocínio de mulher não me explica qual o bem advindo do cumprimento das escrituras, já que ele era quem era e disso deu provas suficientes com suas obras. Suponho, todavia, que as profecias tinham que ser cumpridas dessa maneira cruel para que os mais argutos pudessem acreditar mais prontamente. Pois aos homens é que foi dado o uso da razão, as mulheres não o possuem.

— Mas que disse ele de si mesmo e do seu reino? — inquiri impacientemente.

Marta interveio:

— Dize-lhe tu, Maria, que lhe ouviste as palavras. Sei apenas como fermentar o pão e assar a carne, colher as uvas e cuidar das figueiras. Meus conhecimentos são poucos. Não necessito de palavras para me persuadir de que ele era mais do que um simples homem.

Maria hesitou sobre o que iria dizer, em seguida começou:

— Nenhum homem até hoje falou como ele. Suas palavras eram as de alguém dotado de grande poder. Disse que viera ao mundo como uma luz para que ninguém que nele acreditasse permanecesse nas trevas.

— Que luz e que trevas? — perguntei.

Maria sacudiu a cabeça e respondeu:

— Ah, na verdade como poderias compreender se, nunca o ouviste pregar? Ele disse isto: "Aquele que me vê, vê também o que me enviou". Disse também: "Eu sou o Caminho, a Verdade e a Vida".

Julguei por fim compreender e falei:

— Quando busco o Caminho, então, estarei buscando a ele.

Maria concordou vivamente com um aceno de cabeça e, voltando o rosto para mim, ajoelhou-se impulsivamente a meus pés, desaparecida toda a timidez. Procurando tornar as coisas mais claras para mim, ela perguntou:

— Que julgas ser mais difícil: dizer a alguém: "Teus pecados estão perdoados", ou fazer levantar nosso irmão Lázaro de seu túmulo, onde jazera morto por quatro dias e quatro noites?

Refleti sobre a pergunta e respondi:

— Todas as duas coisas são difíceis e, pela lógica humana, impossíveis. Como pode alguém perdoar a outro seus pecados? Ultimamente, todas as filosofias buscam ensinar o homem a viver com decência, a procurar não prejudicar seus semelhantes e a consolidar seu autodomínio diante da morte. Mas o homem não pode deixar de praticar más ações. Só mais tarde tem consciência do que realmente fez, quando então promete a si mesmo agir com mais sabedoria da próxima vez. Nisto ninguém pode ajudá-lo. Cada um deve responder por seus próprios atos.

Contudo, no momento mesmo em que falava, sentia eu a inutilidade de todas as filosofias, pois estas não se mostravam mais capazes de me livrar da tristeza do que os mistérios órficos ou egípcios. De vez em quando, sem causa aparente, vejo-me assaltado pela tristeza, como se fosse uma doença, e a vida para mim perde toda a sua alegria. Nessas ocasiões, o vinho não me traz nenhum alívio, nem os prazeres do corpo. Foi essa angústia que me levou a buscar entre as profecias alguma significação para a minha vida. E foi essa angústia que me tirou de Alexandria e me fez palmilhar as estradas da Judéia.

Maria sorriu com incredulidade e falou:

— Se não sabes o que é o pecado, não tens necessidade do Caminho e hás de permanecer para sempre nas trevas. Nenhum homem é sem pecado, nem mesmo os fariseus.

Marta interpôs irritadamente:

— Eles, mais do que ninguém, são vis. Fazem-se caiar como se fossem sepulcros, mas ninguém sabe o que trazem no íntimo. És um homem, singular forasteiro, se nem mesmo sabes o que é o pecado.

— Vós, os judeus, tendes a vossa lei — respondi defensivamente. — Desde a infância deveis aprender vossos mandamentos e sabeis quando os infringis.

— Ele não veio para nos condenar — explicou Maria, como se falasse a alguém de raciocínio lento. — Pelo contrário, veio para nos livrar do jugo da lei, mostrando que ninguém pode viver sem pecado. Se um homem nada mais faz que dirigir uma palavra rude ao seu irmão, merece ser condenado. Mas ele não condenou ninguém. Pelo contrário. Aos que mais pecaram ele

pôde dizer: "Teus pecados estão perdoados". Sim, tens razão. Aí está uma coisa que nenhum homem pode dizer ao outro. Mas ele disse. Isto não prova que era mais do que um simples homem? Eu desejava sinceramente compreender, mas não podia.
— Eu próprio o vi sofrer e morrer na cruz — falei. — Ele morreu como morrem os homens. Suor e pó escorreram dele em sua agonia, sangue e água fluíram de seu peito quando um legionário enterrou uma lança em seu coração. Ele não desceu da cruz. Nenhum anjo veio castigar seus algozes.
Maria cobria o rosto com as mãos e chorou. Marta olhou-me reprovadoramente. Era cruel de minha parte trazer-lhes à lembrança tão vividamente os sofrimentos de seu mestre. Mas eu buscava esclarecimentos.

Por fim, Maria sussurou:
— Ele veio ao mundo como homem, e como tal viveu entre nós. Contudo, fez coisas que nenhum homem pode fazer. Perdoou os pecados dos que nele acreditavam. Até mesmo se levantou de entre os mortos para que não mais nos lastimássemos por sua causa. Mas tudo constitui um enigma que ainda não pudemos resolver.

— Procuras fazer-me acreditar que ele era ao mesmo tempo homem e Deus — falei. — Mas isto é impossível. Eu poderia conceber um Deus que estivesse em toda a parte e em tudo o que acontecesse, e que também fosse parte de cada um de nós. Mas Deus é Deus, e um homem é um homem.

— Tentas em vão me confundir — retorquiu Maria. — Sei o que sei, e percebo o que percebo. Tu também sentes alguma coisa, embora não saibas o que seja. Que outra razão te teria feito nos procurar e perguntar-nos o caminho? Como poderás compreender, se também nós não compreendemos? Apenas acreditamos, pois é o que nos cumpre fazer.

— Acreditais porque o amastes — retruquei com amargura.
— Ele era indubitavelmente um homem fora do comum e um grande mestre. Mas torna-se para mim difícil amá-lo só de ouvir falar nele.

— Há boa vontade em ti — respondeu Maria — do contrário eu não estaria aqui a ouvir-te nem a te responder. Por conseguinte, tentarei dar-te maiores esclarecimentos. Foi-nos permitido aprender o texto da lei: Ama a Deus de todo o coração e ao teu próximo mais do que a ti mesmo. Na pessoa dele amamos a Deus, que o enviou.

Pareceu a mim surpreendente a idéia de que se pudesse ou devesse amar a Deus. Admiração, temor reverência, tudo isto eu podia admitir. Mas não amor. Balancei a cabeça. Era uma doutrina que se achava acima de minha compreensão. Além do mais parecia-me tolice amar ao próximo como a nós mesmos, uma vez que existe gente boa e gente perversa. Assim, perguntei capciosamente:

— Quem é o meu próximo?

— Ele ensinou que todo mundo é nosso próximo — explicou Maria — até mesmo os samaritanos, a quem nós os filhos de Israel consideramos impuros. O Sol ilumina igualmente os bons e os maus. O mal não deve ser pago com o mal. A alguém que te bater numa face, oferece a outra.

Ergui a mão em protesto e exclamei:

— Basta! Nunca ouvi ensinamentos mais loucos, e vejo que nenhum ser humano seria capaz de segui-los. Mas tu, bela mulher, tu ensinas melhor do que aquele mestre de Israel, Nicodemos.

Maria baixou os olhos e deixou cair as mãos. Falou brandamente:

— Mesmo na cruz ele chamou por seu pai, implorando-lhe que perdoasse os que o torturavam. Assim dizem os que lá estiveram e viram.

Após alguns instantes disse humildemente:

— Não me chames de bela. Isso apenas me entristece.

Marta protestou:

— É evidente que minha irmã é bonita. Ela tem tido muitos pretendentes. Todavia, desde a morte de nossos pais, temos vivido juntos, sob a proteção de nosso irmão. Foi por isto que ele se apiedou de nós e nos devolveu a vida de Lázaro. Não fosse isto, não teríamos sabido o que fazer. A princípio receamos que os escribas viessem da cidade e apedrejassem nosso irmão. Foi o que ameaçaram a fazer. Mas agora é pouco provável que venham. Todavia, embora me esforce não posso deixar de sentir ansiedade. Ele me proibiu isto, mas não posso evitá-lo. Repugna-me até mesmo lembrar-me do que sofri quando Jesus insistiu em ir para Jerusalém e permitiu que o matassem.

Eu prestava pouca atenção ao que ela me dizia, pois me achava perturbado pelos ensinamentos irracionais que Maria me tinha revelado e que, na verdade, não pertenciam a este mundo. O que eu ouvira era mais do que podia assimilar. Faria melhor se desprezasse uma tal doutrina e me afastasse de um caminho tão desarrazoado. Revoltava-me a simples idéia de ter que considerar como meu próximo o primeiro imbecil ou criminoso que encon-

115

trasse pela frente, ou me deixar insultar e atacar sem que pudesse levantar um dedo em minha defesa.

Maria, porém, falou:

— Não nos deixemos perturbar. E tu, forasteiro, não te deixes perturbar também. Esperemos pelo que está para vir. Ele disse que até os fios de cabelo de nossa cabeça estão contados e que nem mesmo a queda de um pardal no chão passa desapercebida aos olhos de seu pai. Por que então havíamos de nos afligir?

Suas palavras me impressionaram. Da mesma forma como agira antes, quando em dúvida e ainda assim desejando acreditar, eu obedecera a avisos e presságios, de tal maneira que agora me via tomado pela íntima convicção de que não me devia mostrar tão rebelde, tão desejoso de alcançar de chofre a verdade. Talvez, com o tempo, as coisas venham a tornar-se claras para mim, se eu me contentar em seguir o caminho pelo qual estou sendo levado.

Por conseguinte, ergui-me, dizendo:

— Já vos tirei de vossas ocupações por um tempo demasiado longo. Mas agradeço a ambas por me terdes ouvido de boa vontade e dado respostas às minhas perguntas. A paz seja convosco.

Marta se levantou apressadamente, juntando as mãos, e exclamou:

— Não vás ainda! Como poderia eu deixar-te partir sem que tenhas mitigado a fome e a sede?

Sem dar ouvidos aos meus protestos, ela entrou para preparar-me alguma coisa que comer. Enquanto esperava, permaneci sentado no banco de pedra, mergulhado em reflexões, com Maria sentada no chão perto de mim. Nenhum de nós falou. No entanto, nosso silêncio não era embaraçoso, como o silêncio dos que nada têm para dizer. Pelo contrário, Maria tinha dito tudo o que me era possível receber. Uma parte eu compreendi e o resto talvez se torne claro para mim um dia; nada, porém, ganharíamos naquele momento, continuando a falar. Assim, era-lhe bastante ficar sentada ao meu lado, e de sua presença se irradiava uma onda de serenidade que me alegrava o coração.

Marta voltou trazendo pão com azeite e temperado com sementes amargas, legumes picados com ovos, um pedaço de carneiro salgado e um espesso xarope de uvas. Após colocar tudo ao meu lado no banco, despejou água sobre minhas mãos e abençoou a comida. Mas nem ela nem sua irmã tocaram nos alimentos, nem Lázaro veio comer em minha companhia. Apesar de toda a sua bondade, senti-me como um proscrito.

Minha caminhada até Betânia não fora longa. Contudo, a vista da saborosa comida aguçou-me o apetite e eu comi avidamente, enquanto Marta se sentava ao meu lado e insistia para que eu provasse de tudo e não deixasse nada nos pratos. Fiquei a conjecturar se jogariam fora tudo o que sobrasse, já que tinha sido tocado por um estrangeiro, e por polidez continuei comendo mesmo depois que já me satisfizera. Por fim, bebi da água que Marta tinha temperado com vinho e me senti invadido por uma grande sonolência.

Era meio-dia quando terminei. Marta falou então, gentilmente:

— Não deves pensar em voltar para a cidade agora, com o calor do dia. Fica e descansa um pouco, para que possamos cumprir todos os requisitos da hospitalidade.

Minha exaustão era imensa, e eu não sabia qual o maior, se o cansaço físico ou o mental. Quando tentei erguer-me e caminhar, minhas pernas se mostraram tão enfraquecidas e a bondade daquelas mulheres tão repousante que não tive desejo de partir. O simples fato de pensar nisso me causava dor. Por um momento imaginei que Marta tivesse misturado algum narcótico no vinho, mas por que iria ela fazer isto? E não havia na bebida nenhum sabor amargo.

— Jerusalém não fica longe — falei — mas se de fato me permitirdes, passarei a tarde aqui para descansar. Agrada-me muito estar aqui convosco.

As duas sorriram misteriosamente, como se soubessem da verdade melhor do que eu. Por um momento aquela íntima convicção emprestou-lhes uma singular aparência, como se não fossem mais simples seres humanos, mas algo diferente. No entanto, não sentia receio delas.

Levaram-me ao pátio interno, coberto por uma ramada. Em meio à entorpecedora sensação de irrealidade que me dominava, notei que a granja era maior do que imaginara. Havia pelo menos quatro prédios, construídos em épocas diferentes, rodeando o pátio. As irmãs indicaram um lance de escada do lado de fora do prédio mais novo, levaram-me até lá e mostraram-me o quarto de hóspedes no telhado. Era um quarto pequeno e fresco, provido de um estrado e de um pequeno tapete. O leito recendia a canela. Disseram:

— Deita e faz a tua sesta. Aquele sobre quem falamos há pouco costumava descansar neste quarto. Mas depois de ter ficado só por algum tempo e repousado, ia para as montanhas rezar. Ia e vinha conforme lhe aprazia. Faze o mesmo.

Havia um jarro de água e uma toalha já preparados no quarto. Ignorando meus protestos, Marta ajoelhou-se diante de mim, tirou fora minhas sandálias e lavou-me os pés poeirentos, enxugando-os com a toalha.
— Por que fazes isto? — indaguei. — Não és minha serva.
Marta olhou-me com o mesmo sorriso misterioso e respondeu:
— Um dia talvez possas fazer a alguém este mesmo serviço, sem que sejas seu servo. Vês, aos meus olhos tu pareces magoado, triste e cheio de angústia, embora externamente teu corpo esteja perfeito e são e tua cabeça repleta de variado saber.
. Suas palavras me atingiram profundamente, pois agora, mais do que nunca, tudo o que eu sei me punge como uma ferida aberta no meu coração; todas as minhas perguntas giram ceticamente, e sem cessar, em volta da realidade, e, embora seja imensa a minha vontade de acreditar, não consigo levar-me a isso.
— Ele fez a seus discípulos esse mesmo serviço, naquela última noite — Maria falou — enquanto altercavam mesquinhamente uns com os outros sobre qual seria o primeiro no seu reino.
Silenciosamente, as duas se retiraram, e tão logo partiram mergulhei num profundo sono, no leito recendente a canela daquele seu agradável quarto. Acordei com uma forte impressão de não me achar mais sozinho, de que alguém estava perto de mim esperando que eu acordasse. A sensação era tão nítida que fiquei de olhos fechados, tentando perceber a respiração ou os movimentos do estranho. Mas quando abri os olhos, vi que o quarto estava vazio e eu me achava só. A enormidade do meu desapontamento fez com que as paredes e o teto girassem diante de mim; pareciam-me tão frágeis que as julguei a ponto de desmoronar. De novo fechei os olhos e mais uma vez senti a mesma presença junto de mim, a sensação de não me achar sozinho no quarto. Julguei tratar-se de algo parecido com o que sentira dentro de sua tumba. Fui invadido por uma sensação de paz.
Pensei: foi na sua pessoa que o seu reino veio à terra. Agora que ele deixou a sepultura, seu reino também permanecerá na terra enquanto ele aqui estiver. Talvez seja a presença do seu reino o que eu esteja sentindo.
Adormeci novamente, mas quando despertei pela segunda vez, senti todo o peso e a inércia do meu corpo sobre o leito. Chegou-me às narinas o acre cheiro do meu próprio suor e percebi a solidez das paredes de barro que me rodeavam. Meu despertar foi pesado como o chumbo, e eu continuava sem vontade de abrir os olhos, tão horrível me parecia ter que despertar para a realidade das coisas terrenas.

Quando por fim me senti bastante forte para olhar à minha volta e desprender do venturoso mundo dos sonhos, percebi que desta vez não me achava sozinho. Uma mulher estava acocorada sobre o tapete, imóvel, esperando que eu acordasse. Achava-se enrolada num manto negro e tinha a cabeça coberta por um véu, de forma que a princípio fiquei na dúvida se se tratava mesmo de uma pessoa. Eu não percebera a presença de ninguém, nem ouvira seus passos ao entrar. Sentei-me na beira do leito sentindo todo o peso da terra em meus ombros.
Quando a mulher me viu mexer, endireitou o corpo e descobriu o rosto. Era muito pálida e não era mais jovem. Os embates de toda uma vida tinham-lhe desgastado a antiga beleza, e contudo uma chama ardia em seu rosto. Quando viu que eu estava completamente desperto, fez-me sinal com uma mão de sob o manto para que eu permanecesse quieto e começou a cantar, com uma voz gutural, na linguagem sagrada dos judeus. Depois de ter cantado e falado, alternadamente, por longo tempo, traduziu para o grego o que dissera.
— Toda carne é como a relva — começou — e toda a sua beleza é como as flores do campo. A relva seca, a flor murcha, porque o espírito do Senhor sopra sobre elas. A relva seca, a flor murcha, mas a palavra do nosso Deus permanecerá para sempre.
Em seguida falou:
— Na verdade, nosso Deus é um Deus oculto.
Olhou-me, e nas profundezas dos seus negros olhos uma chispa faiscou. Fiz um aceno para mostrar que tinha entendido e no entanto suas palavras nada significavam para mim. Ela continuou:
— Ele disse: "É pouca coisa para ti seres meu servo, levantares as tribos de Jacó e trazeres de volta os filhos dispersos de Israel. Também farei de ti que sejas uma luz para os povos heréticos, a fim de que a minha salvação chegue a todos os cantos da terra".
Voltou à linguagem sagrada da sua melopéia interrompida, embora hesitasse de quando em quando, como se não pudesse lembrar-se de todas as palavras. Em seguida explicou novamente, em grego:
— Isto foi o que o profeta Isaías previu sobre ele, e os tranqüilos na terra guardaram na memória as palavras: que ele era o mais desprezado, mais cheio de dores e de desgosto, tão desprezado que o povo ocultava nele o seu rosto. Chamou a si as nossas dores e lançou sobre os próprios ombros nossas tristezas. Foi ferido pelas nossas transgressões, punido para que pudéssemos ter paz. Todos nós nos extraviamos, como ovelhas, cada qual à sua

maneira. Mas o Senhor chamou a si toda a nossa culpa. Quando foi torturado, submeteu-se, e não abriu a boca.
Ela balançou a cabeça. As lágrimas começaram a rolar-lhe pelas faces, mas ela continuou ainda, numa voz que tremia:
— Ele entregou sua alma na morte e foi chamado malfeitor, carregou o peso dos pecados de muitos e orou pelos transgressores. Tive uma vaga idéia de ter lido algo parecido com aquilo em Alexandria, no último inverno, em companhia de professores judeus, mas naquela ocasião as palavras nada representavam para mim. A mulher continuava acocorada no chão, chorando e ocultando a face no seu manto negro, para que eu não visse a sua dor.
— Sim, sim — falei — compreendo o que dizes. Assim foi previsto e assim aconteceu. Mas qual é a sua significação?
A mulher balançou a cabeça e respondeu por trás do manto:
— Ainda não sabemos; não podemos compreender. Mas já não há mais muitos caminhos, nem um caminho para cada pessoa. Agora só existe um.
Quando ela velou o rosto, fiquei a lembrar-me daquela face e disse por fim:
— Que pertence à tua paz, mulher? Parece-me que te reconheço.
Depois de ter enxugado os olhos com o manto, ela descobriu de novo a face, tentou sorrir e respondeu:
— E eu te reconheço. Eis porque estou aqui. Quando ele estava sendo torturado na cruz, esbofeteaste um escriba e empurraste para longe os que o injuriavam.
Não pude deixar de rir.
— Não, não — retorquiu delicadamente. — Não bati em ninguém. Estás enganada. Havia de fato um escriba a quem fiz uma pergunta, mas ele era insolente, por isto apelei para o centurião e ele dispersou os escarnecedores.
Mas a mulher balançou a cabeça com veemência e declarou:
— Eu te vi bater no homem que zombava, porque ficaste irado com ele, embora fosses um estrangeiro, sem nada a ver com o assunto.
Não vi razão para discutir com ela. Além do mais, escurecera tanto antes da morte do rei que era bem possível que ela se tivesse enganado. Após uns instantes, falei:
— Estou certo de que te vi lá com a sua mãe.
— Sim — respondeu. — Eu sou Maria de Magdala. Já ouviste falar de mim. Ele expulsou de meu corpo os maus espíritos e desde então o segui. Permitia que eu o seguisse, embora o povo o insultasse por causa disto.

Repentinamente, ela levantou a cabeça e me olhou, como se até então tivesse mantido um rígido controle sobre si mesma, e pediu:

— Diz-me! Ouvi falar que te dirigiste ao túmulo por ordem do Governador e que foste o primeiro romano a verificar que ele tinha ressuscitado. Fala-me a esse respeito, dá o testemunho do que viste. Ninguém me crê porque sou apenas uma mulher.

Pesei cuidadosamente as palavras, não desejando mentir nem levá-la a falsas interpretações.

— O terremoto deslocara a laje da entrada do sepulcro e os guardas tinham fugido. Entrei no túmulo com o centurião. Vimos a mortalha no chão, dobrada, e o sudário a pouca distância dela, mas o corpo não se achava ali. Ao ver isto, acreditei. Mas vieram os judeus, então, e na sua cólera despedaçaram o linho. Ainda assim, acredito que ele tenha ressuscitado. Como foi possível isto, não posso compreender; nunca houve antes, fato semelhante.

Ela ouvia reverentemente. Desejava mostrar-me imparcial, por isto acrescentei:

— Naturalmente, já houve e ainda há muitos mistérios em diversos países, onde se costuma sepultar um deus para que se levante mais tarde dos mortos. Entretanto, não se trata de um fato real — apenas uma farsa piedosa. Tu estiveste na tumba antes de nós. Conta-me o que viste. Observaste o sudário?

Maria de Magdala balançou a cabeça e explicou:

— Ainda estava escuro quando entrei no sepulcro. Vi que a pedra tinha sido afastada e julguei que alguém o tivesse levado embora. Mas não ousei entrar no túmulo e mesmo que o tivesse feito nada teria visto, em virtude da escuridão. Assim, corri para onde se achavam escondidos os seus discípulos mais chegados e trouxe comigo Simão Pedro, que é um sujeito enorme e vigoroso, e o jovem João, a quem ele confiara sua mãe. Eles correram para o túmulo como se para salvar a própria vida, entraram nele e o encontraram vazio. Entretanto, logo depois saíram rapidamente, com receio dos judeus. Eu me deixei ficar para trás e chorei junto ao sepulcro. Um pouco mais tarde aproximei-me e olhei para dentro. Havia um anjo lá, parecia envolto em luz, com uma face incandescente. Eu me assustei e comecei a tremer, e ia-me afastando quando ele falou comigo. Mas ao fazer isto eu o vi em pessoa, embora a princípio não o tivesse reconhecido.

Seu relato diferia do que tinham dito os guardas. Ela me olhou a desculpar-se, parecendo perceber que eu duvidava dela, e explicou:

121

— Não é de se admirar que eu não o tenha reconhecido logo, pois nunca me passou pela cabeça que podia ser ele. Nem os seus próprios discípulos o reconheceram imediatamente, na ocasião em que atravessou o mar da Galiléia e caminhou por sobre as águas até o seu bote. Tomei-o por um estranho que tivesse levado embora o corpo. Censurei-o por isto e supliquei-lhe ardentemente que o trouxesse de volta. Ele me chamou então pelo nome e vi que era ele. Deu-me uma mensagem para os seus discípulos, e eu me senti tomada de um tal arrebatamento e felicidade que não percebia a terra sob os meus pés enquanto corria. Mas nem um só deles acreditou em mim.

Eu também não acreditava realmente nela. Achava simplesmente que era desse tipo de mulher que se deixa arrebatar facilmente e que confundia a ordem em que se deram os eventos, ao relatá-los. Mas retornei ao ponto principal e perguntei outra vez:

— Viste a posição em que estava o sudário?

Ela me olhou surpreendida e sacudiu a cabeça.

— Como poderia ter notado uma coisa dessas? Estava ofuscada pelo anjo e tive que virar o rosto. E me achava aterrorizada. Os discípulos não me acreditaram, embora o mesmo não sucedesse às mulheres. Eles ainda temem por suas vidas e não conseguem pensar em outra coisa.

Foi-se tornando excitada, como acontece com as mulheres, e continuou vivamente:

— Como dizes, deve ter sido o terremoto que afastou a laje do túmulo, embora muitos se achem convencidos de que tenha sido obra do anjo. Dizem também que esse mesmo terremoto fez desabar os degraus do santuário no templo. Dois dos seus discípulos não chegaram a reconhecê-lo quando ele caminhou ao seu lado, naquele mesmo dia, na estrada de Emaús. Não chegaram a reconhecê-lo, embora ele lhes tivesse interpretado as escrituras, ponto por ponto, e lhes dissesse porque tudo teve que suceder como sucedeu. Não foi senão quando alcançaram a aldeia ao anoitecer e o convidaram para entrar, e ele pegou de um pão e deu um pedaço a cada um — só então o reconheceram. Mas nesse instante ele se desvaneceu diante de seus olhos.

— Acreditas, então — falei, e minha língua parecia presa — que ele ainda se acha aqui, indo e vindo à sua vontade e falando com quem lhe apraz? E que alguns o reconhecem, e outros não?

— Exatamente isto — replicou Maria de Magdala cheia de convicção. — É nisto que acredito, e é por isto que estou à espera. Talvez nossos corações ainda não se tenham inflamado como deviam, talvez nossa compreensão seja demasiadamente lerda. Por

conseguinte, ele nos faz esperar até que estejamos bastante amadurecidos para compreender o significado de tudo.
— Dizes que ele caminhou sobre a água? — perguntei, para lembrar a mim próprio como tudo aquilo era irracional e inconcebível.
Maria de Magdala olhou-me confiantemente e declarou:
— Ele realizou tantos milagres que até mesmo as pedras acreditariam. Contudo, não sabemos ainda o que pensar dele. É certo que está escrito que o seu mensageiro é surdo e o seu servo, cego, e talvez se dê que venhamos a realizar os seus propósitos sem que disto nos apercebamos.
— Mas por que confias num estrangeiro como eu? És uma mulher culta, falas bem o grego e conheces os profetas de cor na sagrada linguagem dos judeus. Ouvi dizer também que és uma mulher de recursos. Fala-me sobre a tua pessoa, para que eu te possa compreender.
Ela respondeu orgulhosamente:
— Não me intimida a presença de estrangeiros. Em minha casa costumava receber gregos, sírios e romanos — até mesmo membros da corte. Se ele de fato é quem é, como na verdade sei e acredito que seja, sua mensagem não se dirige apenas a Israel, mas representa uma luz para o mundo inteiro, como está escrito. Por esta razão também as pessoas zombam de mim. Quando os demônios me atacaram, experimentei muita coisa que esses homens simples não poderiam compreender. Um feiticeiro pode lançar um sortilégio sobre o corpo de uma pessoa endemoninhada, de forma que ele viva numa bacia cheia dágua e grite quando o feiticeiro espeta um alfinete na água em outro quarto. Mas *ele* jamais quis explorar-me como fizeram os outros. Desejava apenas livrar-me dos maus espíritos quando percebeu que eu, do fundo do meu coração, queria libertar-me deles. Minha face está limpa do passado como uma pedra da qual a chuva lavou toda a terra. Não me perguntes sobre o meu passado. Fala simplesmente comigo como sou agora.
— Como quiseres — falei. — Mas não respondeste a minha pergunta. Por que confias em *mim*?
Seu rosto se inflamou mais uma vez e ela exclamou:
— Porque tomaste o seu partido contra os injuriadores na crucificação! Porque respeitaste o seu sofrimento sem que nada soubesses dele senão o que estava escrito, como um escárnio, sobre a cruz! Tu o defendeste, quando o seu próprio povo se atemorizou e fugiu. Não ficou lá ninguém a não ser nós, as mulheres, e o jovem João, que nada tinha a temer visto que seus parentes

são amigos do sumo sacerdote. Mesmo os agitadores reuniram coragem bastante para protestar junto aos romanos em nome de seus camaradas, que também iam morrer. Mas nem uma só voz se levantou em sua defesa.

Percebi então que ela transformara o seu ressentimento contra os discípulos em amizade a mim. Após refletir um pouco, respondi prudentemente:

— Se te entendi corretamente, acreditas saber mais sobre ele do que os seus próprios discípulos, porque passaste por muitos dissabores em tua vida. Mas eles não confiam em ti porque és uma mulher e, por conseguinte, facilmente influenciável, e não crêem em tuas visões. Assim, queres o meu testemunho.

Maria Madalena me interrompeu, exclamando:

— Não entendes ainda assim, homem de lerdo raciocínio! Até as mulheres podiam ir até ele. Foi bom para Maria, irmã de Lázaro, e para Marta também. Quando comeu à mesa dos fariseus, permitiu que uma pecadora se ajoelhasse junto a ele e lhe lavasse os pés com suas lágrimas e os secasse com seus cabelos. Isto fê-lo perder sua reputação junto aos fariseus; acham-se prontos a pensar dele todo o mal possível. Ainda vais ouvir mais, porém. Certa vez teve pena até de uma mulher samaritana, junto ao poço. E outra mulher, que cometera adultério, foi salva por ele das mãos dos escribas quando iam invocar a lei e apredrejá-la. Acredita-me, forasteiro, ele compreendia as mulheres mais do que ninguém. Por isto creio que nós as mulheres sempre o compreendemos e havemos de compreender melhor do que os seus covardes discípulos.

Sua voz fraquejou, ela ofegava de cólera. Passado um momento, continuou:

— Oh! por algum tempo eles foram grandes e poderosos, e curaram os enfermos valendo-se do poder que ele lhes dera! Mas quando chegou o dia de partir para aquela última jornada a Jerusalém, como ele desejava, cada um deles arranjou uma desculpa, embora se tivessem mostrado anteriormente prontos a disputar entre si os tronos do seu reino. Ele falava ao povo por meio de parábolas, mas para eles explicava todas as coisas de maneira bem clara. Não obstante, nem assim o entendiam. Somente Tomé, que tem um espírito mais perspicaz do que todos os outros, teve senso bastante para dizer: "Pois bem, nós também iremos e morreremos com ele". Mas julgas que um só deles tenha morrido, conquanto tivessem conseguido obter duas espadas para defendê-lo? Duas espadas eles obtiveram, embora seja proibido adquirir armas secretamente em Jerusalém. Defenderam-no, porém? Isto é o que pergunto.

Falava com veemência, a respiração opressa, mas acalmou-se de novo e, após refletir um pouco, admitiu:

— Mas, naturalmente, ele próprio proibira usá-las, pois dissera: "Aquele que pega da espada morrerá pela espada". Ainda assim, a caminho de Jerusalém, falou: "Aquele que possui um manto deve vendê-lo agora e comprar uma espada". Não compreendo. Talvez quissesse experimentá-los. Ou então fazê-los adquirir confiança em si próprios. Não sei. Seja como for, Simão Pedro cortou a orelha de um dos servos do sumo sacerdote quando vieram prendê-lo à noite. E ele recolocou no lugar a orelha e curou-a, de tal maneira que nada se percebe agora senão uma pequena cicatriz. Os parentes de Malcus contaram essa história, embora o próprio Malcus estivesse proibido de falar sobre ela.

— Mas deixa-me despejar toda a minha ira — ela continuou.

— Deixa-me vituperar aqueles covardes. Ele ficou de vigília sozinho, sabendo de sua sorte, e orou. Dizem que suou sangue em sua terrível angústia. Deles nada exigiu senão que o acompanhassem na vigília. E que fizeram eles? Dormiram como uma pedra, no jardim! Não, não posso compreender — não posso perdoá-los! Eram estes os homens que iam pôr fogo no templo? Ora, sua pusilanimidade os impediu até mesmo de matarem o traidor: teve que enforcar-se com suas próprias mãos. Não compreendo. Não sei o que ele viu neles e porque os escolheu entre tantos outros, para que o seguissem.

Tão estupendamente feminina se mostrava ela com suas censuras impertinentes, que tive vontade de rir e acariciar-lhe o rosto, para ajudá-la a aliviar o seu desespero com algumas lágrimas. Mas não ousei rir, nem tive coragem de tocá-la. Disse simplesmente uma vez, da maneira mais discreta que pude:

— Se assim foi — se eles realmente se achavam temerosos e não sabiam o que pensar dele, embora ele os tivesse ensinado — então não admira que eu, um estrangeiro, me tenha sentido tão desnorteado. Mas não creio que nenhum deles tivesse sido escolhido para morrer. Pelo menos, não agora, não enquanto seus ensinamentos não se tenham tornado mais compreensíveis para eles. Mesmo a mais aguda inteligência humana não conseguiria alcançar de uma vez o significado de preceitos tão singulares. Esses homens estão presos a todos os preconceitos judaicos, nos quais foram educados desde a infância. Por conseguinte, acho melhor não apelares para mim em busca de provas, e nem mesmo mencionares o meu nome em sua presença. Eles apenas me desprezariam, por

ser romano, assim como tu, sem nenhuma dúvida, perdeste tua reputação ao confraternizar com estrangeiros.
Ela abanou a cabeça com veemência. Eu, porém, erguendo a mão para acalmá-la, apressei-me a explicar:
— Não, pelo contrário, eu como romano, certamente te compreendo melhor, Maria, do que qualquer judeu. Em Roma as mulheres são livres e em pé de igualdade com os homens — sim e até mesmo superiores aos homens, já que a mulher é sempre mais perspicaz e, em muitos aspectos, mais impiedosas do que o homem, e seu raciocínio não se acha apoiado em nenhuma base lógica. Assim, sejamos amigos, tu, Maria de Magdala, e eu, Marcos Manilianus de Roma. Eu te respeito como mulher, e muito mais ainda porque ele permitiu que o acompanhasses. Posso assegurar-te que nada me resta fazer senão acreditar que ele tenha ressuscitado, a julgar pelo que eu próprio testemunhei. E com a tua sensibilidade de mulher hás de ter compreendido mais a respeito dele do que os seus discípulos.
— Não obstante — prossegui muito cautelosamente — gostaria de conhecê-los um dia, pelo menos a alguns deles, para ver que espécie de gente são.
Maria de Magdala hesitou, em seguida aquiesceu relutantemente:
— Não estou de relações cortadas com eles. É minha obrigação cuidar que tenham o que comer e beber enquanto permanecerem escondidos. São simples pescadores. Em seu temor não sabem para quem apelar e brigam uns com os outros até que eu me veja obrigada a interferir; talvez não compreendas isto, já que falei tão amargamente a seu respeito, ainda há pouco. Mas naturalmente há muito de bom neles, isto tenho que admitir. O que mais desejariam era voltar à Galiléia, mas no momento não conseguem tomar nenhuma decisão. Nas portas da cidade e nas estradas serão facilmente reconhecidos por causa do seu dialeto. E por seus rostos também convém que se diga, pois após terem vivido com ele durante dois ou três anos, já não têm mais o aspecto de simples pescadores. Talvez não compreendas isto, mas se algum dia os conheceres saberás o que quero dizer.
Maria de Magdala defendia agora com calor aqueles homens, e me assegurou:
— Ele deve ter tido suas razões ao escolher justamente uns tipos assim tão simples para seus discípulos. O único deles que deve ter tido alguma instrução é Matheus. Era um funcionário aduaneiro. Mas, quando penso nos homens doutos, sejam escribas ou filósofos, acho difícil acreditar que uma gente assim con-

siga apreender um pouco que seja dos seus ensinamentos. Podes crer, um homem douto talvez devote uma vida inteira ao estudo de uma única palavra sua, assim como um escriba se debruça por anos a fio sobre uma única palavra das escrituras, ou um grego escreve um livro inteiro sobre um nome apenas na *Odisséia*. E na verdade me lembro claramente de ouvi-lo dizer que essas verdades são reveladas aos simples e inocentes, e não aos sábios. Refleti sobre suas palavras. Talvez houvesse alguma verdade nelas. Uma mente já sobrecarregada de erudição e habituada a um determinado sistema de raciocínio, dificilmente poderia aceitar, sem repulsa, uma doutrina tão extraordinariamente diferente e extravagante como a que Maria me explicara. Assim também eu próprio tropeço a cada passo em antigos dogmas, princípios que tive que aprender e aos quais me habituei.

— Foi isto o que ele quis dizer quando explicou a Nicodemos que o homem deve nascer de novo? — indaguei, quase que para mim msemo.

Nicodemos pertence aos tranquilos — disse Maria de Magdala. — Ele é um dos devotos que esperam. É bem intencionado, mas sabe de cor as escrituras, e qualquer coisa nova que lhe apareça ele tem que compará-la com os escritos, para que a possa entender. Ainda que renascesse inúmeras vezes, seria sempre um bebê ainda em cueiros — e cueiros muito apertados!

A idéia do bebê fez Maria sorrir. Quando vi sua face branca e inexpressiva iluminar-se tão repentinamente, e o brilho em seus olhos, percebi que em sua juventude devia ter sido uma mulher extraordinariamente bela. Pois mesmo agora, apenas por causa daquele leve sorriso, eu tinha que admitir a sua grande beleza. Seu rosto trazia-me à idéia, curiosamente, o resplendor da Lua, e me lembrei que ela fizera fortuna como criadora de pombas.

— Não precisas trajar-te de negro — falei sem pensar. -- Tuas cores são o verde e a prata, Maria de Magdala, tua flor é a violeta, tua grinalda, a murta. Tu não me enganas.

— Surpreendida, ela respondeu com zombaria:

— Pretendes passar por um astrólogo? Não me fales sobre as forças terrenas. Mesmo se eu me trajasse de verde e prata outra vez, os deuses da terra já não teriam mais poder sobre mim. Basta-me apenas pronunciar o seu nome — Jesus Cristo, o filho de Deus — para que todo o mal se afaste e os poderes se transformem em sombras inofensivas.

Por suas palavras deduzi que ela tinha tido consciência dos demônios que se apossavam dela e sofrera durante os seus ataques. Lamentei imediatamente os meus gracejos e vi o sorriso se des-

127

vanecer de sua face, deixando-a inexpressiva como antes. Uma chispa de inquietação ainda brilhava nas profundezas dos seus olhos. Contudo, não pude resistir ao desejo de acrescentar:

— Estás bem certa, Maria de Magdala, de que tu também não comparas todas essas novas coisas com os teus antigos conhecimentos, para que as possa entender? Estás bem segura de que fizeste algo mais do que substituir os teus velhos demônios por um novo e mais poderoso?

Ela torceu as mãos e balançou o corpo, para trás e para a frente, como que para dar alívio a alguma dor, mas tentou olhar-me nos olhos e declarou:

— Estou certa, perfeitamente certa, de que ele era a luz, a luz total e absoluta. Ele, o homem; ele, Deus.

Contudo, como que compelida a trair a mórbida suspeita que a consumia, ela persistiu em sua própria defesa e asseverou, mais para se convencer a si mesma do que a mim.

— Não, ele não é nem demônio nem feiticeiro, embora pudesse caminhar sobre as águas. Se ele nada mais fosse do que o mais poderoso dos mágicos, eu não o teria seguido, pois já estou farta de mestres feiticeiros. E ele nunca ordenou que o acompanhasse; apenas deu-me essa permissão. Isso faz uma grande diferença, como podes ver.

Senti-me envergonhado de minhas suspeitas. Contudo vira-me forçado a fazer aquela pergunta, pois desejava chegar o mais perto que me fosse possível da verdade, por meio de interrogatórios entre os homens. Vi que a tinha magoado e pedi-lhe perdão o mais delicadamente que pude. Em seguida fiz o meu pedido de maneira direta:

— Maria de Magdala, leva-me aos seus discípulos, para que eu também me certifique a respeito deles.

— Ainda não estás preparado para isto — respondeu evasivamente. — Nem eles. Estamos todos esperando. Espera também, com paciência.

Mas vendo como era sincero o meu desejo, ela se abrandou um pouco e disse:

— Não creio que sejas um espião romano. Em teu coração não és um traidor. Sei julgar suficientemente o caráter das pessoas para perceber isto. Se fosses, algo de terrível aconteceria contigo — não por nosso intermédio, mas por intermédio daquele que escolheu os seus discípulos e cujo desejo é preservá-los, como tu próprio acreditaste. Sabes onde fica a Porta da Fonte?

— Passei por ela — respondi sorrindo — embora tivesse que dar uma grande volta. Eu queria conhecer a Porta da Fonte.

— Então conheces o homem que transporta água — falou ela. — Que assim seja. Um dia talvez, quando fores quieto e humilde no coração, ele aparecerá na Porta da Fonte. Mas rogo-te que não te apresses. Tudo acontecerá no seu devido tempo. Se eu não acreditasse nisso, não poderia viver. Perguntei-lhe se voltaria comigo para Jerusalém, mas Maria de Magdala preferiu permanecer sozinha por algum tempo no quarto onde Jesus de Nazaré tantas vezes repousara. Disse-me:
— Vai quando desejares, e não fiques para agradecer se não encontrares ninguém lá embaixo. Nós as mulheres sabemos da tua gratidão, sem precisão de palavras. Podes ir e vir à tua vontade. Contudo, suspeito de que não sabes ao certo o que queres. Creio que talvez já te sintas compelido a seguir o único Caminho, embora involuntariamente. A paz seja contigo.
— E contigo seja a paz — respondi; e algo me compeliu a ajuntar: — A paz seja contigo, mulher. Mais do que a bemamada, mais do que a esposa, mais do que a filha, visto que ele permitiu que o acompanhasse.

Minhas palavras a alegraram indubitavelmente, pois permaneceu acocorada no chão e quando me ergui ela estendeu a mão e tocou-me o pé, no momento em que me inclinava para apanhar a sandália. Seu toque estava imbuído de tamanho anseio, de uma busca tão cega do inatingível, que me comoveu e abalou mais do que qualquer coisa que já sentira até então. Dificilmente poderia tê-lo compreendido se em meu sonho recente não tivesse visto o reino descer sobre a terra.

Já não sentia nenhuma tristeza quando desci as escadas e fui ter ao pátio ensombrado. Não havia ninguém à vista e tôdas as casas estavam silenciosas. Assim, segui o meu caminho sem me despedir e quando alcancei o banco de pedra verifiquei, para surpresa minha, que pela contagem romana era já a quinta hora. A sombra da colina se estendera quase até o pátio. Parti com passos decididos em direção da cidade, pelo caminho por onde viera, tão absorto em reflexões que nem olhava à minha volta. Passei novamente pelas oliveiras na encosta da colina, agora iluminadas pelo Sol, embora uma fresca sombra já tivesse descido sobre a estrada. Tornei a passar pelo jardim de ervas e agora, com a aproximação da noite, uma forte fragrância se evolava de suas plantas medicinais.

Fui tirado de minhas reflexões pelo monótono som de umas batidas quando me aproximava do portão. Vi um cego acocorado à beira da estrada, a bater incessantemente com sua bengala sobre uma pedra, para atrair a atenção dos passantes. Suas órbitas se

escancaravam, vazias, e seu magro corpo estava envolto em farrapos que a sujeira tinha endurecido. Quando me ouviu parar, começou a lamuriar-se na estridente voz do mendigo profissional:
— Sou cego, tem piedade de mim!
Lembrei-me da sacola de comida que a mulher do sírio me tinha dado e que eu não utilizara. Depositando-a em suas mãos nodosas, falei apressadamente:
— A paz seja contigo. Toma isto e come, e guarda a sacola. Não preciso dela.
Quando me aproximei dele atingiu-me as narinas o fétido cheiro de sua imundície e preferi não parar para esvaziar a sacola em suas mãos. Mas ele nem mesmo me agradeceu. Ao invés, estendeu a mão cegamente à procura da manta e me rogou vivamente:
— A tarde está caindo, a noite já vem chegando e ninguém veio para tirar-me daqui onde passei o dia inteiro. Tem compaixão, ó misericordioso, e guia-me até à cidade. Lá saberei encontrar o meu caminho, mas fora dos muros eu me perco, tropeço nas pedras e talvez caia numa ravina.

Repugnou-me a simples idéia de tocar naquela horrível criatura, que mal se poderia chamar ainda de humana. Por conseguinte, dei graças à minha boa fortuna, que me dera tempo de recuar e me colocar fora do alcance de suas mãos estendidas. Pus-me a caminho apressadamente, procurando não dar ouvidos às suas lamúrias profissionais, que ele me gritava de longe, enquanto recomeçava a bater com a bengala na pedra, como se quisesse vingar nela o seu desapontamento. Em meu íntimo amaldiçoei-o pela sua ingratidão. Pelo menos eu lhe tinha dado boa comida e uma sacola que valia dinheiro.

Mas quando eu tinha caminhado uns dez passos, pareceu-me encontrar pela frente um muro. Vi-me forçado a parar e olhar à minha volta. As esperanças do mendigo renasceram e ele gemeu:
— Tem misericórdia de um pobre cego, tu que podes ver. Leva-me à cidade, e uma bênção cairá sobre tua cabeça. Quando a noite desce, eu sinto frio, e os cães vêm sorrateiramente lamber-me as feridas.

Perguntei a mim próprio se o cego era eu ou aquela fétida criatura. O fato de lhe ter dado a minha comida nada tinha de particularmente meritório, uma vez que não precisava dela. Mas faria uma ação verdadeiramente boa se me forçasse a tocá-lo, a sentir sua presença e a guiá-lo até as portas da cidade. No entanto, a possibilidade de que isto pudesse acontecer me repugnava tanto que me causava náuseas.

Falei relutantemente:
— Os caminhos são muitos e muitos os falsos guias. Como poderás saber que não te farei extraviar e não te empurrarei numa ravina, para livrar-me de ti?

O cego assustou-se com minhas palavras e ficou imóvel, e a mão que segurava a bengala afrouxou.

— A paz seja contigo, a paz seja contigo — exclamou de novo, entre esperançoso e atemorizado. — Confio em ti. Como poderia eu, que sou cego, fazer outra coisa senão confiar naquele que me guia, uma vez que não posso achar o caminho por mim mesmo?

Suas palavras me atingiram o fundo do coração. Eu tinha estado cego pela minha própria intolerância. Que mais poderia eu desejar senão que alguém me guiasse pelo caminho certo? Lembrei-me daquela misteriosa presença em meu sonho, que se desvanecera quando abri os olhos. Dirigi-me resolutamente para o homem cego, agarrei-lhe o braço ossudo com as duas mãos e ajudei-o a pôr-se de pé. Humildemente, ele me estendeu o cajado, indicando que eu devia segurá-lo por uma ponta e guiá-lo assim, para que não me conspurcasse o contato de sua pessoa. Mas desgostou-me a idéia de levá-lo como quem puxa uma besta pelo cabresto, por conseguinte agarrei-lhe o braço e comecei a guiá-lo ao longo da estrada. Não obstante ele ainda tateava aflito à sua frente, com o cajado, pois a estrada de Cedron em nada se assemelha às planas rodovias romanas.

A caminhada foi lenta, pois ele era tão magro e débil que seus joelhos se dobravam. Manter a mão fechada à volta do seu braço era como segurar entre os dedos um osso descarnado. Perguntei impacientemente:

— Por que te trouxeram para tão longe das portas da cidade, se não sabes cuidar de ti mesmo?

— Ah, estranho, ele se lastimou, estou fraco demais para conseguir um lugar junto ao portão. Mas nos tempos em que era forte, costumava mendigar defronte ao templo.

Lembrava-se disto com evidente orgulho e repetiu que mendigava junto ao templo como se isso constituísse uma grande honra. Maravilhou-me pensar quão rija é a fibra da humanidade, pois que até mesmo a mais miserável das criaturas encontra algo de que se orgulhar.

— Eu garantia um lugar para mim à custa de cajadadas, apesar de ser cego — jactou-se ele. — Mas quando fui ficando mais fraco, chegou a minha vez de receber as pancadas e esfoladuras. Por fim, expulsaram-me aos socos do portão, de forma que não tive outro recurso senão pedir a alguma pessoa caridosa que me

131

guiasse até um ponto à beira da estrada, para ali passar o dia. Há excesso de mendigos na cidade santa, e muitos deles são bastante fortes. — Apalpou a ponta do meu manto e observou: — É um belo tecido o do teu manto, estrangeiro. Teu cheiro é agradável. Deves ser rico. Por que andas a perambular sozinho à noite, fora dos muros da cidade? Por que não vai um servo à tua frente para abrir-te caminho?

Eu não lhe devia nenhum explicação; contudo, falei:
— Tornou-se-me necessário encontrar por mim mesmo o meu caminho. — Então veio-me o desejo de lhe perguntar: — E tu, já ouviste falar do rei dos judeus, Jesus de Nazaré, que foi crucificado? Que achas dele?

O mendigo ficou tão irado que começou a tremer e, brandindo o cajado, exclamou:
— Sim, já ouvi o bastante sobre esse homem. Fizeram bem em crucificá-lo.

Fiquei perplexo.
— Mas ouvi dizer que era um homem bom e misericordioso — disse eu. — Curava os enfermos, e àqueles que labutavam duramente ele desejou a paz.
— Oh! realmente — a paz! — o cego repetia em tom de mofa.
— Queria destruir e derrubar tudo, até mesmo o templo. Um agitador perverso, isto é o que ele era, e um homem mal-intencionado. Ouve. Junto ao poço de Betseda jazia em seu leito um mendigo aleijado e muito conhecido. De vez em quando permitia que alguém o jogasse dentro dágua, a fim de despertar nos outros a necessária piedade. Ninguém jamais se curou naquele poço, de que se tenha memória, apesar das borbulhas que se formam na água de vez em quando. Mas o lugar está situado do lado de fora da Porta das Ovelhas e a sombra das colunatas oferece um bom abrigo aos mendigos. Então, que fez Jesus senão chegar-se a ele e lhe perguntar: "Queres ficar curado?" O aleijado deu uma resposta vaga, dizendo que alguém sempre conseguia entrar na água antes dele, quando ela começava a borbulhar. O Nazareno então mandou que ele se levantasse, pegasse o leito e se fosse embora.
— E ele ficou curado? — indaguei incredulamente.
— É claro que ficou; pegou o leito e se foi — respondeu o cego. — Esse galileu tinha poderes tremendos. Assim o sujeito perdeu um bom ganha-pão, que o vinha sustentando havia mais de trinta e oito anos. Agora, já na velhice, tem que manter-se pelo trabalho de suas mãos, já que não encontra um motivo legal para mendigar.

O cego foi-se tornando cada vez mais amargo.
— E para cúmulo de tudo, isto se deu num sábado. O pobre sujeito se meteu logo em dificuldades porque estava carregando o seu leito e teve que se haver com os sacerdotes. E como se isto não bastasse, Jesus se encontrou com ele outra vez, no templo, e advertiu-o de que não pecasse novamente, sob pena de sofrer terríveis conseqüências. Então, para se defender, o homem acusou Jesus diante dos sacerdotes, atestando que o tinha curado e lhe dado ordem expressa de que carregasse o leito, embora estivessem no sábado. Mas que poderiam fazer os sacerdotes? Ele se achava rodeado de seus seguidores. Blasfemava e proclamava, para quem quisesse ouvir, que tinha poderes para infringir o sábado e trabalhar nesse dia, como seu pai. Sim, sim, ele se dizia igual a Deus. Naturalmente tinha que morrer na cruz.

Mas pelo meu silêncio o cego percebeu que eu não era da mesma opinião, por isso ajuntou:

— Que seria do mundo se o templo fosse derrubado? Onde iriam os aleijados conseguir suas esmolas se não existissem mais ricos pecadores procurando atenuar seus pecados com dádivas aos pobres?

Bateu no chão com o seu cajado e se vangloriou:

— Eu mesmo achei forças para acompanhar a multidão e gritar: "Crucificai-o, crucificai-o!" O romano não se achava certo de que sentença daria, já que não conhece nossas leis, ou talvez porque lhe agradava ver o povo profanar o nosso templo e blasfemar contra Deus. Todos os mendigos que se prezam dependem do templo e dos guardiões da paz. Por esta razão chamaram-nos apressadamente de nossos lugares junto ao templo e aos portões, para que seguíssemos o povo e gritássemos: "Esta é a verdade!" Eu também estava lá, e chamei por Barrabás. Barrabás era um homem inocente, comparado a Jesus; o único mal que fez foi matar um romano.

Falei horrorizado:

— Não te compreendo. Quão profunda deve ser a tua perversidade, para que te vanglories de uma tal coisa! Ele talvez tivesse o poder de curar-te, se acreditasses nele.

O cego voltou para mim suas órbitas vazias, com um sorriso oblíquo que deixava à mostra seus cacos de dentes.

— Quem julgas ser e que pensas saber? Deves ser impuro e corrompido, sendo um estrangeiro — gemeu. — É melhor que me leves pelo cajado para que eu não me veja forçado a tocar-te. O Deus de Israel te transformaria em cinzas com um sopro, se eu te amaldiçoasse. Mas se fazes parte dos seguidores daquele homem chamado Jesus, que os vermes te devorem vivo.

Despejava sobre mim o seu ódio até fazer-me sentir o seu fétido hálito, agarrando-me pelo manto com tal força que eu não conseguia libertar-me.

— És um simplório — escarneceu, apontando para as suas órbitas vazias. — Nem mesmo Deus poderia fazer surgir outros olhos aqui, depois de terem sido arrancados. E nem eu desejaria recuperar a vista, no que me concerne, pois que há no mundo para ser visto por alguém como eu?

Poderia ter-me desvencilhado dele dando-lhe um soco, mas não tive coragem de levantar a mão contra ele.

Acalma-te, homem sem pecado — foi tudo o que eu disse.

— Estamos quase chegando ao portão. Lá me afastarei de ti, para que não mais se corrompa a tua pureza.

— Se ao menos eu fosse mais forte — suspirou ele a me encarar com suas órbitas vazias. — Vou mostrar-te uma coisa, estrangeiro.

— Repentinamente, com um movimento inesperado, ele me atacou por trás, passando o braço à volta do meu pescoço e premindo-me as costas com o seu ossudo joelho. A mão que ficara livre tateava à procura de minha bolsa. Na verdade, se ele fosse mais forte, eu me teria visto em má situação, incapaz até mesmo de gritar por socorro. Entretanto, como era fraco, não encontrei dificuldade em puxar para um lado o seu repulsivo braço e me livrar de suas garras de salteador.

Ele falou, ofegante:

— Este é o aviso que te faço, estrangeiro. Que te sirva de lição. Reflete um pouco antes de atender o pedido de uma pessoa estranha a guiar mendigos por estradas desconhecidas. Se eu fosse mais forte, ter-lhe-ia dominado completamente e chamado companheiros em meu auxílio, com um assobio. Terias perdido a tua bela manta e a tua bolsa. Se eu fosse malvado, teria feito pressão sobre teus olhos com meus dedos, para que não me pudesse reconhecer e testemunhar contra mim. Sim, sim! Se fosses romano, eu de bom grado te teria matado.

— Obrigado pelos teus conselhos — respondi ironicamente. — Como sabes que não sou romano?

— Jamais um romano faria — o mendigo retrucou — o que fizeste, tu que tão pouco sabes das maldades do mundo. De um romano eu teria recebido um pontapé ou uma chibatada no rosto. Nenhuma piedade se pode esperar deles. Tudo o que desejam é construir estradas e aquedutos, e que tudo saia de acordo com os seus pesos e suas medidas.

Tínhamos chegado aos poços junto ao portão. Perguntei:
— Estiveste pessoalmente com esse aleijado de que falaste? Ele de fato se sente ressentido com aquele que o curou?
— Não, não estive com ele — confessou o cego. — Apenas repito o que ouvi. Mas por que curou ele apenas aquele homem, e uns poucos mais? Por que não curou a nós todos? Por que só há um de receber a graça enquanto os outros permanecem para sempre nas trevas? Deves convir que tenho razão para falar mal dele.
— Hás de ter ouvido falar também — observei — que ele, o Rei Jesus, se levantou de sua sepultura no terceiro dia.
O mendigo se sacudiu todo numa gargalhada.
— Conversa de mulher — sibilou. — E tu, um homem adulto, acreditas nisto! — Mas seu riso era mais um soluço que uma zombaria. — Seus discípulos roubaram o corpo da tumba; isto é mais do que claro — acrescentou — a fim de continuarem iludindo o povo até o fim. Deus existe. Isto eu sei. Mas aqui na terra não existe outro poder senão o do dinheiro e o da força dos punhos.
Tateou ferozmente a estrada à sua frente com o seu cajado, esbarrou numa pedra e se inclinou para apanhá-la.
— Aqui está uma pedra — gritou, sacudindo-a aos meus olhos.
— Imaginas que se transformará em pão? Da mesma forma o mundo não se pode tornar diferente. É um mundo de ódio, de assassinatos e de prostituição, um mundo de cobiças e de vinganças. O Deus de Israel é o deus da vingança. Os romanos sofrerão por isso um dia, mas pelo menos não será por obra desse galileu.
Senti meu corpo se tornar estranhamente tenso e meus membros esfriarem.
— Jesus de Nazaré — falei. — Se és ou foste mais do que o rei dos judeus, se estás em teu reino e o teu reino ainda está aqui, transforma em pão esta pedra e eu acreditarei em ti.
Minhas palavras fizeram com que o mendigo colocasse o cajado debaixo do braço e começasse a rolar a pedra nas mãos, para sentir a sua consistência. A pedra cedeu sob os seus dedos. Desconfiado, ele soprou o pó que a cobria, levou-a ao nariz e cheirou-a. Ainda mais cheio de incredulidade, tirou-lhe um pedacinho, levou-o à boca, provou-o, mastigou-o e engoliu-o.
— Isto não é pão e sim queijo — falou, e me invectivou pela minha estupidez.
Eu também achei-me na obrigação de tirar um pedaço da branca parte interna da pedra e prová-lo. Era na verdade um tipo de queijo duro, em forma de bola, feito no campo. Devia

135

ter caído de algum carregamento e se tornado tão coberto de pó que à primeira vista semelhava uma pedra.

O mendigo pôs-se a chupar um pedaço e perguntou, cheio de desconfiança:

— És um mágico? Transformaste esta pedra em queijo, na minha mão, invocando o nome do Nazareno?

— Queijo ou pão, o fato é que se trata de um alimento para o homem — falei. Se ele foi capaz de transformar uma pedra em queijo, na tua mão, quando lhe pedi que o fizesse em seu próprio nome, então deves também acreditar que ele ressuscitou.

Mas no momento mesmo em que dizia isto comecei a ter minhas dúvidas sobre se eu tinha percebido, sem que disto me tivesse dado conta, de que havia algo de desusado na pedra que o cego encontrara por acaso à beira da estrada. O fato em si constituía uma espantosa coincidência, mas muitas já houve mais estranhas do que essa.

O cego mostrou ter espírito mais prático. Enfiou rapidamente o queijo dentro da sacola de comida que eu lhe dera, como se receasse que eu me fosse apoderar dele, em seguida começou a espetar o seu cajado em todas as pedras que havia na estrada, ajoelhando-se para apalpá-las com as mãos. As pedras eram pedras, blocos arredondados como o queijo, e pedras permaneceriam. Após algum tempo ele cessou a sua busca.

Tínhamos chegado a uma estrada que subia suavemente na direção dos muros, junto ao Vale de Cedron. Encontrávamo-nos à sombra da cidade, mas às nossas costas a crista da sombria colina se banhava de rubro à luz do poente. Olhei à minha volta, receoso de fantasmas, e orei em voz alta:

— Jesus Cristo, filho de Deus, tem piedade da minha descrença.

Nesse momento um clarão ofuscante me banhou na sua luz e repentinamente senti que era irreal a minha presença ali. A realidade dentro de mim parecia-me mais visível do que os sólidos muros da cidade à minha frente. Durante um brevíssimo instante, como no meu sono na casa de Lázaro, essa realidade pareceu-me tão palpável, ou melhor, mais palpável ainda do que a realidade daquele chão e daquelas pedras. Mas o cego nada viu e apenas rogou em tom lastimoso:

— Não invoques aquele homem, não grites o seu nome, se ele de fato ressuscitou. Seu sangue caiu sobre a minha cabeça também.

A claridade se desvaneceu tão rapidamente quanto viera. Minha vista ainda estava ofuscada e eu levantei os braços como que para não deixar escapar a doce euforia que sentira. A sombra dos muros desceu sobre mim outra vez, mais telebrosa do que antes, e eu voltei à terra com o corpo pesado. Quando olhei através do vale para a íngreme colina iluminada pelo Sol, minha razão me dizia que algo refulgira ali e lançara sobre mim a sua claridade, assim como alguém que, de posse de um espelho, faz um raio de luz dançar no meio das sombras.

Não obstante ficou dentro de mim a exultante certeza de que ele era real e de que o seu reino existia. Essa convicção íntima era mais forte do que a minha razão, assim foi que desejei sinceramente acreditar. Pensei: por que tenho tanta pressa? Por que desejo que tudo aconteça imediatamente e de maneira completa?

Agarrei alegremente o mendigo pelo braço e lhe disse encorajadoramente:

— Anima-te. Mais alguns passos e alcançaremos o portão.

Mas o cego me opôs resistência, desprendeu-se de mim e queixou-se:

— É íngreme a estrada aqui. Para onde estás me levando? Não tencionas levar-me a um precipício e me atirar nele, para vingar o homem que ajudei a mandar para a cruz?

— Não é muito o que sei sobre ele — respondi — mas não creio que ressuscitou para ser vingado. Não, disto estou certo.

Alcançamos a porta da cidade. Os guardas conheciam o cego e saudaram-no com algumas palavras de troça, perguntando-lhe quanto conseguira amealhar naquele dia. Provavelmente ter-lhe-iam dado uma busca e ficado com uma parte do dinheiro, se eu não estivesse presente. Não me fizeram nenhuma pergunta, já que o meu cabelo untado e o tecido do meu manto sem borlas falavam por mim.

O mendigo sentiu-se tranqüilizado ao ouvir as vozes familiares dos guardas. Tateou pelas paredes da arcada com seu cajado, soltou-se repentinamente de minhas mãos e saiu correndo, pois agora já conhecia o caminho. Junto ao portão havia um pouco de espaço livre e ali alguns mendigos aleijados e inválidos ainda se achavam sentados, com as mãos estendidas, pedindo esmolas em voz monótona. De um modo geral, porém, as atividades diurnas da cidade já chegavam ao fim e vinha até nós o cheiro de comida no fogo, de pão recém-assado, de alho e azeite quente.

137

Quando o cego já se achava a alguma distância de mim, começou a brandir o seu cajado e a gritar para os seus companheiros de infortúnio:
— Israelitas! — bradou. — Este homem que me acompanha guiou-me até aqui e posso testemunhar contra ele. Acha-se possuído pelo demônio. Transformou uma pedra em queijo na minha mão, invocando o nome de Jesus crucificado. Apanhai pedras e apedrejai-o até a morte. Deve ser algum dos discípulos daquele maldito homem e só nos poderá fazer mal.

Abaixou-se e se apoderou de um bocado de esterco fresco, que atirou na direção de onde vinha o som dos meus passos, com tanta precisão que me atingiu e sujou-me o manto. Vendo isto, os outros mendigos se apressaram a agarrá-lo, mantendo-o seguro, enquanto me rogavam perdão em seu nome e o advertiam, dizendo:

— Ficaste louco também? Trata-se de um rico estrangeiro. Como poderia ser um discípulo do Nazareno? Ele não é galileu, isto podemos ver em seu rosto.

Puseram-se a se lastimar em coro, estendendo-me as mãos e exibindo-me suas enfermidades. Distribuí entre eles um punhado de moedas, depois tirei fora o meu manto sujo, coloquei-o à volta dos ombros do cego e disse, a rir:

— Aqui está o manto que apalpaste tão cobiçosamente. Usa-o para te agasalhar nalguma noite em que tiveres de permanecer à beira da estrada, a tiritar, por não teres encontrado quem te leve em casa.

O cego sacudiu o punho fechado na direção dos outros, bradando:

— Agora acreditais que ele se acha possuído? Ora, se eu lhe bater numa face juro que me oferecerá a outra. É bastante louco para fazer isto.

Suas palavras me fizeram rir ainda mais. Talvez os ensinamentos de Jesus de Nazaré não fossem tão difíceis de seguir como eu imaginara. Quando procurei pagar com o bem o mal que aquele sujeito me fizera, minha satisfação íntima apenas aumentou. Achava-me convicto de que só assim conseguiria levar vantagem sobre a sua perversidade. Espancá-lo ou denunciá-lo aos guardas seria simplesmente tentar vencer o mal com o mal.

Os outros mendigos me acompanharam obsequiosamente nas risadas e disseram ao seu companheiro:

— Ele não está possuído, apenas um pouco bêbado, não percebes? Só um bêbado se despojaria do seu manto para dá-lo a ti. Só um bêbado estaria disposto a te servir de guia e só um

sujeito desvairado pela bebida poderia rir dessa maneira quando o insultas.
De certo modo eles tinham razão. Uma extraordinária embriaguez me turvava as idéias, fazendo-me soltar gargalhadas e perturbando-me a visão de tal forma que não me desconcertaram absolutamente os olhares dos passantes quando atravessei a cidade vestido apenas com minha túnica. Todo o resto poderia ter sido preparado de antemão, menos o queijo duro com que esbarrou o cajado do cego no meio de todas aquelas pedras redondas e iguais.

A mulher do comerciante sírio pôs-se a esfregar as mãos quando me viu voltar semi-despido, e o próprio sírio se assustou, julgando que eu tivesse caído nas mãos de salteadores. Mas quando eu apenas ri e subi para o meu quarto em busca de dinheiro, ordenando-lhe que me fosse comprar um novo manto, ele se tornou mais calmo e imaginou que eu, como tantos outros, tinha-me embebedado e perdido no jogo as minhas roupas. Com muitas desculpas, voltou pouco mais tarde trazendo um bom manto de lã com pequenas borlas nas pontas. Era feito de excelente lã judaica, informou-me. Apertava o tecido entre os dedos e o passava de uma mão à outra, para exibir a sua boa qualidade e a excelência de sua tinta. Assegurava-me também que conseguira um bom abatimento no preço e o adquirira por uma soma razoável. — Por fim declarou:

— Isto é um manto judaico. Para encontrar um que fosse romano, teria eu que ir até o fórum e pagar muitas vezes o seu preço. Poderás tirar fora as borlas, se quiseres, mas não há nada que te impeça de usá-las, agora que deixaste crescer a barba. De minha parte, eu também temo e reverencio o Deus de Israel e vou ao pátio externo de vez em quando depositar uma moeda no cofre das oferendas, para que sejam propícios os negócios.

Olhou-me com um sorriso manhoso em seus olhos negros e devolveu-me o que sobrara do dinheiro, contando-o cuidadosamente. Ofereci-lhe uma recompensa pelo seu serviço, mas ele ergueu as mãos em protesto e disse:

— Nada me deves, pois o comerciante de roupas já me pagou uma comissão pelo negócio. Tu te encontras num estado de espírito demasiadamente liberal para que devas sair outra vez esta noite. Descansa em teu quarto, é o melhor que fazes, e dorme para desanuviar a cabeça, mas primeiramente toma um pouco da boa sopa que minha mulher fez. Há nela bastante cebola e também ervas que te livrarão de uma dor de cabeça amanhã cedo.

Como não me dispusesse a subir imediatamente as escadas, ele balançou a cabeça cheio de preocupação, ergueu as mãos e exclamou:

— Bem, bem, penso apenas em teu próprio bem-estar! Se insistes, posso mandar o menino buscar outra porção de vinho doce, mas depois disto não deves beber mais. E não tropeces na escada à noite, pois poderás quebrar o pescoço. Quando tentei defender-me e explicar numa linguagem gaguejante, que me achava perfeitamente sóbrio, ele tornou a levantar as mãos, cheio de ansiedade, e continuou:

— Teu rosto está vermelho, teus olhos brilham, mas seja como quiseres, seja como quiseres. Mandarei chamar uma jovem mulher que costuma fazer companhia a estrangeiros. Mas só poderá vir à noite, do contrário ela perderá a sua reputação nesta zona da cidade. Até lá, tem paciência. Ela te acalmará e te conservará na cama, para que possas cozinhar em paz tua bebedeira. Ela não sabe tocar nem cantar, isto é certo, mas é sadia e bem fornida de corpo e provavelmente te fará adormecer sem necessidade de acalanto.

Estava tão firmemente convencido de que sabia qual era o meu problema, que nada mais pude fazer para dissuadi-lo. Para lhe dar prazer, fui para a cama e ele também subiu, obsequiosamente, para me cobrir com o novo manto. Passado algum tempo sua filha me trouxe uma fumegante tigela de sopa fortemente temperada e ficou para me ver tomá-la, soltando de vez em quando tímidas risadinhas que ela abafava levando a mão à boca. A sopa escaldou-me a língua, no entanto o seu calor talvez tenha servido apenas para tornar minha cabeça mais leve e mais eufórica.

A moça tornou a encher também o meu jarro de água, mas quando ela se retirou não pude permanecer na cama. Nas pontas dos pés esgueirei-me para o telhado e, enquanto as estrelas iam surgindo, uma a uma, ali fiquei, enrolado no meu manto novo, a ouvir a gradativa aquietação da cidade e a respirar o fresco ar. De vez em quando uma leve rajada de vento me roçava o rosto em fogo, e na euforia em que me achava parecia-me que uma mão invisível afagava a minha face. No meu ser o tempo estremecia, o pó da terra estremecia no meu ser, mas algo mais me persuadiu pela primeira vez em minha vida de que eu era mais do que cinzas e sombra. Esta certeza me tornou tranqüilo.

— Ressuscitado filho de Deus, — orei na escuridão — apaga todos os vãos ensinamentos de minha cabeça. Leva-me ao teu reino. Guia-me para o único Caminho. Devo estar louco, doente, enfeitiçado por ti. Mas acredito que sejas mais do que tudo que já existiu no mundo.

Acordei, com os membros duros e enregelados, ao som das estridentes trombetas do templo. O Sol iluminava a crista das colinas orientais, mas a cidade jazia imersa ainda na névoa cinza da madrugada e a estrela Dalva cintilava no horizonte. Minha cabeça se desanuviara. Tiritando, apertei com mais força o manto de lã de encontro ao corpo e me esgueirei de volta ao quarto e ao leito. Tentei sentir vergonha de meus pensamentos da noite anterior, mas não consegui. Ao invés, sentia como que se uma fresca claridade me banhasse ainda com a sua luz, embora a febre já tivesse passado.

Por esta razão deixei a minha barba crescer e tenho permanecido no meu quarto, para refletir sobre tudo cuidadosamente e escrever sobre o que me sucedeu naquele dia. Quando terminar de escrever pretendo voltar à Porta da Fonte. Sinto uma convicção íntima de que tudo o que aconteceu comigo e ainda está para acontecer tem um propósito. Esta certeza me traz tranqüilidade. Sejam quais forem as loucas coisas que escrevi, não me envergonho de uma só palavra.

SEXTA CARTA

Marcos Saúda Túlia:

Ao te saudar, eu saúdo um passado estranho e curioso. Mesmo as quentes noites de Roma me vêm à memória como se tivesse acontecido a outra pessoa e não a mim. Um curto ano nos separa. Contudo esse ano tem sido mais longo do que os outros. Mesmo estes últimos dias, que acabam de passar, parecem-me anos. Fui levado para mais longe de ti ainda e mudei muito. Sou outro Marcos. Não me compreenderias agora. Quando penso em ti, vejo tua boca voluntariosa contrair-se num sorriso de mofa ao te inteirares de tudo o que aconteceu comigo. Vives no meio de tudo aquilo que eu outrora também julguei ser importante. Prestas atenção àqueles que te saúdam e na maneira como o fazem. És cuidadosa na escolha das jóias que usarás numa festa, para gáudio de teus amigos, a indignação dos que te invejam e o ressentimento dos que te odeiam. Enrola a fina seda de tua túnica bem ajustada ao teu corpo esguio e examinas atentamente a tua plástica diante do painel de mármore polido. Em seguida distribuis umas espetadelas na escrava que se mostrou desajeitada ao pentear-te os cabelos. Por último, ergues a tua taça de vinho com um sorriso de tédio, finges ouvir a leitura de algum filósofo ou historiador, mostras-te encantada pela mais recente canção popular, deixas que a tua sandália balance na ponta de teu pé, para que o homem que se reclina ao teu lado, à mesa, não deixe de notar a esbeltez e a alvura do teu pezinho. Conquanto sejas esguia e frágil, possuis força e energia. Tua sede de prazer pode manter-te desperta noite após noite nessa opressiva Roma. Na companhia de outros, provas, distraída e entediada, línguas de pássaros, caracóis e iguarias do mar, que preferirias não comer. Mas se te exauriste com teu amante, não encontras dificuldade em devorar um bife malpassado, no meio da noite, a fim de recuperares as forças para o jogo interminável.
    Assim vejo a tua sombra, Túlia. Não mais cheia de vida, mas como um reflexo numa polida pedra negra, e tua sombra já não me atormenta os sentidos como no último inverno, em Alexandria, quando em vão lutei para esquecer-te. Algo mais me ocupa o espírito agora, independente de minha vontade. Já não mais me

reconhecerias, Túlia. Talvez eu também já não deva te reconhecer. Assim, creio que talvez seja para mim próprio que escrevo estas cartas, embora seja a ti que nelas saúdo. Escrevo para tentar compreender não só o que se passa no meu íntimo, como também tudo o que me aconteceu, de acordo com os preceitos de meu bom mestre em Rodes, que costumava instar comigo que escrevesse sobre tais coisas, guiado pelo que viram meus olhos e ouviram os meus ouvidos, e não apenas pelo que outros homens escreveram com outras palavras. Não, já não escrevo para passar o tempo e afugentar o tédio. Isto não me entristece, Túlia, não acho que eu tenha perdido alguma coisa. Nem mesmo teu corpo me prende mais, estou demasiadamente ocupado com outros assuntos.

Barbado, com as rústicas sandálias e o manto tinto dos judeus, caminhei de volta à Porta da Fonte ao anoitecer. Não tenho tratado das unhas, e nem mesmo a pedra-pomes conseguiria remover as manchas de tinta nos meus dedos da mão direita. Eu, que estava habituado aos banhos quentes e de vapor, tenho-me lavado em água fria, pois quando me dirigi ao estabelecimento de banho dos homens, no ginásio, tornei-me alvo de todos os olhares por causa da minha barba. Não tenho mesmo passado pomada depilatória nas axilas. Meu corpo é o corpo cabeludo de um bárbaro. Não me importo, porém, e nem creio que isto tenha importância. Desejo ficar inteiramente identificado com o meio que me cerca, para que os homens confiem em mim, ainda que mais tarde talvez eu volte aos antigos hábitos em que fui criado.

Pois não tenho amor a esta cidade, cujo povo invocou o sangue de Jesus sobre suas cabeças. Dizem que ele falou, quando as mulheres de Jerusalém choravam por ele, e ele cambaleava sob o látego a caminho da cruz, que melhor fariam elas se chorassem por si próprias e por seus filhos. E não posso evitar um mau pressentimento quando olho o templo, cujo véu sagrado foi rasgado de alto a baixo pelo terremoto, e cuja escada perdeu vários degraus durante o segundo abalo. É um presságio mais do que suficiente.

Eu refletia sobre tudo isto enquanto seguia a caminho da Porta da Fonte. O povo ainda enchia as ruas dos bazares, todos os idiomas do mundo ecoavam junto às barracas, tilintavam os cincerros dos camelos e os jumentos zurravam. Reconheço que a cidade sagrada dos judeus é uma capital tão boa como qualquer outra, mas não me agrada isto aqui.

Apenas dois mendigos permaneciam ainda junto ao portão, mas não me reconheceram e não vi sinal do cego. Um grupo de mulheres passou pela arcada levando cântaros à cabeça, a palrear animadamente. Não se preocuparam sequer em levar os mantos até a boca por minha causa, eu não era importante. O céu tornou-se azul-escuro. As sombras se adensaram. Três estrelas já fulgiam, quando os guardas enfiaram uma tocha de breu no suporte junto ao arco e a acenderam. Fiquei desapontado. Contudo, achava-me preparado para o desapontamento, disposto a ir até ali dia após dia, até receber um aviso. Já me decidira a voltar ao meu alojamento, entretanto fui-me deixando ficar ali. Não fazia diferença para mim estar num ponto ou noutro.

Então apareceu no portão um homem com um jarro de água. Levava-o sobre os ombros, equilibrando-o com menos perícia do que as mulheres, e caminhava devagar e cautelosamente, como para não tropeçar na semi-escuridão. Não foi senão depois que ele desapareceu numa rua que subia pela colina, que resolvi acompanhá-lo. A íngreme subida ia terminar numa série de degraus disfarçados. Podia ouvir o seu tropel e a sua respiração ofegante sob o peso do jarro, enquanto eu seguia poucos passos atrás dele.

O caminho era longo. Ele tomou por um labirinto de becos, mas não apressou o passo. Continuamos a subir para a parte alta da cidade, mas verifiquei que ele não escolhera o caminho mais curto para o seu destino. Num lugar deserto, depositou no chão o cântaro, firmando-o com a mão, e esperou. Cheguei-me a ele e parei ao seu lado sem nada falar. Permanecemos ali junto ao muro por longo tempo, até que ele recuperasse o fôlego. Depois, virou-se para mim afinal, saudou-me e perguntou:

— Perdeste o caminho?

— E a paz seja contigo — respondi. — São muitos os caminhos e muitos os falsos guias.

— Existem apenas dois caminhos — replicou ele significativamente. — O caminho da vida e o caminho da morte.

— Para mim existe apenas um — retruquei. — Não posso encontrá-lo por meus próprios meios, mas confio e espero que alguém me possa guiar.

Sem dar resposta, ergueu ele o cântaro, colocou-o de novo sobre os ombros e reiniciou a caminhada. Pus-me a andar ao seu lado; sem que ele me proibisse. Passado algum tempo, sugeri:

— Os degraus são íngremes. Permites que te ajude? Do contrário ficarás sem fôlego outra vez.
— Não é o peso do jarro que me tira o fôlego, — respondeu — e sim o medo. Não creio que nada de bom possa resultar disto. Mas permitiu que eu pusesse o cântaro no meu ombro. Não me pareceu muito pesado. Ele seguia na frente e me avisava quando havia desníveis no chão onde eu pudesse tropeçar, pois o beco era sujo e recendia a urina. Minhas sandálias ficaram sujas. Mas a casa onde paramos, depois que tínhamos subido muito e entrado na cidade alta por uma porta nos antigos muros, era grande e de boa aparência. À luz das estrelas pouco mais pude discernir do que os outros contornos, mas o meu companheiro bateu à porta, que foi aberta imediatamente por uma criada. Ela não me saudou, mas tomou-me o jarro sem hesitação e mostrou tão grande respeito pelo homem que estava comigo, que percebi ser ele mais do que um simples servo.

Ele levou-me a um tranquilo pátio rodeado de árvores. Lá fui recebido por um rapazinho de uns quinze anos.

— A paz seja contigo — saudou-me timidamente. — Meu pai e meu tio já se recolheram, mas permite-me que te leve ao quarto de cima. Gostarias de lavar as mãos?

Sem aguardar minha resposta, a criada despejou água sobre minhas mãos copiosamente, tirando-a do mesmo cântaro que eu tinha carregado, como se para mostrar que, no final de contas, não havia falta dágua ali. O rapaz passou-me uma toalha de linho e falou:

— Meu nome é Marcos. Enquanto eu enxugava as mãos ele continuou vivamente cheio de importância. — Eu estava com o mestre na noite em que eles vieram e o prenderam. Saltei da cama apenas vestido com minha túnica e corri para avisá-lo, pois sabia que era a intenção dele passar a noite no jardim de Getsêmane. Eles me agarraram também, de forma que a minha túnica se rasgou e ficou nas suas mãos. Tive que fugir despido, com o resto.

— Não fales tanto, Marcos — meu companheiro advertiu-o. Mas ele próprio se achava dominado por uma secreta excitação, agora que se encontrava a salvo no pátio e conseguira vencer o medo. — Meu nome é Natanael — disse. Por que guardaria segredo disto? Encontrei-o na estrada de Emaús, no dia em que deixou a sepultura.

— Mas a princípio não o reconheceste — falou Marcos abruptamente. Natanael pôs a mão na sua nuca para acalmá-lo. Marcos prendeu confiantemente na sua mão ardente a minha mão, e pude perceber que ele jamais fizera trabalho manual digno de nota. Levou-me por uma escada até uma galeria que se estendia ao longo do telhado e dali até o quarto no andar superior da casa. Tratava-se de um cômodo amplo, fracamente iluminado por uma única luz, de forma que seus cantos permaneciam na escuridão. Quando entrei vi que dois homens se achavam ali à minha espera. Estavam de pé, de mãos dadas, silenciosos na semi-escuridão, e um deles eu reconheci. Era o belo João, que eu vira junto com as mulheres no monte da cruz. O outro homem era mais velho, tinha o cenho franzido e seus olhos eram perscrutadores e cheios de suspeita.

— A paz seja contigo — falei.

Mas eles não deram resposta. Por fim, João lançou um olhar interrogativo para o companheiro, como se incitando-o a falar. Mas os olhos do homem ainda se mostravam cheios de suspeita enquanto me examinava da cabeça aos pés. O silêncio tornou-se opressivo. Por fim Natanael falou, como que se desculpando:

— Ele acompanhou o jarro de água.

— Busco o único caminho — assegurei-lhes, receoso de que me mandassem embora por não confiarem em mim.

Havia várias almofadas à volta de uma comprida mesa. O aposento constituía, evidentemente, a sala de banquete de uma família de recursos. Depois que o homem suspeitoso me tinha examinado suficientemente, fez um aceno com a mão.

— Natanael, Marcos, podeis ir — falou — mas ficai de guarda no pátio.

Depois que os dois se retiraram, ele trancou a porta com uma enorme chave e disse:

— A paz seja cantigo, estrangeiro. Que queres de nós? Receio que o caminho que buscas seja estreito demais para ti.

Mas João cortou suas palavras, censurando-o:

— Tomé, por que sempre começar por duvidar de todos e de tudo? — Voltando-se para mim falou confiantemente:

— Todo aquele que busca há de encontrar, e para aquele que bate, a porta será aberta. Ouvimos dizer que és tranqüilo e humilde no coração. Bateste com fé, por conseguinte a porta te foi aberta.

Convidou-me para sentar e sentou-se também, à minha frente, contemplando-me com o olhar puro e cristalino dos sonhadores.

Após um momento de hesitação, Tomé também se sentou e disse:

— Eu sou um dos doze de que ouviste falar. Ele nos escolheu e chamou para sermos seus mensageiros, e nós o seguimos. João é o mais jovem de todos. Tenho que travar um pouco do seu ardor.
— Não deves censurar-nos pelo nosso excesso de precaução — continuou. — Sem dúvida sabes que as autoridades estão inventando acusações contra nós. Dizem que conspiramos para incendiar o templo, como um aviso para o povo. Dizem que assassinamos aquele dentre os nossos que o atraiçoou. Por que não admitir que discutimos entre nós a teu respeito? À exceção de Pedro, que não queria nem mesmo ouvir falar no teu nome, porque eras um estrangeiro, fui eu quem fez junto aos outros as mais severas restrições à tua pessoa. Maria Madalena, porém, falou em teu favor.
— Eu te conheço — disse João. — Vi quando estavas parado junto à cruz e notei que não davas ouvido aos que o injuriavam.
— Também te conheço e tenho ouvido falar de ti — respondi. Era difícil desviar dele os olhos, pois jamais vira antes um jovem com um rosto tão belo. Tinha uma expressão cândida, como se jamais tivesse sido turbado por um mau pensamento. No entanto sua beleza não era sem vida, como a de uma escultura; sua face era uma coisa viva, ardente, da qual emanava serenidade e calor.
— Bem, e o que desejas de nós? — indagou Tomé, de novo, com voz rude.

Seu antagonismo me deixou de sobreaviso. Era como se estivesse tentando guardar zelosamente um segredo que os mensageiros possuíam em comum e com o qual nada tinham que ver os estranhos.

— Desejava apenas que me mostrásseis o caminho — respondi humildemente.

Tomé olhou com ar contrafeito para João e em seguida disse:
— Antes de ser preso ele disse que havia muitas moradas na casa de seu pai. Falou que ia preparar ali um lugar para nós; devia estar-se referindo a nós, os doze, embora mais tarde Judas tenha faltado à sua confiança. Disse ainda: "Sabeis o caminho que vou seguir agora". — Esfregava a testa enrugada e parecia perplexo. — Respondi na ocasião que não tínhamos idéia de para onde ele ia. Assim, como poderíamos saber o caminho? Agora vens tu, estrangeiro, e me perguntas pelo caminho, embora eu próprio não saiba qual seja.

João lembrou a ele:
— Tomé, Tomé, ele te respondeu. Disse que ele próprio era o Caminho — foi o que disse —, o Caminho e a Verdade. Não podes dizer que não sabes.

Mas Tomé levantou-se de um salto em desespero, dando murros na palma da mão, e bradou:
— Mas que quer isto dizer? Eu não entendo. Explica-me. João teria explicado de bom grado, como pude ver, mas não ousou, por minha causa. Refletiu um pouco, depois entrei na conversa, dizendo:
— No terceiro dia ele se levantou da sepultura.
— Sim, realmente — disse João. — Maria Madalena veio nos dizer que a laje tinha sido afastada. Corremos para o local, Pedro e eu, vimos que o sepulcro estava vazio.
— Sim, sim, — observou Tomé ironicamente. — Maria Madalena viu anjos e um jardineiro que era um fantasma.
— Um jardineiro? — perguntei, sentindo-me estremecer.
— Conversa de mulher — prosseguiu Tomé, sem notar a interrupção. — Como Natanael e aquele outro na estrada de Emaús. Eles nem mesmo o reconheceram.

João falou com convicção:
— Aqui neste quarto mesmo ele se revelou a nós naquela mesma noite, quando nos achávamos reunidos, cheios de medo, por trás de portas trancadas. Ele esteve aqui conosco e nos falou, fazendo-nos uma promessa em que mal ouso pensar, muito menos mencionar a um estranho. Mas posso assegurar-te de que ele esteve aqui conosco, vivo, e mais tarde desapareceu tão rapidamente como viera. E nós acreditamos.
— Que seja assim — observou Tomé com ar de mofa. — Ficaste tão assombrado quanto Natanael e o outro homem, para não falar de Maria. Eu não estava aqui e não acredito em visões dessa espécie. Só acreditarei quando vir as chagas em suas mãos e colocar nelas o dedo. Nada a não ser isto me fará acreditar. Esta é a minha última palavra, embora eu possa cair morto neste minuto.

O jovem João ficou tão acabrunhado pelas suas palavras e dúvidas, que voltou o rosto para um lado. Mas não fez nenhum protesto. Parecia-me que as suspeitas de Tomé durante aqueles últimos dias tinham afetado a própria fé das testemunhas, de tal maneira que eles também começavam a duvidar, intimamente, daquilo que tinham visto juntos.

Um estranho júbilo se apossou de mim e falei resolutamente:
— Não preciso ver para crer. Compreendo que ele se levantou de novo e ainda se encontra na terra. Porque, eu não sei, mas estou esperando. Vêm acontecendo coisas nestes últimos dias que nunca aconteceram antes, e ainda não vimos tudo.

Mas Tomé falou desdenhosamente:
— Não és nem mesmo um dos filhos de Israel, embora pareças ter as borlas de um prosélito nas pontas do teu manto. Não vejo porque hás de persistir em nos espionar dessa maneira. Desconfio de teus propósitos. Não penses que ignoro teres sido hóspede do Governador em Antônia. Estás tentando fazer-nos cair numa armadilha, para que terminemos os nossos dias nos braços de uma cruz ou apedrejados no fundo de uma cova.
Torceu as mãos nodosas, olhando fixamente à sua frente, depois continuou:
— Não sei se já assististe a um apedrejamento. Eu já, e não pretendo experimentá-lo eu próprio. Pelo menos não agora, que ele está morto, esteja ou não vazia a sua tumba.
— Então por que permaneces em Jerusalém? — perguntei no mesmo tom brusco. — Por que não vais embora e voltas para o teu lugar de origem, sossegadamente, sem maiores delongas? Que estás esperando?
Ele baixou os olhos, como se durante toda a sua vida se tivesse habituado a obedecer a uma voz de comando. Alisando as dobras do manto, respondeu defensivamente:
— Não posso partir sozinho. Mas, na minha opinião, estamos perdendo o nosso tempo. A coisa mais razoável a fazer seria ir para o deserto por algum tempo, depois voltar para casa, cada um para o seu próprio lugar. Mas aqui ficamos, a nos virar para um lado e para o outro, a discutir irresolutamente, sem chegar a nenhuma conclusão.
João voltou para ele o seu olhar límpido como a água de uma fonte e lembrou-lhe:
— Não possuis mais nenhum lar, desde que ele te escolheu. Puseste de lado tuas ferramentas e o seguiste. Aquele que olha para trás, depois de firmar as mãos no arado, não é digno do seu reino. Foi o que ele disse. Não, Tomé, não podemos voltar às nossas antigas vidas.
— Como é o seu reino? — indaguei rapidamente.
Tomé, porém, balançou a cabeça com uma expressão de mofa nos olhos, e disse:
— Pelo menos não é como acreditávamos, estrangeiro.
De novo ele deu um murro na palma da mão e exclamou, com fúria impotente:
— Não me achava eu, também, pronto a trocar meu manto por uma espada e morrer com ele e por ele! Deus tenha piedade de nós, mas ele, o filho do homem, tinha força e poder para fazer do mundo o que quisesse. No entanto, permitiu que o pregassem

na cruz, mudo como um cordeiro, deixando-nos numa tal situação que não sabemos em quem acreditar e para quem apelar. — Continuou: — Quando uma pessoa é apedrejada, o sangue escorre de sua boca; sangue e muco fluem do seu nariz; grita e chora, e toda a imundície sai do seu corpo e suja a sua roupa antes que entregue a alma a Deus. Por que correríamos o risco de ter uma sorte igual, agora que ele se foi e nos abandonou?

João tocou-lhe o ombro brandamente e disse com convicção:
— Quando chegou a hora, nós nos mostramos tão fracos como qualquer um. Mas lembra-te de que ele prometeu mandar-nos um defensor.

Tomé deu-lhe uma cotovelada, enraivecido, como se ele tivesse deixado escapar algum segredo, e continuou, para me despistar:
— É fácil para ti dizer isto, João. Pouco conheces da vida. Eras o filho favorito de teu pai e tinhas autoridade sobre homens mais velhos do que tu, no seu serviço de pesca. Foi pelo bem dos que labutam e sofrem opressão que o segui quando ele me chamou. Mas que prazer os oprimidos podiam tirar daquela sua lunática morte, é coisa que se acha fora do meu entendimento. Tudo o que ele fez foi conseguir para si e para nós o desprezo do Sinédrio e dos romanos.

Mas falhou a sua tentativa de me tirar da trilha. Perguntei a João curiosamente:
— Que foi que disseste sobre um defensor?

João lançou-me um olhar cândido e admitiu:
— Eu próprio não entendi isso, e continuo não entendendo, mas confio na sua promessa. Algo irá acontecer conosco, como tu próprio disseste. Eis porque nos deixamos ficar ainda em Jerusalém.

Os dois olharam para mim, e suas faces eram tão diferentes uma da outra como é possível serem duas faces humanas. Contudo, tinham ambas algo em comum, uma certa similaridade, algum elo que as ligava, apesar de todas as amargas palavras de Tomé. Quando cessaram de falar, era como se eu tivesse sido irrevogavelmente excluído de sua amizade. Lembrei-me do que Maria Madalena tinha dito sobre aqueles mensageiros eleitos e compreendi o que ela quis dizer. Acredito que até eu mesmo teria sido capaz de distinguir as suas faces em meio a uma multidão de outras. Agora que os tinha conhecido, julguei também ser capaz de reconhecer aqueles mensageiros que não confiavam em mim e não me queriam conhecer.

Quando o seu silêncio se prolongou por um tempo bastante longo para me fazer compreender que, apesar da boa vontade de João, eu continuava sendo um estranho em seu meio, falei desajeitosamente:

— Só vos desejo o bem. Não sou judeu e, por conseguinte, não fui circuncidado, e não pretendo ser. Mas ouvi dizer que ele teve compaixão até mesmo dos samaritanos, a quem os judeus condenam. Diziam também que curou o servo de um comandante de guarnição na Galiléia, porque o romano acreditava no seu poder. Acredito que ele ainda vive e um dia voltará para nós. Se assim for rogo-vos que não me deixes nas trevas. Certamente, não lhe farei nenhum mal. Como poderia alguém prejudicar um homem que se levantou de sua tumba e que pode passar através de portas trancadas? Não pretendo igualmente vos fazer mal. Pelo contrário, ajudar-vos-ei se me for possível. Estou alojado na casa de um comerciante sírio nas proximidades do palácio Hasmonsan. Encontro-me em boa situação financeira e pronto a vos ajudar com dinheiro, se for o caso.

— Prova o que dizes — falou Tomé estendendo a sua mão calosa.

Mas João retrucou desdenhosamente:

— Não necessitamos dessa espécie de ajuda — pelo menos por enquanto. Minha família tem recursos e Mateus possui dinheiro. O mestre conta com muitos simpatizantes ricos, que pagavam nossas despesas quando viajávamos, já que não podiam demonstrar-lhe o seu apreço de outra maneira. Não, não precisamos nem de pão nem de roupas, mas apenas das coisas que só ele nos pode dar. Se ele voltar, não esqueceremos de ti, mas os segredos que ele nos comunicou naturalmente não os poderemos revelar a um estranho.

Tomé, por sua vez, falou:

— Desconfio de que cometemos um erro ao dar ouvidos a Maria. A curiosidade deste estrangeiro, nada nos pode trazer de bom. — Voltando-se para mim, continuou ameaçadoramente: — Deves saber que quando andávamos com ele tínhamos o poder de curar os enfermos — sim, e até mesmo de expulsar os maus espíritos. E embora no presente momento esses nossos poderes talvez estejam bastante enfraquecidos, agirias bem se te acautelasses de nós. Foi a nós que ele escolheu para segui-lo. Éramos nós que admitíamos certas pessoas à sua presença e excluíamos outras, segundo julgávamos necessário. E se um dos nossos veio a tornar-se um traidor, quão intensamente não devemos então desconfiar de todo estranho!

— Não me arreceio de vós nem de vossos poderes — falei. Nunca ouvi dizer que ele usasse de seu poder para ferir nem mesmo um adversário, muito menos alguém que tão pacientemente o busca.

— Ah, sabes de tudo, pois não? — retrucou Tomé. — Mas ele amaldiçoou uma figueira certa vez e ela secou diante de nossos olhos, tudo isto porque só tinha folhas e ele não encontrou nem um fruto nela. Não estávamos nem mesmo na época de figos.

Mas João interpôs:

— Nunca soubemos ao certo o que ele quis demonstrar com isto. Deve ter sido uma parábola que não podemos entender.

— Era ao povo que ele falava por meio de parábolas — objetou Tomé. — A nós sempre dizia as coisas claramente. Mas se não conseguíamos entender naquela ocasião, como iríamos entender agora? Assim, o melhor é partir daqui sem mais demora.

Eu já começava a me cansar de suas objeções e ameaças.

— Seja como quiserdes — falei. — Lamento ter-vos incomodado numa ocasião em que outras preocupações pesam tão grandemente em vossos espíritos. Quanto a mim, saí de Alexandria em busca do senhor do mundo, cujo nascimento está previsto em muitas e diferentes profecias. Muitos outros povos, além dos judeus, têm conhecimento delas. O sinal foi percebido, não só em Roma como na Grécia. E foi em Jesus de Nazaré, que foi crucificado como o rei dos judeus, e cuja morte eu próprio testemunhei, que encontrei o senhor do universo. Seu reino é diferente do que eu imaginava e diferente também, ao que parece, do que vós imagináveis. Mas sua ressurreição me convenceu de sua existência.

Contudo, ao dizer isto, meus olhos se encheram de lágrimas de desapontamento. Voltei a cabeça para um lado e contemplei, com a vista enevoada, o grande salão de banquetes, cujos cantos se tornavam invisíveis na escuridão. Por um breve instante senti junto de mim a mesma presença que sentira no quarto de Lázaro. Mas não se tratava de um sonho agora. Pelo contrário, achava-me perfeitamente desperto e susceptível a impressões.

Assaltou-me o desejo de invocar o seu nome, como quando a pedra se transformara em queijo na mão do cego. Mas um certo receio me impediu de fazer isso naquela sala e na presença daqueles dois homens. Não, não ousava pronunciar o seu nome. Falei humildemente:

— A paz seja convosco — e me voltei para me retirar.

Tomé deu alguns passos na minha frente, para destrancar a porta, mas quando torceu a enorme chave de madeira e puxou o trinco, a porta não se abriu. Ele a sacudiu e torceu a chave mais uma vez, tudo em vão.

— A porta empenou e está presa — falou raivosamente.

— Não a forces, pois poderás quebrar a fechadura, — disse João, acorrendo em seu auxílio. Mas João também não conseguiu fazer funcionar a fechadura. Ficaram ambos perplexos e me olharam com ar de reprovação, como se fosse minha culpa. Em vista disto, juntei-me a eles e fiz uma tentativa. Não tenho muita experiência com fechaduras e chaves de madeira, mas a chave girou obedientemente e a porta se abriu com facilidade. O fresco ar noturno me bafejou o rosto. Por cima do jardim vi o céu estrelado e uma estrela cair, deixando um risco de prata nos céus, como um sinal. Considerei a porta emperrada e a estrela cadente como um indício de que ele próprio, o seu rei, não me fechara as portas do seu reino como aqueles seus mensageiros desejavam fazer. Mas eles não viram nenhum aviso. Tomé simplesmente girava e tornava a girar a chave na fechadura, a resmungar consigo mesmo que era um homem pobre, portanto não habituado com chaves, pois nada possuía que merecesse ser trancado.

Permaneceram ambos na sala, enquanto eu descia as escadas. No pátio o jovem Marcos me recebeu e indagou cheio de consideração:

— Conseguirás achar o caminho de tua casa, estrangeiro? A segunda vigília da noite já começou.

— Não te preocupes comigo ou com o meu bem-estar — respondi. — É verdade que Natanael, ao me guiar até aqui, fez muitas voltas e passou por muitos labirintos, até que o medo o deixasse sem fôlego, para que eu não soubesse onde me achava. Ainda assim creio que conseguirei voltar à cidade. Passarei primeiro pelos muros, em seguida descerei a colina. Além do mais, poderei orientar-me pelas estrelas. Uma vez que encontre o teatro e o fórum, saberei achar o caminho.

Marcos, porém, falou vivamente:

— Meu pai e meu tio me pediram que fosse teu anfitrião esta noite. Nada te ofereci porque os mensageiros do Senhor nada comeriam em tua companhia, por seres romano. Mas deixa-me ao menos mostrar-te hospitalidade acompanhando-te aos teus alojamentos.

— És jovem — protestei sorrindo — e a mocidade precisa de sono. Mesmo agora já tiveste que ficar acordado por minha causa.

— Em noites como esta não se consegue dormir — falou Marcos. — Espera, vou apanhar o meu manto.

153

A sonolenta serva junto ao portão resmungou um protesto, mas Marcos riu, deu-lhe uma palmadinha na face e escapuliu comigo para fora. Percebi que ele trazia consigo uma bengala com ponta de chumbo, uma descoberta nada agradável, embora não me causasse receio um adolescente. Guiou-me confiantemente pela colina abaixo, e era evidente que não tinha a intenção de me fazer extraviar ou me impedir de voltar para casa. Nos lugares mais escuros ele me levava pela mão, não fosse eu tropeçar. Creio que desejava ardentemente entabolar conversa, mas se manteve calado diante o meu silêncio.

Por fim senti-me inclinado a dizer:

— Tu o conheceste então, a esse Jesus de Nazaré?

Marcos apertou com força a minha mão e respondeu:

— Sim, na verdade o conheci. Eu lá estava para preparar e servir a refeição, quando ele e os seus mensageiros comeram o cordeiro da páscoa, um dia antes do habitual, segundo o costume dos santos do deserto. Foi a sua última noite. Mas antes disto eu já o vira e o saudara como o filho de Davi, quando ele veio a Jerusalém, montado num jumento. — Gabou-se um pouco: — Meu pai arranjara um jumento para ele, estava à sua espera, num determinado lugar, para que os seus discípulos o fossem buscar. Nesse dia o povo estendeu os seus mantos à sua frente, na estrada, trançaram folhas de palma e cantaram hosanas. Meu pai e meu tio cederam-lhe o quarto de cima, sem nada cobrar.

Fiquei curioso e indaguei:

— Quem é teu pai? Como podia ele mostrar simpatia por Jesus sem recear as autoridades?

O rosto de Marcos se toldou e ele disse baixinho:

— Meu pai não quer que seu nome esteja ligado a estes assuntos. Mas ele pertence aos tranqüilos e lhe pediram que protegesse o rei. Jesus não queria que meu pai ou sua família corressem perigo, se permitisse que o viessem prender em nossa casa. Assim foi passar a noite em Getsêmane. Mas Judas, o traidor, conhecia o quarto. Eis porque eles vieram primeiro à nossa procura, com tochas ardentes e retinir de armas, e se puseram a esmurrar a porta. Foi aí que saltei do leito e corri para avisá-lo.
— E explicou: — Meu pai sempre se poderá defender perante o Sinédrio dizendo que aluga regularmente o quarto de cima para festas, casamentos e coisas semelhantes. E ninguém até hoje o molestou, pois ele tem amigos entre as autoridades. Eles talvez saibam muito bem que os galileus têm o hábito de reunir-se naquele

quarto quando a noite desce, mas não querem criar mais problemas e atrair atenção proibindo-os disto. Já se acham suficientemente oprimidos pelo remorso de terem mandado assassinar o filho de Deus de uma maneira tão horrível.
— Ele era o filho de Deus? — perguntei, para experimentar o rapaz.
Marcos respondeu sinceramente:
— Naturalmente que era o filho de Deus e o seu ungido. Ninguém, a não ser um enviado de Deus, poderia fazer o que ele fez. Além do mais, ele se levantou de sua tumba e está vivo, embora tivesse morrido. Meu tio Natanael até mesmo comeu em sua companhia, depois disto. Gente morta e espíritos sem corpo não comem. É claro, pois, que está vivo.
Agradou-me ao coração a sua fé juvenil e franca. Contudo a razão fez-me obsevar ironicamente:
— Vê-se que não estás ainda sobrecarregado de estudos e já te mostras tão pronto a acreditar em tudo o que ouves.
O rapaz se defendeu:
— Sei ler e escrever o grego e também um pouco de latim. Meu pai tem negócios em Chipre e até em lugares tão distantes quanto Roma. Não sou tão ignorante como julgas. Lembra-te que estive com ele diversas vezes e que o ouvi falar. Certa ocasião, quando veio à nossa casa, ele colocou as mãos sobre minha cabeça. Deve ser mais difícil para ti acreditar porque só o viste morrer, segundo me disseram. Mas eu o vi nos seus dias de força e de poder.
Tínhamos chegado ao muro que divide a cidade alta da baixa e eu parei junto ao portão onde tinha encontrado Maria de Beret.
— Saberei achar o meu caminho daqui em diante — falei.
Mas não me mexi, nem Marcos parecia desejoso de me deixar. Outra estrela cadente cortou os céus e nós dois a vimos.
— Até as estrelas estão cheias de inquietação nestes dias — observei. — Alguma coisa está acontecendo. Talvez seus dias de poder estejam apenas começando, de uma forma que ainda não podemos compreender.
Marcos não se despediu nem se voltou para retornar à sua casa. Timidamente, ele passava os dedos pelo manto e dava pancadas no chão com a bengala.
— Todavia — falei — surpreende-me que Natanael não o tenha reconhecido imediatamente e que Maria Madalena só o fizesse depois que ele a chamou pelo nome.

— Eles não podiam esperar por isto — volveu Marcos tomando a sua defesa. — Mesmo quando era vivo, ele aparecia sob formas diversas, que mudavam de acordo com o seu estado de espírito. É difícil explicar. Era como se fosse todo o mundo. Todos os que acreditavam nele achavam que se parecia com alguém a quem tinham amado. Era difícil encará-lo de frente. Seu olhar era grave demais. Muitas vezes vi homens idosos baixarem os olhos depois de encontrarem os seus.
— Talvez estejas com razão — falei. — Eu vi o seu sofrimento na cruz, sem nada saber sobre ele. Contudo não pude olhá-lo de frente. Jamais seria capaz de descrever a sua aparência. É verdade que estava bastante escuro. Julguei que fosse por respeito à sua agonia que eu evitava de olhá-lo muito atentamente. Entretanto, talvez eu não conseguisse fazer isto mesmo que desejasse. E isto não me surpreendeu, sabendo que ele era o filho de Deus. Os próprios guardas reconheceram esse fato, quando a terra tremeu no momento de sua morte. — Todavia, — continuei, dando vazão à minha amargura, — ainda que seja ele quem tenha escolhido os seus mensageiros, trata-se de homens ignorantes e não me parece que tenham o direito de impedir que outros busquem o seu mestre. Isto é errado e malfeito da parte deles. Eu também creio, como todos vós. Exageram o seu temor para que possam guardar o seu mistério para si próprios. Dificilmente correriam o perigo de novas perseguições se deixassem o seu esconderijo.
Marcos refletiu, em seguida disse:
— Acho que estás errado. É possível que sejam homens ignorantes. Ainda assim há algo neles que falta a outras pessoas. Acredito que *eles* ousaram olhá-lo de frente e nada sofreram por isto. Pelo menos João o olhou. Era João a quem ele mais amava. Não o julgues com demasiada severidade, estrangeiro.
Mas percebi um sorriso em sua voz enquanto ele prosseguia:
— Embora eu tenha que convir que nem sempre é fácil lidar com eles. Creio que meu pai também se cansou deles, por causa de suas disputas e de seu gênio violento. Pedro, principalmente, — o maior de todos — é cabeçudo e está sempre em atrito com as mulheres. E no entanto são elas que provêm o sustento dos homens e os mantêm escondidos. Embora seja grande e vigoroso, Pedro é muito infantil. De qualquer maneira, os galileus em geral são muito diferentes de nós aqui em Jerusalém. Não conseguem apreender as sutilezas das escrituras, como fazem os mestres de Israel. São gente do campo e encaram as coisas de uma maneira prática e liberal.
Passado um momento ele acrescentou:

— É verdade que são ríspidos com os estranhos. Nem mesmo quando ele era vivo permitiam que todas as pessoas, indiscriminadamente, se aproximassem dele. Houve mais alguém que procurou conhecê-los, mas eles se recusaram a vê-lo, por não o considerarem um filho de Israel.
Isto me deixou curioso.
— Fala-me a esse respeito — pedi.
— Já ouviste contar como ele caiu ao chão a caminho da cruz, quando o madeiro que carregava se tornou pesado demais? — perguntou Marcos. — Os romanos agarraram um homem que acabara de chegar do campo e o obrigaram a carregar a cruz. Tomaram-no por um simples lavrador, mas tratava-se de um grande proprietário de terras, respeitado na sinagoga dos livres-pensadores. A princípio, pensou ele em reclamar contra um tal tratamento, mas depois mudou de idéia. Nada sabia do que estava acontecendo. Ele é natural de Cirene e evita envolver-se em assuntos políticos. Mas quando percebeu o que se passava e compreendeu de quem era a cruz que carregava, encheu-se de desgosto e quís saber mais sobre Jesus, com os seus discípulos. Ainda assim Pedro desconfiou até mesmo dele. Além do mais, isto se deu numa ocasião em que os discípulos se encontravam no auge do pavor. Ele jamais voltou para lhes perguntar de novo sobre o Caminho. Talvez te valesse a pena procurá-lo e falar com ele. Jesus há de lhe ter dito algo de importante, no caminho, já que se mostrou tão conturbado depois.
— Onde poderei encontrá-lo? — indaguei.
— Ele é chamado Simão de Cirene — informou Marcos. — Indaga na sinagoga dos livres-pensadores, na certa será conhecido ali.
— Que espécie de sinagoga é está?
— Eles lêem as escrituras em grego — explicou Marcos. — Foi fundada pelos escravos libertos que voltaram ricos de Roma. Os imigrantes de Alexandria e de Cirene também dão o seu apoio à sinagoga, pois de um modo geral há tão pouco de hebraico neles que já não mais entendem a linguagem dos nossos ancestrais. Trata-se de uma sinagoga rica, de idéias largas, que não sobrecarrega demasiadamente os seus adeptos com preceitos. Creio que serias bem recebido ali, em qualquer sábado, se te interessar a leitura das escrituras em grego.
Ali estava um conselho de valor.
— Agradeço-te Marcos — falei. — Fecharam-me as portas e me mandaram procurar o Caminho por mim mesmo. Talvez

esse homem Simão o esteja buscando também. É mais fácil quando são dois os que procuram, não apenas um. A paz seja contigo.

— E contigo seja a paz, ó amigo do Governador — volveu ele significativamente. — Se alguém perguntar, estarás apto a informar que não se trama aqui nenhuma perigosa conspiração.

— Sou o único amigo de mim mesmo e não tenho outros, — retruquei, irritado com o fato de ter aquele jovem mostrado de maneira tão clara a sua suspeita de que eu pudesse passar aos romanos qualquer informação que tivesse obtido. — Fosse alguém me perguntar alguma coisa, eu poderia de qualquer maneira afirmar que os dois que encontrei esta noite não são nem incendiários nem perturbadores da paz. Mas não creio que ninguém vá perguntar-me coisa alguma. E de qualquer forma, Pôncio Pilatos é um homem que, mais do que ninguém, deseja esquecer este caso todo o mais rapidamente possível.

— A paz seja contigo — disse Marcos, de novo, e nos separamos. Nada mais me sucedeu naquela noite.

Não me foi necessário ir à sinagoga dos livres-pensadores para encontrar Simão de Cirene. Meu senhorio, Carantes, o sírio, disse imediatamente, quando lhe falei sobre esse homem:

— Não te preocupes mais com este assunto. Espera um momento e dir-te-ei tudo o que quiseres saber sobre o homem.

Chamando o filho para tomar o seu lugar junto ao balcão, desapareceu pelo beco, e eu mal tivera tempo de matar a minha sede, sentado ali à soleira de sua porta, quando o vi aparecer de novo. Ele começou:

— Bem, esse homem Simão fez dinheiro em Cirene, nos seus bons tempos, e quando se mudou para cá há alguns anos comprou uma grande quantidade de terras, vinhedos e pomares de oliveiras, nas proximidades da cidade. Tem também interesses em outras cidades da Judéia. Vive segundo o costume grego. Dizem que até freqüenta o teatro e a casa de banhos do ginásio, embora use uma barba, e não é considerado como um judeu ortodoxo. Alguns afirmam que não foi nem mesmo circuncidado, mas é rico demais para que alguém faça inquéritos a respeito. Pelo menos ele observa a lei e respeita o sábado santo. Parece que se envolveu num caso vergonhoso outro dia, quando os romanos o arrastaram do meio da multidão para que carregasse a cruz daquele agitador que foi crucificado. Essa desgraça abateu-lhe de tal forma o espírito que ele se trancou em casa e não fala com ninguém.

Explicou de maneira precisa como encontrar a casa de Simão e em seguida perguntou-me, com um sorriso capcioso:

— Que queres dele? Estás pensando em inverter dinheiro em terras ou levantar algum empréstimo? Se assim for, conheço homens que te podem servir melhor, e não te recomendo Simão absolutamente. Parece que ele agora vive a recolher gravetos secos para o fogo e quase não come outra coisa senão pão e legumes verdes.

Suas informações me parecem contraditórias e fiquei curioso para conhecer Simão de Cirene. Meu senhorio, porém, crivou-me de perguntas sobre o que eu queria com o homem e creio que era no meu interesse que agia. Assim, respondi afinal, relutantemente:

— Quero conhecê-lo por causa daquele incidente mesmo que mencionaste e perguntar-lhe o que sabe sobre Jesus de Nazaré, uma vez que carregou para ele a cruz.

Carantes ficou grandemente perturbado e, dando um puxão no meu manto, advertiu-me:

— Não faleis tão alto sobre estes assuntos desagradáveis!

— Tu me trataste bem — repliquei — e não quero ocultar nada de ti. Tenho razões para acreditar que o rei crucificado dos judeus foi o homem mais notável que já viveu até hoje e que era o filho de Deus. Estou inteiramente convencido de que deixou sua tumba no terceiro dia e ainda está vivo, embora tenha morrido. Por conseguinte desejo saber tudo a seu respeito, inclusive o que Simão de Cirene tenha para me dizer.

Meu senhorio respondeu com lágrimas na voz:

— Para infelicidade tua, ai de mim! Que desgraças trouxe eu para minha casa e a minha vida, ao receber-te como hóspede? Se não fosses um amigo de Adenabar, o centurião, a prudência me mandaria juntar todos os teus pertences e te expulsar de minha casa. Coisas como essas são murmuradas num sussurro entre quatro paredes e não na rua, onde alguém pode ouvir. De qualquer maneira, nunca se deve dar crédito às fantasias e visões de mulheres malucas. É claro que já ouvi todos esses boatos a que te referes, mas, acredita-me, melhor farias se te conservasses afastado de tais coisas, ou os judeus estarão em breve atirando pedras sobre tua cabeça. É possível que ainda não tenhas percebido que, para os judeus, religião é política e política é religião, e que tudo o que fazem tem sempre relação com a sua fé. O seu Deus está sempre vigilante e toma conta deles noite e dia, para se certificar de que se conduzem segundo os preceitos da lei. Assim, nesses assuntos o melhor é caminhar nas pontas dos pés e pôr tento à língua, principalmente quando se é estrangeiro.

— Sou um cidadão romano — retruquei. — Nenhum judeu me pode fazer mal. Não me acho sob sua jurisdição. Se por acaso me fizessem alguma acusação referente à sua religião, nem mesmo o Procônsul ousaria submeter-me a julgamento; eu seria enviado a Roma para ser julgado por César.

— Mas dizem que César não vive mais em Roma, que está sempre ausente, numa ilha por aí — observou Carantes inocentemente. — É outro que reina em seu lugar, um homem ladino e ganancioso, que se deixa subornar.

Agora foi a minha vez de agarrar o meu senhorio, colocando a mão sobre a sua boca e olhando sobressaltado à minha volta, não fosse alguém ouvir o que ele dissera.

— Se tivesses falado assim em Roma — declarei — tuas palavras teriam feito rolar tua cabeça.

Calmamente, Carantes afastou minha mão de sua boca e falou:

— Vês agora? Em Roma faze como os romanos, mas em Jerusalém como os judeus. Aqui o nome do homem crucificado é tão incendiário e perigoso como é em Roma o desse outro homem.

Hesitou um instante, olhou à sua volta, depois agachou-se para me sussurrar ao ouvido, enquanto eu permanecia sentado à sua soleira, enrolado no meu manto judaico.

— Boatos são boatos — sussurrou — mas só mais tarde nós, os estrangeiros e gente sem importância, percebemos inteiramente de que grande perigo escapamos, graças à ação rápida do Sinédrio judaico. Vês, na época da páscoa, vivíamos todos, sem saber, em cima de um vulcão. O povo já o proclamara rei e filho de Davi, e dizem que tinha o apoio secreto de uma congregação de conspiradores no deserto, denominados os tranquilos. Parece que era sua intenção incendiar o templo durante as festividades, como um aviso ao povo, derrubar o Sinédrio e instalar um governo de trabalhadores e pequenos lavradores. Como bem podes imaginar, isto constituiria uma boa oportunidade para os romanos interferirem. O Governador já tinha uma legião inteira de prontidão, convocada de todas as guarnições, e ele próprio se alojou em Antônia, pois não ousava instalar-se no palácio de Herodes, como sempre faz. Mas quando os desordeiros perderam o seu líder, tiveram que recolher-se aos seus esconderijos novamente.

— Não creio em ti — falei. — Segundo tudo o que tenho ouvido, seu reino não é absolutamente deste mundo.

— Sim, sim, boatos são sempre boatos — observou Carantes placidamente. — Mas deve haver algo por trás de histórias assim

tão consistentes e duradouras. Não há fumaça sem fogo. Qual é a *tua opinião?*
— Penso que o Sinédrio, os sacerdotes e os escribas espalharam eles próprios essa espécie de boato para justificar aquele brutal assassinato — respondi com firmeza. — Ele não era assim. Disseram-me ter ele falado ao povo que, se lhes batessem numa face, deviam oferecer a outra, e que nunca se deve pagar o mal com o mal. E, na minha opinião, esta é a única maneira de nos livrarmos das garras do mal, que só ocasiona vinganças, vinganças e mais vinganças.
— Então ele só tem que culpar a si próprio — disse Carantes calmamente. — Todo aquele que trabalha aqui na terra, realiza atos e proclama doutrinas, tem que submeter-se às leis do mundo. Ele pode ter sido explorado por outros, em seu benefício; é possível, pois nunca se ouviu alguém falar mal desse homem. Mas o único caminho que restava ao Sinédrio era tirar suas próprias conclusões de acordo com os fatos e com o seu bom senso político. Não é direito que uma pessoa se ponha a curar os enfermos e a resuscitar os mortos com o fito de desviar o povo do seu caminho, nem que se proclame a si próprio o filho do seu Deus. Tanto quanto podemos saber, o seu Deus não tem filho e nunca poderá ter. É nisto justamente que difere dos outros deuses. Tais coisas só podem causar transtornos políticos. E nas revoltas, são sempre os mais ardorosos que se apoderam do poder, e não os mais moderados. Estou certo de que minha tenda seria reduzida a cinzas e minha filha seria atirada na sarjeta, com a cabeça partida e as pernas esparramadas, logo que começassem os distúrbios e antes mesmo que eu tivesse tempo de saudar o novo rei.

Ponderei sobre suas advertências e sobre tudo o que ouvira e testemunhara. Depois falei, pensativamente:

— Creio que a sua revolta tem suas origens no seio do povo mesmo, e não fora dele. É nisto que difere de todas as outras. Mas como será levada a efeito ainda não sei.

Carantes ergueu as mãos resignadamente e disse:

— Vê-se que não és casado. Mas faze como quiseres, e não digas que não te avisei.

Assim, fui procurar a casa de Simão de Cirene. Ficava situada num beco apertado e externamente em nada diferia das outras casas da cidade. Mas a porta se encontrava trancada, embora estivéssemos no meio do dia. Depois de ter batido por algum tempo, apareceu uma criada, abriu apenas uma greta na porta e cobriu rapidamente a cabeça quando me viu. Saudei-a e perguntei pelo seu patrão, mas ela respondeu defensivamente:

— Meu patrão está doente e se acha em repouso num quarto escuro. Não deseja ver ninguém.

Disse-lhe o meu nome, mencionei o banqueiro Aristaínos como uma recomendação e falei, por fim:

— Estou certo de que o teu patrão me receberá, pois quero falar com ele justamente sobre o assunto que lhe preocupa o espírito.

A criada me fez entrar e foi chamar o amo. Notei que por trás de sua fachada miserável a casa fora inteiramente remodelada ao estilo grego. O enorme átrio tinha uma abertura no telhado e um poço no chão, que recebia a água da chuva, poço esse decorado com desenhos em mosaico — flores, peixes e pássaros — embora essas imagens sejam proibidas pela lei judaica. Ao longo das paredes havia objetos de bronze e vasos gregos, como os que se encontram nas casas de pessoas de cultura. Alguns instantes depois apareceu um escravo grego, trazendo um rolo de pergaminho sob o braço. Achava-se trajado com um elegante manto de linho pregueado e tinha os cabelos grisalhos. Seus olhos se mostravam avermelhados, como os de alguém que tivesse estado a ler durante muito tempo num lugar mal-iluminado. Saudou-me à maneira romana e fez-me sentar e esperar.

— Que estavas lendo? — perguntei.

Ocultando o pergaminho às suas costas, ele respondeu:

— É apenas um livro de um profeta judeu. Sou preceptor dos filhos do patrão, Rufus e Alexandre, embora meu amo seja um homem simples e não se interesse por poesia.

— Deixe-me adivinhar de que se trata, — falei com um sorriso.

— Já li esse livro em Alexandria e recentemente alguém me recitou trechos dele. Não se trata do livro de Isaías, o profeta?

O escravo sobressaltou-se. Olhou para o pergaminho na sua mão e em seguida para mim, depois perguntou:

— És um vidente ou um mágico, para que saibas o que estive lendo para o meu amo?

— Não sou nenhum mágico — respondi. — Conheço um pouco de Astronomia, graças ao meu padrasto Manilius. É pouco provável que tenhas ouvido falar no seu trabalho intitulado *Astronômica*.

— Não, — respondeu — não ouvi, mas sei que os romanos tomam emprestado todas as obras que nós, os gregos, escrevemos, traduzem-nas para a sua língua e as publicam como coisa sua.

O escravo de cabeça grisalha era evidentemente cioso de sua dignidade. Perguntei:

— Que achas do profeta judeu?
— Sou grego — retrucou. — Todo esse obscuro e pretensioso palavreado dos judeus me aborrece. Leio o livro em voz alta para o meu amo, mas guardo para mim os meus próprios pensamentos. A tartaruga pode vencer Aquiles, como já foi provado. Como escravo, represento o papel da tartaruga. Nunca tento levar vantagem sobre Esopo e Homero, como fazem os judeus.

Simão de Cirene entrou e eu examinei-o atentamente. Jogara sobre os ombros um manto esfarrapado, já desbotado pelo uso. Tinha a barba mal cuidada e suas mãos enormes eram as mãos de um trabalhador da terra. Era um homem de meia-idade, de constituição vigorosa, e suas faces se mostravam tisnadas pelo Sol. Sentou-se na sua cadeira forrada de vermelho e despachou o escravo com um gesto impaciente.

Sem me saudar, perguntou-me rispidamente:
— Que te traze aqui, romano? Que queres de mim?
Olhei à minha volta, receoso de ouvidos indiscretos. Em seguida respondi, de maneira simples e direta:
— Ouvi dizer que sofres profundamente por causa de Jesus de Nazaré e que tentaste conhecer seus discípulos, sendo porém, rejeitado por eles. Eu também busco o Caminho. Ajuda-me, se puderes.

Com a cabeça inclinada para um lado, ele me olhou cheio de suspeita, de sob suas hirsutas sobrancelhas, e me desmentiu, dizendo:
— Não busco nenhum caminho. Quem te disse isto? Já achei o meu caminho há muitos anos atrás e até hoje ele me tem servido satisfatoriamente.

Observei-o atentamente e notei que o porte de sua cabeça era o de um escravo, assim como o seu olhar desconfiado. Involuntariamente relanceei os olhos pelos seus tornozelos, à procura da marca indelével dos grilhões, mas ele acompanhou a direção do meu olhar e recolheu apressadamente os pés, ocultando-se sob o banco de mármore. Ao mesmo tempo bateu sobre um pequeno disco de metal, com um martelo de madeira, para chamar o criado.

— Teus olhos são perspicazes — falou com relutância. — Sim, eu fui escravo, mas recebi a liberdade há mais de dez anos. Fiz minha fortuna em Cirene, negociando com cereais, antes de vir para Jerusalém, onde meu bisavô viveu outrora. Tenho dois filhos e não quero que ninguém os menospreze por causa de minha origem. Mas eu nasci escravo, assim como o meu pai e também o meu avô. Isto deixa marcas num homem, mesmo que ninguém as perceba. Tenho meu lugar na sinagoga e no teatro, meus filhos têm preceptores gregos e eu vivo de uma maneira civilizada, como podes ver. Talvez um dia me seja possível adquirir a cidadania romana para meus filhos.

O servo entrou trazendo uma bandeja de prata. Ofereceu-me uma taça de ouro, que ele encheu com um vinho escuro, tirado de um jarro empoeirado. Havia também na bandeja bolos de mel e um pão de cevada coberto de cinzas. Simão de Cirene pegou uma taça de cerâmica da bandeja e foi servindo de água. Partiu um pedaço do pão, soprou-lhe as cinzas e bebeu a água. Não posso negar que isto me surpreendeu.

— Talvez eu também esteja farto de bolos de mel — falei. — Se me permitires, provarei do teu pão de cevada. Mas do teu vinho não desdenharei, já que abriste um jarro por minha causa. A água seria igualmente bem recebida, pois que se trata de água da fonte, segundo vejo.

— Mando buscá-la numa boa fonte bem longe daqui — disse Simão de Cirene. — Numa fonte como as com que costumava sonhar quando era menino e mourejava no campo sob o Sol ardente da África. Costumava sonhar também com um pão de cevada igual a este, pois nosso pão de escravo era feito com o rebotalho do trigo, milho descorticado, ervilha e aveia africana. Quando me tornei rico, bebi vinho por algum tempo até descobrir que não me agradava o seu gosto. Comi pão de mel e gazela assada, e molhos temperados, até que percebi que o pão puro e os legumes frescos me agradavam mais ao paladar e mantinham mais saudável o meu corpo. Experimentei muitas coisas: muito mais do que podes imaginar, romano.

Contudo falava sem amargura, como se considerasse tudo como coisa natural.

— Passou-se muito tempo antes que me desse conta de que estava de fato livre — continuou — e pudesse desfrutar das coisas de que realmente gosto. Meu leito ainda é a dura enxerga de um escravo, pois colchões macios me fazem doer as costas. Sei muito bem que as pessoas riem de mim quando, depois de ter inspecionado as minhas terras e pago aos meus trabalhadores a sua féria diária, recolho gravetos no meu manto e os levo para casa. Não culpo ninguém por ser perdulário, mas a mim o desperdício não traz prazer de espécie alguma. Quando menino fui chicoteado quase que até a morte por ter inocentemente apanhado esterco e cardos secos nas terras de outro homem para acender o fogo na casa de minha mãe. Por esta razão agrada-me recolher bom combustível na minha própria terra, para levá-la para minha própria casa e para minha própria lareira.

Prosseguiu dizendo:
— Talvez eu seja um amo severo, pois não tolero o ócio entre os meus trabalhadores; mas nunca proibi que um apanhador de olivas descesse da árvore para fazer suas orações. O que mais me agrada é andar pela minha propriedade, arregaçar o manto e trabalhar com minhas próprias mãos, junto com os empregados. Dava a impressão de estar evitando o assunto que me trouxera ali, pois continuou:
— Este foi o caminho que encontrei para mim mesmo. Tendo a mente de um escravo, sempre penso muito sobre a liberdade humana. Por esta razão nunca tentei fazer os outros aceitarem minhas idéias e meus gostos, mas sempre permiti que vivessem a sua própria vida. Talvez tenha sido infantilidade minha voltar para Jerusalém, mas pelas histórias que minha mãe e meu pai me contavam eu sabia que esta é a terra prometida. Falavam-me também sobre o Deus de Israel, ou pelo menos sobre o pouco que sabiam dele, embora nós, os escravos, não tivéssemos nem sinagoga nem mestres. Nem eu e nem mesmo meu pai fomos circuncidados como requer a lei, tão pouco sabíamos do pacto existente entre Deus e o povo de Israel. Sobre o comércio de cereais sei tudo o que é possível saber e certamente ter-me-ia arranjado muito bem em Roma. Mas o trigo que é despachado daqui para distribuição gratuita está manchado de sangue, como podem atestar minhas costas laceradas. O homem anseia por tudo o que lhe contaram os seus pais, pelo Deus dos seus ancestrais e por um povo que seja o seu. Eu nunca seria um bom romano e não vejo justificativa em se acumular riqueza apenas pelo prazer que isto traz. Tenho o suficiente para mim e para os meus filhos e empreguei o meu dinheiro com prudência, levando na devida conta todos os riscos. Agora, nada mais peço do que o direito de viver decentemente, reverenciar e adorar a Deus e cumprir os mandamentos sem prejudicar ninguém, e desfrutar das coisas que me dão prazer. O caminho que encontrei, como vês, é muito simples.
— Respeito a tua maneira de ser — falei. — Nada há em ti da arrogância e da insolência que tornam os ricos libertos de Roma tão intoleráveis. Pagarão qualquer quantia para serem convidados à casa de um senador ou para terem o direito de se dirigir a um homem ilustre chamando-o pelo seu primeiro nome. Seu modo de vida só os expõe ao ridículo. É compreensível que tenhas seguido o teu gosto e adaptado a tua casa ao estilo grego e que me tenhas exibido tuas taças de ouro. Mas não és o escravo de tuas propriedades, é o que depreendo de tuas palavras.
Simão de Cirene estendeu os braços.

— É para isto que me tenho esforçado — disse. — Desejo ser tão livre quanto é possível a um homem ser. Mesmo que eu perdesse tudo o que possuo — pois ninguém está livre de um infortúnio — não perderá muito, já que me contento com pouco. Este pouco me proporciona mais alegria do que qualquer abundância.

— Por que então — indaguei — o teu encontro com o Nazareno te perturbou de tal maneira que te escondes num quarto escuro, por trás de portas trancadas, e te recusas a ver qualquer pessoa?

Suspirando profundamente, ele enxugou a testa com a mão e evitou o meu olhar.

— Que sabes dele? — inquiriu.

— Vim de Alexandria até aqui realmente para passar o tempo e para ver a cidade santa dos judeus durante as festas da páscoa — repliquei. — Parei e olhei o homem crucificado justamente no momento em que o céu escurecia. Observei-o sofrer e morrer. No terceiro dia depois disto vi que a sua tumba estava vazia e que ele se tinha levantado. Desde então não consegui tirá-lo da lembrança. Ouvi dizer que carregaste a sua cruz durante um trecho do caminho e vejo que também tu não te conseguiste livrar dele. Por que se dá isto? Disse-te ele alguma coisa de especial?

Simão de Cirene premiu os punhos fechados um contra o outro e respondeu:

— Não, ele não me disse absolutamente nada. Isto é o que me perturba. Nada disse, simplesmente olhou para mim. Eu nada sei sobre ele.

Continuou me informando:

— Nunca me envolvi em política e sigo os mandamentos da lei segundo prescreve a minha sinagoga. Os dois outros eram ladrões, via-se logo. Eu vinha do campo a caminho de casa e parei para observar. Justamente nesse momento ele caiu sob o peso da cruz e não conseguiu levantar-se. Por essa ocasião eu já me achava completamente cercado pelo povo. Uma mulher caridosa curvou-se e limpou o sangue e o suor do seu rosto com o seu próprio véu; mas ele não conseguia pôr-se de pé, embora os romanos lhe dessem pontapés com suas botas ferradas. O centurião correu os olhos à sua volta e apontou para mim arbitrariamente, como é vezo dos romanos. Deve haver ainda em mim algo de escravo, pois obedeci e eles puseram a cruz nas minhas costas. Ele me olhou então e se firmou laboriosamente nas suas pernas trêmulas. Não fiz nenhum protesto e levei a sua cruz durante todo o caminho até a colina. Se eu tivesse apresentado queixa, o centurião teria sido severamente repreendido, mas eu tinha pouco desejo de me meter em encrencas desnecessárias com os romanos.

Fiquei ali enquanto o estendiam na cruz e forçavam os seus braços com os joelhos, para firmá-los. O comandante da legião pregou os cravos em seus pulsos. Então ele me olhou de novo e eu desviei o rosto, voltei correndo para a cidade e me tranquei aqui dentro. Esfregou o rosto com as duas mãos, balançou a cabeça hirsuta e continuou:
— Dificilmente poderias entender. Já vi muitos homens crucificados. Vi até mesmo escravos zombando de seus companheiros que tinham sido pregados na cruz por terem matado um capataz num momento de cólera, ou posto fogo num campo. Nunca poderia imaginar que me afetasse de tal maneira o sofrimento de alguém. Mas ele olhou para mim. Senti-me zonzo, por isso fugi, pois receava que a terra afundasse sob os meus pés.
— Como poderei te explicar isto — exclamou em desespero — se eu próprio não compreendo? Quando ele jazia ali no chão, olhando para mim, com o rosto inchado devido às pancadas e com a coroa de ramos de espinheiro na cabeça, nada mais pareceu ter valor para mim. Ninguém devia olhar para os outros daquela maneira. Fechei-me num quarto escuro e cobri a cabeça com o meu manto, e não tive coragem de correr para o pátio nem mesmo quando a terra tremeu e uma parede rachou. No dia seguinte infringi os preceitos do sábado e caminhei muito, à procura de seus discípulos, mas eles não me quiseram ouvir. Mais tarde se disse na cidade que os seus discípulos tinham embebedado os guardas romanos e levado o seu corpo embora, sub-repticiamente, para iludir o povo. Mas alguma coisa me diz que esta não é a verdade. Um homem que pode olhar para uma pessoa da maneira como ele me olhou é capaz de se levantar de sua tumba por suas próprias forças. Explica *tu* para *mim* quem ele era e o que queria.
— Segundo pude compreender — respondi cautelosamente — ele trouxe consigo o seu reino para a terra. Seu reino ainda está conosco. Procuro o caminho até ele, e tinha esperança de que tivesse dito a ti alguma coisa que me pudesse guiar.
— Se ao menos tivesse feito isto — lamentou-se Simão de Cirene. — Talvez me tenha julgado indigno, vendo que eu aceitava a sua cruz de tão má vontade. Agora, porém, depois que me olhou, até a pura água da fonte me parece salobra, até o pão fresco se me entala na garganta. Sim, meus próprios filhos se transformaram em estranhos para mim, de tal maneira que já não me alegro ao vê-los. E estranhos são, na verdade, pois desejei dar-lhes uma educação diferente da minha. No entanto, a princípio eu tinha prazer em ver quão bem se comportavam, como podiam ler e discutir com seus mestres sobre assuntos dos quais não tenho nem

desejo ter conhecimento, já que minha própria experiência me basta. Mas no presente caso a minha experiência de nada me serve. Fui despojado de minha alegria e podia até voltar para o alojamento dos escravos e mandar prender grilhões à volta dos meus tornozelos novamente.

— Ouviste falar nos tranqüilos da terra, que estavam à sua espera? — indaguei por fim.

— Que outra razão imaginas que eu teria para mandar ler alto para mim o livro de Isaías, o profeta? — volveu Simão de Cirene amargamente. — É tamanha a procura desse livro ultimamente que tive que pagar cinco vezes o seu valor por um pergaminho grego. Mas ele não me trouxe nenhuma ajuda. Não me fales dos tranqüilos da terra. Sei que eles se reconhecem uns aos outros pelas suas saudações e sinais secretos, mas eu me recuso a me envolver com política. Sou um livre-pensador e não desejo outra posição.

— Todavia — falei — eles dificilmente poderão estar lutando por um objetivo político. Não mais agora, pelo menos. Na minha opinião, acreditam que Deus veio à terra sob a forma humana e que andou entre eles, e sofreu, e se levantou de novo para cumprir o que estava escrito e lhes abrir as portas do seu reino, de uma maneira que ainda é incompreensível para todos. Mas ainda não há ninguém que saiba como tudo isto pode ser explicado.

Simão de Cirene endireitou seus largos ombros e sacudiu o corpo, como para livrar-se de um peso invisível.

— Nestes meus ombros, pois, eu carreguei a cruz de Deus — falou, e havia horror na sua voz. — Não negarei isto, nem te irei contradizer. Meu coração me diz que falas a verdade. Ele olhou para mim duas vezes.

Cheio de angústia, prosseguiu:

— Eu tinha ouvido falar num novo mestre, sobre quem pesavam graves acusações. Jamais, porém, poderia tê-lo associado àquele homem ensangüentado, coroado de espinhos, a arrastar-se penosamente para a crucificação. Não foi senão quando nos achávamos no alto da colina que alguém leu para mim a inscrição — pois não sei ler — e percebi tratar-se do mesmo Jesus de quem eu ouvira falar. A vida ensinou-me a ser incrédulo. Nunca me interessei também pelos milagres que ele realizava. Mas em Jericó vive um coletor de impostos chamado Zaqueu. Esse Zaqueu subiu a um sicômoro para ter uma melhor visão do novo mestre, e parece que Jesus o mandou descer e visitou-o em sua casa, embora ele fosse um publicano. Depois que Jesus se foi, dizem, Zaqueu distribuiu metade de suas propriedades entre os pobres e pagou o quádruplo do que tinha extorquido desonestamente dos outros. Depois de confessar suas falcatruas, foi processado, sendo, porém, absolvido sob alegação de insanidade mental e demitido do seu cargo. Pois bem, compreendo perfeitamente que uma pessoa que tenha esse poder possa fazer um paralítico levantar-se e caminhar, mas fazer um homem rico distribuir metade de suas propriedades entre os pobres constitui um milagre incomparavelmente maior. Fatos como esses não costumam acontecer. É impossível. Os próprios juízes perceberam que Zaqueu perdera a razão. Eu gostaria realmente de encontrá-lo um dia e ouvir de seus próprios lábios o que foi que Jesus lhe disse e que o fez perder o juízo de maneira tão completa.

Se meu bom senso romano não me tem sido de grande valia em outros casos, pelo menos tem-me feito demonstrar espírito prático, não obstante a filosofia grega.

— Tens razão — falei. — Vamos seguir para Jericó imediatamente e procurar Zequeu. Talvez tenha aprendido algo com ele que seja de maior valor do que todas as riquezas do mundo. Um segredo dessa espécie merece ser pesquisado. Tu próprio disseste que bastou ele olhar para ti para que tudo o mais perdesse o seu valor.

Mas Simão de Cirene se mostrou irresoluto:

— Jericó fica a um longo dia de jornada daqui, mesmo que andemos depressa. Hoje é a véspera do sábado e, de qualquer forma, eu preferia não me afastar de Jerusalém neste momento. Se ele realmente se levantou, então o reino de que falaste tão ardentemente se acha mais próximo de nós aqui. É o que me diz o bom senso.

Eu sabia que ele tinha razão. Nem os próprios mensageiros de Jesus desejavam deixar Jerusalém e permaneciam aqui à espera de que algo acontecesse.

— Temos uma coisa em comum — falei. — Nenhum de nós pertence à sua seita, e foi por acaso que presenciamos esses eventos. Contudo, já não acredito mais em acasos. Começo a crer que tu e eu fomos especialmente escolhidos para seguir o seu Caminho. De qualquer maneira, nós dois temos agora um espinho no coração e não encontraremos paz enquanto não pudermos ver todas essas coisas claramente.

Simão de Cirene respondeu com amargura:

— Eu via tudo claro e tinha o meu caminho. Agora, porém, já não sou mais livre e nada faço senão lutar como um peixe preso à rede. Nunca desejei a vida eterna, que os fariseus julgam poder alcançar se seguirem estritamente a lei, ponto por ponto. Vi escravos em demasia soltarem o seu último suspiro, para que possa crer em outra vida. Acho-me mais de acordo com os saduceus, que não alimentam nenhuma esperança nesse sentido. Em nossa sinagoga não discutimos esses assuntos. Nossos mestres sentaram-se aos pés dos sábios de Alexandria. Creio um pouco em feitiçarias, não só funestas como benfazejas, pois acho-me inclinado a acreditar no que vêem meus próprios olhos. Distribuindo esmolas e cumprindo a lei, dentro de limites razoáveis e satisfatórios, proporciono conforto ao meu espírito, pois vejo quão cheio o mundo está de crueldade e falta de caridade. Mas não creio que com boas ações conseguirei comprar a vida eterna. Um trapaceiro não há de poder subornar a Deus, embora faça soar as trombetas toda vez que distribuir esmolas. Não acredito numa vida depois da morte — nem mesmo naquela penumbrosa vida que os gregos e os romanos imaginam — nem que se possa nascer outra vez sob forma de um galo, pois em Cirene tentaram fazer-me acreditar até mesmo nisto. Havia ali cães que perseguiam os escravos fugidos e eram alimentados com sua carne.

Mergulhado em suas recordações, continuou:

— Vinha gente até de Roma visitar as grandes propriedades rurais na África, para ver como o trabalho era organizado de maneira prática e econômica, quão pouco se gastava com a alimentação dos escravos e como se fazia a sua procriação, cruzando-se escravos vigorosos com mulheres sadias. Mas que proveito tenho em ficar aqui sentado, a recordar os velhos tempos? Isto já não me ajuda a desfrutar a minha liberdade.

Seu vinho forte me subira à cabeça sem que eu disto me desse conta, e eu falei complacentemente:

— Simão de Cirene, eu não te desprezo, embora sejas um liberto. Sou de fato um cidadão romano e tenho o direito de usar um anel de ouro no meu polegar. Mas em Rodes aprendi a não dar importância aos privilégios adquiridos no nascimento, e sim a procurar me distinguir pelo valor de minhas próprias obras. Contudo, nunca consegui me tornar famoso, já que me dedico mais à meditação do que à ação. Nunca atentei nos escravos ou no sistema de escravidão, a não ser para refletir que eles apresentam incômodos problemas para os seus amos, e que um homem próspero nunca se acha em paz, pois que os servos enxameiam à sua volta noite e dia. Dessa maneira, uma pessoa que ama o conforto torna-se escrava de seus próprios escravos. Mas tu me abriste os olhos para o fato de que um escravo é um ser humano também, bem semelhante a mim, embora seja marcado na testa e talvez castrado, se o seu ardor precisa ser atenuado. Simão de Cirene, tu és meu próximo, e eu gostaria de te amar como a mim mesmo, se pudesse. Isto foi o que o homem ressuscitado ensinou. Não há dúvida de que sou mais instruído do que tu, mas nessas novas coisas os meus conhecimentos não têm nenhum valor. Sinto que fui lançado num novo mundo, onde tenho que aprender tudo desde o começo. Por conseguinte, com toda a sinceridade, gostaria de ser teu amigo, ainda que seja grande a distância que nos separa na sociedade.

Minhas palavras, porém, feriram o orgulho de Simão, pois nesse ponto os libertos são mais sensíveis do que os outros. Bateu com a sua vasilha de cerâmica no braço da cadeira com tal força que me espirrou água nos olhos, e exclamou:

— Não te envergonhas, romano? Teu anel de ouro eu o jogo na sarjeta, sobre a tua filosofia eu verto água. Tudo isto não passa de vaidade de gente ociosa, que nunca plantou um simples grão de milho. O mesmo se dá com tua curiosidade: tudo o que queres é arranjar uma boa história para contar, que te faça sobressair no meio dos outros. Astuta vaidade se vê na tua barba rala e nas borlas do teu manto. És como um ator que busca um novo papel a qualquer preço, depois de ter falhado em todos os outros.

Tivesse isso acontecido poucos dias antes, e eu teria lançado o meu vinho no seu rosto cobrindo-o de imprecações, e me retirado apressadamente de sua casa. Mas suas contundentes palavras dissiparam minha ligeira embriaguês, de forma que guardei silêncio e comecei a ponderar sobre o que me dissera. Estaria de fato com a razão ao me condenar dessa maneira? Foi apenas por uma natural curiosidade que eu enveredei por este caminho, no entanto quanto mais me aprofundo nele mais claramente percebo que é vital o meu interesse e que estou mudando o meu modo de ser, a cada passo que dou.

— Perdoa minha presunção — falei. Eu, um cidadão, na verdade me inclinei para pedir perdão a um liberto ignorante! — Como homens estamos em pé de igualdade nesse assunto. Nada tenho de excepcional. Dizem que na sua última noite ele se ajoelhou e lavou os pés dos seus discípulos, para lhes ensinar humildade. Sou bastante louco para me ajoelhar de boa vontade e lavar teus pés, se o permitires, Simão de Cirene.

— Eu mesmo lavo os meus pés e não preciso de nenhum servo para me fazer esse serviço — retorquiu Simão com aspereza.

Em seguida acrescentou mais brandamente:

— Não te ofendas com o que eu disse. Desde que me olhou ele se tornou para mim uma questão de vida ou de morte.

Como um sinal de que me considerava como amigo, Simão tocou-me a testa, o ombro e o peito, e o contato de sua mão não me repugnou.

— Talvez me tenhas procurado na ocasião ideal — disse. — O preceptor grego dos meus filhos tinha estado a ler para mim as escrituras, em meio a constantes bocejos. Eu próprio não alcancei melhor do que ele o seu significado. Estava justamente pensando em deixar a minha casa e sair à procura de um escriba que pudesse interpretar para mim essas profecias. Ele provavelmente pegaria cada palavra e a destrincharia, explicando tudo, primeiro de uma maneira literal, em seguida simbolicamente, depois compararia essas profecias com as outras, e eu teria ficado na mesma. Vês, desde que ele me olhou compreendi que seus ensinamentos não são uma doutrina escrita e sim uma maneira de viver.

Simão olhou à sua volta e perguntou:

— Que aconteceu? Sinto um grande alívio e todo o temor se afastou de mim.

Era como se uma nuvem tivesse deslizado para além da abertura no telhado do átrio, pois de repente tudo ficou claro. Nesse momento um homem alto entrou, enrolado em seu manto, e atravessou a sala na direção do interior da casa, como se nem nos tivesse visto. Simão de Cirene gritou para ele:

— És tu, Eleazar? Aconteceu alguma coisa no campo? — Pôs-se de pé e disse: — É o meu feitor, Eleazar. Acho que alguém quebrou o braço, ou um jumento caiu nalgum poço. Estão precisando de mim.

Acompanhou o homem, enquanto eu permanecia sentado, a conjecturar onde tinha visto aquele rosto antes, pois havia nele algo que me era familiar. Não pude deixar de rir quando me ocorreu que ele me fazia lembrar, mais do que ninguém, o meu velho professor em Rodes. Pareceu-me que tinha a mesma ligeira calvície, e se estivesse trajado à maneira grega, a semelhança teria sido extraordinária. Mas eu sabia que meu professor morrera havia muitos anos, e me entristeceu lembrar-me quão cheio de receptividade e de boas intenções eu me achava *naquela* ocasião.

Dali a pouco Simão de Cirene voltou e disse com ar aborrecido:

— Não sei onde Eleazar se meteu. Talvez tenha saído pelo pátio quando não me encontrou no meu quarto. — Deu uma pancada no disco de metal com o martelo e quando o servo apareceu ele disse. — Vai chamar Eleazar. Ele passou por esta sala

agora mesmo, mas não me viu porque eu estava oculto nas sombras.
O servo respondeu surpreendido:
— Não vi Eleazar hoje. — Mas saiu para procurá-lo e voltou, dizendo: — Não, não, deveis estar enganado. Eleazar não está aqui e o portão está trancado.
Simão de Cirene foi verificar, ele próprio. Ouvi-o falando colericamente com a criada, andando de quarto em quarto e empurrando as coisas para o lado. Passou-se bastante tempo antes que voltasse e dissesse:
— Não há ninguém aqui. A criada jura que não abriu o portão desde que chegaste, e ninguém na casa viu Eleazar.
— Bem — observei em tom de troça — julguei que ele fosse o meu professor de Rodes, já falecido. Por sorte deixou pegadas no piso de pedra, do contrário pensaríamos que tínhamos visto um fantasma.
Apontei para as marcas de uns pés nus no chão polido. Simão de Cirene curvou-se para examiná-las e disse com ar distraído:
— Eleazar deve ter ferido o pé.
Passou o dedo nas pegadas e o seu dedo se manchou levemente de sangue. Caí de joelhos e contemplei os rastros. Um calafrio me percorreu o corpo dos pés à cabeça enquanto eu levantava os olhos para ele e gaguejava:
— Agora vejo porque os seus discípulos não o reconheceram imediatamente.
Mas Simão de Cirene não compreendeu e retrucou irascivelmente:
— Minha casa está mal-guardada, na verdade, se as pessoas podem entrar e sair dela à vontade com o portão trancado.
— Não o reconheceste, então? — indaguei.
Simão de Cirene insistiu teimosamente:
— Era Eleazar, meu feitor.
Erguendo as mãos exclamei:
— Não, não! Estas pegadas são santas e tua casa foi abençoada. Aquele que ressuscitou passou por aqui e nos permitiu que víssemos porque buscamos o seu Caminho com tanta ansiedade.
A face morena de Simão se tornou cor de cinza, mas ele protestou com veemência:
— Era Eleazar, eu o vi e o reconheci. Não vou permitir que me assuste desse jeito.
— Acredita no que quiseres — retorqui. — Eu sei o que pensar. Havia algo nele que era familiar a nós dois, uma vez que

ambos já o vimos. Mas como poderiamos saber imediatamente que era ele? Maria Madalena não o reconheceu senão quando o ouviu pronunciar o seu nome.

— Que estás pretendendo me fazer engolir? — inquiriu Simão de Cirene cheio de suspeita. — Já vi um feiticeiro invocar os espíritos, mas os seus espíritos não passavam de imagens dentro de fumaça iluminada e se moviam com a fumaça. Nenhum espírito deixa pegadas no chão.

— Ele não é apenas um espírito — retruquei. — Ainda não entendes? Ele se levantou de sua tumba e ainda vive entre nós, indo e vindo à sua vontade. Mesmo através de portas trancadas.

Mas o seu raciocínio de escravo não lhe permitia ceder.

— Posso acreditar que tenha ressuscitado, por causa da maneira como me olhou — disse. — Mas não vejo porque iria aparecer para nós dois. Não somos seus discípulos, nunca o conhecemos durante o tempo em que viveu. És um romano incircunciso e eu sou um ex-escravo. Por que iria o rei aparecer para nós?

— Seu reino estava próximo de nós antes que ele surgisse — falei. — Não notaste como tudo se tornou claro pouco antes da sua chegada? Tu próprio sentiste um grande alívio, assim me disseste, e o mesmo sucedeu comigo. Ainda me sinto cheio de euforia. Por que havemos de nos maravilhar com seus propósitos, embora sejam estranhos? Ao aparecer para nós ele quis mostrar certamente que também temos o direito de buscar o seu caminho, da melhor maneira que pudermos.

— Se de fato era ele, passarei minhas propriedades para meus filhos e o seguirei aonde quer que vá — disse Simão. — Mas não era ele, era Eleazar.

Não obstante, começou a se lastimar amargamente do seu destino, crispando as enormes mãos e suspirando:

— Por que iria acontecer isto comigo? Não poderia ele ter procurado um homem mais jovem para apanhá-lo em sua rede? É assim que o infortúnio cai sobre um homem, subitamente, quando menos espera. Que má sorte me teria posto no seu Caminho justamente quando eu me preparava para viver o resto dos meus dias contente com o que tenho?

De suas palavras depreendi que ele de fato acreditava, ainda que contra a sua vontade. Falei, procurando animá-lo:

— Simão, meu irmão, podes estar certo de que ele te dará mil vezes mais do que tudo o que possuíste até agora. Mas se a ti o Caminho parece muito árduo, não o sigas, continua sendo o que és. Não creio que ele forçaria ninguém a acompanhá-lo, a não ser aqueles que no fundo de seu coração já se acham preparados para seguir o seu Caminho.

Nesse momento ouvimos violentas batidas no portão e ambos nos sobressaltamos. Ouvimos o ranger do trinco e o ruído do portão ao se abrir, em seguida a voz da criada, discutindo. Passando por ela, entrou correndo na sala um homem de estatura baixa, com uma cabeça enorme. Torcendo as mãos, ele gritava:
— Onde está ele? Onde o escondestes? Quando o vi entrar aqui, amarrei o meu jumento na argola junto à parede e esperei pacientemente, mas ele ainda não saiu. Quero vê-lo.
— De quem falas, estranho? — indagou Simão. — Não há ninguém aqui a não ser o meu hóspede, e estamos aqui a conversar há muito tempo.

O cômico homenzinho se aproximou e me examinou com seus olhos míopes, em seguida disse:
— Não é este o homem que procuro. — Achava-se trajado com roupas caras e vistosas demais para um judeu, e se não me enganava trazia um manto de lã de Mileto.
— A quem buscas, então? — perguntou Simão, de novo. — E por que te metes à força dentro de minha casa, tão descaradamente?
— Quem eu procuro não vos diz respeito — retorquiu o homenzinho misteriosamente. — Trata-se de um homem que passou por mim na estrada. Só o reconheci quando já se achava a uma boa distância na minha frente, mas não parou nem me ouviu quando o chamei. E embora eu espicaçasse o meu jumento o mais que pude, ele alcançou a cidade antes de mim e vi quando entrou aqui.

Nesse momento ouviu-se outra batida na porta e em seguida entrou um camponês de rosto franco e queimado de sol. Simão de Cirene suspirou de alívio ao vê-lo e exclamou:
— Aí estás, Eleazar! Por que passaste por aqui sem uma palavra e aonde foste?

Mas Eleazar respondeu surpreendido:
— Eu não estive aqui hora nenhuma. Acabo de chegar do campo para saber o que se passa convosco, senhor, pois há muitos dias não ides lá. Os passos do amo refrescam o solo, e eu não sei para quem me virar quando não estais ao meu lado para me orientar. Estaríeis doente, porventura?

Eu olhava para os seus pés. Estavam nus e pareciam-me manchados de sangue. Apontando para eles, falei:
— Feriste os pés?

Eleazar contemplou-os embaraçado e replicou:
— Não. Isto é tinta que usamos para marcar os cordeiros sacrificiais, e eu ainda não me lavei, pois vim a toda a pressa procurar o meu amo, para que ele continue a me dizer como são feitas as coisas em Cirene e se ponha a gritar nos meus ouvidos. Pois, a menos que faça isto, não posso dar as ordens para que o trabalho se faça de acordo com o seu gosto.

O homenzinho olhou para todos nós, de um em um, depois, perdendo as estribeiras, bradou, com o rosto rubro:
— Estais querendo me fazer de tolo? Por que falais de campos e cordeiros quando venho aqui calma e tranqüilamente vos perguntar onde o escondestes?

— Tu te atiras sobre nós como um galo de briga, homenzinho — respondi, censurando-o: — Meu nome é Marcos e sou um cidadão romano; meu anfitrião é Simão de Cirene e este homem é o seu feitor, Eleazar. Quem pensas que sejas e como ousas invadir uma casa estranha como se tivesses perdido o juízo?

Altaneiramente, ele replicou:
— Sou Zaqueu de Jericó, outrora um chefe entre os publicanos. Não zombes de minha estatura, pois na minha cidade não sou um homem desprezível — pelo menos aos olhos dos romanos.

Bati palmas, tomado de espanto, e Simão de Cirene exclamou:
— Já ouvi falar de ti, Zaqueu! Ainda há pouco conversávamos sobre tua pessoa. Que ventos te trouxeram até aqui? Se amanhã não fosse sábado, teríamos viajado para Jericó, à tua procura.

Zaqueu nos observara suspeitosamente, mas eu também confirmei:
— É verdade. És então o homem que, a uma ordem de Jesus de Nazaré, deu metade de suas propriedades para os pobres e restituiu um quádruplo do que tinha surripiado?

— Não foi uma ordem — replicou Zaqueu. — Por minha livre vontade distribuí o que adquirira desonestamente. Mas que sabes tu, um romano, a respeito dele?

Eleazar esfregou os pés no chão, contrafeito, e falou:
— Meu amo parece em boa saúde, e não desejo ouvir coisas que anuviam o cérebro e enjoam o estômago.

— Não tenhas medo — retruquei. — Mas explica para nós porque tu, um homem pobre, receias ouvir o nome do Nazareno.

Eleazar remexeu os pés, fixou os olhos no chão e disse:
— O seu fardo devia ser leve e a sua canga fácil de suportar. Ele nos prometeu paz se o seguíssemos. Mas todo aquele que promete boas coisas — coisas melhores do que houve antes —,

seja ele trabalhador, pastor ou lavrador, é levado perante os juízes. Assim, eles o crucificaram também, e não quero mais ouvir falar no seu nome.

— Não, não, — exclamou Zaqueu com veemência. — Interpretas muito mal seus ensinamentos. Ele veio para buscar aqueles que se tinham extraviado, e até me chamou filho de Abraão, embora soubesse que eu era um homem ganancioso e sem piedade. E também não zombou de minha aparência, mas chamou-me pelo nome e ordenou-me que descesse da árvore onde eu tinha subido para vê-lo melhor. Depois hospedou-se em minha casa.

— E seu reino não é deste mundo — acrescentei, como contribuição pessoal.

— Mas quando ele falou, acreditamos que seu reino em breve nos seria revelado — continuou Zaqueu. — Não fui a Jerusalém com os outros, para a páscoa, visto que sou um pecador e nenhuma oferenda minha é aceita no templo. Só mais tarde, por intermédio dos que voltavam das festividades, é que fui informado da horrível maneira como foi assassinado. E agora já não sei mais o que pensar e em que acreditar. Enchi-me de desassossego e por fim montei no meu jumento e vim para Jerusalém, em busca de informações mais precisas sobre tudo o que sucedeu. Mas na estrada próxima a Jerusalém ele passou por mim.

— Quem? — inquiriu Simão de Cirene.

Zaqueu tornou-se rubro, de novo, baixou os olhos e torceu as mãos.

— Ele passou por mim — murmurou. — Não me venhas dizer que estou fora do meu juízo. Eu me achava cansado da jornada, já que nada tenho de robusto. Meu jumento seguia vagarosamente também, de cabeça baixa. Foi só depois que já estava na minha frente que percebi que uma força passara por mim, e quando o olhei atentamente eu o reconheci.

— Viste-o realmente entrar na minha casa? — perguntou Simão asperamente.

— Ele não poderia ter-se desvanecido em outra parte — assegurou-lhe Zaqueu. — Ouvi dizer em Jericó que ele ressuscitara dos mortos, mas não acreditei, pois jamais aconteceu uma coisa dessas antes. Mas quando percebi que era ele, não ousei chamá-lo e nem desejava atrair atenção batendo imediatamente à porta, com receio de expô-lo a algum perigo. Agora, porém, sê misericordioso e admite-me à sua presença, para que eu possa me inclinar diante dele e saudá-lo como o Messias.

Quando Eleazar ouviu a palavra Messias, soltou uma rude imprecação e bradou:

— Não pronuncies essa palavra! Ele curou os enfermos e ressuscitou os mortos, entrou como um rei em Jerusalém e com um flagelo limpou o santuário. Mas seu poder não foi suficiente para esmagar o Sinédrio, embora mais de um homem tenha reforçado com ferro o seu cajado e nos achássemos todos prontos a segui-lo, a um sinal seu. Pois bem. Recebemos o nosso sinal e nele acreditamos, ele foi crucificado entre dois ladrões, e que ninguém me fale mais em um Messias, enquanto eu viver. Acredito de minha livre e espontânea vontade e não me deixarei extraviar outra vez. Meus filhos saberão que não existe nenhum Messias e nunca há de existir.

— Assim, tu também o conheceste, Eleazar? — falou Simão de Cirene em tom de censura. — Por que nunca me falaste a seu respeito enquanto ainda havia tempo?

A essa altura Eleazar já se achava exasperado e, sem pesar as palavras, exclamou:

— Seríeis a última pessoa a quem eu poderia falar sobre o assunto! Vós, um homem rico, e tão miserável que recolheis do chão os gravetos para que as viúvas e os órfãos não possam encontrar mais nada! Os ricos não têm lugar em seu reino, seriam os primeiros que afastaríamos do seu caminho, para depois distribuir seus campos, seus vinhedos e seus pomares de oliveiras entre o povo. É verdade que são contraditórias as coisas que se dizem a seu respeito, mas estou certo de que os filhos da luz deveriam ter voltado a Jerusalém para nos guiar. Mas João Batista foi decapitado e Jesus de Nazaré pregado na cruz. Os ricos e os poderosos e aqueles que aprenderam a lei têm assassinado, em todas as épocas, os profetas do nosso povo. E agora já não posso mais suportar o fel que trago dentro de mim e tenho que cuspi-lo no vosso chão, senhor. Sabeis como são feitas as coisas em Cirene, mas eu aprendi por amarga experiência própria como elas são feitas em Jerusalém e na Judéia.

Quando ele acabou de falar, Simão de Cirene disse com voz débil:

— Se eu te ofendi tão rudemente, se realmente privei os órfãos e as viúvas dos seus gravetos, bate-me, pois. Eu o mereço.

Mas Eleazar não lhe bateu. Pelo contrário, arrependeu-se do seu acesso de rancor, baixou a cabeça e declarou:

— Não, não, minhas palavras foram injustas. Sois um bom amo — o melhor amo que se poderia encontrar hoje em dia. Pelo contrário, cuidais das viúvas e dos órfãos e nunca vos preocupais em contar mesquinhamente os vossos feixes de trigo e os vossos cestos de olivas. Muitos vivem unicamente das migalhas de vossa mesa. Sucede apenas que me encontro cheio de amargura e meu coração está negro por causa de Jesus de Nazaré. Ele mostrou seu poder e prometeu muito, mas nos deixou com as mãos vazias.

— Elas não estão vazias — falei — pois ele nos deu algo maior e mais poderoso do que qualquer outra coisa que já apareceu no mundo até hoje.

Apontei para as pegadas. Tinham se tornado tão apagadas que mal podiam ser discernidas à luz do Sol. Simão de Cirene contou então aos outros o que nos sucedera, mencionando a aparição que tínhamos visto. Por fim sugeriu:

— Zaqueu, vai e leva Eleazar contigo, já que não me acreditas e desconfias que o ocultamos. Procura em todos os quartos e recantos de minha casa, examina as adegas, os galpões e o telhado, não deixes de inspecionar um só lugar, e que não fique a menor sombra de dúvida de que ele desapareceu de minha casa da mesma forma como entrou. Depois volta para cá, para que possamos discutir o assunto e decidir o que iremos fazer.

A expressão de dúvida nos olhos de Zaqueu mostrava que ele não acreditava inteiramente em Simão de Cirene. Mas concordou com a proposta e disse:

— Não foi à toa que fui promovido a chefe entre os publicanos. Se eu tivesse comigo a alavanca de ferro dos inspetores aduaneiros, estaria certo de descobrir todos os lugares secretos de tua casa. Se eu não puder encontrá-lo, ninguém mais poderá, e então acreditarei, com certas restrições, que ele não se acha mais aqui.

Impacientemente, Simão instou-o a pedir aos servos tôdas as alavancas de que necessitasse. Acompanhado de Eleazar, Zaqueu dirigiu-se para o interior da casa, com o andar irregular de um homem aleijado, e iniciou uma busca rigorosa. Simão e eu ficamos em silêncio por um longo tempo, numa atmosfera de constrangimento. Por fim observei:

— Mal acabamos de falar em Zequeu, ele apareceu. Isto talvez seja um sinal.

Simão não teve tempo de responder, pois justamente nesse instante ouvimos um grande alarido lá fora na rua e vimos a criada abrir novamente o portão e começar a altercar furiosamente com uma grande aglomeração de gente. Em seguida ela veio procurar Simão, cheia de perplexidade, e disse:

— Não sei o que se passa e o que está acontecendo com a vossa casa. Há uma grande multidão de mendigos lá fora, em grande excitação, dizendo terem ouvido falar que vós, Simão de Cirene, iríeis hoje distribuir comida e bebida para todas as pessoas pobres e infelizes de Jerusalém.

Simão agarrou a cabeça com as mãos e exclamou:

— Estou sonhando ou acordado! Não vai haver nenhuma recepção na minha casa hoje.

Voltando-se para mim, falou em tom de censura:

— Que feiticeiro — que maligno feiticeiro deves ser! Tudo isto é obra tua, e não resta na minha cabeça uma única idéia coerente.

Dirigiu-se apressadamente para a porta e eu o acompanhei. Quando a abriu, vimos que a estreita passagem lá fora se achava repleta de gente aleijada, ferida, endemoninhada; de mulheres emaciadas e encarquilhadas; de crianças que, com as moscas a enxamearem à volta de seus olhos, estendiam para Simão suas mãos ressequidas como o couro. Todos soltavam ao mesmo tempo gritos de louvor e bajulação, e o abençoavam em nome do Deus de Israel. Inutilmente Simão tentou descobrir a origem daquele boato, segundo o qual iria oferecer um banquete. Nenhum dos mendigos conseguiu dar uma resposta clara a essa pergunta, e em ambas as extremidades do beco surgiam novas levas de infelizes, a claudicar e a rastejar, tentando alcançar a sua casa o mais depressa possível.

Simão de Cirene cedeu, então, e convocando todos os seus servos ordenou-lhes:

— Deixai entrar no meu pátio todas essas pobres criaturas, mas conservai-as em ordem e cuidai para que não furtem nada. Assai pão e dai a eles tudo o que haja na casa para comer, cuidando para que cada um receba a sua porção. Misturai também o vinho dos jarros grandes. Mas deixai entrar apenas os que chegaram aqui primeiro, ninguém mais. O pátio não comportaria todos, de qualquer maneira.

Para mim ele falou:

— Não posso deixar de dar graças àquele que criou o céu e a terra pelo fato de estarem os meus dois rapazes Alexandre e Rufus em visita a uma fazenda em Quiriat, onde passarão também o sábado, pois essa gente infeliz poderia contaminá-los com suas doenças e sua sujeira, embora quanto à minha pessoa isto não me preocupe.

Foi verificar pessoalmente se os servos obedeciam a suas ordens e traziam tudo o que havia para comer na casa, sem poupar azeite, farinha, mel ou frutas secas; e que não deixassem de abrir também os potes de peixe salgado e servir os molhos picantes. Quando verificou que mais de setenta mendigos se tinham arrastado para dentro de seu pátio e ali estavam sentados, percebeu que seus estoques não seriam suficientes para alimentar a todos e mandou que os servos fossem comprar pão e cereais.

Quando os mendigos foram admitidos no pátio, puseram-se a olhar timidamente para as colunas gregas e guardaram silêncio, para não incomodar. Zaqueu voltava nesse momento, depois de ter inspecionado todos os quartos e adegas, apalpado todos os sacos e remexido no depósito de carvão. Achava-se coberto da cabeça aos pés de poeira, farinha e fuligem. Ofegando violentamente, ele limpou o rosto com o lenço, o que o deixou ainda mais sujo, e disse para Simão acusadoramente:

— És um sujeito ladino. Foi assim que me burlaste. No meio de toda essa gente tornou-se fácil para o homem que escondeste escapar sem ser percebido.

Simão suspirou.

— Se tu que o conheceste não acreditas em mim, quem mais então daria fé ao que temos para contar e àquilo que nós próprios vimos? Ele apareceu para ti na estrada, e para nós em minha casa. Deus tenha misericórdia de mim! Depois de tudo o que me aconteceu hoje, eu na verdade acredito que ele se levantou para perturbar o mundo, como perturba agora a minha casa. Por conseguinte, rogo-te que nos fales a seu respeito e a respeito do que ensinou, para que possamos entender o que ele espera de nós.

Com suas próprias mãos foi buscar água e, enquanto ele acalmava Zaqueu, eu lavei sua cabeça e Eleazar os seus pés, e Simão trouxe um manto limpo.

Quando Zaqueu percebeu com que ansiedade nós três o servíamos, para que pudéssemos ouvir a palavra sobre a vida eterna, ele se tornou mais calmo e disse com moderação:

— Ele não me confiou nenhum segredo, se é o que estais pensando. O que disse em minha casa, disse-o para todo o mundo. Quando foi a Jericó fez voltar a vista a um cego que acreditava ser ele o filho de Deus. Mas para mim ele disse: "O filho do homem veio para procurar e salvar os que estão perdidos". Disse também que em seu reino há mais regozijo por um pecador que se arrepende do que por noventa e nove justos que não necessitam de perdão.

Simão de Cirene retrucou imediatamente:

— Isto é injusto. Que alegria pode ter uma pessoa que se esforça para viver decentemente, se o seu senhor passa por ela sem nem mesmo lhe dirigir a palavra? Como pode um pecador lhe causar maior prazer do que um justo?

Mas Zaqueu ergueu as mãos numa advertência e continuou:

— Ele me chamou pelo nome e foi hóspede em minha casa, embora eu seja um homem desprezível e cheio de pecado. Quando ele chamou, toda minha amargura me deixou, embora eu tenha sido seu prisioneiro a vida inteira, por causa da minha hidrocefalia e do meu corpo defeituoso, que não me deixava desejar o bem a ninguém, apenas o mal. Se ele podia me aceitar — ele, o rei de Israel e o filho de Davi — e perdoar os meus pecados, eu já não tinha mais necessidade da aprovação e dos favores dos homens. Isto me causou um tão grande alívio que distribuí metade de minhas propriedades entre os pobres, de pura alegria; mas suponho que nenhum de vós seja capaz de entender isto.

— Não. — Simão de Cirene admitiu — não é fácil para nós entender, mas não há dúvida de que as injustiças e fraudes que praticaste se estavam tornando tão numerosas que temias não estar longe o dia em que seriam descobertas. Assim, pois, tu te regeneraste e procuraste compensar tuas más ações da melhor maneira possível, de forma a poderes conservar pelo menos uma parte de tuas propriedades.

Mas Zaqueu respondeu alegremente:

— Tuas palavras não me ofendem; pelo contrário, admiro o teu bom senso. Eu próprio aprendi a me mostrar desconfiado dos atos e das intenções das pessoas. Sei o que aconteceu comigo em sua presença. Mas em minha casa ele contou uma curiosa história, que até hoje não entendi inteiramente. Dizia respeito a um homem importante, que fez uma longa jornada a um país distante, para receber a coroa de um rei, devendo voltar depois à sua terra. Antes de partir, ele reuniu os seus dez servos e confiou dez minas aos seus cuidados, ordenando-lhes que fizessem negócios com elas em seu proveito, enquanto estivesse ausente. Mas seus compatriotas o odiavam e mandaram avisá-lo de que não o queriam como seu rei. Depois de ter sido coroado, ele voltou à sua terra e chamou os servos, ordenando-lhes que prestassem contas do que tinham feito em seu benefício. O primeiro servo lhe disse orgulhosamente que a sua mina lhe tinha rendido mais dez minas. O rei falou: "Fizeste bem, meu bom servo; e já que te mostraste digno de confiança nas menores coisas, podes escolher dez cidades para governar".

Não pude deixar de interrompê-lo, tão desapontado fiquei, para perguntar:

— Ele falava realmente apenas de dinheiro? Julguei que tivesse algo que contar sobre a vida eterna.

— Eu era apenas um coletor de impostos, Zaqueu replicou. Naturalmente julgou que eu compreenderia mais facilmente uma parábola sobre dinheiro.
Simão de Cirene concordou.
— Nós os judeus entendemos melhor as coisas que se referem ao dinheiro — melhor do que tu, um romano educado por um filósofo grego. Dez minas representam realmente uma grande quantia, embora talvez fossem apenas de prata, e não de ouro. E tudo depende do tempo que seu amo esteve ausente. Ninguém poderia honestamente multiplicar uma mina por dez em curto prazo; a esperteza e a sorte seriam igualmente necessárias.
— Devo continuar com minha história ou não? — inquiriu Zaqueu. — Outro servo tinha quintuplicado a sua mina, e recebeu cinco cidades para governar. Mas o último servo ainda tinha consigo a mina que recebera, e a amarrara num pedaço de pano, receoso de que a pudesse perder se começasse a fazer negócio com ela. Para se desculpar, disse: "Tive receio de vós, pois sois um homem severo, e vos apoderais do que não produzistes, e colheis o que não semeastes". O rei disse, então: "Eu te julgo segundo tuas próprias palavras, ó mau servo. Sabias que eu sou um homem severo, e que me apodero do que não produzi e colho o que não semeei. Por que não entregaste o meu dinheiro a um banqueiro de confiança, já que não ousava agir em meu nome? Assim pelo menos ter-me-ias devolvido a minha mina com juros". Ordenou aos outros que tomassem a mina do servo e a entregassem ao que já possuía dez. Mas os outros responderam: "Ele já tem dez minas".
Levei a mão à cabeça para me impedir de dizer o que pensava daquela longa e enfadonha história, mas Zaqueu, encarando-nos triunfantemente, ergueu a mão e disse:
— Agora, ouvi, atentamente e lembrai-vos disto, pois foi o que ele ensinou. O rei replicou: "Pois eu te digo que àquele que tenha, ser-lhe-á dado, e ao que não tiver, o pouco que tem lhe será tirado", e finalmente mandou trazer à sua presença os seus inimigos — aqueles que não o queriam como rei — e ordenou que os matassem.
Simão de Cirene e eu meditamos sobre essa misteriosa história. Por fim observei, desanimado:
— Não entendo o seu significado, mas acho-a injusta e errada.
— Nem eu a entendo, admitiu Zaqueu, mas esta história me vem perturbando desde que ouvi falar que ele morrera. Agora só posso imaginar que estava fazendo uma comparação entre ele

próprio e o homem odiado pelos seus compatriotas, e que viajou para um reino que não é deste mundo para receber a coroa de rei. Por certo tem a intenção de voltar um dia e pedir contas a todos aqueles a quem confiou uma mina, para ver o que cada de um de nós fez com ela.

— Tens certeza — perguntei — de que te lembras perfeitamente da história, exatamente como ele a contou?

— Pelo menos — declarou Zaqueu — creio que me lembro muito dela. Muitos outros a ouviram e podem corroborá-la. Alguns dizem que ele se referiu a talentos, outros que eram apenas três os servos, mas o que ele ensinou todos guardaram da mesma maneira, por ser tudo tão surpreendente, inesperado e injusto. — Refletiu, depois continuou: — Não creio que se estivesse referindo a dinheiro. Devia ter sido outra coisa. Ele mesmo advertiu o povo para que não acumulasse bens que as traças e a ferrugem consomem, e disse que era melhor empilhar tesouros no seu reino.

Simão de Cirene lembrou-se repentinamente de algo, e deu uma ordem:

— Ide imediatamente aos galpões e depósitos, recolhei tudo o que encontrardes em matéria de lã e linho e distribuí-os entre os pobres que se acham agora no meu pátio.

Em seguida continuou a olhar fixamente à sua frente, com ar sombrio. Eleazar hesitou, remexeu com os pés no chão, depois disse:

— Podeis fazer o que vos apraz com vossos bens, senhor, mas por certo poderei tirar primeiro para mim um novo manto e novas roupas; gostaria também de tirar alguma coisa para as crianças e para minha mulher.

Simão enfiou as mãos entre os joelhos, balançou-se para frente e para trás na sua cadeira e disse:

— Faze o que quiseres, e todos os outros podem tirar também o que lhes aprouver. Saqueai-me, tomai tudo o que acumulei em toda a minha vida. Levai também este meu manto esfarrapado, se for de utilidade para alguém.

Zaqueu falou, desconcertado:

— Não te excedas, Simão. A moderação é necessária não só no dar como no receber. Quanto ao mais, ages corretamente, pois ele disse: "O que fazes aos mais ínfimos e aos mais miseráveis, fazes a mim". Este é o seu Caminho.

Subitamente ele se mostrou inquieto, levantou-se de um salto e disse:

— Que terá acontecido ao meu jumento, que amarrei no teu muro? A rua estava repleta de mendigos e alguém pode ter soltado o animal, na confusão, e o levado embora.

Logo se acalmou, porém, sentou-se de novo e falou:
— Não tem importância; não farei menos do que tu, no que se refere ao seu reino, Simão. Se alguém me roubou o jumento é porque precisa dele mais do que eu, e não tenho intenção de correr no seu encalço e levá-lo a julgamento. Que fique com o animal.

Simão continuava a balançar-se para cá e para lá, respirando ruidosamente, depois começou a sorrir e disse:
— Tudo isto me despojou de muita coisa. É como se alguém estivesse me destrinchando, naco por naco, com uma tenaz, quando vejo esses insolentes mendigos se empanturrando e brigando uns com os outros pelos melhores pedaços. Estou certo de que esmagam sob os pés o pão e o peixe seco, na sua ganância. Mas tenho que me acostumar com isto, já que é o seu desejo.

Acreditas realmente — perguntei espantado — que ao desaparecer de tua casa ele quis te experimentar e se revelou a algum mendigo, dizendo-lhe que estavas oferecendo um banquete?
— Creio no que eu creio — retorquiu Simão iradamente. — Mas se ele está me enganando, eu também o enganarei, e vamos ver quem rirá por último.

Levou-nos até o pátio. Lá vimos os mendigos acocorados no chão, em perfeita ordem, a dividir a comida uns com os outros. Não havia nenhuma briga entre eles; pelo contrário, ofereciam uns aos outros os melhores pedaços, como se fossem de fato convivas num banquete. Punham a comida na mão dos cegos e a passavam para aqueles que não podiam alcançar os pratos.

Nesse meio tempo, Eleazar trazia pilhas de cobertores de lã e de roupas de linho, e as colocava junto aos pilares. Do braseiro ardente subia o aroma de carne assada, enquanto os servos assavam pão de cevada, pãezinhos de trigo e bolos temperados com azeite e sementes de alcaravia, trabalhando o mais depressa que podiam. Mas a porteira chorava alto e o preceptor grego dos meninos refugiara-se no andar superior e se recusava a descer.

A alegria e a ordem reinantes entre os mendigos de tal forma irritaram Simão de Cirene que ele berrou:
— Bebei e comei até estourar vossas barrigas, e levai convosco tudo o que sobrar. Mas ficai sabendo que não sou eu, Simão de Cirene, que vos oferece uma só migalha disto. O anfitrião deste banquete é Jesus de Nazaré, que foi crucificado pelo vosso Sinédrio. Que ele abençoe a vossa comida, para que vos traga a vida

e não a morte. Não posso forçar a mim mesmo a abençoá-la, pois o fel me sobe à garganta e me amarga a boca.

Os mendigos julgaram que ele gracejava e o olharam inocentemente, e alguns tentaram rir. Isto irritou Simão de Cirene mais do que tudo, e ele gritou mais alto ainda:

— Jesus de Nazaré, o filho de Deus, vos convida a aceitar todas essas coisas, pois ele ressuscitou dos mortos e o seu Reino permanecerá conosco enquanto ele se achar entre nós, indo e vindo à sua vontade — mesmo através de portas trancadas, se necessário for.

Os mendigos estavam atemorizados agora e olhavam uns para os outros, mas os mais ousados soltaram risadas e gritaram:

— Abençoado sejais, Simão de Cirene, entre todos os homens de Israel. Mas por que nos dais apenas vinho azedo, quando pela vossa conversa ficamos sabendo que estivestes saboreando vinho doce com vossos ilustres convivas?

Fora de si de cólera, Simão de Cirene gritou para os servos:

— Abri os pequenos jarros também e misturais o seu vinho no maior vaso que tivermos, para que eles acreditem que Jesus de Nazaré, o filho de Deus, realiza milagres mesmo depois de morto.

Os servos fizeram o que lhes fora ordenado, mas para salvar o que podia ser salvo, começaram a competir com os mendigos nas libações, e Eleazar também bebeu. Enquanto isto, Simão de Cirene foi buscar um pote de finíssimo óleo de alfazema, arrancou-lhe de golpe a tampa e bradou:

— Toda essa imundície, esse pútrido odor e essas moscas em vossos olhos e em vossas feridas me fazem mal. Conheço esse cheiro demasiadamente bem. É como se eu estivesse deitado outra vez num escuro cubículo de escravo, com uma corrente presa aos pés. Besuntai vossas cabeças e vossas faces com isto, pois tem uma fragrância que causaria inveja a um príncipe.

E na verdade um delicioso perfume se espalhou por todo o pátio quando ele abriu o pote. Começou a andar por entre os mendigos, lambuzando de óleo os seus cabelos, com o polegar, e de um modo geral se comportando como se tivesse perdido inteiramente o juízo, ora soltando estrondosas gargalhadas, ora proferindo horrendas imprecações. Mas quando chegou junto de um menino, que comia vorazmente, largou o pote, ajoelhou-se ao lado dele e falou, numa voz perfeitamente normal.

— Trazei-me o meu pente-fino para que eu possa tirar os piolhos da cabeça desta criança.

Quando lhe deram o pente, ele começou de fato a tirar os piolhos da cabeleira emaranhada do infeliz menino e a matá-los, o que fazia com grande perícia, como se toda a sua vida estivesse habituado àquela repugnante tarefa. A cabeça do menino se achava cheia de crostas, devido às mordidas dos parasitas, e ele soltava gritos quando Simão o penteava, mas tal era a sua pressa em encher a barriga que não tinha tempo para opor resistência.

Os mendigos viram-se tomados de nervosismo e começaram a murmurar uns para os outros:

— Simão de Cirene perdeu o juízo por causa de Jesus de Nazaré. E não é de se admirar, depois da maneira como foi insultado pelos romanos, que o forçaram a carregar a cruz do blasfemador. O melhor que fazemos é comer e beber bem depressa, aceitar o que ele tem para nos dar e sairmos daqui, antes que resolva pedir devolução de tudo.

Os mais velhos disseram:

— Já se ouviu falar de homens ricos que deixam mendigos participarem de seus festins, quando o vinho lhes sobe à cabeça, para depois se voltarem furiosos contra eles, enxotando-os e forçando-os a devolver tudo o que comeram e beberam. Tratemos, por conseguinte, de nos apressar.

Olharam de soslaio para Simão de Cirene, cheios de medo, mas ele se achava tão absorvido em tirar os parasitas da cabeça do garoto que nada ouviu do que tinham dito. Depois de lhe ter desembaraçado o cabelo completamente, arrastou o menino até a beira do poço, arrancou-lhe os trapos que o cobriam e lavou-o da cabeça aos pés, sem dar ouvidos aos seus gritos. Passou o que restava de óleo na cabeça, no peito e nos pés do menino, em seguida procurou entre as roupas do seu filho uma vestimenta, um manto e sandálias vermelhas, e vestiu a criança, dizendo:

— Agora teu odor e teus trajes são os do filho de um príncipe. Que ele me dê um murro no nariz se não estás digno de entrar no seu reino.

Os mendigos se apoderaram das roupas que Eleazar distribuíra e começaram a dirigir-se cautelosamente para o portão, à espera de uma oportunidade para arrancarem o garoto das garras do enraivecido Simão. Mas Simão percebeu o seu propósito e bradou:

— Não vos retireis ainda, ó convivas de Jesus de Nazaré! Cada um de nós deve receber uma dádiva dele.

Chamou-me juntamente com Zaqueu, e nós o ajudamos a abrir os inúmeros cadeados de uma arca cintada de ferro. De dentro dela ele tirou uma sacola de couro, lacrada, e correu de volta ao pátio, quebrou o selo e começou a distribuir moedas de prata entre os mendigos, que estendiam todos as suas mãos. Para alguns ele deu uma dracma e para outros, quatro, enquanto outros ainda recebiam uma moeda de dez dracmas, pois ele distribuía o dinheiro ao acaso, sem ver o que cada um recebia.

Os mendigos começaram a resmungar e a dizer:
— Porque aquele ali ganhou tanto e eu tão pouco?
Mas Simão de Cirene respondeu:
— Culpai Jesus de Nazaré por isto. Ele toma o que não produziu e colhe o que não semeou.

E novamente agarrou a sacola e deu mais ainda para aqueles a quem mais tinha beneficiado; mas quando começou a tomar o dinheiro dos que tinham recebido menos, os mendigos acharam que chegara a hora de partir e fugiram pelo portão, levando o menino com eles.

Simão de Cirene limpou o suor do rosto, fez tilintar as moedas na sacola e disse, perplexo:
— Nunca me aconteceu coisa semelhante. Devo tomar isto como um sinal e como uma lição? Pois ainda me sobrou metade do dinheiro na sacola, embora eu estivesse pronto a dá-lo todo.

— Guarda o dinheiro de novo na arca, instei com ele, enquanto podes, e passa-lhe a chave. Depois penteia a tua barba, não vá algum piolho estar escondido nela, e ordena aos criados que comecem a limpeza. Não sei se foste tolo ou esperto em fazer o que fizeste, mas pelo menos estou certo de que os mendigos estão satisfeitos e é pouco provável que voltem a te importunar tão cedo.

Zaqueu estava sentado ao lado de Eleazar, na beira do grande vaso de vinho; ele riu alegremente e me chamou:
— Romano, vem cá! Traze uma taça e tira para ti um pouco de vinho. Ainda sobrou bastante no fundo, e um vinho tão caro não deve ser desperdiçado. — Bebeu e exclamou: — Abençoada seja a safra do vinho em nome daquele que morreu e se levantou de novo, para preparar um reino para todos nós. Nós três o vimos, e tu, Eleazar, pelo menos viste suas pegadas no piso de pedra. Assim tens que acreditar em nós, que somos mais do que tu, um simples pastor e lavrador.

Passou ternamente o braço à volta do pescoço de Eleazar e beijou-o, explicando:
— Não te ofendas, pois é apenas neste mundo que te sou superior; em seu reino talvez tu tenhas a precendência. Ele disse que os primeiros seriam os últimos e os últimos os primeiros.

Eleazar debateu-se, livrando-se dele, e disse em tom de censura:
— Estais todos em estado de grande exaltação, e meu amo Simão mais do que ninguém. Eu também me acho cheio de enlevo, depois de ter recebido roupas novas e distribuído tantas coisas de valor entre os destituídos da sorte. De qualquer maneira, o vinho me subiu à cabeça, pois não estou acostumado com bebidas fortes.
Mas Simão de Cirene passou a mão na cabeça e disse:
— A paz seja com todos vós. Acho-me completamente esgotado e vou me retirar agora para o meu quarto escuro e descansar. Há muitas noites que não consigo dormir, pois minhas dúvidas a respeito de Jesus de Nazaré me mantinham acordado. Agora sinto que encontrei a paz e acredito que dormirei a noite toda e o sábado também.
Com passo incerto ele se retirou para o seu quarto e nós não o seguimos, pois não só eu como Zaqueu compreendemos que o sono era a melhor coisa para ele em seu presente estado. Contudo lembrou-se dos deveres da hospitalidade, pois voltou-se para nos olhar, com o seu cabelo revolto, piscou e disse:
— Espero que tudo isto não passe de um sonho mau; estarei certo disto quando despertar e não vos ver mais. Mas tu, Zaqueu dos meus sonhos, podes passar a noite aqui no meu quarto de hóspedes, se quiseres. Eleazar dormirá até que se dissipem os efeitos da bebida, depois irá para casa e respeitará o sábado, antes que três estrelas apareçam. Mas a ti, romano, não sei o que dizer, pois deves certamente ser um sonho e não voltarei a ver-te.
Eleazar obedeceu; dirigiu-se para a sombra da colunata, deitou-se no chão e cobriu a cabeça com o manto. Zaqueu e eu ficamos parados no mesmo lugar, a nos examinar mutuamente com atenção. Seu rosto já não me parecia o rosto de um anão repelente; seus olhos brilhavam e suas faces estavam coradas pelo vinho, exatamente como as de qualquer homem comum.
Ele me perguntou se eu sabia algo sobre os discípulos que Jesus escolhera para seus mensageiros. Contei-lhe o que sabia e o que Maria Madalena vira, e também como Jesus aparecera, através de portas trancadas, para alguns de seus discípulos no quarto de cima. Disse-lhe como ficara conhecendo Tomé e João e confessei francamente que não tinham confiado em mim e nem demonstrado boa vontade em me receber. Falei, por fim:
— Meu coração arde no meu peito. Se eu fosse até eles e lhes contasse o que sucedeu aqui jamais me acreditariam, mas é possível que acreditem em ti, pois te conhecem. Assim talvez

se mostrem mais dispostos a confiar em nós e nos revelar o seu segredo, pois é evidente que sabem muitas coisas que ignoramos e se acham também a par dos seus mistérios, embora se recusem a revelá-los a estranhos.

Zaqueu respondeu confiantemente:

—Irei visitá-los. Mateus, pelo menos, confia em mim, pois também é um ex-publicano. Ele e eu nos entendemos bem, e talvez seja capaz de interceder em meu favor junto aos outros.

— Faze isto — pedi. — Não tenho o menor desejo de voltar lá e, de qualquer maneira, não posso forçá-los a aceitarem a minha presença.

Descrevi o aposento onde me encontrara com Tomé e João. Ele julgou conhecer a casa e o seu proprietário, mas não me quis revelar o seu nome.

— Vai em paz para a tua morada e aguarda notícias minhas — disse.

Assim nos separamos, e eu voltei para o meu quarto grandemente impressionado com tudo o que me sucedera na casa de Simão de Cirene.

SÉTIMA CARTA

Marcos para Túlia:

Ainda te escrevo, Túlia, como se para te saudar. Meu bom preceptor em Rodes ensinou-me a atentar para a falibilidade de memória, que facilmente nos faz contundir e alterar as coisas que examinamos em retrospecto e esquecer a ordem dos fatos. Mesmo aqueles que testemunharam o mesmo evento guardam dele impressões distintas e o descrevem de maneira diferente, cada um considerando o aspecto que mais lhes despertou a curiosidade. Escrevo agora para lembrar a mim próprio como e em que ordem se deram esses fatos.

Comecei a escrever na véspera do sábado, quando os portões do templo se fecharam com um estrondo que reboou pela cidade e podia ser ouvido até nos mais distantes vales. Durante o sábado propriamente dito, permaneci no meu quarto, a escrever, pois os judeus gostam que os estrangeiros também respeitem esse dia e não fiquem a perambular pelas ruas. Eles próprios comparecem às suas sinagogas, em trajes festivos, para orar e ouvir as escrituras, mas os passos que porventura dêem, ficam restritos a um determinado número. Ouvi dizer que no templo os sacerdotes fazem sacrifício dobrado, mas isto não é considerado como uma quebra do sábado.

Antes do pôr-do-Sol e do término de sua festa, o centurião Adenabar veio saudar-me. Deixara o seu capacete em casa e pusera um manto sírio, para não chamar atenção nas ruas. Falou-me, com um enorme bocejo:

— Que pertence à tua paz? Ainda continuas vivo? Não te tenho visto nesses últimos dias. Não há dia mais enfadonho do que o sábado judaico, pois não podemos nem mesmo marchar até o circo, para os exercícios, com receio de que o rumor de nososs passos ofenda os judeus. Dá-me um gole de vinho, pois em Antônia a bebida fica trancada hoje. Se não fizessem isso, os legionários se poriam a brigar, por puro tédio, ou desceriam bêbados para a cidade e importunariam os judeus, mostrando-lhes a orelha de um porco.

Meu senhorio cuidava bem de mim. Para me manter quieto e de bom humor tinha-me trazido um jarro de vinho da Galiléia,

191

que ele considera como o mais saudável de todos os vinhos. Não sobe muito depressa à cabeça, não perturba o estômago e não há necessidade de se lhe acrescentar resina para conservá-lo, contanto que seja bebido antes de ter tido tempo de azedar.

Adenabar bebeu-o avidamente, limpou a boca, olhou-me com atenção e disse:

— Pela minha alma, mudaste tanto que ninguém conseguiria distinguir-te de um judeu helenizado. Deixaste crescer a barba, há tinta em teus dedos e uma expressão em teu olhar que não me agrada. Por certo não foi apenas o deus sem imagem dos judeus que te atordoou desta maneira? Isto acontece muitas vezes com os estrangeiros que vêm aqui simplesmente para ver o templo e depois começam a encher a cabeça com coisas que a mente comum não suportaria. Só os judeus estão em condições de fazer isto, pois se habituam ao seu Deus desde a infância e quando atingem a idade dos doze anos se acham tão enfronhados em sua fé que jamais precisam da ajuda dos pais para lhes abençoar o pão e guiá-los nas orações.

— Adenabar, meu amigo, falei — tu e eu experimentamos certas coisas. Por conseguinte, confesso-te que me acho realmente atordoado. E nem mesmo me envergonho disso.

Mas ele me interrompeu apressadamente.

— Chama-me pelo meu nome romano, pois me sinto agora mais romano do que nunca. Meu nome romano é Petrônio. Com ele assino para o oficial pagador o recibo do meu soldo e recebo as ordens escritas — sempre que alguém se dá ao trabalho de escrevê-las nas tábuas de cera. Vês, tenho esperança agora de que me seja dado o comando de uma coorte inteira e um posto na Gália ou na Espanha, ou talvez mesmo na própria Roma. Por esta razão procuro melhorar o meu latim e me habituar ao meu nome romano.

Olhou de novo atentamente para mim, como se tentando calcular o grau da minha perturbação mental e até que ponto se aventuraria a confiar em mim.

— Para mim continuas sendo Adenabar — falei. — Não te desprezo por tua origem síria. Eu próprio já não me sinto um estrangeiro, mesmo entre os judeus; estou procurando aprender seus costumes e suas crenças. Mas muito me admira que não tenhas sido mandado para um posto no deserto ou em outra qualquer parte ao alcance das flechas cíticas. Perderias tua vida então mais depressa e não irias criar dificuldades para ninguém com o que sabes.

— Com o que sei? Estás delirando? Acha-te fora do teu juízo, ou andaste bebericando deste bom vinho desde que amanheceu o dia? — Adenabar indagou num leve tom de censura. — Mas tens razão num ponto: sinto que sou mais importante agora. E não me fales no deserto, que ofusca o homem e traz visões até para os mais empedernidos. — Olhando-me de soslaio com um sorriso astuto, ele continuou: — Deves ter ouvido falar que Jerusalém se está tornando um lugar inconveniente para as pessoas sensatas. Lembras-te do terremoto que tivemos uma certa manhã? Dizem que os túmulos de muitos homens santos se abriram nessa ocasião e que aqueles preciosos defuntos se levantaram e têm feito aparições entre os judeus.

— Sei apenas de um que se levantou, — falei — e tu sabes quem é. Eles estão procurando induzir-te, por meio de promoções e postos no exterior, a te conservares calado a respeito dele. É mais difícil silenciar um centurião do que um simples legionário.

Adenabar contemplou-me com um fingido espanto e replicou:

— Não tenho a menor idéia do que estás falando. Mas tu te recordas do legionário Longinus? Sempre que ele pega a sua lança agora, ela se comporta de maneira esquisita. Durante os treinos, ele não consegue atirá-la em linha reta. Já lhe causou um ferimento no pé e, certa vez, quando exercitava a pontaria com o saco de feno, ela escapuliu-lhe das mãos e por pouco não me trespassa o corpo, embora eu estivesse parado atrás dele. Mas não há nada de errado com a lança, o mal está é no próprio Longinus. Eu mesmo atirei a sua lança, como um exemplo para os outros, que se recusavam a tocá-la, e ela atingiu perfeitamente o saco a uma distância de quarenta passos. E Longinus consegue manejar qualquer outra lança, menos a sua.

— Estás te referindo, evidentemente, à lança que ele enterrou no peito do filho de Deus — observei.

Adenabar se sacudiu todo, como se procurasse livrar-se de parasitas, e protestou:

— Nunca chames aquele homem de filho de Deus — isto me soa terrivelmente mal. Mas o comandante dos legionários ficou com os braços endurecidos que não consegue nem mesmo levantar o açoite. O máximo que pode fazer é levar a comida até a boca, e assim mesmo com grande esforço e com a ajuda das duas mãos. O cirurgião de Antônia não foi capaz de descobrir o mal que o aflige e desconfia de que tudo não passa de fingimento seu, para poder receber o seu pedaço de terra um pouco mais cedo e ir viver confortavelmente na cidade dos veteranos. Faltam-lhe apenas dois anos dos vinte que deve completar em serviço ativo. Ele já foi açoitado, pois, segundo a teoria dos médicos da legião, as chibatadas curam muitas dores e incômodos que não são percebidos externamente. Ele se submeteu a isso como um velho legionário, trincando um pedaço de couro entre os dentes, mas seus braços nada recuperaram de sua antiga força. Creio que vai ser considerado inválido, em virtude de reumatismo. É um motivo legal na legião. Nós os oficiais somos mais atacados por essa doença do que os outros, quando temos que deixar o conforto da guarnição para dormir no chão duro, exposto ao frio e à umidade.

— Todavia, — concluiu Adenabar pensativamente — não me lembro de que o Nozareno tenha amaldiçoado qualquer de nós. Pelo contrário, ele chamou por seu pai do alto da cruz, rogando-lhe que nos perdoasse porque não sabíamos o que fazíamos. Contudo, julguei que estivesse em delírio, pois seu pai não se achava lá.

— Não sei — falei com irritação — o que tem a ver tudo isto com Longinus e o comandante da legião.

— Creio que nos achávamos todos terrivelmente atemorizados com o Nazareno — disse Adenabar. — Ele não era um homem comum. E quando aqueles que tinham estado lá souberam que ele se levantara de novo, ficaram ainda mais atemorizados; pois os soldados acreditarão em qualquer boato que venha quebrar a monotonia de suas vidas. E quanto mais fantástica a história, mais facilmente lhe darão crédito. A situação chegou a um tal ponto que, se uma criança cai do muro durante a noite ou um velho pote de azeite racha e começa a vazar no chão, a guarnição inteira se põe em debandada, a clamar os deuses para que venham em seu auxílio.

— Mas dizem que os judeus na cidade estão se vendo a braços com os mesmos problemas — prosseguiu. — Ninguém ousa dormir sozinho nesses dias. As crianças acordam no meio da noite e dizem que um estranho se curvou sobre elas e as tocou. Outros declaram ter sido despertados pela sensação de que alguma coisa quente lhes pingava no rosto, e no entanto quando acendiam a luz nada viam. Há notícias de que até mesmo os membros do Sinédrio lavam as suas mãos vezes sem conta e se dedicam a todo o tipo de purificação, segundo os mais rígidos preceitos da lei — até mesmo os saduceus, que nesses assuntos nunca foram muito exigentes. Mas nada de mal aconteceu comigo; não tenho tido nem mesmo pesadelos. E contigo, o que há?

— Comigo? — retruquei. — Eu busco um caminho.

Adenabar olhou para mim com ar estranho. Ele bebera metade do jarro de vinho, sem se dar ao trabalho de diluí-lo com água; contudo não se notava nele nenhum sinal de embriaguês.
— Ouvi dizer, — começou cautelosamente — que são muitos os caminhos e muitos os falsos guias. Como podes tu, um cidadão romano, acreditar que irás encontrar o Caminho, se os próprios judeus não se acham certos de qual seja ele?

Fiquei grandemente surpreendido com suas palavras e exclamei:
— Não estás pretendendo me dizer que conheces os tranqüilos da terra e que também buscas o Caminho?

Adenabar soltou uma ruidosa gargalhada, deu palmadas nos joelhos e bradou:
— Ah, caíste na armadilha! Não penses que eu não saiba o que andastes fazendo nesses últimos dias. Também tenho amigos na cidade — muito mais do que tu.

Voltando a ficar sério, ele declarou:
— Acho que os romanos cometem um grande erro em conservar a mesma legião aqui neste país, ano após ano. Em outros lugares, este sistema tem-se mostrado eficaz; os homens aprendem a conhecer a terra onde têm que manter a ordem e fazem amigos entre os habitantes do lugar, que lhes ensinam seu modo de vida e seus costumes. Depois de vinte anos de serviço, cada legionário recebe um pedaço de terra no mesmo país onde serviu, casa-se com uma moça do lugar e difunde os hábitos romanos no meio em que vive. Mas não acontece assim em Jerusalém e na Judéia. Quanto mais longa a sua permanência aqui, mais aumenta o seu temor do deus judaico ou então o seu ódio aos judeus, que acaba por transformar-se em idéia fixa. Quer acredites ou não, há mesmo oficiais romanos especialmente nas guarnições menores, que se converteram secretamente à fé judaica e consentiram até mesmo em ser circuncidados. Mas não eu, fica certo disto! É por pura curiosidade que me tenho interessado em conhecer os diferentes caminhos seguidos pelos judeus, não com a intenção de espioná-los, mas para melhor conhecê-los e evitar que eu próprio venha a cair nas garras do seu terrível Deus.

— Junto à cruz, tu mesmo reconheceste que ele era o filho de Deus — lembrei-lhe. — Entraste comigo no sepulcro e viste a mortalha intata no chão depois que ele se levantou.

— É bem verdade — admitiu Adenabar.

Subitamente ele atirou sua caneca de barro ao chão, fazendo-a em pedaços, e pôs-se de pé num salto, com a face contorcida, berrando:

195

— Amaldiçoado seja o rei dos judeus! Amaldiçoada seja esta cidade de feitiçarias onde não se vê nem mesmo uma imagem que se possa despedaçar! É estranho isto de não se ter mais o direito de tirar a vida a uma pessoa. Muita gente inocente foi crucificada antes, sem que se levantasse depois para ir rondar o lugar onde se deu o fato. Aquele Nazareno está solapando a disciplina.

— Cheguei à conclusão — observei — de que, por alguma razão incompreensível para nós, ele *queria* que tudo acontecesse da maneira como aconteceu. Um dia talvez venhamos a compreender porque, pois o seu reino ainda se acha conosco na terra. Não há dúvida de que foi por este motivo que os escudos caíram ao chão na fortaleza: é um sinal de que ele exige algo também de nós, os romanos. Mas não deves temê-lo. Ele ensinou que o mal não deve ser pago com o mal. "Se alguém te bater numa face, oferece-lhe a outra." E coisas semelhantes, que vão contra tôda a razão.

Adenabar não se surpreendeu com o que eu disse, antes concordou:

— Eu também ouvi falar desses seus ensinamentos, por isso acredito que se tratava de um homem inofensivo e não tenho medo dele, embora naturalmente fosse desagradável encontrá-lo pela frente, se ele de fato ainda anda pela cidade. Meu cabelo se arrepiaria, com toda a probabilidade, se ele aparecesse para mim e me dirigisse a palavra. Mas ele não se revela a ninguém que não tenha sido circuncidado, assim ouvi dizer. Apenas aos seus discípulos e às mulheres que vieram com ele da Galiléia.

Suas palavras capciosas me inflamaram de tal maneira que deixei de lado toda a cautela e lhe falei sobre a aparição na casa de Simão de Cirene, e sobre a minha convicção de ter visto o homem ressuscitado, sob a forma de um jardineiro, no dia mesmo em que se levantara de sua tumba. Adenabar balançou a cabeça, cheio de piedade, e disse:

— Deves ter levado uma vida muito dissoluta em Alexandria e evidentemente estudado mais do que a tua cabeça pode suportar. O clima daqui não te faz bem. Agirias acertadamente se deixasses este lugar sem mais demora. Para sorte tua, sou teu amigo e não prestarei informações contra ti, desde que te prometas mostrar calmo e paciente.

Num acesso de cólera exclamei:

— Já suspeitaram suficientemente de mim de estar fazendo espionagem para os romanos. De minha parte detesto suspeitar

de alguém, do contrário imaginaria que fosse mandado aqui para me advertir de que não me meta nos negócios dos judeus.
Adenabar evitou o meu olhar, parecendo ligeiramente envergonhado. Esfregando uma na outra as mãos metidas entre os joelhos, confessou:
— Para ser franco, o comandante da guarnição insinuou que eu devia vir aqui, para saber o que pertence à tua paz, pois de forma alguma deseja que um amigo do Procônsul se veja envolvido com os judeus. Creio que ele gostaria de saber que descobriste essa estranha maquinação deles. Mas, naturalmente, não poderá pôr espiões no teu rastro, uma vez que és um cidadão e portador, segundo dizem, de uma carta de recomendação assinada por uma pessoa tão sublime que não ouso nem mesmo pronunciar o seu nome. Nem é minha intenção passar adiante o que ouvi numa conversa amistosa. O máximo que posso dizer é que o teu espírito está conturbado, como se acha o da grande maioria das pessoas, hoje em dia. No que se refere a aparições e visões, ficarei mudo. Ele é um homem severo e não crê nessas coisas. Eu só conseguiria tornar-me ridículo e arriscar a minha promoção, se mencionasse essas histórias. — Enxugou a testa, olhou para o teto, pois pareceu-lhe sentir uns pingos no rosto. — Este vinho ordinário da Galiléia é mais forte do que eu pensava. Que tal se fizéssemos um pacto? Procurarias obter reconciliação entre mim e o Nazareno, se algum dia o encontrares e ele te ouvir? Não posso correr ao seu encalço, em virtude do meu posto, como bem podes entender, mas preciso estar em paz com ele.
Começou a se coçar vigorosamente, olhou à sua volta e observou:
— Não deve haver nenhum parasita aqui. Eu jamais iria recomendar-te este lugar se soubesse que os bichos iam começar a subir pelas pernas da gente, mal nos sentássemos.
Enquanto ele se metia as unhas, eu também comecei a sentir uma coceira na pele e todos os cabelos do meu corpo pareceram arrepiar-se. Estremeci.
— Não há nenhum parasita aqui, o quarto está perfeitamente limpo — afirmei. — Creio que alguém vem nos visitar.
Adenabar pôs-se rapidamente de pé, envolveu-se no manto e disse:
— Neste caso vou-me embora. Já tivemos a nossa conversa e o vinho está quase acabado.
Mas não teve tempo de se retirar, pois ouvimos a voz do meu senhorio lá embaixo e em seguida nas escadas. Adenabar recuou, encostando-se à parede e estendendo dois dedos para a frente,

197

à guisa de proteção. Nisto entrou Zaqueu, com sua cabeça grande, arrastando um homem cuja face se achava oculta sob o manto.
— A paz seja contigo, Zaqueu — falei. — Permaneci neste quarto o tempo todo, esperando ansiosamente uma notícia de ti.
— A paz também seja contigo, romano — replicou Zaqueu com pronunciada frieza. Parecia ter esquecido inteiramente a ocasião em que atirara os braços à volta do meu pescoço e me beijara, depois que o vinho de Simão de Cirene lhe subira à cabeça. Mas o homem que se achava com ele recuou um passo, à vista de Adenabar, e perguntou:
— Quem é esse?
Meu senhorio acompanhara-o delicadamente até a minha porta e respondeu, nesse momento:
— Trata-se apenas de um centurião de Antônia, um bom amigo meu, apesar do seu elevado posto. Não lhe tenhas receio. Ele compreende os judeus e não te conspurcará, assim como não te conspurca a minha presença nem a minha casa, já que agora nela te encontras.
O estranho deu um tapa nos ouvidos de Zaqueu e bradou:
— Era tudo traição, afinal, e me fizeste cair numa armadilha, seu Judas Iscariotes de uma figa! — Voltou-se para fugir, mas eu o alcancei a tempo, agarrei-o pelo braço e o mantive seguro, pois achei malfeito de sua parte bater num aleijado como Zaqueu.
Zaqueu esfregou a face, olhou para mim e Adenabar com expressão atônita, e declarou:
— Tivesse eu sabido disto e jamais pensaria em trazer-te aqui. O romano é mais astuto do que eu imaginava. Bate-me na outra face também, eu o mereço.
Adenabar observou Zaqueu e o seu companheiro, e falou:
— Creio que te reconheço, judeu, pelo teu rosto e o teu ar de culpa. Que outra razão terias para te mostrares tão assustado com a presença de um centurião romano? Não és talvez um dos companheiros daquele rei judeu que crucificamos no outro dia? É evidente que falas como um galileu.
Zaqueu, defendendo cheio de ansiedade o seu amigo, declarou:
— Não, não, estais enganado, senhor! Ele é um publicano e coletor de impostos, exatamente como eu. Ambos somos sinceros amigos de Roma, como sucede a todos os filhos de Israel que amam a paz e a ordem.
Mas o estranho retrucou:
— Não acumules mais pecados sobre a tua consciência, Zaqueu. Nenhum de nós é amigo de Roma. É verdade que fui

um publicano, mas arrependi-me dos meus atos e este pecado me foi perdoado.
Deixei cair seu braço apressadamente e esfreguei a mão, que ardia como o fogo.
— A paz seja contigo — falei. — Creio que sei quem és, e não deves temer o centurião, pois ele não te deseja mal. Pelo contrário, seu desejo é reconciliar-se com o teu senhor, se houver alguma possibilidade disto.
Então o estranho se endireitou, olhou-nos de frente, a mim e a Adenabar, e falou:
— Não me envergonho do nome do meu Senhor, pois aquele que o nega, nega também o seu reino. Sou Mateus, um dos doze que ele escolheu, e nem mesmo a morte tem poder sobre mim, pois receberei a vida eterna em seu reino. A vós, os romanos, ele lançará nas profundezas das trevas, onde há choro e ranger de dentes.
Isto era novidade para mim, e exclamei surpreendido:
— Nunca soube que ele tivesse dito palavras tão ásperas! Mas a paz seja contigo, qualquer que seja o significado disto, e abençoado seja este quarto, onde te aprouve pôr os pés, ó mensageiro do rei. Senta-se, e tu também, Zaqueu, e fala-me sobre o teu Senhor, pois ardo de desejo de saber algo mais sobre ele.
Mateus sentou-se cautelosamente e Zaqueu se comprimiu junto dele, cheio de alarme, quase sentado em seu colo. Mateus lançou um tenebroso olhar para Adenabar e falou:
— Suponho que os legionários cercaram a casa, agora que o crepúsculo desceu. Jamais poderia pensar que um romano imaginasse uma armadilha tão traiçoeira.
Adenabar se ofendeu e respondeu com veemência:
— Tu, galileu, não devias culpar os romanos por todos os males. Nem mesmo o Procônsul desejava condenar o teu mestre, foram os judeus que o compeliram a isso. Não tenho nenhuma queixa contra ti ou contra teu rei, e no que me diz respeito, podes sair daqui e te meter onde bem entenderes. O Sinédrio judaico talvez tivesse algo para te dizer, mas não nós, os romanos.
Não havia dúvida de que Mateus se envergonhara do seu temor, pois quando percebeu que se achava em segurança e que ninguém lhe queria tirar a vida, encheu-se de fanfarrice, como acontece comumente aos judeus, e me disse:
— Eu não teria vindo à tua procura, romano, se não tivesse ouvido falar tanto a teu respeito. Sem nenhum conhecimento da lei e dos profetas, tu, um incircunciso, pretendes estar em busca do Caminho; desencaminhaste mulheres tolas e espionas os nossos

segredos. Só posso imaginar que te achas possuído por um mau espírito, ou que sejas um feiticeiro, uma vez que foste capaz até mesmo de persuadir João a responder tuas perguntas. Deixa-nos em paz, segue o teu caminho e não te metas em assuntos dos quais nada entendes. É isto o que me cabe dizer-te, para que não continues a perturbar mulheres já desorientadas.
Suas palavras me magoaram dolorosamente. Senti-me tomado de uma profunda antipatia pela sua pessoa e o que mais desejei foi brigar com ele; mas vi-me forçado a olhá-lo de frente. Em suas feições, em seus olhos, nas rugas de sua testa notei aquele mesmo ar indefinível que o distinguia do comum das pessoas e o marcava como um dos discípulos do rei. Era indiscutível que ele conhecia aquele assunto muito mais do que eu poderia chegar a conhecer. Por conseguinte, respondi humildemente:

— Não irei contradizer-te. Acreditei simplesmente que o seu Caminho estava aberto a todos aqueles que desejavam segui-lo com sinceridade, com humildade no coração. Acredito que a porta se abrirá também para mim, se eu nela bater com bastante fervor. Ao menos explica-me porque ele apareceu para mim na casa de Simão de Cirene.

Zaqueu lançou um olhar súplice a Mateus, mas o rosto deste se tornou duro e ele replicou:

— Nosso mestre veio em busca dos perdidos de Israel. Eis porque também me chamou, quando se sentou à minha mesa de trabalho de Cafarnaum. Levantei-me imediatamente e o segui. Por sua causa deixei minha casa e minhas propriedades — sim, e minha família também. Zaqueu, igualmente, era um filho perdido de Israel, e Simão de Cirene mesmo pertence a uma sinagoga grega e carregou para ele a cruz. Talvez pudéssemos compreender se ele tivesse aparecido para esses dois, mas jamais acreditaremos que se tenha revelado a um romano incircunciso. Por esse motivo discutimos entre nós o assunto. Por pouca que seja a fé que depositamos em mulheres desvairadas, menor ainda é a que temos num romano. Talvez sejas um feiticeiro e um mágico, e desejes conhecer nossos segredos para alcançar teus escusos propósitos. É possível que sejas o homem a quem se referiu um cego nesta cidade: o homem que transformou uma pedra em pão, invocando indevidamente o nome do nosso mestre. Tu jogaste areia nos olhos de Simão de Cirene e de Zaqueu. Tudo o que aconteceu na casa de Simão quando lá te achavas faz lembrar feitiçaria e em nada se assemelha ao seu reino.

Zaqueu balançou a cabeça, concordando:

— Isto mesmo! Eu fiquei confuso e atemorizado com tudo o que ouvi. Tais foram os seus conjuros que Simão de Cirene viu à sua frente o seu servo Eleazar quando, na verdade, este ainda se achava a caminho da cidade; depois ele persuadiu Simão a nos dar vinho forte, que nos toldou completamente a razão. Antes prefiro acreditar em ti, Mateus, a quem conheço, do que num romano que não sei quem é. — Voltando-se para mim ele continuou: — Simão de Cirene também refletiu sobre o caso e não quer mais saber de ti, já que não pertences aos filhos perdidos de Israel. Ele não te guarda nenhum ressentimento, embora tuas bruxarias lhe tenham causado um considerável rombo nas finanças. Mas agirias melhor se não procurasses mais a sua companhia, pois na verdade são muitos os falsos guias neste mundo.

Creio que Mateus percebeu o meu abatimento e respeitou a minha humildade quando viu que eu não protestava e apenas virava a cabeça para um lado, para ocultar as lágrimas, pois se abrandou e disse:

— Procura compreender-nos, romano. Longe de mim querer imputar a ti más intenções. Prefiro mesmo encarar tudo da melhor maneira possível. Talvez não sejas um feiticeiro; talvez um poderoso demônio se tenha apossado de ti e te faça abusar do nome do nosso mestre crucificado, embora não conheças nem a ele nem o segredo do seu reino. Mas devo fazer-te uma severa advertência, pois foi somente a nós, os seus eleitos, que ele delegou o poder e a força para curar os enfermos e expulsar os maus espíritos em seu nome. Nós faltamos à sua confiança, sou forçado a confessar, e porque era tão pouca a nossa fé esse poder nos abandonou; sabemos, porém, que no devido tempo ele nos voltará. Até chegar esse momento, nada podemos fazer senão ficar vigilantes, orar e esperar o seu reino.

Com olhar de censura ele ergueu a mão contra mim e eu pude sentir a sua força, embora ele tivesse negado possuí-la. Estava sentado a alguma distância de mim e nem me tocou, no entanto era como se me tivesse dado uma violenta bofetada.

— Peço-te que te afastes de nós, com os teus erros! — falou ele. — E aqui faço melhor citando suas próprias palavras, pois ele nos advertiu: "Não dês aos cães o que é sagrado." Ele não veio para derrubar a lei e os profetas, mas para cumprir o que estava escrito. Proibiu que nos misturássemos com os heréticos e até que entrássemos nas cidades de Samaria. Como poderemos então revelar o seu Caminho e a sua Verdade a ti, que és romano?

Suas palavras não me magoaram, embora ele me tivesse chamado de "cão", na rude maneira dos judeus. Tão profundo era o meu abatimento que falei:

— Julguei que seus ensinamentos fossem completamente diferentes. Contudo devo acreditar em ti, já que foste escolhido como seu mensageiro. Aos teus olhos, pois, talvez eu não seja mais do que um cão — mas até mesmo os cães são tolerados na casa do seu amo; ouvem sua voz e obedecem-no. Deixa-me citar para ti aquele rei de Israel, segundo o qual mais vale um cão vivo do que um leão morto. Tu me invejas um lugar de cão junto às portas do reino?

Com isto Adenabar, que até então estivera sentado em silêncio, saltou da cadeira, levou dois dedos à cabeça imitando chifres e exclamou:

— Tu, um cidadão romano, estarias tão demente a ponto de implorar por uma casa de cachorro junto ao rei dos judeus! Não há dúvida de que tu é que estás enfeitiçado e tua razão conturbada. O mistério do homem ressuscitado é mais terrível do que eu imaginava.

Zaqueu se encolheu de encontro a Mateus, mas Adenabar não ousou encostar-lhe a mão. Pelo contrário, tão logo se acalmou um pouco, ergueu as mãos numa súplica e explicou:

— Sou um soldado e um centurião e não pratiquei conscientemente um crime contra o vosso rei, quando obedeci às ordens que me foram dadas e mantive guarda ao lugar da crucificação. Mas se me reconciliares com ele, de boa vontade lavarei as mãos, à maneira judaica, ou queimarei minhas roupas antigas, ou rasparei o mofo das rachaduras da parede, ou qualquer outra forma de purificação que prescreveres. Não desejo me indispor com o teu senhor nem aspiro a nada em seu reino; gostaria de seguir o meu caminho em paz.

Creio que Mateus ficou satisfeito ao descobrir que nem ele nem os outros discípulos tinham nada a temer dos romanos, pelo menos no que dizia respeito a Adenabar. Ele falou:

— Ouvi dizer que quando ele se achava na cruz perdoou a vós, romanos, porque não sabíeis o que fazíeis. Não ouvi isto eu mesmo, mas de minha parte podes ir em paz.

— Não, não! Adenabar respondeu com veemência. — Talvez eu não soubesse o que estava fazendo, mas mesmo que tivesse sabido, eu, como soldado, não poderia ter agido de outra maneira. Por conseguinte, tuas palavras me trazem conforto e creio que o teu mestre também não tem nenhuma queixa de mim.

Mateus, porém, voltou-se para mim de novo, limpou os olhos e falou com ar cansado:

— Não sei o que pensar de ti. Tua humildade fala em teu favor e tuas palavras não são as de um endemoninhado.

Ergueu a mão bruscamente e continuou, argumentando consigo mesmo:
— Todavia, de maneira alguma posso te aceitar como meu irmão, uma vez que és herético e romano, e comes o que é impuro. Se ao menos fosses um prosélito... Mas essas borlas em teu manto não te tornam um filho de Israel.

Zaqueu também falou, comprimindo o peito esquelético:
— Não, ele não pertence aos filhos perdidos de Israel, como nós. O próprio Jesus chamou-me de filho de Israel, mas este homem não foi circuncidado. Como poderia recolher-se ao seio de Abraão?

— Ainda ontem — lembrei a ele — tuas palavras soavam de maneira diferente; passaste até mesmo o braço à volta do meu pescoço e me deste o beijo da fraternidade.

Entretanto, assim falava, eu me achava perfeitamente consciente de quão presos aqueles dois judeus estavam ao seu pacto com o Deus de Israel, rejeitando todos os que tinham ficado de fora. Zaqueu tornou-se outra vez um monstro aos meus olhos.

— Eu estava cansado — replicou ele — depois da minha jornada, e ainda aturdido por tudo o que ouvira sobre os eventos em Jerusalém. Além do mais, tu me tentaste com aquele vinho forte. Eu não sabia o que estava fazendo, mas agora compreendo melhor as coisas.

Adenabar virou-se para mim, desdenhosamente:
— Se eu estivesse em teu lugar não precisaria de mais nada para me convencer. Foste esbofeteado numa face e depois na outra; e quanto mais viras o rosto, mais te batem ainda. Deixa de lado essa loucura e enfrenta os fatos: não foi por tua causa que o rei deles ressuscitou dos mortos.

Não obstante, embora eu tivesse perdido todas as esperanças, falei teimosamente:
— A cabeça é minha e eu a viro para onde me apraz. Ninguém a não ser César tem o direito de me privar dela. Vai em paz, agora, Adenabar, já que nada mais tens a recear.

Adenabar respondeu, relutando:
— Não te deixarei aqui indefeso nas mãos desses dois.

Tomando Mateus pela mão, Zaqueu disse:
— Não, não. Nós é que iremos embora. Ficai sozinhos, romanos, nosso caminho não é o vosso.

Mas eu não quis deixá-los partir. Acompanhei Adenabar até a saída, surdo às suas advertências, em seguida voltei e me humilhei a ponto de cair de joelhos diante do implacável publicano e rogar:

— Tem piedade de mim, tu que és um dos eleitos! Como pode ser tão excelsa a tua doutrina, se ela só permite que ofereças amizade aos teus irmãos? Nós os romanos fazemos o mesmo. Julguei que seus ensinamentos pregassem a compaixão: mas teu coração deve ser de pedra se me rejeitas assim. O homem rico atira migalhas da sua mesa ao seu cão, embora o despreze. Por conseguinte, ensina-me.

Mateus se acalmara com a saída de Adenabar. Sentou-se de novo e subitamente — abandonando toda oposição — ele ocultou a face nas mãos, e eu compreendi então que a sua agonia era agora maior do que a minha. Foi com a voz mudada que me falou:

— Procura compreender-me e não me reproves pela minha falta de compaixão. Isto me parte o coração, e meu coração já está partido. Somos como ovelhas dispersadas por um bando de lobos. Mesmo que pudéssemos buscar refúgio no seio uns dos outros, estamos todos perdidos agora que o nosso senhor nos deixou. Ah! romano, por que hás de me atormentar? Nada sabemos senão defender encarniçadamente o que nos foi deixado. Brigamos uns com os outros e nos magoamos mutuamente com palavras rudes. Pois Pedro diz uma coisa e João outra, e nem todos nós conseguimos ainda acreditar em sua ressurreição e compreendê-la. Procuras um caminho até nós, disfarçado em ovelha, mas como poderemos ter certeza de que não és um lobo? Não se colhem uvas nos espinheiros. Como poderíamos pensar bem de um romano? — Esfregou as mãos e desabafou: — Ele nos mandou amar os nossos inimigos e orar pelos que nos perseguem — mas como pode um homem fazer isto? E disse também: "Se teu olho te ofende, arranca-o e atira-o fora; se tua mão te ofende, corta-a e joga-a fora". Enquanto esteve conosco acreditamos nele, mas quando se foi, a força que havia em nós também nos abandonou, e já não sabemos mais onde estamos. Como havemos de distinguir entre a verdadeira e a falsa compreensão nos outros, se nós mesmos ainda não chegamos a compreender nada?

— Contudo, — falei em desespero — ele há de vos ter ensinado a orar de maneira correta e feito um pacto convosco e vos dado um mistério através do qual cada um de vós poderá se pôr em contato com ele, pois ele era mais do que um simples homem.

Zaqueu bateu no ombro de Mateus, como uma advertência, dizendo:

— Vês? Aí está ele metendo o nariz nos teus segredos, dos quais eu também não tenho conhecimento. Ele é astuto, malgrado seu ar inocente. Embriagou-me e conseguiu arrancar de mim o que Messias me confiara em minha própria casa. Mateus, porém,

não se encolerizou. Pelo contrário pareceu-me que se tornara mais calmo e refletira sobre o que eu tinha dito, pois falou:
— Tens razão, estrangeiro. Ele na verdade nos ensinou as orações certas e selou conosco um pacto. Mas não posso ensinar-te o que ele concedeu apenas a nós.

Era como se a sua atitude se tivesse tornado mais cordial em relação a mim e todo ele se encheu repentinamente de delicadeza. Sorrindo como uma criança, premiu as palmas da mão uma contra a outra e disse:
— Ele sabia porque nos chamara. Em cada um de nós deve ter visto algo que lhe fazia falta para a construção do seu reino, embora naquela ocasião não tivéssemos compreendido isto. De minha parte, sendo um funcionário da alfândega, sei ler e escrever — também em grego —, somar grandes parcelas e usar os diversos tipos de pesos e medidas. Assim, em meu íntimo, continuo a pesar e a medir cuidadosamente tudo o que se diz e se faz. Não possuindo medidas novas, tenho que usar as antigas: as de Moisés, dos profetas e das sagradas escrituras. E com essas os heréticos não podem ser medidos. Não, não dá certo, por mais que se tente. E meu coração ainda está pesado, pois que essas mesmas qualidades minhas — pelas quais ele me deve ter escolhido — fizeram ficar gravada no meu coração uma de suas palavras: "Com a mesma medida com que medirdes, sereis medidos também". Tenho a impressão de que ele nos deu uma medida inteiramente nova, mas ainda não sabemos qual seja. Assim tenho que recorrer sempre às antigas, que aprendi quando criança.

Suas palavras me tocaram fundamente e me fizeram recordar o meu bom preceptor em Rodes, que me ensinou que o homem é a medida para tudo. Por esta razão, a desconfiança e o erro têm sido até hoje a minha única vara de medir a vida e o mundo. Esta doutrina me tornou tolerante, não só em relação aos erros dos outros como aos meus próprios, e não consigo julgar ninguém com excessiva severidade. Tenho-me contentado com o meio termo — que é o caminho do equilíbrio —, tendo encontrado tanta dificuldade em obedecer aos rigores da virtude estóica quanto em me entregar aos prazeres desbragados.

Mas num relance compreendi o que Mateus estava dizendo e senti que Jesus de Nazaré estava de fato introduzindo uma nova espécie de medida no mundo. Ele andara pela terra como um homem e como um filho de Deus, e voltara da sepultura para dar o testemunho da sua origem divina. Se a nova medida tivesse sido apresentada por um ser humano, não passaria de uma escala a mais entre muitas, sujeita a dúvidas e discussões; tendo porém partido dele, não deve ser concebida pela razão nem dar motivo a disputas: é a única medida verdadeira e poderia salvar o homem que dela se utilizasse.

Que espécie de medida é essa? Como poderia eu saber, se seus próprios mensageiros mal podem adivinhar a sua natureza? Servirá talvez apenas para os judeus, que se consideram o povo eleito de Deus, e por conseguinte se mantêm afastado de todos os outros? E no entanto foram eles que rejeitaram o seu rei.

É possível que Mateus tenha lido meus pensamentos, pois disse:

— Tateamos nas trevas entre o antigo e o novo, e ainda não alcançamos o significado do seu reino. Julgávamos que nós os doze tínhamos sido escolhidos para reinar sobre as doze tribos de Israel. Por intermédio do Messias, Israel deve reinar sobre todos os povos do mundo. Não podemos ignorar os profetas e tudo o que está escrito. Eis uma contradição de tal forma aterradora que não a podemos compreender. Quando ele limpou o templo disse que ali era a casa de seu pai. Como poderíamos rejeitar um pacto firmado por Deus com Abraão e Moisés? Toda Israel seria dividida. Por conseguinte, não podemos ensinar o seu caminho aos estranhos heréticos. Seria o mesmo que comer o que é impuro. Segue o teu caminho, tentador.

— Tenho trabalhado para os romanos — Zaqueu disse — e aprendi a conhecê-los. Por conseguinte, foi-me doce a salvação, e uma coisa verdadeiramente gloriosa retornar ao seio de Abraão depois de ter estado perdido. Não nos atormentes mais. Já basta o que temos que suportar.

Notando sua satisfação consigo mesmo, lembrei-me do meu próprio orgulho e falei:

— Seja como quiserdes. Tornei-me um cão diante de vós. Agora vejo que sofreis os dois da avarícia dos judeus. Quereis conservar todo o mundo do lado de fora, embora vós mesmos não compreendais ainda o que aconteceu. Nem eu também. No entanto, isto eu entendo: se Deus nasceu na terra como um homem, se sofreu e morreu como um homem e depois ressuscitou dos mortos, isto diz respeito a todo o ser humano na terra e não unicamente a vós, os judeus. Por conseguinte é minha intenção continuar tentando resolver o seu enigma e sair à sua procura — se não convosco, pelo menos sozinho. Ide em paz.

Mateus se levantou para partir e Zaqueu fez o mesmo, lançando-me um olhar hostil. Mateus, porém, mostrou-se mais cordial. Esfregando a testa, falou:

— Tuas idéias são desarrazoadas demais para que eu as possa entender. Como é possível uma coisa dessas? Poderia o Deus de Israel estender o seu poder por todas as nações de tal forma que ninguém mais cairia na perdição? Não, não. Ele mesmo disse que muitos serão os chamados, mas poucos os escolhidos. Começou a esfregar vigorosamente o rosto e a passar a mão pelo corpo, como para se livrar de teias de aranha, e bradou:
— Não, não! Isto é erro e apropriação! Ele nos advertiu dizendo que de forma alguma todos aqueles que o aceitavam como o seu senhor entrariam no seu reino. Lembro-me perfeitamente de suas palavras: "Muitos hão de me dizer nesse dia: Senhor, senhor não temos profetizado em vosso nome, expulsado os maus espíritos e dado muitas demonstrações de força? E eu lhes direi: Nunca vos conheci; afastai-vos de minhas vistas, homens sem lei!" Estas palavras te condenam também, não importa o que sejas capaz de alcançar abusando de seu nome nas tuas conjuras. Só conseguirás prejudicar a ti com isto, e não a nós, que ele conheceu e conhece.

As palavras de Mateus me fizeram tremer de medo, pois me lembrei da ocasião em que encontrara o cego na estrada e experimentara o poder invocando o seu nome, e a pedra se tinha transformado em queijo na mão do mendigo. Mas eu não quisera prejudicar ninguém com aquilo. Por conseguinte, confiei em que Jesus de Nazaré perdoaria minha ação, ainda que seus discípulos não o fizessem. Mas compreendi nesse momento que não devia abusar do poder do seu nome, já que não o conhecia tanto quanto os seus eleitos.

Por conseguinte, falei humildemente:
— Confesso que não o conheço suficientemente. Não tenho o dirieto de usar o seu nome. Todavia, muito me deste que pensar. Jesus de Nazaré, evidentemente, é menos delicado e misericordioso do que eu imaginava, se exige de mim que arranque um dos meus olhos ou corte fora uma das mãos para segui-lo. Estás certo de que entendeste corretamente o que ele disse?

Mateus não respondeu diretamente à minha pergunta, mas disse:
— Não creio que o meu Senhor exija nada de ti, já que te achas fora disto tudo e perdido. Não creio que possas alcançar um lugar no seu reino, a menos que aceites primeiro o Deus e a lei de Abraão, Isaac e Jacó. Só então poderás começar a buscar o seu caminho.

Enrolou-se no manto, cobriu a cabeça e saiu do quarto, descendo a escada escura. Zaqueu acompanhou-o e nenhum dos dois me desejou paz. Depois que se foram eu me atirei sobre o leito, cheio de desolação e desejando estar morto. Agarrei a cabeça com duas mãos e me perguntei quem eu era e como me poderia ter metido em tal situação. Parecia-me que o melhor a fazer era deixar esta cidade mal-assombrada, onde nada acontece como nos outros lugares e onde reina um Deus sem rosto. As pessoas me evitam e me olham por cima dos ombros, porque sou romano. O incompreensível reino de Jesus de Nazaré não foi feito para mim. Mas se eu reunisse minhas coisas e fosse para Cesaréia, cidade romana, poderia procurar distração no teatro e no circo, apostar nas corridas de carros e encontrar divertimentos de sobra.

Enquanto pensava nisto veio-me à idéia uma vívida imagem da minha pessoa nos anos que estão para vir. Vi-me como me veria um estranho, com o corpo cheio de banhas e o rosto inchado. Tornara-me calvo e perdera vários dentes, e com a língua engrolada repetia uma história que eu já tinha contado milhares de vezes. Minha túnica estava manchada de vinho e de vômito e eu me achava rodeado de tocadores de flauta e de moças que tentavam em vão estimular os meus sentidos esgotados. Este era o meu futuro se eu desistisse naquele momento e voltasse a seguir o caminho do meio. Depois disto, as chamas da pira funerária, cinzas e sombras.

Não me rebelei contra essa visão, embora fosse mais tenebrosa e mais repulsiva do que a minha filosofia me fizera crer. Poderia concordar em submeter-me a esse destino, mas ele não me oferece nenhum atrativo. Tenho uma alternativa. Foi o que me trouxe de Alexandria para Jopa, e dali para o monte da crucificação perto de Jerusalém e para um sepulcro vazio. Essa verdade ninguém me pode tirar. Lentamente foi-me voltando a idéia que nada disso me poderia ter acontecido sem um propósito e que eu continuo ajudando, à minha maneira, a dar testemunho de algo que o mundo nunca viu antes.

Seu reino permanece na terra desde a sua ressurreição. Na minha desconsolada solidão, nas trevas desta cidade povoada de fantasmas senti como se o seu reino estivesse ali perto de mim — a não mais que um passo, quase ao alcance da minha mão, não mais longe do que um suspiro meu. Fui assaltado pela indescritível tentação de chamar em voz alta por Jesus de Nazaré, o filho de Deus. Mas, abandonado como me achava, não ousei invocar o seu nome poderoso.

Não obstante, pareceu-me ter alcançado uma compreensão mais profunda de tudo e essa noção me surpreendeu de tal forma que me fez sentar na cama. Se não me tivessem rejeitado os seus discípulos e sim recebido em seu meio, instruindo-me e procurando de todas as maneiras convencer-me de seus milagres e de sua ressurreição, eu certamente teria tido dúvidas, procuraria armar-lhes ciladas com as minhas perguntas e fazê-los cair em contradição. Mas o seu rude antagonismo veio apenas fortalecer a minha fé na existência do reino e na ressurreição de Jesus de Nazaré, e assim é que já não mais duvido dessas verdades realmente inacreditáveis. Os discípulos experimentaram muitas coisas simultaneamente para que possam assimilá-las todas de uma vez. Eu, em comparação, recebi apenas uma pequena partícula; no entanto, no pouco que recebi acreditei. Minha vida e minha filosofia estão de tal forma amadurecidas que me é possível aceitar uma nova vara de medição. O homem, tomado como medida do universo, já não me satisfaz, e nenhum grilhão, nem das leis dos judeus nem dos seus costumes, me prende ao passado.

Nesse instante o azeite de minha lâmpada se acabou, a chama bruxuleou e se tornou azul, depois se apagou, deixando no ar um cheiro de coisa queimada. Mas não senti medo da escuridão e da solitude, como às vezes acontece quando uma luz se apaga subitamente. Havia trevas à minha volta, mas ao fechar os olhos eu sabia que a claridade interior permanecia; aí estava algo que eu nunca experimentara antes. Era como se tivesse outro par de olhos dentro de mim. Esses olhos viam uma clara luz, enquanto os que se achavam do lado de fora só enxergavam trevas. Lembrei-me do jardineiro que eu encontrara, e suas palavras zumbiram na minha cabeça: "Eu conheço os meus e os meus me conhecem".

Trêmulo e humilde, falei alto, ainda com os olhos fechados:

— Não ouso dizer que te conheço, mas de todo o meu coração desejo conhecer-te e gostaria que me conhecesses e não me mandasses embora.

Quando acabei de falar uma grande quietude tomou conta de mim, e com ela veio a perfeita convicção de que tudo está acontecendo como deve ser e de que nada poderei alcançar se não tiver paciência. Tenho que me submeter e esperar.

O tempo tinha parado, o mundo também se imobilizara em sua órbita, e esperava.

Fui despertado desse enlevo pelo toque de uma mão no meu ombro. Assustei-me e abri os olhos. Achava-me ainda sentado na beira do leito, e era o meu hospedeiro sírio, que entrara no quarto com uma lâmpada na mão, que agora me batia no ombro.

Colocando a lâmpada ao seu lado, ele se acocorou no chão junto de mim, sacudiu a cabeça com ar preocupado, cofiou a barba, passou a mão pelos seus brincos e falou:

— Que é que te aflige? Estás doente? Por que resmungas para ti mesmo na escuridão? Isto é um mau sinal. Receio que a visita daqueles dois judeus te tenha enfeitiçado e que já não sejas a mesma pessoa.

Suas palavras cheias de ansiedade me trouxeram de volta à realidade e ao quarto onde me encontrava. Mas não me ressenti com a sua intromissão. Pelo contrário, soltei uma risada, dei-lhe uma palmadinha na cabeça e respondi:

— Não, não estou doente. Acho-me com mais saúde do que nunca, pois percebo agora, por fim, que uma vida simples é melhor do que uma vida conturbada. Já não me acho mais assaltado por pensamentos inquietantes, e os meus visitantes judeus devolveram-me a paz e não têm mais nada a ver comigo. Não te aflijas por minha causa, pois estou curado dos meus males.

Carantes tranquilizou-se diante de minha notória alegria, mas queixou-se:

— Aquele judeu pequenino conspurcou a porta da minha casa, e eles deixaram à sua passagem uma tal inquietação que as crianças gritaram no seu sono e quando eu próprio tentei dormir senti-me como se estivesse deitado na chuva. Por isto vim ver como te achavas e trouxe outra lâmpada, para que não te sintas acabrunhado com a escuridão.

Assegurei-lhe que não tinha medo do escuro e falei:

— Tenho a impressão de que jamais voltarei a ter medo e que mesmo na solidão nunca estarei completamente sozinho. O mundo é falaz e caprichoso e jamais procurarei entendê-lo por meio da razão. No momento em que era mais profunda a minha desolação, quando eu me achava mais morto do que esta lâmpada sem azeite, a alegria se abriu em meu peito como uma flor: sinto-me invadido por um desmedido júbilo e gostaria de puxar a tua barba para transmitir-te a mesma alegria.

— Constrói para ti uma casa — Carantes sugeriu —, planta árvores, arranja uma mulher e uma prole, a tua alegria será completa. Só então terás certeza de que estás vivo.

Tudo no seu tempo — repliquei. — Creio que ainda não chegou a ocasião de fazer o que propões.

Não quis deixá-lo embaraçado voltando a falar em Jesus de Nazaré. Disse-lhe que me achava faminto, pois enquanto estivera escrevendo não sentira apetite. Isto deu-lhe mais prazer do que qualquer outra coisa que eu pudesse ter dito. Descemos as escadas, enquanto sua família dormia, e depois que ele trouxe pão, azeitonas e salada fizemos juntos um repasto e bebemos até que o vinho lhe provocasse risadas.

OITAVA CARTA

Marcos para Túlia:

Minha alegria simples continuou. Creio que tinha origem no alívio que me causava o fato de não mais me sentir compelido a me atormentar com vãos pensamentos, ou a sofrer a inveja e a curiosidade porque outros talvez estejam experimentando coisas nas quais não tomo parte.

Quando escrevi tudo o que tinha que escrever, saí a perambular pelas vielas de Jerusalém, a observar os ferreiros, os tecelões e os oleiros no seu trabalho. Contratei um guia para me mostrar o palácio dos asmoneus e subi até as torres do palácio de Herodes, inclusive a uma torre antiga, habitada agora apenas por morcegos. Visitei o pátio externo do templo e passei algum tempo no fórum, indo também aos arredores da cidade, para apreciá-la de suas colinas circunjacentes. Aqui em Jerusalém a vida continua como se nada tivesse acontecido. Creio que uma semana depois todos os seus habitantes já tinham esquecido Jesus de Nazaré e a sua horrível morte, e nada mais queriam ouvir falar sobre ele.

Começava a me cansar desta cidade judaica, cujos costumes me são estranhos. Já não conseguia ver nela nada de notável, nem mesmo no seu templo, que tem uma fama tão fenomenal. Na verdade todas as grandes cidades são iguais, apenas os costumes variam. Seus afamados templos são muito semelhantes uns aos outros, embora os sacrifícios e as cerimônias sejam diferentes. A única característica que têm em comum é a acumulação de dinheiro, de uma forma ou de outra. Se os judeus, no pátio externo do seu templo, vendem os textos sagrados dentro de decorativas caixas, para serem amarradas ao braço ou à cabeça, isto me parece diferir pouco do sistema usado pelos nativos de Éfeso, que põem à venda para os viajantes e estrangeiros os amuletos e estatuetas de Ártemis.

Certo dia, ao cair da tarde, quando me achava a caminho de casa, através das escuras vielas, meu hospedeiro Carantes viu-me de longe e correu ao meu encontro, como se estivesse à minha espera. Sorrindo ladinamente e esfregando as mãos, disse:

— Alguém veio à tua procura e se acha à tua espera.
Fiquei alegremente surpreendido e perguntei:
— Quem poderia ser? Não tenho amigos nesta cidade. Por que te mostras tão misterioso?
Carantes não se pôde conter mais e explodiu numa gargalhada, exclamando:
— Ah, como me alegra que te encontres perfeitamente bem outra vez e vivendo como um ser humano! Longe de mim bisbilhotar a tua vida e os teus caminhos, mas para evitar as línguas maliciosas pedi a ela que esperasse em teu quarto. Encontra-se lá agora, sentada modestamente no chão, com o manto enrolado à volta dos pés. Poderias ter conseguido uma com melhor apaiência, naturalmente, mas cada um com o seu gosto. Pelo menos é bem desenvolvida e seus olhos são bonitos.
Eu não conseguia imaginar que mulher poderia estar esperando por mim. Apressei-me a ir para o meu quarto, mas não reconheci a minha visitante, embora ela tivesse humildemente descoberto o rosto quando entrei e me olhasse como se me conhecesse. Eu só tinha estado com ela no escuro e foi pela sua voz que a reconheci, quando me disse:
— Certamente agi mal em te importunar com a minha presença e não pretendo pôr em risco a tua reputação, se te mostras muito cioso dela. Uma mulher da minha espécie não deve deixar transparecer durante o dia que conhece o homem com quem se encontrou à noite, mas tenho algo para dizer-te que certamente te causará surpresa.
— Maria de Beret, falei. — Eu te conheço, mas nunca imaginei que tua face fosse tão bela e teus olhos tão brilhantes. Não receio pela minha reputação. Pelo contrário, alegro-me que estejas aqui, embora não compreenda como me conseguiste encontrar.
— Não fales de meu rosto e de meus olhos — suplicou ela — pois são a minha perdição. Mas esta cidade é menor do que imaginas. Muitos são os que já sabem de ti e de tua obstinada curiosidade sobre coisas que não te dizem respeito. Encontraste, pois, o homem com o cântaro, embora o proveito que tiraste disto tenha sido menor do que pensavas.
Julguei que ela tivesse vindo reclamar alguma recompensa pelos seus conselhos e disse imediatamente:
— Sim, naturalmente, creio que te devo alguma coisa.
Ela balançou a cabeça apressadamente e retrucou:
— Não, não, não me deves nada. Pelo contrário, sou eu que te sou devedora e por isto vim aqui sem ser convidada.

Olhei para ela, incapaz de imaginar o que queria de mim.
Seu rosto parecia indicar que era mais jovem do que eu supunha.
Era uma face judaica redonda e bonita, pela qual dificilmente se
poderia julgar a sua profissão.

Junto à porta Carantes tossiu discretamente, com a mão na
boca, para chamar minha atenção, pois, curioso como uma pega,
ele me seguira até o quarto.

— A ceia está pronta — informou —, mas naturalmente a comida pode esperar, se preferes conversar primeiro com tua amiga.
Dize-me uma palavra e eu trarei água e toalhas limpas, e sem
dúvida saberás te certificar de que ela não remexeu nas tuas
coisas e não ocultou algum objeto nas dobras da sua roupa.

Maria de Beret enrubesceu e olhou para o chão, envergonhada. Respondi rapidamente:

— Tu te enganas comigo, meu caro hospedeiro, pois nossas
intenções não são as que imaginas. Que tua mulher ou tua filha
traga a comida, ou serve-a tu mesmo, conforme achares melhor,
pois estou faminto e comerei em companhia de minha visitante.

Maria de Beret ergueu as mãos horrorizada e exclamou:

— Não, não, não fica bem que um homem coma em companhia
de uma mulher, ou pelo menos de uma mulher como eu! Mas
permite-me que te sirva a refeição. Depois comerei prazerosamente o que sobrar.

Carantes contemplou-a com benevolência e disse em tom de
aprovação:

— Vejo que és uma moça sensata e bem-educada. Este homem de Roma não se acha suficientemente enfronhado nos costumes da terra. Minha mulher preferiria morrer a ter que te oferecer comida, e não posso permitir que minha inocente filha veja
o que não deve ver. Mas o caso é diferente se desceres para
buscar a comida, de olhos baixos, servindo-a na qualidade de
criada, e comeres o que sobrar. — A mim explicou: — Sabes que
não tenho preconceitos, mas há um limite para tudo. Se ela tivesse vindo aqui numa liteira, envolta em finos linhos ou em seda
bordada a ouro, com o colo cheio de jóias, recendendo a fragrantes ungüentos, eu consideraria uma honra servi-la com minhas próprias mãos; entretanto teria, ao mesmo tempo, suspirado de ansiedade por tua causa. Esta moça sensata conhece o seu lugar e
não te irá prejudicar.

Pediu à moça que o acompanhasse, e logo depois ela voltou
trazendo a minha ceia. Enrolara o manto à volta da cintura, à

maneira das servas, de forma que suas pernas ficaram nuas até os joelhos. Diligentemente pegou-me pela mão e me levou até o telhado, onde despejou água sobre as minhas mãos e enxugou-as com uma toalha limpa. Depois que me sentei, ela levantou a tampa de uma terrina de barro, colocou um pão à minha frente e disse:

— Come, romano, e os olhos de tua serva se regozijarão com cada bocado que saboreares. Ah, se eu pudesse ser tua criada e servir-te sempre!

Mas seus olhos estavam fixos no pão quando parti dele um pedaço, e por isto eu a puxei, obrigando-a a sentar-se ao meu lado, mergulhei o pão no molho temperado e levei-o à sua boca, e assim ela se viu obrigada a comer comigo, a despeito de seus protestos. Não foi senão depois de ter recusado três vezes é que ela consentiu em enfiar a mão no prato e servir-se a si mesma.

Quando terminamos ela premiu a cabeça de encontro ao meu braço, beijou-me a mão e disse:

— És exatamente como eles descreveram e como eu te imaginava, depois de ter falado contigo no escuro, junto ao velho portão. Tratas uma mulher como tua igual, embora entre nós tenha ela menos valor do que um jumento ou um animal de carga. Aqui, quando nasce uma menina, o pai rasga as roupas e nem sequer lança um olhar à criança ou diz uma palavra carinhosa para a mulher.

De olhos fixos à sua frente, ela prosseguiu:

— A vida de uma mulher numa aldeia é uma vida desgraçada, e as moças bonitas são dadas em casamento aos homens velhos que possuem mais terras e vinhedos do que os outros. A vaidade foi a minha perdição. Contemplei o meu reflexo no meu jarro de água e acompanhei até o campo o primeiro estranho que me presenteou com fitas coloridas e colares, e sussurrou falsas promessas nos meus ouvidos. Tão curta e simples é a minha história que não preciso dizer-te mais, pois creio que já adivinhaste o resto. Eu teria ficado em situação pouco pior do que a das minhas irmãs, quando jovens, se tivesse em outra terra. Mas, mesmo sendo uma proscrita, uma amaldiçoada, sou uma filha de Israel, e meus pecados de tal forma pesam sobre mim que daria tudo para voltar a ser pura. Mas o Deus de Israel é o Deus da ira e aos seus olhos uma mulher conspurcada tem tanto valor quanto um cão ou um cadáver.

Falei, procurando confortá-la:

— Maria de Beret, tu por certo não podes ser mais pecadora do que muitas outras que se vêem forçadas neste mundo a viver da tua profissão.

Ela me olhou com olhos sombrios, balançou levemente a cabeça e disse:

— Tu não entendes o que quero dizer. Que consolo posso ter em pensar que há muitas que são mais pecadoras do que eu, quando eu própria sei e disto estou convencida que no meu íntimo sou toda feita de angústia e sordidez? Houve um que me podia ter ajudado. Não condenou nem mesmo uma adúltera, mas foi misericordioso e salvou-a do apedrejamento. Abençoou todos os seus filhos, até mesmo as moças, e não havia nenhum pecado nele. Mas nunca ousei aproximar-me dele, vi-o apenas à distância. De qualquer maneira, os seus seguidores provavelmente não me deixariam chegar até ele. Com o seu poder, ele curou muitos corpos que estavam enfermos e na certa teria mostrado compaixão por mim também, pois meu coração está doente e eu me sinto envergonhada de mim mesma e de minha vida.

— Sei a quem te referes — falei.

Maria de Beret concordou com um aceno.

— Sim, sim. Mas os devotos e os doutos que são sem pecado crucificaram-no. Mais tarde ele ressuscitou dos mortos e apareceu para os seus seguidores. Ouvi isto de fonte segura, ainda que tal coisa pareça inacreditável. E ouvi dizer que conhecias o fato também, embora sejas um estrangeiro e um proscrito. Eis porque vim procurar-te.

Inopinadamente ela desmanchou-se em lágrimas, atirou-se a meus pés e abraçou-me os joelhos, clamando:

— Eu te suplico, leva-me contigo e juntos viajaremos para a Galiléia, à procura dele. Todos os que se achavam em condições de fazer isto deixaram hoje a cidade e partiram para a Galiléia. As mulheres também. Ele apareceu aos seus discípulos, tarde da noite, ontem, e prometeu estar lá antes deles. Lá o encontrarão. Talvez eu também possa encontrá-lo, se consentires em levar-me contigo.

Sacudi-a rudemente pelos ombros, erguia-a do chão e fi-la sentar-se de novo, dizendo vivamente:

— Pára de chorar e de gritar tão desatinadamente e dize-me o que sabes, para que juntos possamos combinar o que vamos fazer.

Quando Maria viu que eu estava disposto a ouvi-la, enxugou as lágrimas, acalmou-se e começou a sua história:

— Tu conheceste aquela rica mulher, a criadora de pombos, que o seguia. Ela te compreende e sabe que procuras com perseverança o novo caminho. Mas proibiram-na terminantemente de se encontrar contigo outra vez porque não és um filho de Israel. Foi ela que me aconselhou a te procurar, porque não poderia levar-me em sua companhia e porque tu, sendo um romano, és tão desprezado quanto eu. Diz ela que só o mestre sabe a quem é permitido ouvir a sua voz. Quando anoiteceu, os onze se reuniram no quarto superior e Jesus se juntou a eles, passando através de portas trancadas e se postando no meio deles exatamente como naquela primeira noite depois que se levantou do túmulo. Conheces o caso. Ele lhes assegurou que era de carne e osso e permitiu que Tomé lhe tocasse nas chagas. Assim, todos agora acreditam na sua ressurreição. Não contaram às mulheres tudo o que ele lhes disse, mas começaram imediatamente a preparar-se para a jornada. Ele já lhes tinha dito anteriormente que iria na sua frente para a Galiléia. Deixaram a cidade em grupos de dois e três, e os guardas não os molestaram. As mulheres também foram. Ele curou alguns, e Simão de Cirene também partiu. Todos acreditam que irão encontrá-lo na Galiléia.

Ponderei sobre o seu relato e achei que merecia crédito, pois por que iria aquela Maria inventar uma tal história? E eu podia aceitar tranqüilamente o fato de que Maria Madalena ainda me desejava o bem, embora não ousasse procurar-me de novo por causa dos discípulos.

— Mas por que a Galiléia, particularmente? — indaguei. — E que irá acontecer lá?

Maria de Beret sacudiu a cabeça e respondeu:

— Isto eu não sei, e por que havia de saber? Não basta que ele tenha dito aos onze que se dirijam para lá? Achavam-se tão ansiosos por partir, que o primeiro grupo se pôs a caminho esta manhã, tão logo se abriram os portões. — Timidamente ela me tocou no joelho e rogou: — Apronta-te também para deixar Jerusalém e toma-me como tua serva, para que eu possa ir contigo, pois ninguém mais me aceitaria como companhia e eu não posso empreender sozinha a jornada até a Galiléia. Não tenho dinheiro para contratar acompanhantes, e não estando ninguém comigo eu cairia nas mãos dos legionários e dos salteadores.

Eu estava disposto a acreditar no que ela me dizia, e era evidente que não tinha a intenção de me enganar. Sua ansiedade era a melhor prova disto. Ela me contava, porém, apenas o que ouvira de segunda mão, e nestes dias conturbados muitos dos boatos que espalham de boca em boca podem tornar-se falazes e enganosos. Decidi, por conseguinte, procurar confirmação de sua história em outra fonte.

Pedi-lhe que tivesse paciência e expliquei:

— Não podemos sair às pressas, agora que já é noite. E, de qualquer maneira, não é minha intenção mergulhar de cabeça numa aventura dessa espécie. Sejamos prudentes. Vamos dormir pensando no caso, amanhã, se eu conseguir informações em outras partes, que confirmem o que me disseste, organizarei a jornada, escolherei a estrada e pontos de descanso e cuidarei para que estejamos equipados para alcançar a Galiléia da maneira mais fácil e rápida possível. Lá examinaremos a situação e decidiremos o que fazer.

Maria, porém, lamentou-se:

— Já esperei o dia todo e meu coração se acha tão impaciente que mal poderei fechar os olhos. Por que não poderemos partir agora, do jeito em que estamos, sem malas e bagagens, e dormir nas moradas dos tranqüilos da terra, ou no campo aberto, agora que as noites já não são tão frias? Desta maneira a jornada não te obrigará a despesas desnecessárias.

Ri da sua inocência e falei:

— Creio que sou um viajante mais experimentado do que tu. Às vezes, a maneira mais barata de viajar resulta na mais cara, no fim: se algum de nós adoecer, por exemplo, ou for assaltado e espancado por vagabundos. Deixa que eu cuido dos preparativos para a jornada, e na Galiléia poderás, por tua vez, aconselhar-me para onde ir.

— Conheço apenas Cafarnaum — disse ela — junto ao Mar da Galiléia. Lá ele viveu e ensinou. É para lá que nos devemos dirigir, se não tivermos outras notícias suas pelo caminho.

— Vai em paz, então — falei — e volta amanhã ao meio-dia.

Maria de Beret, porém, devia estar com medo de que eu a abandonasse, pois declarou apressadamente que não tinha para onde ir e pediu-me permissão para dormir no telhado junto à minha porta, ou num canto do meu quarto. Julguei que o melhor seria acostumar-me logo com a sua companhia, já que devíamos viajar juntos e pernoitar nos mesmos lugares. Ela em nada me incomodou, permanecendo enroscada a noite toda sobre uma esteira a um canto, enrolada no seu manto.

Pela manhã, quando soaram as trombetas, ela recitou suas orações em voz alta, à maneira judaica. No mais, porém, fez o possível para se manter quieta e não perturbar as minhas atividades matinais. Ordenando-lhe que esperasse no meu quarto, desci e fui procurar o meu senhorio, que já se preparava para instalar o seu balcão na porta da casa.

— Carantes — falei — chegou a minha hora de deixar Jerusalém e prosseguir na jornada. Aquela moça ainda está no meu quarto e eu a levarei comigo. Não me esqueci do que me disseste ontem à noite. Por conseguinte, vai comprar-lhe novas roupas e veste-a decentemente dos pés à cabeça; supre-a também das jóias necessárias, para que ninguém a olhe com menosprezo e a considere vulgar demais para minha companheira. Mas não exageres nas tuas compras, pois não quero que ela atraia muita atenção.

Meu hospedeiro sírio esfregou as mãos cheio de perplexidade e exclamou:

— Não sei se ages com prudência, mas sem dúvida deves saber o que melhor te convém! Poderias encontrar moças iguais a ela em qualquer cidade, o que te pouparia os gastos que terás levando-a contigo. No mais, mostras-te mais sensato agora do que quando te envolvias na política dos judeus, da qual nada sabes.

Nem me perguntou para onde eu ia, achando-se por demais ocupado em decidir qual a maneira de atender o meu pedido, que melhores vantagens traria para nós ambos. Fui procurar imediatamente o meu banqueiro Aristaínos, a quem encontrei mergulhado no seu trabalho, entre ábacos e cartas de crédito. Saudou-me com uma exclamação de prazer, examinou-me de alto a baixo e falou:

— Parece que seguiste os meus conselhos mais à risca do que eu imaginava. Tua barba já está mais comprida do que a minha e, a julgar pelas borlas do teu manto, já alcançaste a posição de prosélito incircunciso. Encontraste o que procuravas e estás satisfeito?

— Sim, — admiti com cautela — descobri muito mais do que eu procurava saber e me acho tão satisfeito que já não preciso de Jerusalém. Muita gente louva as belezas da Galiléia e a nova cidade de Herodes Antipas, Tiberíades no Mar da Galiléia. Parece que existe ali fontes de água quente que restauram a saúde, e há também teatros e circos, podendo-se viver lá inteiramente à maneira grega, sem que isto cause ofensa.

O rosto de Aristaínos assumiu uma expressão esquisita e ele evitou o meu olhar. Assim, acrescentei apressadamente:

— Acho que me entreguei a excessos não só do corpo como do espírito no inverno passado, em Alexandria. Anseio por banhos e massagens e um pouco de drama grego para restabelecer o meu equilíbrio físico e mental, depois de tudo o que aprendi e ouvi.

Aristaínos sorriu e observou:

— Caíste evidentemente nas garras de algum velhaco a serviço de Herodes. Herodes enterrou uma grande soma de dinheiro na construção de Tiberíades, tentando fazer dela uma cidade tão grega e tão moderna quanto possível, e tem esperança de que os viajantes e os que andam em busca de saúde se vejam tentados a esbanjar o seu dinheiro naquele lugar de vida livre e fácil. Irás pelo caminho de Samaria ou seguirás a rota dos peregrinos, a leste do Jordão?

— Vim aconselhar-me contigo a esse respeito — respondi. — Gostaria de levar um pouco de dinheiro comigo e uma carta de crédito para algum amigo teu em Tiberíades. Para ser franco, arranjei uma agradável moça para me fazer companhia na jornada. Em Baias aprendi que todo rapaz deve levar consigo para os balneários os itens que lhe são necessários, pois talvez não tenha a sorte de consegui-los lá.

O sorriso de Aristaínos era agora sardônico.

— Como banqueiro, sou apenas um teu criado — falou — e não tenho nem o direito nem o desejo de me mostrar muito curioso. Mas, se a minha memória não me falha, já te desinteressaste dos ensinamentos do homem crucificado chamado Jesus de Nazaré?

Senti uma invencível repugnância de mentir para ele. Assim, enquanto ele continuava a me olhar perscrutadoramente, disse-lhe, escolhendo as palavras:

— Sim, na verdade ouvi muitas coisas notáveis a seu respeito. Talvez faça algumas investigações na Galiléia também, se tiver tempo. Não posso negar que desde a sua morte paira sobre esta tua cidade sagrada uma atmosfera um tanto ou quanto espectral. Tenho pensado muito nele.

Aristaínos refletiu, olhou-me de soslaio e observou:

— Tua repentina inclinação para ir à Galiléia é surpreendente. — Ouvi dizer que muita gente daqui se pôs a caminho dessa cidade, ontem. Correm rumores entre o povo comum de que estão acontecendo milagres ali. Sei que és um homem esclarecido demais para que te mistures com pescadores e carpinteiros, não obstante, não deixa de ser uma coincidência.

— Vamos falar francamente — prosseguiu. — Tenho razões para acreditar que o nosso Supremo Sinédrio já estava começando a se cansar dos galileus que acompanharam aquele homem e dos boatos que eles e suas mulheres espalhavam. O povo comum está pronto a acreditar em qualquer loucura. É difícil suprimir boatos e mais difícil ainda acusar alguém com base em rumores apenas, porque então todo o mundo começa a dizer imediatamente que não há fumaça sem fogo. Já basta uma crucificação, como advertência e exemplo para o povo. Perseguir os seus discípulos seria prolongar demasiadamente o caso. Melhor seria que ele fosse esquecido. Assim, creio que os nossos líderes fizeram chegar aos ouvidos dos galileus, indiretamente, que não seriam mais molestados contanto que sacudissem o pó desta cidade das suas sandálias. Seria bem recebida a sua volta para a Galiléia, que se acha sob a jurisdição de Herodes Antipas. Este que faça com eles o que achar melhor; e tenho a impressão de que, em suas casas, no meio de sua própria gente, onde todo o mundo os conhece, eles se mostrarão inofensivos. Ninguém é profeta em sua própria terra. Explico isto tudo para ti a fim de que não tenhas uma impressão falsa das coisas, inclusive idéias que nenhuma pessoa sensata se daria ao trabalho de pôr em palavras.

Enquanto eu ficava sentado ali em sua esplêndida sala, cercada de sólidas paredes, portas e trancas, suas observações, ditas num tom casual, pareceram-me como um punhado de terra que se joga sobre brasas ardentes para extingui-las.

— Se esses fatos são tão insignificantes como dizes, então tu te mostras extraordinariamente bem informado sobre eles — comentei com azedume. — Eu também posso ser franco. Ouvi dizer que ele ressuscitou dos mortos e se revelou aos seus discípulos, prometendo-lhes ir para a Galiléia antes deles.

Aristaínos deu um arranco no manto junto às costuras, como se quisesse rasgá-lo. Mas recobrou rapidamente o autodomínio, exibiu um sorriso contrafeito e disse:

— Foi rematada loucura dar àqueles seus astutos discípulos a oportunidade de roubarem o corpo do sepulcro durante o terremoto. Isto lhes propiciou espalhar todo tipo de história fantástica. Naturalmente, podem impingir uma lenda dessas aos seus simpatizantes secretos e dessa maneira apresentar a sua fuga de Jerusalém sob uma luz favorável. Eu poderia compreender-te se tivesses sido enfeitiçado pelas escrituras ou se fosses um hebreu de ânimo azedado pela espera do Messias. Mas és um romano e

221

um filósofo. Um morto não se levanta de sua sepultura. Nunca aconteceu uma coisa dessas e jamais há de acontecer.
— Por que então te mostras tão inflamado e perturbado, ó homem de senso? — indaguei. — Naturalmente compreendo que tenhas apego à tua casa, ao teu dinheiro e aos teus negócios, e que provavelmente irias aos extremos para conservar as coisas como são. Eu, por outro lado, tenho liberdade para ir e vir conforme me apraz e mesmo pensar em coisas que não ousarias pensar. Estou de partida agora para me banhar nas fontes de água quente de Tiberíades, e não é da tua conta se ao mesmo tempo espero intimamente ouvir ou mesmo ver algo que nunca aconteceu antes.
Observando sua pequena barba e sua cútis e mãos bem cuidadas, senti-me tomado de repugnância por sua pessoa e pelo seu mundo. Lembrei-me das irmãs de Lázaro e de Maria Madalena; até Maria de Beret pareceu-me mais preciosa, com suas esperanças, do que esse homem, acorrentado ao seu dinheiro e aos seus lucros. Ele não tinha esperança. E por isto negava com tanto empenho a esperança aos outros.
Ele devia ter adivinhado meus pensamentos, pois mudou imediatamente sua atitude, ergueu as mãos e falou:
— Deves perdoar-me. É claro que sabes melhor do que eu o que te convém. Tenho a impressão de que no íntimo és um poeta e por conseguinte inclinado a pensar em coisas que um homem de negócios afastaria da mente. E evidentemente jamais te deixarás enganar por trapaceiros ou acreditarás em histórias que não possam ser provadas. De que maneira pretendes viajar? Posso arranjar-te um experiente guia de caravanas, e também camelos ou jumentos; posso conseguir-te, igualmente, uma excelente tenda completamente equipada, de maneira a não precisares de recorrer a estalagens, evitando assim a sua imundíce, os seus parasitas e os seus duvidosos freqüentadores. Seria mais prudente contratar uma dupla de legionários sírios para te acompanhar. Assim nada terias a recear, nem de dia nem de noite. Tudo isto custa dinheiro, naturalmente, mas creio que te achas em condições de fazer essas despesas.
Eu próprio estivera pensando em algo semelhante e fora por esta razão que procurara Aristaínos. Percebi também o seu interesse no caso, pois uma caravana dessa espécie lhe traria bons proveitos. Mas em tais circunstâncias um de seus agentes estaria sempre a observar todos os meus passos e mais tarde viria informá-lo de tudo o que eu tinha feito. Sua próxima providência seria levar ao conhecimento das autoridades, em seu proveito, tudo

o que tivesse conseguido saber a meu respeito. Por conseguinte, hesitei.
— Era minha intenção, realmente, viajar sozinho — informei a ele.
— Nem uma vez sequer freqüentei o ginásio aqui e tenho esperança de que uma jornada um pouco mais árdua acabe com a frouxidão do meu corpo. Entretanto, preciso também certificar-me de que a mulher que viaja comigo tenha todo o conforto.
— Sem dúvida — concordou ele vivamente. — Mesmo os mais leves contratempos tornam irritadiça e cheia de caprichos uma mulher jovem. Nem te agradaria ver sua pele alva coberta de picadas inflamadas. Permite-me que dê a ela um presente, enquanto decides sobre o assunto.

Ele saiu e voltou em seguida trazendo um belo espelho de mão, de fabricação grega, adornado no reverso com um caprichoso desenho de um sátiro abraçando uma ninfa recalcitrante. Era um espelho valioso, lindamente polido, e eu não me achava inclinado a lhe ficar devendo aquela gentileza se o aceitasse. Mas ele forçou-me a pegá-lo, dizendo:
— Não tenhas receio, não se trata de um espelho mágico. Servirá simplesmente para inspirar na tua amiga agradáveis pensamentos em relação à tua pessoa, se ela contemplar primeiramente o seu próprio reflexo e em seguida o sátiro ardoroso. Dizem que há espelhos que matam quem neles se olha. Como homem sensato, acho difícil acreditar nisto, mas é sempre bom ter cautela. Por conseguinte, desejo de todo o coração que não encontres em teu caminho um espelho desse tipo e vejas coisas que nenhum homem deve ver.

Ele não me deu tempo para refletir sobre o significado de suas palavras e prosseguiu, contando nos dedos, dizendo que eu ia precisar de uma criada para a minha companheira, de um cozinheiro, de um servo para mim próprio, de um guia de burros de carga e de um armador de tendas, concluindo:
— Creio que doze pessoas serão suficientes e que uma comitiva desse porte não atrairá atenção, estando exatamente de acordo com a tua posição.

Vi na imaginação uma fila de servos, a tagarelar, a discutir, a berrar e a cantar. Dificilmente eu poderia mantê-los em ordem. O simples fato de pensar nisto fez-me repudiar o plano. Falei:
— As despesas não me preocupam, mas o meu maior luxo é a solidão. Apresenta uma sugestão mais viável e fica com o teu espelho. Essa gravura inconveniente é divertida, mas acho pouco provável que venha fortalecer a minha posição junto aos judeus.

Ele pegou o espelho sem protestar e disse:

— Agora eu sei. Há um tal Natã que me presta alguns serviços de vez em quando. Seu único defeito é que nunca fala, mas é um homem de inteira confiança e conhece muito bem a Judéia, a Decápolis, Samaria e a Galiléia. Quando fui buscar o espelho vi-o sentado lá fora no pátio. Isto significa que está à procura de trabalho. Não tenho nada para ele agora e não quero que fique rondando por aqui dias a fio, pois o seu silêncio aborrece os meus servos. Sei que ele já levou caravanas até lugares tão distantes como Damasco. Explica-lhe para onde vais e de que maneira desejas viajar e ele arranjará tudo da melhor maneira possível. Podes entregar-lhe em confiança a tua bolsa e ele se encarregará de todos os pagamentos nas estalagens. Não costuma gastar a língua a pechinchar, nem paga o que lhe pedem e sim o que considera razoável. Desta forma não recebe comissões dos estalajadeiros, é claro, mas se contenta com o seu salário.

— Gostaria de conhecer esse homem — falei, a conjecturar se se tratava de alguma ardilosa idéia de Aristaínos. Mas ele riu de minhas apreensões e guiou-me até o pátio onde Natã se achava sentado. Era um homem queimado de sol, de pés nus, trajado com um sujo manto branco e o cabelo cortado curto. Quando olhou para mim seus olhos me pareceram os mais melancólicos que já tinha visto; não obstante, por alguma razão, tive imediata confiança nele.

Pedi a Aristaínos que explicasse a Natã os meus propósitos, mas ele ergueu as mãos a rir e voltou à sua sala, para pedir ao seu guarda-livros que contasse o dinheiro da viagem e o colocasse numa bolsa para mim, e em seguida preparasse uma ordem de pagamento dirigida a seu amigo negociante em Tiberíades. Era como se quisesse lavar as mãos em relação àquele caso, e quando olhei para Natã outra vez percebi que pelo menos não tinha um espião à minha frente.

— Tu és Natã e eu sou Marcos, um romano, falei. — Pretendo viajar para Tiberíades com uma mulher e desejo que isto se faça da maneira mais simples e discreta possível. Pagar-te-ei o que me pedires e deixarei a teu cargo a minha bolsa durante a viagem.

Ele olhou para o meu rosto, em seguida para os meus pés, como se conjecturando se eu poderia caminhar, mas respondeu apenas com um aceno. Não obtante pareceu-me notar uma certa surpresa em seu rosto.

— Creio que três ou quatro jumentos serão suficientes — continuei. — Minha companheira e eu iremos precisar de esteiras para dormir e de panelas. Compra o que julgares necessário e vai ao meio-dia à casa de Carantes, o comerciante.

Ele fez novo aceno de cabeça e deixou cair no chão um graveto ao qual tinha tirado uma parte da casca. Verificando que o graveto caíra com a casca voltada para cima, acenou pela terceira vez. Não era na verdade um grande conversador. Depois de todo o interrogatório feito por Aristaínos, agradou-me que aquele homem não me perguntasse nada. Tornei a entrar na casa e despedi-me do banqueiro, que me expôs em termos comerciais a situação da minha conta e mandou o guarda-livros entregar-me a bolsa e a carta de crédito.

— Que sejas feliz em tua jornada — disse-me. — Quando voltares, ver-nos-emos de novo.

Retornei ao pátio e entreguei a bolsa a Natã. Ele pesou-a na mão e prendeu-a ao cinto, depois refletiu um pouco, olhou para o Sol e se pôs a caminho, sem maiores comentários. Não só o nosso trato como o seu comportamento estavam tão em desacordo com o sistema oriental de negociar que fiquei parado, estupefato, vendo-o afastar-se. Não obstante, tive a impressão de que ele não iria me decepcionar.

Em seguida, pus-me a caminho da cidade alta, cercada de muros, onde naquela noite escura eu acompanhara o homem com o cântaro. Fui subindo sempre, seguindo por um labirinto de becos e degraus, e por fim, depois de procurar um pouco, encontrei o portão no velho muro, através do qual tínhamos passado. Conquanto firmemente resolvido a não voltar a importunar os mensageiros que me tinham repelido, eu desejava, se possível, certificar-me de que tinham deixado a cidade.

Pareceu-me reconhecer a grande casa que eu visitara. O pesado portão achava-se entreaberto mas não vi sinal de vida no pátio. Repentinamente senti-me tomado de um temor desarrazoado e não tive coragem de entrar. Prossegui o caminho hesitantemente, passando defronte ao portão, em seguida voltei e tornei a passar por ele. Contudo, não pude forçar-me a entrar no pátio. Mesmo que eu desejasse, não teria sido capaz de fazer isso.

Depois de uma longa indecisão, voltei as costas à casa, aborrecido, a me recriminar pela minha falta de coragem. Surpreendeu-me verificar como se achava deserta aquela zona, pois encontrara apenas duas ou três pessoas. Junto ao muro chegou aos meus ouvidos o som de umas monótonas pancadas. Um mendigo se achava sentado ali, batendo com sua bengala numa pedra para chamar minha atenção, mas era orgulhoso demais para pedir alguma coisa.

Eu chegara à conclusão de que era mais prudente não distribuir esmolas entre os mendigos, pois logo se punham a seguirme, coxeando, e eu não conseguia livrar-me deles. Entretanto aquele mendigo, que perdéra os pés, apenas olhou para mim sem uma palavra e parou de bater com a bengala quando viu que eu percebera a sua presença. Senti-me inclinado a parar e atirar uma moeda no chão à sua frente.

Ele pegou-a sem me agradecer e indagou:

— Que procuras, estrangeiro? Sentado aqui neste lugar, sem os meus pés, vejo muitas coisas — e algumas que nem todos gostariam de ver.

— Dá-me um sinal então, se puderes — roguei-lhe.

— Preparativos para uma viagem e partidas apressadas são os únicos sinais de que tenho conhecimento — falou o mendigo.

— Até mesmo homens que não gostam de mostrar o rosto à luz do dia começaram a mudar-se. São pescadores, pelo que pude saber, e não há dúvida de que estavam com muita pressa de voltar às suas redes. Esse sinal te interessa?

— Interessa-me mais do que imaginas — respondi, e me alegrei, atirando-lhe outra moeda. Ele a apanhou com ar distraído e ficou a me encarar, como se tentando descobrir quem eu podia ser. Em seguida perguntou, inopinadamente:

— Não foste tu o homem que guiou certa noite um cego de volta à cidade e lhe presenteou com o seu próprio manto, na Porta da Fonte? Se assim for, aconselho-te a comprar também uma rede e seguir os outros. Pode ser que uma grande pesca esteja à tua espera.

Senti um nó na garganta e meu coração deu um salto.

— Quem te mandou dizer-me isto? — indaguei.

Mas o mendigo sem pés balançou a cabeça e respondeu:

— Ninguém me pediu para te dizer nada. Falei-te de pura amargura, pois se ainda tivesse os meus pés eu iria hoje para a Galiléia. É como se fosse um cântico e um brado de júbilo: para a Galiléia, para a Galiléia! Mas não posso atender ao chamado.

— Não falas como um mendigo — observei.

— Não fui sempre o que sou — respondeu com orgulho. — Conheço as escrituras, e quando fico sentado, com o meu aleijão, na sujeira das ruas encontro facilidade em perceber o significado de coisas que os sãos e os vigorosos não compreendem. Por essa minha loucura já me bateram na boca, e eu faria melhor se a conservasse fechada, mas não pude resistir à tentação quando te vi rondar tão timidamente aquela casa, que eu também tenho estado observando.

— Para a Galiléia, pois — falei. — Tu me reanimas as esperanças.

— Para a Galiléia, pois — repetiu ele devotamente. — E se o encontrares pede-lhe que nos abençoe também, os mais ínfimos dos seus irmãos, cujas bocas os mais sábios fecham com tapas.

Mergulhado em reflexões desci novamente para a cidade fora dos muros, mas à medida que me aproximava da casa de Carantes, o sírio, meus pés foram ficando impacientes. A expectativa me aquecia o sangue como uma doce febre, e dentro de mim reboava como um cântico e um brado de júbilo: *Para a Galiléia, para a Galiléia!* Não conseguia pensar em mais nada.

Entretanto, não pude subir diretamente para o quarto. Tive que me sentar na soleira da porta da frente e esperar, pois a mulher e a filha do meu hospedeiro se achavam lá em cima ajudando Maria a vestir-se. Carantes explicou:

— Mulher é sempre mulher, e elas não puderam resistir à tentação de ver de perto as belas roupas e as jóias baratas. Graças a isso minha mulher se acha agora persuadida de que Maria de Beret não é uma mulher perversa e sim uma moça inocente, a quem pretendes tirar do mau caminho e tornar respeitável.

Não tive tempo de responder, pois nesse momento sua mulher e sua filha me chamaram lá de cima e cheias de animação me convidaram a subir e a examinar a noiva. Espantado pela mudança em sua atitude, obedeci e fiquei ainda mais estupefato ao ver Maria. Em suas novas roupas parecia ainda mais jovem do que na noite anterior. Trazia uma faixa bordada à volta da cintura e uma fita cingindo-lhe a fronte; usava um colar de pedras coloridas, enormes brincos nas orelhas e uma correntinha no tornozelo. Com o rosto corado de prazer ela me saudou emocionada e me falou:

— Por que me vestes como se eu fosse a filha de um rico homem e estivesse numa festa? Fui lavada, penteada e ungida, tenho um véu com que ocultar o rosto durante a jornada e um manto em que me posso enrolar para proteger minhas roupas da poeira.

Experimentou o véu, envolveu-se no manto e deu uma volta para que a víssemos de todos os lados, fazendo tilintar todos os seus enfeites. Sua alegria infantil me comoveu, pois era como se se tivesse descartado do seu negro passado ao despir as velhas roupas. Carantes também veio vê-la, como se ela fosse obra sua, e apalpava cada peça de roupa e cada berloque. Forçou-me a fazer isso também, enunciando o preço de cada item como se quisesse impressionar a Maria a quantia que eu gastara com moça tão humilde. O rosto de Maria se toldou ao ouvi-lo, sua alegria desapareceu e ela começou a me olhar cheia de desconfiança.

Agradeci a Carantes o trabalho que tivera, disse algumas palavras amáveis para sua mulher e sua filha, e logo os três perceberam que sua presença se tornara supérflua e se retiraram, abafando risadinhas com a mão. Quando Maria e eu ficamos sozinhos, ela me encarou cheia de medo e recuou até a parede, como se em busca de proteção.
— Que pretendes de mim? — perguntou. — Só me aconteceu coisa semelhante uma vez, desde que fugi de minha aldeia para a cidade. Uma velha encontrou-me na rua e me deu novas roupas. Julguei que fosse bondade dela até que descobri que espécie de casa era a sua. Ela me batia quando eu não conseguia servir os seus hóspedes da maneira que desejavam, e só três dias depois arranjei meios de escapar. Pensei que fosses diferente, e orei por ti, porque eras bondoso e não tocaste em mim ontem à noite, embora eu receasse que o fizesses. Agora, porém, desconfio de tuas intenções. Não me achaste bastante bela quando eu era pobre e mal trajada.
Não pude deixar de rir e procurei confortá-la:
— Não tenhas receio. Não busco nenhum reino na terra, pois nesse caso eu poderia perfeitamente ficar contigo aqui em Jerusalém. Tenho experiência bastante para saber que todos os prazeres terrenos são como uma caverna ardente, que nenhuma brisa refresca e que se vai tornando cada vez mais quente à medida que nos aprofundamos nela. Por conseguinte, desejo apenas aquele outro reino, que ainda permanece conosco na terra. É em busca dele que vou para a Galiléia, em tua companhia.
Mas minhas palavras bondosas não a alegraram. Seus olhos negros se encheram de lágrimas, ela bateu os pés no chão, arrancou o colar e a fita da testa, atirando-os longe, e gemeu:
— Agora vejo porque nem te deste ao trabalho de escolher tu mesmo as jóias, deixando que outros fizessem isto por ti. Tua indiferença me magoa. Não quero ornamentos que não foram escolhidos por ti — e no entanto nunca tive coisas tão belas.
Era-lhe tão difícil renunciar a todo aquele luxo que se pôs a chorar ainda mais amargamente, bateu com os pés no chão e soluçou:
— Não vês que o mais singelo dos colares, feito de grãos e sementes e enfiado pelos teus próprios dedos, seria mais precioso para mim do que todas estas ricas coisas?
Foi a minha vez de me zangar. Bati também com os pés e lhe ordenei:
— Pára de uma vez com essa choradeira! Não posso compreender o que te faz agir dessa maneira. Que é que o pessoal

lá embaixo há de pensar de mim — de nós dois — quando ouvir todas essas batidas de pé e essa gritaria? Uma mulher chorona é a coisa mais feia que existe e não sei como poderei levar-te comigo para a Galiléia, se continuas a interpretar minha generosidade de uma maneira tão ofensiva!

Isto assustou Maria. Parou de chorar instantaneamente, enxugou os olhos, abraçou-me e me beijou os cantos da boca, suplicando-me com muita graça:

— Perdoa a minha idiotice. Tentarei portar-me melhor, se prometeres levar-me contigo.

Suas carícias eram as de uma criança travessa que se arrepende de sua má ação, e me abrandaram imediatamente. Afagando-lhe o rosto, falei:

— Conserva, pois, os teus berloques para que os guardas no caminho te respeitem como minha companheira. Mais tarde é provável que eu tenha oportunidade de enfiar para ti um colar de frutinhas e grãos, se isto te agrada mais, embora já não sejamos crianças.

Na verdade já não éramos mais crianças, mas naquele momento desejei ardentemente voltar ao coração de um menino, para que não conhecesse mais a luxúria e a maldade e pudesse me deleitar com cada novo dia que surgisse. Não sabia o que me aguardava na Galiléia. Talvez fosse fazer aquela trabalhosa jornada sem nenhum proveito. Contudo, desejava usufruir a viagem em si, e levava as minhas esperanças. Queria deleitar-me com a simples expectativa.

Carantes gritou-me lá debaixo avisando-me que os jumentos tinham chegado. Verifiquei pela posição do Sol que era meio-dia. Desci correndo as escadas, cheio de animação, e Maria de Beret me acompanhou. No beco defronte à casa avistei quatro reforçados jumentos, dois deles já carregados com esteiras de dormir. O terceiro transportava dois enormes cestos e no quarto se acomodava uma mulher pobremente trajada, que não ousou desviar os olhos do pescoço do animal. Natã saudou-me respeitosamente, mas em silêncio, e simplesmente olhou para o Sol para indicar que tinha vindo na hora aprazada.

— Quem é essa mulher? Não quero levar essa criatura comigo — falei indignado. Mas Natã não deu resposta e olhou para o outro lado, como se o assunto não lhe dissesse respeito absolutamente. Carantes aproximou-se da mulher e conversou com ela, em seguida voltou, cofiando a barba com ar indeciso.

— Seu nome é Susana — informou. — Diz que Natã prometeu levá-la como tua serva, pois deseja voltar à sua casa na Galiléia

229

e não tem força para caminhar até lá. Por isso acomodou-se no seu jumento e não quer nenhum pagamento, se a deixares ir também. Pelo que entendi, ela tem estado doente desde a festa da páscoa e seus companheiros a deixaram para trás quando retornaram às suas casas.

A mulher continuou sentada, sem ousar olhar para mim. Como era de esperar, enchi-me de cólera e bradei:

— Não precisamos de nenhuma serva! Nós mesmos atenderemos às nossas necessidades. Não pretendo levar comigo todos os enfermos de Jerusalém para a Galiléia.

Natã lançou-me um olhar inquisitivo e em seguida, vendo que eu falava seriamente, encolheu os ombros, ergueu as mãos, desamarrou a minha bolsa do seu cinto, atirando-a aos meus pés, e foi-se pelo beco afora sem se importar com os jumentos. A mulher se lamentou mas continuou obstinadamente sentada.

Percebi que a minha partida sofreria um atraso ainda maior se me visse compelido a procurar outro guia, que talvez não merecesse a minha confiança. A cólera fervia dentro de mim, mas engoli tudo e chamei Natã de volta, ordenando-lhe que prendesse de novo a minha bolsa em seu cinto e dizendo-lhe amargamente:

— Inclino-me diante do inevitável. Faze como quiseres contanto que nos ponhamos a caminho antes que se juntem mais curiosos à nossa volta.

Entrei apressadamente na casa, acertei as contas com Carantes, pagando-lhe mais do que me pedira, e falei:

— Cuida das coisas que deixei aqui, pois ainda voltarei a Jerusalém.

Carantes agradeceu-me profusamente e disse, acenando convictamente com a cabeça:

— Isto mesmo, isto mesmo. Estou certo de que estarás de volta em breve.

Um grupo de curiosos se comprimia à volta dos jumentos enquanto Natã enchia habilidosamente os cestos com tudo o que eu desejava levar. Os homens apalpavam as pernas dos animais e examinavam os seus dentes, e as mulheres se enchiam de comiseração por Susana, que continuava toda encolhida sobre a sua montaria, sem ousar trocar uma palavra com ninguém. Até mendigos apareceram, de mãos estendidas, para nos desejar boa sorte na jornada. Natã distribuiu entre eles, às minhas custas, as esmolas que considerou razoáveis, não fossem suas maldições nos causar algum dano. Dessa forma uma considerável confusão se tinha formado no beco dos mercadores, antes que Maria e eu pudéssemos montar por fim nos nossos jumentos e Natã tomasse o seu lugar à frente da procissão. No que me dizia respeito, era como se ele me tivesse enfiado um saco na cabeça, pois não me disse uma só palavra sobre a rota pela qual pretendia guiar-nos até a Galiléia e sobre as estalagens nas quais pernoitaríamos.

Logo de início, porém, ele nos levou através da cidade até o local do mercado, que cheirava a peixe salgado. Em seguida, passando pela Porta do Peixe, guiou-os para fora da cidade. Os guardas o conheciam e quiseram dar buscas nos cestos que a besta de carga transportava, mas quando lhes gritei que eu era romano, desistiram imediatamente, quedando-se a nos observar por um longo tempo depois que tínhamos passado. Para surpresa minha, Natã tomou pela estrada que seguia ao longo do muro da fortaleza Antônia e parou os jumentos defronte a arcada. Quando Susana viu os legionários de guarda junto ao portão começou a lamuriar-se de novo e ocultou o rosto no pescoço da sua montaria. Em vão insisti para que Natã prosseguisse. Ele simplesmente fez-me sinal para que entrasse na fortaleza. Suspeitei nesse momento de que fosse mudo, pois jamais o ouvira pronunciar uma só palavra. Todavia, observando o seu cabelo, fiquei a conjecturar se não teria feito um voto de silêncio.

Relutantemente, atravessei a arcada, e os guardas não me fizeram parar, ainda que fosse estranha a minha aparência, com minha barba e o meu manto listrado. Nesse precioso momento, como se eu o tivesse chamado, o comandante da guarnição desceu da torre.

Dirigi-me a ele, saudando-o com o braço erguido, e falei:
— Estou a caminho de Tiberíades para tomar os banhos. Meu guia achou conveniente que eu viesse despedir-me de ti e pedir-te conselhos sobre a jornada. Viajo com simplicidade, sem outra companhia que a de duas mulheres.
— Vais pelo caminho de Samaria ou seguirás o Jordão? — perguntou ele.

Tive vergonha de confessar que não sabia, assim respondi:
— O que achares melhor.

O homem melancólico e reumático passou os dedos pelos lábios e explicou:
— Os samaritanos são um povo malévolo e causam muitos aborrecimentos a peregrinos comuns. Mas o Jordão ainda está na cheia. Encontrarias dificuldades em atravessá-lo a vau e à noite poderias ouvir o rugido de leões nas macegas. Naturalmente, se desejares, poderei fornecer-te uma dupla de legionários

231

para te acompanhar, se lhes pagares e encontrares também uma ocasião para mencionar minha boa vontade para o Procurdor.

Era evidente que não se mostrava muito entusiasmado com a idéia de desfalcar de dois homens a sua guarnição, mesmo temporariamente. Assim, retruquei:

— Não, não. Estarei viajando numa terra onde Roma mantém a paz e nada tenho a temer.

— Nesse caso fornecer-te-ei uma espada para te fazer companhia — volveu ele com alívio. — Como cidadão romano, tens direito de viajar armado com uma espada. Todavia, para evitar dissabores, receberás uma permissão escrita, já que te achas tão exoticamente trajado e deixaste a tua barba crescer à vontade.

Em vista disso, entrei e fui receber a espada e a bandoleira das mãos do oficial intendente, e paguei a licença ao secretário para que o comandante se pudesse beneficiar devidamente da minha partida. Ele me acompanhou amavelmente até o portão, mas tentou em vão ocultar um sorriso quando coloquei a espada a tiracolo sobre o meu manto judaico.

Natã não sorriu, mas acenou com a cabeça, satisfeito, enquanto punha os jumentos a caminho de novo. Contornávamos agora a área do templo e, atravessando o Cedron, alcançamos a estrada que vai coleando à volta do Monte das Oliveiras, estrada essa que eu já conhecia até Betânia. Quando perdemos de vista a cidade, desmontei e continuei a pé. Em Betânia fiz sinal a Natã para que parasse e dirigi-me à casa de Lázaro.

Depois de tê-lo chamado por algum tempo, ele apareceu, vindo do seu jardim, e retribuiu minha saudação. Perguntei-lhe pelas suas irmãs e ele informou:

— Minhas irmãs foram para a Galiléia.

— Por que não foste com elas? — indaguei.

Ele abanou a cabeça e replicou:

— Não tenho nenhum motivo para ir à Galiléia.

— Mas disseram-lhe que ele, o teu senhor, se dirigiu para lá antes dos outros e se acha à espera deles.

— Que tem isso a ver comigo? — Lázaro respondeu com firmeza: — Cuido do meu jardim e permaneço junto ao meu túmulo.

Falava de uma maneira horrivelmente engrolada e seu olhar era sombrio, como se tivesse estado a apoquentar-se com algum

enigma que não podia explicar a nenhum estranho. Senti um calafrio na sua presença e lamentei ter parado para saudá-lo.
— A paz seja contigo, — falei, despedindo-me.
— Paz! repetiu ele desdenhosamente. — Se soubesse o que era paz dificilmente a desejarias a mim. — Passou as mãos cor de cera pela fronte e continuou: — Tenho uma dor na cabeça e não consigo ligar duas idéias. Tive medo quando te ouvi gritar o meu nome. Sempre me assusta agora ouvir alguém me chamar. Vou dar-te uma parábola. Se tu e eu fôssemos do tamanho de um pontinho, ou menores ainda, e tudo à nossa volta tivesse o mesmo tamanho, ainda assim acreditaríamos ser tão grandes como somos agora, pois só teríamos um ao outro para servir de comparação. Para mim, o mundo e tudo o que me cerca se transformou num minúsculo pontinho. Por que consentiu ele em nascer, morrer e ressuscitar de novo neste mundo tão insignificante? É isto o que não posso compreender.

Não pude deixar de pensar que o seu cérebro sofrera algum processo de deterioração durante os dias em que jazera em seu túmulo. Dei-lhe as costas em silêncio e voltei para a estrada.

Natã olhou-me perscrutadoramente e em seu rosto havia uma certa expressão de espanto que eu ainda não tinha visto. Mas nada disse, e continuamos o nosso caminho.

A estrada descia para um vale e atravessava o leito de um rio. Seguimos ao longo das faldas das colinas e paramos apenas uma vez, junto a um poço, para dar água aos animais. O silêncio de Natã não era opressivo; pelo contrário, eu confiava inteiramente nele como guia. Nem eu guardava mais nenhum ressentimento contra a mulher doente, pois ela se colocara na retaguarda e procurava passar o mais despercebida possível. E, na verdade, quando as sombras começaram a alongar-se, fui ficando preocupado por sua causa, a me perguntar até quando suas forças a suportariam. Natã espicaçava os animais incessantemente, a caminhar com largas e infatigáveis passadas, como se estivesse com tanta pressa quanto nós. Notei que ele evitava Samaria e seguia a rota dos peregrinos da Galiléia, que tomavam pelo caminho de Jericó, quando iam ao templo para as grandes festas judaicas.

Não foi senão quando surgiram as primeiras estrelas que paramos numa pequena aldeia, onde Natã levou os jumentos para um pátio fechado de uma modesta estalagem. Ali teríamos que prover às nossas próprias necessidades. Com rapidez e habilidade, Natã descarregou os animais e levou nossas esteiras para um quarto desocupado, que cheirava a esterco mas estava limpo. Susana apressou-se a acender um fogo no pátio e começar a lidar ruidosamente com as panelas, para mostrar que pretendia ser útil e preparar a nossa refeição.

Misturou pedaços de carneiro à sopa que preparava e deixou-a cozinhar; em seguida foi buscar água e insistiu em lavar-me os pés. Lavou também os pés de Maria, tratando-a com todo respeito. Quando a comida ficou pronta, ela me serviu em primeiro lugar, depois a Maria. Senti-me bem acomodado e satisfeito.

Fiz um convite amável a Natã e a Susana:

— Não sei se ofendo ou não as vossas leis, mas no final de contas estamos viajando juntos e vamos dormir no mesmo quarto. Ireis comer o mesmo que estou comendo, por conseguinte vinde sentar-vos aqui e comei conosco.

Eles lavaram as mãos, puseram-se de cócoras e comeram. Natã partiu o pão, abençoou-o à maneira judaica e deu-me um pedaço, ignorando as mulheres. Comeu com moderação e não tocou na carne. Enquanto comia, mantinha os olhos fixos à sua frente, absorto em seus pensamentos, e não tentei conversar com ele. Depois de ter ido verificar se os jumentos estavam em ordem, enrolou-se no seu manto, cobriu a cabeça e deitou-se para dormir, junto à soleira da porta, como se a insinuar que todos nós faríamos bem se fôssemos repousar. Mas quando Susana acabou de comer, ela se atirou ao chão e tentou beijar-me os pés, em sinal de agradecimento por tê-la tomado sob minha proteção.

— Deves agradecer a Natã e não a mim — falei. — Só espero que esta jornada não seja muito cansativa para ti, pois poderás adoecer de novo.

— Não, não! — protestou ela. — As mulheres da Galiléia são mais rijas do que o couro. Minha doença foi causada mais pelo desgosto, mas a alegria de voltar para minha terra nas praias de Genesaré logo me fará ficar boa.

Na manhã seguinte Natã nos despertou antes do nascer do Sol e nos pôs a caminho com tal rapidez que, quando dei por mim, me achava montado no meu jumento, tiritando sonolentamente na friagem da manhã, a roer um pedaço de pão, enquanto o rubro Sol começava a aparecer por cima das colinas. Todavia, à medida que ele se tornava mais brilhante e mais quente, fui-me sentindo encher de júbilo. As serras azuladas, os vinhedos, o verde-prata das oliveiras nas encostas, tudo era belo de ver. Creio que sentimos todos o mesmo júbilo, pois repentinamente, e para grande espanto meu, Natã fez ouvir a sua voz roufenha e se pôs a cantar uma canção hebraica.

Olhei interrogativamente para Maria. Ela, porém, abanou a cabeça para indicar que não compreendia as palavras. Havia

algo ao mesmo tempo jubiloso e solene na música ora grave ora aguda do cântico de Natã. Quando ele terminou, apeei do meu jumento e fiquei à espera de que Susana me alcançasse. Diante da minha pergunta, ela me olhou confiantemente e explicou:
— Isto é uma canção de peregrinos: "O Senhor é o meu protetor, o Senhor é a tua sombra sobre a tua mão direita. O Sol não te ferirá de dia, nem a Lua à noite. O Senhor te preservará de todo o mal, ele preserverá tua alma. O Senhor estenderá sua mão sobre tuas idas e vindas, agora e para todo o sempre".

Como eu não entendesse muito bem a sua pronúncia campesina, ela começou a murmurar as mesmas palavras na sua própria língua, a balançar o corpo de um lado para outro, e repentinamente, para surpresa minha desmanchou-se em lágrimas. Pus a mão em seu ombro, para consolá-la, e disse:
— Não chores, Susana, dize-me o que te aborrece e talvez eu possa ajudar-te.
— Não, não — respondeu ela. — Choro de alegria, pois que saí da mais profunda desolação e, posso dizer mesmo, das garras da morte, para a luz do dia.

Não pude deixar de sentir uma certa intranqüilidade por ter trazido comigo naquela jornada dois companheiros mentalmente desequilibrados. Contudo sorri, pois segundo todos os padrões normais, eu próprio era um romano louco, a seguir a toda pressa, sem pausa e sem descanso, em busca do rei ressuscitado dos judeus.

Por volta do meio-dia alcançamos o vale do Jordão e vimos estenderem-se à nossa frente os vastos e férteis campos e as muralhas cinzentas de Jericó. O ar se tornara sufocante, mas de vez em quando uma brisa nos trazia o leve e ao mesmo tempo pungente perfume dos palmares que constituíam a riqueza de Jericó.

Ali a primavera estava mais avançada do que em Jerusalém, e vimos gente dedicando-se já à colheita do trigo, com suas foices. Natã não nos levou para dentro da cidade e sim por uma trilha de gado que beirava as muralhas, e ao meio-dia paramos à sombra dos muros, junto a uma fonte e deixamos que os jumentos pastassem. Natã afastou-se um pouco de nós para orar, voltando-se com os braços erguidos na direção de Jerusalém, o que fez Maria lembrar-se também da oração diurna, e Susana murmurar algumas palavras devotas consigo mesma. Isto os separava de mim, pois estou habituado a orar simplesmente por uma questão de hábito, nos lugares de sacrifícios ou nos festivais a que possa ter comparecido, e essa espécie de prece, na minha opinião, não tem nenhum efeito. Eu simplesmente acompanho os costumes e

modos de ser dos diferentes países, para não chamar atenção sobre a minha pessoa. Agora, ali, senti-me tomado de uma espécie de inveja e desejei pedir a eles que me ensinassem suas orações. Mas eram judeus, consideravam-se o povo eleito de Deus, e assim suspeitei de que Natã e Susana se recusariam a atender um tal pedido. As preces de Maria pareciam-me pouco mais do que uma reminiscência da infância e não me podiam satisfazer.
Durante a nossa parada comemos pão, cebolas e queijo. Bebi apenas água. Quando ofereci vinho a Natã, ele nada disse, mas apontou para o seu cabelo curto e compreendi que se achava preso a um voto qualquer. Todavia, olhava-me com tanta cordialidade que lhe perguntei:
— Fizeste um voto de silêncio também?
— Onde são muitas as palavras — respondeu ele — não falta o pecado. — Mas sorriu conciliadoramente ao dizer isto.
Depois disto não teve mais paciência de descansar e insistiu para que nos puséssemos a caminho. Voltamos para a estrada principal e vimos, do outro lado da planície, a enchente do Jordão. Achávamo-nos agora tão encalorados e suarentos que não podíamos pensar em nada a não ser no nosso próprio desconforto. Além disto, nós e os jumentos víamo-nos importunados por picadas de mosquito que suponho terem sido atraídos até ali pelos bois que transportavam os feixes de trigo para o local onde seriam separados os grãos.
Quando desceu a noite, tínhamos deixado para trás um longo dia de marcha e estávamos todos cansados, sedentos e com os membros endurecidos. Passamos a noite numa aldeia que tinha uma fonte de água corrente, para que nos pudéssemos lavar adequadamente. Eu já tinha notado que Natã parecia evitar as hospedarias dos povoados, onde poderíamos ter ficado instalados mais confortavelmente e comer refeição já preparada. Mas quando ele voltava para mim o seu olhar perscrutador, eu não sentia nenhum pesar. Na verdade meu corpo se regozijava com aquela vida simples, depois daqueles enervantes dias em Jerusalém.
Maria, cansada da ociosidade, arregaçou o manto e ajudou Susana e acender o fogo e a preparar a refeição. Ouvi-a tagarelar animadamente, como é hábito das mulheres, enquanto eu observava as estrelas surgirem.
Depois que acabamos de comer, Maria arrastou sua esteira para perto da minha e sussurrou-me ao ouvido:
— Essa Susana é uma mulher ignorante e quase se podia dizer que é fraca de cabeça. Mas desconfio que pertence aos

tranqüilos da terra e sabe alguma coisa sobre Jesus crucificado, embora tenha receio de nós e não se queira denunciar.

Levantei-me imediatamente. Natã já cobrira a cabeça e se deitara para dormir junto à soleira, mas Susana, ainda de joelhos, murmurava suas orações. Não pude resistir à tentação e falei-lhe baixinho:

— Dize-me como é a tua prece, para que eu também aprenda uma boa maneira de orar. Susana ergueu a mão num gesto de desdém e protestou:

— Sou uma mulher ignorante. Não conheço a lei. Não sei orar como se deve. Apenas ririas de mim se eu te ensinasse a minha oração.

— Não rirei, assegurei-lhe, pois desejo ser tranqüilo e humilde no coração.

— Tua prece é nova. Falou Maria: Nunca vi ninguém orar dessa maneira antes.

Timidamente, ainda assim consciente da gratidão que me devia, Susana ensinou-nos a orar, não sem antes explicar:

— Eu a aprendi porque é fácil de guardar e me disseram que irá substituir todas as outras orações, pois nada lhe será preciso acrescentar. Oro assim: Pai nosso que estais no céu santificado seja o vosso nome, venha a nós o vosso reino e seja feita a vossa vontade, assim na terra como no céu. Dai-nos o pão nosso de cada dia. E perdoai-nos as nossas ofensas assim como perdoamos aos que nos tenham ofendido. Não nos deixeis cair em tentação, mas livrai-nos de todo o mal. Assim seja.

Pedi-lhe que repetisse a oração e verifiquei que era simples e fácil de aprender. Recitei-a em voz alta para mim mesmo, refletindo sobre cada frase, e descobri que, na verdade, nada se lhe podia acrescentar, pois tudo o que uma pessoa simples podia desejar estava expresso nela. Não se tratava da sutil oração de um douto, mas deu-me bastante o que pensar, o que livrou Susana de novas perguntas minhas.

Tivemos que passar a noite seguinte junto a uma macega alagada pela enchente. Longe dali, para os lados do Norte, a neve começava a derreter-se nas colinas onde nasciam as águas do Jordão. A inundação fizera sair de suas tocas os animais selvagens, embora os afluentes do Jordão estivessem quase secos. Quando surgiram as estrelas, ouvi chacais uivando inquietos nas colinas e um pouco mais tarde chegou até nós o eco de um rugido que semelhava uma trovoada ao longe. Reconheci o som embora nunca o tivesse ouvido na selva e sim em Roma, à noite, dentro dos muros de um circo. Os jumentos começaram a tremer e tivemos que trazê-los para o quarto onde íamos dormir sobre uma plataforma acima do chão. Maria nunca tinha ouvido o rugido de um leão e se comprimiu contra o meu corpo, suplicando-me com voz trêmula que pusesse os braços à sua volta embora a noite estivesse sufocante.

Natã acalmou os jumentos, pôs uma tranca na porta e sentou-se com as costas apoiadas nela, de ouvido atento. Susana também não conseguia dormir. Assim, aproveitei a oportunidade para lhe perguntar:

— Com quem aprendeste a oração que me ensinaste, à noite passada?

O leão rugiu de novo ao longe e as frágeis paredes de barro da choupana pareceram tremer. Susana tapou a boca com a mão, apavorada e disse:

— Não me deves perguntar uma coisa dessas.

Mas Natã abriu a boca e, para espanto meu, falou:

— Conta-lhe, não tenhas receio dele.

Susana olhou inquieta à sua volta, à luz tremeluzente do lampião de barro, e depois começou:

— Foi Jesus de Nazaré, o homem que crucificaram em Jerusalém, que ensinou essa oração aos seus discípulos. Ensinou-a também às mulheres que o seguiam na Galiléia. Disse que ela era suficiente e que não precisávamos de nenhuma outra.

— Não é possível que me estejas mentindo! — exclamei surpreendido. — Andaste com ele de fato na Galiléia?

— Não sou uma mulher esperta, absolutamente, — respondeu Susana — e não saberia mentir mesmo que quisesse. Cinco pardais são vendidos por dois ceitis e no entanto Deus não se esquece de um só deles. Toda a minha vida cobicei ter dinheiro e propriedades e não me permitia nem mesmo comer adequadamente. Quando os outros foram ver o novo profeta, eu também fui, julgando que receberia alguma coisa de graça. No templo nada é gratuito. Ouvi seus ensinamentos e nada entendi deles, mas então ele falou ao povo e olhou diretamente para mim ao dizer: "Acautelai-vos com a cobiça, pois a vida de um homem não depende da soma de suas riquezas". Isto se passou à beira do lago. Julguei que ele soubesse de fato quem eu era e tivesse ouvido falar na minha avareza. Mas então ele falou sobre um homem rico possuidor de férteis terras, que derrubou os seus celeiros para construir outros ainda maiores, pois agora que tinha economizado tanto pretendia ficar na ociosidade por muitos anos. Mas Deus falou a esse homem: "Imbecil! Esta noite tua alma será chamada e quem então ficará com tudo o que juntaste? Assim acontece com o homem que acumula tesouros para si próprio e nenhum no reino!"

Ela respirou fundo e continuou:

— Fiquei enfurecida com ele e voltei para casa, mas não pude esquecer suas palavras, e no fim elas eram como um tumor latejando dentro de mim. Fui ouvi-lo outra vez. Ele falava então sobre os corvos que Deus alimenta e das flores na campina, que não trabalham nem fiam. Proibiu a seus discípulos que buscasse o que comer e beber, e ordenou-lhes que buscassem o seu reino, dizendo que com isso ganhariam todo o resto. Tive muita pena dele, embora eu tivesse ouvido dizer que ele alimentara uma grande multidão de gente com apenas alguns pães e uns poucos peixes. Mas não se pode fazer isto todos os dias. Eu não tinha nenhum desejo de distribuir o meu dinheiro entre gente miserável, preguiçosa e inútil, mas vendi os panos que tecera, deixei meus campos aos cuidados de um administrador e acompanhei Jesus para mantê-lo, e aos seus discípulos, enquanto durasse o dinheiro. Pois me parecia que o fazedor de milagres em breve morreria de inanição se ninguém o alimentasse. Havia umas outras mulheres que faziam a mesma coisa, levadas pela compaixão. Êle era um homem de espírito muito pouco prático.

Susana suspirou ao recordar-se de suas peregrinações em companhia dos seguidores de Jesus, depois continuou sua história:

— Eu jamais diria uma palavra contra ele. Estou dizendo isso apenas para mostrar que ele pouco entendia dos negócios do mundo. E, assim, nós as mulheres tínhamos que olhar por ele. Devo dizer também que seus discípulos iam à pesca de vez em quando para ajudar com alguma coisa. Dizia-se em Nazaré que ele não era muito bom carpinteiro, embora tivesse aprendido o ofício com o seu pai. Sabia fazer cangas e arados, mas não uma boa roda. Além do mais, confiava em demasia nos outros. Entregou a Judas Iscariotes a sua bolsa, e tenho certeza de que ela se mostrava às vezes mais leve do que devia estar — via-se isto nos olhos daquele homem. Não pretendo dizer que entendia o que o Nazareno ensinava. Nem mesmo os seus discípulos o entendiam sempre. Mas, fosse como fosse, o simples fato de estar com ele fazia bem à gente. Por isso não o deixei nem voltei para casa embora às vezes tivesse esse desejo. Consciente e propositadamente, ainda que sem motivo, ele fez de muitos homens devotos seus inimigos, e eu não podia suportar que tivesse dado permissão àquela vendedora de pombos de Magdala para acompanhá-lo.

Maria interrompeu-a, exclamando:

— Maria Madalena é uma mulher compassiva e mais sábia do que tu, que não passas de uma velha bruxa vestida de trapos!
— Se tomas o seu partido — Susana explodiu, irada — agora sei que espécie de mulher és tu e porque te mostras tão ansiosa por cair nos braços deste romano todas as noites. É verdade que sou uma bruxa velha vestida de trapos, mas sei fiar e tecer, assar pão, cozinhar e fazer limpeza, e já houve um tempo em que também arei a terra quando não queria pagar a um moço para fazer esse serviço. De qualquer maneira, Jesus de Nazaré era bom demais para este mundo, sendo por natureza crédulo e irrefletido. Realizou milagres e curou os enfermos sem preocupar-se em saber se eram merecedores de uma tal graça. Bastava tocar no seu manto para se ficar curado de todas as dores. Ele me parecia uma criança descuidosa, largada sozinha num mundo cheio de perversidade. Se ao menos tivesse consentido em ouvir conselhos sensatos, jamais teria ido a Jerusalém para a páscoa. Mas era teimoso e cuidou que entendia as coisas deste mundo também, melhor do que os outros. Eis porque sucedeu tudo aquilo.

Susana falava agora com veemência e começou a repreender Jesus de Nazaré como se ele tivesse sido um menino travesso. Logo, porém, recordando-se de tudo o que acontecera, caiu em pranto, dizendo:

— Tudo o que me ficou dele foram esses trapos que estou usando e a oração que me ensinou. Depois que ele morreu, batemos asas como um bando de pardais, em todas as direções. Eu me achava doente de horror quando fugi do local da crucificação. Por dias a fio não consegui engolir um bocado que fosse de comida. Meti-me simplesmente numa gruta sob o templo, desejando que ninguém me reconhecesse. Por fim, encontrei este Natã, com suas vestes brancas, que cortara o cabelo por causa dele. Ele me fez saber que Jesus tinha ressuscitado dos mortos e viera na nossa frente para a Galiléia.

Susana levou a mão à boca e olhou para Natã, como se receasse, na sua loquacidade, ter falado demais. Mas Natã disse:

— A conversa das mulheres é como o crepitar de ramos secos sob o caldeirão. Eu sabia que o seu reino estava próximo, mas Jesus mesmo não cheguei a conhecer. Cortei o cabelo quando ouvi dizer que se levantara de seu túmulo, pois, se isso for verdade, ele é o filho de Deus: aquele por quem esperávamos.

— Mas eu o conheci — falou Susana — e muito bem, pois era eu quem lavava suas roupas. Ele era humano, sentia fome e sede, e às vezes se cansava de seus discípulos e do empedernido coração das gentes. Mas deve ter-se levantado dos mortos, se é o que afirmam, e isto não me surpreende. Pelo contrário, choro de alegria por sua causa e tenho esperança de que todo esse mal se transforme em bem. Talvez ele venha a estabelecer realmente um reino na Galiléia, se pelo menos formos pacientes e tivermos anjos que lutem pela causa. Do contrário, nada resultará disso. Não obstante, toda manhã, ao meio-dia e à noite, recito a oração que ele me ensinou. Para mim é o bastante, uma vez que foi o que ele afirmou.

Suas palavras causaram profunda impressão em Maria, que, ainda em dúvida, perguntou:

— Lavavas de fato a sua roupa?

— Quem mais poderia torná-las bastante alvas? — gabou-se Susana. — Tua Maria Madalena jamais se viu diante de um tanque em toda a sua vida. Salomé já tinha muito com que se ocupar cuidando das roupas de seus próprios meninos, e Joana tinha servas. Essa mulher ter-se-ia feito transportar numa liteira para seguir Jesus, se tivesse coragem. Mas aprendeu a caminhar com seus próprios pés.

Incapaz de ocultar por mais tempo a minha perplexidade, indaguei:

— Por que te puseste a segui-lo, sacrificando tuas propriedades, se não concordavas com o seu comportamento nem com o dos seus discípulos e dos que o acompanhavam?

Susana olhou para mim igualmente surpresa e explicou:

— Ele era como um cordeiro entre os lobos. Quem mais poderia alimentá-lo e cuidar dele? Até mesmo sua mãe achava que ele era louco. E os nazarenos, certa vez, levaram-no até a borda de um rochedo, para atirá-lo no precipício, mas não tiveram coragem no final.

— Tu o amavas, então? — perguntei.

Susana se agitou, irritada, e respondeu com raiva:

— Que sabe sobre o amor uma carcassa velha como eu? Mas o mundo está cheio de gente inútil e ociosa, de sacerdotes cobiçosos, de impiedosos coletores de impostos e de perfídias de toda espécie. É o bastante que uma mulher do campo chegue à cidade para que lhe roubem até os fios de cabelo de sua cabeça. Tive pena dele, pois era inocente e nada sabia sobre o mal.

Comprimindo as palmas das mãos acrescentou ela em voz baixa, como se envergonhada do que ia dizer:

— Além do mais, ele falava de uma vida eterna.

— Que queres dizer com isto? — indaguei.
Mas Susana fez um gesto de impaciência.
— Não sei. É o que ele falava, simplesmente. Não entendi suas palavras, apenas acreditei.
— E ainda acreditas? — insisti.
— Não sei — replicou ela, ainda impaciente. — Quando o sangue e o suor da agonia porejaram do seu corpo na cruz, não acreditei mais e fugi, pois não suportava contemplar o seu sofrimento. Por conseguinte, talvez fosse o desapontamento que me tivesse feito adoecer logo depois, imaginando que tivesse esbanjado minhas propriedades inutilmente. Embora talvez não tenha sido esse o motivo. Minha doença foi causada principalmente por seus sofrimentos, pois ele não merecia semelhante morte, ainda que tivesse dito duras coisas sobre os escribas e os fariseus. O que falou não foi pior do que o teria dito um camponês que os conhece e se vê forçado a destruir a sua safra de frutas e a lançar fora a sua colheita de hortaliças em conseqüência de sua ignorância da lei. Mas agora tudo deve estar bem de novo e acreditarei nele se pelo menos puder vê-lo mais uma vez e ouvir a sua voz.

A razão me compelia a duvidar dela, naquela sufocante choupana de barro. Os jumentos se agitavam nervosamente na manjedoura e lá fora o leão rugia. Parecia-me que Susana estava procurando fazer-se passar por mais tola do que realmente era e que escondia de mim astutamente a parte mais importante do que sabia. Se passara longas horas em companhia de Jesus de Nazaré, vendo seus milagres, ouvindo-o falar ao povo e apanhando aqui e ali pequenas migalhas do que ele ensinava aos seus discípulos escolhidos, devia também ter descoberto coisas que não eram destinadas aos ouvidos de todo o mundo.

Falei de novo:
— Não te recordas realmente de mais nada sobre os seus ensinamentos secretos?
Susana me olhou com um ar ainda mais reprovador e explicou:
— A sabedoria não pode ser ensinada às mulheres e às crianças. Eis porque eu não podia suportar a presença de Maria Madalena, eternamente sentada a seus pés, imaginando que compreendia tudo, enquanto nós nos ocupávamos com trabalho útil. E trabalho tínhamos para dar e vender, posso te afirmar, pois não era só aos doze que nos cabia alimentar e atender, e sim às vezes a mais de setenta pessoas. Para mim, sua sabedoria era ele próprio. Para mim ele era o pão da vida, como tinha dito. Não sei o que queria dizer com isto, mas acreditei nele quando assim falou.

Só me restava balançar a cabeça diante de sua simplicidade, e cessei de lhe fazer perguntas. Entretanto, ainda à luz do lampião de barro que tremeluzia, Susana sentiu necessidade de me convencer, e se concentrou nisso com tanta intensidade que beliscava os dedos e se balançava para a frente e para trás, antes de começar a me explicar:

— Seu pai que está no céu é também o meu. E deixou que as crianças viessem a ele dizendo que para os que eram como as crianças estavam abertas as portas do seu reino. Essas palavras eu entendi. Compreendi que minha tarefa, como filha, não era apoquentar minha cabeça com os propósitos do meu pai e sim aceitar que ele sabe mais do que eu a respeito de tudo. Foi o único segredo que aprendi.

Durante aquela noite intranqüila, não consegui dormir e os rugidos abafados me faziam lembrar tão vividamente de Roma, que muitas vezes, entre um cochilo e outro, cuidava ainda estar lá e imaginava que iria acordar sobre almofadas de púrpura, em meio à fragrância das rosas, exaurido pela minha paixão. Esse sonho era como um opressivo pesadelo; no entanto, tão logo despertei, de sopetão, senti-me tomado por uma sensação igualmente opressiva de futilidade. Ali estava eu, barbado, despenteado, cheirando a suor, numa suja choupana de barro, junto com jumentos e judeus, a imaginar que por esse meio chegaria a algo que era contrário a toda razão. Em Roma eu teria mandado frisar o cabelo e ajeitado as dobras do meu manto segundo a maneira mais correta. Passaria o tempo a ler ou a ouvir algum interessante caso da corte, ou qualquer outra coisa, enquanto esperava que soasse a hora em que pudesse ver Túlia, de novo.

Ali os pensamentos que agora me ocupavam a mente seriam motivo de zombaria não só entre o modesto fausto dos libertos como na culta sociedade dos intelectuais, onde é bom-tom não acreditar em nada. E eu estaria entre os que mais alto ririam.

Não obstante, essas mesmas frívolas mulheres e esses mesmos moços sabidos faziam fila à porta de tudo quanto fosse astrólogo, feiticeiro e sibila que porventura estivesse em moda no momento e pagavam enormes somas por talismãs da sorte. Riam-se disso eles mesmos, descrentes de suas próprias superstições, todavia alimentando ao mesmo tempo a esperança de que talvez houvesse algo de verdade naquilo. Tudo é um jogo. A sorte é caprichosa e incertas as possibilidades de sucesso. Mas é preferível jogar do que abster-se e contentar-se com o nada.

Estaria eu continuando o jogo, ali às margens do Jordão, trazendo dúvidas no âmago do coração, mas assim achando melhor arriscar a sorte do que deixá-la completamente de lado? Que esperava eu conquistar, quando tudo estava consumado? Talvez não passe de uma miragem esse reino que imagino ainda pairar sobre a terra e cujo caminho ainda tenho esperança de encontrar.

Aprisionado dentro desses dolorosos pensamentos, senti repulsa por Maria, ressonando ali ao meu lado, pela teimosa Susana e pelo mudo Natã. Que tinha eu, um romano, em comum com eles?

Recitei intimamente a oração que Susana me ensinara. Fora o primeiro dos segredos do Nazareno que me tinha sido revelado. O mágico poder de alguma oculta sabedoria talvez estivesse ligado àquela prece. No entanto, ainda que eu remoesse na mente aquelas frases, a oração continuava sendo o que era: uma fórmula pregando a submissão do povo simples, algo que as pessoas deviam repetir humildemente para si mesmas, afastando assim todas as suas dificuldades e alcançando a paz de espírito. Eu não era bastante infantil para achar que ela podia ajudar-me.

Naquela noite todos nós dormimos mal. Pela manhã achávamo-nos cheios de sono e irascibilidade. Meteu-se na cabeça de Maria de Beret exigir que rumássemos para as colinas, tomando a estrada que atravessa Samaria. Ela não tinha o menor desejo de topar com algum leão que a enchente do rio escorraçara das macegas. Susana começou a remexer nas suas panelas e sacos de provisões, interminavelmente, insistindo que perdera alguma coisa, atrasando dessa forma a nossa partida. O próprio Natã se mostrava inquieto e relanceava cautelosamente o olhar à sua volta, e os jumentos, apoquentados pelos mosquitos, se achavam tão desassossegados que tivemos de segurá-los o tempo todo.

Exasperado pelo falatório de Maria, Natã apelou por fim para as escrituras e disse:

— Há um caminho que parece direito para o homem, mas o fim dele é o caminho da morte.

Apontando para a espada que eu trazia a tiracolo, ele se pôs a caminho resolutamente, como se para mostrar que podíamos fazer o que quiséssemos, mas que ele pelo menos tinha a intenção de seguir a rota planejada inicialmente.

— Vós os homens escapareis facilmente — Maria lamentou-se —, mas eu sou a mais jovem por aqui. O leão é um bicho sabido e sempre escolhe carne mais tenra. Assim ouvi dizer.

— Se Jesus de Nazaré seguiu por este caminho — Susana interpôs asperamente —, nós também podemos fazer o mesmo. Se estás com medo, poderei ir na frente e pôr o leão em debandada; ele não me tocará, isto é coisa certa.

Observei irritado que nenhum de nós sabia que caminho Jesus de Nazaré tomara para ir à Galiléia, se havia de fato alguma veracidade em toda aquela história. Bem podia tratar-se de uma engenhosa invencionice divulgada pelo Sinédrio em Jerusalém, para induzir os galileus a deixarem a cidade. Eu não tinha o menor desejo de topar com um leão, armado apenas de uma espada, embora no circo tivesse visto homens bem treinados fazerem essa tentativa e escaparem com vida. Todavia, Natã conhecia as estradas e os seus perigos, e na minha opinião era mais prudente fazer o que ele dizia.

E assim prosseguimos na nossa jornada com os ânimos um tanto alterados. Na passagem do vau, o volume das águas nos obrigou a arregaçar as vestes e a arrastar os recalcitrantes jumentos atrás de nós. Mal acabamos de atravessar o rio caímos em cheio nas mãos de alguns legionários, que nos saudaram com gritos de alegria ao darem com os olhos em Maria. Por causa da minha espada, arrancaram-me de cima do jumento, atiraram-me no chão e me teriam provavelmente matado ali mesmo se eu não lhes tivesse gritado em grego e em latim que era um cidadão. A despeito de minha licença para portar armas, deram busca em todas as nossas bagagens, inclusive — para se divertirem — nas roupas de Maria, e sem dúvida a teriam arrastado para o matagal se eu não fosse um romano.

Sua falta de disciplina ficou explicada quando descobri que não estavam de serviço patrulhando a estrada, nem participavam de nenhuma manobra: o seu comandante resolvera abater um leão e se pusera de tocaia, junto com uns poucos arqueiros, numa pequena elevação, na direção da qual aqueles legionários deviam tocar o leão, espantando-o com a zoeira que faziam batendo nos escudos. A tarefa nada tinha de agradável, embora o leão, segundo todas as probabilidades, não se achasse mais nas vizinhanças. Assim, tinham eles bebido vinho para fortalecer o seu ânimo.

Esse violento incidente foi tão desagradável e perturbador que me pude colocar facilmente na situação dos judeus e compreender porque votavam um ódio tão amargo aos romanos. Meu mau humor ficou de tal forma exarcebado que se transformou em cólera, e quando afinal encontrei, trepado num outeiro, o centurião que se mostrava tão desejoso de possuir uma pele de leão,

245

fiz-lhe saber e aos seus homens o que pensava deles, ameaçando de levar ao conhecimento do Procurador a sua conduta irregular.

Isto foi um erro de minha parte, pois o centurião de rosto cortado de cicatrizes olhou-me com ar malévolo e perguntou que espécie de homem era eu para estar usando um manto judaico e viajando em companhia de judeus. Falou-me acusadoramente:

— Não me venhas dizer que pertences a essa corja que vem passando por aqui às dezenas, a caminho do Mar de Tiberias. Não estamos na época das peregrinações e sim das colheitas. Esses peregrinos não prometem nada de bom.

Tive que abrandá-lo e pedir desculpas pela minha impetuosidade. Em seguida perguntei que gente era aquela que ele tinha visto. Mas ele de fato não vira ninguém, pois os judeus viajavam à noite e procuravam evitar as barreiras e postos de fiscalização. Estava apenas repetindo o que ouvira. Advertiu-me em tom condescendente:

— Cuidado para não caíres em suas mãos, pois todos os galileus são fanáticos. Seu país é densamente povoado e os agitadores afluem continuamente do deserto. Há um ano ou dois atrás tivemos um agitador que proclamou um reino judaico e batizou homens no Jordão, com bruxarias, para torná-los invulneráveis nas batalhas. O tetrarca judaico da Galiléia viu-se por fim compelido a decapitá-lo, para mostrar que nem mesmo ele era invulnerável. Mas é possível que alguns dos seus seguidores ainda andem por aí.

Presumivelmente, considerava-me ele uma pessoa de pouca importância, pois despachou-me abruptamente, como se me estivesse fazendo um favor.

Quando reiniciamos nossa penosa jornada, Maria de Beret contemplou-me com ar de superioridade e observou:

— Não me pareces uma pessoa de muito conceito entre os seus compatriotas, já que um suarento centurião com a cara toda marcada te pode tratar de maneira tão arrogante.

— Eu pareceria mais importante aos teus olhos se usasse um capacete e botas ferradas? — perguntei com cerimônia.

Maria sacudiu a cabeça e suplicou:

— Os legionários pelo menos sabem o que querem. Já que és romano, devias viajar como tal e tirar vantagem dos privilégios que isto te dá. Assim eu não teria que me envergonhar de tuas pernas cabeludas e do teu rosto barbudo quando falas com outro romano.

Fiquei a encará-la, incapaz de acreditar em meus ouvidos. Tive vontade de cortar uma vara e dar-lhe uma sova. Com voz insegura perguntei-lhe:

— Onde está aquela moça que prometeu abençoar-me todos os dias de sua vida se eu ao menos a levasse comigo — sim, e que estava disposta a dormir em campo aberto, se houvesse necessidade? Quem pensas que és, realmente?

Maria, porém, tornou a sacudir a cabeça e disse em tom de censura:

— Jamais poderia acreditar que fosses capaz — logo tu — de me lançar no rosto tudo o que por acaso te confiei sobre a minha vida. Fui uma infeliz, mas se eu encontrar o Nazareno ressuscitado e ele me perdoar os pecados e me purificar, então não poderás mais reprovar-me o meu passado. Diz-me que horríveis pecados tu próprio procuras apagar fazendo-te tão humilde na tua busca de um novo caminho.

Não creio que ela estivesse realmente falando com sinceridade, mas apenas para dar vazão ao seu ressentimento pelos vexames daquele dia. Não dei resposta. Ela foi postar-se ao lado de Susana. Ouvi-as altercar estridentemente uma com a outra, para logo em seguida se unirem na raiva contra mim e Natã.

Nessa tarde o Sol se escondeu por trás das montanha de Samaria como uma bola de fogo aterradoramente rubra. Por um momento o ar sobre o vale fulgurou com uma cintilação espectral, e o Jordão, rugindo em seu leito profundo, escureceu diante dos nossos olhos. Esse espetáculo incomum tornou tudo irreal e espantou de minha cabeça os maus pensamentos. Lembrei-me de como o céu escurecera quando o rei dos judeus se contorcia na cruz, em sua agonia, e de como no momento de sua morte a terra tremera. Mas sua ressurreição tinha provado que o seu reino era real. Ao desprezar meus companheiros de viagem, considerando-me melhor do que eles, e ao guardar ressentimento contra aquela moça tola, eu estava apenas me afastando daquele reino.

Assim, depois de nos termos lavado na estalagem, cheguei junto de Maria e falei:

— Perdôo tuas palavras ingratas e perversas, e esqueço-as.

Mas isso só fez Maria tornar-se mais enraivecida do que antes. Seus olhos se ensombreceram e ela respondeu enfurecida:

— *Tu* perdoas a *mim*, depois de me teres ferido tão profundamente e me haveres voltado as costas o dia todo? Do fundo do meu coração eu estava pronta a te perdoar, e dizer-te uma palavra amável, já que és um homem e não se pode esperar muito de ti, como diz Susana também. Mas não vou permitir que me pretendas perdoar antes que eu te perdoe.

Natã, ouvindo tudo isto, levantou os olhos para o céu e abriu os braços num gesto de desespero. Sua resignação fez com que eu cedesse também e se desvanecesse a minha cólera.

— Seja como quiseres, Maria de Beret — falei. — Perdoa-me, e de boa vontade admitirei que nada tenho a te perdoar, contanto que possamos ser bons amigos novamente.

Maria, porém, plantou as mãos nos quadris e chamou sercasticamente Susana:

— Vem cá e verifica se isto aqui é de fato um homem ou apenas um desses eunucos romanos de que tenho ouvido falar.

Susana abafou uma risadinha com a mão, enquanto recolhia gravetos e esterco para o fogo, e eu não pude controlar-me mais. O sangue subiu-me à cabeça e dei no rosto de Maria uma bofetada que se podia ouvir a uma grande distância. Mal acabei de lhe bater arrependi-me e teria dado tudo para não ter feito aquilo. Maria começou a soluçar, fungou diversas vezes e esfregou a face ardente. Eu já ia suplicar-lhe perdão quando Natã ergueu a mão numa advertência. Dali a pouco, Maria baixou os olhos e acercou-se de mim na ponta dos pés, dizendo:

— Fizeste bem em me bater. Passei o dia todo a te apoquentar propositadamente. Isto prova que pelo menos gostas mais de mim do que do jumento, cujo pescoço *vives* afagando. Beija-me agora para mostrar que perdoas de fato o meu mau gênio.

Timidamente ela passou os braços à volta do meu pescoço e eu a beijei uma, duas vezes, para mostrar que tudo estava em paz entre nós dois. Achei na verdade tão agradável, depois do meu acesso de cólera, segurá-la em meus braços e beijá-la, que a beijei uma terceira vez. Maria então empurrou-me, mantendo ainda as mãos sobre os meus ombros, olhou-me atentamente e perguntou:

— Serias capaz de beijar Susana assim se ela te tivesse ofendido e implorado o teu perdão?

Olhei para o rosto encarquilhado de Susana e comparei sua boca ressequida com os macios lábios de Maria, e compreendi que a moça me tinha feito cair numa armadilha. Por conseguinte, corri para Susana, segurei-a pelos cotovelos, fazendo-a ficar de pé, e disse:

— Se te ofendi de alguma maneira, beija-me então em sinal de perdão.

— Oh! pobre homem — Susana falou, cheia de pena, — que deixas uma moça desmiolada brincar contigo dessa maneira! Mas Maria no fundo não é má.

Embaraçadamente, enxugou a boca com as costas da mão e beijou-me, lançando um olhar divertido para Maria. Confundida, a moça censurou Susana, dizendo:

— Como podes tu, uma filha de Israel, beijar um romano incircunciso? Eu posso fazer isto, pois que já sou uma pecadora, mas tu te conspurcaste.

Não tenho grande conhecimento da lei — Susana respondeu, defendendo-se, — mas já comi do mesmo prato que ele comeu. Sei que no seu íntimo ele sente que somos filhos do mesmo pai, embora seja romano.

Suas palavras me comoveram e não lhe senti mais repulsa, embora ela cheirasse fortemente a alho, que tinha o hábito de mascar enquanto viajava montada no seu jumento, para refrescar a boca. Falei:

— Susana, se ele próprio permitiu que lavasses a sua roupa, então me fizeste um grande favor ao me beijar.

Mas depois que acabamos de comer, puxei Maria para um canto escuro e perguntei-lhe sem subterfúgios:

— Será que estás tentando me seduzir e fazer-me pecar contigo? Não vejo outra maneira de explicar a tua conduta. No entanto, foi para te salvar do pecado que eu te trouxe comigo.

Maria segredou-me ao ouvido:

— Tu me tratas melhor do que os outros homens. Não consigo me entender, mas tua indiferença me magoa. Pelo menos eu devia saber se significo alguma coisa para ti.

— Um corpo é um corpo — falei amargamente. — Não precisaria insistir muito comigo para me fazer ceder. Não estou preso a nenhum voto e não jurei fidelidade a ninguém. Mas nesse caso devíamos então voltar imediatamente para Jerusalém.

— A vida é estranha — Maria suspirou —, e eu tenho muito medo de Jesus de Nazaré. Creio, porém, que ele me poderá purificar e me tornar intata outra vez, e me asseguraram de que não se mostrava severo nem mesmo com os grandes pecadores, se se arrependiam de seus pecados e acreditavam nele. Mas se eu fosse pecar contigo, não creio que sentisse remorso mais tarde. Pelo contrário, acho que isto só me poderia fazer bem. Isto prova quão profundamente me acho atolado no pecado, pois é evidente que nenhuma moça inocente pensaria assim. E no entanto nenhum ser humano pode evitar o pecado. Quando Madalena me consolava dos meus erros, contou-me ter ele dito que bastava um homem olhar com desejo para uma mulher para cometer adultério no seu coração. Com isto o Nazareno fez exigências quase impossíveis, que ninguém pode cumprir.

— Maria de Beret — falei, suplicante —, já não temos preocupações bastante com nosso corpo nessa árdua jornada, para que nos atormentemos ainda com pensamentos pecaminosos? Esta noite não te servirás de nenhum leão como pretexto para te deitares perto de mim. Isto só servirá para inflamar a nós dois.

Maria suspirou ainda mais profundamente e depois falou:

— Não te perturbarei nem te tentarei mais, contanto que admitas e prometas que pecarias prazerosamente comigo, se tivesses coragem.

Minha resposta foi abrupta:

— Como quiseres. Sempre fiz isso no meu íntimo. Que isto te baste.

— Premindo a minha mão contra a sua face ardente, ela sussurrou:

— Como eu gostaria de ser uma virgem sem pecado.

Mas não me importunou mais e não veio deitar-se ao meu lado.

Pensei comigo mesmo que ela pouco devia saber sobre o reino cujo caminho procurava, mas no final de contas não se podia esperar muito de seus conhecimentos. E comecei a conjecturar sobre o que desejaria Natã de Jesus de Nazaré, uma vez que cortava o cabelo para agradá-lo. Estaria eu também em busca de algo que, segundo os padrões do reino, seria tão infantil quanto as esperanças de Maria?

No dia seguinte afastamo-nos do serpeante leito do Jordão. Depois que deixamos a rota das caravanas e subimos as encostas das colinas, vimos o mar de Tiberíades estender-se à nossa frente. Uma fresca brisa soprava em nossos rostos, as águas se cobriram de alva espuma, e, ao longe, do outro lado, podíamos discernir vagamente o cume nevado de uma montanha contra o céu. Seguimos pela praia ocidental do lago e alcançamos as fontes de água quente ao anoitecer. Um pouco mais além, erguiam-se as arcadas da cidade de Herodes Antipas. O cheiro salutar do enxofre chegou-nos às narinas, pois as águas das fontes se escoavam para diversas bacias e poços naturais, tendo o tetrarca mandado construir um estabelecimento de banhos à volta deles. Ao longo da praia viam-se vilas em estilo grego e umas poucas choupanas de pescadores. Nos prédios do balneário estavam incluídas diversas estalagens não só para gregos como para judeus.

Eu já estava farto dos desconfortos da viagem. Assim, instalei-me com Maria numa confortável hospedaria grega, mas Natã levou os jumentos e Susana para uma estalagem judaica. Achei mais prudente não me mostrar em sua companhia, ali na Galiléia, já que os discípulos de Jesus desconfiavam de mim e pareceu-me mais aconselhável que Susana procurasse saber o que estava acontecendo. Confiei que ela traria ao meu conhecimento tudo o que pudesse saber, já que eu lhe prestara um grande favor trazendo-a à Galiléia. Quanto a Natã, conhecia-o bastante para lhe confiar a minha bolsa e o cuidado dos jumentos. Julguei também que essa seria a melhor maneira de trazê-lo preso a mim. Sua intenção era partir no dia seguinte para Cafarnaum, onde Jesus trabalhara, na praia setentrional do Mar da Galiléia. Ficava a um curto dia de viagem de Tiberíades. Pelo que Susana sabia, Jesus nunca tinha estado em Tiberíades.

No dia seguinte, despertei pela madrugada, e mancava um pouco ao subir para o telhado. Depois do confinado vale do Jordão, era agradável respirar o ar fresco da Galiléia. O lago se estendia como um espelho, estriado de fogo pelo Sol nascente. Eu sentia a perfumada fragrância das moitas de murta. Parecia-me ver tudo de maneira mais clara e mais viva do que nunca. Conseguia distinguir todos os aromas. No entanto, era como se estivesse desencarnado. Tratava-se de uma embriaguez, e com ela me deleitei até que senti um calafrio de febre e percebi que um de meus pés estava inchado.

À tarde eu já tremia de febre, minha perna inchara até o joelho, mostrando um vergão vermelho que partia de um ferimento no meu calcanhar. O médico grego em serviço no balneário lancetou a inflamação com uma faca e deu-me bebidas que refrescavam o sangue. Durante quinze dias fiquei de cama na estalagem, pensando que ia morrer. Maria de Beret, porém, cuidou de mim, e creio que as quentes águas sulfurosas das fontes apressaram a minha cura. Por muitos dias não consegui guardar nenhum alimento no estômago, e quando comecei a me restabelecer senti-me fraco e com as pernas bambas. O médico me advertiu de que não forçasse demasiadamente o pé, e assim passei o tempo descrevendo a viagem desde Jerusalém. Nenhuma notícia tivemos, nem de Natã nem de Susana.

NONA CARTA

Marcos para Túlia:

Depois da minha convalescença, senti-me exausto e deprimido. Não conseguia livrar-me da idéia de que a minha inesperada e grave enfermidade representava uma advertência para que não me envolvesse com mistérios que não me diziam respeito. Permaneci no meu quarto, fugindo do convívio dos outros hóspedes, embora o famoso balneário de Tiberíades fosse visitado por pessoas de muitos países. A grande maioria era composta de gente abastada, que ali viera em busca de cura para males causados pela riqueza e pelo conforto, embora houvesse também alguns oficiais romanos entre eles, que sofriam os efeitos da vida nos acampamentos.
Fiz massagens e chamei até mesmo um barbeiro para que me penteasse o cabelo à moda grega. Permiti que aparasse a minha barba também e depilasse o corpo, já que essas coisas me eram agora inteiramente indiferentes. Devo ter-me comportado como uma criança amuada, pois fora sincero na minha busca e não julgara merecer semelhante castigo. Pensei também em ti, Túlia, de vez em quando, mas não como quando ainda me achava em Jerusalém e ansiava por tua presença, por bravata. Da simplória Maria simplesmente me cansei, já que depois de cuidar de mim fielmente e me restaurar a saúde, ela se tornou excessivamente cheia de si e passou a considerar-me como propriedade sua.
Então, certo dia, houve uma grande agitação no lugar, e Maria veio correndo informar-me de que a mulher de Pôncio Pilatos, o Procurador, tinha chegado de Cesaréia para se banhar nas águas quentes da fonte. Do telhado avistei a sua liteira e a sua comitiva. Herodes tinha reforçado a escolta de legionários com os seus próprios cavalarianos de manto vermelho, que a acompanharam desde a fronteira da Galiléia. Fora preparado para ela um palácio de verão junto ao balneário, com uma piscina particular no jardim.
Eu sabia, é verdade, que Cláudia Prócula era uma mulher nervosa e de saúde delicada, como é a maioria das mulheres que percebem o avançar dos anos, embora não o queiram admitir para si mesmas. Não havia dúvida de que ela tinha necessidade daqueles banhos de saúde, e o clima do Mar da Galiléia, na Pri-

mavera, é certamente o melhor e o mais fresco em todo o leste da região mediterrânea. Os emissários de Herodes mandam para Tiberíades muitos visitantes de Damasco e mesmo de Antioquia. Não obstante, fiquei a me perguntar se não havia outras razões para a inesperada chegada de Cláudia Prócula.

Depois de dois dias, não consegui mais refrear a curiosidade e escrevi-lhe uma mensagem, sobre um díptico, perguntando-lhe se podia procurá-la. O servo voltou logo em seguida e me informou de que Cláudia Prócula ficara admirada e encantada com a minha carta. Devia ir vê-la imediatamente, do jeito em que me encontrava.

Em virtude de meu calcanhar doente, fiz-me transportar através dos jardins até a arcada. Ali desci da liteira e segui a pé, a claudicar, apoiado na minha bengala. O favor que me fora concedido atraiu grande curiosidade, e muitos hóspedes vieram observar a minha chegada. Logo no início, Cláudia Prócula tinha feito saber a todos que, por questões de saúde, não desejava nem visitantes nem homenagens.

Os servos me introduziram diretamente num aposento fresco e ensolarado, onde Cláudia Prócula se reclinava num sofá de almofadas de púrpura. Estava assustadoramente pálida e de olhar baço. Ao seu lado, em atitude respeitosa, achava-se sentada uma mulher judia, mais ou menos da sua idade, ricamente trajada.

Cláudia estendeu-me suas duas mãos esguias, soltando uma exclamação de alegria, e disse:

— Oh! Marcos, como me alegra ver uma pessoa amiga e compreensiva! Que anda acontecendo contigo? Que houve com o teu pé? Eu também ando doente e insone, e quando durmo tenho pesadelos, sinto dores no estômago e no fígado.

Voltou-se para sua companheira e explicou:

— Este é o jovem de quem te falei. Um amigo de infância, Marcos Mezentius Manilianus. Seu pai foi o astrólogo mais eminente que já houve em Roma. É também aparentado com a família Mecenas e assim pode gabar-se de descender dos etruscos, que nos seus bons tempos rivalizavam com o próprio Enéias. Vi-o pela última vez em Jerusalém, durante a páscoa, mas nunca esperei encontrá-lo aqui.

Deixei-a tagarelar, embora não estivesse dizendo inteiramente a verdade e exagerasse bastante. Contudo, se por alguma razão desejava apresentar tudo sob uma luz favorável e me exaltar aos olhos de sua companheira, que iria eu objetar? Voltando-se então para mim, ela apontou para a mulher e falou:

— Esta boa mulher é Joana, esposa do questor de Herodes Antipas. Conheci-a em Jerusalém e ela me prometeu fazer-me companhia enquanto eu estiver aqui. Tenho inteira confiança nela.

A mulher sorriu e olhou-me prescrutadoramente. Seu rosto era magro e flácido, mas seus olhos mostravam que não era nada tola, tinha experiência da vida.

— Saudações, Marcos Mezentius — falou. — Mas por que tu, um romano, usas barba e te vestes como um filho de Israel?

— É conveniente adotar os costumes do país — respondi despreocudamente. — Sou um filósofo e gosto de aprender as maneiras e as tradições dos diferentes lugares. E para falar a verdade, sinto um profundo respeito pelo Deus de Israel e sua lei, contanto que não me impeça de reconhecer o valor de César.

Cláudia Prócula só agora notara os meus trajes e exclamou:
— Realmente, estás muito mudado e creio que dificilmente meu marido aprovaria tua roupa!

Continuou a tagarelar animadamente, falando sobre a saúde e as preocupações de Pôncio Pilatos, e ofereceu-me um bom vinho, bolos e frutas. Por fim despachou suas servas e disse:

— Joana, verifica se não ficou ninguém para ouvir a nossa conversa. Não tolerarei indiscreções.

Joana desincumbiu-se da tarefa com movimentos experientes, pois, após ter lançado um olhar casual para a ante-sala, saiu a andar pelo aposento, aparentemente ao acaso, apalpando as cortinas, e por fim debruçou-se à janela. Cláudia Prócula fez sinal para que me aproximasse, baixou a voz e perguntou:

— Ainda te lembras de Jesus de Nazaré, que foi crucificado em Jerusalém?

Lancei um olhar para Joana, hesitei e em seguida respondi:
— Sim, lembro-me dele, e sua lembrança me vem obsedando os pensamentos. Gostaria de ter ouvido mais a seu respeito, mas seus discípulos são gente desconfiada e não aprovam os estrangeiros.

— Os discípulos — falou Cláudia Prócula — voltaram à Galiléia e às suas primitivas ocupações. A maioria deles é composta de pescadores aqui do lago.

— Sim — retruquei. — Quando parti de Jerusalém ouvi rumores de que tinham deixado a cidade. Muitos outros, ao que dizem, os seguiram até a Galiléia. Mas não correrão o risco de serem perseguidos aqui?

— Não, não. — Joana interpôs vivamente. — Ninguém os perseguirá mais. Sábios conselheiros persuadiram o príncipe Herodes de que nada ganharia com isto. Na verdade, Herodes tem medo deles e prefere ignorá-los. Cometeu um erro político ao decapitar João Batista. Agora não quer nem ouvir falar no profeta.

Cláudia Prócula explicou:

— Hás de te lembrar de que fiz tudo o que estava ao meu alcance para impedir que meu marido fizesse mal àquele homem santo!

— Por que vos atormentais com essa velha história? — repliquei capciosamente. — Homens inocentes já foram executados antes. O mundo é o que é. Não podemos mudá-lo. Esquecei-o e cuidai de vossa saúde. É para isto que estais aqui.

Cláudia Prócula retrucou com veemência:

— Tu não entendes do que se trata. O mundo já não é o que era. Jesus de Nazaré levantou-se de seu túmulo, embora não tivesses acreditado nisso, na época. Ele apareceu para os seus. Quer acredites ou não, ele está aqui.

Joana, assustada, tapou a boca de sua senhora com a mão e advertiu-a:

— Não sabeis o que estais dizendo, *domina*!

Olhei-a atentamente, lembrando que Susana mencionara aquele mesmo nome, e aventurei ousadamente:

— Conheço tua face, nobre Joana. Tu estiveste com Jesus de Nazaré enquanto era vivo, não podes negá-lo.

Joana contemplou-me atemorizada e admitiu:

— Não o nego e jamais o farei. Por sua causa deixei meu lar e meu marido e o acompanhei, até que me vi forçada a voltar em virtude da posição de meu marido. Mas como podes ter sabido disto?

Senti-me cansado e abatido, pouco desejoso de continuar a fingir.

— Sei e acredito que ele ressuscitou dos mortos — falei. — E por conseguinte creio também que ele é o filho de Deus. O que isto quer dizer, não sei. Jamais aconteceu antes coisa semelhante. Eu queria encontrar o seu reino, mas o seu próprio povo não me conhecia e não me quis receber. Todavia, ao saber que ele tinha vindo para a Galiléia na sua frente, acompanhei-os, esperando encontrá-lo aqui.

— Entretanto — continuei com amargura — mal aqui cheguei, apanhei uma infecção no pé e tive que ficar de cama. Isto talvez seja um sinal de que ele nada quer comigo. Mas confessai fran-

camente, Cláudia, que foi por sua causa que viestes também para a Galiléia.
As duas mulheres olharam estarrecidas uma para a outra e depois para mim. Em seguida exclamaram ao mesmo tempo:
— Tu, um romano e um filósofo, acreditas realmente que ele ressuscitou dos mortos e veio para a Galiléia!
— Creio nisto porque tenho que acreditar — respondi, ainda cheio de amargura.
Nesse momento assaltou-me o violento desejo de tirar o peso do meu coração, e lhes contei a minha visita a Lázaro e o meu encontro com Maria Madalena, e como os mensageiros Tomé e João me tinham voltado as costas, e o que acontecera na casa de Simão de Cirene, e como Mateus e Zaqueu me tinham procurado e me recusado, valendo-se de ameaças, até mesmo o direito de pronunciar o nome de Jesus de Nazaré.
— Isto foi errado da parte deles — falou Joana. — Eu mesma me lembro de uma ocasião em que um homem, que nunca chegara a conhecê-lo, curou um enfermo valendo-se do seu nome. Os discípulos proibiram ao homem que fizesse isto, mas o próprio Jesus então censurou os seus discípulos, dizendo que pelo menos aquele homem jamais falaria mal dele. Não sei porque não poderias usar o seu nome, se acreditas nele.
Contei-lhes também como tinha trazido Susana comigo de Jerusalém.
— Conheces aquela mulher? — perguntei a Joana.
Ocultando com dificuldade o seu desprezo, Joana replicou:
— É claro que conheço aquela velha tagarela e briguenta. É uma criatura rústica e ignorante, sem nenhum conhecimento da lei. Entretanto, Jesus permitiu que até ela o seguisse.
Cláudia Prócula olhou-me com ar surpreso e suspeitoso, e falou:
— Na verdade mudaste muito, Marcos, desde os teus dias de Roma. Pareces ter esquecido até a tua Túlia por causa do Nazareno. Não penses que eu não saiba desse caso. Os mexericos de Roma chegam até mesmo a Cesaréia. Acho difícil compreender o que buscas realmente em Jesus de Nazaré.
— E vós, o que buscais? — retorqui irritadamente.
Cláudia encolheu os seus ombros, agora um tanto ou quanto ossudos, e respondeu:
— Sou uma mulher e tenho o direito de sonhar. Tenho certeza de que, se eu encontrá-lo, ele curará minha insônia e todos os meus males. Mas acima de tudo, é claro, estou curiosa para

ver um profeta que foi crucificado e se levantou de novo de sua tumba.
— Perdi toda a curiosidade — declarei — e todo o desejo de sonhar. Busco apenas o seu reino, enquanto ainda se acha na terra. Contaram-me que ele tem as palavras da vida eterna. Mas para mim isso pouco importa. Dizei-me agora se ele de fato veio para a Galiléia e se apareceu aqui para os seus.
O rosto de Joana se ensombreceu e ela disse:
— Não estou bem certa. Ele confiou o segredo do seu reino aos seus discípulos, mas aos outros e a nós, mulheres, falou apenas por parábolas. Não há dúvida de que foi o que vimos, e ao mesmo tempo não vimos, ouvimos, e na verdade não ouvimos. Os discípulos se fecham dentro de si mesmos e não revelam nada às mulheres. Por esta razão Maria se enfureceu com eles e voltou para sua casa em Magdala. Tudo o que sei é que, há alguns dias atrás, sete deles foram pescar pela manhã e voltaram com suas redes quase arrebentando de tão cheias. Algo aconteceu que os fez exultar e rir de alegria, mas não quiseram dizer o que era.
— Surpreende-me — falei — que esses pescadores ignorantes se tenham indisposto com Maria Madalena, que gastou tanto dinheiro com eles. Era de esperar, pelo menos, que mantivessem uma pessoa tão importante como tu informada de que tudo o que se passa. Tenho a impressão de que graças a ti é que se viram livres de perseguições aqui.
— São gente ingrata — falou Joana. Em seguida, procurando ser justa, acrescentou: — Devem estar guardando algum segredo que lhes foi confiado. Mas por que teriam sido *eles* os escolhidos?
Cláudia Prócula observou arrogantemente:
—Eu, pelo menos, como mulher do Procurador da Judéia, podia esperar que aqueles sujeitos reconhecessem a minha posição e informassem ao seu mestre que desejo conhecê-lo. Tenho mostrado a melhor boa vontade possível, ao pedir tal coisa a semelhante gente. Além do mais, eles se poderiam beneficiar secretamente da minha influência.
Não pude deixar de dizer:
— Cláudia, creio que não entendeis perfeitamente o que é o seu reino. Ele não é nenhum feiticeiro, nem nenhum impostor. Procurai entender: ele é o filho de Deus.
Cláudia, ofendida, respondeu desabridamente:
— Não te esqueças de que eu própria sou aparentada com César e muitas vezes jantei à sua mesa, nos tempos em que ele vivia em Roma.

Joana ergueu as mãos para o alto, como se para me fazer um sinal, e disse:

— Sou apenas uma mulher e Israel nega uma alma às mulheres. No entanto, ele permitiu que o acompanhássemos, e no meu íntimo trago alguma compreensão do seu reino. Seus discípulos ainda disputam entre si sobre se algum dia ele fundará um reino em Israel, e quando. Mas Israel rejeitou-o e o crucificou, invocando o seu sangue sobre sua cabeça. Depois disso, Israel já não pode continuar a ser o povo eleito de Deus — isto pelo menos o meu bom senso me garante.

Eu começava a me cansar daquele inútil falatório. Cláudia Prócula descera muito na minha estima. Perguntei impacientemente:

— Seja como for, como iremos encontrá-lo?

— Não sei — respondeu Joana. — Só nos resta esperar. Tenho esperado e esperado, e nada aconteceu. Talvez ele se tenha esquecido de nós mulheres. Assusta-se também que teu pé tenha ficado doente no momento em que aqui chegaste, para que não pudesses andar e sair à sua procura.

— Já estou quase bom outra vez — falei. — Num barco ou numa liteira posso ir a qualquer parte. Mas meu coração está pesado, e não quero forçá-lo a me aceitar. Não creio que ninguém possa fazer isso, de qualquer maneira. Imagino que só aparece para aqueles a quem ele próprio escolheu. Se for preciso, resignar-me-ei a crer que não sou digno de vê-lo.

Cláudia Prócula observou com desdém:

— Como podes ser tão fraco? Estou impaciente para vê-lo. Os banhos sozinhos dificilmente curarão a minha insônia. Se eu fosse homem, faria alguma coisa. Mas tenho que pensar na minha posição.

Joana refletiu e em seguida, dirigindo-se a mim, sugeriu:

— Poderias ir de barco até Magdala e procurar Maria. É-me impossível, por causa de meu marido, ir visitá-la, pois apesar de tudo ela é uma mulher de má reputação. Por este motivo não posso convidá-la para vir aqui à presença de Cláudia Prócula, mesmo secretamente. Vai procurá-la e pergunta-lhe o que devemos fazer. Explica-lhe que, naturalmente, não me acho hoje mais envergonhada de sua companhia do que quando peregrinávamos juntas, mas no momento tenho que levar em conta a posição do meu marido na corte. Este é um assunto complicado, que talvez não possas apreender inteiramente, sendo homem, mas como mulher ela compreenderá tudo perfeitamente.

Percebendo minha hesitação, ela sorriu maldosamente e disse:

— És um romano jovem e alegre. Podes visitá-la sem perigo, ninguém ficará a conjecturar sobre isso. No tempo da sua juventude ela foi possuída por sete demônios, e mesmo agora a sua reputação em toda a Galiléia continua a mesma, embora tenha passado uma esponja no seu passado, segundo creio.

Eu estava chegando à conclusão de que nada tinha a ganhar com aquelas disputas femininas. Prometi, para todos os efeitos, refletir sobre a proposta e em seguida nos pusemos a palestrar por algum tempo sobre assuntos corriqueiros. Cláudia Prócula perguntou-me se podia acompanhá-la à cidade para assistir às corridas, um pouco mais tarde, quando sua saúde melhorasse. Herodes Antipas tem orgulho de sua cidade, das corridas que se realizam ali e do teatro que mandou construir, e Cláudia Prócula achava-se, de certa forma, na obrigação de agir de acordo com o que se esperava de uma pessoa de sua posição. Logo depois ela me despediu, tendo cada um de nós prometido levar ao conhecimento do outro, sem demora, tudo o que viesse a saber sobre Jesus de Nazaré. Cláudia prometeu também convidar-me para jantar com ela em breve.

Quando voltava para a estalagem, notei um mercador sidônio que se instalara à sombra da arcada e desenrolava da sua vara as peças de tecido. Parei e comprei uma seda bordada a ouro, que enviei imediatamente de presente a Cláudia Prócula.

Maria de Beret tinha estado a me esperar impacientemente e sem dúvida me tinha visto pechinchar com o sidônio de barba encaracolada. Devia ter imaginado que eu comprara alguma coisa para ela, pois após ter ficado à espera por algum tempo, começou a me apoquentar, dizendo:

— Vejo que podes caminhar perfeitamente bem agora, contanto que seja para fazer alguma coisa que desejas. Tu me prendes aqui por trás das cortinas descidas, como se tivesses vergonha de minha companhia, embora ninguém aqui saiba nada de mim a não ser que cuidei de ti enquanto te achavas às portas da morte. Gostaria de conhecer outras pessoas também e conversar com as outras mulheres nesses belos jardins, ouvir música e passear de barco no lago, protegida por um toldo. Mas nunca me dás a menor atenção, só pensas em ti e no teu conforto.

Senti-me tomado de profundo abatimento quando pensei no entusiasmo com que tínhamos partido de Jerusalém e como agora nossas esperanças pareciam ter ruído como um castelo de areia. Cláudia Prócula falara de Jesus de Nazaré de maneira muito diferente durante aqueles dias tenebrosos em Jerusalém, quando a terra tremeu. Joana, sua companheira, sem dúvida estava diferente também de quando acompanhara Jesus de Nazaré, sem pensar em seu lar e na elevada posição de seu marido como tesoureiro de Herodes. Aqui, entre arcadas de mármore e jardins, onde a suave música das flautas ecoava entre as moitas de murta, de mistura com o odor das sulfurosas águas da fonte, tudo parecia ter voltado aos velhos tempos, e todo esse luxo e esse conforto não deixavam lugar para o sobrenatural.

— Maria de Beret, já não te lembras por que viemos aqui?

Maria sacudiu a cabeça, contemplou-me com olhos muito abertos e respondeu com ar de censura:

— Lembro-me melhor do que tu e estou ansiosamente à espera de uma palavra de Natã ou Susana. Não há mais nada que eu possa fazer. Nesse meio tempo, por que não poderia usufruir as coisas que são novas para mim aqui?

— Tudo o que há aqui pertence apenas a este mundo — retruquei. — Cansamo-nos mais rapidamente dessa espécie de sociedade e desse ambiente do que de qualquer outra coisa. Eu trocaria prazerosamente tudo isto pela oportunidade de ver o homem ressuscitado, nem que fosse de longe.

— Naturalmente, naturalmente — assentiu Maria com impaciência. — Eu também. Mas por que não posso me divertir enquanto espero? Sou como uma pobre moça do campo que entrou numa loja síria de brinquedos, na sua primeira visita à cidade. Não estou imaginando que algum dia irei possuir todas essas coisas — não sou tão tola. Mas por que não posso olhar e pegar nas coisas?

Não consegui entendê-la e fiquei aborrecido com a sua argumentação.

— Hás de fazer isto — prometi secamente, ansiando por me ver livre dela. — Amanhã alugaremos um barco e iremos a Magdala. Ouvi dizer que aquela rica criadora de pombos deixou seus companheiros e voltou à sua casa. Iremos procurá-la.

Maria de Beret mostrou-se pouco entusiasmada com a minha promessa.

— Maria Madalena é uma mulher extremamente excitável — resmungou. — É verdade que foi a única que me mostrou alguma bondade e me tratou como um ser humano, convencendo-me de que Jesus de Nazaré era um rei. Entretanto, tenho medo dela.

— Por quê? — perguntei surpreso. — Foi ela quem primeiro te pôs no meu caminho, junto àquele portão no velho muro, e colocou aquelas palavras na tua boca.

— Talvez ela exija de mim algo que já não quero mais fazer, agora que me tomaste sob a tua proteção — explicou Maria. —

Sua vontade é mais forte do que a minha e quando me dá uma ordem não tenho forças para me rebelar.
— Que ordem receias que ela te dê? — perguntei.
— Ela se veste de negro. — Maria se queixou. — Talvez me mande tirar estas lindas roupas que me deste e vestir a serapilheira dos penitentes. Talvez me mande deixar-te, agora que já me trouxeste à Galiléia. Eis porque tenho medo dela.
— Maria de Beret! — exclamei — que esperanças tens a meu respeito e que estás imaginando?
— Não espero nem imagino nada — gritou ela com igual veemência e com uma violenta sacudidela de cabeça. — Não fiques pensando coisas. Quero apenas viver em tua companhia, um dia de cada vez. Era outra a tua cantiga, há uns dias atrás, quando ardias de febre e te agitavas no leito, e eu umedecia os teus lábios gretados e tu me pedias e rogavas para que pusesse a mão sobre a tua fronte, e querias que eu te segurasse a mão a noite inteira enquanto dormias. Mas não vás pensar que estou imaginando coisas por causa disto — oh, não. Estes dias têm sido belos dias e estão entre os melhores de minha vida. Não gostaria que chegassem ao fim antes do tempo. Mas faze o que quiseres, naturalmente. É evidente que não iremos fazer o que *eu* quero.

Percebi que chegara a hora de me livrar dela. Quanto mais tempo permanecia comigo, mais procurava me ligar a ela, a cada novo dia, de forma que eu estava me tornando desnecessariamente acostumado com a sua presença. O mesmo acontece com um homem que irrefletidamente compra um escravo ou um cão, pois se toma de amizade pelo animal ou se torna dependente do escravo.

Em vista disto, no dia seguinte aluguei um barco de pesca com dois remadores, e partimos através das ondas luminosas do Mar da Galiléia na direção de Magdala. Por vaidade, Maria de Beret procurava proteger o rosto dos raios do Sol, pois na estalagem fizera como as outras mulheres do lugar e besuntara diligentemente a face com suco de pepino para clarear a pele. Durante a nossa jornada no lombo dos jumentos, ela nunca pensara em semelhante coisa.

Puxei conversa com os remadores para me acostumar com a pronúncia dos galileus. Eram homens taciturnos e deram lacônicas respostas às minhas perguntas. Quando passamos ao largo de Tiberíades, tornou-se evidente que evitavam aquela nova e interessante cidade grega, que Herodes fundara havia poucos anos e na qual despendera enormes somas. Para se afastar dela mais depressa, tentaram levantar as velas, mas o vento era desfa-

vorável e inconstante e eles por fim tiveram que se resignar a voltar aos remos.
Lembrei-me de que ouvira dizer que Jesus de Nazaré caminhara sobre as águas daquele lago. Ali, à luz brilhante do Sol, com as colinas se erguendo do outro lado, envoltas em névoa cinza e azulada, com o fresco vento que soprava e o murmúrio das águas, a história parecia inacreditável. Assaltou-me a melancólica idéia de que eu perseguia uma miragem, um sonho, uma história inventada por pescadores supersticiosos. Agora, depois da minha enfermidade, um tempo incomensurável parecia ter-se escoado desde aqueles dias em Jerusalém. Era como se Jesus de Nazaré nunca tivesse existido.
Para me fazer voltar à realidade, perguntei aos homens:
— Vistes alguma vez Jesus de Nazaré nos dias em que ensinava o povo nas praias deste lago?
Eles se entreolharam, firmaram-se nos remos e perguntaram desconfiados:
— Por que desejas saber isto, estrangeiro?
— Eu estava em Jerusalém quando ele foi crucificado — expliquei. — Na minha opinião, não merecia um fim tão ignominioso.
— É fácil entender isto — os pescadores falaram. — Ele era galileu, e nós, os galileus, somos desprezados em Jerusalém. Mas a culpa foi sua, por se entregar às mãos de sacerdotes cobiçosos e de beatos fariseus.
— Alguma vez o vistes? — perguntei de novo.
Eles hesitaram e se entreolharam, mas logo o seu orgulho racial os levou de vencida e declararam:
— É claro que vimos, muitas vezes. Certa ocasião éramos cinco mil a ouvi-lo. Ele nos alimentou a todos, com cinco pães de cevada e dois peixes, e nos empanturramos. Na verdade ainda sobraram doze cestos de comida. Ele era um homem desse tipo.
— De que falava ele? Algum de vós se lembra do que ensinou? — perguntei com ardor.
Mas eles se sentiam contrafeitos e responderam:
— Não convém a homens como nós repetir o que ele disse. Com isso só faríamos atrair a ira das autoridades sobre nós.
— Dizei-me apenas alguma coisa do que guardastes na memória — encorajei-os. — Sou apenas um viajante de fora, não irei espalhar o que ouvir.
— Lembra-te — disseram eles — de que foi ele que disse isto, e não nós. — Em seguida continuaram, com uma só voz: — Bem-aventurados sejam os pobres, pois deles é o reino. Bem-aventurados sejam os tranqüilos, pois eles herdarão a terra. Bem-aven-

turados os que são perseguidos e escarnecidos. Bem-aventurados sejais vós, pois grande é a vossa recompensa no céu. Ninguém pode servir a dois senhores. Não vos apoquenteis. É mais fácil passar um camelo pelo fundo de uma agulha do que um homem rico entrar no reino dos céus.

Tive a impressão de que muitas vezes tinham recordado juntos essas palavras e guardado o que mais lhes agradara dos ensinamentos do Nazareno. Não se lembravam de mais nada, ou não se achavam dispostos a dizer o resto, e havia em seu olhar uma iniludível expressão, misto de cobiça e prazer, ao examinarem minhas boas roupas e minha almofada.

— Que mais recordais a respeito dele? — indaguei.

— Era um bom pescador — responderam. Podia indicar um cardume de peixes quando todos os outros já tinham lançado em vão as suas redes a noite inteira. Uma vez chegaram à praia com o bote atopetado até as bordas, embora outros pescadores tivessem voltado do lago com as mãos vazias. Sabia dominar os ventos e amansar enormes ondas em pouco tempo. Dizem que curava os enfermos também, mas nunca nos interessamos por isto, pois nunca estivemos doentes. O que mais nos surpreendia é que ele tinha vindo do interior, de Nazaré, e no entanto tinha grande conhecimento sobre a água, o vento e os movimentos dos peixes.

Não consegui arrancar mais nada deles, por mais que tentasse. Estavam se tornando desconfiados. Por fim observei:

— Em Jerusalém dizem que ele se levantou de sua tumba e se pôs a andar de volta à Galiléia. Ouvistes alguma coisa a esse respeito?

Eles se puseram a remar com mais força e só responderam passado um momento.

— Conversa de mulheres. Nenhum homem morto deixa a sepultura. Ele era um homem como nós, embora pregasse e realizasse milagres. Não nos farás cair na tua armadilha, não importa quão astutas sejam as tuas palavras.

Depois disto não quiseram dizer mais nada, apenas isto:

— Essas histórias vieram das bandas de Cafarnaum. Nós somos pescadores de Tiberíades.

Magdala é uma grande aldeia de pescadores, com milhares de habitantes. De longe já sentíamos o cheiro das salgadeiras de peixe, que chegava até o nosso barco. Depois que os barqueiros saltaram e arrastaram a embarcação até a praia, eu os paguei e mandei-os embora. Só depois que entrei na aldeia, a claudicar apoiado em Maria e na minha bengala, é que lhe dei permissão para perguntar onde morava Maria Madalena. Ela era muito conhecida. Indicaram-me imediatamente um vasto grupo de prédios, afastado da cidade e na direção da gruta das pombas. Um hortelão de volta de uma visita à aldeia prontamente me ofereceu o seu jumento quando percebeu que eu mancava. Ele sorriu de uma maneira curiosa ao falar em Maria Madalena, mas disse, humilde e simpaticamente:

— Ela é uma mulher esperta e muito rica. Tem a seu serviço inúmeros apanhadores de pombos e faz também criação dessas aves em seus enormes pombais, para o templo. Possui uma horta de ervas aromáticas e tem parte nos lucros das salgadeiras. Ela viaja muito, mas dizem que recentemente voltou para casa.

Olhando-me de soslaio, ele observou com um sorriso cordial:
— Ela já não é mais muito jovem. Dizem que mudou o seu modo de vida e distribui esmolas para os pobres. Mas deves saber de teus negócios particulares melhor do que eu.

Eu iniciara aquela jornada sem a menor esperança, mas à medida que me aproximava de sua casa, montado naquele jumento entre dois cestos de hortaliças vazios, senti-me tomado pelo desejo ardente e inesperado de contemplar de novo a sua face branca. Lembrava-me dela como a vira no quarto de hóspedes de Lázaro, e pareceu-me que nunca na minha vida ansiara tanto por ver uma mulher. O dono do jumento viu minha expressão e disse:

— És igual a todos os outros. Quanto mais te aproximas de sua casa, mais impaciente te tornas. Não quero chegar perto dela, por isso perdoa-me se te deixo aqui na encruzilhada.

Ele continuou o seu caminho, espicaçando o jumento a fim de afastar-se da casa o mais rapidamente possível. Maria de Beret suspirou e disse, numa advertência:

— Nada de bom nos virá disto. Vamos voltar. O Sol fere os meus olhos, por mais que eu cubra a cabeça. Estou toda suada e mal posso respirar.

Mas eu entrei coxeando pelo portão, com ar decidido, e no meio do enorme pátio vi uma mulher vestida de negro dando comida aos pombos. Uma nuvem de pombos esvoaçava à sua volta. Alguns se achavam pousados em seus ombros e outros se abalançavam em suas mãos. Quando ela nos viu, atirou ao chão o resto da comida, esfregou as mãos e veio nos receber, descobrindo o rosto. Surpresa, porém encantada, ela nos saudou e exclamou:

— Eu senti que alguém se achava a caminho, mas não tinha idéia de que eras tu, Marcos de Roma, e tu, Maria de Beret!

— A paz seja contigo, Maria Madalena — falei, contemplando sua face branca, cortada de rugas, e seus olhos, tão cheios de alegria que tive ímpetos de me atirar ao chão e abraçar-lhe os joelhos.

Ela afastou os pombos que ainda esvoaçavam à volta de sua cabeça e nos levou através do pátio e de um jardim para uma cabana de verão que mandara construir ali. Primeiramente, foi buscar água com suas próprias mãos e ajoelhou-se diante de mim, para lavar-me os pés, sem dar ouvidos aos meus protestos. O toque de suas mãos era como um doce bálsamo para o meu pé doente. Lavou também os pés de Maria, embora esta procurasse empurrá-la para longe, tapando a boca com a mão e soltando risadinhas. Depois, tendo-nos dado água fresca da fonte para beber, despachou Maria com estas palavras:

— Vai ver os pombais e a minha casa, e não nos aborreças mais, moça tola.

Maria de Beret saiu quase correndo, como se aliviada de poder escapar. Maria Madalena ficou a vê-la afastar-se, sacudindo a cabeça, e depois voltou-se para mim e perguntou:

— Que fizeste a essa moça? Foste tu que lhe deste essas roupas vistosas? Creio que um demônio está à espreita em seus olhos, embora se mostrasse bastante humilde e penitente em Jerusalém.

— Não creio — procurei defender-me — que lhe fiz algum mal. Nem de leve a toquei, se é o que queres dizer. Ela cuidou de mim dedicadamente em Tiberíades, quando fiquei de cama com o meu pé doente.

— Quando um homem faz algo por uma mulher — retrucou Maria Madalena — com a melhor das intenções, muitas vezes lhe causa mais mal do que imagina. Não és um guardião adequado para uma moça dessas, Marcos. Melhor farias se te separasses dela.

— Ela busca Jesus de Nazaré, assim como eu — repliquei — e lhe abri meu coração, falando de nossa partida de Jerusalém, de como Susana e Natã me tinham desertado e de como, em Tiberíades, eu encontrara Joana nos aposentos de Cláudia Prócula. Maria Madalena assentia com a cabeça, enquanto eu contava a minha história, e vi aparecer em sua face branca um sorriso frio.

— Conheço a gananciosa Susana e a arrogante Joana — falou em tom seco. — Eu devia trazer vendas nos olhos na época em que andávamos juntas como irmãs; eu só via Jesus. Já conheces bastante os seus discípulos para saber que espécie de homens são e quão ferozmente guardam o segredo do seu reino. Provavelmente tu te perguntas agora, como eu, com que espécie de material pretendia ele construir o seu reino. Retornei à minha casa para esperar, estando farta da companhia de homens teimosos e da inveja generalizada das mulheres. Sei que ele veio na nossa frente para a Galiléia, mas não me surpreenderia se jamais quisesse ver qualquer um de nós outra vez. Talvez se ache tão decepcionado conosco, como nós estamos uns com os outros, em nosso íntimo. Deixei os pescadores entregues às suas pescarias e sua mãe também voltou para a sua casa em Nazaré.

Apertou as mãos uma contra a outra, balançou o corpo angustiada e lamentou-se:

— Por que hei de ser apenas uma criatura humana, e uma mulher ainda por cima, e com um coração tão obstinadamente empedernido, agora que ele não está mais conosco? Seu reino está-se escapando de mim. Desgraçada de mim, que sou tão fraca na minha fé que já não confio inteiramente nele!

Olhou à sua volta com expressão de horror, como se sentisse a presença de sombras ameaçadoras, e gemeu:

— Ele é a luz do mundo. Quando está ausente, as trevas me envolvem, embora o Sol brilhe no céu. Tenho medo de que os maus espíritos voltem a apossar-se de mim. Mas, se vierem, não pretendo continuar a viver. Prefiro enforcar-me com minhas próprias mãos. Já sofri demais.

Sua angústia me oprimia como uma pedra em meu peito. Não obstante tentei consolá-la, falando-lhe da crença de Joana de que Jesus aparecera aos seus discípulos quando se achavam pescando no lago certa manhã.

— Já ouvi falar disto — volveu Maria rispidamente. — Mas com toda probabilidade aquela gente rústica ficou maravilhada apenas porque conseguiu apanhar cento e cinqüenta peixes grandes. A rede estava tão cheia que tiveram de arrastá-la diretamente para a praia, para não arrebentá-la. Se realmente estiveram com o nosso mestre, por que não mencionaram o fato aos outros, para consolá-los?

Era como se ela guardasse no coração um ressentimento contra os discípulos e lhes tivesse inveja, se Jesus de fato se revelara a eles na Galiléia, e não a ela. De um certo modo eu podia compreender isto, pois fora ela quem primeiro se apressara a ir até o túmulo, na madrugada, e fora a ela que Jesus aparecera pela primeira vez depois de sua ressurreição.

— Maria Madalena, — falei — não te entregues ao desespero. Se ele voltou para a Galiléia então o seu reino está próximo. Talvez eu não tenha parte nele, talvez ele me volte as costas como

fizeram seus discípulos. Mas estou certo de que tu o encontrarás de novo, se ele estiver na Galiléia.
Maria lançou-me um olhar de orgulho com seus negros olhos e disse:
— Tu me confortas, romano, quando a sua própria gente não me ofereceu nenhum consolo?
Todavia sua face se iluminou como se atingida por um raio de Sol, embora estivéssemos sentados à sombra de sua cabana de verão. Tocou-me na mão, e seu toque era outra vez pleno de energia, e me perguntou:
— Acreditas realmente nisto? É verdade que também creio, embora meu coração se rebele porque não posso forçar-me a reverenciar os discípulos que ele escolheu. Sou uma mulher malvada e inútil, já que não consigo curvar-me à sua vontade. Ensina-me a humildade, romano. Eu mereço isto.
Dize-me antes se acreditas que ele me receberá em seu reino, embora eu seja romano — falei tristemente.
Maria Madalena replicou no mesmo tom desdenhoso de Joana:
— Os discípulos ainda esperam que ele funde um novo reino em Israel. Para mim ele é a luz do mundo. Por que não serias recebido nele da mesma forma que os filhos de Israel, se acreditas que ele seja o Cristo? Seu reino é a vida eterna e não um reino terreno.
Suas palavras fizeram meu coração estremecer de medo.
— Que é a vida eterna? — indaguei.
Maria Madalena abanou a cabeça.
— Não sei — confessou. — Suponho que ele seja o único que sabe. Não foi sobre isso que ele pregou quando andou por aqui; ensinou ao povo como devia viver para alcançar o seu reino. Meu coração não é bastante humilde nem bastante infantil para que eu compreenda o que é a vida eterna. Sei apenas que está nele e com ele. E não preciso de saber mais nada.
Refleti sobre o que ela tinha dito.
— Como devo viver, então? — indaguei. — Não basta que eu procure ser humilde e tranqüilo no coração?
— Ama o teu próximo como a ti mesmo — disse Maria Madalena. — Faze aos outros o que queres que te façam.
Repentinamente, ela levou as mãos ao rosto e caiu em pranto, soluçando.
— Como te poderei ensinar, se eu mesma traí seus ensinamentos? Éramos todos como irmãos e irmãs quando andávamos com ele. Faz pouco tempo que ele se separou de nós, e eu já comecei a odiar e invejar intimamente meus irmãos e minhas

irmãs. Talvez ele te tenha enviado a mim para que eu me pudesse livrar da minha maldade e ser humilde.

Nesse instante ela estendeu a mão para o meu pé enfermo colocando-a sobre a ferida quase cicatrizada, e orou em voz alta:

— Jesus Cristo, filho de Deus, tem piedade desta pecadora. Se for esta a tua vontade, que este pé fique bom de novo como se nunca tivesse estado doente.

Ergueu os olhos, fixou-os em mim sem fôlego por causa da expectativa e acrescentou:

— Se ele quiser assim, será um sinal. Joga fora tua bengala e caminha.

Levantei-me, deixei a bengala cair e dei alguns passos. Já não mancava e não sentia nenhuma dor no pé. A princípio enchi-me de conjecturas, depois voltei para o meu lugar e expliquei:

— Que este seja o sinal que esperavas. Eu não preciso de nenhum sinal, pois já acredito nele. Para ser franco, meu pé já está bom e a ferida já cicatrizou. Creio que mancava por simples hábito, já que o médico grego que lancetou a inflamação me advertira severamente de que não forçasse demasiadamente o pé.

Maria Madalena, porém, sorriu, apanhou do chão a minha bengala e perguntou:

— Devo retirar a minha oração e deixar-te mancar de novo?

— Não, não faças isto — retruquei apressadamente. — Tenho certeza de que ficaria manco pelo resto de minha vida se lhe pedisses isto.

Minhas palavras assustaram Maria Madalena e ela olhou à sua volta como se tivesse sido apanhada fazendo uma coisa proibida. Depois disse rapidamente:

— Não, não, não podemos desejar mal uns aos outros valendo-se de sua ajuda. Só prejudicaríamos a nós mesmos com isto. E não se pode imprecar em seu nome — apenas abençoar.

Mostrou um sorriso radiante e cravou os olhos num ponto às minhas costas, como se estivesse vendo algo que fosse invisível para mim. Ao mesmo tempo curvou minha bengala com as duas mãos, e para completo assombro meu vi que a bengala se tornara flexível como um junco, embora se tratasse de um rijo bastão feito de resistente carvalho. Fiquei a encará-la, incapaz de acreditar em meus olhos, até que ela despertou do seu devaneio, percebeu meu olhar fixo em seu rosto e voltou-se para mim.

— Para onde olhas tão fixamente? — indagou, cessando de arquear a bengala.

Ergui as duas mãos numa advertência e sussurrei:

— Torna a arquear a bengala como fazias ainda há pouco.

Ela tentou, empregando nisto toda a sua força, mas o bastão não cedeu nem a largura de um fio de cabelo. Tomei-o dela e vi que continuava sendo a mesma rija e sólida bengala na qual me apoiara quando coxeava. O passe de mágica não podia ter sido executado deliberadamente, pois ela ficara sentada ali, mergulhada em seus pensamentos, sem nada ver, e não conseguia entender porque eu me mostrava tão excitado. Não procurei entrar em explicações e preferi acreditar que a flexão daquela resistente madeira fora um suave aviso para mim, por não ter acreditado que o meu pé se tivesse curado pelo poder de Jesus de Nazaré. Porque sucedera aquilo eu não tinha a menor idéia, uma vez que não pedira nada. Mas a esperança renasceu outra vez em meu coração.

Nem tinham sido artes de feitiçaria que me fizeram ver o bastão arquear-se, pois não senti nada da rigidez que toma conta do nosso corpo quando assistimos aos passes de um feiticeiro. Pelo contrário, eu sentia uma sensação de leveza, frescor e bem-estar. Por conseguinte, falei:

— Maria Madalena, mulher afortunada! Ele é o teu Senhor e não deves mostrar-te impaciente. Quando invocas o seu nome ele vem para junto de ti, embora não o possas ver. Como pode ser isto não sei, mas assim acredito. És na verdade bem-aventurada entre as mulheres.

Encontrávamo-nos ambos cheios de novas esperanças quando deixamos a cabana. Maria Madalena mostrou-me o seu jardim e os seus pombais, explicou-me como as aves eram apanhadas nas grutas rochosas próximas dali e como, quando jovem, ela subia pelos íngremes penhascos sem receio de salteadores e sem sentir vertigens.

Entramos em sua casa. Era cheia de belos tapetes e custosos móveis, mas ela informou que destruíra seus vasos e esculturas gregas depois que se livrara dos demônios, porque a lei de Israel proíbe aos fiéis fazerem figuras à imagem do homem e dos animais. Em seguida, passou a relatar como Jesus costumava apanhar uma varinha e desenhar na areia quando — como sucedia muitas vezes — se achava mergulhado em reflexões. Mas ele sempre apagava com o pé o que tinha desenhado ou escrito, antes que Maria ou qualquer outra pessoa pudesse ver o que era. Contou-me outras coisas a respeito de Jesus de Nazaré, à medida que delas se lembrava, enquanto percorríamos a sua enorme casa.

Ela dera ordens às servas para que nos preparassem uma refeição, mas depois de me pedir que me reclinasse à sua mesa, não me quis fazer companhia.

— Permite-me — disse — seguir o costume do meu país e servir-te enquanto comes.

Chamou também Maria de Beret para que me servisse, mandando-a despejar água sobre minhas mãos e instruindo-a, entre sorrisos, sobre a melhor maneira de servir um homem à mesa. Ela própria misturou o vinho que eu ia beber. Tratava-se de um leve vinho branco da Galiléia, que me subiu à cabeça como uma brisa. Depois dos pratos de salgados e doces que iniciaram a refeição, ela me ofereceu peixe frito e pedaços de pombo em môlho de rosmaninho. Não me lembro de ocasião em que tivesse saboreado comida tão deliciosa e bem-feita.

Só depois que me satisfiz completamente e não podia engolir nem mais um bocado é que ela consentiu em sentar-se numa esteira aos meus pés e comer, permitindo que Maria também comesse. Sua fisionomia se abrandara e se tornara mais animada, e um belo sorriso iluminava-lhe o rosto. Contemplando-a através da tênue névoa do vinho cheguei à conclusão de que ela devia ter sido realmente uma das mulheres mais belas e sedutoras daquela terra. A própria Maria de Beret sentiu-se encorajada pela sua amabilidade e aventurou-se a dizer, por fim:

— Quando sorris como agora, Maria Madalena, acho fácil acreditar que muitos homens tenham feito a longa jornada de Damasco e de Alexandria até aqui por tua causa e que, com a ajuda dos presentes que te deram, foste capaz de construir esta grande casa e adquirir os teus belos móveis. Mas como se consegue isto? Ensina-me a maneira de ganhar tão extraordinários presentes em troca de algo pelo qual os guias de camelos em Jerusalém pagam apenas uns poucos ceitis.

O rosto de Maria Madalena se tornou sombrio e ela respondeu:

— Não me perguntes sobre essas coisas. Mas podes ficar certa de que nenhuma mulher aprende por si. Só as que se acham possuídas por um mau espírito, ou por muitos, conseguem isso. Contudo, esse demônio atormenta e consome a mulher de tal maneira que ela sente como se andasse sempre com uma corda no pescoço. Nada lhe satisfaz e nada a diverte; por fim acaba ela odiando a si própria mais do que aos homens e aos homens mais do que todo o resto.

Maria de Beret atirou-lhe de soslaio um olhar incrédulo, inclinou a cabeça para um lado e falou, com ar de dúvida:

— Espero que estejas dizendo a verdade. Não obstante, eu escolheria o demônio, se ele me tornasse maravilhosa aos olhos dos homens.

Maria Madalena deu-lhe um tapa na boca e exclamou:

— Fica calada, moça estúpida! Não sabes o que estás dizendo. Maria de Beret ficou assustada e desmanchou-se em lágrimas. Maria Madalena, ofegante, espargiu água à sua volta e disse:
— Não te peço perdão por te ter batido. Não foi por cólera que fiz isso, mas para o teu próprio bem. Espero que alguém faça o mesmo comigo, se algum dia eu disser alguma coisa tão impensada como a que disseste. Um demônio pode forçar-te a viver nos túmulos e a comer lixo. Nenhuma cadeia te pode prender e nem o mais forte dos homens consegue te segurar, quando o demônio ruge dentro de ti. E não sei qual demônio é pior: se o que nos corrói o corpo ou o que nos devora a alma, até que nada mais reste senão o vazio.
— Tu me entristeceste — ela prosseguiu — mas não te guardo ressentimento por isto. Sem dúvida tornava-se necessário que me lembrasses o meu passado. Sob a superfície do meu corpo nada mais resta senão um esqueleto descamado. Fazendo-me seu instrumento, os demônios levaram muitos homens à destruição. Meus pecados eram imensuráveis, no entanto me foram perdoados. Devias orar: "Não nos deixeis cair em tentação mas livrai-nos de todo o mal". Ao invés, teu coração diz: "Deixai-me cair em tentação e levai-me para os braços do mal". Vejo isto em teus olhos, em tua boca, em teus pés, que se agitam tão impacientemente no chão. Já não te lembras mais daquela que em Jerusalém prometeu contentar-se com peixe salgado e um pedaço de pão de cevada pelo resto dos seus dias, se isso a pudesse salvar de sua vida infamante? Por esta razão te coloquei no caminho dêste romano, mas ao invés de baixares os olhos para o chão, em agradecimento, procuras prendê-lo em armadilhas.

Maria de Beret chorava atemorizada e não ousava olhar para mim. Do fundo do meu coração eu sentia pena dela, mas Maria Madalena contemplava-a sombriamente, de cenho franzido.
— Pensa cuidadosamente no que queres — disse. — Desejas a tentação, o pecado e o mal, que te destruirão, ou queres uma vida simples e decente?

Maria de Beret ergueu os olhos e declarou fervorosamente:
— Quero que meus pecados sejam perdoados como foram os teus, e quero ser limpa de todo o mal, para que me torne pura e intata outra vez. Não me forces a dizer-te o que desejaria depois. Mas não poderia tudo isto acontecer se orasse devotamente?

Maria Madalena respondeu num tom persuasivo:
— Eu te compreendo melhor do que imaginas e leio o que se passa em tua mente simples. Podes estar certa de que tenho mais experiência do que tu. Tira essas roupas vistosas e fica

comigo, para teu próprio bem. Ensinar-te-ei a apanhar pombos e a expulsar os maus pensamentos de tua cabeça. Talvez Jesus de Nazaré tenha compaixão de ti, se algum dia aparecer para mim.

Mas Maria de Beret pôs-se a chorar ainda mais amargamente, abraçou-se às minhas pernas e gemeu:

— Era disto que eu tinha medo, Marcos, e não me deves deixar em suas mãos. Ela fará de mim uma trabalhadora braçal ou me venderá como escrava. Sua reputação é terrível, embora não saibas disto.

Maria Madalena balançou a cabeça e declarou:

— Se tivesses mais experiência, compreenderias que deves agora separar-te de Marcos, por algum tempo. Do contrário, o teu romano logo se cansará de ti e te mandará embora, para vergonha tua. Como sabes que comigo não irás aprender alguma coisa que te poderá tornar mais atraente aos seus olhos?

Não pude deixar de suspirar de alívio ao ver que Maria Madalena procurava com tanto tato livrar-me de uma carga que se estava tornando intolerável. Maria de Beret continuou agarrada às minhas pernas, molhando de lágrimas o meu manto, mas depois de ter chorado por algum tempo, tornou-se mais calma e resignou-se à sua sorte. Maria Madalena ordenou-lhe que fosse lavar o rosto e trocar de roupa, e observou, depois que ela saiu:

— Sou de certo modo responsável por esta moça. É ainda tão jovem que seu coração aceita prontamente tanto o bem quanto o mal. Uma moça dessa espécie é uma grande tentação para um homem. O fato de que enfrentaste galhardamente o teste e não cedeste fala em teu favor. Se a tivesses seduzido, melhor seria que alguém te amarrasse uma pedra ao pescoço e te jogasse no mar.

— Nunca tive a intenção de seduzi-la — repliquei em tom ofendido. — Pelo contrário, era ela que, com sua infantilidade, tentava me seduzir. Se não acontecesse cair doente, talvez tivesse cedido, de puro tédio, depois que Susana e Natã desertaram. Mas é melhor assim. Toma conta dela e isso me deixará mais liberdade para procurar Jesus de Nazaré.

— Não creio — observou Maria Madalena — que Susana te tenha enganado. Sua mente é demasiadamente simples para isso. Talvez se tenha deixado ficar em Cafarnaum, tão cheia de desorientação quanto os outros, pelo fato de nada estar acontecendo. Mas permite que te pergunte o que desejas da vida, Marcos Menzentius.

Sua pergunta me fez sentir humildade no coração. Pensei na minha vida e comecei a contar-lhe sobre ela:

— Tenho sido afortunado. Quando jovem, estudei as línguas estrangeiras em Antioquia e fui educado na escola de retórica em Rodes. Minha mais alta aspiração era conseguir um posto oficial como secretário de algum governador no Oriente, ou um cargo temporário em Roma, como professor particular de algum homem rico e sem cultura. Na verdade, amargurou-me a minha tentativa fracassada de entrar para a cavalaria, quando cheguei a Roma, embora sob outros aspectos não tivesse inclinação para a vida de soldado. Por intermédio de um certo testamento, adquiri o direito de usar anel no polegar, mas por essa altura essa distinção nada significava para mim. Na realidade, antes a desprezo e trago o anel guardado dentro da bolsa. Tão logo me vi capaz de adquirir tudo o que desejava, descobri que pouco ou nenhum valor real essas coisas tinham para mim. Depois disto, o desejo cegou-me até que me vi compelido a fugir de Roma com receio de ser assassinado. Que quero da vida? Não sei responder a esta pergunta. Só posso perguntar a mim mesmo que poder me fez sair de Alexandria para Jerusalém e que força me fez parar diante da cruz do rei dos judeus, no momento em que o mundo inteiro mergulhou nas trevas.

— Devido a um golpe da sorte, foi-me possível nos meus primeiros anos de rapaz alcançar tudo a que aspirava em vão, e com tanto ardor, na minha juventude. Amizade, sucesso, prazeres do mundo. Poderia até ter alcançado o poder se desejasse. Mas essa espécie de ambição eu nunca compreendi. Em breve restou-me apenas o gosto de cinzas na boca. Após os prazeres imoderados, eu me achei acima de qualquer consolação. Mas sei que não tenho o menor desejo de acabar os meus dias em Roma como um velho empapuçado e decrépito, pensando velhas coisas e contando eternamente gastas anedotas, como um imbecil. É este o futuro que me espera, se voltar para Roma. De qualquer maneira, seria decapitado pois, como deves saber, um golpe de estado é esperado ali em breve. Tenho respeito bastante pelas qualidades de César para que me vá imiscuir nas intrigas de um homem sanguinário e de baixa classe. Antes prefiro me tornar tranqüilo e humilde no coração.

— Que esperanças tens a respeito de Jesus de Nazaré? — indagou Maria Madalena.

— Eu senti o seu reino — falei — e não se trata apenas de sonhos e de poesia, como o reino da morte de Virgílio, mas tão real para mim quanto o mundo em que vivemos. Sim, quando penso em Jesus, a realidade de sua existência se mistura confusamente com a nossa realidade. Maria Madalena, sinto-me feliz por estar vivendo nesta época, apenas por saber que ele está na Galiléia. Não, não peço nem desejo nada dele a não ser o que ele próprio escolheu para mim. Pois seu reino não pode ser um simples reino terreno, mas algo novo que ainda não compreendo. Do contrário, nada teria sentido, pois reinos têm sido fundados desde o começo do mundo e todos foram destruídos, até o de Alexandre. Provavelmente apenas Roma resistirá. Por esta única razão seu reino não pode ser da terra.

Conversamos sobre assuntos diversos até a volta de Maria de Beret. Ela lavara o rosto, penteara o cabelo para trás e vestira um manto branco, ficando com os pés nus. Assim arranjada, parecia tão tocantemente jovem que meu coração se abrandou em relação a ela e não pude mais pensar mal dela. Para que a nossa separação não se tornasse demasiadamente penosa, decidi voltar para Tiberíades naquele mesmo dia. Maria Madalena prometeu levar ao meu conhecimento imediatamente tudo o que viesse a saber de importante e pediu-me que saudasse Joana e Cláudia Prócula em seu nome.

Voltei caminhando para a aldeia de Magdala e meu pé não não me causou mais o menor incômodo, o que me fez pensar, por um momento, em voltar a pé para Tiberíades pelo caminho da praia. Mas quando cheguei à beira do lago encontrei os dois pescadores que me tinham trazido a Magdala. Achavam-se evidentemente à minha espera, pois não tinham nenhuma pressa e eu lhes pagara bem. O céu agora estava nublado e o vento refrescante, fazendo encrespar as águas do lago, que se tornavam brancas de espuma. Estavam os dois parados, a observar o céu e as negras nuvens que se acumulavam por sobre as colinas que se erguiam acima da gruta das pombas, e disseram:

— O Mar da Galiléia é traiçoeiro. Uma súbita rajada de vento pode desviar um barco de sua rota e fazê-lo ir a pique. Sabes nadar, patrão?

Contei-lhes que em minha juventude ganhara uma aposta ao nadar de Rodes até o continente, sem me preocupar com as correntes. Mas nunca tinham eles ouvido falar em Rodes e assim não puderam apreciar o feito. É verdade que um bote me acompanhou durante todo o trajeto e que não corri nenhum perigo real. Mas eu me sentira estimulado menos pela aposta do que pela minha paixão momentânea por uma moça provocadora, que me prometera coroar-me com uma grinalda se eu saísse vencedor.

Assim apliquei toda a minha energia naquela prova, embora depois de ter vencido a aposta tivesse perdido todo o interesse pela moça.

Estendi-me sobre as almofadas, na popa do barco, e fiquei a observar as nuvens galoparem pelo céu, enquanto os pescadores arregaçavam seus mantos, davam um empurrão no barco e se agarravam aos remos. Percebi que eles sabiam que eu visitara Maria Madalena. Como poderia tal fato ser mantido em segredo numa aldeia de pescadores, onde todo o mundo conhecia todo o mundo e um estrangeiro seria observado com curiosidade? Nem se mostraram eles surpresos por ter eu deixado ali Maria de Beret, mas puseram-se a gracejar um com o outro, em meio a risadas.

— De que é que estais falando? — perguntei severamente.

— Nada de mal. Nada de mal, absolutamente — asseguraram-me. — Apenas que aquela senhora apanhadora de pombos parece ter retornado aos seus antigos hábitos. Quanto pagou ela por aquela moça?

Eu não lhe devia nenhuma explicação, mas fiquei ofendido por causa de Maria Madalena e disse:

— Ela permitiu que a moça ficasse em sua companhia simplesmente por bondade sua, para que aprendesse um ofício.

Os dois soltaram ruidosas gargalhadas, dizendo:

— É claro, é claro, não há dúvida de que a moça aprenderá um ofício. Maria já ensinou muitas moças a tocar instrumentos ímpios, a dançar danças lascivas e a apanhar pombos — mas que espécie de pombos eram esses, nós, em nome da decência, não mencionaremos.

Antes que eu pudesse responder, ouvi o rugido da ventania, o bote inclinou-se para um lado, as ondas ergueram-se a grande altura e um mar de espumas atirou água para dentro do bote, encharcando minhas almofadas. Mal pude dizer:

— Isto é um aviso para os dois, por vossas palavras maldosas — e logo tivemos os três que nos esforçar por manter a estabilidade do barco, que deslizava como uma casquinha de noz, empurrado pelo forte vento na direção da margem oposta. Se tivéssemos mantido a nossa rota primitiva teríamos ido a pique num instante.

Aqueles dois idiotas queriam fincar o mastro e levantar a vela, mas eu os proibi severamente que fizessem isto, pois não levávamos lastro. Relâmpagos cortavam as nuvens tempestuosas que vinham surgindo por trás das colinas, e o dia escureceu. Esvaziávamos o barco com baldes, para salvar nossas vidas, mas não pudemos impedir que se enchesse, e em breve as ondas nos

arrastavam desgovernados, a jogar e a dar guinadas, com água pelo meio, na direção da praia oriental. Encharcados e assustados, os pescadores lançaram-me um olhar ameaçador e disseram:
— Caiu sobre nós uma maldição quando te aceitamos a bordo, romano herético. Tornamo-nos culpados de um ato ímpio ajudando-te a levar uma moça israelita para uma casa de prazer. Mas não sabíamos de tuas intenções.

Agarrei-me firmemente à borda do barco, onde me achava sentado com água até o pescoço, e respondi-lhes desabridamente:
— Vós mesmos fizestes cair uma maldição sobre vossas cabeças, ao falardes mal de Maria Madalena.

A água não estava muito fria. Ainda assim achávamo-nos enregelados até os ossos quando por fim o vento amainou o suficiente para que pudéssemos tirar a água do barco e aportar na embocadura de um rio que secara. A lisa faixa de areia era mais estreita e mais desolada do que a praia do lado ocidental e as montanhas se erguiam a prumo à nossa frente. O vento ainda soprava fortemente e as ondas se arremessavam com tanta violência sobre a praia que os pescadores relutavam em enfrentar novamente aquele vendaval, embora acreditassem que fosse amainar ao anoitecer.

O crepúsculo já começava a cair e nós sentíamos frio, embora tivéssemos torcido nossas roupas o melhor que pudemos. A pouca distância dali, onde a praia terminava no sopé das colinas, avistamos um modesto abrigo à entrada do qual brilhava uma fogueira. Propus que fôssemos até lá e secássemos nossas roupas, mas os homens hesitaram e disseram:
— Estamos na praia errada. Para sorte nossa não trouxemos redes, do contrário seríamos multados por pesca ilegal. Salteadores e criminosos se refugiam aqui também, vindos da Galiléia. E vivem leprosos nas cavernas.

Entre seus petrechos havia uma perdeneira e um pedaço de ferro, mas a tempestade ensopara todos os ramos secos na praia e assim não tínhamos com que acender fogo. Pus-me a caminho do abrigo e, após alguma hesitação, os dois homens me seguiram de má vontade. Quando cheguei mais perto vi um homem sentado à beira do fogo. Ele atirou um punhado de gravetos na fogueira e as chamas crepitaram. Senti cheiro de peixe grelhado e de pão acabado de assar. Ao lado da choupana uma rede de pesca estava estendida para secar.

— A paz seja contigo, — falei, saudando o solitário pescador.
— Fomos apanhados pela tempestade. Permites que sequemos nossas roupas junto ao fogo?

Ele de boa vontade afastou-se para nos dar lugar, e eu tirei minhas roupas e estendi-as sobre uma vara para secar. Vi que êle aquecera algumas pedras chatas e assara pão sobre elas, ao mesmo tempo que grelhava dois grandes peixes sobre brasas colocadas no fundo de uma cova. Já passava da hora sexta e a praia escurecia rapidamente, devido à sombra das colinas, embora ainda houvesse luz sobre as casas e arcadas de Tiberíades, para as bandas do ocidente. Examinei mais atentamente o pescador e notei que era um homem de feições suaves e bem marcadas, de aparência simples, um homem que não inspirava temor. Saudou gentilmente também os meus dois remadores e arranjou-lhes lugar junto ao fogo. Os dois foram examinar a rede e lhe perguntaram se a pesca fôra boa. Ele respondeu timidamente que tinha esperança de que a tempestade tivesse trazido um cardume até a enseada na embocadura do rio seco e que era sua intenção tentar a sorte na manhã seguinte.

Sem nos fazer um convite formal, apanhou um pão, abençoou-o e partiu um pedaço para cada um de nós e um para si próprio. Tinha também vinho azedo e despejou um pouco numa vasilha feita com um pedaço de tronco oco de videira, abençoou-o também e passou-o a nós para que todos bebêssemos. O peixe estava bem cozido, mas como não dispusesse de sal, temperara-o com cebola-de-cheiro e ervas aromáticas. Sentamo-nos e comemos em silêncio. Notei que de vez em quando meus companheiros lançavam um olhar desconfiado para o homem sentado ali ao nosso lado, a olhar para o chão e a sorrir para si mesmo, como se desfrutasse cada bocado que comia. Depois de terminada a refeição, ele apanhou uma varinha, aparentemente para disfarçar o seu embaraço, e começou a desenhar distraidamente na areia.

Enquanto comíamos, nossas roupas se aqueciam ao calor do fogo e em breve estavam secas. A rigidez desapareceu dos meus membros, o calor envolveu-me o corpo e senti uma sensação de conforto e bem-estar. Apossou-se de mim um torpor enquanto permanecia ali sentado, e eu mal conseguia manter os olhos abertos. Olhei com gratidão para o bondoso homem, que sem uma palavra nos deixara participar tão gentilmente de sua refeição. Notei as cicatrizes em suas mãos e pés, e pareceu-me perceber algo de febril e doentio em seu rosto, como se tivesse sofrido alguma enfermidade e buscasse a solidão para se restabelecer. Todavia, eu não quis parecer muito inquisitivo, já que os pescadores não lhe tinham feito mais nenhuma pergunta. Adormeci ali, despido, à beira do fogo, sem mesmo me dar conta disto, e quando já ia perdendo a consciência de tudo, senti que ele me cobria com minhas roupas já secas.

Tive então um sonho e acordei, erguendo-me com lágrimas a me escorrerem pelas faces. Os dois pescadores dormiam profundamente ao meu lado, a ressonar levemente. As lágrimas eram quentes e me queimavam as faces, e uma indescritível sensação de desamparo se apossou de mim depois do meu sonho. O fogo se apagara. Pela posição das estrelas e da Lua percebi que já estávamos na terceira vigília noturna. O lago cintilava à minha frente, liso e polido como um espelho. Mas só nós três estávamos ali, o quarto homem desaparecera. Vendo isto senti um grande temor. Vesti-me apressadamente e me pus de pé num salto, para alívio meu verifiquei que ele apenas se afastara um pouco e se achava postado à beira da água, contemplando o lago. Enrolei-me no manto e me dirigi rapidamente para ele, ficando ao seu lado.

— Que é que estás olhando? — perguntei.

Ele não se voltou, mas respondeu:

— Eu vi os céus se abrindo e a glória do meu pai, e desejei ardentemente voltar para junto dele.

Percebi que me dirigira a ele em grego e que ele me respondera na mesma língua. Por causa disto e também por suas palavras, assaltou-me a idéia de que talvez fosse um dos discípulos de João Batista, que fugira da perseguição de Herodes para aquela banda do lago, a viver solitariamente da pesca.

— Eu busco o reino — falei. — Lágrimas de profundo anelo me despertaram. Mostra-me onde fica o Caminho.

— Só há um Caminho — disse ele. — O que fizeres aos mais ínfimos, estarás fazendo a mim. — E disse mais: — Eu não dou o que o mundo dá. Mas não te entristeças nem tenhas medo. O espírito da verdade virá depois de mim, mas o mundo não poderá recebê-lo, pois não o conhece nem pode vê-lo. Mas se tu o conheces, ele permanecerá contigo e dentro de ti. Não repudio ninguém.

Meu coração se derreteu em meu peito, as lágrimas me toldaram a vista e eu ergui as mãos desajeitadamente, mas não tive coragem de tocar nele.

— Não falas como os homens — sussurrei. — Falas como alguém que tem poder.

— A mim — respondeu — foi dado todo o poder no céu e sobre a terra.

Só então voltou-se para mim. À luz das estrelas e da Lua vi seu doce e grave sorriso enquanto me contemplava. Seu olhar me desnudava, como se a minha roupa fosse caindo ao chão, peça por peça, e eu me fosse tornando cada vez mais nu. A sensação nada tinha de desagradável, era como que uma libertação.

Depois de me ter olhado por algum tempo, ele apontou para o outro lado do lago e disse:

— Lá, na cidade do tetrarca, no teatro grego, uma moça está chorando porque perdeu o seu irmão e não tem ninguém que lhe possa valer. Que foi que sonhaste?

— Eu vi um cavalo branco — recordei.

— Que assim seja — volveu ele. — Em breve assistirás a uma corrida de carros. Aposta uma soma de dinheiro na parelha branca. Em seguida procura a moça e entrega-lhe o que ganhares.

— Como irei encontrar, numa cidade tão grande, uma moça que perdeu o irmão? — indaguei. — Quanto deverei apostar?

Ele sorriu de novo, mas agora o seu sorriso era tão triste que me partiu o coração.

— Ah, Marcos, fazes tantas perguntas inúteis — falou em tom de censura.

Mas não entendi sua advertência. Simplesmente perguntei-lhe atônito:

— Como sabes o meu nome? Será que te conheço? Parece-me de fato já ter visto o teu rosto em algum lugar.

Ele abanou a cabeça e disse:

— Não basta que eu te conheça?

Percebi que desejava ocultar a sua indentidade e fiquei ainda mais convencido de que se tratava de um dos tranqüilos da terra, cuja mente se tornara conturbada pelo sofrimento causado pela sua fé e pela solidão. Que outra razão haveria para que se gabasse de possuir todo o poder sobre o céu e a terra? Contudo, talvez tivesse o dom da profecia. Por conseguinte, resolvi guardar o seu conselho. Mas ele disse ainda:

— Oh! homem! Tu vês e não sabes ver. Ouves e não sabes ouvir. Mas um dia, Marcos, tu te lembrarás. Então morrerás por minha causa, para que meu nome possa ser glorificado através de ti, como o nome do meu pai foi glorificado através de mim.

— Que desgraças são essas que estás profetizando? — falei horrorizado, sem alcançar inteiramente o significado de suas palavras. Julguei que talvez não soubesse falar o grego corretamente e que eu o tivesse entendido mal.

Ele suspirou profundamente e deixou o manto escorregar dos ombros, de forma a ficar nu até a cintura. Era tão pobre que não tinha nem mesmo roupa interior. Fazendo meia-volta, disse:

— Passa a mão em minhas costas.
Estendi a mão e fiz o que ele mandara, notando em suas costas as marcas do açoite. Ele suspirou de novo e levou a mão ao peito. Minha mão acompanhou a sua e eu percebi ali uma profunda cicatriz. Parecia de fato ter sido perseguido e maltratado, e assim não me surpreendeu que se achasse um pouco perturbado da cabeça. Amaldiçoei em silêncio aqueles judeus que se torturavam uns aos outros em nome de sua fé, pois não havia nenhum mal naquele homem, fosse o que fosse que dissesse. Tomado de grande compaixão, falei para ele:
— Dize-me pelo menos o teu nome. Talvez eu possa ajudar-te para que não sejas mais perseguido.
— Se me reconheceres perante os homens quando chegar a hora — respondeu ele — admitir-te-ei perante meu pai.
— Mas teu nome — falei de novo. — E quem é o teu pai, homem estranho, de quem tanto te gabas?
Ele não respondeu, mas se enrolou no seu manto outra vez e saiu a caminhar pela praia como se nada mais tivesse para dizer. Causara-me uma impressão tão singular, apesar de haver eu me certificado por mim mesmo de que se tratava de um homem de carne e osso, que não ousei segui-lo e importuná-lo com novas perguntas. Depois de um momento de hesitação, voltei para a choupana e deitei-me de novo para descansar. Adormeci imediatamente e não tive sonhos.
Quando acordei, o Sol era radioso e a água do lago reverberava. A colina do outro lado cintilava como ouro, para além das magnificentes arcadas de Tiberíades, e tudo era fresco e adorável aos meus olhos, como se eu despertasse, rejuvenescido, num novo mundo. Os dois pescadores já estavam acordados; achavam-se de pé, com as mãos postas, e oravam: "Ouvi-me, Israel".
Mas o solitário pescador se fora, levando a sua rede. Tinha preparado o que sobrara da refeição da noite, aparentemente para nós. Comemos avidamente em silêncio. Quando terminamos, voltamos à embocadura do rio, empurramos o barco para a água e subimos a bordo. Olhei ao meu redor à procura do pescador, mas ele não se achava à vista em parte alguma, apesar de nos ter dito na véspera que pretendia lançar a sua rede justamente ali, quando amanhecesse o dia. Não vi nem mesmo seus rastros.
Os homens começaram a remar com fortes braçadas. O barco avançava velozmente como se deslizasse sobre um disco de vidro, que refletia as colinas e as estrias de fogo do Sol nascente. Eu ainda sentia a mesma leveza e a mesma sensação de liberdade como se me tivesse desembaraçado de várias peças de roupas su-

pérfluas. Todavia, quanto mais refletia sobre os eventos da noite anterior, mais me enchia de dúvidas e me punha a conjecturar se tudo não tinha passado de um sonho desusadamente vívido. Como poderia um ermitão do Mar da Galiléia saber grego? Os homens remavam compassada e vigorosamente, mantendo os olhos fixos à sua frente, sem jamais olharem para trás, como se desejosos de se afastarem o mais depressa possível daquela estranha praia. Mas eu olhei para trás, para ver se me era possível discernir uma figura solitária nalgum ponto da praia. Em vão. Por fim perguntei:

— Quem era aquele homem com quem passamos a noite? Alguns de vós o conhece?

Os pescadores responderam:

— És muito curioso, romano. Nós estávamos na praia errada.

Mas um deles acrescentou após alguns instantes:

— É possível que se trate de alguém que já vimos antes — talvez alguém que tenha pregado ao povo. Deve ter sido açoitado e escorregado da Galiléia, não é preciso muito para que tal aconteça. João teve a cabeça cortada por ter ousado proibir o tetrarca de se casar com a mulher de seu irmão.

— Havia algo, o outro ajuntou, em seu rosto que fazia lembrar. Jesus de Nazaré. Se isto não fosse impossível, eu o teria tomado pelo Mestre. Todavia, pelo que me lembro de Jesus, ele era mais alto e mais severo do que aquele homem, e suas maneiras não eram tão gentis. Talvez se trate de algum dos seus parentes ou companheiros, que tenha ido refugiar-se ali.

Um fantástico pensamento atingiu-me como um raio e me abalou até a medula.

— Voltai imediatamente! — bradei, pondo-me de pé num salto.

Eles não queriam me tomar a sério enquanto não ameacei atirar-me nágua e nadar até a praia. Relutantemente, deram meia volta com o barco e rumaram para a praia. Mal a proa tocara o fundo, pulei para a água e corri para a choupana. Vi as cinzas da fogueira e a cova no chão, tudo exatamente como tínhamos deixado, mas não havia ninguém nas redondezas. Corri como um louco pela praia, de um lado para outro, procurando em vão pegadas na areia, até que os pescadores me agarraram e me forçaram a voltar para o barco.

Lá, cobri a cabeça e me censurei pela minha estupidez, que não me deixara reconhecer Jesus de Nazaré, se de fato se tratava dele. Em seguida tive dúvidas outra vez, refletindo que aquele homem tinha sido um ser vivente como eu. Tocara nele com minhas próprias mãos e nada notara de divino em sua pessoa, segundo a minha concepção de divindade. Talvez se tratasse de algo tão simples quanto o pão que nos dera ou o vinho que bebêramos. Quem sou eu para determinar de que forma ou sob que aspecto o filho de Deus deve revelar-se aos homens? Senti-me assaltado por uma torturante incerteza e não sabia em que acreditar. Por conseguinte, rememorei palavra por palavra o que ele me dissera e o que lhe perguntara. Por fim deixei de lado esses pensamentos, refletindo que eu viria a saber em breve se ia ter oportunidade ou não de assistir a uma corrida de carros em Tiberíades.

Todavia, não pude deixar de repreender amargamente os dois pescadores, dizendo-lhes:

— Eu próprio vos contei que o Nazareno se levantou de sua tumba no terceiro dia. Se realmente julgastes reconhecê-lo, por que não vos dirigistes a ele e lhe perguntastes se ele era o homem?

Os dois se entreolharam com ar de mútua compreensão e perguntaram por sua vez:

— Por que iríamos falar com ele? Se desejasse alguma coisa de nós, ter-nos-ia dirigido a palavra. E estávamos com medo dele. — Disseram mais: — Não mencionaremos esse encontro para ninguém e o mesmo deves fazer. Se era realmente Jesus, o que é difícil de acreditar, ele tem boas razões para buscar a solidão e esconder-se dos romanos.

Isto não pude negar, mas protestei:

— Se era ele, que há no mundo que ele possa temer? Em Jerusalém apareceu diante de seus discípulos quando se achavam reunidos por trás de portas trancadas.

Ambos os homens sorriram com azedume e disseram:

— Estrangeiro, não deves acreditar em tudo o que te dizem os galileus. Somos um povo emotivo e de imaginação muito viva.

Quando me vi de volta ao ambiente familiar do meu quarto na confortável hospedaria grega, senti um profundo alívio por me achar sozinho outra vez, livre para meditar em paz e passar os dias como me aprouvesse. Maria de Beret me seguira como uma sombra por toda a parte. Só quando me vi livre dela, graças a Maria Madalena, é que percebi quão profundamente a sua presença me apoquentara.

Na paz do meu quarto mergulhei novamente nos pensamentos que me tinham dominado a mente à beira do lago; entretanto, enquanto ficava ali sentado, o sossego daquele quarto tornou-se desolador e comecei a me sentir inquieto e cheio de irritação.

Naquele ambiente de conforto, onde a coisa mais importante para os que ali habitavam era arranjar um meio de passar o tempo, e comparar doenças e dietas, eu já não achava mais possível acreditar que encontrara Jesus de Nazaré. A excitação e os terrores da tempestade deviam ter-me causado uma espécie de pesadelo que se confundia com a realidade; os próprios pescadores se tinham divertido em me apoquentar. Se ele fosse Jesus de Nazaré e quisesse revelar-se a mim, por certo teria falado claramente e se dado a conhecer.

Minha inquietação se tornou tão opressiva que não pude permanecer parado e tive que ficar andando de um lado para o outro no quarto, com os olhos rasos dágua, incapaz de continuar a usufruir a minha solidão. Por fim mandei recado para Cláudia Prócula avisando-a da minha volta, e a resposta que tive foi que não tinha tempo para me receber. O servo me informou que ela estava oferecendo uma recepção a ilustres pessoas da corte de Herodes Antipas.

Somente no dia seguinte Cláudia Prócula mandou um servo trazendo-me um convite para jantar com ela. Eu não era o único convidado. O conselheiro romano de Herodes também se achava presente, juntamente com o marido de Joana, Cusas, e o médico particular de Herodes, enviado por este para examinar Cláudia Prócula. Esse judeu livre-pensador tinha estudado Medicina na ilha de Cos e se tornara tão helenizado que parecia mais grego do que os próprios gregos. Antes do jantar e da chegada de Cláudia Prócula, ofereceram-nos vinho diluído e pratinhos doces e picantes como aperitivo, no vestíbulo do palácio. Os membros da corte do tetrarca me fizeram toda a sorte de perguntas, tentando apanhar-me desprevenido. Mas eu me limitei a elogiar os banhos medicinais, e como prova exibi o meu pé, que se curara rapidamente da infecção.

Cláudia Prócula permitiu que Joana também participasse da refeição, embora seu marido se mostrasse obviamente contrário a isso. Joana, entretanto, se manteve muda. Cláudia Prócula estava muito pálida e se queixou ainda de insônia, embora se declarasse farta dos banhos. Sempre que conseguia dormir tinha pesadelos, e uma serva tinha que despertá-la, porque chorava durante o sono.

— Marcos, — disse ela, voltando-se para mim — não podes imaginar o dilema em que me encontro, pobre, fraca e doente mulher que sou. Meu marido advertiu-me a esse respeito, quando dessejei vir para cá, mas nunca pude imaginar que a minha posição se tornasse tão difícil, pois sempre vivi afastada e procurei evitar envolver-me em política. O tetrarca Herodes é demasiadamente generoso. Ele deseja organizar uma grande corrida em minha honra, para demonstrar sua amizade a Pôncio Pilatos. Mas detesto atrair desnecessária atenção sobre minha pessoa. Pareceu-me mais do que suficiente que ele tivesse enviado seus cavalarianos de manto vermelho até a fronteira, para me receberem.

Atirou um olhar carregado de malevolência para os cortesãos e me disse:

— Vês, o seu plano é que sua bela esposa Heródia e eu nos sentemos lado a lado no camarote do tetrarca e recebamos juntas as aclamações do povo. Mas eu nem mesmo conheço Heródia. Além do mais, ouvi dizer que de acordo com a lei judaica seu casamento é ilegal.

Os membros da corte ergueram os braços como que para rebater este insulto, mas notei que pelo menos o barbudo Cusas parecia preocupado. Nada tendo a perder e não estando a dever nenhum favor ao tetrarca, respondi candidamente, quando vi que era isto o que Cláudia queria:

— Aqui somos todos amigos. A raposa é um animal astuto e ouvi dizer que Herodes Antipas se sente lisonjeado quando o chamam de raposa. Sua intenção é que vós, sendo parente de César e a senhora romana mais ilustre desta região, mostreis vossa aprovação ao seu casamento, o qual já causou tanta controvérsia que até mesmo um profeta foi executado por causa dele. Posso imaginar a tempestade de aplausos que estrugirá entre os emotivos galileus diante de vossa aparição em público no circo, o que lhes dará oportunidade de demonstrar o seu amor não só aos romanos como à esposa do tetrarca. Suponho que pelo menos duas cortes estarão de prontidão para manter um pouco de ordem, e todos os espectadores serão revistados à entrada, para se ter certeza de que não atirarão nada contra vós.

Cláudia Prócula respondeu prontamente:

— É claro que não tenho nada contra a Senhora Heródia, pessoalmente, mas se eu patrocinar as corridas e sentar-me ao lado dela, e isto provocar demonstrações de desagrado, meu marido em Cesaréia dificilmente poderá ficar sabendo ao certo se essas demonstrações foram dirigidas contra os romanos ou simplesmente contra a princesa. Ouvi dizer que o povo se recusa até mesmo a saudá-la, retirando-se das ruas e voltando-lhe as costas quando ela aparece.

O conselheiro romano explicou:

— Se o povo se decidir a fazer uma demonstração, sempre se poderá alegar que as manifestações foram dirigidas contra Roma. Então o tetrarca terá uma boa oportunidade para punir severamente o seu povo. A princesa ficará encantada com isso.

— Mas o mesmo não se daria com meu marido — objetivou Cláudia Prócula. — Pôncio Pilatos é um homem moderado e fez o possível para evitar tumultos desnecessários. Este assunto diz respeito ao tetrarca, evidentemente, e não a ele, mas não podemos prever qual a versão que chegará a Roma. Ainda bem que tomaste o meu partido, Marcos, pois eu já tinha decidido que o máximo que posso fazer é aceitar o convite em caráter privado. Nesse caso, terei um camarote só para mim, embora naturalmente depois das provas esteja disposta a ir cumprimentar a princesa e fazer amizade com ela. Não é que eu tenha preconceitos, mas uma tal atitude de fato não estaria de acordo com a minha posição de esposa do Procurador da Judéia.

— Nunca imaginei que os galileus se interessassem por corridas — observei, procurando levar a conversa para um caminho menos perigoso.

— Os pescadores e os camponeses nada entendem de cavalos — explicou o médico com ar de desdém. — Mas o circo e o teatro constituem o melhor meio de se difundir a cultura e vencer os preconceitos. Já não estamos mais nos tempos em que o povo fugia para o Egito e vagava no deserto. As parelhas viajam e vão competir em diversos países. Vem uma de Iduméia e outra da cavalaria de Cesaréia. Está sendo esperada também uma magnífica parelha de Damasco, e os chefes tribais árabes são ardentes entusiastas das corridas. Não há ressentimento pessoal que os impeça de tomar parte nelas.

— As corridas — observou Cusas — são planejadas para abrandar os ódios. Os árabes estão indignados porque a primeira mulher do tetrarca era árabe e teve que fugir e voltar para a tenda de seu pai.

— Estranha terra — observei secamente, — se uma corrida consegue reconciliar seus diferentes povos. Em Roma eles defendem as suas cores com pedras e porretes, não só antes como depois das competições.

O conselheiro romano esclareceu:

— É um indício de cultura, quando há cabeças rachadas e pancadaria por causa de cavalos e condutores de carros. Os tumultos de origem religiosa são uma coisa completamente diferente. Mas talvez possamos usufruir alguns anos de paz novamente, agora que ficamos livres daquele rei que vosso marido, Cláudia, tão profundamente fez crucificar em Jerusalém.

— Referes-te a Jesus de Nazaré? — falei. — Não sabes que ele ressuscitou e voltou para a Galiléia?

Falei isto no mesmo tom que vinha mantendo durante a conversa, para que pensassem que eu estava gracejando. Mas todo o mundo teve um sobressalto e protestou, até que Cusas declarou:

— Os galileus são um povo supersticioso. Por Deus até o próprio tetrarca acreditou, quando ouviu falar de Jesus, que fora aquele profeta de cabelo de camelo, condenado por ele, que tinha ressuscitado dos mortos. Mas falemos com franqueza. Eu não podia imaginar que este desagradável boato tivesse chegado até mesmo aos ouvidos de um viajante fortuito.

O médico helenizado começou a falar, gesticulando animadamente:

— Desde que ouvi falar nisso, tenho pensado muito sobre o caso e interroguei também alguns dos que o viram morrer. Seus ossos não foram partidos, apesar de ter sido grande a pressa com que o desceram da cruz. Dizem também que o sangue escorreu de seu peito quando um soldado o trespassou com uma lança para ver se estava morto. A arte da Medicina afirma que um morto não sangra. Suponhamos que lhe tivessem dado alguma bebida soporífica, ou que se achasse em coma, ou narcotizado. Do contrário, por que iriam os seus discípulos roubar seu corpo da sepultura? Talvez tenham conseguido reanimá-lo e ele se ache realmente escondido nalguma caverna das redondezas. No final de contas, era ele um mago exímio.

O conselheiro romano retrucou asperamente:

— Os homens que Roma manda crucificar não se reanimam. É uma séria acusação, esta que fazes contra Pôncio Pilatos. Cuidado com tuas palavras.

— Aconteceu-me chegar por acaso a Jerusalém no momento exato em que ele estava morrendo, e vi tudo — falei. — Por conseguinte, este assunto me interessa particularmente. Posso atestar que ele realmente morreu na cruz. E mesmo que estivesse apenas inconsciente, não poderia ter sobrevivido ao golpe de lança em seu coração. Eu próprio assisti a isso.

Mas o médico estava muito satisfeito com a sua teoria e objetou:

— É difícil para um leigo afirmar que ocorreu de fato a morte. Por isso, torna-se necessária a presença de um médico experiente.

Pôs-me a descrever alguns casos que conhecera, até que Cláudia Prócula levasse as mãos aos ouvidos e exclamasse:
— Pára de falar em coisas tão horríveis, ou eu voltarei a sonhar com fantasmas esta noite.

O médico ficou embaraçado. Voltou-se para mim e perguntou, para mudar de assunto:
— É verdade que Maria Madalena abandonou sua antiga profissão, segundo dizem?

Seguiu-se um silêncio glacial. Ele correu o olhar à sua volta, surpreendido, e perguntou:

Cometi alguma indiscrição? É esse algum assunto que não devemos mencionar? Mas por quê? Há na verdade um milhão de pessoas na Galiléia, no mínimo, mas ainda assim trata-se de um pequeno país. À beira deste lago, pelo menos, todo o mundo sabe das idas e vindas de todo o mundo. Em seus bons tempos, Maria Madalena era a mais célebre atração destas bandas, e à noite filas intermináveis de liteiras eram transportadas de Tiberíades até a sua casa, à luz das tochas. Ouvi dizer que foste vê-la, para deixar sob sua custódia uma moça que veio contigo de Jerusalém. Que há de mal neste assunto?

Como não lhe dei resposta, ele prosseguiu despreocupadamente:
— Todavia, muita gente acha que ela seja uma mulher perigosa. Em sua juventude dizem que um certo mago samaritano percorreu o país em sua companhia, invocando os espíritos com sua ajuda. Mas para um médico inteligente não há nada de extraordinário nessas coisas.

— Minha mulher a conhece — Cusas observou com relutância — embora naturalmente não a visite mais. Jesus de Nazaré a curou e ela já não se dedica à prática de feitiçarias, e sim distribui esmolas e leva uma vida simples. De um modo geral, sou de opinião que Jesus de Nazaré fez mais bem do que mal. Não era nem agitador nem blasfemo, embora tenha sido condenado por isto. Joana, minha mulher, acompanhou-o durante algum tempo, em cumprimento de uma promessa, por ter ele curado um parente nosso de febre palustre, e ela nunca teve nada de mal que dizer dele.

Elevando a voz, deu um murro na palma das mãos e disse com veemência:

— E nada de mal lhe teria acontecido, se não lhe metesse na cabeça ir para Jerusalém. Vezes sem conta os fariseus vieram até aqui interrogá-lo, tentando ver se arranjavam alguma acusação contra ele, mas nunca conseguiram nada. De qualquer forma, o envio dos dízimos do país ao templo representa um condenável desperdício do dinheiro do povo. Segundo o que pude entender, Jesus de Nazaré disse que Deus podia ser venerado apenas no espírito e na verdade. O Supremo Sinédrio naturalmente suspeitou de que as rendas iriam diminuir por causa dessas suas palavras. Mas é um descalabro que um pequeno proprietário tenha que pagar dízimos ao templo, e outro tanto ao tetrarca, e também impostos sobre as terras, e tributos aos romanos, além das taxas sobre as estradas, o sal e o mercado. Mais cedo ou mais tarde os camponeses perderão as suas terras e plantações, diante da impossibilidade de pagarem suas dívidas. O resultado será uma multidão de desempregados, intranqüilidade e descontentamento gerais e ódio de todos por todos, como já aconteceu na Judéia, onde os ricos estão encampando as pequenas propriedades, englobando-as em vastas propriedades rurais. Eu assegurei ao tetrarca muitas vezes que ele nada tinha a temer de Jesus.

O conselheiro romano estava a ponto de fazer uma observação, mas Cláudia Prócula tomou-lhe a dianteira e disse com ênfase:

— Concordo contigo, Cusas, Jesus de Nazaré era um homem bom e devoto. Pôncio Pilatos jamais o teria condenado se os judeus não o tivessem forçado a isso.

Depois do jantar, Cláudia Prócula queixou-se de dor de cabeça e retirou-se para os seus aposentos. O médico acompanhou-a respeitosamente, para lhe preparar algum medicamento que lhe trouxesse alívio. Cusas ergueu-se também para conferenciar com sua mulher sobre assuntos domésticos, segundo afirmou. Mas o conselheiro romano e eu permanecemos reclinados à mesa e esvaziamos juntos uma taça de vinho. Ele bebeu com entusiasmo e tentou arrancar de mim notícias de Roma. Gostaria de saber algo mais sobre a influência de Sejano, mas eu tive o cuidado de não falar demais. Expliquei-lhe que um ano inteiro se passara desde que eu deixara Roma, e depois disto ele perdeu o interesse em mim. Pedi-lhe, por minha vez, notícias da corte e do tetrarca. Ele soltou uma gargalhada e respondeu:

— Eu te aconselharia pelo menos a não chamá-lo de "raposa" em público. Todos os descendentes de Herodes, o Grande, são vingativos e ciosos de sua dignidade. É verdade que são extraordinariamente bem-dotados e dissolutos, mas pelo menos permanecem leais a Roma, já que a Roma devem a sua posição. Acontece apenas que o seu parentesco é tão complicado que o mais seguro é não investigá-lo muito profundamente. Herodes, o Grande, era avô dessa Heródia e pai de Herodes Antipas. Os judeus têm, por conseguinte, toda razão em repudiar esse casamento. Por sorte, um tetrarca deve seguir suas próprias leis, do contrário os promotores se veriam em grandes dificuldades nas cortes de justiça. Em casos de crimes contra a vida, eu tenho o direito do veto, mas naturalmente não sou tolo para usá-lo. Tudo o que me interessa é reunir um pequeno capital, valendo-me de minha boa posição. E Tiberíades não é uma cidade das piores, para gente como nós. Que achas de nos embriagarmos e sairmos para dar uma volta pela cidade? Posso mostrar-te como se consegue viver agradavelmente mesmo entre os judeus, contanto que uma pessoa tenha senso bastante para não envolver-se em assuntos que não lhe dizem respeito.

Declinei do convite, pretextando estar com o pé doente, e ele mudou de tom, dizendo defensivamente:

— Naturalmente, tenho informantes em diversas cidades, e a legião mantém pequenas guarnições aqui e ali. Cuido para que nenhuma arma seja contrabandeada para dentro do país e também para que o tetrarca não acumule um estoque muito grande delas. Fico igualmente de olho atento em seus negócios exteriores. Por sorte, caiu ele no desagrado dos árabes, e a Pérsia se acha distante demais para um príncipe tão insignificante quanto ele. Em Roma, sou tido em muito bom conceito.

Perguntei-lhe como conseguia escapar do contágio da religião judaica num país que fervilhava de profetas e de homens santos. Ele fez um gesto com as duas mãos e disse convictamente:

— Não meto os dedos em caixa de maribondo. Instalamos a imagem de César, naturalmente, e oferecemos sacrifícios diante dela, a despeito dos modestos rogos de Tibério, mas é claro que não forçamos o povo a fazer o mesmo. Essa gente é ainda tão pouco civilizada que até os homens da corte se afastam envergonhados do teatro quando realizamos algum espetáculo. Nem por sonhos podemos permitir que um condenado seja de fato morto no palco, como acontece em Alexandria. Nas tragédias, temos que recorrer às usuais bexigas cheias de sangue. Os judeus não gostam nem mesmo de assistir a divertidas comédias obscenas. Não podemos nem pensar em encenar as farsas oscas.

Lembrei-me de algo e perguntei-lhe se alguma companhia de atores visitava Tiberíades no momento. Ele abanou a cabeça e respondeu:

— Não que eu saiba. A menos que o próprio tetrarca pague pelo espetáculo, é difícil persuadir qualquer dos habitantes daqui a fazer isto. O interesse pelo teatro não faz aumentar a popularidade de ninguém nesta terra, como acontece entre os povos dos países adiantados.

Nesse momento, ele resolveu se retirar, e Cusas acompanhou-o. Despedi-me deles respeitosamente, lá fora no pátio, enquanto subiam para suas liteiras, pois eu nada perdia em mostrar polidez àqueles dois homens influentes. O médico de Herodes aproveitou a oportunidade para percorrer o balneário e arrebatar um ou dois gordos clientes dos seus colegas, em benefício de sua bolsa. Logo que partiram, Cláudia Prócula mandou-me chamar e, apertando a cabeça entre as mãos, perguntou-me com voz débil:

— Maria Madalena soube alguma coisa de novo? Que mensagem te deu?

— Ela está esperando — respondi. — Ninguém parece saber nada além do que já sabemos.

— Tive notícia — falou Joana — de que no interior do país, na região de Naim, tem sido visto um homem que se acredita ser Jesus. Mas desapareceu de novo antes que os tranqüilos pudessem encontrá-lo.

Com devoção e boa vontade — Cláudia Prócula lamentou-se — fiz uma penosa viagem, para lhe dar oportunidade de me curar e recuperar assim a fama depois de sua ressurreição. Por que não aparece para mim? Não há nada que o impeça de fazer isso, uma vez que pode passar através de portas trancadas quando bem entende. Eu nem mesmo ficaria assustada, pois tenho tido horrendos pesadelos todas as noites. Estou ficando cansada de esperar. Esses banhos sulfurosos já estão me aborrecendo, e não sei que roupas usarei nas corridas. Apesar de todas as suas boas qualidades, Pôncio Pilatos é sovina, tendo vindo de um meio modesto. Sua mãe pertencera originariamente às tribos bárbaras da parte mais setentrional da Britânia, que se alimentam de turfas.

— Insinuei a Cusas algo sobre as vossas preocupações, — disse Joana. — Na sua opinião o tetrarca vos deve pelo menos um traje de seda, se quer realmente que honreis a competição com a vossa presença.

— Se ele tentar me impingir algum trapo velho de Heródia, tomarei isso como um insulto — observou Cláudia Prócula impetuosamente. — Espero que deixes isso bem claro. Não tenho o menor desejo de aceitar presentes de uma meretriz judia. Seja o que for que me derem, terá que vir das rendas externas do tetrarca.

Voltou-se para mim e explicou:

— Sabes melhor do que eu, Marcos, que não sou frívola — apenas uma mulher amargurada, que prefere viver retirada da vida pública. Mas já que consenti em aparecer em público, em considerações a Roma, devo vestir-me de acordo com a posição de meu marido. Todavia, estes são assuntos que nenhum homem pode realmente entender, diga o que disser.

— Não, na verdade não entendo isto muito bem — admiti. — É como se as corridas fossem mais importantes para vós do que Jesus de Nazaré, por cuja causa viestes aqui. Neste mesmo momento o filho de Deus ressuscitado está construindo um reino invisível à nossa volta. No entanto, o que mais vos preocupa é o que ireis usar para agradar aos chefes das tribos árabes e aos ricos criadores de cavalos.

— Já há excesso de coisas invisíveis em meus sonhos, todas as noites — retrucou Cláudia Prócula com acrimônia. — Experimento então todos os assombros do sobrenatural, não consigo mover um braço e nem mesmo gritar por socorro, embora a minha sensação seja a de que me ache no meu último alento. Quando a Lua está em quarto crescente o meu mal-estar aumenta, a tal ponto que temo perder a razão.

Deprimido e afogueado pelo vinho, voltei à estalagem grega. No caminho, sentada junto ao muro de um jardim, vi uma velha vestida de grosseiras roupas de aniagem, com a cabeça coberta, de forma que não pude ver quem era. Mas estava à minha espera. Saudou-me pelo nome e disse baixinho:

— Irei na frente, até a praia. Segue-me, mas não deixes que ninguém te veja.

Seguiu à frente e eu a acompanhei a pouca distância. Levou-me para uma parte deserta da praia, onde ninguém nos podia ver ou ouvir o que dizíamos um ao outro. Só então descobriu o rosto e vi que se tratava de Susana. Mas não sorriu nem me saudou com alegria. Pelo contrário, ofegava e suspirava, esfregando as mãos, como se algo de grave lhe pesasse na consciência e ela não soubesse como começar. Censurei-a severamente pela sua deserção e perguntei-lhe por Natã, pelos meus jumentos e também pela minha bolsa. Ela gemeu ainda mais amargamente e disse:

291

— É claro que nem eu nem Natã te abandonamos e que nada se perdeu. Ao contrário, Natã está usando os jumentos para carregar areia e argila para a nova casa da alfândega em Cafarnaum, a fim de não desperdiçar o tempo em que está a soldo teu. Ele prestará conta exata de tudo. Enquanto descansas aqui, os jumentos trabalham para ti e acrescentam bons dinheiros à tua fortuna. Mas na verdade não sei se faço bem ou mal em revelar-te os segredos. É evidente que jamais viria procurar-te se não me tivesses beijado na boca, apesar de ser eu um velho saco de ossos e já não ter quase nenhum dente, embora muitas mulheres galiléias da minha idade possuam dentaduras perfeitas. Não sei porque tinha que acontecer isto comigo.

— Não fiques aí a tagarelar sobre dentes — repreendi-a, — e dize-me imediatamente se ouviste alguma coisa a respeito de Jesus de Nazaré.

— Sim, sim, não há dúvida nenhuma. Que venham as repreensões. Posso dizer-te que Jesus de Nazaré apareceu há bem tempo para alguns de seus discípulos, à beira do lago, e comeu com eles, fazendo de Simão Pedro o seu chefe. Segundo entendi, nomeou Pedro o seu pastor, ao qual doravante caberá alimentar suas ovelhas. Mas que me leve o demônio se Pedro consentir algum dia em te alimentar e cuidar de ti, que não és filho de Israel e nem mesmo circuncidado. Não posso compreender porque teria escolhido logo Pedro para chefe, Pedro que o negou antes que o galo cantasse. Pedro é o mais forte e corpulento de todos, mas tem gênio violento demais para ser conselheiro dos outros.

— Eles próprios te contaram isto? — indaguei, duvidando.

Susana, com as mãos enfiadas entre os joelhos, suspirou e gemeu:

— Ai, como estão doloridos os meus pés! Jamais poderia ter feito a caminhada de Cafarnaum até aqui, mas deram-me lugar num barco de coletores de impostos dos heréticos de Tiberíades. Não passo de uma pobre e velha mulher, e ninguém me conta nada. Mas tenho bons ouvidos, e alguém tinha que limpar e salgar os peixes, guardá-los dentro dos potes, lavar a roupa dos homens e cozinhar para eles. Dessa maneira apanha-se uma coisa aqui, outra ali — e às vezes muito mais do que desejariam se fosse ouvido, mas todos eles acreditam que sou estúpida demais para entender alguma coisa. Sinto-me tão fraca e cansada e anelo tanto por Jesus que não consigo dormir. Às vezes desço até a praia, à noite, para orar. Se me acontece então ouvir algo que não era dirigido aos meus ouvidos, a culpa não é minha, antes

representa a vontade de Deus, pois isso dificilmente poderia acontecer contra a sua vontade, se os seus discípulos são realmente tão santos quanto acreditam ser — pois é evidente que impam de orgulho porque Jesus já se mostrou a eles muitas vezes, sempre a um grupo, ora aqui, ora ali, e lhes ensinou umas poucas coisas. Pedro, Tiago e João são o seus favoritos. Há como que um fogo em seus rostos, de modo que podemos vê-los no escuro sem o auxílio de uma lanterna.
— Natã é um homem honesto — ela prosseguiu. — Fez até mesmo um voto, e um homem é sempre um homem, eis porque acredito mais nele do que no meu próprio raciocínio de mulher. Diz ele que te sou devedora de uma mensagem, já que te mostraste tão generoso em me trazer contigo de Jerusalém para a Galiléia, embora os que são santos te tenham repudiado. Assim, para mim, foste o bom samaritano que Jesus costumava tomar como exemplo quando pregava. E um romano não me parece pior do que um samaritano, pois os samaritanos desprezam o templo e servem a Deus numa montanha de sua terra, celebrando a páscoa de acordo com suas próprias idéias. Mas os romanos nada sabem sobre coisa alguma e assim são inocentes — à exceção de ti, naturalmente.

E assim ela continuou a despejar o seu medo e a sua angústia numa torrente de palavras, até que por fim tive que interrompê-la e perguntar:

— Jesus de Nazaré, então, é o Messias, o filho de Deus, e ressuscitou?

— Na verdade, ele ressuscitou e anda pela Galiléia, tendo aparecido para muita gente — Susana respondeu e caiu em pranto. — Que ele me perdoe se estou agindo mal e cometendo uma torpeza, traindo-o ao te contar isto. Mas não pretendes prejudicá-lo, não é verdade?

— Mas por que ele não se revelou a Maria Madalena ou a Joana, ou a ti? — perguntei surpreendido.

— Meu senhor, somos apenas mulheres — retrucou Susana, genuinamente espantada. — Por que se revelaria a nós?

Levou a mão à boca, incapaz de conter o riso de uma idéia tão tola. Mas logo se tornou séria de novo e continuou:

— Os filhos de Zebedeu devem ter dito algo para Salomé, sua mãe, pois ela é uma mulher tão egoísta e ambiciosa que seus filhos não ousariam esconder-lhe nada. Mas Salomé pelo menos ainda não contou coisa alguma a nenhuma mulher. De uma coisa tenho certeza: a notícia correu por toda a Galiléia entre os que acreditaram nele e os que mereciam a confiança dos discípu-

los. Entre esses estão os setenta, que ele certa vez mandou que saíssem proclamando o seu nome, e também muitos dos tranqüilos. A mensagem correu de boca em boca, de aldeia em aldeia. O Senhor ressuscitou, ficai preparados. O tempo se cumpriu: ele permanece apenas quarenta dias na terra. Mas antes de partir chamará todos os seus à sua montanha para lhes dizer adeus. Quanto a mim, não sei se foi ele próprio quem fez a chamada, ou se foram os seus discípulos.
— Sua montanha? — repeti. — Que montanha é essa?
Mas Susana abanou a cabeça e declarou:
— Não sei, mas creio que seus fiéis e os tranqüilos sabem. Há muitas colinas para onde ele costumava retirar-se para orar, não só nas proximidades de Cafarnaum, como também do outro lado do lago, mas creio que essa deve estar localizada no centro da Galiléia ou nas proximidades das estradas, para que aqueles que tenham recebido a mensagem possam convergir para ela rapidamente, sem chamar atenção, quando vier o chamado. Há também referência a um medicamento da imortalidade, mas não sei se ele deu algo relativo a isso aos seus discípulos, ou se pretende distribuí-lo ao seu povo reunido na montanha.
— Susana — falei. — Não sei como agradecer-te por tua lealdade. Que ele te abençoe por tua bondade e por não me teres deixado no escuro. Irei com eles até a montanha quando chegar a hora, embora talvez me matem. Pede a Natã para que deixe os jumentos preparados e reserve um para ti também, se os outros não te quiserem levar.
— Sim, não há dúvida nenhuma — disse Susana alegremente —, eu já tinha pensado nisso e te abençôo, romano, por seres mais misericordioso do que o meu próprio povo. Meu coração estava consumido de medo, receando que eles se decidissem a partir de repente e me deixassem para trás, com meus pés feridos, impedindo-me para sempre de voltar a ver o meu Senhor. Mas agora acabas de me prometer que não me abandonarás, mesmo que os outros o façam.
Discutimos ainda se eu deveria jornadear até Cafarnaum, de maneira a ficar mais perto dos discípulos, mas Susana tinha receio de que me reconhecessem antes do tempo e desconfiassem de mim. A estrada principal da Galiléia passa, entretanto, através de Tiberíades, e ela achou que eu faria melhor permanecendo tranqüilamente onde estou, à espera de Natã e dela. Achava também que tanta gente iria afluir para a montanha, vinda de pontos tão diversos, que era impossível que todos se conhecessem.

— Quando chegar a hora, talvez se possa perguntar o caminho à maneira dos tranqüilos, mesmo que os discípulos desapareçam de Cafarnaum durante a noite e se ponham a caminho através das colinas.

Separamo-nos com essas promessas e esperanças. Susana voltou pelo caminho da praia, sem ter comido ou bebido nada, embora eu de boa vontade lhe pudesse ter dado o que quisesse. Estava receosa de que alguém nos visse juntos e informasse disso os discípulos de Jesus.

E assim a esperança entrou no meu coração e o acalmou, fazendo desaparecer a minha inquietação. Recitei intimamente a prece que Susana me ensinara, e acredito que não haja honrarias nem favores terrenos, nem sucesso ou sabedoria que eu não trocasse de boa vontade pelo reino de Jesus de Nazaré, se ele o abrisse para mim. Perscrutei as profundezas de minha mente, e creio que não é a imortalidade ou a vida eterna que desejo. Quero apenas que ele olhe para mim e me aceite como um dos seus.

Por alguns dias, depois do encontro com Susana, ocupei-me unicamente em registrar o que sucedeu.

DÉCIMA CARTA

MARCOS SAÚDA TÚLIA MAIS UMA VEZ:

Sinto, no fundo do coração, que já me separei de ti há muito tempo, Túlia. Sei que nada do que escrevi pode convencer-te. Se lesses isto, irias apenas zombar de mim e achar que os judeus viraram a minha cabeça. Entretanto, assalta-me a estranha convicção de que talvez um dia eu possa olhar-te e ver tuas roupas se desprenderem de ti e teu próprio corpo se tornar um envoltório supérfluo. Poderia então ver tua alma e fazer-te crer, como eu próprio creio. Acho que isto implicaria na renúncia de uma série de coisas que aprecias e que te traz prazer na vida. Mas se eu pudesse contemplar-te assim, nada disto teria mais valor para ti e desta forma estarias apenas renunciando a coisas desnecessárias. Todavia, semelhante idéia é completamente fútil. Uma tal fé só é possível para aquele que experimentou e viu os fatos por si mesmo. E muitos há que não acreditam, mesmo tendo-os visto com seus próprios olhos.

Vou narrar, porém, o que aconteceu depois. Um dia antes das corridas, Cláudia Prócula mandou-me um recado, comunicando-me, como se isso representasse uma suprema deferência, que me receberia em seu camarote, onde eu poderia sentar-me ao seu lado. Quando cheguei aos seus aposentos, encontrei-a vestida de púrpura, o que talvez fosse uma insensatez. Ela, porém, poderia alegar o seu parentesco afastado com César. Trazia os cabelos magnificamente penteados e na fronte um valioso diadema. Providenciara para mim roupas romanas e uma toga, enquanto um barbeiro se achava à minha espera, para barbear-me e frisar-me os cabelos.

— Já é tempo de deixares essa mania de judaísmo e te aprensentares como um romano entre esses bárbaros — falou Cláudia.

Chamei sua atenção para a tremenda confusão de vestimentas que predominava entre os freqüentadores do balneário, salientando que o próprio conselheiro romano deixara crescer a barba e adotara os trajes orientais, evitando assim fazer uma desnecessária exibição de sua nacionalidade na corte. Contudo, fui obrigado por fim a expor os meus verdadeiros motivos:

— Não fiqueis ofendida, Cláudia, mas não desejo ir às corridas. Pelo contrário, quero estar preparado para partir a qualquer momento, pois tenho motivos para crer que os seguidores de Jesus de Nazaré se estarão organizando em breve para ir ao seu encontro. Espero tomar conhecimento disto a tempo, para que possa seguir os discípulos de longe e descobrir o local do encontro.

— Isto não é novidade para mim — Cláudia Prócula retrucou asperamente. — Joana já sabe disto. Se eu fosse mais jovem e estivesse em Roma, e além do mais dispusesse de guardas de confiança que soubessem pôr tento à língua, também ficaria seduzida por essa aventura e iria para as montanhas, sob um disfarce. É numa montanha que se vão encontrar, não é?

— Por que Joana não me disse nada? — indaguei atônito. — Não confia em mim?

— Creio que lhe pediram para guardar silêncio — observou Cláudia com ar casual. — Todavia, prometeu falar a meu respeito com Jesus de Nazaré. Jesus tem fama de curar doentes à distância. Ou talvez dê a Joana um pedaço de roupa que tenha estado em contato com seu corpo. Logo, nada tens a fazer lá, Marcos. Volta a ser um romano novamente e toma juízo. Essas corridas constituem o maior acontecimento do ano em toda a Galiléia e terras adjacentes.

Encarei-a, incapaz de crer em meus ouvidos:

— Com que então trocais o filho de Deus por uma corrida de carros... — falei em tom de censura.

— Há tempo para tudo — foi a desculpa de Cláudia. — Os banhos fizeram-me bem e já não me acho tão perturbada do juízo quanto tu. Sinceramente, creio que perdeste todo o senso de proporção.

— Cláudia Prócula, — observei severamente, — vosso marido condenou-o à cruz, não importa quão cuidadosamente tenha em seguida lavado as mãos. Não tendes medo?

Cláudia Prócula abriu os braços:

— Marcos, eu fiz tudo o que pude para salvá-lo. Ele por certo deve saber disso, ou pelo menos virá a saber mais tarde. Além do mais, Joana me contou muito particularmente que tudo isto tinha que acontecer, para justificar as escrituras sagradas dos judeus. Assim sendo, ele na realidade deveria ser grato a Pôncio Pilatos por ter, sob a pressão dos judeus, ajudado a cumprir as sagradas escrituras. É certo que a filosofia judaica é obscura e complicada, mas tenho bons motivos para crer que Joana está com a razão. Além do mais, ela irá também às corridas, mesmo que isso possa retardar a sua ida às montanhas. Por aí podes ver como é importante esse acontecimento.

Nada pude fazer com ela, mas não ia permitir que o barbeiro me cortasse a barba. Ele apenas aparou-a e untou-a, dizendo que agora estava de acordo com o estilo usado pelos herodianos. O circo de Herodes Antipas não era muito vasto. Creio que não chegaria a comportar trinta mil espectadores. Seja como for, uma multidão ululante e excitada superlotava as suas dependências. Devia haver mais estrangeiros do que galileus nas arquibancadas.

Herodes mandara construir um palanque para Cláudia Prócula, em frente ao seu e do outro lado da arena, e de suas balaustradas pendiam ricas tapeçarias. Tudo indicava que ele queria manter-se em boas relações com Pôncio Pilatos, pois o camarote de Cláudia ficava apenas um degrau abaixo do seu. Instalara também camarotes para os chefes árabes e outros dignitários em visita, e os membros da corte tinham recebido instruções adequadas, pois quando Cláudia apareceu com o seu séquito foi aclamada, de todos os lados, com uma estrondosa ovação, a que o povo se aliou para dar expansão ao seu entusiasmo.

Vimos Heródia e sua filha chegarem ao camarote do tetrarca. Estava esplendidamente vestida, pelo menos era o que podíamos ver a distância. Cláudia Prócula suspirou e observou que aquela meretriz ambiciosa devia ter demonstrado mais consideração a ela e a Roma, vestindo-se um pouco menos pretensiosamente. Heródia também foi saudada com ruidosas palmas vindas de diversos pontos, mas o povo não se juntou aos aplausos e os estrangeiros logo silenciaram quando viram que os que aclamavam eram esmurrados, espancados e ameaçados de todas as maneiras. Heródia teve que se contentar com isso e se acomodou em seu lugar. Por fim, chegou Herodes Antipas, abrindo os braços numa saudação alegre a todos. Como querendo demonstrar sua desaprovação a Heródia, o povo se levantou e o aclamou com palmas e bater de pés.

Nesse momento entrou na arena um grupo de gladiadores, que se puseram a lutar aos pares ou em equipe. Suas armas, porém, tinham a ponta rombuda e não houve derramamento de sangue. Em respeito à lei judaica, Herodes não ousava permitir que os condenados lutassem na arena. Seus cavalarianos começaram a fazer então diversas demonstrações acrobáticas, até que o povo se pusesse a patear e a reclamar a presença das parelhas que iam correr.

Os carros eram realmente magníficos e soberbos os cavalos, à medida que uma parelha após a outra fazia a volta à arena, no desfile preliminar. Os coletores de apostas, munidos de grandes tábuas recobertas de cera, começaram a percorrer as arquibancadas, anotando as paradas. Os cavalos cor de azeviche pertencentes ao próprio Herodes Antipas pareciam ser os favoritos. Nem todas as parelhas eram de cores idênticas, pois os corredores de origem bárbara escolhiam seus animais nas cavalariças de seus patrões de acordo com suas próprias conveniências. As cores nas quais iam ser feitas as apostas eram tiradas apenas dos carros e das librés dos condutores. Os coletores de apostas anunciavam também, em altas vozes, a presença de uma parelha da Iduméia e de outra da Síria, as quais não exibiam nenhuma cor.

O último carro a entrar foi o pertencente a um príncipe árabe e seus cavalos tinham a alvura da neve. Os carros que o precederam, porém, já tinham formado aquela habitual e exasperante barreira à entrada, e os fogosos cavalos brancos tiveram que se ajoelhar quando o seu condutor se viu obrigado a refreá-los no momento em que se achavam a ponto de disparar a todo galope pela pista do desfile. Isto constituía um tão mau agouro que muita gente se pôs a rir. O condutor se irritou e aplicou na sua parelha uma valente chicotada, o que evidentemente os tornou ainda mais indóceis.

Numa corrida clássica e bem regulamentada, do tipo apreciado pelos entendidos — porque permite apostas racionais e porque se vai tornando mais sensacional à medida que as provas se sucedem — as parelhas são geralmente organizadas em grupos de duas, e cada dupla percorre a arena várias vezes. As parelhas derrotadas vão sendo retiradas da competição e a última corrida é disputada entre as duas remanescentes. Mas os bárbaros aqui gostam de velocidade e barulho e, para espanto meu, todas as parelhas foram alinhadas juntas, em lotes. Ouvi dizer que teriam que fazer a pista quarenta vezes. Tive pena dos cavalos, muitos dos quais iriam inevitavelmente quebrar as pernas, e achei impossível que numa competição dessa natureza alguém não perdesse a vida.

Mas, ao dar com os olhos na parelha branca à retaguarda, lembrei-me do que me dissera o solitário pescador e fiquei a conjecturar se teria coragem de arriscar dinheiro nela. Quando procurei informar-me a seu respeito disseram-me que tinha sido uma das favoritas, mas devido àquele incidente de mau agouro ninguém queria apostar nela. Em corridas estafantes como aquela, um par de cavalos vigorosos e um condutor de raciocínio rápido poderiam facilmente levar de vencida adversários mais velozes, se a sorte lhes sorrisse.

Cláudia Prócula levantou o braço e exclamou:

— A parelha de Herodes!

Os luzidios cavalos negros com seu condutor de pele trigueira de fato inspiravam confiança. Sua cor, entretanto, era a vermelha, pois nenhuma pessoa sensata iria arriscar dinheiro na cor preta. Cláudia voltou-se para mim, um tanto distraidamente, e disse:

— Creio que trouxeste bastante dinheiro, não?

Naturalmente eu devia ter adivinhado de antemão porque ela desejara tanto a minha companhia. Na verdade nunca vi mulher nenhuma arriscar o seu próprio dinheiro em apostas. Se elas perdem, não encontram nenhuma dificuldade em esquecer o empréstimo, se ganham, devemos nos regozijar se se lembram de nos devolver o dinheiro.

— Uma centena de dracmas — sugeri relutantemente.

Cláudia Prócula deu meia-volta para me olhar, com expressão de espanto.

— Marcos Mezentius Manilianus — falou. — Pretendes insultar-me? Ou será que te tornaste judeu? Dá-me pelo menos cem peças de ouro — e mesmo isto é pouco de mais para se gastar em tão esplêndidos cavalos.

Eu não tinha tanto dinheiro comigo, mas todos os banqueiros e cambistas de Tiberíades se achavam ali, movimentando-se entre os espectadores mais eminentes, e eles também aceitavam apostas. Gritei o nome que o banqueiro Aristaínos de Jerusalém me fornecera e indicaram-me um homem que, a julgar pelas suas feições e trajes, bem podia ser seu irmão gêmeo. Confiei-lhe o meu problema. Ele se prestou de boa vontade a me conceder um crédito, mas informou-me que seria difícil conseguir apostas vantajosas na parelha de Herodes. O melhor que poderia arranjar eram apostas com vantagem mínima, oferecidas por um ilustre idumeu, que dizia estar fazendo isso simplesmente como uma cortesia à mulher do Procurador da Judéia.

— Lembrai-vos de mim quando contardes o dinheiro depois da vitória! — gritou ele, a rir, para Cláudia Prócula, como se lhe tivesse feito um presente. Em seguida anotou a aposta na sua tábua encerada.

Examinei mais uma vez as parelhas, que eram mantidas em seus lugares com dificuldade. A demora tinha por objetivo não só dar tempo para serem feitas as apostas como também tornar os cavalos excitados e os condutores exasperados. Eu tinha quase certeza de que alguns carros iriam tombar logo no início da corrida. A parelha branca do chefe árabe estava evidentemente pouco habituada àquele tipo de partida em massa, pois escoiceava o seu carro e espalhava espuma para todo lado quando sacudia a cabeça e mordia os freios.

— Que vantagens me dás na parelha branca? — perguntei ao banqueiro.

Ele respondeu sorrindo:

— Se queres realmente perder dinheiro, eu mesmo aceitarei a tua aposta e te darei sete para um. Qual será a tua aposta?

Escreve aí quarenta peças de ouro de Marcos na parelha branca, a sete para um — decidi no último momento, quando Herodes já tinha erguido a sua lança.

O banqueiro anotou a aposta, e neste momento a lança se enterrou na areia, com o galhardete a tremular. Os condutores soltaram um brado e os carros partiram com estrépito. Os mais experientes inclinavam-se para trás, travando os cavalos com toda a sua força, deixando os mais afoitos tomarem velozmente a dianteira e quebrarem logo o pescoço. Mas era quase impossível refrear os impetuosos cavalos. As duas parelhas que iam na frente partiram a galope e os seus condutores se inclinaram para a frente usando os chicotes, a fim de se beneficiar o mais possível da vantagem inicial e fazer a volta ao poste em primeiro lugar. Era a única maneira de salvarem a vida e evitarem ser atropelados pelas parelhas que lhes vinham furiosamente nos calcanhares.

Não pude evitar de me pôr de pé de um salto e trepar no meu banco, pois jamais assistira a uma partida tão impetuosa. Os cavalos negros de Herodes avançavam habilmente através da compacta massa, e seu condutor usava o pesado chicote impiedosamente para afastar para um lado o seu competidor mais próximo. Vi a ponta do azorrague atingir nos olhos um dos cavalos da parelha branca, e tive a impressão de ouvir o estalo, do ponto em que me achava. O carro do árabe raspou pelo meio-fio de pedras, arrancando-lhe chispas, e foi por um milagre que a roda não se despedaçou.

Na segunda volta, a pesada parelha baia da cavalaria de Cesaréia chocou-se deliberadamente com a iduméia, fazendo o carro tombar. O condutor idumeu viu-se arrastado pela pista, preso às rédeas, até que um dos cavalos foi ao chão. A parelha baia tomou a dianteira, mas nesse momento o carro de Herodes rompeu por entre os outros e partiu em sua perseguição. O idumeu pôs-se de pé, cambaleante, com a metade do corpo banhado em sangue, e forçou o cavalo caído a levantar-se, agarrando-o pelas ventas. Conseguiu até mesmo colocar o carro na posição primitiva, para que pudesse continuar a corrida. Mas o cavalo ferido mancava tanto que estava praticamente fora de combate e apenas servia de obstáculo aos outros. Tive a impressão de que o condutor resolvera voltar à competição simplesmente para se vingar do romano.

Numa disputa dessa espécie, em que parelhas de forças mais ou menos equilibradas se atiram a galope pela pista, é de fato impossível conseguir uma vontagem de mais de uma volta. As parelhas na retaguarda barram a passagem, e o corredor que topa com ela pela frente estaria cometendo uma inominável loucura se tentasse ultrapassá-las. A parelha branca quase que se arrastava agora, pois o cavalo que levara a chicotada nos olhos ainda sacudia loucamente a cabeça, desatinado pela dor. O condutor se achava fora de si: atirava golpes a torto e a direito, praguejando, e quando passou diante do camarote de Herodes sacudiu o punho fechado para o tetrarca. A parelha negra, entretanto, estava quase alcançando a baia, com o seu pesado carro. Cláudia Prócula pôs-se de pé, soltando gritos e batendo no chão com suas sandálias douradas.

Perdi a conta das voltas e não conseguia acompanhar tudo o que estava acontecendo, mas de repente vi a parelha síria ser atirada para o centro da arena, com carro e tudo, como se lançada por uma catapulta. Os cavalos caíram de patas para o ar, e o condutor, com as rédeas ainda presas à cintura, foi atirado para o meio daqueles cascos que se agitavam loucamente. Não sei qual foi mais terrível, se o seu grito de agonia ao morrer, ou se o de um dos cavalos.

Pouco tempo depois os cavalos brancos, ao avançarem na direção de um dos postes de demarcação, imprensaram contra ele um dos competidores, fazendo tombar o seu carro. A parelha árabe, entretanto, nada sofreu. Isso talvez se devesse ao cavalo que ficara cego, pois se a sua vista esquerda estivesse perfeita ele não teria passado tão rente ao poste. Com risco da própria vida, o condutor do carro tombado conseguiu retirar seus cavalos da pista, levando-os para o centro, no momento exato em que surgia a parelha seguinte. Não pude deixar de admirar a perícia dos condutores. O homem viu os cavalariços virem correndo ao seu encontro, deu alguns passos em sua direção mas caiu ao solo, e não mais se levantou.

As apostas recomeçaram, em meio à intensa excitação. A parelha baia da coorte romana parecia ter conseguido novos apadrinhadores, e muita gente apostou nela contra a de Herodes, principalmente os árabes, que faziam sinal com os dedos, indicando as vantagens que exigiam e acenavam com seus mantos. Tendo abandonado as suas próprias cores, preferiam as dos romanos, ao invés das de Herodes. O condutor do carro de Herodes tentara diversas vezes passar à frente do romano, mas este seguia calmamente na dianteira, fazendo estalar no ar o seu chicote. Herodes se levantou, batendo com os pés no chão do camarote, e gritou ao seu condutor para que passasse na frente do outro. Todos os cavalos espumavam, e nuvens de poeira toldavam o ar, embora a pista tivesse sido cuidadosamente molhada antes da corrida.

Entretanto, o mais interessante de tudo era que, a despeito de todo o atraso que sofrera, a parelha branca, por sua agilidade, achava-se agora em terceiro lugar, embora o seu leve carro tivesse sofrido alguns fortes impactos. Os esplêndidos cavalos tinham-se recuperado ligeiramente e galopavam outra vez com admirável cadência. O que levara a chicotada levantou a cabeça e soltou um prolongado relincho. O condutor inclinou-se para a frente e falou-lhe qualquer coisa, depois do que o animal não tentou mais afastar-se do seu companheiro.

Outro carro tombou por ter perdido uma roda. O condutor conseguiu desviá-lo para um lado, de forma que ele tombou para dentro da arena, fora da pista, deixando assim livre o caminho para os outros. A roda que se soltara, porém, continuou em linha reta, e os cavalos baios, que vinham logo atrás, tiveram que dar uma guinada para se desviar dela. O carro de Herodes aproveitou-se da situação. Curvando-se para a frente, o condutor chicoteou os cavalos e conseguiu ultrapassar o romano. A multidão se pôs de pé, brindando-o com uma estrondosa ovação, e Cláudia Prócula pulava e gritava de alegria, embora fosse reprovável de sua parte demonstrar satisfação pela derrota das cores romanas. Todavia, sua atitude provocou aplausos dos que se achavam sentados nas proximidades, e muitos sorriram para ela.

O número de competidores diminuíra, mas o carro que seguia na retaguarda impediu que o condutor de Herodes se aproveitasse da vantagem conseguida. O idumeu ensangüentado, que estava com a metade do rosto toda escalavrada, voltou-se e olhou para trás, em seguida fez um aceno e afastou-se para um lado, dando passagem ao que o seguia. Depois voltou para a pista e postou-se deliberadamente na frente da parelha romana e diminuiu a velocidade. Isto aconteceu no meio de uma reta, e não numa das curvas, e o romano invectivou-o selvagemente, pois naturalmente tratava-se de uma manobra que ia contra todas as regras. Mas quem iria provar isto? Ele sempre teria uma desculpa para explicar o que fizera. Os árabes que tinham apostado dinheiro no romano protestaram também e sacudiram os punhos, mas nesse momento a parelha branca avançou velozmente, deixando para trás o romano e o idumeu, e fez a volta em primeiro lugar, colocando-se do lado de dentro da pista, onde ficou logo atrás do carro de Herodes. Os espectadores ficaram estarrecidos e por um momento interromperam os aplausos, pois jamais imaginariam que tal feito pudesse ser realizado.

Depois de fazer a volta ao poste, o romano tomou pela pista externa e facilmente se emparelhou com o idumeu. Poderia ter ultrapassado sem dificuldade a parelha machucada, antes da próxima volta, mas travou os cavalos e atingiu o idumeu na cabeça, deliberadamente, com o seu chicote, fazendo o homem cair de joelhos no seu carro. Esse gesto brutal fez a multidão prorromper em gritos novamente, e muitos aplaudiram, mas o ódio a Roma explodiu também, e vi muitos entrarem em luta corporal nas arquibancadas.

Mas isto durou apenas um momento, tal a rapidez com que tudo aconteceu. O idumeu ergueu-se com dificuldade e, obrigando os cavalos a um esforço final, tornou a ultrapassar o romano e atravessou o carro na sua frente. Já não se tratava mais de uma corrida e sim de assassinato. Os enormes cavalos baios atingiram em cheio a parelha iduméia e se esparramaram todos no chão. A parada súbita atirou o romano para fora do carro, e ele caiu de cabeça sobre as pedras do meio-fio, fraturando o crânio, apesar do capacete e dos protetores de couro, e ali ficou estirado, sem vida. O idumeu também morreu antes do término da corrida. Tinha recebido um violento coice de um dos cavalos.

O trabalho de desobstrução da pista após a colisão forçou as parelhas restantes a diminuírem a velocidade. O condutor de Herodes surgiu a berrar e a brandir o chicote, obrigando os cavalariços que levavam o corpo do romano a largá-lo no chão e a saltar para um lado para salvar suas vidas. O condutor tentou forçar os cavalos a passagem por cima do corpo, mas os animais não tinham sido treinados para ataque e se recusavam a pisar num homem caído. Refugavam violentamente e deram uma tão forte guinada no carro que por pouco não o fizeram tombar.

Nesse momento, andando quase a passo, o condutor do carro árabe passou com seus cavalos, deixando o carro de Herodes para trás. Uma roda bateu contra o meio-fio, subindo nele, mas o carro permaneceu em posição ereta e alcançou o poste de volta antes que o condutor de Herodes tivesse contornado o cadáver e conseguisse pôr seus cavalos em marcha outra vez. Por incrível que fosse, a azarada parelha branca se achava agora na frente, e não eram muitas as voltas que faltavam. Foi minha vez de pular e aclamar, e todos os árabes se juntaram a mim. Mas a pista de terra se mostrava agora tão cheia de depressões e saliências quanto um campo recém-arado e se tornara muito perigosa.

Pela primeira vez agora, o condutor da parelha negra perdeu a cabeça, e chicoteando os animais, tentou duas vezes passar à força pela parelha branca. Mas a agilidade e a cadência dos cavalos árabes vieram em seu auxílio. Como o seu carro era leve, o condutor não precisava passar muito rente ao poste e podia fazer uma curva ampla, aproveitando a velocidade, sem correr o perigo de que a parelha negra de Herodes se metesse entre eles e o poste.

Apenas mais outros três continuavam com a corrida. O árabe tentou ultrapassá-los pelo lado de fora, mas o condutor de Herodes berrou aos outros pedindo passagem. Dois deles obedeceram, intimidados, mas o terceiro, que guiava uma vigorosa porém lerda parelha na qual ninguém depositava a menor esperança, recusou-se a lhe abrir caminho. Mais uma vez o homem de Herodes recorreu ao chicote e, dando um arranco nas rédeas, fez sua roda roçar na do outro. Assim, com toda a facilidade, pela força do peso e da velocidade do seu veículo, conseguiu tombar o do seu rival. O condutor ficou gravemente ferido e teve que retirar-se da competição. Os dois outros prosseguiram cautelosamente, confiando que a sorte pusesse algum obstáculo no caminho dos dois principais concorrentes.

Mas isto não aconteceu. A bandeira foi acenada, e, velozes como andorinhas, os cavalos brancos galoparam para a vitória.

A assistência aclamou-os delirantemente, aplaudindo também os cavalos de Herodes, que chegaram logo depois. Os dois condutores continuaram a correr por algum tempo, lindamente emparelhados, depois refrearam os cavalos e se cumprimentaram mutuamente com fingido respeito, agradecendo um ao outro pela bela luta. O chefe árabe saltou por cima da balaustrada do seu camarote e correu pela pista, com o manto a esvoaçar, para o ponto onde se achavam os seus cavalos. Pôs-se a falar com eles e a acariciá-los, beijando, entre lágrimas, o olho inchado do que tinha levado a chicotada. Irromperam algumas brigas nas arquibancadas, mas os empregados do circo puseram rapidamente fim a elas. Os que tinham perdido as apostas trataram de fazer boa cara diante da derrota e aplaudiram o brilhantismo da corrida.

O banqueiro se aproximou para cumprimentar a mim e ao comerciante idumeu, pagando-lhe na minha presença as cem peças de ouro que Cláudia perdera. Em seguida, contou cento e oitenta peças de ouro e as entregou a mim. Assim foi que, depois de descontada a minha parada, meus ganhos somaram cento e quarenta peças, o que para muitas pessoas representa uma pequena fortuna. Por conseguinte, não guardei nenhum ressentimento contra Cláudia Prócula.

Convém lembrar que eu tinha sonhado com um cavalo branco na noite que se seguiu à tempestade. Por alguma razão o sonho fora tão vívido que fui despertado dele pelo meu próprio choro. Assim, é possível que eu tenha recordado o sonho e tomado tudo como um presságio, quando vi pela primeira vez a linda parelha branca, tendo talvez apostado nela por minha própria vontade. Isto é possível, mas não é certo. Os cavalos tinham caído de joelhos logo à entrada. Não importa quão cético se mostre em relação a presságios, nenhum homem sensato os despreza. Por conseguinte, achei-me na obrigação de procurar a moça que perdera o irmão, embora eu não tivesse nenhuma pista por onde começar a minha busca a não ser as palavras do solitário pescador, segundo o qual a moça, naquela noite, chorava a morte do irmão no teatro grego desta cidade.

Cláudia Prócula insistiu comigo para que a acompanhasse ao banquete de Herodes, embora eu não tivesse sido convidado. Sem dúvida achava que esse favor compensava as cem peças de ouro. Mas eu não tinha o menor desejo de me meter, sem ser convidado, no meio das muitas centenas de pessoas que, por razões políticas, Herodes achara necessário recepcionar, e Cláudia Prócula não se ofendeu quando me despedi dela, embora na certa me considerasse um tolo por não me aproveitar de uma tal oportunidade.

Com o esvaziamento do circo, as ruas de Tiberíades foram inundadas de gente de todas as raças, e fiquei firmemente convicto de que teríamos uma noite tumultuosa, a despeito dos guardas e legionários designados para manter a ordem. Encontrei o teatro grego sem dificuldade, mas nenhum espetáculo programado ali. Não obstante, os portões estavam abertos, e os visitantes pobres que não tinham encontrado acomodações na cidade pareciam ter instalado acampamento nos bancos da platéia. Alguns tinham até mesmo acendido fogo para cozinhar, de modo que se podia adivinhar o aspecto que o belo teatro teria no dia seguinte.

Desci as escadas entre o palco e a platéia, e ninguém me impediu de entrar no porão, onde ficam guardados os acessórios do palco e onde atores ambulantes às vezes passam a noite, quando não têm patrocinadores que lhes forneçam alojamento. Tudo estava deserto e vazio, com um ar levemente espectral, como sempre acontece aos porões dos teatros depois que os atores se foram, como se as personagens e as falas de todas as representações ainda pairassem invisíveis no ar. Esses sombrios porões de teatro sempre me fizeram pensar no reino dos mortos, segundo foi descrito pelos poetas. Não importa quão cheio de arrebatamento eu me achasse ao descer até eles, após uma representação, levando uma dádiva para alguma atriz que me deixara a alma em tumulto, sempre me invadia uma gelada sensação de irrealidade. Um ator que já despiu as roupas da sua personagem não é a mesma pessoa que se achava no palco.

Enquanto perambulava por aquelas salas subterrâneas, eu ia refletindo como ficara distante, e num espaço de tempo tão curto, a minha antiga vida e tudo o que costumava me causar prazer e satisfação. O passado era apenas uma lembrança que me pungia o coração ao refletir que jamais voltaria a sentir tudo aquilo outra vez da mesma maneira. Imaginei estar tendo uma alucinação quando vi um velho grego surgir com andar incerto do corredor escuro. Tinha uma barriga enorme e flácida, e seus olhos estavam empapuçados pelo abuso de bebidas; brandiu sua bengala para mim e perguntou, em meio a muitas palavras injuriosas, que é que eu procurava e como conseguira chegar até o porão do teatro.

Perguntei-lhe em tom apaziguador se alguém vivia ali. Ele se tornou ainda mais enfurecido e berrou:

— Referes-te àqueles egípcios vagabundos que me iludiram e me trouxeram azar, largando um cadáver nas minhas mãos? Eu ficaria mais satisfeito do que tu se pudesse apanhá-los.

— Informaram-me — falei — de que encontraria aqui uma moça que perdeu o irmão. Tenho um recado para ela.

O velho olhou-me com ar suspeitoso e perguntou:

— Então não és um deles? Prendi a moça aqui como garantia, tomei-lhe as roupas e os sapatos e não pretendo deixá-la ir enquanto a dívida não for paga até o último ceitil.

— Fui mandado aqui para resgatá-la — expliquei, fazendo tilintar a bolsa. — Leva-me até ela e não te arrependerás do teu trabalho.

Cheio de dúvidas e desconfianças, o velho levou-me pelo corredor afora e abriu a porta de um pequeno cubículo. Ali enxerguei, à luz que vinha de uma frincha na parede, uma moça magra e nua, encolhida num canto com os cabelos a lhe caírem pelo rosto, como se petrificada pela dor, pois nem se mexeu quando entramos. Não havia ali nem mesmo uma vasilha de água, nem comida, nem agasalho.

— Ela está doente? — perguntei.

— É uma moça perversa, arrancou-me a barba quando eu quis obrigá-la a dançar junto ao portão — falou o velho. — A cidade se encontra cheia de estrangeiros e alguém talvez lhe atirasse algumas moedas se ela dançasse. Deves compreender que me vi forçado a pagar pelo enterro do seu irmão, para que ninguém ficasse sabendo que tinham deixado um defunto aqui no teatro. E não é só isso absolutamente o que aqueles trapaceiros egípcios me devem.

Toquei no ombro da moça e atirei a minha bolsa no chão à sua frente.

— Mandaram-me trazer para ti cento e quarenta peças de ouro — falei em voz alta. — Paga o que deves, pede a devolução de tuas roupas e objetos, e estarás livre para ir onde quiseres.

Mas a moça nem se mexeu.

— Cento e quarenta peças de ouro! — exclamou o velho grego, fazendo um sinal com a mão direita para afastar o mal. — Era isso que eu temia. O vinho se esgotou e eu estou tendo visões e ouvindo vozes de espíritos. — Tentou apoderar-se da bolsa, mas eu tomei posse dela de novo, já que a moça não quis tocá-la. Perguntei-lhe quanto ela lhe devia.

Ele começou a esfregar as mãos, ergueu piedosamente para o alto os olhos empapuçados, enquanto resmungava e fazia contas consigo mesmo, dizendo por fim, astutamente:

— Não sou ganancioso, embora essa perversa moça me tenha trazido azar. Em números redondos, sua dívida é exatamente dez peças de ouro. Vou buscar suas coisas imediatamente e aproveitarei para trazer um pouco de comida e vinho. Ela provavelmente está enfraquecida demais pela fome para dizer alguma coisa, e não terás nenhum prazer com ela nesse estado.

Bateu no meu ombro e sussurrou-me:

— Cento e quarenta peças de ouro é um preço exorbitante para uma moça como esta. Deves estar fora do teu juízo. Bastava que me pagasse o que ela me deve. Poderias então levá-la contigo e fazer com ela o que te aprouvesse. Por apenas uma peça de ouro posso arranjar-te os papéis necessários para que se torne

legalmente tua escrava, com tua marca particular gravada em suas costas, pois ela não tem nenhum protetor.
Sem levantar a cabeça, a moça afastou o cabelo dos olhos e rosnou:
— Dá cinco peças de ouro a esse velho imundo e ordinário. Isto cobre a minha dívida e a de todos os outros muitas vezes. Depois dá-lhe por mim um pontapé na virilha.
Abri a bolsa e contei cinco peças de ouro. Tão satisfeito ficou ele que nem tentou regatear, apressando-se a ir buscar imediatamente as roupas da moça. Depois que nos atirou a trouxa com as roupas, gritou-nos que ia buscar vinho e comida. Joguei mais uma vez a bolsa para a moça e voltei-me para me retirar. Ela, porém, segurou-me e perguntou:
— Que queres de mim? Não posso dar-te nenhum prazer que valha cento e quarenta peças de ouro. Esta noite eu ia enforcar-me com meus próprios cabelos.
— Não quero nada — expliquei a ela. — Fui simplesmente mandado aqui com o dinheiro.
— Coisas assim não costumam acontecer — observou a moça incredulamente, e pela primiera vez levantou a cabeça e olhou para mim.
Para espanto meu, eu a reconheci: era Mirina, a dançarina que eu encontrara a bordo do navio de Jopa. Mas ela não me reconheceu logo, por causa de minha barba e de meus trajos judeus.
— Mirina! — exclamei. — Não tinha percebido que eras tu. Que aconteceu? Por que te sentes tão infeliz a ponto de quereres dar cabo da vida?
Mirina encolheu-se toda, cobrindo envergonhada os joelhos com os cabelos, e suplicou-me:
— Não olhes para mim agora. Pelo menos vira as costas enquanto eu me visto.
Desatando a trouxa, apanhou ela um pente, penteou os cabelos, prendendo-os com uma fita, vestiu um curta túnica e ajustou nos pés um par de vistosas sandálias. Em seguida começou a chorar amargamente e me apertou de encontro ao seu frágil corpo, comprimindo o rosto contra o meu peito e molhando de lágrimas o meu manto.
Afagando-lhe os ombros, falei-lhes algumas palavras confortadoras e perguntei:
— Teu irmão morreu realmente e é por isto que choras?
Sacudida por soluços, Mirina respondeu com dificuldade:

— Já chorei por ele. Creio que choro agora porque ainda há alguém no mundo que me deseja o bem. Se não tivesse vindo esta noite, amanhã eu estaria morta, sem ter ao menos um ceitil para levar na boca para o barqueiro.

Agarrou-se a mim com força e chorou ainda mais amargamente. Tive dificuldade em arrancar-lhe palavras inteligíveis, mas por fim ela se acalmou o bastante para me contar todas as desgraças que se tinham abatido sobre o grupo de artistas, desde que nos separáramos. Tinham ido até Peréia e dado espetáculo na cidade-recreio da legião, mas lá o grupo inteiro caiu doente, com uma febre. No caminho de volta, conseguiram sobreviver à custa de representações nos terreiros onde é batido o trigo, mas os judeus apedrejavam-nos. Em Tiberíades tinham tido esperança de programarem um espetáculo que coincidisse com as corridas, mas seu irmão morrera afogado enquanto nadava. Mergulharam em busca dele e o rolaram na terra, e Mirina tentara insuflar-lhe a vida soprando-lhe ar nos pulmões, mas ele não se reanimou. Levaram o corpo para o teatro, às escondidas, e o velho grego ajudara a enterrá-lo durante a noite, para que o teatro não precisasse ser purificado em conseqüência da presença declarada de um cadáver no prédio. Os outros artistas fugiram, deixando Mirina e seus pertences para trás, como penhor. Mas ela não conseguia mais dançar, tão aterrorizada ficara pelos apedrejamentos.

— Enquanto meu irmão era vivo tínhamos o apoio um do outro, e eu não me sentia tão só no mundo. Mas depois que morreu e foi enterrado, senti-me insegura e percebi que aonde quer que eu vá serei perseguida pelo infortúnio e pela maldade, e por isto não quero mais viver. Não consigo comer nem beber, meus membros estão paralizados, e eu não quero ver mais nada no mundo, nem ouvir, nem provar, nem cheirar mais nada. Já estou farta de tudo, e agora choro a perda do meu irmão.

— E a ti não consigo entender — continuou ela. — Teu dinheiro deve ser um novo tipo de mentira ou de armadilha, para obrigar-me a continuar com essa vida inútil e trazer novos infortúnios para mim. Não, não. Toma-o de volta e deixa-me morrer aqui sozinha, para que eu não venha a sofrer novas decepções, agora que já sei como é perigoso e desesperado o mundo.

O velho grego voltou trazendo pão e um prato de mingau, despejou vinho numa tijela, com mãos trêmulas, e ordenou a ela que bebesse.

— Vinde comigo até o quarto do vigia — disse-nos ele. — É melhor iluminado e tem uma cama. Posso torná-lo confortável para os dois.

— Creio que qualquer lugar serve par nós — respondi. — Deixa-nos sós, pois temos muito que conversar.

Ele prontamente nos deu permissão para ficarmos ali até na manhã seguinte, se quiséssemos. Disse-nos ainda, que, se desejássemos mais vinho, poderíamos consegui-lo com ele. Foi-se embora com o seu odre de vinho debaixo do braço, e Mirina começou a comer, a princípio com relutância, mas logo depois com melhor apetite, até que o prato ficasse vazio e não restasse nem uma migalha de pão. Depois que acabou de comer, perguntou:

— Que há de mal na minha dança e por que me amaldiçoaram por causa dela, de tal forma que já não confio mais em minhas pernas e estou cheia de medo? Tu me viste dançar no navio — sabes que não faço isto para seduzir ninguém, apenas para divertir o povo e despertar-lhe as emoções com os meus passos e feitos acrobáticos. Que importa se eu danço nua? Os panos me atrapalhariam os movimentos e me fariam perder o equilíbrio, e não há muito o que ver no meu corpo, pois não passa de um feixe de músculos bem treinados. Nem mesmo seios tenho. Não compreendo porque os judeus me apedrejaram tão impiedosamente.

Mostrou-me suas escoriações e uma esfoladura mal cicatrizada no couro cabeludo, dizendo:

— Pedimos comida numa aldeia e teríamos pago por tudo segundo nossas possibilidades, divertindo o povo com nossas canções, músicas e com minhas danças. Mas eles me teriam apedrejado até a morte se não fôssemos bastante numerosos. Sinto-me atormentada pela idéia de ter feito algo proibido e sei que jamais voltarei a dançar como antes.

Refleti sobre sua história e observei:

— Acho que sei a causa de sua ira. Ouvi dizer que a Senhora Heródia fez sua filha dançar diante do dissoluto Herodes, para induzi-lo a mandar executar um profeta judeu que falara mal de Heródia. Por causa disto os judeus devotos desta parte do mundo abominam todas as danças beréticas.

Mirina balançou a cabeça:

— Eu sentia orgulho de minha arte e amava a vida livre e variada dos artistas ambulantes. Mas fomos sofrendo infortúnios, um após outro, até que por fim era com medo e horror que eu via surgir cada novo dia. A morte de meu irmão foi o golpe final e me deixou completamente arrasada.

Todavia, depois de ter dado vazão à sua amargura, começou a se maravilhar. Desamarrou a bolsa, apalpou as peças de ouro e perguntou por que razão eu queria dar-lhe aquele dinheiro e como eu conseguira encontrá-la. Falei-lhe sobre o pescador solitário e sobre as apostas na corrida, dizendo por fim:

— Creio que aquele homem ouviu teu choro do outro lado do lago. Mas de que jeito, e como pode saber que teu irmão estava morto, não ouso nem mesmo tentar explicar. Seja como for, o dinheiro é teu, e tens plena liberdade para ir aonde quiseres.

Mirina franziu a testa pensativamente e pediu:

— Descreve-me esse homem. Tinha o aspecto de quem sofrera muito e se achava depauperado? Sua fisionomia era grave e doce, de modo que não conseguimos esquecê-la? Tinha feridas nas mãos e nos pés?

— Falas do mesmo homem — respondi. — Por certo já o conheces.

— Depois que fugimos dos judeus enfurecidos — Mirina me contou — nada tínhamos para comer senão espigas de milho que apanhávamos nos campos. Por fim fomos ter a um poço e decidimos passar a noite ali. Achavámo-nos inteiramente deprimidos. Então esse homem veio andando penosamente pela estrada e pediu: "Deixai-me beber também". Mas estávamos todos cheios de cólera contra os judeus. Os homens não o deixaram aproximar-se do poço, e meu irmão zombou dele, dizendo: — "Ainda que estivesses no teu inferno judaico, eu não enfiaria um dedo nágua para te refrescar, pois és um maldito judeu". — Mas tive pena dele, no final. Fui buscar água, dei-lhe de beber e lavei seus pés feridos, pois lhe faltavam forças para fazer isso ele próprio. Ninguém se opôs. Os artistas no fundo têm bom coração. Muito provavelmente meu irmão estava apenas gracejando e acabaria permitindo que ele se aproximasse do poço, mas naquele justo momento estávamos todos amargamente ressentidos com os judeus. Depois que bebeu e eu lhe lavei os pés, ele lançou-me um doce olhar, abençoou-me e disse: — "O que fizeste por mim, fizeste por aquele que me enviou. Por este teu gesto, muita coisa te será perdoada. Reis e príncipes invejar-te-ão porque me deste de beber quando eu tinha sede".

— Ele disse realmente isto para ti, Mirina? — indaguei admirado.

— Exatamente essas palavras. Elas me ficaram na memória, embora eu não compreendesse o seu significado. Mas guardei-as na mente por ser ele um homem tão singular. Eu me voltei para falar com os outros por um instante e nesse meio tempo ele desapareceu. Estávamos tão famintos quando nos deitamos para dormir junto ao poço que nos pusemos a mastigar casca de árvores, mas um pouco mais tarde surgiu uma velha na estrada, a olhar à sua volta como se procurasse alguma coisa. Trazia carne e pão de cevada num cesto e ofereceu-nos tudo. Nós lhe dissemos que não dispúnhamos de um ceitil com que lhe pagar a comida. Então ela falou isto: — "Pegai e comei. Prometeram-me que aquilo que eu desse por minha própria vontade me seria devolvido multiplicado". — Aceitamos os alimentos e comemos até que todos nos satisfizéssemos. Os homens acharam que os judeus tinham ficado receosos depois de nos terem tratado tão mal e que tentavam agora fazer com que nos reconciliássemos com eles. Mas a mulher recolheu os restos, guardando-os dentro do cesto, e seguiu o seu caminho. Tive idéia de que o homem fatigado se encontrara com ela e mandara que nos trouxesse comida, porque eu fora boa para ele. Quem é ele, se na verdade se trata do mesmo homem que encontraste do outro lado do lago?

Hesitei sobre o que deveria revelar-lhe, depois falei:

— Não sei e não compreendo nada. Seja como for, ele te deu uma recompensa principesca por aquele gole dágua. Mas nem em meus sonhos mais loucos eu poderia imaginar que iria encontrar-te aqui, Mirina, ou que era a ti que eu devia entregar os meus ganhos. Mas só posso tomar isso como um aviso e um sinal de que não foi por minha livre vontade apenas que embarquei naquele navio em Alexandria. A paz seja contigo agora, Mirina, e podes gastar o dinheiro como achares melhor. Preciso ir-me, pois espero uma mensagem.

Mirina agarrou-me firmemente pelo braço e forçou-me a sentar de novo no chão de terra, dizendo:

— Não, não irás, pois eu não permitirei. O homem de que me falaste não pode ser um homem comum. Não há ninguém que se comporte e fale dessa maneira.

Eu, porém, não tinha a menor intenção de revelar o segredo do reino a uma moça completamente estranha e de profissão tão duvidosa, e assim falei abruptamente:

— Já recebeste dele tudo o que podias desejar e mais ainda. Agora deixe-me em paz.

Mirina, enraivecida, enfiou a bolsa outra vez nas minhas mãos e falou com veemência:

— Pois fica com o teu dinheiro, e que ele te possa queimar a consciência enquanto viveres. Não me podes comprar com dinheiro, pois o dinheiro não cura a tristeza que sinto. Eu antes preferia enforcar-me. Diz-me de uma vez tudo o que sabes a seu respeito e depois leva-me até ele.

Vi que me tinha metido numa boa enrascada e queixei-me amargamente, dizendo:

— Seus atos não são os atos de um homem e não o entendo com o meu raciocínio humano. Não existem viúvas e órfãos judeus nesta terra, que veneram a Deus e buscam o reino? Por que então teria ele escolhido uma egípcia — uma moça que vem pecando desde a infância?

— Não sou uma egípcia vulgar — retrucou Mirina em tom ofendido. — Nasci numa das ilhas, filha de pais gregos de boa origem, e não sei o que pretendes dizer quando falas que venho pecando desde a infância. Não há nada de que me possa envergonhar na minha profissão, pois com ela levo alegria e distração ao povo. É claro que não pretendo afirmar que sou mulher de um homem apenas, mas são precisos dois para se cometer este tipo de pecado e não sei qual dos dois peca mais: se eu, ou o homem que se aproveita da minha pobreza e me faz pecar à custa de suborno. Mas abandonei a minha vida antiga, tão completamente como se já me tivesse enforcado. Quero uma vida nova e melhor. Isto o dinheiro não pode comprar. Assim, precisas ajudar-me como se fosses meu irmão.

Quase chorei. Mal conseguira livrar-me de Maria de Beret e já me achava às voltas com outra moça ainda mais estranha e mais perigosa. Mas eu tinha que contar a ela. Refleti sobre o que ia dizer, em seguida comecei a minha explicação:

— Não sei até onde conseguirás entender isto tudo, mas já viajaste pelo mundo e deves ter assistido a muitas coisas inexplicáveis. Tenho razões para acreditar que o homem a quem deste água junto ao poço e com quem eu falei à beira do lago é um certo Jesus de Nazaré.

— Mas ele eu conheço! — Mirina interrompeu, para surpresa minha. — Os legionários da Decápolis não falavam de outra coisa. Ele realizou milagres, curou os enfermos e até mesmo ressuscitou os mortos, tendo prometido estabelecer um reino para os judeus. Por causa disto foi crucificado em Jerusalém e seus discípulos roubaram seu corpo do túmulo, bem debaixo do nariz de Pôncio Pilatos, para que o povo acreditasse que ele ressuscitara dos mortos. Ou acreditas realmente que se levantou de sua sepultura e que o encontrei junto ao poço?

— Ele ressuscitou — respondi. — Por conseguinte é o filho de Deus, e acredito que tenha todo o poder no céu e na terra. Nunca houve antes coisa semelhante. Depois, ele veio para a Galiléia, dizendo ao seu povo que o seguisse. Devia estar a caminho daqui quando o encontraste. Prometeu aparecer para ele mais uma vez numa montanha.

— Mas — objetou Mirina com sólido bom senso, — como poderia sentir sede se era o filho de Deus?

— Como posso saber? — retruquei, aborrecido. — Eu mesmo apalpei os lanhos do açoite em suas costas, se de fato aquele era ele. Posso atestar que se trata de uma criatura de carne e osso. Ele é um homem entre os homens, e ao mesmo tempo o filho de Deus. Não me perguntes como e porque tem que ser assim, pois acredito que este seja o seu maior milagre e uma coisa que nunca antes aconteceu no mundo. Por conseguinte, o seu reino não pode ser simplesmente um reino terreno, como imaginam os judeus.

Mirina olhou à sua volta com olhos muito abertos, refletindo cheia de espanto sobre minhas palavras, em seguida disse:

— Se é como dizes, então ele te enviou aqui para que substituísses meu irmão, e não apenas para trazer-me o dinheiro. Dessa maneira ele nos uniu como se une um casal de pombos atando-os pelos pés. Eu também anseio por seu reino, seja ele qual for, pois deste reino daqui já estou farta. Vamos juntos para a tal montanha e nos joguemos aos seus pés, rogando-lhe que nos leve para o seu reino, já que te deu a mim como irmão e me deu a ti como irmã.

— Mirina — falei resolutamente, — não desejo nem me faz falta uma irmã. Esta é a verdade. Há um grande erro em tudo isto. De qualquer forma, não pretendo levar-te comigo até a montanha, pois nem eu mesmo sei se conseguirei encontrá-la. Quem sabe se seus discípulos não tentarão matar-me, julgando que eu esteja espionando seus mistérios sagrados? Deves compreender que eles acreditam que o reino pertence apenas aos judeus circuncidados. Não admitem nele nem romanos nem gregos, e nem mesmo os samaritanos — ninguém que não esteja disposto a aceitar a supremacia de seu templo. A história toda é muito mais complicada e perigosa do que imaginas. Mas se me prometeres ficar quieta e não me importunar, virei ver-te depois que eu encontrá-lo e contar-te-ei tudo a seu respeito, a menos que ele leve o seu povo para o seu reino imediatamente. Neste caso, não voltarei. Mas espero que guardes de mim uma boa lembrança, ainda assim.

Com um gesto violento, Mirina arremessou a bolsa na minha cabeça.

— Que assim seja, pois — falou com amargura. — Um homem que se está afogando agarra-se até a uma palha; eis por que me dispus a agarrar-me a Jesus de Nazaré e a aceitar-te como irmão, embora em nada te assemelhes ao meu irmão. Ele e eu nos entendíamos como uma meia palavra e um olhar; ríamos das mesmas coisas e achávamos graça em tudo — até na fome e na humilhação — para podermos suportar a nossa desgraçada vida de artistas. Segue o teu caminho, homem de coração empedernido, que julgas poder comprar uma pessoa com dinheiro! Apressa-te a ir para a tua montanha com o espírito alegre. Mas gostaria de saber que espécie de reino é esse que consente em te aceitar, depois de me teres deixado entregue à tristeza e à morte. Ó homem rico, que sabes sobre a insegurança? Encarei-a e vi pelo brilho de seus olhos verdes que estava mesmo disposta, por força da sua dor e do seu louco desespero, a enforcar-se de fato, ainda que fosse para me aborrecer. E falara com tanta convicção que a dúvida começou a me corroer a mente. Talvez Jesus de Nazaré desejasse que eu cedesse e aceitasse Mirina como irmã, não importa quão despropositada me parecesse essa idéia. Comecei a perceber que o seu reino não era um lugar inteiramente agradável e que fazia exigências difíceis de serem satisfeitas.

— Mirina, minha irmã — falei com azedume, — partamos juntos, pois, e não me culpes pelo que possa acontecer.

Mas isto não satisfez Mirina.

— Não me fales com tanta aspereza — retrucou. — Se pretendes levar-me contigo, que seja de boa vontade, como um irmão. Do contrário, não vejo razão para te acompanhar.

Não me restou outra coisa a fazer senão abraçar fraternalmente o seu frágil corpo, beijar suas faces e confortá-la com palavras amigas. Ela ainda derramou algumas lágrimas, mas logo em seguida nos pusemos a caminho, e o velho grego, sentado na portaria a resmungar junto a um jarro de vinho, não nos tentou deter.

O Sol acabara de esconder-se por trás das colinas e inumeráveis lampiões e lanternas de alcatrão iam sendo acesos por toda a fervilhante cidade. Eu me achava com tanta pressa de voltar à estalagem que me esqueci de que Mirina precisava de novas roupas. Por causa de seus trajes de dançarina e de suas vistosas sandálias, muitos passantes lhe dirigiram gracejos, e tive grande dificuldade em levá-la para fora da cidade e até as termas sem que a molestassem. Achava-me convencido de que os discípulos de Jesus se iam pôr a caminho naquela noite mesma, pois melhor ocasião não poderiam encontrar: milhares de pessoas estariam deixando Tiberíades no dia seguinte, e nenhum peregrino que se destinasse à montanha chamaria atenção nas estradas. Eis porque eu tinha pressa.

Foi somente depois que alcancei, ofegante e afogueado, a estalagem grega, com suas brilhantes luzes, é que percebi ter cometido uma tolice. O respeitável estalajadeiro, habituado a assistir impassível a todos os caprichos dos ricos, achegou-se a nós, examinou Mirina de alto a baixo e observou com ar de reprovação:

— Romano, és um caso perdido. Primeiro, trazes uma mulher judia para satisfação de teus desejos, e eu nada disse, já que a conservavas em teu quarto por trás de cortinas descidas. Mas trazer para aqui, numa noite de festa, uma dançarina vagabunda que, tão logo adormeça, sairá do teu quarto para se oferecer aos outros hóspedes por um punhado de dracmas, causando-me aborrecimentos e roubando-me as roupas da cama — isto é demais. Tenho bastante experiência com dançarinas.

Coloquei-me na sua posição e examinei Mirina, notando quão amarrotado e cheio de manchas se achava o seu curto manto de bailarina; como estavam desbotadas suas lindas sandálias e quão sujos se achavam os seus joelhos. Seu rosto ainda estava inchado de chorar, era de se supor que acabava de sair de uma orgia. Trazia debaixo do braço a flauta de bambu do irmão, e flautas não constituem uma boa recomendação para ninguém que deseje um quarto numa estalagem de luxo. Dei razão ao homem, e Mirina manteve os olhos baixos, achando melhor ficar calada, embora fosse quase certo que tivesse muito o que dizer. Contudo, irritaram-me as palavras do estalajadeiro, já que indicavam ter ele em pouca conta a minha capacidade de julgamento, embora eu fosse um cidadão bastante viajado. Fui trazido de volta à realidade pelo desarrazoado daquela situação. Falei então, levando as mãos à cabeça:

— Tu te enganas inteiramente, meu bom homem! Esta moça é minha irmã. Brigamos quando nos achávamos a caminho daqui, a bordo de um navio de Alexandria, e ela para me desafiar juntou-se a um grupo de artistas ambulantes. Encontrei-a no teatro de Tiberíades e ela já se cansou de toda a aventura. Espera até que ela se lave, penteie os cabelos e ponha roupas decentes.. Para resguardar sua reputação, guarda segredo disto e não te arrependerás.

O hospedeiro não acreditou inteiramente no que eu dizia e pôs-se a resmungar consigo mesmo irritadamente que nem o mais bêbado dos bêbados poderia ter tido aquela louca idéia de trazer para uma estalagem uma meretriz com a desculpa de que se tratava de sua irmã. Mas quando viu que eu não estava embriagado e que já conhecia Mirina há mais tempo, não a tendo simplesmente apanhado na rua, ele nos deixou entrar e mandou chamar uma escrava para levar Mirina até o banho, um barbeiro para frisar-lhe os cabelos e um vendedor de roupas que levasse até o meu quarto os trajes que eu iria escolher para ela. Tudo o que eu desejava era comprar-lhe um traje de viagem decente e discreto, mas quando ela voltou do banho insistiu em experimentar todas as roupas pondo-se a se examinar de todos os lados na frente de um espelho seguro pela escrava, até que me cansei de tudo e me atirei de bruços sobre o leito, tapando os ouvidos para escapar à sua intolerável tagarelice.

Quando Mirina percebeu que eu estava seriamente aborrecido, jogou longe as roupas, despachou a escrava, tocou-me de leve no ombro e disse:

— Os óleos perfumados, os novos penteados e as boas roupas minoram as mágoas e as decepções de uma mulher. Mas procura lembrar-te de que meu manto esfarrapado e minhas gastas sandálias me seriam incomparavelmente mais caros se eu pudesse usá-los enquanto compartilhava de um pedaço de pão de cevada com meu irmão. Podias pelo menos fazer um esfôrço e rir, como eu, quando procuro divertir-me e espantar os negros pensamentos que me ocupam a mente.

Apertei a cabeça entre as mãos e falei:

— Ah, irmã, alegra-me ver que encontras alívio para a tua dor, mas tua angústia me contamina. A noite já vai avançada e meu temor aumenta com cada hora que passa. Não sei de que tenho medo, mas em meu coração oro a Jesus de Nazaré para que não nos abandone. Não me fales de penteados e roupas. Não me importa o que eu vista, ou o que coma e beba, agora que a hora da consumação se aproxima e que ele em breve vai aparecer aos seus.

Mirina comprimiu-se de encontro a mim, passou os braços à minha volta, apoiando o magro rosto no meu ombro, e disse docemente:

— Foi com sinceridade que me chamaste de irmã ainda há pouco? Se assim foi, não peço mais nada. Era assim mesmo que eu costumava dormir nos braços do meu irmão, com a cabeça apoiada em seu ombro.

Poucos instantes depois ela adormecia em meus braços, sacudida por leves soluços mesmo durante o sono. Mas eu me sentia inquieto demais para dormir. A cochilar, vi-me assaltado por uma fantástica visão. Envelhecera, minha cabeça se tornara grisalha e eu vagava descalço pelo deserto, ao longo de um caminho interminável, envolto num manto esfarrapado. Ao meu lado, com o rosto macilento e descarnado, caminhava Mirina, levando uma carga às costas, e logo atrás, montada num trôpego jumento, vinha Maria de Beret, tão gorda e com a boca tão contorcida pelo desgosto que foi apenas pelos seus olhos que a reconheci. Bem longe, à nossa frente, seguia uma radiosa figura, que de vez em quando se voltava e olhava para trás; entretanto, por mais que me apressasse, tinha certeza de que jamais a alcançaria.

Quando despertei desse sonho achava-me banhado de suor. Se aquilo era realmente uma previsão do meu futuro e se era aquele o reino que Jesus de Nazaré oferecia aos seus seguidores, eu não me achava muito certo de que desejava participar dele. Recordei-me de que ele me previra outras desgraças, naquela noite à beira do lago, se de fato aquele homem era ele. Fui assaltado por uma tentação e pareceu-me que uma escuridão mais negra que a escuridão da noite se juntou à minha volta, tomando a forma de uma coisa viva, e tentou enlaçar-me.

— Jesus de Nazaré, filho de Deus, tem piedade! gritei no meu tormento. As trevas se afastaram. Juntando as palmas das mãos, recitei a oração que Susana me ensinara. Quando acabei de balbuciar as últimas palavras, "assim seja", adormeci tranqüilamente, e meu sono se prolongou até o amanhecer.

Fui despertado por um movimento de Mirina ao meu lado. Através das frinchas da janela vi a pálida madrugada. Mas Mirina olhava à sua frente, com os olhos brilhantes e a face sorridente, exclamou:

— Oh, meu irmão Marcos! que sonho maravilhoso! — E contou-me o sonho: — Subíamos por uma escada incandescente, tu e eu e alguém mais, o fogo não nos queimava, e subíamos sempre, e tudo ia-se tornando cada vez mais claro. Quando começaste a ficar cansado e relutavas em prosseguir, tomei-te pela mão e te ajudei. Foi o sonho mais lindo que já tive. Significa algo de bom.

— Eu também sonhei — disse-lhe, e assaltou-me a idéia de que talvez os dois sonhos tivessem a mesma significação; pois pode-se encarar o mesmo fato de diversas maneiras.

Nesse momento bateram à porta e entrou um servo, com ar sonolento e assustado, e disse:

— Não fiqueis aborrecido, senhor, mas há alguém lá embaixo que está à vossa procura. Eu jamais ousaria vir acordar-vos, se não fosse por aquele homem obstinado, com seus dois jumentos. Diz ele que deveis partir imediatamente.

Joguei o manto sobre os ombros e desci apressadamente. O Sol ainda não tinha nascido. A tiritar de frio, dei com os olhos em Natã e soltei um grito de alegria. Até mesmo ele se achava tão cheio de impaciência que esqueceu a sua taciturnidade e me informou:

319

— Eles deixaram Cafarnaum esta noite. O aviso foi dado a todos. Partiram em grupos separados, cada um com sua família e seus parentes. Levaram Susana também, e eu dei a ela um dos jumentos. Emprestei outro a Simão Pedro, cuja sogra é idosa e doente. Achei que talvez fosse conveniente que ficasses em boas relações com ele, embora ele ainda não saiba a quem pertence o jumento que lhe foi emprestado. Mas não creio que repudiarão ninguém que tenha recebido a mensagem, pois hoje é um dia de graça. Nesta noite mesma talvez seja fundado o reino de Israel.

— Devo levar a minha espada? — perguntei apressadamente.

— Não — volveu Natã. — Ele disse: "Aquele que leva uma espada perecerá pela espada". Ele pode convocar uma legião de anjos em seu auxílio, se precisar. Apressemo-nos agora e partamos para a montanha.

Perguntei-lhe se a montanha ficava longe, e ele me disse que sabia onde era e como chegar até lá, e que teríamos um longo dia de jornada. Na sua opinião, seria mais prudente chegar ao anoitecer, para não atrair atenção. Pedi-lhe que tivesse um pouco de paciência enquanto eu ia vestir-me e avisar a minha companheira para se preparar.

Só depois que voltei acompanhado de Mirina é que percebi que Natã imaginara que Maria de Beret ainda estava comigo. Lançou um olhar perplexo para Mirina, em seguida olhou-me com ar de censura. Senti-me culpado, como se tivesse traído a sua confiança, mas tratei de me defender calorosamente, dizendo:

— Esta moça é uma estrangeira como eu, mas perdeu o irmão e eu a adotei como minha irmã. Tem compaixão dela em nome de Jesus de Nazaré. Se não consentires que nos acompanhe, também não poderei ir contigo, pois prometi levá-la à montanha.

Desci no conceito em que me tinha o circunspecto Natã, e ele deve ter-me julgado um linguarudo. Mas apenas ergueu as mãos para o alto e aceitou a minha decisão sem protesto. Seu alívio era evidentemente tão grande, depois da longa espera, que teria dado permissão ao próprio Herodes para nos acompanhar. Senti-me cheio de euforia e pensei comigo que até mesmo os discípulos, na sua jubilosa expectativa, deixariam a Jesus o direito de escolher a quem ele iria receber e quem iria rejeitar.

Natã levou-nos por um atalho através da cidade até a estrada principal que rumava para o interior. Como eu previra, inúmeras eram as pessoas que se achavam a caminho, depois de terem assistido às corridas e passado a noite em Tiberíades. Quando começamos a subir entre as colinas, olhei ao meu redor apreciando o belo panorama do Mar da Galiléia e da cidade com suas arcadas. A estrada lá embaixo fervilhava de gente e à nossa frente nuvens de pó pairavam no ar, indicando-nos o caminho.

A pequenos intervalos ao longo da estrada, e junto a todas as pontes, achavam-se postados legionários. Os oficiais romanos tinham evidentemente decidido estender a sua rede por toda a região, pois os legionários faziam parar todos os veículos, jumentos, camelos, cavalos e juntas de bois, e exigiam o pedágio. Aos que viajavam a pé não cobravam nada, mas de tempos em tempos faziam parar um ou outro peregrino, que consideravam suspeito, e o interrogavam, certificando-se de que não se achava armado.

À medida que descíamos as encostas na direção do interior do país, parecia que toda a Galiléia se tornara um vasto jardim, tão próximas se achavam umas das outras as terras cultivadas ao longo do caminho. Muitos peregrinos, receosos dos romanos, deixavam a estrada quando percebiam um posto de fiscalização. Mas os camponeses, por sua vez, surgiam correndo na estrada, a proferir queixas e invectivas contra os que, na sua tentativa de escapar aos guardas, pisavam nas suas plantações e danificavam os seus vinhedos cercados.

Ninguém nos deu busca ou nos interrogou, embora tivéssemos que pagar pedágio três vezes, por causa dos jumentos. Ao meiodia, fizemos alto junto a um poço e deixamos que os jumentos descansassem enquanto comíamos. Foi então que me lembrei de algo que me encheu de ansiedade. Perguntei a Natã se Maria Madalena recebera o aviso ou se eu teria que voltar para buscá-la. Natã tranqüilizou-me dizendo que os que aguardavam a mensagem a tinham recebido.

Enquanto repousávamos, fiquei a observar as pessoas que passavam apressadas, sem se permitir um momento de descanso, mesmo na hora mais quente do dia, e tentei adivinhar quantas delas também se achavam a caminho da montanha. Vi alguns radiantes de jubilosa expectativa e aparentemente indiferentes à poeira do caminho ou à fadiga. Mas os que voltavam das corridas caminhavam de cabeça caída e pareciam cansados de tudo. Muitos tinham cortado ramos verdes para se proteger do Sol, pois o dia estava muito quente. Surgiu um belo rapaz, servindo de guia a um velho cego.

No momento mesmo em que nos preparávamos para continuar a jornada, ouvimos ao longe gritos de advertência e o surdo rumor de rodas e cascos, e a parelha cinzenta da corrida da véspera passou velozmente. O condutor tivera que esperar, junto com um lote de veículos, ao passar pelo posto de fiscalização, e agora procurava recuperar o tempo perdido, sem se preocupar com-os viajantes a pé. Pareceu-me que não tardaria a atropelar alguém, correndo àquela velocidade numa estrada tão cheia de gente.

Quando alcançamos a próxima curva, verificamos que de fato tinha havido um acidente. Um grupo de pessoas se achava parado ali, a sacudir o punho fechado na direção do carro, que já se encontrava bem distante. O jovem que guiava o cego conseguira empurrar o seu companheiro para fora da estrada, mas ele próprio ficara gravemente ferido. Levara uma pancada na cabeça — sua testa sangrava — e parecia ter também quebrado a perna, pois não conseguiu firmar-se nela quando tentou pôr-se de pé. O cego pôs-se a reclamar raivosamente, não tendo entendido inteiramente o que se passara.

Quando o povo percebeu que alguém precisava de ajuda, tratou de debandar às pressas e seguir o seu caminho. O rapaz limpou o sangue do rosto e apalpou desajeitadamente o pé. Observei-o com curiosidade, refletindo que ele devia dar graças à sua boa estrela pelo fato de ainda estar vivo. Ele devolveu-me o olhar, com os dentes cerrados, depois voltou-se para o cego e com umas poucas e veementes palavras induziu-o a acalmar-se. Teríamos continuado o caminho, mas Mirina gritou a Natã para que parasse e saltou com ligeireza de cima do seu jumento. Ajoelhando-se ao lado do rapaz, pôs-se a apalpar sua perna com as duas mãos, em seguida gritou para nós:

— Está quebrada.

— Se já está satisfeita a tua curiosidade — observei friamente — continuemos o caminho, pois estamos com pressa.

O rapaz dirigiu-se a nós:

— Israelitas, por piedade, tende compaixão de meu pai que é cego. Somos gente honesta, mas meu pai perdeu a vista e lhe prometeram que alguém poderá curá-lo contanto que alcance o homem milagroso esta noite. Amanhã será tarde demais. A minha pessoa não conta em tudo isto, mas suplico-vos que leveis meu pai convosco até a borda da planície de Nazaré. Ali há de surgir alguém que o ajude e o leve ao caminho certo.

— São muitos os caminhos e muitos os falsos guias — interpôs Natã. — Tens certeza de que tu próprio conheces o caminho, moço?

O rapaz mostrou um sorriso radiante, a despeito da dor, o que lhe emprestou grande beleza, sentado ali no chão com seu rosto cheio de sangue.

— Existe apenas um Caminho — falou jubilosamente.

— Neste caso, seguimos todos na mesma direção — observou Mirina, lançando-me um olhar inquisitivo.

Relutantemente apeei do meu jumento e disse:
— Vem, homem cego! Ajudar-te-ei a montar no meu jumento e seguirei a pé.
— Se vamos todos para o mesmo lugar — sugeriu Mirina — e se estes dois se acham a caminho da montanha — por que deixaremos o moço para trás? Sem dúvida podemos atar seus ferimentos e colocá-lo no meu jumento. Estou habituada a caminhar.
— Não gostaria — respondeu o jovem — de vos causar nenhum transtorno. Mas se somos filhos do mesmo pai, ele por certo há de vos abençoar, se me ajudardes.

Achei difícil aceitar a idéia de que um pobre galileu com a perna quebrada e um velho cego a resmungar tão irritadamente consigo mesmo fossem iguais a mim e tivessem tanto direito quanto eu — ou talvez mais, por serem judeus — de buscar a Jesus Nazaré. Mas quando percebi quanto era justo que assim fosse, agradeci a Mirina por ter sua bondade inata feito desvanecer-se a minha obtusidade, e juntos lavamos o rosto do jovem, amarramo-lhe um pano à volta da cabeça, ajustamos talas a sua perna e lhe cortamos um bom cajado em que se apoiar, o que lhe permitiu ir pulando numa perna só até onde se achava o jumento. Nesse meio tempo, seu pai montara o outro animal e se achava pronto para partir; ouvia com impaciência o que fazíamos e subitamente bradou com voz autoritária:

— Quem é essa moça cuja voz ouço e que sabe apenas umas poucas palavras da nossa língua? Não permitas que ela te toque, menino, não fales com ela — nem mesmo a olhes — do contrário ficaremos conspurcados em nossa santa jornada.

O jovem fez um ar contrafeito e disse:
— Meu pai conhece a lei e a tem seguido escrupulosamente toda a sua vida. Não é por falta de piedade que ele se aflige assim. Procurai compreendê-lo. Ele não quer tornar-se impuro antes de encontrar o homem milagroso.

Apesar de toda a sua má vontade, o cego agarrava-se firmemente ao jumento, com as duas mãos, de tal forma que mesmo com o emprego de força se tornaria difícil arrancá-lo dali. Meus bons propósitos se desvaneceram e eu o censurei severamente:
— Tua própria raça te abandonou no meio da estrada. A moça é grega e eu sou um herético incircunciso, embora me vista à maneira hebraica. Espero que pelo menos meu jumento não vá conspurcar-te, já que te agarras a ele tão firmemente.

— Não precisas te arrecear deles, homem cego. — Natã interpôs conciliadoramente. — Eu mesmo sou um dos filhos de Israel e pertenço aos tranqüilos. Eles buscam o mesmo Caminho que eu. Fica sabendo que eu outrora vivi no deserto, numa casa fechada, onde aprendi a ler as escrituras, distribuí minhas possessões entre os filhos da luz e compartilhei de suas refeições. Mas não fui feito para ser escriba, e assim deixei o deserto e saí em busca de um novo mestre da virtude, e acompanhei o profeta com o manto de pêlo de camelo, que proclamava estar próximo o reino; e ele me batizou. Depois o mataram e eu fiz um voto de silêncio, para que não me sentisse tentado a falar daquilo que só um verdadeiro mestre da virtude pode saber. Mas a hora chegou e está aqui. Assim me liberto de minha promessa. Acredita-me, homem cego: neste momento e entre todo esse povo, não há em nenhuma de nossas tribos um único homem que se ache limpo e livre do pecado. Abluções e sacrifícios não podem purificar-te, e nem o mais legítimo dos mestres pode fazer isto. Mas o verbo se fez carne e habitou entre nós, embora não o conhecêssemos. Ele foi crucificado e se levantou da sepultura para nos livrar de todo o pecado. Se acreditares nele, te devolverá a visão. Mas se te consideras mais puro do que nós, não creio que ele possa curar-te.

O cego lamentou-se em altas vozes e com uma das mãos procurou a costura do seu manto, para que pudesse rasgá-lo. Mas o filho travou-o, dizendo:

— Estes estrangeiros deram mostras de piedade quando os sem mácula nos abandonaram. Não te mostres inflexível e não ofendas a eles. O Sol de nosso pai ilumina igualmente aos bons e aos maus, aos filhos de Israel e aos heréticos. Não julgues que possa brilhar mais intensamente que o seu Sol — tu que já foste atingido pela cegueira.

Mas o cego ordenou-lhe que ficasse calado e pediu a Natã que levasse o seu jumento um pouco mais para a frente, a fim de que não ficássemos muito próximos dele. Mirina e eu deixamonos ficar para trás, mas o jovem retardou a marcha do seu jumento para se emparelhar conosco, olhou-nos com expressão franca e explicou:

— É duro para um homem idoso libertar-se de velhas coisas, mas vosso guia tem razão. Não há nenhuma pessoa virtuosa na terra. Embora eu me esforce o mais que possa para obedecer aos mandamentos e à lei, não estou livre do pecado. Não me considero melhor do que nenhum herético e jamais acreditaria que a vossa compaixão pudesse conspurcar-me.

Olhei para ele. Sua face se mostrava esverdeada pela dor, e ele trincava os dentes no esforço para se manter em cima do jumento. Falei:

— Teu rosto é puro e teus olhos são límpidos. Não creio que cedesses prazerosamente ao pecado.

— Deus criou o homem à sua imagem, explicou ele. Mas devido ao erro dos nossos primeiros pais, Adão e Eva, a imagem de Deus se tornou esmaecida em mim e na sua presença eu me sinto nu e envergonhado.

— Já li e ouvi falar sobre isso — respondi, — mas nunca consegui entender esses fatos. Um professor judeu de Alexandria explicou-me que essa história também deve ser tomada apenas como uma parábola.

O jovem tentou sorrir.

— Como poderia eu, um rapaz ignorante, compreender alguma coisa? Mas eu vi Jesus de Nazaré à beira do lago. Ele devolveu a vista aos cegos e fez os paralíticos andarem. Disse que era o pão da vida. De boa vontade eu o teria seguido, mas meu pai é muito rigoroso. Se ele fosse bom e carinhoso, eu teria fugido. Mas do jeito como eram as coisas, meu coração me dizia que se eu fugisse para juntar-me a Jesus de Nazaré estaria simplesmente procurando escapar à severidade do meu pai. Ele tinha mais fé nos professores da sinagoga, que condenaram Jesus por se deixar acompanhar por pecadores. Muitas vezes meu pai me bateu por ter negligenciado minhas tarefas quotidianas para ir ouvi-lo. Meu pai julgava-o um agitador. Eis que de repente foi atacado de cegueira. Certa noite, ele recitou suas orações e deitou-se para dormir, mas quando acordou na manhã seguinte não podia ver nada e julgou a princípio que o dia ainda não amanhecera. Ficou desesperado, e ninguém pode curá-lo. Viu-se pronto a acreditar em Jesus e a procurá-lo, mas Jesus tinha ido para Jerusalém, e lá o crucificaram. Assim, ele saiu em busca dos tranqüilos, que lhe deram a entender que Jesus ressuscitara, informando-nos o dia e a hora, e falando-nos sobre esta estrada que agora seguimos. Meu pai acredita firmemente que Jesus poderá curá-lo se conseguirmos chegar lá em tempo. Eu também acredito, mas gostaria que meu pai buscasse antes o seu reino do que a vista para os seus olhos.

Mirina perguntou-me vivamente o que o rapaz estava dizendo, e eu lhe expliquei. Ela se admirou grandemente e observou:

— Esse moço de olhar brilhante é puro de coração. Nunca pensei que pudesse existir gente assim. Por que teria de ser logo ele que havia de sofrer um acidente?

— Não deves fazer uma tal pergunta — falei — uma vez que ele próprio aceitou tudo sem uma queixa. Ele se esquece de sua própria dor ao desejar o bem ao seu rabugento pai. A lei dos judeus manda honrar o pai e a mãe.

Mas Natã, que sabia grego, ouviu minha explicação e voltou-se para dizer:

— Assim manda a lei. Todavia, segundo ouvi, Jesus de Nazaré ensina que o marido deve deixar a esposa, o filho os pais e os irmãos, o rico sua casa e seus bens, em nome do seu reino. Quando ele chamou, os pescadores tiveram que deixar suas redes nos lagos e os lavradores seus bois no campo; e a um homem que desejou primeiramente enterrar seu pai não foi permitido que o seguisse.

O cego pôs-se a se lamuriar com renovado ardor, gemendo:

— Caí entre blasfemadores e o próprio Satã guia o meu jumento. Pode-se esperar alguma coisa de um caminho no qual os viajantes assassinam a lei com palavras?

O rosto do filho se ensombreceu, mas ele consolou-o, dizendo:

— Nunca ouvi Jesus dizer tais coisas. Chamou de bem-aventurados aos humildes e aos pacíficos. Proibiu-nos de usar palavras ofensivas e de pagar o mal com o mal. Mandou que amemos nossos inimigos e oremos pelos que nos perseguem. Disse que seu pai sabia de todas as nossas necessidades e que elas seriam suprimidas se buscássemos o seu reino sem nos preocupar com o dia de amanhã.

Admirado com isto, falei amargamente:

— Já ouvi muita coisa a respeito dele e de suas pregações. Seus ensinamentos são cheios de contradições e variam inteiramente de acordo com quem os transmite. Já não sei mais em quem acreditar.

Mirina, porém, olhou-nos supreendida e indagou:

— Por que vos pusestes repentinamente a discutir a seu respeito, no momento mesmo em que caminhamos ao seu encontro? Creio que sou a mais feliz de todos aqui, pois pouco sei dele e sou como um recipiente vazio que ele poderá encher segundo à sua vontade.

Suas palavras atingiram em cheio o alvo. Caminhando atrás dos jumentos, contemplei a poeira da estrada, rememorando tudo o que me sucedera e os diferentes estados de espírito em que eu recebera cada evento. Não consegui ver mais nada de bom em mim e nem bastante amor. Contudo, assegurei-me pela última vez de que não era por simples curiosidade que eu buscava o homem ressuscitado. Fiz intimamente uma prece, invocando o nome de Jesus de Nazaré e desejando que eu me pudesse purgar de todo o meu orgulho e egoísmo, de todos os meus conhecimen-

tos e da minha mundana sagacidade — sim, até do meu bom senso —
para que eu também pudesse tornar-me apenas um recipiente vazio,
pronto para receber a verdade que ele quisesse despejar dentro
de mim. Terminada a oração, ergui os olhos e vi elevar-se para além
da planície uma colina de cume arredondado, que o Sol da tarde
tingia de ouro. Compreendi imediatamente que aquela era a montanha a que nos destinávamos. Sobranceira, harmoniosa, perfeita
de formas, ela dominava toda a região. Continuamos pela estrada
ainda por algum tempo, atravessando o leito seco de um rio, depois viramos para o Sul, tomando por uma trilha ao longo da
encosta da colina, para evitar a aldeia que, segundo Natã, se achava
situada na sua vertente setentrional. Tínhamos chegado ao fim
das terras cultivadas; o caminho cortava agora por entre uma mata
rala e nós caminhávamos à sombra da montanha. Havia um grande
silêncio à nossa volta. Não se ouvia o grito de um animal, nem
se via uma só pessoa. Tudo estava quieto, e fiquei a conjecturar
se nos achávamos no caminho certo. No entanto, a própria terra,
as árvores e as belas encostas ondulantes me diziam que aquela
colina era sagrada. A paz desceu sobre o meu espírito e toda a
impaciência me deixou.

    Também Natã não demonstrava pressa. Creio que escolhera
aquele caminho mais difícil para evitar as pessoas na estrada e
as perguntas indiscretas. Olhava constantemente para o céu e
para as sombras que se adensavam, e permitiu que os jumentos
fizessem alto para tomar fôlego. Sendo romano, admirei-me de
que não tivéssemos topado com nenhum dos vigias dos tranqüilos,
pois tratando-se de uma reunião tão importante e tão secreta, era
quase certo que os seguidores de Jesus tivessem postado gente em
todas as estradas que iam dar na montanha, para indicar o caminho
ou fazer voltar os que não tinham sido chamados. Quando três
estrelas apareceram no céu, recomeçamos a caminhada e já era
noite quando chegamos a um local próximo ao cume da colina,
onde encontramos uma grande multidão acampada, formando pequenos grupos e aguardando os acontecimentos.

    Tudo estava extraordinariamente quieto. O povo conversava
em sussurros, o que fazia lembrar o leve murmúrio de uma brisa.
Natã amarrou os jumentos junto a um grupo de árvores e ajudou
o cego a desmontar. Mirina e eu nos encarregamos de auxiliar o
jovem. E assim nos aproximamos da multidão e nos acomodamos
à fímbria dela, a poucos passos dos grupos mais próximos. Ao
longe, do outro lado da multidão, vimos novas sombras se aproximarem, delineadas contra o escuro céu. Os que iam chegando

acampavam no chão sem uma palavra e se punham à espera, como o resto. Pela intensidade dos murmúrios, calculei que muitas centenas de pessoas se achavam reunidas ali e jamais poderia imaginar que uma aglomeração tão grande pudesse conservar-se tão quieta. E assim se passou a primeira vigília da noite, mas ninguém se cansou de esperar nem se levantou, ou se dispôs a ir embora. A Lua estava na minguante, mas a luz das estrelas caía sobre a terra como uma chuva de prata. Fui-me tornando cada vez mais consciente da presença de um poder invisível, e passando o braço à volta de Mirina notei que seu corpo se tornara tenso de espectativa. Como acontecera no meu quarto em Jerusalém, tive a impressão de que pesadas gotas de chuva caíam sobre mim. No entanto, quando passei a mão pelo rosto não senti nele nenhuma umidade.

Notei que muitos se tinham posto de pé para ver melhor e eu fiz o mesmo. No meio da multidão uma figura alta se ergueu, ereta, à luz das estrelas, e falou com voz poderosa:

— Homens, irmãos!

Tudo silenciou. Havia quietude em toda a parte. Ele prosseguiu:

— O grão está amadurecendo para a colheita, o festival se aproxima e os quarenta dias que ele nos deu estão chegando ao fim. A hora se avizinha, e com ela o momento da partida. Para onde ele vai, não poderemos ir. Ele foi o pão que o céu nos enviou. Aquele que comer desse pão terá a vida eterna. O pão que ele nos deu é a sua carne, oferecida para a vida do mundo. E não mais discutiremos como é possível que nos dê a sua carne para que a comamos, pois nós os onze já sabemos sobre isto, e sobre isto podemos dar o nosso testemunho. A nós ele confiou o segredo do seu reino. Na verdade, a menos que comais a carne do Filho do Homem e bebais o seu sangue, não tereis vida em vós. Mas aquele que come a carne do Filho do Homem e bebe o seu sangue possuirá a vida eterna e despertará no último dia. Sua carne é o verdadeiro alimento e seu sangue a verdadeira bebida. Aquele que come da sua carne e bebe do seu sangue habitará com ele. Mas se houver alguém dentre vós que se sentir ofendido com isto, e fizer objeção a estas palavras, que se levante e vá, e ninguém o condenará.

Mas ninguém se levantou, nem eu, embora me causasse temor aquele mistério. Não poderia ter-me erguido, mesmo que o quisesse, pois meus membros se mostravam impotentes e eu mal ousava respirar.

O orador silenciou por um longo tempo e permaneceu firme como uma rocha no meio do povo, banhado pela luz das estrelas. Em seguida recomeçou, falando com a simplicidade de uma criança e aparentemente tão maravilhado como todo o mundo:

— Comemos o cordeiro pascal junto com ele na noite em que foi atraiçoado. Ele pegou um pão, abençoou-o e partiu-o, dando um pedaço a cada um de nós, dizendo: "Este é o meu corpo". E pegou uma taça, abençoou-a também, depois passou-a a todos nós e disse: "Bebei isto todos vós, pois este é o meu sangue, que será derramado para que sejam perdoados os pecados de muitos."

Depois de ter relatado isto, ele prosseguiu, levantando os braços:

— Comei e bebei agora, todos vós que o amais e acreditais que ele é o Cristo e o filho de Deus. Abençoai vosso pão em seu nome e parti-o, e que todos comam dele; abençoai o vinho em seu nome e dai-o a cada um para que o beba; e aquele que tenha dê ao que não tenha, para que a ninguém falte nada. Depois que tivermos comido e bebido, ficaremos em vigília e esperaremos por ele.

Tendo acabado de falar, ele sentou-se no chão, e logo tudo se encheu de vida e movimento, à medida que o povo se levantava para fazer suas abluções e ajudar os outros, despejando água em suas mãos. Tínhamos pouca água, mas Natã despejou um pouco sobre minhas mãos e sobre as do cego e do seu filho; em seguida eu apanhei o odre e joguei um pouco dágua sobre as mãos de Natã, e ele não se ofendeu. Tínhamos comida para todos, mas o cego começou a tremer, rogando num sussurro que lhe fosse permitido comer do seu próprio pão e beber do seu próprio vinho. Todos falavam ainda em voz baixa, mas o murmúrio que subia da multidão era como um vento sempre crescente.

Não fiquei ressentido com o cego pela sua recusa em compartilhar de nosso pão. Natã abençoou o seu pão em nome de Jesus Cristo, partiu-o em dois e entregou uma metade a ele e a outra ao seu filho. Em seguida fez o mesmo com o nosso pão branco, do qual deu pedaços a Mirina e a mim, tendo também tirado uma parte para si. Depois disse:

— Que este seja o pão da imortalidade, como foi dito. Que ele seja a vossa vida, e não a vossa morte.

— Que seja feita a sua vontade, falei com humildade: pois ele é o filho de Deus. Se é seu desejo que este pão me cause a morte, porque sou um estrangeiro, que assim seja.

Depois que acabamos de comer, Natã abençoou a bebida do cego e deu-a a ele e ao filho. Para nós misturou vinho com água e abençoou a taça. Eu bebi, depois ele, e a taça ficou nas mãos de Mirina. Comemos e bebemos como todos à nossa volta, que repartiam os seus alimentos uns com os outros.

O cego, porém, mal provou os primeiros bocados, começou a chorar, sacudindo a cabeça e lamentando-se em altas vozes:

— Comi do corpo do filho de Deus e bebi do seu sangue. Creio que com ele todas as coisas são possíveis. Que ele tenha compaixão de minha descrença.

Mirina entregou-me a taça. Bebi e passei-a a Natã, que fez o mesmo e devolveu-a a Mirina. Depois que ela tornou a beber, inclinou a taça, olhando admirada para o seu interior e sussurrou:

— Esta taça não se esvazia.

Igualmente aturdido, observei:

— Julguei que tínhamos comido todo o pão, mas ainda há um inteiro ao meu lado. Natã, tu o puseste aqui?

— Não — respondeu ele, — mas talvez tenhamos trazido mais do que imaginávamos.

Bebemos mais uma vez, e a taça ainda continuava cheia. Mas eu não me admirava de mais nada do que acontecia, pois tinha a impressão de estar num sonho muito vívido, embora me achasse sentado no chão e sentisse a sua friagem, visse o céu estrelado sobre a minha cabeça e ouvisse o murmúrio da multidão, que era como o embate de ondas revoltas sobre a praia. Não havia outro pensamento em minha cabeça senão a fascinante certeza de que Jesus de Nazaré se achava a caminho e que eu iria vê-lo. Seu pão não se me entalara na garganta, nem seu vinho me fizera engasgar.

E assim passou-se a segunda vigília da noite, e creio que ninguém dormiu: todos esperavam. Não havia impaciência naquela espera: era uma preparação. De repente, o cego levantou a cabeça e indagou:

— Já é madrugada? Parece-me que vejo uma claridade. — Voltou-se vivamente na direção da multidão.

Viramos a cabeça também e vimos que o homem ressuscitado tinha chegado e se achava no meio do seu povo. Como e quando viera não sei explicar, mas era ele, indiscutivelmente. Achava-se trajado de branco e o clarão das estrelas refletia-se na alvura de suas vestes, de forma que ele próprio parecia irradiar luz. E sua face também se mostrava radiante. Caminhava muito lentamente por entre o povo, parando aqui e ali para saudar a sua gente, com as mãos estendidas para a frente, a abençoá-los.

Pouco a pouco todos foram levantando a cabeça e se puseram a olhar na mesma direção, mas ninguém se aventurou a se pôr

de pé e correr para ele. Repentinamente ouvimos um grito desusadamente alto, e uma mulher se atirou de bruços no chão à sua frente, chorando e gemendo de alegria:
— Meu Senhor e meu Deus!
Um calafrio percorreu a multidão. O Nazareno curvou-se e afagou-lhe a cabeça, e ela se aquietou no mesmo instante. Ouvimos o suspiro do povo, mas os sussurros aumentavam cada vez mais:
— É ele. O Mestre veio até nós.
O cego esticava o pescoço, ajoelhado no chão com os braços estendidos.
— Não consigo vê-lo, disse. — Vejo apenas uma luz, como se o Sol estivesse batendo diretamente nos meus olhos.
Não sei dizer por quanto tempo ele permaneceu entre nós, pois o tempo parecia ter ficado estacionado. No entanto, eu vivi intensa e completamente enquanto ele caminhava no meio do seu povo, parando diante de cada um, sem esquecer ninguém. Tudo era simples e natural, e tão verossímil que nem por um momento sequer me cruzou a mente a menor dúvida; nem me surpreendia nada do que estava acontecendo. Só posso supor que naquela noite, enquanto ele se achava diante de meus olhos, eu fazia parte do seu reino.
Ele chegou até nós, afinal, e quando se aproximava, sentia-me estremecer intimamente, como a superfície de um lago arrepiada pela brisa. Dava a impressão de que falava às pessoas enquanto as abençoava, mas não se ouvia nenhum som, embora eu notasse que alguns balançavam a cabeça vivamente, como que em resposta. E então ele parou à nossa frente, a nos contemplar. Tinha o rosto fatigado e radioso, e seu reino refulgia em seu olhar. Vi os lábios do cego se moveram mas não ouvi nenhum som, e fiquei a conjecutrar se eu não tinha sido atacado pela surdez. Mas ele passou os dedos levemente pelos olhos do cego e colocou a mão sobre a cabeça do filho. Ambos se deixaram cair ao chão diante dele e ali permaneceram imóveis. Outros jaziam assim à nossa volta, pois também tinham sido tocados por ele.
Ele olhou então diretamente para mim, e senti que se me tocasse, eu morreria. Meus lábios se moveram e devo ter-lhe falado, embora eu não ouvisse minha própria voz. Creio que lhe supliquei:
— Senhor, leva-me para o teu reino.
— Nem todos os que dizem "Senhor, Senhor" são dignos do meu reino — disse ele — apenas os que ouvem a minha palavra e seguem a vontade de meu pai.

— Qual é a tua palavra — perguntei, — e qual é a vontade de teu pai?
— Isto já sabes: o que fazes aos mais ínfimos, fazes a mim.

Devo ter-lhe perguntado ainda algo sobre o seu reino, pois ele sorriu pacientemente, como para uma criança importuna, e disse:

— Não te será possível dizer que o reino do céu se acha aqui ou ali. O reino está em ti e em todos os que conhecem.

Disse mais:

— Não repudiarei ninguém que me procurar. Onde dois ou três estiverem reunidos em meu nome, ali estarei com eles até o fim dos tempos. E nunca hás de estar tão só que não poderei estar contigo, se me chamares.

Afastou-se de mim, parou e olhou para Natã. Vi os lábios de Natã se moverem, mas não ouvi a sua voz. Depois de contemplar Natã, olhou docemente para Mirina também, mas os lábios de Mirina não se moveram. Em seguida ele se afastou e voltou para junto dos seus.

O cego e o filho ainda jaziam no chão como mortos, e quando Natã percebeu que isto me deixara alarmado, balançou a cabeça e sussurrou:

— Eles não estão mortos, dormem apenas. Não os perturbes.

Depois disto vi que os onze se reuniam à sua volta, e era como se ele lhes falasse com grande amor e eles lhe respondessem. Mas as lágrimas me turvavam a vista e eu só conseguia vê-lo como uma mancha de luz entre os onze. Depois que chorei todas as lágrimas que havia dentro de mim, ele tinha-se desvanecido, e não sei dizer como e de que maneira nos deixou. Não vi propriamente, antes senti a sua partida, pois com ele o poder deixou o nosso círculo. Tive a impressão de ter despertado de um sono profundo e vi que era capaz de mover as pernas e os braços.

O tempo retomou a sua marcha. Pelo céu vi que estávamos na terceira vigília da noite e que se achava próxima a alvorada. O povo se levantava e olhava à sua volta, perscrutadoramente. Ouvi brados e animada conversação, como se todos estivessem tentando contar uns aos outros, ao mesmo tempo, o que ele lhes dissera.

Eu também exclamei jubilosamente:

— Natã, Natã, falei com ele, e ele me respondeu. És testemunha de que ele não me fechou as portas do seu reino.

Mas Natã balançou a cabeça admirado e disse:

— Não posso absolutamente dar meu testemunho disto. Vi realmente teus lábios se moverem, mas tua língua devia estar paralisada, pois não saiu nenhum som. Mas eu falei com ele e ele me respondeu.

Mirina agarrou-me os braços com as duas mãos e falou cheia de arrebatamento:

— Não ousei dirigir-me a ele, mas ele me reconheceu e sorriu para mim, dizendo-me que jamais voltaria a ter sede em minha vida, porque lhe dei de beber quando estava sedento.

Natã perdeu a paciência e explicou:

— Ficastes loucos os dois? Ele nada disse a vós. Falou apenas comigo e mostrou-me o Caminho. Ensinou-me que nada que entra para dentro do homem é impuro, somente o que dele sai. Em seu reino há muitas moradas. E cada um será medido de acordo com a sua própria medida — uns receberão mais, outros menos —, mas que a ninguém que se dirigir a ele com fé será negada coisa alguma. Devo acreditar nos onze, pois ele os escolheu para portadores de sua mensagem. Seu reino é como uma semente de mostarda: cresce lentamente, mas um dia se tornará uma árvore, em cujos ramos as aves de todos os cantos do mundo construirão o seu ninho.

Natã silenciou, de olhos fixos à sua frente, como se ouvisse alguma coisa.

— Ensinou-me ainda muito mais, embora eu tenha esquecido o que foi — concluiu tristemente. — Mas na certa tudo me voltará à memória no tempo oportuno.

Fiquei grandemente admirado, mas seu reino ainda habitava em mim, como ele dissera, e meu espírito estava em paz.

— Não te zangues comigo, Natã — falei. — Acreditei sinceramente que ele falava comigo e ainda estou convencido de que me disse algo. Talvez se dirigisse a cada um de acordo com a sua necessidade. Se eu soubesse e pudesse escrever tudo o que ele disse ao seu povo esta noite, é evidente que nenhum livro poderia conter todas as suas palavras. Assim, talvez fosse sua intenção que não ouvíssemos o que ele tinha para dizer aos outros.

Abrandado, Natã colocou as mãos nos meus ombros e disse:

— Pelo menos vi-o olhar para ti e nenhum mal te sucedeu. Assim posso tocar-te agora, e para mim não és mais impuro.

Confabulamos juntos e chegamos à conclusão de que o melhor seria deixar a montanha antes que nascesse o Sol, não fosse alguém me reconhecer. Mas o cego e o filho ainda dormiam como uma pedra, e não tivemos coragem de acordá-los, nem poderíamos abandoná-los. Assim, permanecemos ali e esperamos. Quando o dia amanheceu, o entusiasmo e a excitação do povo se manifestou ainda mais ruidosamente. Muitos juntavam suas vozes e entoa-

vam cânticos de agradecimento. Outros corriam anelantes de grupo em grupo, para saudar os amigos e atestar que tinham visto o homem ressuscitado com seus próprios olhos. Com as faces rubras de excitação, bradavam uns para os outros:
— A paz seja contigo. Teus pecados também foram perdoados? Foi-te prometido a vida eterna? Na verdade, nós que o vimos aqui na montanha jamais experimentaremos a morte.

O chão onde me achava sentado era duro, meus membros se mostravam entorpecidos e eu bati as mãos uma contra a outra para me certificar de que ainda havia vida nelas. Quando chegou a manhã e todos se puderam reconhecer, os onze saíram a caminhar por entre o povo, em grupos de dois e de três. Vi-os despertar e fazer levantar os que tinham sido tocados pelo homem ressuscitado e haviam caído ao chão desfalecidos.

Três deles vieram na nossa direção e reconheci o primeiro como sendo o homem que falara ao povo na véspera, com duras palavras. Identifiquei-o pela sua cabeça arredondada e pelos seus largos ombros, e à pálida luz da manhã pude ver que seu rosto barbudo era fogoso e obstinado. Achava-se acompanhado do jovem João. Tinha o rosto pálido devido à vigília noturna. Ainda assim sua face era a mais pura e a mais radiosa que eu já tinha visto; sentia-me feliz só de olhá-lo. O terceiro homem eu não conhecia, mas pelo seu aspecto vi que se tratava de um dos onze. Não posso explicar isto de outra maneira senão dizendo que suas feições guardavam algo das feições de Jesus de Nazaré, embora fossem diferentes e mais apagadas, como se vistas através de um véu.

Ao contemplá-lo, veio-me à memória o solitário pescador com quem eu falara naquela noite à beira do lago. Agora que eu tinha estado frente a frente com Jesus ressuscitado, tentei recordar-me da aparência daquele pescador, e ainda não posso dizer com segurança se se tratava de Jesus ou não; não obstante, creio que foi com ele que falei à beira do lago, embora não o tivesse reconhecido na ocasião. Mas porque se teria ele revelado a mim, é o que não consigo entender.

Quanto mais perto os três chegavam de nós, mais culpado eu me sentia. Tentei virar o rosto para um lado. Eles não me tinham notado e se curvavam sobre o cego, sacudindo-o e fazendo-o levantar-se.

— Acorda, dormidor! — disseram.

O cego esfregou os olhos, encarou-os e disse:

— Eu vos vejo. Sois três homens, mas não vos conheço.

Disse o primeiro deles:

— Somos três dos mensageiros que Jesus de Nazaré, o filho de Deus, escolheu. Eu sou Simão, a quem ele chamou de Pedro. Mas quem és tu?

O cego passou a mão na testa e olhou à sua volta com olhos que enxergavam, enchendo-se de júbilo.

— Ontem à noite vi uma grande luz, — disse. — Uma força exerceu o seu poder sobre os meus olhos e me magoou tanto que desfaleci. Mas agora estou acordado e vejo com os· dois olhos, embora fosse cego quando aqui cheguei.

Cheio de alegria, ele curvou-se para o filho, despertando-o à força de sacudidelas e fazendo-o levantar-se. Em seguida abraçou-o, exclamando:

— Jesus de Nazaré ressuscitado curou-me ontem à noite! Abençoado seja o seu nome! Pelo resto dos meus dias louvarei a Deus que o enviou.

Ainda mal desperto, o rapaz arrancou as ataduras da cabeça. O ferimento na sua testa cicatrizara completamente e ele firmou-se nas duas pernas sem sentir nenhuma dor. Percebendo que algo ainda lhe atrapalhava os movimentos, ele se inclinou e se desfez das talas, pondo-se a esfregar a perna pensativamente.

— Meus ossos se emendaram! — exclamou.

— Ontem à noite ele curou todos os que foram chamados para atestar a sua ressurreição — disse Simão Pedro, — para que houvesse testemunhas bastantes. Todos nós o vimos ao mesmo tempo. Ele não só restaurou a visão dos cegos, devolveu a audição aos surdos, fez caminhar os paralíticos; também nos curou de nossos pecados e abriu-nos a porta da vida sempiterna.

Mas João tinha os olhos fixos em mim. Tocando no braço de Pedro ele falou:

— Não conhecemos estes dois, jamais os chamamos e no entanto ele os curou. Muitos outros vieram ter aqui sem ser chamados, mas ontem à noite ele não repudiou ninguém.

Apontando para mim acusadoramente, ele continuou:

— Mas este eu reconheço. Ele se meteu em nosso meio em Jerusalém, enredou-nos perguntas importunas, desencaminhando as mulheres e tentando Simão de Cirene e Zaqueu de tal maneira que Mateus se viu forçado a ir procurá-lo, advertindo-o a não abusar do nome do nosso mestre. É este o mesmo Marcos, um herético e um romano. Não compreendo como se encontra aqui.

Simão Pedro sobressaltou-se, cerrando os enormes punhos.

— Temos até mesmo aqui um traidor entre nós? — exclamou.

Mas João e o outro trataram de segurá-lo, advertindo-o:

— Não convém que provoquemos um tumulto. Chamemo-lo à parte, ou o povo ficará atemorizado e o apedrejará. Se for derramado o seu sangue, seremos interrogados, pois ele é um cidadão romano.

Com a respiração opressa, Pedro lançou-me um olhar sombrio e falou:

— Há muitos aqui no meio do povo que são violentos. Que dirias, romano, se eu te entregasse a eles? Serias levado para alguma caverna de onde jamais poderias voltar.

— Não me arreceio de vós nem de ninguém — respondi. — Por que iria ter medo se o vosso mestre não me repudiou à noite passada? Ele por certo teria o poder de impedir a minha vinda, se assim desejasse. Ou duvidais disto?

Cheios de ansiedade e de preocupação, eles nos levaram até a mata rala onde tinham amarrado os jumentos e se puseram a confabular, procurando decidir se convinha chamar os outros discípulos. Pela sua conversa, deduzi que Nicodemos, Simão de Cirene e Zaqueu, que eu já conhecia, se encontravam também na montanha. Mas João disse:

— Quanto mais homens chamarmos, maior será a confusão. O romano tem razão: o Senhor não o repudiou. Porque, não sei dizer, mas o servo não se deve considerar mais sábio do que o amo.

Agora que nos achávamos separados do resto do povo, o cego que recuperara a visão e o seu filho falaram em nossa defesa, relatando o que sucedera na estrada. Mostraram que tínhamos tido pena deles, trazendo-os até a montanha. Mas Simão Pedro interpelou-o severamente:

— Não achastes suficiente o aviso, quando fostes atropelados por aquele cavalo e o rapaz quebrou a perna? Não fostes chamados e ele não vos queria aqui.

O jovem encheu-se de tristeza e se atirou de joelhos aos pés de Pedro.

— Perdoa-me, santo homem — implorou. — Não fiz isto por mal. Foi por meu pai que vim até aqui. Nunca pedi a ele que curasse a minha perna, a idéia jamais me passou pela cabeça. Foi por sua própria bondade que ele me tocou e me tornou são outra vez. Talvez fosse a sua maneira de mostrar que me tinha perdoado. Perdoa-me também — a mim e a meu pai.

Eu mesmo não achei dificuldade em me humilhar diante daqueles três homens preocupados.

— Se for essa a vossa vontade, eu me ajoelharei diante de vós, homens santos de Deus — falei. — Peço-vos perdão, já que sois os eleitos e os mais lídimos representantes do seu reino. Não sou traidor e não vos desejo nenhum mal. Guardarei segredo de tudo o que vi, se assim achardes conveniente. Ou, se for essa a vossa vontade, estou pronto a dar o meu testemunho de sua ressurreição perante o mundo inteiro — perante o próprio César.

Simão Pedro pôs-se a remexer na túnica, como se quisesse rasgá-la, e exclamou:

— Cala-te, homem louco! Que iria o povo dizer se um romano herético se pusesse a testemunhar sobre o reino? Melhor seria que nunca tivesses ouvido falar no caminho. Ainda que esta noite possas ter escapado de tua impureza, ela há de prender-te de novo em suas garras e voltarás ao mundo como um cão volta para o seu vômito. Para nós não és mais que o vômito de um cão.

Cheio de ira, voltou-se para Natã, interpelando-o acusadoramente:

— Lembro-me que te vi em Cafarnaum e confiei em ti, mas tu nos atraiçoaste e trouxeste um herético para o banquete da vida eterna.

Natã pôs-se a esfregar o nariz com o dedo indicador e disse:

— Tu, Simão, pescador de homens! Não te emprestei eu um jumento em Cafarnaum, para que pudesses trazer até aqui a tua sogra doente?

Pedro pareceu desconcertado. Não obstante, lançando um olhar culposo para seus dois companheiros, retrucou com certa irritação:

— Bem, e que tem isso? Confiei em ti e Susana falou em teu nome.

— O jumento pertence a este romano — explicou Natã, calculadamente. — Marcos tem boa índole, mas se o aborreceres é capaz de exigir a devolução do animal, ainda que seja muito compassivo. Serás então deixado aqui na montanha com tua sogra. Naturalmente, Susana poderá ficar também para vos fazer companhia; o jumento em que ela veio também pertence a este romano.

Simão Pedro ficou perplexo.

— Minha sogra tem uma língua ferina — disse, a esfregar o dedo do pé no chão, — e certa vez vituperou até a *ele* por me induzir a uma vida de ociosidade, segundo a sua opinião, porque eu deixara minhas redes por sua causa. Mas Jesus curou-a quando se achava atacada de uma febre e julgou que ia morrer. Desde então tem segurado a língua. Não gostaria de abandoná-la aqui, pois nós os onze devemos partir imediatamente e viajar noite e dia se pretendemos alcançar Jerusalém antes que transcorram os quarenta dias. E teremos que permanecer à espera de que se cumpra a promessa. Se minha sogra não puder dispor de um jumento que a leve de volta a Cafarnaum, não sei o que fazer.

— Não costumo pagar o mal com o mal — assegurei-lhe calorosamente — podes ficar com o jumento, ainda que para ti eu não passe de um vômito de cão. Fica também com estes dois outros jumentos, para as mulheres. Já não precisamos deles, pois podemos caminhar perfeitamente. Leva-os. Natã ira apanhá-los em Cafarnaum. Seguirei o meu caminho sem incomodar ninguém. E não me amaldiçoes nem mandes ninguém em minha perseguição, pois não creio que isso esteja de acordo com a tua lei.

João entrou na conversa, nesse momento, fazendo-me um apelo:

— Romano, procura compreender. Algumas coisas ainda não estão bem claras para nós, e a promessa ainda não foi cumprida. Tudo o que sabemos é que o caminho é apertado e estreita a porta. Não ousamos alargá-los por nossa própria conta.

— Ele ordenou que fizéssemos de todos os povos seus discípulos — disse o terceiro homem. — Mas como e quando isto deve ser feito, ainda não sabemos. Certamente ele fundará em primeiro lugar um reino para Israel. Tudo isto iremos saber quando chegarmos a Jerusalém.

Vendo aqueles três ali parados, de mãos dadas como irmãos, e recordando a herança que Jesus de Nazaré confiara aos seus cuidados, senti-me tomado de inveja e de temor. Atirei-me ao chão diante deles e lhes supliquei mais uma vez, numa prece:

— Para vós e para todos os onze que ele legou as palavras da vida eterna. Não me rebelo contra a sua vontade, embora sejais todos homens simples. Os doutos interpretariam os seus ensinamentos de acordo com a sabedoria de cada um, acrescentando por conseguinte a eles algo de seu. Mas é evidente que vós cumprireis a sua vontade, da melhor maneira possível. Ele não me voltou as costas. Consentiu que o contemplasse e não impediu a minha vinda. Ontem à noite acreditei até mesmo que tivesse falado comigo; mas estou disposto a apagar isto de minha mente, se é esse o vosso desejo. Nem mesmo peço que me deis nenhum medicamento da imortalidade. Permiti-me apenas guardar o seu reino no coração. Não me rejeiteis de maneira tão completa, e prometo acreditar em tudo o que explicardes sem acrescentar nada de meu e sem reclamar nenhuma parte em qualquer segredo. Tudo o que possuo estou disposto a dar para ajudar ao vosso sustento; e como cidadão de Roma terei possibilidade de vos ajudar,

se fordes chamados às barras do tribunal e perseguidos por sua causa.
— Simão Pedro ergueu a mão em sinal de protesto e disse:
— Nem pelo ouro nem pela prata.
— Lembro-me de que — disse o segundo — ele nos prometeu que nunca devíamos afligir-nos sobre o que iríamos dizer quando fôssemos lançados perante os juízes; que nessa hora as palavras que precisaríamos seriam postas em nossa boca.
Mas as lágrimas assomaram aos olhos de João. Lançou-me um olhar em que refulgia a beleza e disse:
— Romano, eu te amo pela tua humildade e creio que não nos deseja prejudicar. Ele desceu ao reino da morte; derrubou os portais e libertou os mortos. Ouvi isto de sua mãe, que me foi confiada por ele quando estava na cruz. Por que não libertaria também os heréticos? Mas como isto será feito não sabemos. Sê paciente. Ora, jejua e purifica-te. Mas nunca fales dele aos outros, pois por falta de conhecimento poderás levá-los ao caminho errado. Deixa a pregação por nossa conta.
Levantei-me de cabeça baixa e fiz o possível para vencer a vaidade que me dominava, embora me atordoasse a suspeita de que a herança de Jesus de Nazaré seria espalhada e dispersada por todos os ventos do céu se ficasse apenas sob a guarda daqueles homens ignorantes. Não obstante, era fora de dúvidas — assim me consolei — que ele devia saber o que estava fazendo.
— Leva os jumentos — falei para Natã, — e ajuda as mulheres; protege-as e faze-lhes companhia até Cafarnaum ou qualquer que seja o lugar a que se destinem. Descansa depois de tua jornada. Em seguida volta para buscar-me nas termas de Tiberíades.
— Será muito difícil para ti caminhar através da Galiléia acompanhado apenas desta moça, — advertiu Natã. E quando corri os olhos à minha volta verifiquei que o recém-curado cego aproveitara a oportunidade para escapulir, levando consigo o filho. Mas eu me achava cheio de bravata. Tinha certeza de que Jesus de Nazaré não me iria abandonar, como tinham feito os homens.
— A paz seja com todos vós — falei, e tomando Mirina pela mão comecei a descer a montanha pelo mesmo caminho por onde tínhamos subido na escuridão. Olhando para trás mais uma vez pude perceber vida e movimento pelas encostas, embora muitos, cansados da vigília, se tivessem enrolado em seus mantos e se acomodado no chão para dormir um pouco antes de iniciarem o caminho de volta.

Enquanto caminhava, eu ia recordando tudo o que acontecera durante a noite, e não me surpreendia que o cego tivesse recuperado a visão nem que tivesse sido curada a perna de seu filho, se de fato estivera quebrada. Essas maravilhas pareciam-me perfeitamente naturais, constituindo a parte menos importante de tudo o que sucedera. Tão grande tinha sido a sua ternura quando ele se revelou ao seu povo, que curou também os que não tinham sido chamados.

Os quarenta dias estavam chegando ao fim e ele devia voltar para junto de seu pai. Tentei habituar-me à idéia de que a despeito disso, ele viria a mim quando eu o chamasse, de forma que nunca mais voltaria a sentir-me só. A idéia era espantosa, e se tivesse sido sugerida por qualquer outra pessoa pareceria inteiramente insensata. Ainda assim tive que acreditar nela, tão forte foi a impressão que tive ao vê-lo.

Mergulhado nesses pensamentos, fui descendo a colina por entre os arbustos, levando Mirina pela mão. Uma raposa atravessou furtivamente o caminho à nossa frente. Mirina olhou-me e disse:

— Deves ter esquecido de que não te achas sozinho, embora segures a minha mão.

Encarei-a, com um sobressalto e refleti que Jesus de Nazaré devia ter-me dado a Mirina em substituição ao seu irmão, para que ela não morresse. Não lhe teria sido possível confiá-la aos judeus, pois eles não lhe iriam dar a menor atenção; assim escolhera a mim, um romano. Tudo isto ele fizera em retribuição a um gole de água.

Todavia, refleti cheio de perplexidade, eu nada tinha dado a Jesus de Nazaré. Pelo contrário, fora ele o doador, tendo chegado ao ponto de dividir comigo a sua refeição na praia da Galiléia e deixar que me aquecesse e secasse minhas roupas junto à sua fogueira, se é que era ele o solitário pescador. Entretanto, eu poderia adotar Mirina como irmã e assim servir ao Nazareno.

— Mirina, — falei, — a partir deste momento és minha verdadeira irmã e jamais te abandonarei. O que é meu é teu. Procura suportar minhas faltas e minha vaidade.

Mirina premiu minha mão fortemente e respondeu:

— Marcos, meu irmão, sê tolerante comigo também. Mas acima de tudo explica-me o que nos aconteceu e o que queriam aqueles três homens, e porque me olhavam com tanta má vontade.

Todavia, já que mensageiros me tinham proibido de falar, não ousei explicar nem mesmo a Mirina coisa alguma acerca de

Jesus de Nazaré e do seu reino, segundo a concepção que eu tinha dele. Disse apenas:
— Aqueles eram três homens santos e fazem parte dos onze a quem Jesus de Nazaré revelou o segredo do seu reino. Eles nos rejeitaram porque não pertencemos aos filhos de Israel e somos heréticos, sendo considerados impuros aos seus olhos. Proibiram-me de falar em Jesus de Nazaré por minha própria conta. Mas dize-me tu o que achas que aconteceu.

Mirina refletiu um pouco e respondeu:
— Primeiramente fizemos uma refeição sacrificial, como se faz na Síria quando Adônis é enterrado e depois ressuscitado dos mortos. Mas aqui foi diferente, pois Jesus de Nazaré se ofereceu em sacrifício e se levantou de novo. Ontem à noite acreditei que ele era o filho de Deus. Nossa taça não se esvaziava nunca, e o pão apareceu ao nosso lado, vindo não sei de onde. Para mim, entretanto, isto nada prova. Minha única prova é que o amei de todo coração quando ele me olhou, e que naquela hora não havia nada que eu não estivesse pronta a fazer por ele. Este é um grande mistério, certamente maior do que qualquer dos mistérios dos gregos e mesmo dos egípcios. Creio que seu reino é invisível para mim, no entanto se acha presente, de tal forma que eu me encontro no seu reino embora meus pés pisem a terra deste caminho. Não, eu jamais poderia apartar-me do seu reino, mesmo que desejasse. Mas não tenho receio, pois é bom estar nele quando me acho lá não há em mim nenhum pecado.

Contemplei admirado o rosto fino de Mirina e seus olhos verdes.
— Ele por certo te abençoou — falei cheio de inveja — e te sentes mais feliz do que eu. Sua verdade deve ser tão simples como o pão e o vinho, para que até aos mais pobres seja dado possuí-la. Todo meu conhecimento do mundo se ergue dentro de mim como uma negra muralha: toda sabedoria é como uma rede que me quer prender, e a lógica dos sofistas uma armadilha. para os meus pés. Ajuda-me, irmã, a me lembrar disso quando estas tentações me assaltarem.

Enquanto conversávamos alcançamos a base da montanha, mas quando olhei à minha volta percebi que nos havíamos desviado do caminho pelo qual tínhamos chegado na noite anterior. Contudo, o fato não me preocupou, pois eu poderia determinar a direção correta pelo Sol e sabia em que ponto passava a estrada. Já não nos achávamos com pressa, porém. Tive subitamente consciência disto. Jamais voltaria a ter pressa de alcançar coisa alguma. pois já recebera tudo e nada mais me seria dado. Eu possuía um tesouro. Se soubéssemos administrá-lo bem, ele nos bastaria, a mim e a Mirina, para o resto de nossos dias.

Nesse instante de percepção, todo o meu corpo foi dominado por um infinito cansaço, e creio que jamais em minha vida me senti tão fatigado.

— Mirina, — falei — não posso dar mais nem um passo. Doravante todos os lugares são igualmente bons para mim. Paremos aqui para descansar e dormir à sombra daquela figueira. Temos uma vida inteira à nossa frente e poderemos vagar juntos por ela afora. Descansemos agora, enquanto o reino ainda está ao nosso alcance e nos sentimos felizes.

Estiramo-nos no chão debaixo da figueira e eu tomei Mirina em meus braços. Mergulhamos os dois num profundo sono. Quando despertamos, as sombras tinham caminhado e já chegara a hora oitava. Recomeçamos a andar, seguindo os caminhos e as trilhas que bordejavam os campos cultivados, na direção da estrada principal. Íamos em silêncio, mas eu despertara como se tivesse renascido, e em Mirina sentia a presença de minha irmã. Os campos amarelados da Galiléia e as escuras colinas, vistas através da névoa, azulada, eram belos aos meus olhos. O ar era leve e eu não guardava em mim nenhum ressentimento contra ninguém.

Entretanto, para imensa estupefação minha, verifiquei que as primeiras pessoas que encontramos na estrada não eram outras senão Maria Madalena e Maria de Beret. A primeira montava um jumento e a segunda caminhava logo atrás, de pés nus, em meio à poeira que o animal levantava, espicaçando-o com uma vara. Bati palmas surpreendido e corri na sua direção para cumprimentá-las. Maria Madalena, porém, lançou-me um olhar frio e não se mostrou satisfeita em me ver.

— Com que então és tu, pois? — interpelou-me com azedume.
— E estás voltando da montanha? Eu me teria visto numa boa enrascada se tivesse que contar apenas contigo. E quem é esta moça agora em tua companhia, depois de teres acabado de escapar de outra por um fio?

Ela e Maria de Beret mediram Mirina com os olhos, e percebi que Maria Madalena esparara que eu a acompanhasse até a montanha. Entretanto, não tínhamos feito nenhuma combinação nesse sentido, nem me mandara ela nenhum recado. Se não fosse a lealdade de Natã, eu jamais teria alcançado a montanha. Contudo, eram inúteis as censuras agora.

— Permite que te acompanhe até em casa e te proteja durante a caminhada, já que não tens nenhum homem para te escoltar — sugeri. — A noite não tarda a chegar. Procuraremos uma estalagem e ali comeremos juntos e pernoitaremos, e amanhã irei contigo para a tua casa.

Maria Madalena, porém, ficou grandemente ofendida com minhas palavras.

— Outrora tive muitos acompanhantes — falou com rispidez e altaneria. — Antigamente tinha liteiras à minha disposição e não me faltavam protetores. Mas desde que contemplei o Senhor na montanha, ele se tornou o único acompanhante de que necessito, e não precisas insultar-me dizendo que não tenho nenhum homem para me escoltar.

Suspeitei de que nem tudo saíra como ela desejara, ao partir da montanha. Mas fiquei ainda mais surpreendido quando Maria de Beret se dirigiu a mim com grande frieza e me disse:

— Pareces muito frívolo e leviano, e te consolaste muito depressa. Alegro-me com isto, por tua causa, pois não deves ter mais nenhuma esperança a meu respeito. Meus pecados me foram perdoados e fui purificada, tornando-me como uma virgem outra vez. Nada mais tenho que ver contigo, que és romano e herético. Por conseguinte, não me deves mais lançar olhares cobiçosos e dize a essa moça de nariz curto que pare de me encarar dessa maneira insolente e ofensiva com seus horríveis olhos.

Felizmente Mirina pouco entendia do que ela estava dizendo. Mas a expressão no rosto das mulheres não lhe passou despercebida e ela baixou os olhos para o chão. Entristeci-me por sua causa e perguntei:

— Que se passa contigo, e por que te diriges a mim tão indelicadamente?

— Esta manhã na montanha — Maria de Beret respondeu, — encontrei um jovem. Seus olhos eram límpidos como a água da fonte e suas faces rubras como a romã, e nenhuma barba ainda lhe sombreara o rosto. Ele me olhou e gostou de mim, prometendo-me que enviaria imediatamente um amigo à casa de Maria Madalena para fazer um acordo, a fim de que ele e eu possamos quebrar juntos a taça dos esponsais. Ele é todo impaciência no seu amor e eu também apressei alegremente os preparativos, já que me tornei pura outra vez. Seu pai possui uma lavoura e um vinhedo, oliveiras e um rebanho de ovelhas, e não exijo mais nada para viver uma vida decente. Seu pai deu-me a sua aprovação e está pronto a acreditar que sou virgem, pois Jesus de Nazaré devolveu-lhe a visão ontem à noite e além do mais ele não terá que pagar por mim o preço da noiva.

Maria Madalena interrompeu-a, dizendo:

— Tudo isto é verdade, e não lhe foi preciso afastar-se de mim mais do que um instante para arranjar um pretendente. Se isto não tivesse acontecido, eu me veria obrigada a casá-la contigo, o que seria uma pena, pois as mulheres israelitas não se devem casar com heréticos, embora as restrições aos homens não sejam tão rigorosas. Foi de fato um golpe de sorte que o pai do rapaz tinha sido curado de sua cegueira, e na sua alegria teria acreditado que Maria também ficou limpa de todos os seus pecados. Qualquer outra pessoa, embora acreditando nisso, dificilmente concordaria com tal casamento, por causa do seu passado.

Observando o rosto de Maria Madalena, que parecia mais pétreo do que nunca, fiquei convencido de que ela de fato teria tido o poder de me fazer casar com Maria de Beret, mesmo contra minha vontade. Suspirei aliviado e disse:

— Só posso dar graças à minha boa fortuna, e à tua, Maria de Beret. Mas não entendo mais nada, pois tive um sonho pressago, e no sonho eu caminhava pelo deserto com esta moça grega e Maria de Beret se achava conosco.

Maria Madalena tornou-se subitamente atenta.

— Conta-me o teu sonho de maneira mais precisa que puderes — pediu ela. — Tens certeza de que Maria de Beret estava contigo?

Descrevi o sonho o melhor que pude. À medida que falava ele ia-se apagando de minha mente e se tornando indistinto. Mas sem hesitação declarei no final:

— Tenho certeza de que Maria de Beret apareceu nele. Estava montada num jumento, com tu estás agora. Tinha-se tornado gorda e inchada e sua boca se contraía num rictus de descontentamento. Apesar disto eu a reconheci pelos olhos.

Maria de Beret ficou furiosa e exclamou:

— Não tens direito de sonhar comigo dessa maneira, e não acredito em ti! Tu é que te tornarás gordo e inchado, por causa de teus pecados; perderás os dentes e ficarás calvo.

— Que não se cumpra o meu sonho — falei, estendendo as mãos para a frente. — Por que havemos de ficar aqui para gritar duras palavras um para o outro, depois de termos estado na montanha e visto aquele que ressuscitou? Nenhum de nós foi rejeitado por ele, nem mesmo Mirina.

Relatei-lhes rapidamente como encontrara Mirina, o que lhe acontecera e como sua taça permanecera cheia. Falei também sobre o carro que atropelara o jovem na estrada e contei-lhe como os tínhamos ajudado, a ele e ao pai cego, transportando-os até a montanha. Maria Madalena balançou a cabeça, com ar compreensivo, e disse:

— É evidente que tudo isto tem um propósito. Desta forma ele leva os heréticos aos heréticos, e os filhos de Israel aos filhos de Israel. Mas as sombras se alongam e não me agrada esta região, pois trago muito dinheiro comigo. Não o dei a eles porque não quiseram permitir que eu os acompanhasse até Jerusalém, e Pedro ordenou-me que voltasse para casa. Mas o que pretendes fazer em Jerusalém não tenho idéia. Vem conosco, e juntos procuraremos uma estadagem onde pernoitar. Depois que me levares até a minha casa, separar-nos-emos como bons amigos.

Prosseguimos juntos o caminho. Não havia mais muita gente na estrada. Durante nossa conversa Mirina permanecera calada, de olhos postos no chão, o que aumentou o meu respeito por ela. Quando reiniciamos a jornada, ela me perguntou num sussurro quem eram aquelas mulheres. Contei-lhe que Maria Madalena acompanhara Jesus em suas peregrinações e que fora a primeira a verificar que o túmulo se achava vazio. No mesmo instante Mirina encheu-se de reverência por Maria Madalena. Indo postar-se ao lado do seu jumento, ela lhe suplicou humildemente:

— Fala-me sobre aquele que ressuscitou, ó mulher feliz!

Sua humildade agradou a Maria e ela olhou-a bondosamente, contando-lhe em grego muitas coisas a respeito de Jesus. Na montanha, ela encontrara dois jovens recém-casados, vindos de Caná, em cujas bodas Jesus realizara o seu primeiro milagre, transformando a água em vinho, para satisfação dos convivas do casamento. Em seguida falou do nascimento de Jesus, contando como um anjo se revelara a Maria e ela concebera um filho de uma forma sobrenatural, e como José, seu noivo, pensara em repudiá-la, até que a revelação lhe veio num sonho. Enquanto eu ouvia, comecei a sentir que compreendia melhor agora os homens que Jesus escolhera para seus mensageiros, e percebi porque diziam que Maria falava demais. Mas Mirina absorvia tudo, a ouvi-la de respiração presa e olhos brilhantes.

Por fim, não pude deixar de observar:

— Os deuses da Grécia e de Roma, segundo reza a lenda, se uniram às filhas dos mortais e com elas tiveram filhos. Fala-se até que o pai do povo romano descendia de Afrodite. Hoje em dia essas histórias são consideradas como parábolas pelas pessoas sensatas, da mesma forma como as escrituras sagradas são interpretadas pelos escribas judeus em Alexandria. Não creio que Jesus de Nazaré necessite de nenhuma lenda para se tornar o filho de Deus.

Maria Madalena ficou ofendida e disse, colocando a mão sobre o ombro de Mirina:

— Nós as mulheres somos todas iguais, quer sejamos gregas ou filhas de Israel. Os homens jamais nos poderão compreender. E tu, romano, não deves falar de deuses terrenos, que acorrentam o homem às ilusões da vida material. Agora que Jesus se tornou o Cristo do mundo, esses deuses já não têm nenhum poder sobre os homens, a menos que eles prefiram o mal e se deixem prender nas suas garras. Mas o que eu digo, eu sei, e é a verdade. Maria, a mãe de Jesus de Nazaré, contou-nos ela própria tudo isto, a mim e às outras mulheres, quando acompanhávamos Jesus. O próprio Herodes, o cruel antecessor do atual, acreditou que um rei tinha nascido em Israel e mandou matar em Belém todas as crianças do sexo masculino, julgando que dessa forma se livraria dele. Ainda existem inúmeras testemunhas desse fato.

Suas palavras me fizeram refletir. Talvez Maria Madalena tivesse demasiada propensão para acreditar em anjos e visões, e sonhasse demais, mas não creio que o mesmo se desse com a mãe de Jesus de Nazaré. Eu vira o seu rosto, quando ela chorava aos pés da cruz. Ficara-me também a impressão de que não gostava de falar sem necessidade, conservando-se calada quando os outros conversavam. Que razão teria para contar uma tal história, a menos que fosse verdadeira? Os milagres que Jesus de Nazaré realizara constituíam uma prova suficiente. Se eu acreditava neles — e não me restava outra coisa a fazer, depois de ter falado com Lázaro — por que duvidaria desse? Por que não poderia um espírito fazer com que uma mulher concebesse, se Deus devia nascer na terra como um homem? Comparados com essa maravilha, todos os outros eram sem importância.

Mirina fez novas perguntas acerca de Jesus, e Maria Madalena, atirando-me um olhar de censura, continuou:

— Muitas vezes ele falava sobre um semeador que saiu a espalhar suas sementes. Alguns grãos caíram numa rocha e não encontraram solo onde crescer. Outros caíram entre espinheiros, e os espinhos cresceram e os sufocaram. Mas alguns foram cair em solo fértil e proporcionaram uma colheita abundante.

— Nem todos os que ouviram suas palavras e acreditaram nele são dignos do seu reino, por conseguinte — continuou Maria Madalena. — Teu coração não é empedernido, romano; pelo contrário é mole demais. Quando retornares para junto de teu povo, espinheiros e cardos crescerão densamente à tua volta, barrando teu caminho para o reino.

Suas palavras me encheram de temor. Olhei ao meu redor, para as colinas vermelhas da Galiléia e para o verde-escuro dos vinhedos que as sombras já alcançavam.

— Como poderei esquecer tudo isto? — falei. — Até o dia de minha morte hei de me lembrar desta Galiléia e da montanha, e de Jesus, como o vi ontem à noite. Jamais estarei tão só que ele não possa estar comigo quando eu o chamar.

Refleti um pouco e disse em seguida:

— Sou um mau servo dele, do rei que vai partir para um país longínquo, agora que os quarenta dias se aproximam do fim. Não sei se ele me confiou alguma mina, mas se o fez devo sepultá-la na terra por ordem dos meus mensageiros. Isto me atormenta. Contudo, foi-me feita uma promessa na qual acredito, embora não pretenda contá-la a vós para que não zombeis de mim...

Eu lembrava nesse momento que um dia devo morrer para glorificação do seu nome, ainda que isso pareça incrível. No entanto, foi o que me disse o solitário pescador naquela noite à beira do lago. Em consideração ao meu corpo, alegrei-me de ser um cidadão, com direito à execução pela espada, pois jamais poderia suportar a agonia de uma crucificação. Eu já não mais considerava essa predição como algo funesto, pois compreendia que era a única maneira pela qual poderia mostrar a Jesus de Nazaré que pertencia a ele.

Antes do cair da noite, afastamo-nos da estrada e tomamos por uma trilha de jumento, a qual, segundo Maria Madalena, nos levaria através das montanhas até Magdala. Ela conhecia uma estalagem onde poderíamos pernoitar. Alcançamo-la pouco depois do pôr-do-Sol, quando ainda não escurecera completamente. O lugar se achava superlotado e a comida se acabara, mas o povo se afastou respeitosamente para dar lugar a Maria Madalena. Vi muitos hóspedes sentados à beira do fogo, de olhos brilhantes, a conversar em voz baixa, e até mesmo do telhado vinha um animado murmúrio. Concluí, em vista disso, que toda aquela gente tinha vindo da montanha. Dirigiam-se delicadamente uns aos outros, e os que tinham provisões repartiam-nas com os que não tinham, de forma que também Mirina e eu pudemos mergulhar o nosso pão no prato comum.

Sentia-me como um estranho entre os galileus, e, quando veio o frio da noite, nada me teria sido mais agradável do que poder sentar-me ao seu lado, e como eles falar sobre a revelação de Jesus de Nazaré e o seu reino, sobre o perdão dos pecados e a vida eterna. Mas eles não me consideravam como seu irmão, e eu não podia impingir-lhes a minha presença. Não obstante, o hospedeiro levou nossos jumentos para o pátio, varreu para nós um dos compartimentos da estrebaria e deu-nos palha limpa para nos servir de leito, a fim de que Mirina e eu não tivéssemos que dormir ao ar livre.

Visto que todos os demais ainda conversavam em voz baixa, à débil luz de um único lampião, ensinei a Mirina a oração que Susana me dera. Mirina achou que a prece era boa e a fazia sentir-se em segurança. Disse também que lhe causava um grande alívio não se ver obrigada a verificar se a Lua estava na minguante ou na crescente, ou a derramar sal e fazer invocações incompreensíveis, ou ainda a esculpir imagens em troncos de videira, quando chegava o momento de orar. Com tantos rituais, nunca se sabia ao certo se se tinha feito alguma coisa errada ou dito alguma palavra imprópria, deturpando dessa maneira o sentido da oração.

Quando despertei na manhã seguinte, a primeira coisa que vi foi Maria de Beret, sentada ao meu lado no leito de palha e contemplando-me o rosto. Quando percebeu que meus olhos estavam abertos, começou a sacudir a cabeça e a esfregar as mãos.

— Senti muito calor lá onde eu estava e não consegui dormir — disse-me baixinho. — Queria ver o que estavas fazendo e como te comportas quando estás com a moça estrangeira. Teria preferido dormir sobre esta palha, com a cabeça em teu ombro, e não naquela cama estreita com Maria Madalena, onde fiquei toda suada e mordida de parasitas. Era assim que tu e eu dormíamos às margens do Jordão, quando nos achávamos a caminho de Tiberíades. Não dês ouvido à minha língua ferina. Ontem à tarde eu estava confusa — não sabia o que dizia quando te vi aparecer em companhia desta moça grega, e não sabia o que pensar. E ainda não sei. Sofri a noite toda terríveis dores de consciência por me ter entusiasmado de modo tão repentino por aquele rapaz e ter prometido esperar por seu amigo em Magdala. Talvez ele se arrependa de tudo e nada seja levado avante.

— Aquele jovem é sem malícia — assegurei-lhe apressadamente. — Seu amigo não deixará de ir procurar-te, e no devido tempo ele te conduzirá ao leito nupcial, de acordo com os costumes galileus. Os aldeões beberão vinho e baterão com os pés marcando o compasso, a música ressoará e todos cantarão alegres canções em tua honra.

Maria de Beret ficou contrariada. Parou de esfregar as mãos e falou em voz mais alta:

— Tu te fazes de desentendido propositadamente. Sofri por causa disto verdadeira agonia a noite toda, e mal consegui pregar o olho. Deves estar-me achando horrível agora, com esses meus olhos vermelhos por ter passado duas noites seguidas sem dormir. Por outro lado, é verdade que tenho certeza de que meus pecados me foram perdoados e que me acho tão virginal como se nunca tivesse conhecido um homem. Sabes disto também, pois conheceste o Cristo. E de qualquer maneira nunca falei com o jovem a respeito do meu passado; só o que era absolutamente necessário, pois não desejava aborrecê-lo inutilmente. Mas aterroriza-me a idéia de que, quando sua família e todos os aldeões estenderem o lençol na manhã seguinte, talvez não encontem nele a prova da minha inocência. E eu seria vergonhosamente expulsa de sua casa, com pedras e paus, e perderia o meu anel. Os romanos são menos exigentes a esse respeito, mas eu conheço o meu próprio povo, e a gente aqui da Galiléia não é muito diferente dos aldeões de Beret.

— Maria Madalena é uma mulher experiente e uma criadora de pombos — falei. — Confia nela. Os próprios romanos adotataram o costume de sacrificar a Vênus um casal de pombos na noite do seu casamento, como medida de segurança, para que a noiva não venha a sentir-se envergonhada.

A voz de Maria de Beret se tornou ainda mais alta e exclamou:

— Não te desvies nem fujas do assunto dessa maneira! E não me digas que não foi para me purificar dos meus pecados e me tornar digna de ti que me trouxeste à Galiléia. É bem verdade que eu estaria desrespeitando a lei se me tornasse mulher de um romano, mas em nome de Jesus de Nazaré estou pronta a fazer isto para salvar um dos mais ínfimos do seu povo.

Lançando a Mirina um olhar cheio de amargura, ela prosseguiu:

— Não guardo nenhum rancor a essa moça. Ela não é digna disso. Nem mesmo censurar-te-ei se a tomares como segunda esposa, pois isso não é considerado um pecado grave num homem, e nem os próprios fariseus se acham isentos de culpa a esse respeito. Mostrarei a ela o seu lugar, para que continue tão humilde como é agora.

Mirina há muito se achava desperta e observava-nos através das pestanas semicerradas, procurando entender o que Maria estava dizendo. Agora sentara-se no leito e abrira os olhos completamente.

— Quando adormeço, sinto-me feliz e em segurança — falou, — mas à pálida luz da manhã o frio toma conta de mim. A hora da verdade deve estar na claridade matutina e não no calor da tarde. Não consegui entender tudo, mas isto pelo menos compreendi: esta mulher judia se acha com direito a ti. Se lhe faço sombra, ou se me tornei uma carga para ti como irmã, estou pronta a seguir o meu caminho. Tenho as peças de ouro, com as quais poderei assegurar-me um bom meio de vida, de uma maneira ou de outra. Assim, não te preocupes comigo e não me leves em consideração nos teus planos em relação a essa bela moça judia.

Maria de Beret não entendia uma palavra de grego. Encarou Mirina cheia de desconfiança e gritou:

— Não acredites em nada do que ela diz. Ela fala com doçura e beleza, mas eu sei quão astuciosos os gregos são, e tu tens muito pouco conhecimento das mulheres.

Desmanchou-se em lágrimas, levando as mãos ao rosto.

— Como é duro o teu coração! — gemeu. — Não vês que por tua causa estou pronta a deixar tudo e a te seguir, para salvar-te do abismo da heresia?

Mirina contemplou-a com seus verdes olhos cheios de alarme e tocou-me na mão.

— Por que a fazes chorar? — perguntou. — Não vês como é bela, quão brilhantes são os seus olhos e como é rubra e macia a sua boca? Tive inveja dela desde ontem. Nem mesmo tenho seios como uma mulher de verdade, meu nariz é curto demais e meus olhos são feios.

Completamente desorientado, encarei as duas e refleti que talvez fosse aquele o significado do meu sonho. O casamento nunca me passara pela idéia. Enquanto vivesse, Maria de Beret haveria de julgar-se melhor do que eu, pois que era uma filha de Israel. Faria de Mirina sua serva, e no final, depois de me apoquentar bastante, induzir-me-ia a ser circuncidado pelo bem da paz doméstica. Isto já aconteceu a muitos homens pusilânimes em Roma, embora façam tudo o que esteja ao seu alcance para ocultar o fato.

Nesse momento assaltou-me uma idéia aterradora. Talvez tivesse que ser assim. Talvez fosse unicamente por intermédio do Deus sem imagem dos judeus que se pudesse chegar ao reino do Nazareno. É possível que seus discípulos não mais me rejeitassem, se eu me tornasse um verdadeiro prosélito, graças a Maria de Beret. Eu deixara Roma, e tinha liberdade de fazer com minha vida o que quisesse. Se o que me separava da comunidade dos seguidores de Jesus era apenas um pequeno e doloroso talhe feito com a faca dos judeus, o preço a pagar era insignificante. Eu já sofrera dores piores. E os oficiais romanos em serviço nas guarnições do deserto muitas vezes fazem com que lhes seja removido o prepúcio, por motivos puramente higiênicos, achando-se fartos das constantes inflamações causadas pela fina areia. Os egípcios e os árabes têm também esse hábito. Não obstante, rebelei-me contra essa idéia. Foram os mais altos expoentes da religião judaica, — os sumos sacerdotes, os escribas e os anciãos de Israel — que tinham condenado Jesus de Nazaré. No fundo do meu coração, eu sabia que estaria traindo Jesus se entrasse em seu templo — naquele resplendente matadouro — para lhes suplicar que me recebessem em seu seio. Antes preferia continuar simples e humilde de coração do que permitir que me circundassem sob falso pretexto, a fim de ser aceito pelos discípulos, que nada queriam comigo na minha presente situação.

Maria de Beret tinha parado de chorar e olhava para mim, expectante. Mirina também me encarava como se já me tivesse perdido. Comparando-a com a volúvel Maria, senti uma grande ternura por ela e compreendi que sempre me seria mais cara do que a outra. Meu bom senso voltou e falei com firmeza:

— Não precisas fazer nenhum sacrifício por mim, Maria de Beret. Só causarias a tua própria destruição se te apartasses do povo eleito de Deus para seguir um herético impuro. Lembra-te de que fui eu que levei o rapaz até a montanha, no meu jumento, depois que ele quebrou a perna. Não podes faltar à sua promessa. Sou forçado a te deixar partir, mas é com prazer que te darei como presente de casamento uma quantia tão substanciosa que não te tornarás inteiramente dependente de teu marido.

Maria viu-se compelida a acreditar em mim. Parou de chorar e disse apenas:

— A ingratidão é a recompensa deste mundo, e agora eu também acredito que os romanos sejam cães. Pensa em mim em vão, pois, um dia em que estiveres reclinado sobre macias almofadas, por trás de tuas cortinas, enquanto os óleos perfumados pingam de teu corpo. Pensa então nas minhas mãos, que foram feitas para acariciar e no entanto estarão ocupadas na moenda o dia inteiro, e em meus olhos, que a fumaça fará lacrimejar quando eu estiver assando pão.

Suas palavras não me comoveram, pois não acreditei nelas. Pelo contrário, eu tinha a impressão de que obrigaria o marido a se estafar no trabalho e forçaria sua família a servi-la nas menores coisas, e quando chegasse à velhice iria tornar-se um tormento para suas noras e uma praga para os seus genros. Mas talvez eu estivesse enganado.

Depois de me ter procurado afligir o mais possível, ela me perdoou e disse:
— Pelo direito, eu devia lançar-te ao rosto as tuas palavras, mas para o meu próprio bem inclino-me a aceitar o teu presente, para que eu não me sinta diminuída aos olhos da família de meu marido. Não se trata de um presente e sim de uma dívida que me pagas, por teres faltado à tua promessa.
Tive vontade de lhe perguntar quando é que lhe prometera alguma coisa, mas por essa altura eu já adquirira sabedoria, e fiquei calado. Enquanto conversávamos, os outros hóspedes da estalagem se tinham posto de novo a caminho. Nesse momento Maria Madalena aproximou-se de nós com o rosto radiante. Repreendeu-nos, dizendo:
— Por que discutis? Olhai para o mundo lá fora e vede como brilha gloriosamente à luz do Sol, agora que o seu reino está na terra. Não guardo rancor a ninguém — nem mesmo a Pedro. Esta noite tive um sonho, e ele me mostrou que a graça desceu sobre o mundo. Pombas brancas deslizavam pelo céu e pousavam na cabeça das pessoas. Sobre tua cabeça também, romano, uma pomba desceu. Não repudio ninguém. A cada um, segundo o seu merecimento — e mesmo aos que nada mereçam, será distribuída uma tal abundância de amor que ninguém deixará de receber a sua parte. Um pai pode castigar o filho, se foi desobediente, jamais porém o rejeitará completamente. Por conseguinte, neste momento não vejo diferença entre um romano e um hebreu, e todos os povos debaixo do céu azul são meus irmãos. Não excluo nem mesmo os samaritanos, embora fosse samaritano o feiticeiro que se serviu dos demônios de que eu estava possuída, para usá-los em seu proveito.
Atirou os braços à volta do meu pescoço e beijou-me em ambas as faces. Senti uma tal força emanar-se dela, transfigurando tudo diante de meus olhos, que desejei dançar e rir como uma criança. Abraçou e beijou Mirina também, e puxou Maria de Beret para si, ternamente, chamando-a de sua filha. Assim exultantes, reiniciamos a nossa jornada, sem pensar em comer ou beber, de tal forma o seu reino nos enchia o coração. Naquele dia caminhamos no seu reino, embora ainda estivéssemos na terra.
Alcançamos pela tarde a casa de Maria Madalena e vimos novamente o mar da Galiléia. Seus servos a receberam com demonstrações de alegria, pois ela deixara a casa às escondidas, acompanhada de Maria de Beret, sem nada dizer a ninguém. Isto os deixara aflitos, receando que os demônios se tivessem apossado dela novamente. Ela, porém, ordenou-lhes:

— Ide buscar novas roupas para todos vós nos depósitos e preparai um grande banquete para esta noite. Fazei tudo da melhor maneira possível, pois os dias de júbilo e de alegria chegaram. Nosso Senhor Jesus de Nazaré ressuscitou dos mortos e apareceu ao seu povo. Mais de quinhentas pessoas poderão dar o testemunho disto. Ide, por conseguinte, a Magdala e convidai todos os que quiserem participar do meu banquete. Mas não chameis os fariseus nem os líderes da sinagoga, nem os anciãos, nem os ricos. Convidai para a minha mesa os pobres e os desgraçados, os publicanos e os coletores de impostos, e também os estrangeiros. Dizei a todo eles: "Maria Madalena convida apenas os pecadores esta noite, e não os virtuosos". Pois nem mesmo o Senhor convidou os virtuosos, e sim os pecadores, e na sua presença ninguém era impuro. Com ele o perdão desceu sobre a terra.

Assim falou ela arrebatadamente aos seus servos. E eles balançaram a cabeça, mas obedeceram. A mim ela puxou para um canto, olhando-me amorosamente nos olhos e colocando a mão sobre os meus ombros.

— Chegou a hora de nos separarmos — falou — mas eu, pelo menos, te considero como um filho do reino, embora os demais te tenham repudiado. Dias funestos ainda virão para ti, e ninguém é sem pecado. Mas não deixes que se torne empedernido o teu coração, nunca procures parecer piedoso aos olhos dos homens e não faças promessas vãs. Reconhece a tua culpa quando não puderes evitar de cair no pecado, nunca procures desculpar-te dizendo que não és pior do que outros que fazem o mesmo. Mas se sofreres pelo teu pecado no momento em que o cometeres, estarás então pronto para receber o perdão. E não há pecado, por mais terrível que seja, que ele não te possa perdoar, se lhe pedires de coração arrependido. Apenas aos homens empedernidos ele não poderá perdoar, porque um homem assim se afasta consciente e deliberadamente de Deus. Contudo, não creio que ninguém possa afastar-se a tal ponto dele que não consiga encontrar o caminho de volta, tão infinita é a sua graça. Mas se seguires o caminho do reino, evitarás muitos males. E confiarei a ti o milagre que me foi revelado em meu sonho: o caminho que leva ao reino já é uma parte dele.

Ela me olhou com lágrimas nos olhos e prosseguiu:

— Estes são os meus ensinamentos — os ensinamentos de Maria Madalena —, que sem dúvida amadureciam em mim enquanto o ouvia sentada aos seus pés. Depois de tudo o que sucedeu, cada um falará sobre ele a seu modo e segundo o seu entendimento. Não tenho mais razão do que o resto — e nem menos também, creio.

Disse mais:

— Sou apenas uma mulher. Ordenaram-me que silenciasse, e doravante ficarei humildemente calada na presença deles. Mas a ti desejo dizer que ele nasceu como um homem e se submeteu a todas as misérias do corpo para salvar o mundo. Sabia dos sofrimentos por que teria que passar e falou a esse respeito muitas vêzes, clara e explicitamente. Queria sacrificar-se por muitos e assim fazer um novo acordo, tomando a si os pecados do mundo inteiro como o filho do Homem e o filho de Deus. Meu coração se inunda de felicidade por sua causa.

Dessa maneira, cheia de arrebatamento, ela me instruía, e eu guardei seus ensinamentos no coração, embora não os entendesse inteiramente. Depois disto falamos de assuntos corriqueiros e combinamos sobre o presente que eu enviaria a Maria de Beret quando chegasse a Tiberíades. Tão logo ela fizesse o casamento de Maria — o qual, conhecendo como conhecia a moça, ela desejava que se realizasse o mais depressa possível — pretendia jornadear até Jerusalém ainda uma vez, para ver se os discípulos não passavam necessidade, pois eles próprios não sabiam quanto tempo iriam permanecer lá. Tomé foi o único que tinha dito: — "Permaneceremos lá e aguardaremos o cumprimento da promessa, ainda que tenhamos de esperar doze anos."

Por fim ela me acompanhou até a porta, e, quando nos despedimos, Maria de Beret chorou tão amargamente que seus olhos ficaram inchados. Mirina chorou também, por simples solidariedade a Maria. Mas dominava-me a jubilosa certeza de que, fosse o que fosse que me acontecesse, eu sempre poderia voltar para Maria Madalena, se não conseguisse alcançar a paz de espírito de nenhuma outra maneira. Não era a minha intenção retornar ali, mas faz bem a um homem saber que há sempre um lugar para onde ele pode voltar em caso de necessidade.

Mirina e eu caminhamos em silêncio até Magdala e dali tomamos pela estrada de Tiberíades. Nenhum de nós estava cansado e assim não houve necessidade de alugarmos um bote, o que poderíamos ter feito com facilidade. Enquanto caminhávamos e eu olhava à minha volta, aspirando o agradável cheio do lago, refleti que nada mais tinha a fazer na estranha Galiléia. Nem tinha eu nenhuma pressa de partir. Assim, foi agradável caminhar despreocupadamente, bordejando o cintilante lago. E eu não me sentia só: Mirina estava comigo.

Chegamos a Tiberíades ao clarão avermelhado do entardecer, e era minha intenção atravessar a cidade e seguir diretamente para as termas, do outro lado, mas defronte ao fórum de Herodes Antipas, um homem absorto em seus pensamentos colidiu comigo antes que eu tivesse tempo de me desviar, e tive que me agarrar ao seu braço para não cair, pois era corpulento e vigoroso. Ele teve um sobressalto, como se despertasse de um sonho, e me olhou. Para estupefação minha, verifiquei que se tratava de Simão de Cirene.

— A paz seja contigo — saudei-o cautelosamente, receando sua ira se me reconhecesse. Mas ele não ficou zangado. Sorriu com ar contrafeito e respondeu:

— És tu, romano? Contigo também seja a paz.

Larguei o seu braço, mas não continuei o caminho. Ficamos parados, a nos contemplar. Não nos tínhamos visto mais depois dos eventos em sua casa, mas pareceu-me que envelhecera extraordinariamente durante aquele curto espaço de tempo. Seu olhar era sombrio e ele mantinha a cabeça obstinadamente baixa, como se nada no mundo fosse do seu agrado.

Eu não precisava ter-lhe dirigido a palavra, mas assaltou-me a idéia de que aquele encontro talvez não tivesse sido obra do acaso. Assim, perguntei-lhe humildemente:

— Já me perdoaste pelo que aconteceu em tua casa? Fui considerado responsável por aqueles fatos, embora eu acredite que a culpa não tenha sido toda minha. Se ainda me guardas algum rancor, perdoa-me agora.

— Não estou zangado contigo, — replicou ele. — Eu próprio respondo pelos meus atos. Mandei-te um recado, explicando-te que não te desejava nenhum mal.

— E não me desejavas, igualmente, nenhum bem — falei. — Nada querias comigo. Acreditas agora que não sou nenhum mágico? Que achas de tudo o que se passou desde então?

Ele correu os olhos à sua volta, desconfiado, mas naquela hora o fórum estava deserto. Ergui a mão e falei:

— Não desconfies de mim. Como tu, eu também estou voltando da montanha. Pois bem, que me respondes agora?

— Sim, sim, — admitiu ele, com um suspiro — éramos mais de quinhentos lá. Não admira que eu não te tenha visto. Mas se estiveste lá, deves saber o que penso. Saí a toda a pressa de Jerusalém quando ouvi dizer que ele prometera ir na nossa frente para a Galiléia. Muitos outros fizeram o mesmo, mas o tempo de espera trouxe muita confusão e muitas notícias contraditórias, e nem todos acreditavam que ele aparecera aos discípulos junto ao lago. Alguns ficaram decepcionados e retornaram a Jerusalém. Mas eu tinha aprendido a ser paciente. Um escravo é obrigado a isso. Além do mais, tinha negócios a realizar na Galiléia. Não perdi meu tempo. Já começava a desejar de todo o coração que os discípulos tivessem mentido. Aquela vã espera me trouxe paz, e eu tinha esperança de voltar para minha antiga vida em Jerusalém, que me calhava bem. Legaria a meus filhos as melhores coisas que tinha descoberto: a fé de Israel, a cultura da Grécia, a paz de Roma e uma fortuna solidamente empregada. Mas recebi então a mensagem e fui para a montanha, e lá o vi.

Simão de Cirene continuou com esforço, os músculos da face a tremer:

— Vi que ele tinha realmente ressuscitado. Vi-me forçado a reconhecê-lo como o Cristo. E assim tenho que recomeçar tudo desde o princípio, agora. Na terra, pois, há mais do que pode ser visto pelos olhos, tocado pelas mãos ou determinado por pesos e medidas. É terrível saber isto. Tenho vontade de amaldiçoar o dia em que o encontrei e levei sobre os ombros a sua cruz. Por sua culpa, nada do que eu julguei ter acumulado tão prudentemente para os meus filhos tem mais nenhum valor. Perguntaste o que penso de tudo isto. Penso no que devo fazer para me tornar digno do seu reino e garantir que meus filhos também possam ser seus súditos. Suas leis são demasiadamente injustas — impiedosas, mesmo, para um homem que labutou para fugir à escravidão e conseguir a liberdade e a fortuna. Agora, porém, que me acho convencido de sua ressurreição, devo submeter-me às suas leis. Tive esperança de pelo menos poder pechinchar com ele um pouco, como um homem faz com outro homem em qualquer negócio honesto. Mas ele não é apenas um homem. Quando o vi na montanha, compreendi imediatamente que as pechinchas estavam fora de cogitação. Vejo-me forçado a me tornar seu escravo, de corpo e alma. Não me resta outra coisa a fazer. Mais tarde, caberá a ele decidir se deve fazer de mim um liberto. Não cumpre a mim resolver isto. Refletia sobre essas coisas com tanta intensidade que acabei dando um encontrão em ti, romano.

— Contudo — falei cheio de perplexidade — não desconfias de mim, por ser romano e herético?

Simão de Cirene olhou-me surpreendido e explicou:

— Porque um judeu seria considerado melhor aos seus olhos do que um romano ou um grego, é algo que não posso entender, agora que vejo tudo de uma maneira diferente. Cabe a ele distinguir entre o verdadeiro e o falso. Eu estaria fora do meu juízo se julgasse poder determinar quais as pessoas que pertencem a ele e quais as que não pertencem. Nesse ponto ele se mostra injusto também. Não, jamais conseguirei entender os seus propósitos apenas refletindo sobre eles. Não faço parte desses que julgam poder encontrar a felicidade retirando-se para o deserto, afastados de todos. Sou um homem comum. Para mim, os atos valem mais do que as palavras. Devo viver a minha vida entre o povo, sejam eles romanos ou judeus. Além do mais, assalta-me um mau pressentimento em relação à minha própria gente, se de fato vier a ser feita uma nova aliança através do pão e do vinho. Dizem que ele próprio chorou por Jerusalém. Talvez eu deva preparar-me para retirar o que é meu de uma casa condenada à falência, se o templo vier a se mostrar realmente incapaz de salvar alguém. Fugirei então com os meus filhos para outro país. Mas a esse respeito ainda não me acho bem certo.

As palavras lhe saíam da boca ríspidas e incisivas, e seus pensamentos pareciam desviar-se ora para uma coisa, ora para outra.

— Falaste com ele na montanha? — perguntei, curioso.

Simão de Cirene olhou-me como se eu tivesse perdido a razão e retorquiu:

— Como ousaria eu falar com ele? Bastou-me vê-lo.

Contei-lhe timidamente:

— Os onze nada querem comigo. Pedro proibiu-me até mesmo de falar nele, porque sou romano.

Mas Simão de Cirene não se impressionou com o fato.

— Quando eles chegarem à minha idade e tiverem a experiência que tenho da vida, serão mais compreensivos — assegurou-me.
— São apenas homens, e não há nenhum homem sem mácula. Contudo, sendo criaturas simples e de raciocínio lerdo, causarão menos mal do que os ambiciosos e os espertos, num encargo de tanta responsabilidade. Já me darei por satisfeito se não malbaratarem a sua herança. Não, não iremos longe se o reino tiver que ser administrado apenas por aqueles onze. Contudo, antes isto do que permitir que os escribas disputem entre si esta herança. Talvez com o tempo eles se ponham à altura de sua tarefa. Isso já aconteceu mais de uma vez.

— E em que consiste essa herança, na tua opinião? — aventurei-me a perguntar. — Dize-me.

Distraidamente, tinhamos começado a andar para lá e para cá defronte ao fórum, com longas passadas, como dois sofistas a discutir, e Mirina se sentara no marco de pedra da cidade para descansar os pés. Simão parou, encarando-me com olhar sombrio, e sua mão estendida caiu-lhe junto ao corpo, impotente.

— Se eu ao menos soubesse! — lamentou-se num tom repassado de agonia. — Ouvi muitas coisas a respeito de sua mensagem, durante o tempo de espera, mas comecei a ter esperanças cada vez mais fervorosas de que tudo não passasse do palavrório de um profeta louco. Sua mãe e seus parentes julgavam-no fora do seu juízo, é bom que se diga, e tentaram em vão fazê-lo voltar para casa, depois que começou a pregar na Galiléia. Era impiedoso demais com os virtuosos e brando demais com os pecadores. Há muita gente possuidora de sólida capacidade de julgamento que afirma ter ele realizado os seus milagres com a ajuda de Belzebu. Trata-se de um espírito mau — um dos antigos deuses que vivem na terra, segundo já deves ter ouvido falar. Por essa razão não guardei cuidadosamente na memória todas as palavras que lhe são atribuídas, porque um dia ele dizia uma coisa, no dia seguinte outra. Há os que o ouviram no mesmo dia e na mesma hora e ainda assim fazem afirmações completamente contraditórias sobre o que ele disse. Deves compreender quão esmagador foi o choque que recebi ao verificar que ainda se achava vivo, embora eu próprio tenha carregado a sua cruz para o lugar da execução. Não posso negá-lo, mas também não posso compreendê-lo.

— Perdoai as nossas dívidas — ele continuou, juntando as palmas das mãos — assim como perdoamos aos nossos devedores. Isto eu entendo, embora me revolte. Devo perdoar a Herodes Antipas o que me deve? Pois toda vez que o tetrarca visita Jerusalém, Cusas, seu tesoureiro, vem pressuroso procurar-me para buscar dinheiro. É verdade que nunca tive muita esperança de receber o dinheiro de volta, e que não são muito grandes as quantias. Trata-se mais de uma forma sutil de suborno, cuja finalidade é dissuadi-lo de interferir em certas transações minhas em Peréia e na Galiléia. Entretanto, apoquenta-me profundamente a idéia de que talvez me veja forçado a comparecer perante o tetrarca e cancelar a dívida, não da boca para fora, mas do fundo do meu coração. Sei que ele zombou de Jesus antes da crucificação. Perdoei as dívidas de muitos galileus pobres, embora fosse minha intenção a princípio englobar todas as suas pequenas porções de terra numa única e vasta propriedade, em nome de meu filho Rufus. Mas tratava-se de homens que tinham família e que se viram endividados não por culpa sua, mas por força do imposto tríplice e das pragas de gafanhotos. Não estou contando isto para me gabar, pois Jesus disse — assim me informaram — que nem a mão esquerda deve saber o que a direita faz, muito menos um estranho. Aconselha-me, porém! Não seria mais razoável reclamar tudo o que o tetrarca me deve e distribuir o dinheiro entre os pobres do que perdoar a sua dívida?

Apresentou-me a pergunta com seriedade, e eu refleti sobre o problema:

— Creio que te preocupas desnecessariamente acerca de tuas propriedades e dos teus direitos — respondi com prudência. — Eu próprio me encontro em boa situação financeira, mas no momento presente não deixo que isto me perturbe. Talvez seja porque eu me tenha tornado rico independentemente de qualquer esforço meu e de uma maneira que muitos consideram desonrosa. Mas de qualquer forma eu te aconselharia a esperar e a não fazer nada precipitadamente. Ouvi dizer que mesmo os onze se acham dispostos a esperar doze anos em Jerusalém, se assim for preciso, para que se cumpra uma determinada promessa e eles possam ter uma visão clara de todas as coisas. Por que irias andar mais depressa do que eles?

— Porque sou um homem duro e perverso — replicou Simão no mesmo instante, como se tivesse refletido longamente sobre essa pergunta. — Tenho pressa de que as minhas dívidas — minha impiedade — me sejam perdoadas.

— Neste momento raciocinas à tua maneira antiga de mercador — observei. — Esperas receber algo em troca do que dás. Não creio que Jesus de Nazaré dê coisa alguma a ninguém por considerá-lo merecedor. Creio que nasceu neste mundo como um homem para expiar os pecados da humanidade, porque nenhum ser humano é capaz de expiar por si próprio os seus pecados. Isto é uma loucura, mas como tu mesmo disseste, há muito mais do que isso em seus ensinamentos que parece loucura aos olhos dos sábios.

Simão de Cirene levou a mão à testa e suspirou profundamente:

— Não entendo nada do que estás dizendo. Minha cabeça dói cada vez mais. Julgas realmente que é com a arrogância de um escravo-mercador que desejo comprar o perdão para os meus pecados, a única maneira ao meu alcance? Quem és tu para ensinar-me alguma coisa? Não me disseste ainda há pouco que foste proibido de falar sobre ele?

Lamentei amargamente a minha irreflexão e supliquei-lhe:

— Perdoa-me, Simão de Cirene. Quem sou eu realmente para querer instruir-te? Pediste-me um conselho e eu não devia ter-te respondido, pois é evidente que entendo de tudo isto tanto quanto tu, ou talvez menos, já que és mais velho e mais experiente. Busca, pois, o seu reino à tua maneira, e eu buscarei à minha.

Com ar distraído, Simão de Cirene estendeu a mão calejada e afagou o rosto de Mirina, sentada ali sobre a pedra.
— Se ao menos eu tivesse tido uma filha — lastimou-se ele.
— Sempre desejei uma filha. Talvez eu fosse hoje um homem mais terno se tivesse tido uma menininha. Olhou admirado para a sua mão. A noite caíra e os lampiões iam sendo acesos do lado de fora das casas.
— Mais uma vez tivemos uma longa conversa — disse ele. — E quanto mais falamos, mais inquieto fui-me tornando; bastou-me, porém, tocar no rosto de tua filha para que minha cabeça parasse de doer e eu me sinta contente e bem disposto.
— Ela não é minha filha, ainda não sou tão velho assim, — expliquei-lhe. — É Mirina, minha irmã, e ela não entende tua linguagem.
— Não há dúvida de que esteve contigo na montanha — observou Simão de Cirene, contemplando sua própria mão com ar sonolento. — Senti isto no instante em que a toquei. Em momento nenhum senti o mesmo em relação a ti, quando esbarramos um no outro e me agarraste o braço. Com ela, a paz desceu sobre mim, e não me preocuparei mais com coisas desnecessárias. O propósito de tudo isto foi que eu tocasse no rosto de tua irmã, e não que ouvisse tuas sentenciosas palavras.

Considerei injusta sua observação, mas não quis perturbar sua paz de espírito com meus protestos, se ele de fato encontrara a tranquilidade ao tocar no rosto de Mirina. Eu, porém, sentia-me cansado, como se a conversa me tivesse fatigado mais do que a longa jornada daquele dia. Desejei seguir imediatamente para as termas. Simão de Cirene nos acompanhou, segurando a mão de Mirina. Pusemo-nos a caminho os três, de mãos dadas, com Mirina no meio. Quando passamos por uma hospedaria iluminada, ele insistiu em nos oferecer uma refeição, pois se tratava de um desses lugares agitados onde os judeus livres-pensadores e os heréticos podem comer em comum.

Assim, partimos juntos o pão e comemos peixe e salada, e ninguém se ofendeu porque Mirina estava conosco. Simão de Cirene ordenou até mesmo que nos fosse servido vinho diluído, embora ele próprio bebesse apenas água. Os olhos de Mirina brilhavam, as cores lhe afluíram ao magro rosto e eu também senti a doce intoxicação causada pela boa comida e pelo vinho. Enquanto comíamos, Simão de Cirene pôs-se a falar, numa voz diferente e mais branda. Para nos divertir, contou-nos uma história no seu grego de Cirene.

— Do outro lado do mundo se estende um vasto reino, de onde é trazido a seda para Roma. Fica tão distante que a Estrada da Seda atravessa muitos países e a mercadoria leva dois anos para chegar a Tiro. No reino dos romanos a terra é vermelha, mas no reino da seda é amarela, e seus habitantes também têm a pele amarela. Isto não é fantasia, pois eu próprio encontrei em Tiro um homem com a pele assim, e a sua cor não fora causada por nenhuma doença; assegurou-me que na sua terra natal todo o mundo era amarelo, da cabeça aos pés, e que seu país era mais poderoso do que Roma, possuindo uma civilização tão avançada que a cultura grega se tornava bárbara, em comparação. Sem dúvida exagerava os méritos de sua própria terra, pois era um foragido de lá. Contou-me — e isto ouvi também de outros homens que tinham viajado muito — que um novo rei nascera em seu país e depusera o antigo governante, dizendo-se o filho do céu. Alterou o sistema de vida do reino e proclamou que o solo era propriedade comum. Dali em diante ninguém poderia possuir terra alguma, devendo todos cultivá-la em comum, e o rei cuidaria para que cada um recebesse o suficiente para o seu sustento. E não faz muito tempo que sucedeu isto, pois o rei governou durante vinte anos, e foi há poucos anos atrás que chegou a notícia a Tiro de que os camponeses se tinham revoltado e provocado uma revolução para derrubá-lo, e que o novo rei restaurara o antigo sistema. O fugitivo partiu então de Tiro imediatamente, voltando para o seu país, onde tivera uma elevada posição antes do advento do rei lunático.

— Naturalmente há nisso muito de fábula e de fantasia — continuou Simão de Cirene. — O homem amarelo declarou, por exemplo, que a seda do seu país era fiada por vermes, e que tudo o que se tinha que fazer era recolher os fios e tecê-los para formar os panos. Mas tenho pensado muito a respeito daquele filho do céu e de suas idéias loucas. O mesmo poderia suceder ao Império Romano, onde as terras vão sendo englobadas cada vez mais nas mãos de uns poucos, de tal forma que, por fim, todos os demais se verão obrigados a ser ou escravos ou jornaleiros. Para a imensa maioria, pouco interessa se a terra pertence a todos em comum ou se se encontra nas mãos de uns poucos indivíduos; assim, pensando em Jesus de Nazaré, às vezes receio que, quando ele se tornar rei, venha a introduzir um sistema semelhante, pelo qual nenhum indivíduo pode possuir nada e tudo é propriedade de todos. Só um homem que já foi escravo é capaz de compreender inteiramente quão perigoso — e impossível — é viver dessa maneira. Mesmo um escravo precisa ter algo que ele possa considerar como

seu, não importa quão insignificante seja, para que possa continuar a viver. Em Cirene, os escravos se orgulhavam às vezes até mesmo dos seus grilhões, se eram maiores e mais pesados do que os dos outros. Entretanto, tranqüiliza-me pensar que o reino de Jesus não é deste mundo. Se fosse seu intento realizar semelhante reformas administrativas, teria que se ter feito nascer imperador de Roma, e não rei dos judeus.
— Seria prudente falar de política numa estalagem? — advertia. — Segundo entendo, o reino de Jesus de Nazaré veio à terra no momento em que ele nasceu, e ainda se acha conosco, embora seja invisível e nenhum governante terreno possa exercer controle sobre ele. Seus adeptos podem ser perseguidos, mas ninguém conseguirá derrubar o seu reino, pois se encontra dentro de nós — se é que podes entender o que eu quero dizer, já que eu próprio não o entendo.

Simão de Cirene balançou a cabeça sombriamente e disse:
— Como és inexperiente e quão pouco conheces a humanidade! O reino do filho do céu foi derrubado depois de vinte anos, embora fosse compreensível o estabelecimento do novo sistema ali. Como poderá sobreviver o seu reino invisível, quando ele próprio já se foi? Acredita-me, quando nós que o vimos já estivermos mortos, sua memória não poderá sobreviver a nós por muitos anos mais. Como se poderia induzir alguém a acreditar num reino invisível, se esse alguém não viu com seus próprios olhos que aquele era o filho de Deus? Talvez ficasse dele alguma coisa, durante uns cem anos, se a sua doutrina fosse razoável e não entrasse em conflito com a natureza humana, mas no momento ela vai de encontro a tudo o que existiu até hoje.

Seu bom senso me deixou deprimido.
— Não acreditas, pois, que o mundo será mudado por causa dele e através do seu nome? — indaguei.
— Não, não acredito — respondeu Simão de Cirene francamente. — Não, este mundo e a natureza humana nem mesmo Deus pode alterar agora.
— Ora — exclamou — esses galileus fizeram tudo o que puderam para coroá-lo rei, depois que alimentou aqueles cinco mil! Se até eles o entenderam de maneira tão errada, como poderiam compreendê-lo os que nunca o viram de forma alguma? Deves ter notado como são perigosos e dúbios os seus ensinamentos. Chamou a si todos os pecadores. Mesmo quando já se achava na cruz, prometeu o seu reino a um dos ladrões que iam ser crucificados em sua companhia. Numa palavra: só a ralé que não tem mais esperança de nada pode dar ouvidos aos seus ensinamentos.

Os que se acham no poder cuidarão na certa para que semelhante doutrina não seja largamente difundida.

Mirina ergueu a mão, sorrindo, e afagou-lhe o rosto barbudo.

— Por que te preocupas tanto com a difusão de sua doutrina? — indagou. — Isto não te diz respeito, nem ao meu irmão Marcos, nem a mim. Regozijemo-nos com ele e por nos ter sido possível vê-lo na montanha. Ele é uma boa luz, e agora que já o vi jamais voltarei a sentir-me desamparada outra vez. Falas apenas da funesta escuridão.

Mirina se mantivera tão humildemente silenciosa que ambos ficamos surpreendidos quando ela falou, como se um móvel sem vida tivesse inopinadamente adquirido a faculdade de expressão. A alegria se apossou de nós outra vez, e quando contemplamos sua radiosa face, ficamos envergonhados de nossa conversa toda. O reino se achava de novo conosco e meu coração transbordou de amor por Mirina, e por Simão de Cirene também. Ficamos sentados em silêncio, por um longo tempo, a olhar uns para os outros, sem que nos perturbasse o alarido que faziam os outros freqüentadores da estalagem.

Mirina e eu dormimos no nosso quarto, com as cortinas descidas, quase até o meio-dia da manhã seguinte, tão exaustos ficáramos pela nossa caminhada e por tudo o que tínhamos visto e feito. Nossa alegria não se desvaneceu durante o sono e ainda se achava conosco quando acordamos e foi com regozijo que assistimos ao nosso próprio despertar.

Minha euforia durou até o momento em que me lembrei de Cláudia Prócula e da minha obrigação de lhe prestar contas do que eu vira na montanha. Mirina quis saber o que me preocupava, e quando lhe falei sobre Cláudia Prócula e sua enfermidade, sugeriu confiantemente que fôssemos juntos dar a ela o nosso testemunho sobre a jubilosa mensagem.

Antes, porém, eu precisava lavar-me completamente, para me limpar da sujeira daquela árdua jornada, que parecia ter-se iniciado com a minha partida de Jerusalém. Meu manto judaico recendia o suor e minhas vestes estavam barrentas. Desejava roupas limpas e raspar a barba, já que não havia mais razão para ocultar o fato de que era romano. Assim, dirigi-me às termas e me fiz barbear, pentear o cabelo e depilar o corpo. Depois de fazer uma massagem e de me ungir com óleos perfumados, vesti novos trajes e dei os velhos para um servo. Agora que eu voltara a ter a aparência primitiva, senti-me envergonhado de ter procurado cair nas boas graças dos judeus, valendo-me de uma barba e de um manto bordado. Ao voltar para o quarto, decidi até mesmo tirar da bolsa o meu anel de ouro e colocá-lo no polegar. Mirina voltou do banho e verifiquei que ela também mandara pentear o cabelo, pintara o rosto e pusera uma túnica branca bordada com fios de ouro. Ficamos a nos contemplar por um longo tempo, como se já não soubéssemos mais quem éramos. Era para ter-me alegrado vendo-a assim preparada, pois já não teria que me envergonhar dela diante dos ricos hóspedes do balneário, ou de Cláudia Prócula. Mas sua beleza não me trouxe satisfação. Sua roupa e seu rosto pintado faziam dela uma estranha. Percebi que preferiria ver nela a moça do rosto fino e dos membros frágeis que dormira nos meus braços nas encostas da Galiléia, tendo por agasalho um manto sujo.

Mas era evidente que se dera a todo aquele trabalho por minha causa, e assim não pude censurá-la, nem dizer-lhe que apreciava suas gastas sandálias de bailarina muito mais do que aqueles belos sapatos e aqueles fios de ouro. Mirina, porém, contemplava-me com ar distante, e disse:

— Era esta a tua aparência a bordo do navio de Jopa. Foi assim que te vi quando me deste aquela valiosa moeda de prata da tua bolsa. Naturalmente tens todo o direito de me fazer lembrar quem és tu e quem sou eu. Foi insensatez de minha parte sugerir que eu devia acompanhar-te à presença da mulher do Procurador.

Recordei-lhe a alegria que tínhamos sentido ao despertar e falei:

— Deves compreender que me cansei da minha barba e daquele manto suado. Quis sentir-me limpo outra vez. Se todos os judeus ortodoxos se afastarem de minha própria sombra, diante da minha aparência atual, talvez se dê que um dia o mesmo suceda a eles e que todos os povos do mundo cuspam à passagem de um judeu. Julguei que te agradaria me ver assim.

Mas houve um arrefecimento entre nós dois, e veio-me de fato à idéia que talvez não fosse conveniente levá-la comigo à presença de Cláudia Prócula. Mas no meu íntimo eu sabia que cometia uma traição ao pensar assim a seu respeito, e por nada deste mundo eu a atraiçoaria. Depois de muita persuasão, ela consentiu em me acompanhar, e justamente nesse momento chegou um servo para avisar que Cláudia Prócula estava à nossa espera.

Ao nos aproximarmos do palácio de verão, verifiquei que os freqüentadores do balneário já não mais rondavam curiosamente as suas cercanias, lançando olhares furtivos para o jardim. Nem se achava mais à vista a guarda de honra de Herodes Antipas, com seus mantos vermelhos. Um legionário sírio, da comitiva pessoal de Cláudia, acenou indolentemente com a mão, para indicar que podíamos entrar. Tudo fazia crer que a estada em Tiberíades da esposa do Procurador da Judéia entrara para o rol das coisas corriqueiras. Ela era simplesmente uma ilustre visitante entre muitos outros.

Cláudia Prócula repousava num fresco aposento, por trás de cortinas esvoaçantes. Não se dera ao trabalho de se fazer bela para mim. Vi as rugas à volta de seus olhos, sua boca insatisfeita e a sua idade. Entretanto, mostrava-se calma e alerta, já não estremecia nem se sobressaltava, e não tinha mais as mãos trêmulas. Examinou Mirina curiosamente dos pés à cabeça e lançou-me um olhar interrogativo.

— Esta é minha irmã Mirina — expliquei-lhe. — Esteve comigo na montanha, por isso a trouxe à vossa presença, Cláudia. Agora podemos conversar a sós os três, sem ninguém a nos ouvir.

Após um momento de reflexão, Cláudia despachou a sua acompanhante, mas não nos convidou para sentar. Permanecemos, pois, de pé, à sua frente e ela começou a falar com grande animação, sem tirar os olhos de Mirina.

— Não sabes o que perdeste. Muito irias aprender a respeito dos costumes deste país, se tivesse ido comigo ao banquete do tetrarca depois das corridas. Sou forçada a admitir que Heródias em pessoa é melhor do que a sua reputação e ela sofre por causa de sua posição embaraçosa. Presenteou-me com um colar persa de três voltas e conversamos com toda a franqueza uma a outra sobre tudo. Não resta dúvida de que sua filha Salomé é uma sirigaita desavergonhada, que faz de Herodes Antipas o que bem entende, mas isto só pode trazer vantagem para sua mãe. Heródias, por sua vez, já não é tão jovem quanto era. E, ao que parece, o rebento de Herodes o Grande não tem a menor prevenção contra o incesto. É como se fosse um hábito entre eles, e não cabe a nós, romanos, julgar os costumes orientais. São verdadeiramente encantadores, quando querem.

— Todavia, Heródias não deixa de ter uma certa influência política, e parece que seu principal objetivo é conseguir um título real para seu marido: conversamos sobre isto também. É de vital importância para Pôncio Pilatos que Herodes Antipas não escreva cartas desagradáveis ao imperador Tibério, apenas por maldade. E Heródias, por seu lado, compreende perfeitamente que Tibério não passa agora de um homem velho e doente. Sejano apóia Pilatos, e é a ele que devemos agradecer o cargo de procurador. Na presente situação, é vantajoso não só para Herodes como para

Pilatos que mantenham boas relações um com o outro e se lavem mutuamente as mãos. Esse assunto ficou esclarecido entre Heródias e eu. Assim, minha estação de cura aqui foi bastante proveitosa, e estou pronta para voltar a Cesaréia.

Ela na verdade não estava revelando nenhum segredo perigoso, pois todos esses fatos são patentes para qualquer pessoa capaz de raciocinar. O imperador Tibério é um homem velho e enfraquecido, e a simples menção do nome de Sejano desperta tanto temor que todos os homens sensatos do Império Romano se contentam em silenciar e esperar que ele se assegure a posição de tribuno do povo e alcance finalmente o poder. Julguei que Cláudia estivesse tentando descobrir se Mirina entendia o latim, ao lhe lançar freqüentes olhares de soslaio. Ela, porém, apontou-lhe subitamente o dedo e exclamou:

— Pela deusa dos seis braços, essa moça é a imagem viva de Túlia!

Sobressaltado, encarei Mirina, e por um momento ela de fato me fez lembrar de ti, Túlia. Naquele instante compreendi que jamais deveria enviar-te estas cartas e que também já não mais desejava encontrar-me contigo. Senti apenas repulsa e temor quando te vi à minha frente, no corpo de Mirina. Mas o encanto se desfez, e enquanto examinava Mirina traço por traço percebi que não havia nela nada de ti. Não obstante, Cláudia Prócula continuou maldosamente:

— Isto mesmo. Se seus olhos fossem escuros e brilhantes e seu nariz mais delicadamente cinzelado, se tivesse os cabelos negros e os lábios mais polpudos, ela de fato teria uma leve semelhança com Túlia.

Não me achava bem certo se dizia aquilo para aborrecer Mirina. Creio, porém, que falava com sinceridade, achando-se ela própria a conjecturar o que havia em Mirina que a fazia pensar em ti, Túlia, pois tu e ela não tendes um traço em comum. Perdi a paciência e falei:

— Deixai Mirina em paz. Ela não sabe que é bonita. E não me agrada recordar-me de Túlia. Falemos em grego. Quereis ou não saber o que se passou na montanha?

— É claro que quero — retrucou Cláudia, caindo em si. — Que aconteceu ali? Vistes Jesus de Nazaré?

— Nós dois o vimos — respondi. — Ele ressuscitou dos mortos e está vivo.

— Sim, sim, ele está vivo — falou Mirina também, vagarosamente.

E então Cláudia Prócula fez uma pergunta singular:

— Como sabes que se tratava realmente de Jesus de Nazaré? Eu não tinha pensado nisso. Por um momento fiquei perplexo. Em seguida repliquei:
— É claro que era ele. Quem mais poderia ser? Havia lá quinhentas pessoas, e todos o reconheceram. — Soltei uma risada. — Eu próprio o vi e olhei-o nos olhos. Foi o bastante para mim. Não se trata de um homem comum.

E Mirina ajuntou:
— Nenhum homem poderia olhar para a gente daquela maneira.

Cláudia Prócula nos encarava intensamente e nos fazia perguntas como um inquisidor:
— Já tinha anoitecido quando o vistes. A Lua estava na minguante e a noite era muito escura, não?
— Muito escura — admiti. — Ainda assim vi-o com bastante clareza. Não havia como enganar-me.

Abrindo os braços, Cláudia Prócula falou:
— Não, é claro que não duvido de que era ele e tudo o mais. Todavia, o médico de Herodes Antipas continua a tratar de mim e me tem visitado, de vez em quando. E Heródias me declarou confidencialmente que um homem estranho tem sido visto na Galiléia e que muitos o vêm tomando por Jesus de Nazaré. Entretanto, as notícias são contraditórias e ninguém ainda foi capaz de descrever com precisão sua aparência. Acredito que se trate de um homem louco ou possesso, que deliberadamente feriu as mãos e os pés. Ou então que seus discípulos, depois de roubarem o corpo da tumba, tenham induzido alguém a fazer o seu papel para continuar a farsa.

Notando minha expressão, Cláudia Prócula acrescentou, como a se desculpar:
— Estou apenas repetindo o que ouvi. Não digo que seja esta a minha opinião. Mas as probabilidades são muitas. O médico discutiu o assunto, do ponto de vista da ciência, com outros homens doutos. Sabias que no deserto, à beira do Mar Morto, existe uma seita judaica que vive enclausurada numa casa e que, por força de jejuns, preces, ascetismo, refeições comunais e batismo, seus membros se tornaram tão santos que já não são mais gente comum? Dizem que suas vestes brancas brilham na escuridão. Há membros secretos dessa seita em Jerusalém e em toda a parte. O fato é que Herodes o Grande os considerava tão perigosos que os perseguiu. Tiveram que fugir para Damasco e só voltaram ao deserto depois de sua morte. Não se sabe muito a respeito deles, pois não recebem ninguém; contudo, é possível

que tenham mais conhecimentos que o comum das pessoas — pelo menos o mais santo dentre eles, pois há diferentes graus de santidade dentro da sua congregação.

— Ontem, depois de conversar com seus colegas, o médico de Herodes Antipas aventou que talvez essa seita do deserto tenha estado observando atentamente as atividades de Jesus de Nazaré e o venha protegendo, talvez sem o seu conhecimento. O fato de que tenham sido dois membros do Supremo Sinédrio os homens que levaram o corpo de Jesus à sepultura, depois da crucificação, constitui um indício particularmente suspeito. Maria Madalena viu uma figura branca e resplandecente junto ao sepulcro, à luz da madrugada, e julgou tratar-se de um anjo. Os discípulos de Jesus de Nazaré são homens simples e é possível que se tenham mostrado atemorizados demais para roubar o corpo, mas para os homens santos do deserto a tarefa não era difícil. Talvez tenham dado vida ao corpo, por artes mágicas, ou algum deles se tenha metido no meio do povo simples da Galiléia, fazendo-se passar por Jesus. Porque desejariam fazer o povo acreditar que Jesus de Nazaré ressuscitou dos mortos, é difícil dizer. É possível que tenham suas razões particulares para solapar o prestígio do templo. Mas uma pessoa habituada a pensar em termos de política, encontrará uma razão política para tudo, como disse o médico. Talvez os animem também motivos religiosos, que só eles conhecem. Mas são espertos demais para prolongar a ilusão. Tanto quanto me é dado saber, a farsa terminou agora com a aparição final — ou o que quer tenha sido — do Nazareno aos seus adeptos mais chegados, naquela noite na montanha.

Quando Cláudia notou a estupefação com que eu acompanhava as suas explicações, abriu os braços mais uma vez e disse:

— Não acredito inteiramente nisto. Estou apenas repetindo o que outros me disseram. É evidente que seus discípulos mais chegados não se deixariam iludir, mesmo no escuro — isto é, a menos que também fizessem parte da conspiração. Dize-me apenas uma coisa. Falaste com ele a meu respeito?

— Não posso vos explicar de uma maneira clara — respondi, embaraçado — o que aconteceu, mas não creio que pudesse ter falado com ele a vosso respeito, mesmo que desejasse. E não tive esse desejo, pois quando o vi tudo o mais se apagou de minha mente.

Para surpresa minha, Cláudia não me censurou. Pelo contrário, respondeu com satisfação:

— Joana me disse a mesma coisa. Ela, porém, recolheu num saquinho um pouco de terra do lugar onde Jesus tinha estado e trouxe-a para mim a fim de que me possa curar, se eu tocá-la ou colocá-la sobre a fronte, à noite. Mas já não tenho necessidade dela.

Lançou-me um olhar enigmático, deixando-me estarrecido ao dizer:

— Vês, eu estive na montanha também, e ele me curou.

Notando meu espanto ela soltou uma alegre risada, batendo palmas.

— Isto te surpreendeu, não? — exclamou. — Senta-te aqui ao meu lado, Marcos, e tu também, moça, onde quiseres. Não, não estou dizendo que estive lá pessoalmente; mas aquela noite tive um sonho agradável, coisa que há muito não tinha. Sabes que sou uma mulher altamente emotiva e cheia de caprichos. Em meus sonhos sou sempre vítima de beliscões, de bofetadas e de puxões de cabelo. Tudo é muito real e vívido, e eu não tenho forças para levantar um dedo, por mais que me esforce, até que por fim consigo soltar um grito e sou despertada pelo som da minha própria voz, banhada em suor frio e tão atemorizada que não ouso adormecer de novo. — Estávamos falando sobre a montanha, — prosseguiu ela gravemente. — Eu vinha pensando muito sobre o assunto, de modo que não me surpreendi ao me encontrar nela na noite do meu sonho. Estava tão escuro que eu não podia ver, antes pressentia, o grande número de figuras imóveis ajoelhadas no chão à minha volta, esperando. E no meu sonho eu não sentia nenhum temor. Então surgiu à minha frente uma resplendente figura, e não ousei levantar a cabeça para olhá-lo, não porque estivesse com medo, mas porque me dominava uma forte convicção de que não devia olhá-lo de frente. A figura dirigiu-se a mim com doce voz e disse: "Cláudia Prócula, ouves a minha voz?" Respondi: "Ouço a tua voz". Ele disse: "Sou Jesus de Nazaré, rei dos judeus, que teu marido Pôncio Pilatos mandou crucificar em Jerusalém." Respondi: — "Sim, tu és ele." Em seguida ele me falou de ovelhas, e isso não entendi, pois nada sei sobre criação de ovelhas e por conseguinte não guardei tudo na memória. No entanto, pareceu-me que fazia uma censura quando disse por fim: "Sou a porta do rebanho. Não deixarei nenhum ladrão ou salteador matar minhas ovelhas." Compreendi imediatamente que se referia a Pôncio Pilatos quando falou em ladrão e salteador, e declarei: "Certamente ele não perseguirá mais tuas ovelhas, e nem te teria mandado executar se não se visse forçado a isso por razões políticas".

Mas ele não deu a menor importância à minha explicação; de modo que concluí que o caso já fora varrido de sua mente e que não guardava nenhum rancor a Pilatos. Continuou a falar sobre um rebanho e disse: "Tenho outras ovelhas também". Sem saber o que dizer, falei, para me mostrar amável: "Creio que és um bom pastor". Parece que lhe agradaram minhas palavras, pois respondeu imediatamente: "Disseste a verdade. Sou o bom pastor, e um bom pastor dá a vida por suas ovelhas". Em meu sonho tive uma grande vontade de chorar, e gostaria de lhe ter perguntado se eu também poderia tornar-me uma de suas ovelhas. Mas não tive coragem. Senti apenas a sua mão sobre a minha cabeça, e com isto acordei. E mesmo depois de acordada continuei a sentir o contato de sua mão. Foi um sonho bom — o melhor que já tive até hoje. Depois que rememorei tudo cuidadosamente, para não esquecer nenhum pormenor, adormeci de novo e meu sono se prolongou por muitas horas. Desde essa ocasião não tive mais um único pesadelo. Segundo entendo, ele me curou sob a condição de que Pôncio não persiga mais os seus seguidores.

Cláudia Prócula pôs-se a rir como uma mocinha, em seguida levou a mão à boca, envergonhada.

— Foi uma promessa fácil de fazer — prosseguiu. — Pôncio não tem nenhum motivo para perseguir os amigos do Nazareno. Pelo contrário. Se eles algum dia vierem a formar um partido, isso causará novas cisões entre os judeus, o que é vantajoso para a política de Roma. Sonhos são apenas sonhos, e se ele me falou de ovelhas deve ter sido porque sempre ouvi dizer que se referia a elas em seus ensinamentos. Não obstante, foi um sonho vívido, e me veio na noite em que tu e esta moça estivestes na montanha. Acima de tudo, fiquei curada de meus pesadelos.

— Naturalmente — continuou — o médico de Herodes Antipas afirma que a melhora se deve aos banhos sulfurosos e aos seus cuidados. Não posso ofendê-lo, evidentemente, e ele receberá as dádivas usuais. Apesar de tudo, creio — podes rir, se te apraz — que Jesus de Nazaré teve pena de mim e me curou em meu sonho porque tenho pensado tanto nele e tido tantos pesadelos por sua causa.

Em seguida ajuntou, com ar triunfante:

— Assim, seja quem for que tenhais visto na montanha, eu pelo menos contemplei Jesus de Nazaré em meu sonho. Não obstante, Joana se acha certa de que foi Jesus que ela viu lá, e eu não duvido de sua palavra.

Pensando no seu sonho, estremeci de alegria e perguntei vivamente:

— Ele vos disse realmente que tem outras ovelhas? Se isto for verdade, ele deu a vida por elas também. Ouviste, Mirina? Aos seus olhos não somos considerados como estranhos.

Cláudia Prócula soltou uma gargalhada e exclamou:

— Não, não! Toda essa conversa sobre ovelhas é demasiadamente tola. Conheço Jesus de Nazaré e creio firmemente que ressuscitou dos mortos e é o filho de Deus. Joana ensinou-me uma prece e assim posso orar a ele quando necessário, e é minha intenção seguir seus mandamentos, contanto que possa fazê-lo secretamente e sem detrimento de minha posição. É minha obrigação, de qualquer maneira, oferecer sacrifícios a César, embora não me precise preocupar com os outros deuses de Roma. Mas o problema mais difícil é saber o que posso contar a Pôncio Pilatos. Ele é um homem de idéias rígidas, que estudou leis, e não é absolutamente do tipo que acreditaria em milagres.

— Na minha opinião — falei hesitantemente — devíeis falar com ele o menos possível sobre Jesus de Nazaré. A história toda constitui um assunto doloroso para ele e fere o seu senso de justiça. Só iríeis aborrecê-lo, se lhe lembrásseis o caso.

É difícil saber o que ele pensa realmente — observou Cláudia Prócula. — Como oficial romano, está tão habituado a ocultar o que sente, que às vezes fico a conjecturar se possui de fato algum sentimento. Ele não é um homem mau. A Judéia poderia ter tido um procurador pior que ele. Não foi justo chamá-lo de ladrão e salteador, mas isto se deveu apenas à habitual excitabilidade dos judeus. Talvez tenhas razões. Não lhe direi nada, a menos que me pergunte.

— Bem, agora falemos de outra coisa — prosseguiu ela examinando-me atentamente. — Alegra-me ver-te de novo de cara raspada e decentemente trajado. Deve ter-te feito bem encontrá-lo na montanha, pois eu já começava a recear que os judeus te tivessem perturbado o juízo. A expressão de teu rosto era tão exaltada que o médico a quem encontraste naquela ocasião perguntou-me mais tarde o que havia contigo. Não achas que é tempo de voltares a Roma? Em Baias as rosas estarão florindo agora. E Cápri não fica distante de lá. Alguns de teus amigos aqui no Leste talvez se mostrem inclinados a demonstrar sua gratidão de uma forma mais concreta, se lhes enviares de vez em quando notícias precisas e detalhadas sobre a saúde de César. Contanto que isso se faça, é lógico, de uma forma velada e em termos previamente combinados, pois é perigoso escrever de qualquer outra maneira sobre o estado do Imperador.

Inclinando a cabeça para um lado, ela examinou Mirina, e provavelmente não gostou do que viu, pois observou cruelmente com um encolher de ombros:

— Um ano de exílio deve ter sido suficiente para atenuar um amor excessivamente, e assim hás de estar outra vez ao gosto de Túlia. Tenho motivos para achar que nesse meio tempo ela desfez o seu casamento e se casou de novo, de forma que podes reassumir o teu posto em paz e tranqüilidade. Ninguém em Roma deseja a tua morte, se é isto o que ela quis fazer-te acreditar.

Devia estar falando a verdade. Nenhum perigo podia ameaçar-me em Roma agora, uma pontada me atravessou o coração. Não por tua causa, Túlia, mas por causa da minha descabida presunção, que me persuadiu de que irias ter comigo em Alexandria.

— Não creio que jamais voltarei a Roma — falei amargamente. O simples fato de pensar em rosas me desgosta.

— Então vai pelo menos a Cesaréia, qualquer dia desses, — volveu Cláudia Prócula convidativamente. — É uma cidade nova e civilizada, incomparavelmente melhor do que a Tiberíades de Herodes Antipas. Lá poderás pegar um navio para qualquer parte que desejares. Poderás também receber conselhos que talvez te ajudem a fazer alguma coisa de tua vida. Belas judias e mocinhas gregas não são companhia suficiente para um romano, no final de contas.

Mirina pôs surpreendentemente um fim à conversasão ao levantar-se calmamente e agradecer a Cláudia Prócula com cortesia pela honra que lhe fora concedida. Em seguida, com a mesma calma, ela bateu-me numa face e depois na outra, pegou-me pela mão e levou-me até a porta. Lá, voltou-se disse:

— Nobre Cláudia Prócula, não vos preocupeis a respeito de Marcos nem do que ele faça de sua vida. Eu, Mirina, cuidarei para que esta ovelha não seja desgarrada.

DÉCIMA PRIMEIRA CARTA

Marcos Mezentius Manilianus
saúda o Antigo Marcos:

Minha última carta foi interrompida, e não pretendo terminá-la. Esta carta não é dirigida a Túlia, pois não haveria nenhuma razão para isso. Mesmo quando escrevia as anteriores eu sabia intimamente que não eram destinadas a ela. Até o seu nome se tornou um tormento para mim, fazendo com que a lembrança de minha antiga vida me encha de repugnância. Em consideração a Mirina, também, não desejo endereçar esta carta a Túlia.

Por conseguinte, saúdo apenas o meu antigo eu, para que algum dia, depois de muitos anos, eu possa trazer à memória de maneira precisa tudo o que aconteceu agora. O tempo e a distância apagam os fatos e enfraquecem a memória, e mesmo com toda a boa vontade do mundo sempre guardamos uma falsa lembrança das coisas. Ao escrever estas cartas, preocupa-me a idéia de que talvez eu cometa algum engano, que exagere ou acrescente algo aos fatos, por minha própria conta. Se assim for, não o faço propositadamente. Até mesmo uma testemunha imparcial, sob juramento na corte de justiça, faz às vezes depoimentos contraditórios.

É tanto mais importante para mim escrever, quanto fui proibido de falar. Sobre o seu reino nada mais posso atestar senão que o vi morrer, para depois ressuscitar, sem deixar a menor margem para dúvidas. Contudo, até isto estou proibido de mencionar, já que não sou nem judeu nem circuncidado.

Se, por conseguinte, qualquer outra pessoa que tenha um maior conhecimento sobre o segredo do reino vier a fazer um relato inteiramente diferente sobre os fatos, estarei pronto a admitir que essa pessoa tem razão e que sabe mais do que eu. Minha narrativa foi feita apenas para minha satisfação, a fim de que na velhice — se eu chegar até lá — possa lembrar-me de tudo de maneira tão precisa como agora. Eis porque escrevi tanta coisa supérflua e irrelevante, sem significação a não ser para mim próprio. E assim continuarei a fazer. Quando se tiverem passado muitos anos, estas cartas me dirão que, embora eu tenha anotado meticulosamente tanta coisa desnecessária e sem interesse, pelo menos guardei também tudo o que era importante.

Ao escrever procuro desnudar a minha mente, pois quando a examino verifico que sou frívolo e sempre curioso para ouvir novas coisas, e que não há em mim nenhuma constância. Sou vaidoso e egoísta também, e um escravo do meu corpo, como diz Mirina, e não há em mim nada de que me possa orgulhar. Por esta razão também considero salutar a minha narrativa, para que um dia eu não me veja tentado a me tornar complacente comigo mesmo.

Ordenaram-me que ficasse calado. Obedeço, e de livre e espontânea vontade admito a justiça dessa ordem. Falta-me estabilidade; sou como a água despejada de vasilha em vasilha e que vai adquirindo a forma de cada uma. Pudesse eu me conservar límpido, ao menos! Mas toda água se turva e se deteriora com o tempo. Um dia, quando eu não for mais do que uma poça de água estagnada, lerei tudo isto novamente e me recordarei de que houve um tempo em que me foi permitido sentir a presença do seu reino.

Por que sucederia a mim, um estrangeiro, testemunhar a sua ressurreição e perceber o seu reino? Não sei. Ainda estou convencido de que nada disto aconteceu sem um propósito. Mas a mim mesmo eu conheço, e estou certo de que minha convicção se esboroará com o passar dos anos.

Contudo, não importa o grau de degenerescência a que me leve a minha fraqueza — nesta nossa geração desamparada, feita de ceticismo e de auto-indulgência. — A profecia daquele solitário pescador à beira da praia continuará cara e preciosa para mim. Como pode ter sucedido semelhante coisa, não sei dizer; não é mais do que um lampejo de esperança — pois é difícil a um homem viver sem esperança. Os outros possuem uma extraordinária riqueza, e comparado com eles sou realmente pobre. No entanto, tenho Mirina. Talvez ela me tenha sido dada como um repositório das minhas esperanças: ela tem a constância que me falta.

Mirina diz que fui dado a ela para que cuidasse de mim, na falta de melhor pastor, e que isto lhe exige muita paciência. Estou escrevendo em Jerusalém, para onde ela me trouxe inopinadamente; todavia, por sua causa, voltarei a falar das termas de Tiberíades.

Não sei explicar agora o que provocou a nossa disputa, já que nos achávamos tão cheios de júbilo. Talvez Cláudia Prócula tenha sido a causa. Seja como for, Mirina perdeu a paciência, estapeou-me os ouvidos e arrastou-me para fora da casa de Cláudia.

Lembro-me de que quando nos achávamos de novo em nosso quarto ela me disse que quanto mais damas ilustres conhecia, mais aumentava a sua confiança em si própria, por ser o que era e não tentar aparentar ser coisa diferente. Deu busca por todo o quarto inutilmente, à procura de suas velhas roupas, a fim de me abandonar sem demora. Não fiz nenhuma tentativa para segurá-la, não só porque me sentia magoado como também porque usara palavras tão candentes em relação a mim, que só Túlia nos seus piores momentos poderia ter-se rivalizado com ela.

Suas afinetadas liquidaram com a complacência que eu tinha para comigo mesmo. Chegou a declarar que eu atraiçoara Jesus de Nazaré na presença de Cláudia Prócula, ao me rebaixar a ouvir a sua conversa vazia. Recusou-se a acreditar que Cláudia tivesse tido um sonho. Deixou-me aturdido — ela que até então se tinha mostrado sempre tão reservada e tão calma. Cheguei a imaginar que me enganara a seu respeito e que ela agora aparecia como realmente era.

Tal foi a perversidade e a exatidão com que enumerou todas as minhas faltas, que julguei ter-se apossado dela um demônio. De que outra maneira poderia ter falado com tanta perspicácia e se referido a tanta coisa das quais nunca poderia ter tido o menor conhecimento? Numa palavra, ela me depenou tão completamente que não me restou uma única pena, e em tudo o que disse havia tanta verdade que me vi forçado a ouvi-la, embora já tivesse resolvido a não voltar a dirigir-lhe uma única palavra.

Por fim ela se acalmou o suficiente para se sentar, com a cabeça entre as mãos, de olhar fixo à sua frente.

— É assim que tu és, pois! — falou. — Eu já tinha pensado em te deixar, e bem que o merecias... Todavia, em consideração a Jesus de Nazaré, não posso te abandonar, já que foi ele quem te amarrou ao meu pescoço. Na verdade, és como um cordeiro entre os lobos deste mundo: não consegues conservar ninguém à distância. Qualquer um pode fazer de ti o que bem entende, num abrir e fechar de olhos. Não suporto ver-te lamber os lábios, quando te recordas dessa tal de Túlia e de toda a tua antiga vida de dissipações. Tira esse anel de ouro do polegar!

Levantando-se, ela veio cheirar-me e me repreendeu em seguida:

— Estás perfumado como um pederasta de Alexandria. Agradava-me mais o teu cabelo quando se achava todo emaranhado, e não cheio de cachos como agora. Sinceramente, eu te deixaria se não tivesse palmilhado contigo as estradas da Galiléia e verificado que sabes enfrentar a poeira e limpar o suor da fronte sem te queixares de cansaço.

E assim ela continuou a me invectivar, até que lhe faltaram as palavras. Não me dignei de lhe dar resposta e nem mesmo a olhei, já que grande parte do que dizia de mim era verdade. Não vou repetir tudo aqui, pois de qualquer maneira minhas fraquezas estão manifestas em tudo o que escrevi, embora até aquele momento eu não me tivesse apercebido disto.

Ela, porém, disse finalmente:

— Fica sozinho agora e reflete sobre se o que eu disse é verdade ou se estou exagerando. Não mais compartilharei de teu quarto.

Retirou-se, batendo a porta com tal força que o barulho retumbou pela casa inteira. Passado um instante, um servo com ar perplexo veio buscar suas coisas. Contudo, não me preocupei por sua causa, pois sabia que o hospedeiro lhe arranjaria outro quarto, em consideração ao fato de ter sido recebida por Cláudia Prócula.

Quando me pus a refletir sobre tudo o que Mirina me dissera, fiquei realmente abatido. Em seguida, decidi escrever a respeito de tudo o que tinha acontecido. Sobre sua pessoa procurei escrever o mais imparcialmente que pude, esforçando-me para não deixar transparecer minha amargura no meu relato. Permaneci no meu quarto durante dias a fio, a escrever por trás de cortinas descidas, dando ordem aos servos para que me trouxessem as refeições. Mirina me procurou uma ocasião para me dizer que ia até Tiberíades encomendar uma laje em estilo grego para a sepultura do irmão. Veio uma segunda vez, para me informar que Natã tinha chegado com os jumentos e perguntava por mim. Todavia, fiz-me duro de coração e não lhe dei resposta em nenhuma das duas ocasiões, fazendo-lhe simplesmente sinal de que não desejava ser perturbado enquanto escrevia.

Depois disto Mirina não apareceu mais, nem veio me pedir permissão para ir a parte alguma e só mais tarde vim a saber que fizera visita a Maria de Magdala e fora também a Cafarnaum, com Natã.

Não sei quantos dias passei escrevendo. O tempo tinha tão pouca significação para mim que escrevia durante a noite também, quando não podia dormir. Por fim minha amargura me deixou, e quando ia me deitar ou ao despertar pensava sempre em Mirina e no que ela me tinha dito. Compreendi que já era mais do que tempo de que alguém me falasse tudo aquilo. De vez em quando eu conseguia me mostrar tranqüilo e humilde de coração, mas logo me tornava de novo cheio de presunção, imaginando-me melhor do que os outros.

Afinal, certa manhã, ouvi Mirina entrar no meu quarto. Percebi que me contemplava, julgando-me adormecido, e logo senti que me afagava suavemente a cabeça. A alegria me voltou com o simples toque de sua mão, e me envergonhei de me ter mostrado inabordável por tão longo tempo. Todavia, desejei ver qual seria a atitude em relação a mim; por conseguinte, voltei-me na cama e fingi que acabava de despertar. Quando abri os olhos, ela recuou um pouco e se dirigiu a mim rispidamente:

— Não há dúvida de que fizeste bem em te recolher à solidão, Marcos, pois assim não falas tolices e não prejudicas ninguém, não importa quanta tinta desperdices em teus escritos. Agora, porém, precisas levantar-te. Os quarenta dias estão no fim e te mos que ir a Jerusalém. Natã nos espera lá embaixo com os jumentos. Recolhe, pois, as tuas coisas, paga a hospedagem e vem! Tanto faz te amofinares numa estrada quanto fechado aqui em teu quarto.

— Mirina, — falei, — perdoa-me por ser o que sou. Perdoa-me também por todas as coisas maldosas que pensei a teu respeito aqui em silêncio. Mas que tenho eu a fazer em Jerusalém? Não estou bem certo de que pretendo permitir que me dês ordens sobre minhas idas e vindas, ao sabor de tua fantasia.

— Discutiremos também sobre isso na estrada — replicou Mirina. — A festa judaica da oferta se aproxima, e muita gente se pôs a caminho de Jerusalém. Apressa-te!

Sua sugestão não me trouxe surpresa. Enquanto escrevia, veio-me o desejo de saber o que iria acontecer aos discípulos de Jesus de Nazaré em Jerusalém. Não me desagradava aquela partida brusca, pois estava cansado dos meus escritos e do meu silêncio. Olhando para Mirina, não pude dominar por mais tempo o meu júbilo e, estendendo-lhe os braços, apertei-a de encontro ao corpo, beijando-lhe as faces.

— Podes falar comigo tão rispidamente como quiseres — disse-lhe — pois apesar de tudo creio que só me desejas o bem. A alegria voltou ao meu coração quando ainda há pouco acariciaste meus cabelos, julgando que eu ainda dormia.

A princípio Mirina tentou convencer-me de que eu estivera sonhando. Depois, abrandou-se e me beijou, dizendo:

— Minhas palavras foram duras, mas eu precisava dar vazão ao que trazia dentro de mim. Gosto de ti exatamente como és, apenas quero que compreendas o que és realmente, para que

não julgues ser outra coisa. Não me agradaria que fosses de outra maneira, e jamais me teria mostrado tão impiedosa se não gostasse tanto de ti. É claro que cabe a ti decidir sobre tuas idas e vindas, contanto que te disponhas a seguir imediatamente para Jerusalém.
— Anseio por Jerusalém — falei apressadamente. — Há muito tempo que a idéia de que ainda não chegamos ao fim de tudo vem crescendo dentro de mim. Aonde mais poderias ir? Não tenho nenhuma casa que eu possa chamar de lar, e me tornei de tal forma um estranho na terra que todos os lugares são iguais para mim.

Mirina tocou-me na fonte e no peito e disse:
— Eu também sou uma estranha na terra. Seu reino é o meu único lar, embora eu pouco saiba a respeito dele. Ele te confiou à minha guarda. Por conseguinte, desejo ser o teu amparo nos momentos de fraqueza, tua amiga, tua irmã — o que preferires — e o teu lar, nos dias bons e maus.

Eu também toquei-lhe a testa e o peito e beijei-lhe mais uma vez. Em seguida recolhemos apressadamente minhas coisas e eu vesti minhas roupas de viagem. Não foi senão depois que acertei contas com meu estalajadeiro que percebi em que alto conceito ele me tinha como hóspede. Teria tomado todo o meu dinheiro e a minha bolsa também, e ainda não ficaria satisfeito, se Mirina não tivesse vindo em meu auxílio e lhe mostrado os seus erros. Alegrei-me ao ver Natã e os familiares jumentos à minha espera no pátio, e nos pusemos a caminho sem perder tempo com palavras desnecessárias.

Sobre a jornada pouco tenho a dizer, senão que tomamos pela rota de Samaria, para evitar o calor do vale do Jordão e também os galileus, que se achavam a caminho da festa judaica. Ao contemplar mais uma vez o templo, a cidade e a colina da crucificação, fui tomado por um violento tremor e quase caí do jumento. Desmontei e segui a pé, ainda com o corpo todo a tremer, a ponto de me fazer imaginar que estava com febre. Minha vista escureceu e meus dentes batiam, não conseguia falar, apenas gaguejar, e sentia como se uma nuvem me tivesse envolvido, prestes a desmanchar-se em relâmpagos e trovões. Mas o céu estava límpido.

A vertigem logo se desvaneceu, e quando Mirina colocou a mão na minha testa viu que estava fresca. Todavia não me animei a montar novamente no meu jumento, preferindo seguir a pé. Entramos na cidade pela malcheirosa Porta do Peixe, e quando os legionários viram a minha espada e souberam que era um cidadão, deixaram-nos passar sem nos molestar. Havia gente demais entrando na cidade para que se dessem ao trabalho de examinar todo o mundo.

Carantes, o negociante sírio, recebeu-me alegremente e eu também tive prazer em contemplar outra vez o seu rosto barbudo e seu olhos astutos. Ao dar com Mirina, porém, ele piscou diversas vezes, olhou-a fixamente e disse:

— As agruras de tua jornada te fizeram emagrecer muito, Maria de Beret. Teus olhos e teus cabelos também mudaram de cor, e teu nariz se tornou mais curto. A Galiléia é na verdade uma terra encantada, e estou começando a acreditar nas lendas que se contam a seu respeito.

Creio que disse isso apenas para gracejar com ela, mas Mirina não gostava desse tipo de pilhéria.

Chegou o momento de nos separarmos de Natã e deixar que fosse cuidar de sua vida. Coçando a cabeça, ele começou a prestar contas do dinheiro que eu lhe dera. Enquanto eu estivera doente nas termas ele pusera os jumentos a trabalhar para mim em Cafarnaum. Entregou-me a quantia apurada, nada desejando para si a não ser o seu salário. Para satisfazê-lo, aceitei tudo de acordo com os seus cálculos. Falei, porém, em seguida:

— Tu me serviste satisfatoriamente, bom servo. Não pretendo insultar-te, forçando-te a aceitar dinheiro, mas fica pelo menos com esses quatro jumentos, para que te lembres de mim.

Natã contemplou os animais cobiçosamente e se remexeu embaraçado.

— Não convém que eu possua nada além do necessário para o meu sustento — disse. — Alegra-me poder dar aos pobres uma parte do que recebi de ti. Desta maneira acumulo tesouros no reino. Mas quatro jumentos representam uma fortuna para um homem da minha condição; só me trariam preocupações, pois um deles pode talvez adoecer ou ser roubado, e assim meus pensamentos se veriam desviados das coisas importantes para as coisas que não têm valor, e quanto maior fosse o meu apego aos jumentos, maior seria a minha perda.

Suas palavras me abalaram.

— Leve os animais, Natã — falei. — Eles nos serviram humildemente numa boa jornada e desagrada-me a idéia de vendê-los a um estranho. Muitos vieram a pé da Galiléia até aqui, e entre eles há mulheres e enfermos. Entrega os jumentos aos mensageiros de Jesus de Nazaré, como uma dádiva tua. Aqueles homens santos saberão qual a melhor maneira de empregar os jumentos em proveito dos fracos e certamente não brigarão por causa deles.

Natã aprovou a minha sugestão e respondeu sorrindo:
— Sim, deixemos que estes jumentos cor de cinza sirvam àqueles que se acham mais próximos de Jesus. É uma boa idéia. Todavia ele ainda hesitava, e perguntou por fim:
— Devo manter-te informado, se ouvir algo de importância? Abanei a cabeça e repliquei:
— Não, Natã, não mais procurarei descobrir coisas a respeito das quais fui posto inteiramente à parte. Se houver algo que eu deva ouvir, há de chegar-me aos ouvidos. Não te preocupes mais comigo, cuida apenas de acumular os teus tesouros no reino. Separamo-nos. O poente tingia de púrpura o céu, e meu coração estava pesado, embora Mirina estivesse comigo. Não me animei nem mesmo a erguer os olhos para o magnificente templo dos judeus, e à medida que a noite caía comecei a sentir a mesma sensação de irrealidade que experimentara antes da jornada para a Galiléia. A grande cidade fervilhava de gente outra vez, não só da Galiléia e da Judéia, como de todas as terras onde os judeus vivem em dispersão.

A despeito disso, sentia-me desolado. Um imenso poder parecia vibrar nos céus sobre a cidade, e eu tinha a impressão de que a qualquer momento iria arrebatar-me num remoinho e destruir-me como a uma faísca na tempestade. Impressionado por essa sensação, agarrei a mão de Mirina. Passado um instante ela passou o braço à volta do meu pescoço, e ali ficamos os dois sentados bem juntos, no quarto que escurecia. Já não me sentia só, e nem desejava a solidão.

Apareceu então Carantes, o sírio, trazendo uma lâmpada. Vendo-nos ali sentados ao lado um do outro, ele baixou a voz e entrou na ponta dos pés, ao invés de romper na sua tagarelice habitual, o que fora sem dúvida a sua intenção primitiva. Perguntou-nos simplesmente se queríamos comer, mas fizemos um aceno negativo com a cabeça. Eu sentia que naquele meu estado de espírito não poderia ter engolido um único bocado. Nem ele insistiu conosco, mas deu-se por satisfeito com nossa resposta. Pôs-se de cócoras à nossa frente e contemplou-nos com olhos que fulgiam à luz do lampião, e não havia a mais leve sombra de zombaria em seu olhar e sim medo e espanto. Perguntou humildemente:

— Que há contigo, Marcos, meu amo? Que aconteceu? Que houve convosco? Sinto uma pontada no coração quando olho para vós. Há como que um ar de tempestade pairando sobre a cidade, embora o céu esteja estrelado. Quando entrei aqui vossos rostos pareciam brilhar na escuridão.

Todavia, nem eu nem Mirina lhe pudemos responder nada. Após uns instantes, ele se retirou de cabeça baixa.
Dormimos ao lado um do outro naquela noite. Acordei diversas vezes, e quando percebia Mirina junto de mim não sentia medo. No meu sono percebi que Mirina me tocava de vez em quando, e compreendi que ela também se sentia segura ao meu lado, e que todo temor a deixara.
O dia seguinte era o sábado. Observamos uma grande multidão dirigir-se para o templo, mas não nos arredamos do nosso quarto. Não havia nada que nos impedisse de sair e dar um passeio pela cidade, pois não devíamos obediência à lei judaica que limitava os passeios no sábado. Mas nenhum de nós se sentia inclinado a sair. Conversávamos de vez em quando, apenas para ouvir a voz do outro. Mirina falou-me de sua infância, e nos dirigíamos um ao outro usando o nosso primeiro nome; pois meu próprio nome se tornava caro para mim, pronunciado pela boca de Mirina, e lhe alegrava ouvir o seu dito pelos meus lábios.
E assim, naquele tranqüilo dia em Jerusalém, nossas duas vidas se juntaram docemente, formando uma só vida em comum. Isso constituiu realmente uma graça concedida a mim, pois eu acharia difícil continuar a viver, se estivesse sozinho; embora nessa ocasião ainda não tivesse compreendido inteiramente a imensidão da dádiva que recebera do pescador desconhecido, quando me mandara procurar Mirina no teatro de Tiberíades. Não nos dirigimos uma única palavra áspera naquele dia. Ceamos juntos naquela noite, em que tinha início a festa judaica de Pentecostes.
Tão logo despertei na manhã seguinte, assaltou-me uma grande inquietude. Pus-me a andar de um lado para outro no quarto, minhas pernas tremiam e eu sentia frio, embora o dia prometesse ser quente. Não consegui acalmar-me nem mesmo quando Mirina tocou-me a testa e afagou-me o rosto; censurei-a, dizendo:
— Por que viemos a Jerusalém? Que viemos fazer aqui? Esta cidade não é nossa e sim deles, e a eles pertence a festa de hoje.
Mirina, porém, respondeu:
— É tão curta assim a tua paciência? Foste chamado, como estrangeiro, para testemunhar a ressurreição. Não podes esperar que se cumpra a promessa que lhes foi feita, a fim de que também possas dar o teu testemunho sobre isso? Eles estão preparados para esperar doze anos, mas tu já te cansas em um dia.
— Não sei o que lhes foi prometido, e não terei nenhuma parte nisso — retruquei impacientemente. — Sinto-me grato pelo

que já recebi, pois é o bastante para mim. Por que desejaria mais, tendo já experimentado coisas que fariam inveja a príncipes e reis?

Mirina, entretanto, persistiu.

— Se foi nesta cidade que ele foi crucificado e sofreu, morreu e ressuscitou de novo, então sinto-me feliz aqui, embora tenha que esperar doze anos.

Mas o meu crescente desassossego não me deixava permanecer quieto. Fiquei a conjecturar, irresoluto, se iria até Antônia procurar o centurião Adenabar, ou se faria uma visita a Simão de Cirene ou ao douto Nicodemos. Por fim sugeri:

— Podíamos pelo menos sair deste quarto fechado. Eu devia procurar Aristaínos, o banqueiro, e acertar minhas contas com ele. Na certa se acha em casa, pois uma festa dessas é muito favorável aos seus negócios.

Mirina não fez objeção. Saímos, e quando alcançamos o fim da viela, onde havia um pequeno lago, meu nervosismo e minha inquietação se tornaram tão violentos que tive a impressão de que meu peito ia explodir e arrebentar minhas costelas. Tive que fazer uma pausa para tomar fôlego, segurando Mirina fortemente pela mão.

Olhei para o céu, mas ainda se achava velado por uma tênue bruma, que emprestava um laivo avermelhado à luz do Sol. Não havia o menor indício de tempestade e o dia não se mostrava mais quente do que o comum naquela época do ano. Não havia explicação para o meu mal-estar.

Dominei-me à custa de grande esforço, e para agradar Mirina mostrei-lhe a corte dos heréticos no templo e a colunata, onde os negócios e a troca de dinheiro se achavam em pleno funcionamento, apesar de ser ainda muito cedo. Caminhávamos de mãos dadas, e ao deixar o templo levei-a até a zona oriental, a fim de lhe mostrar a grande porta coríntia de bronze que os judeus consideram como uma das maravilhas do mundo. Mas ali junto aos muros chegou às nossas narinas o fético cheiro do lixo no Vale de Cedron, o qual, na ocasião em que eu passara por ele depois da páscoa, tinha sido lavado pelas chuvas do inverno. Assim, voltamos e nos pusemos a caminho da casa de Aristaínos.

Mal tínhamos alcançado o fórum, quando ouvimos algo que semelhava uma violenta rajada de vento. O ruído foi tão forte que muitos se voltaram para olhar na direção da cidade alta. Não havia nenhuma nuvem nem sinal de ventania. É verdade que alguns apontavam para um determinado ponto, dizendo terem visto uma faísca cair ali. No entanto, não se ouviu o ruído do trovão. Aquele violento fragor de ventania parecia tão sobrenatural que me lembrei subitamente da casa cujo quarto superior eu visitara, e me pus a correr em direção a ela, arrastando Mirina comigo. Muitos outros corriam também, aparentemente para o mesmo ponto, pois o estranho ruído fora ouvido em toda a cidade. Tanta era a gente que se pusera a caminho que se formou uma densa aglomeração junto à porta do velho muro. As pessoas se empurravam umas às outras, procurando freneticamente abrir passagem, e perguntas sobre o que estava acontecendo se cruzavam feitas nas mais variadas línguas. Alguns gritavam que uma casa da cidade alta tinha desmoronado, outros que o fragor fora causado por um terremoto.

Mas a enorme casa não tinha desabado. Suas paredes se conservavam mudamente de pé, guardando o seu segredo. Centenas de pessoas se aglomeravam do lado de fora, e novas levas continuavam a se despejar ali. O portão estava aberto. Vi os discípulos de Jesus de Nazaré deixarem a casa, cambaleantes. Tinham as pernas trôpegas, os olhos refulgentes e as faces afogueadas, como se estivessem embriagados ou numa espécie de êxtase. Misturaram-se com a multidão e falavam excitadamente com quem quer que encontrassem, de forma que o povo se afastou para lhes dar passagem.

Podiam ser ouvidos falando em diversos idiomas, dirigindo-se a cada um na sua própria língua. Isto causou tal assombro que os que se achavam mais próximos gritaram aos demais para que se aquietassem. Por algum tempo o silêncio desceu sobre a multidão inteira, e só se ouviam os gritos maravilhados dos discípulos, cruzando os ares em diferentes linguagens.

Um deles, cujo nome eu desconhecia, acercou-se de mim e de Mirina. Vi a aterradora exaltação de sua face contorcida e senti o poder que dele se emanava. Pareceu aos meus olhos que uma fina língua de fogo se agitava no ar acima de sua cabeça. Ele me olhou de frente e se dirigiu a mim em latim, e contudo não me via, pois seus olhos contemplavam diretamente o reino, e não este mundo. Mas falava comigo em latim, e de uma maneira tão rápida que não consegui distinguir as palavras nem compreender o que tentava me dizer. Em seguida voltou-se para Mirina e passou a falar em grego, ainda em altas vozes, e as palavras se despejavam de sua boca numa torrente tão impetuosa que era impossível acompanhá-las. Não consigo explicar como aquele enorme camponês queimado de sol, sem nenhuma instrução, podia falar latim e grego com tanta rapidez e fluência.

Ele recomeçou a andar, e o seu poder nos afastou do seu caminho como se fôssemos duas folhas levadas pelo vento. Abriu-se um claro à sua frente e ele parou de novo, falando com outras pessoas numa língua que eu nunca tinha ouvido. Os outros discípulos também caminhavam no meio do povo, que revoluteava e remoinhava à sua volta. Elamitas e medas, árabes e cretenses, piedosos judeus de longínquas terras, todos erguiam as mãos maravilhados e se perguntavam como explicar o fato de que ignorantes galileus se pudessem dirigir a cada um na sua própria língua. Percebiam que aqueles homens excitados proclamavam a poderosa obra de Deus, mas não conseguiam isolar uma única frase no meio daquela torrente de palavras.

A caudal humana já somava agora milhares de pessoas, e os retardatários se punham a discutir animadamente uns com os outros, a conjecturar sobre qual seria o significado de tudo aquilo. Havia os escarnecedores, que riam, dizendo que aqueles galileus se tinham embriagado demasiadamente cedo naquele dia, com vinho doce; no entanto, mesmo os que zombavam abriam caminho para eles.

Enquanto os discípulos falavam assim em diversas línguas, o que fazia lembrar Babel, a fraqueza tomou conta de mim; a terra tremeu sob os meus pés e tive que me agarrar a Mirina para não cair. Vendo a minha palidez e o suor frio que me porejava a fronte, ela tirou-me dali e levou-me para o pátio da casa, sem que ninguém nos molestasse, embora do lado de dentro do portão se achasse postado um bando de mulheres e de servos aturdidos, a espiar para fora. Tal era o meu estado de agitação que tive uma vertigem, e quando recobrei os sentidos não me foi possível dizer, de momento, onde eu estava e por quanto tempo jazera inconsciente.

Contudo, sentia o corpo fresco e minha alma estava em paz como se eu tivesse repousado e me livrado de todas as preocupações. Com a cabeça apoiada nos joelhos de Mirina, voltei os olhos e vi um grupo de mulheres sentadas no chão perto de nós. Entre elas reconheci Maria, irmã de Lázaro, Maria Madalena e Maria, mãe de Jesus. Havia em seus rostos um tal fulgor e enlevo que a princípio não percebi que se tratava de seres humanos, e julguei que eram anjos em forma de mulher.

Do portão vinha o murmúrio de uma incalculável multidão; vi que Simão Pedro reunira os outros discípulos à sua volta e se dirigia ao povo com voz poderosa. E não se tratava de uma exaltada arenga numa língua estrangeira; falava persuasivamente no seu próprio dialeto galileu, citando os profetas. Falou de Jesus de Nazaré e de sua ressurreição; da promessa feita a Jesus por seu Pai, relativa à descida do espírito santo, que o povo vira com seus próprios olhos e sobre a qual podia dar o seu testemunho. Mas ao dizer tudo isto falava simplesmente como um israelita para outros israelitas. No meu desapontamento, deixei de lhe prestar atenção e olhei, suplicante, para as mulheres santas.

Percebendo o meu olhar, Maria Madalena se apiedou de mim, aproximou-se e saudou-me pelo nome, como se para mostrar a todo mundo que ela, pelo menos, não me tinha abandonado. Perguntei-lhe, com débil voz, o que tinha acontecido. Ela sentou-se ao meu lado, segurando a minha mão, e começou a me contar.

— Eles se achavam todos juntos no quarto de cima, onde se vêm reunindo há alguns dias: os onze e Matias, que foi escolhido por todos para ser o décimo segundo. Repentinamente, um som semelhante a uma violenta rajada de vento encheu o aposento onde se achavam sentados. Viram algo que parecia línguas de fogo se espalharem no ar e descerem sobre a cabeça de cada um. O espírito santo se apossara deles e eles começaram a falar diversas línguas, como ouviste.

— Foi isto o que Jesus lhes prometera — perguntei — e o que estavam esperando?

Maria Madalena sorriu e disse:

— Pelo menos podes ouvir que Pedro, sem usar de palavras veladas, proclama agora para todo o povo que Jesus de Nazaré é o Cristo, e vês que os onze restantes se acham postados à sua volta, sem nenhum receio. Onde iriam conseguir tamanha força e coragem, senão através do espírito?

— Mas ainda assim ele fala apenas ao povo de Israel — queixei-me, como uma criança a quem tomaram o brinquedo.

E na verdade nesse momento ouvi Pedro declarar:

— Assim saiba agora toda a casa de Israel, sem sombra de dúvida, que Deus fez de Jesus, a quem crucificastes, o Senhor e o Cristo.

Diante disto esqueci meu próprio ressentimento e receei por ele. Soergui-me, apoiando-me nos cotovelos e exclamei:

— Agora o populacho cairá sobre eles e os apedrejará!

Mas nada disto aconteceu. Pelo contrário, a multidão conservou-se imóvel e silenciosa, como se a acusação de Pedro lhes tivesse atingido fundamente o coração. Em seguida umas poucas vozes hesitantes se fizeram ouvir, perguntando aos discípulos:

— Homens, irmãos, que devemos fazer?

Simão Pedro bradou-lhes numa voz que talvez tenha retumbado por toda Jerusalém:

— Arrependei-vos e batizai-vos, cada um de vós, em nome de Jesus Cristo, a fim de que vossos pecados vos sejam perdoados. Pois esta promessa foi feita a vós e aos vossos filhos, e a todos aqueles, daqui e de toda a parte, a quem o Senhor nosso Deus houver por bem chamar.

E assim foi que ele proclamou o segredo do reino, e eu baixei a cabeça, compreendendo que nem mesmo naquele instante ele se abrandara em relação a mim; chamara apenas os judeus, estendendo a promessa a todos os circuncidados, não só os que estavam ali, como também os que se achavam dispersos pelo mundo e que obedeciam à lei e serviam o Deus de Israel. E assim minha última esperança se desvaneceu, pois que até então eu ainda esperava secretamente poder fazer parte deles. Mas do conhecimento de Jesus de Nazaré e de sua ressurreição Pedro não me pode privar.

Vendo a minha amargura, Maria Madalena consolou-me, dizendo:

— Ele é um homem obstinado e de idéias lerdas, mas sua fé é como uma rocha. Sem dúvida acabará por ficar à altura de sua tarefa. Ainda há pouco ele se referiu ao profeta Joel, proclamando que os últimos dias chegaram. Mas nisto eu não acredito. Não, pois quando Jesus se separou deles no Monte das Oliveiras, ele os advertiu, dizendo que não lhes cumpria conhecer os tempos e as estações, que seu Pai entregara apenas a ele próprio. Durante quarenta dias Jesus apareceu a eles e lhes falou sobre o reino; mas tão curto era o seu entendimento que antes de aparecer a nuvem que o levou embora, eles ainda o importunavam, perguntando: "Senhor, é agora que restabelecerás o reino de Israel?" — Assim, não deves perder as esperanças, Marcos.

Isto era novidade para mim. Escutei-a avidamente e perguntei em seguida:

— Já não escondem então das mulheres o que aconteceu e que nuvem foi essa que o carregou?

— Não nos ocultam nada — assegurou-me Maria Madalena. O segredo da carne e do sangue, representados pelo pão e o vinho, eles o revelaram na montanha. Os fiéis já somam cento e vinte. No quadragésimo dia Jesus subiu com eles ao Monte das Oliveiras, nas cercanias de Betânia, proibindo-os de abandonarem Jerusalém e ordenando-lhes que aguardassem o cumprimento da promessa que lhes fizera. João batizava com água, disse, mas vós sereis batizados com o Espírito Santo, num dia que não está longe. Esse batismo se processou hoje. Quanto a isto não há a menor dúvida, pois agora o poder habita neles. A respeito da nuvem, sei apenas que no Monte das Oliveiras ele se ergueu acima do chão, diante de todos, e que uma névoa o encobriu, ocultando-o de seus olhos. Diante do que eles compreenderam que Jesus não voltaria a lhes aparecer. Não quero desperdiçar minhas palavras, discutindo com os discípulos, mas creio que me posso permitir um pequeno sorriso ao vê-los tentar, de maneira tão rústica e desajeitada, pôr em palavras tudo o que em meu coração eu já sentia ser verdade quando Jesus ainda se achava entre nós.

Enquanto ela falava, eu olhava à minha volta contemplando as árvores do pátio, com suas brilhantes folhas cor de prata, os degraus que levavam ao quarto de cima, a sua pesada porta de madeira, a fim de deixar impressas para sempre na minha memória aquelas coisas. No meu esgotamento, tornei-me outra vez tranqüilo e humilde de coração e senti que me bastava poder ter contemplado o lugar onde o reino se tornara realidade.

Levantei-me com as pernas fracas e falei:

— Devo ir-me agora, para que minha presença não provoque discussões e venha perturbar os homens santos. Seu poder atirou-me ao chão, e não há dúvida de que hão de encarar isto como um sinal de que me serão fechadas as portas do reino.

Eu teria prazerosamente abençoado e agradecido a Maria Madalena por sua bondade, mas sentia-me insignificante demais para dar a quem quer que fosse a minha bênção. Talvez ela tivesse lido em meu rosto o meu desejo, pois tocou-me a fronte uma vez e disse:

— Nunca te esqueças de que ajudaste a uma das filhas perdidas de Israel a ir para ele. Maria de Beret celebrou alegremente o seu casamento e mudou-se para o seu novo lar. Não creio que qualquer desses homens tivesse feito o mesmo por ela. Quanto às mulheres, Susana também abençoa a tua bondade. Fica sabendo, pois, que aonde quer que vás, terás sempre alguma de nós orando por ti em segredo, ainda que sejas um estrangeiro.

Mas eu protestei:

— Não, não, todos os meus atos têm sido egoístas e impuros. Não creio que haja um só deles que possa ser levado a meu crédito. Em mim não existe nada de bom a não ser a minha convicção de que ele é o Cristo e o filho de Deus. Mas não há grande mérito nisto, já que me foi permitido testemunhar esse fato.

— Marcos não tem outro mérito senão a sua fraqueza, — falou Mirina. — Talvez um dia ela se transforme em força, quando o reino se estender até os confins do mundo. Enquanto não chegar esse dia, serei eu o seu único consolo, pois jamais em minha vida voltarei a sentir sede. Dentro de mim há uma fonte que bastará para nós dois.

Olhei-a com novos olhos. Em minha exaustão, parecia-me que se transfigurara e que naquele momento já não era mais um ser humano e sim o meu anjo da guarda em forma de gente, enviado para cuidar de mim e me impedir de me desgarrar do Caminho. Era uma idéia esquisita, pois eu bem sabia qual tinha sido o seu passado, tendo-a visto pela primeira vez no navio que se destinava a Jopa.

Mas foi com mãos humanas que ela me agarrou pelo braço e me levou para fora do pátio e para o meio da multidão sussurrante e inquieta. Era cada vez maior o número de pessoas que perguntavam, cheias de temor, o que deviam fazer, e alguns rasgavam suas roupas num acesso de pesar pelos seus pecados. Era tão grande o seu número que os doze, guiados por Pedro, os levaram através das vielas até fora dos limites da cidade, a fim de batizar em nome de Jesus Cristo aqueles que desejavam arrepender-se de seus pecados e ser perdoados. Mirina estava preocupada por minha causa, mas consentiu em acompanhar comigo a multidão para ver o que ia acontecer.

E assim foi que pude ver os doze postados junto a um poço, do lado de fora dos muros, batizando todos os homens de Israel que assim o desejassem e colocando as mãos sobre suas cabeças para que lhes fossem perdoados os pecados. Batizaram também as mulheres. E à medida que aumentava o número dos que recebiam a sua parte do Espírito Santo, também crescia o júbilo entre a multidão e mais pressurosos se mostravam outros de ser batizados. Os homens se abraçavam e entoavam cânticos israelitas de regozijo. Aquilo continuou até à noite, e ouvi dizer mais tarde que o seu número chegou a somar três mil naquele dia.

E os doze não rejeitaram um único homem de Israel, mas receberam os ricos e os pobres, os aleijados, os mendigos e até mesmo os escravos, indistintamente. Seu poder não deu mostra de desfalecimento e todos puderam receber a sua parte. Tudo aquilo me deixou profundamente triste, e eu voltei do crepúsculo para a cidade e para os nossos alojamentos. Cheio de mágoa, refleti quão prontamente haviam sido perdoados os pecados até mesmo dos homens que se tinham postado diante de Pilatos, a bradar: Crucificai-o! Crucificai-o! Pois havia muitos deles entre judeus atemorizados e arrependidos.

Talvez naquele dia de exaltação eu pudesse ter-me enfiado entre os judeus e ter sido batizado, juntamente com o resto, mas eu não desejava enganar os mensageiros; e um batismo nessas condições não teria nenhum valor para mim mesmo que por engano eles colocassem a mão sobre a minha cabeça também. Mas talvez o espírito que estava com eles descobrisse que eu era romano e me rejeitasse. Não sei, mas não era meu desejo tentar essa fraude.

No dia seguinte eu ainda me sentia ligeiramente zonzo, o que fez Mirina parecer aos meus olhos um radioso anjo enquanto se locomovia pelo nosso quarto na casa do sírio, cuidando de mim. Todavia, quando me senti melhor comecei a examinar o meu íntimo e cheguei à conclusão de que algo me acontecera enquanto estivera inconsciente no pátio da casa grande. Minha mente parecia menos atravancada de idéias e eu já não pensava tanto em coisas desnecessárias.

Um dia entrou no quarto o meu hospedeiro Carantes, olhou-me prescrutadoramente e falou:

— Ainda não me disseste nada a respeito do galileu. Qual a razão desse teu mutismo? Hás de ter sabido que voltaram a acontecer milagres aqui na cidade, por causa do nazareno crucificado, sobre quem andaste recolhendo informações. Seus discípulos voltaram e estão proclamando que o seu mestre lhes deu o poder de realizar magias. Viraram de tal forma a cabeça do povo que os pais abandonam os filhos, e os filhos aos pais, a fim de segui-los. Muitos renunciam até mesmo a todos os seus bens, de forma que se trata realmente de um alarmante caso de feitiçaria. Os discípulos se postam diariamente sob a arcada do templo, a blasfemar, sem receio do Sinédrio; tudo o que possuem pertence a todos, e eles se reúnem nas casas das pessoas a fim de executar os ritos dos seus duvidosos mistérios. Até judeus altamente respeitados, de quem jamais se poderia esperar semelhante coisa, se acham contaminados pela febre do nazareno e aceitam o homem como rei de Israel.

Não lhe pude responder, pois quem era eu para ser o seu mestre? Ele tinha liberdade para ir ouvir os doze, se quisesse. Vendo que não lhe dava resposta, ele se entristeceu, balançou a cabeça e perguntou:

— Que aconteceu contigo e que pretendes fazer agora, deitado aqui neste quarto dia após dia, a contemplar o vácuo?

Refleti sobre a sua pergunta, sorri com tristeza e respondi:

— Talvez eu siga o teu conselho: construir para mim uma casa e plantar árvores. É um conselho tão bom como outro, para alguém que tem à sua frente um período de paciente espera. Que eu cuide apenas de que meu coração não se apegue demasiadamente a nada neste mundo: e de que nada se torne uma parte tão íntima do meu ser e tão preciosa para mim que eu não esteja preparado para renunciar a ela se necessário for.

Carantes suspirou também e respondeu gravemente:

— Todos nós teremos que renunciar a tudo quando chegar o dia, mas que esteja longe esse dia para nós ambos. — Pensou um pouco, em seguida disse timidamente: — Dizem que aqueles galileus possuem o remédio da imortalidade.

Mas nem a isso ousei dar nenhuma resposta; ele poderia informar-se sobre o assunto com os homens de Jesus de Nazaré. Carantes ergueu-se, fungando levemente, e disse:

— Mudaste muito, Marcos, o romano, não és o mesmo homem que foi para a Galiléia. Não sei se estás melhor ou pior do que antes, mas suspiro por tua causa. Isto eu sei: Mirina, que trouxeste da Galiléia é uma moça de mente tranqüila, e a gente se sente bem ao seu lado. Desde que veio para cá, meus negócios têm prosperado e minha mulher já não me bate nos ouvidos tantas vezes por dia com o seu chinelo. Se ela fosse um pouco mais cheia de corpo seria muito bonita.

Não pude deixar de rir, mas ainda assim censurei-o:

— Carantes, não te preocupes se Mirina é gorda ou magra. Aos meus olhos ela é encantadora, assim como está. Mesmo que sua cabeça se torne grisalha e lhe caiam os dentes, creio que ainda a acharei bonita — se vivermos até lá.

Carantes, tendo conseguido arrancar-me uma risada, partiu satisfeito. Refletindo sobre o assunto, percebi que Mirina estava de fato se tornando cada dia mais bonita. Agora que abandonara sua vida de artista errante e tinha bastante o que comer, começara a engordar imperceptivelmente, o que lhe assentava muito bem, e seu rosto já não se mostrava tão fino. A idéia me encheu de ternura e teve um efeito estranhamente revigorante. Isso vinha provar que ela não era um anjo e sim uma mulher, alguém da minha própria espécie.

Mirina tinha ido ao templo, onde todos os dias se postavam dois ou três dos doze, sob a arcada, e pregavam aos que tinham sido batizados e aos que eram simplesmente curiosos, proclamando a ressurreição e atestando que Jesus de Nazaré era o Cristo.

Sentindo-me subitamente cheio de disposição, vesti-me, penteei o cabelo e fui fazer uma visita a Aristaínos, meu banqueiro, a fim de me preparar para deixar Jerusalém. Ele me recebeu amavelmente e começou a falar com grande animação, dizendo:

— Os banhos de Tiberíades te fizeram bem, evidentemente, pois já não pareces tão fanático como outrora. Estás novamente trajado como um romano. Isto é uma boa coisa, pois vou fazer-te uma advertência, se o assunto ainda não chegou aos teus ouvidos. Os galileus voltaram a esta cidade e estão causando imensa perturbação. Proclamam abertamente que Jesus de Nazaré ressuscitou dos mortos, embora qualquer pessoa que esteja a par das circunstâncias saiba o que aconteceu realmente. Entretanto, eles o chamam de Messias e desvirtuam as palavras das escrituras para que sirvam aos seus propósitos; chegam ao ponto de afirmar que seus pecados foram perdoados por ele. Sou um saduceu e respeito as escrituras, embora não aceite a tradição oral nem as confusas e intoleráveis interpretações dos fariseus. Esta conversa sobre ressurreição é uma loucura, ainda que os fariseus se mostrem ligeiramente inclinados a aceitá-la. As pessoas estão sempre prontas a acusar a nós, os judeus, de intolerância em questões religiosas, mas nossa tolerância está provada à saciedade com o fato de permitirmos a formação e a livre competição das mais variadas seitas. Com toda a probabilidade, Jesus de Nazaré jamais teria sido crucificado se não tivesse blasfemado contra Deus, pois aí está uma coisa que não poderemos tolerar. Todavia, parece que vai surgir agora uma nova cisão entre nós, em seu nome. O tempo dirá se poderemos permitir que se expanda ou se nos veremos compelidos a perseguir essa gente. Eles fazem batismos, mas isto não é novidade e nunca foi considerado um mal. Dizem que também curam os enfermos, mas seu mestre também fazia o mesmo, e não foi este o motivo por que foi perseguido, embora os fariseus achassem de fato inconveniente que ele realizasse esses atos no sábado.

— Não, a parte perniciosa de sua doutrina reside na insistência com que declaram que toda propriedade deve constituir um bem comum. Em conseqüência, pessoas que pareciam sensatas estão agora vendendo as suas terras e depositando aos pés dos discípulos o produto de suas vendas, para que eles distribuam a cada homem o que lhe é necessário. Uma doutrina dessa ordem não é nem mais nem menos do que uma sutil forma de evasão das taxas e dos impostos. Não há nem ricos nem pobres entre eles. Nossos líderes não se acham nada satisfeitos, pois tínhamos suposto que tudo se acomodaria, uma vez crucificado o Nazareno. Não desejamos perseguir ninguém, mas não podemos conceber como se tenham tornado tão audaciosos, a não ser que tenham ouvido falar que Pôncio não permitirá nenhuma perseguição aos galileus. Isto ele declarou em termos velados ao supremo Sinédrio. Outro exemplo da intolerável política romana. Hás de perdoar a minha franqueza, mas estás bem familiarizado com os nossos costumes e além do mais és meu amigo. Na verdade, agora o Procurador pode lavar suas mãos e zombar de nós, pois, como tu próprio podes ver, essa nova aberração é pior do que a primeira. Todos os crédulos se acham do seu lado e por conseguinte seria imprudente molestá-los. Se se fizesse isso, todo o mundo estaria pronto a acreditar nas histórias desses pescadores.

Ele mal fazia uma pausa para respirar, tão ansioso se achava de falar. Não me pude impedir de observar:

— Pareces mais excitado a respeito de Jesus de Nazaré do que eu. Acalma-te, Aristaínos, e lembra-te das escrituras. Se esse empreendimento dos galileus é de origem humana acabará por se desfazer em pó, e não te deves preocupar com ele. Mas se vem de Deus, então nem tu, nem o Supremo Sinédrio, nem poder nenhum no mundo poderá vencer esses homens.

Com a respiração opressa, ele refletiu sobre minhas palavras; em seguida soltou uma gargalhada e ergueu as mãos, conciliadoramente.

— Deverá um romano ensinar-me a ler as escrituras? — Não, os atos de ignorantes pescadores não podem ser de Deus. É evidente que não podem, pois do contrário a vida já não seria digna de ser vivida e o templo ruiria ao chão. É claro que tudo se desfará em pó. Outros já surgiram, antes deles, proclamando que eram alguém, e todos desapareceram. Homens sem instrução não conseguem fazer profecias por longo tempo sem que se emaranharem em suas próprias palavras e caírem nos buracos que eles próprios cavaram.

Tendo assim se acalmado, ele me perguntou o que desejava e em seguida deu ordem ao seu guarda-livros para que verificasse imediatamente minhas contas e calculasse a taxa de câmbio da maneira que lhe fosse mais vantajosa. Contei-lhe como fora bem servido pelo seu amigo negociante de Tiberíades e ele balançou a cabeça, satisfeito. Acenando-me com uma carta, escrita numa fina folha de pergaminho, passou-a a mim com as palavras:

— Quase me esqueci disto. Foi entregue ao teu banqueiro em Alexandria e ele a mandou para cá. Achei melhor não enviá-

la para ti em Tiberíades, pois não sabia quanto tempo pretendias permanecer lá e receei que a carta se extraviasse.
Gelado de apreensão, quebrei o selo e abri a pequena carta, pois reconhecera à primeira vista a letra nervosa e apressada de Túlia. A carta dizia o seguinte:

> Túlia saúda o falso Marcos Mezentius:
> Não se pode mais confiar na promessa de um homem? Já não existe mais a fidelidade? Não juraste que esperarias por mim em Alexandria até que eu pusesse em ordem os meus negócios em Roma e pudese voltar a ser inteiramente tua? Roma já não era mais a mesma depois que partiste, mas por meio de prudentes medidas foi-me possível garantir a minha posição. E ao chegar em Alexandria, fraca e doente depois de uma penosa viagem, que é que ouço? Que tinhas levianamente quebrado a tua promessa e partido para a judaica Jerusalém. Volta imediatamente quando receberes esta. Estou alojada na estalagem Dafne, nas proximidades da baía. Terei prazer em ver-te de novo, mas não esperarei eternamente. Tenho amigos aqui. Todavia, se é tua intenção continuar tuas pesquisas sobre filosofia judaica, que parece ser o que te interesa no momento, avisa-me e irei juntar-me a ti em Jerusalém. Creio que em pouco tempo conseguirei expulsar de tua cabeça a sabedoria judaica. Vem, pois, o mais depressa que puderes. Estou à tua espera, ardendo de impaciência.

Cada palavra me fazia estremecer de horror. Quando consegui fazer com que minha língua me obedecesse, perguntei com voz insegura, depois de ter lido a carta outra vez, do princípio ao fim.

— Quando foi que chegou esta carta?
Aristaínos contou nos dedos e respondeu:
— Provavelmente há duas semanas. Deves perdoar-me, mas nunca pensei que fosses demorar tanto em Tiberíades.
Enrolei a carta e enfiei-a dentro da túnica. Em seguida falei, fazendo um aceno com a mão:
— Nossas contas ficarão para depois. No momento acho-me incapaz de fazer qualquer cálculo.
Enregelado de temor deixei a casa de Aristaínos e corri para o meu quarto na casa de Carantes. A carta de Túlia viera como uma trovoada num céu limpo, logo na ocasião em que eu começava a acreditar que alcaçara a paz e me resignara ao meu destino.
Por sorte, Mirina ainda não tinha voltado. Por um momento, consumiu-me o corpo, como uma labareda, a tentação de deixar minha bolsa aos cuidados de Carantes, para que a entregasse a Mirina, e fugir de Jerusalém, rumando para Alexandria pelo caminho mais curto possível, a fim de poder apertar Túlia em meus

braços novamente. Peguei sua carta outra vez e acariciei, sentindo sua presença em cada letra, em cada traço febrilmente rabiscado, e meu corpo ardia em fogo só em pensar nela. Não obstante, eu conseguia ao mesmo tempo julgá-la com isenção. Era característico dela tomar a ofensiva — censurar-me nas suas primeiras linhas. Durante um ano inteiro eu esperara pacientemente por ela em Alexandria, sem receber de sua parte o mais leve sinal de vida. E que queria dizer com a frase: foi-me possível garantir a minha posição? Significava evidentemente divórcio e outro casamento. Não se podia depositar nenhuma fé no que ela escrevia. Talvez estivesse mesmo enfraquecida ou doente depois da viagem; não obstante, isso não lhe impediu de mostrar as suas garras e mencionar que tinha amigos em Alexandria. Nos braços de quem eu a encontraria, se fosse ter com ela? Túlia tem muito onde escolher. Não sou mais do que um dos seus muitos caprichos. Podia ficar certo de que não fora exclusivamente por minha causa que ela fora para Alexandria; devia haver muitas outras razões.

Minha antiga vida estava personificada em Túlia: seus prazeres e sua vacuidade. Eu tinha liberdade de escolher. Se preferisse Túlia estaria renunciando para sempre à minha procura do reino, pois eu sabia tão bem quanto ela que não lhe seria difícil banir essas idéias de minha cabeça, de uma vez por todas, se eu voltasse para os seus braços e para aquela morte celestial. Assim pensando, odiei a mim próprio e a minha fraqueza; nunca sentira anteriormente — assim julguei — tamanho desgosto de mim mesmo. Não porque ainda a desejasse, mas porque hesitava se devia voltar e permitir que me continuasse a torturar. Nisto consistia a minha maior humilhação, pois se eu tivesse alguma firmeza de caráter não teria hesitado um momento sequer. Depois de tudo o que eu tinha visto e aprendido, a escolha devia ter sido óbvia: afastar-me de Túlia, afastar-me de todo o meu passado. Tão fraco de espírito eu era e tão fácil ainda de ser tentado, que o ardente vento do passado me fazia oscilar como um junco.

Com a fronte banhada de suor frio, procurei fortalecer-me contra a tentação, odiando a mim mesmo. Achava-me tão profundamente envergonhado que não desejava que Jesus de Nazaré visse a minha vergonha; não obstante, fiz uma prece, ocultando o rosto: "Não me deixes cair em tentação, mas livra-me de todo o mal. Em nome do teu reino"! Não pude fazer mais do que isso. Nesse instante ouvi passos na escada. A porta se abriu e Mirina entrou correndo, com os braços estendidos, como se trouxesse grandes novas.

— Pedro e João! — exclamou. — Pedro e João! — Em seguida notou minha expressão. Deixou cair os braços, seu rosto perdeu a radiosidade e ela se tornou feia aos meus olhos.
— Não me fales deles, — falei amargamente. — Não quero ouvir.
Mirina deu um passo à frente, hesitante, mas não ousou tocar-me. Nem eu desejava que fizesse isso; recuei, apoiando as costas na parede.
— Eles acabaram de curar um homem que fora coxo de nascimento. O fato se deu junto à porta coríntia do templo.
Mirina tentou explicar, mas sua voz morreu e ela me encarou ansiosamente.
— Que tem isso? — retorqui. — Não duvido de que tenham esse poder. Mas que tem isso a ver comigo? Já vi milagres em demasia. Deixam-me indiferente.
— Pedro tomou-o pela mão e levantou-o do banco, — Mirina gaguejou. — E seus pés o suportaram. Todo o mundo no templo correu para colunata de Salomão; ele está lá agora, pulando e louvando a Deus. Os céticos apalpam os seus pés e Pedro proclama o perdão dos pecados.
— Um excelente circo para os judeus! — zombei.
Mirina não se pôde controlar mais. Agarrando-me pelos braços ela me sacudiu e perguntou, com lágrimas nos olhos:
— Que há contigo? Que aconteceu, Marcos?
Fiz-me duro de coração e falei:
— Chora, Mirina. Essas não serão as últimas lágrimas que derramarás por mim. Tenho certeza disto.
Mirina soltou-me abruptamente, enxugou os olhos e sacudiu a cabeça. Rubra de cólera, ela bateu os pés e ordenou:
— Fala com clareza. Que aconteceu?
Contemplei-a com frieza e azedume, esquadrinhando cada traço daquelas mesmas feições que pela manhã me tinham parecido tão preciosas, e tentei descobrir o que foi que julgara ter visto nela. Através de seu rosto eu via os brilhantes olhos de Túlia, sua boca arrogante e voluptuosa. Mostrei-lhe a carta dizendo:
— Túlia escreveu. Está à minha espera em Alexandria.
Mirina contemplou-me por um longo tempo. Seu rosto como que murchou e se estreitou. Depois ela caiu de joelhos, com a cabeça baixa; julguei que estivesse orando, embora não notasse seus lábios se moverem. Todos os meus pensamentos pareciam ter-se congelado. Pus-me simplesmente a contemplar seus dourados cabelos, e veio-me a idéia de que um rápido golpe de es-

pada poderia decepar aquela cabeça e me devolver a liberdade. A idéia era tão extraordinária que me fez rir.

Passados uns instantes Mirina se levantou e sem me olhar começou a recolher as minhas coisas e a separar minhas roupas. A princípio fiquei surpreso, em seguida assustado e por fim não pude deixar de perguntar:

— Que estás fazendo? Por que estás apanhando as minhas coisas?

Ela pôs-se a contar distraidamente nos dedos:
— Uma túnica e um manto de viagem estão sendo lavados.
— Em seguida retrucou: — Vais embora, não vais? Vais voltar para a tua Túlia. Estou preparando as tuas coisas. É para isto que me acho aqui.
— Quem disse que eu vou embora? — exclamei, furioso, agarrando-a pelos pulsos forcei-a a largar tudo. — Não falei nada disto. Simplesmente mostrei-te a carta para que pudéssemos decidir o que fazer.

Mirina, porém, balançou a cabeça.

— Não, não — declarou. — No teu íntimo já tomaste a decisão. Se eu tentasse prender-te, só me guardarias rancor. É verdade que és fraco, e talvez, ao mencionar o reino, eu pudesse persuadir-te a ficar; mas nunca haverias de me perdoar, pelo resto dos teus dias. A suspeita de que fora por minha causa que tinhas renunciado a tua preciosa Túlia, estaria sempre a corroer-te o espírito. É melhor que vás. Não deves desapontá-la, se já se encontra à tua espera.

Eu não podia acreditar em meus ouvidos. Mirina parecia estar sendo levada para longe de mim — privando-me da única amiga em que podia confiar.

— Mas... — gaguejei, — mas...

Não conseguia dizer mais nada.

Afinal Mirina teve pena de mim e declarou:

— Este é um assunto em que não te posso ajudar. Tens que decidir por ti mesmo e te responsabilizar por tua decisão. — Sorriu tristemente e continuou: — Procurarei tornar as coisas mais fáceis para ti. Vai para tua Túlia; deixa que ela te abrace com seu fogo e enterre punhais incandescentes em teu coração e te destrua. Já me falaste bastante a seu respeito para que eu saiba quem ela é. Mas podes estar certo de que um dia irei buscar-te, e quando chegar a hora e ela tiver partido, cuidarei do que restar de ti. Não precisas ter receio de me perder. Jesus de Nazaré entregou-te a mim. Vai, se a tentação é forte demais para ti.

Ele na certa te perdoará, assim como eu de coração te perdôo, porque te conheço.
Enquanto ela me falava assim tranqüilamente, fui-me tornando cada vez mais relutante e revi em pensamento todos os tormentos e humilhações que Túlia iria inflingir-me, para aumentar o seu prazer. Por fim gemi:

— Paz, Mirina, louca criatura! Estás tentando enviar-me como vítima para uma mulher cruel e lasciva? Jamais te julgaria capaz disto. Não devias antes procurar dar apoio à minha resolução? Não te reconheço mais. Como podes tratar-me assim?

Cheio de indignação, prossegui: — Eu não tinha absolutamente decidido voltar para ela, embora me tenhas atribuído essa resolução. Julguei que irias ajudar-me. *Não* irei para Alexandria. Estou apenas tentando encontrar um meio de explicar tudo a ela. Convém que lhe escreva algumas palavras, do contrário pensará que me perdi ao vir para cá.

— Isto teria importância — indagou Mirina suavemente. — Ou o teu orgulho masculino exige que a humilhes, escrevendo-lhe que nada mais queres com ela?

— Túlia já me humilhou mil vezes — respondi com azedume.

— Pagarias o mal com o mal? — volveu Mirina. — Seria melhor fazê-la acreditar que desapareceste sem deixar vestígio; assim não insultarás a mulher que há nela. Ela deve ter outros amigos e se consolará facilmente.

Sua insinuação era tão verdadeira que me atingiu como uma punhalada. Todavia, a dor que senti não foi pior do que a que sente alguém ao passar a língua no lugar de onde foi arrancado um dente infeccionado. Uma inefável sensação de liberdade me assaltou, como se tivesse recuperado a saúde depois de uma longa enfermidade.

— Mirina, — falei, — acabas de me mostrar que me é impossível suportar a idéia de separar-me de ti. Mirina, não és apenas uma irmã para mim. Mirina, receio que te amo como um homem ama uma mulher.

O rosto de Mirina tornou-se radioso aos meus olhos como a face de um anjo. Pareceu-me linda quando me disse:

— Mirina e Marcos, nós dois. Em teu coração sabes que serei o que quiseres que eu seja. Mas precisamos resolver o que iremos fazer de nossa vida.

Pegando-me pela mão, ela puxou-me docemente, fazendo-me sentar no banco ao seu lado, e começou a falar, como se viesse pensando no assunto havia muito tempo:

— Sinto um desejo ardente de que os discípulos me batizem e coloquem as mãos sobre minha cabeça, em nome de Jesus de Nazaré. Talvez dessa forma eu possa adquirir forças através deles para suportar esta vida e participar também do reino e do espírito que desceu sobre eles como línguas de fogo. Mas não sou judia, nem tu és judeu. Não obstante, eles não fazem objeção em batizar os devotos prosélitos de outros países — homens que se deixam circuncidar e que obedecem na íntegra à lei. Mas já ouvi falar também nos postulantes: homens tementes a Deus que não aceitam a circuncisão mas repudiam a idolatria, e não escarnecem de Deus nem admitem o derramamento de sangue. Não comem carne, e o incesto e o roubo lhes são proibidos, devendo levar uma vida de devoção. Talvez eles consentissem em nos batizar na qualidade de postulantes, se lhes pedíssemos isso com bastante fervor.

Abanei a cabeça e respondi:

— Já ouvi falar nisso e tenho pensado muito sobre o assunto. Depois que encontrei Jesus de Nazaré, o filho de Deus, não tenho outros deuses. Não há de ser muito difícil obedecer aos seus mandamentos, e por que não poderia eu comer carne de animais sacrificados à maneira judaica? Carne é carne. Mas não vejo como isto me faria ser aceito. Não posso me dedicar a uma vida de inteira devoção, por mais que deseje praticar o bem. Esta é uma das poucas coisas que conheço bem a meu respeito. Tu te enganas também se pensas que consentirão em batizar um simples postulante, não importa quanto empenho eu ponha nisso.

Mirina concordou com um aceno, apertando fortemente a minha mão, e admitiu submissamente:

— Não há dúvida de que meu desejo é infantil. Não creio que possa ser mais dele do que já sou, embora me batizem e coloquem as mãos sobre a minha cabeça. Deixemos de lado essa esperança e sigamos o seu caminho da maneira que ele nos indicou. Oremos para que seja feita a sua vontade e para que venha a nós o seu reino. Ele é a verdade e o perdão. Creio que deve bastar-nos o fato de o termos visto.

— Seu reino — falei. — Só nos resta esperar. Mas somos dois agora. Deve ser mais fácil, para dois, seguir o seu caminho, do que para um só. Essa foi a graça que ele nos concedeu.

Contudo, não deixamos Jerusalém imediatamente, pois eu desejava escrever tudo o que foi dito acima, como uma recordação, embora talvez não seja mais extraordinária do que tudo o que houve antes. Mas quero guardar com exatidão na lembrança como o espírito veio qual uma rajada de vento e desceu como línguas de fogo sobre os doze mensageiros de Jesus de Nazaré, para que eu nunca volte a duvidar deles nem queria julgá-los por mim mesmo.

Nesse ínterim, as autoridades judaicas prenderam Pedro e João, mas tiveram que soltá-los logo no dia seguinte, por causa do povo. E os mensageiros não se deixaram intimidar por ameaças. Continuaram corajosamente a sua pregação. Creio que cerca de duas mil pessoas aderiram a eles depois que curaram o homem coxo na porta coríntia do templo. E esses também, em suas próprias casas, começaram a partir o pão e a abençoar o vinho, consagrando-o como a bebida da imortalidade em nome de Jesus Cristo. Nenhum deles passa necessidade, pois em seu meio há muitos ricos que vendem suas granjas e campos, e cada um recebe o que precisa. Creio que agem assim por que ainda vêem tudo como que através de um espelho e acreditam que o reino chegará a qualquer momento. Não ouvi falar, contudo, que Simão de Cirene tivesse vendido suas terras.

Quando terminei de escrever tudo isto, recebi uma mensagem de Antônia, informando-me de que o Procurador Pôncio Pilatos deseja que eu saia imediatamente de Jerusalém e da Judéia, sua jurisdição. A menos que eu parta de minha livre vontade, serei preso pelos legionários e levado à sua presença em Cesaréia. Porque teria ele tomado essa decisão não posso saber, mas por alguma razão, evidentemente, considera indesejável sob o ponto de vista romano que eu permaneça na Judéia. Mas não desejo encontrar-me com o homem novamente, e assim Mirina e eu decidimos ir para Damasco. Escolhemos essa cidade por causa de um sonho que Mirina teve, e eu não faço objeção em ir para lá. Pelo menos, fica em direção oposta a Alexandria.

Antes de partirmos, levei Mirina até a colina fora dos muros da cidade, onde, ao chegar pela primeira vez a Jerusalém, eu vira Jesus de Nazaré crucificado entre dois ladrões. Mostrei-lhe o jardim também e a tumba onde o seu corpo jazera e do qual ele se levantara quando a terra tremeu. Mas seu reino já não estava ali.

A presente edição de O SEGREDO DO REINO de Mika Waltari é o Volume de número 46 da Coleção Excelsior. Capa Cláudio Martins. Impresso na Sografe Editora e Gráfica Ltda., à rua Alcobaça, 745 - Belo Horizonte, para a Editora Itatiaia, à Rua São Geraldo, 67 - Belo Horizonte - MG. No catálogo geral leva o número 00187/1B. ISBN: 85-319-0039-5.